Indomável

GRIFFIN ALCANÇOU O AUGE DA FAMA.
MAS ELE AINDA QUER MAIS.

S. C. STEPHENS

Indomável

Tradução
Renato Motta

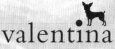

valentina
Rio de Janeiro, 2017
1ª Edição

Copyright © 2015 *by* S. C. Stephens
Publicado mediante contrato com Grand Central Publishing, New York, USA.

TÍTULO ORIGINAL
Untamed

CAPA
Marcela Nogueira

FOTO DE CAPA
JRJ-Photo | Getty Images

FOTO DA AUTORA
Tara Ellis Photography

DIAGRAMAÇÃO
Kátia Regina Silva

Impresso no Brasil
Printed in Brazil
2017

CIP-BRASIL. CATALOGAÇÃO NA PUBLICAÇÃO
SINDICATO NACIONAL DOS EDITORES DE LIVROS, RJ

S855i

Stephens, S.C.
    Indomável / S. C. Stephens; tradução Renato Motta. – 1. ed. – Rio de Janeiro: Valentina, 2017.
    400 p. ; 23 cm.

    Tradução de: Untamed

    ISBN 978-85-5889-050-2

    1. Romance americano. 2. Ficção americana. I. Motta, Renato. II. Título.

CDD: 813
CDU: 821.111 (73)-3

17-43465

Todos os livros da Editora Valentina estão em conformidade com
o novo Acordo Ortográfico da Língua Portuguesa.

Todos os direitos desta edição reservados à

EDITORA VALENTINA
Rua Santa Clara 50/1107 – Copacabana
Rio de Janeiro – 22041-012
Tel/Fax: (21) 3208-8777
www.editoravalentina.com.br

AGRADECIMENTOS

Depois de Kellan Kyle, Griffin é o meu D-Bag favorito. Tudo o que ele apronta me faz rir. Mas o que eu mais amo nele é o crescimento que o personagem teve ao longo da série. Encontrar um jeito de dar continuidade a esse crescimento de Griffin foi complicado, mas acho que *Indomável* conseguiu exatamente isso, e fiquei muito orgulhosa com a sua jornada.

Este livro não teria sido possível sem o carinho e o apoio dos meus leitores. Obrigada por vocês serem tão pacientes comigo! Sei que meus livros levam um bom tempo para chegar até vocês, mas espero que achem que vale a pena esperar. Cada história representa horas incontáveis, inúmeras dúvidas, medos e não poucas lágrimas. Escrever não é uma profissão fácil, mas ver o produto final e ouvir elogios e incentivos faz com que todo o sangue, suor, lágrimas e tendinites valham a pena.

Gostaria de agradecer a todos os autores que me apoiaram. Apesar de este ser um trabalho altamente competitivo, nunca ouvi nada além de incentivos dos meus colegas escritores. Para K. A. Linde – minha amiga, minha tábua de salvação e minha pedra angular –, devo dizer que adoro você! Para Nicky Charles – a razão de eu ter me autopublicado –, não tenho como agradecer o suficiente por você me mostrar o caminho das pedras. Para Jenn Sterling e Rebecca Donovan – vocês duas são os pontos mais brilhantes no meu dia. Muito obrigada pela sua infinita doçura! Para Katy Evans – seus tweets e retweets sempre me fazem sorrir. Obrigada por compartilhar meu trabalho com os seus fãs! Para K. Bromberg – minha grande amiga do dia do lançamento! Você tem uma alma muito linda. Obrigada por passar seu dia comigo de um jeito tão gentil e generoso. Para Sunniva Dee, Danielle Jamie, Alexa Keith, Alex Rose e muitos mais – obrigada por compartilhar suas histórias, seu entusiasmo e seu apoio! E muito amor aos autores que me motivam e me inspiram: Jillian Dodd, C. J. Roberts, Kristen Proby, Tara Sivec, Nicole Williams, Tarryn Fisher, T. Gephart, Katie Ashley, Karina Halle, Christina Lauren, Colleen Hoover, Abbi Glines, Jamie McGuire, A. L. Jackson, Tammara Webber, Emma Chase, Kyra Davis, Kim Karr, Claire Contreras, Cora Carmack e tantos mais!

Um grande e sincero agradecimento aos blogueiros que me apoiaram sem parar: *Totally Booked Blog, Flirty and Dirty Book Blog, Fictional Boyfriends, Schmexy Girl Book*

Blog, Three Chicks and Their Books, The Rock Stars of Romance, Shh Mom's Reading, Kayla the Bibliophile, Maryse's Book Blog, Brandee's Book Endings, Martini Times Romance, The Autumn Review, SubClub Books, Sammie's Book Club, Lori's Book Blog, The Book Enthusiast, Bookish Temptations, Verna Loves Books, The Book Bar, A Literary Perusal, We Like It Big Book Blog, Bare Naked Words, Fictional Men's Page, Love N. Books, Vilma's Book Blog, Southern Belle Book Blog, Kindle Crack Book Reviews, One Click Bliss, Kricket's Chirps, Perusing Princesses, Talkbooks Blog, BJ's Book Blog, Nancy's Romance Reads, The Literary Gossip e muitos, muitos, muitos mais!

Muito amor aos tuiteiros e aos posts das redes sociais que fazem com que navegar pela internet seja tão divertido: Janet, Shelley, Christine, Sue, Simmi, SL, Jamie, Bianca, Jane, Jasmin, Tam, Deb, Keisha, Tiffany, Joanne, Katie, Ellen, Denise Erin, Natalie, Lisa, Charleen, Nicky, LJ, Nic, Sharon, AM, Laayna, Christy, Liis, Glorya, Gerb, Chelcie, Sam e tantos outros que não dá para citar todos! Suas mensagens diárias me aquecem o coração, me fazem rir e levantam meu astral.

Para todos os grupos de apoio à Trilogia Rock Star, bem como às páginas de fãs, saibam que só de saber que vocês existem faz com que tudo me pareça surreal. Obrigada por todo o tempo, esforço e paixão que vocês derramam na internet!

Não posso expressar por completo os meus agradecimentos à minha agente, Kristyn Keene, da ICM Partners. A sua ajuda e orientação neste livro foram inestimáveis! Como também foram inestimáveis as muitas palestras e palavras de incentivo que você partilhou ao longo do último ano. Houve momentos em que precisei muito dessa força! Muito obrigada à minha incrível família da Forever/Grand Central Publishing: Beth deGuzman, Marissa Sangiacomo, Julie Paulauski e Jamie Snider. Vocês todos me fizeram sentir muito amada e bem-vinda! E um agradecimento especial para Megha Parekh, por suas fantásticas habilidades de edição!

E, por último, muito amor aos meus amigos e familiares, por sua paciência infinita. Especialmente quando um prazo apertado me faz subir pelas paredes, cancelar encontros no último minuto ou me trancar no escritório a noite toda. Sinto muito!!! E para meus filhos… vocês não fazem ideia de quanto eu amo vocês… Mas por favor parem de gritar a plenos pulmões ou chegar junto de mim dizendo: "Mãe, ei, mãe… Oi!", quando estou tentando terminar de escrever uma cena. Haha, estou só brincando. Sempre vou arranjar tempo para vocês. ♥

Capítulo 1

NÃO EXISTE CURA PARA QUEM É IMPRESSIONANTE

Não sou de me gabar, mas tive uma vida legal. Ah, que se dane, vou me gabar, sim... o máximo que conseguir e o mais alto que puder, porque eu tive a maior e mais fodástica vida em toda a história das grandes vidas da humanidade. Quase ninguém poderia se gabar mais que eu. Pouca gente fez parte da banda de maior sucesso no mundo todo. Só eu. Ah, e meus companheiros de banda. Eu acho. Tanto faz.

Dali a treze dias, dezoito horas e trinta e dois minutos, eu estaria na estrada novamente. A turnê de verão para divulgar o segundo álbum de sucesso dos D-Bags chegava rápido e eu estava louco para começar. Tinha ficado em segundo plano, esperando por aquilo durante muito tempo, tocando um instrumento que me tinha sido imposto há muito tempo. Nessa turnê tudo iria mudar. Era a minha vez de tocar guitarra, minha chance de brilhar sob os holofotes. Eu ia arrebentar naquela porra de palco e ninguém ia me impedir.

Quando me juntei aos D-Bags, alguns anos atrás, imaginei que, quando todos percebessem quanto eu era fodão, eu iria substituir meu primo como guitarrista principal da banda. Cheguei a comentar isso com os caras quando fundamos a banda oficialmente. Porém, apesar de Matt concordar comigo e dizer: "Será como você quiser, Griffin", a banda ainda não tinha me dado a chance de me tornar um rock star. Eles me empurraram para a posição de baixista e me deixaram lá. Meu lugar era na frente do palco, eu praticamente tinha as palavras "guitarrista principal" tatuadas na testa! Todos os caras sabiam disso, mas sempre que eu dizia que Matt e eu deveríamos trocar de instrumentos eles me zoavam com comentários do tipo "Matt tem mais talento". Até parece, meu ovo esquerdo tinha mais talento do que Matt; quem dera ele fosse tão fodão quanto eu. Os caras se borravam de medo de ficar em segundo plano se eu tivesse a chance de brilhar. Pois bem, eles que se fodam! Eu não pretendo ficar nas sombras por muito tempo. Ninguém coloca o Hulk contra a parede. Nunca!

Felizmente eu tinha sido abençoado com uma bela aparência, do tipo que faz as mulheres abrirem as pernas; além de um corpo quente, daqueles de sair fumaça; e mais experiência sexual que um monte de putas classe A. Também tinha mais talento no dedo mindinho que a maioria das pessoas tem no corpo inteiro. Para completar, *também* fui agraciado com uma puta sorte; as coisas sempre arrumavam um jeito de dar certo para mim. Acho que eu tinha um bom carma ou algo assim, porque as situações, mesmo quando eram adversas, acabavam se mostrando fodásticas. Vejam a minha infância, por exemplo. Quando minha mãe descobriu que estava grávida de mim, nós morávamos em Wichita. Isso mesmo. Eu quase nasci no cu do Kansas. Kansas! Mas meu pai perdeu o emprego, tivemos que ir morar com o irmão dele, e eu acabei aterrissando na Terra dos Refletores: Los Angeles. Desde o útero eu já estava destinado à grandeza.

Desde moleque, a ideia de ser um rock star já me atraía – eu me vesti como Gene Simmons, vocalista do Kiss, por seis Halloweens seguidos. Era fascinado pela imagem de milhões de pessoas gritando meu nome, chorando quando me viam e me idolatrando. A ideia de ser colocado em cima de um pedestal era inebriante. Quem não iria querer isso? Além do mais, em que outra profissão, tirando a pornografia e a prostituição, uma pessoa tem a garantia de todo o sexo que conseguir aguentar? Nenhuma mais me vem à cabeça.

Mas eu acho que Matt foi o verdadeiro motivo da minha escolha de carreira. Nós tínhamos morado juntos durante os primeiros oito anos de nossas vidas. Depois eu me mudei, mas continuamos na mesma rua, e acabamos saindo de casa e indo morar juntos. Apesar de emputecermos um ao outro o tempo todo, vivíamos grudados. Não havia ninguém de quem eu gostasse mais de tirar sarro do que Matt. E desde que me entendo por gente, Matt já era obcecado por música. Estou falando de uma obsessão doentia. Uma obsessão do tipo "ele precisa de tratamento urgente".

Quando ainda éramos pré-adolescentes, ele costumava dizer merdas como: "Música é vida" e "Todo o resto é só interferência". Acho que foi por dizer essas bostas que Matt permaneceu virgem até os dezenove anos. E meio! Ele tinha dedicado toda a sua juventude à música, e nunca se deu conta de que a música era apenas um meio para alcançar um fim. Desde o início dos tempos, a música foi criada com um único propósito: levar as mulheres para a cama. *Sexo* era vida... literalmente... e *todo o resto* era interferência. Depois da primeira transa de Matt, acho que ele começou a compreender essa verdade. Pelo menos passou a pegar mais leve nas declarações do tipo "A música é o combustível do mundo".

Só que, ao contrário de mim, Matt nunca planejou ser um rock star. Achava que pensar nisso era construir castelos no ar, mas eu sabia que era algo inevitável. Tudo

que precisávamos fazer era esperar pelo momento certo. Bastava aguardar até que o destino nos encontrasse. E foi o que aconteceu.

Depois do ensino médio eu deixei as minhas opções de carreira em aberto. Costumava levar meus pais à loucura por não ter realizado nada de produtivo até me formar. E sempre passava de ano raspando. Vaguei sem rumo durante uns dois anos, como um degenerado perdido. Pelo menos isso era o que a minha irmã dizia, mas eu sabia o que fazia e o que pretendia da vida. O momento certo era a chave de tudo, e eu não podia correr o risco de ficar acorrentado a um emprego típico de bundões quando o destino viesse bater à minha porta. Isso não era preguiça, era preparação. Precisava ser livre, incorporar em mim os ventos da mudança ou alguma merda poética desse tipo. Tinha que estar pronto. E isso foi muito bom, porque, se eu tivesse compromissos que não pudesse abandonar, Matt e eu nunca teríamos conseguido formar uma banda junto com Kellan e Evan.

Nós os conhecemos em uma boate de striptease. Não era sempre que eu conseguia fazer com que meu primo saísse para a gandaia comigo, mas depois de alguns drinques no bar eu podia convencer Matt a fazer qualquer coisa. Cabeça fraca para bebida, a dele. Matt, como sempre, parecia muito desconfortável por se ver cercado de garotas quase nuas. Como eu me preocupava com o seu crescimento pessoal – e porque era divertido fazê-lo ficar vermelho como uma beterraba –, fiz o que pude para ajudá-lo com as meninas. Fomos expulsos da boate vinte minutos depois, mas não foi minha culpa. Cara, como é que eu ia saber que subir no palco cavalgando um *pogo stick* era proibido? Em minha humilde opinião, achei até que estava melhorando o show.

Evan e Kellan tinham estado na boate nessa noite e nos encontramos no estacionamento, depois de sermos brutalmente expulsos do estabelecimento. Como de costume, Matt choramingava e reclamava muito, tentando me explicar quanto eu era idiota, quando eles se aproximaram de nós. Acho que foi isso, porque eu não estava prestando muita atenção. Mas depois de nos apresentarmos a conversa descambou para música e Matt finalmente se sentiu no sétimo céu. Ele curtia mais conversar sobre estilos musicais com um bando de marmanjos do que quando estava lá dentro, assistindo a peitos cheios de silicone que balançavam para cima e para baixo, juntinho dos nossos rostos. Eu já suspeitava disso havia vários anos, mas naquele momento tive certeza de que Matt era completamente maluco e nunca ficaria bem da cabeça.

Nós fechamos com o Kellan e o Evan essa noite e – BUM! – os D-Bags nasceram. E confirmei as minhas suspeitas de que a música era um caminho infalível para chegar ao sexo. E... puxa vida, havia muito sexo para aproveitar nessa atividade! Sexo nos bastidores. Sexo no estacionamento. Sexo contra a parede. Sexo no banheiro. Sexo com chicotes e correntes. Sexo cosplay. Sexo casual. Ménages. Orgias.

Foi um banquete interminável de prazeres carnais. Tudo que eu precisava dizer era: "Toco numa banda de rock", e a garota com quem eu estivesse conversando se mostrava interessada na mesma hora. Era quase fácil *demais*. Na verdade, nem tanto, porque eu era um cara tremendamente fodão e adorava cada segundo de tudo aquilo.

A única coisa que apagava ligeiramente a grandiosidade da minha vida era a minha posição inferior na banda. Os caras não tinham ideia do presente que receberam ao me escolher, e apesar de eu lhes dizer repetidas vezes que merecia uma chance na guitarra principal, eles continuaram me mantendo em segundo plano. Essa era a minha única reclamação sobre a banda. Ah, essa e a porra do Kellan, para quem era rotina roubar minhas xerecas! Mesmo quando eu reclamava meus direitos sobre elas! Antes de ele sossegar o facho e se tornar "domesticado", isso era algo que me deixava muito puto. Além do mais, para tornar as coisas ainda piores, a porra desse ladrão de xerecas não gostava de compartilhar histórias de sexo.

Já que você roubava minhas rachas, seu babaca, pelo menos devia ter a cortesia de compartilhar os detalhes!

Mas não... Kellan ficava todo esquisito e mantinha o bico fechado. Parecia quase envergonhado. Isso não fazia sentido para mim, na época. Continua não fazendo. Eu alardeava minhas conquistas aos quatro ventos! A verdade é que eu sempre fui incrível quando o assunto era trepar. Era tão bom de cama que *eu mesmo* queria dormir comigo. Kellan provavelmente era péssimo na horizontal. Só ganhava as garotas porque tinha o emblema de *vocalista*. Todas elas provavelmente choravam depois da transa, de tão ruim que tinha sido. Sim, isso fazia sentido. Pobre idiota patético! Será que eu devia pegar leve com ele? Nem pensar! Era sua obrigação, no papel de homem à frente da banda, ser bom no sexo. Se ele não aguentava essa tarefa, eu ficaria feliz em substituí-lo. Também sabia cantar *e* jogar os quadris para frente. Isso era mais fácil que pegar esposas insatisfeitas logo depois do Dia das Mães. Puxa... eu realmente conseguiria desempenhar esse papel numa boa. Porra... se eu fosse guitarrista principal, também conseguiria ser o principal *em tudo*.

Eu me imaginava de pé no centro do palco, as fãs gritando, pulando para cima e para baixo, exibindo os peitos por breves segundos enquanto gritavam meu nome. Kellan ia encolhendo cada vez mais, sendo sugado para o fundo do palco e ficando cada vez menor até que finalmente a escuridão no fundo o engolia por inteiro. Nesse momento eu só conseguia ver sombras e imagens com formato de dedos que arranhavam de leve as cordas do baixo. Ele estava estragando a música, mas eu deixava tudo por isso mesmo... porque sou fabuloso e impressionante. Mais tarde eu levaria um papo com ele, e talvez propusesse alguns ensaios extras. Rá!

Era muito quente sob os refletores no centro do palco, mas eu adorava. Aquele calor era como os dedos de uma amante sobre a minha pele nua. Eu tinha vontade de ficar pelado para poder sentir as vibrações escaldantes em todos os lugares. A multidão iria à loucura com isso. Todos já se atropelavam para subir no palco e chegar aonde eu estava; os rapazes da segurança passavam um sufoco para manter todos afastados de mim. Pelos olhares em seus rostos, eu sabia que se eles conseguissem subir no palco iriam me destroçar. Ser espancado até a morte e massacrado por amor, luxúria e desejo... Cara, até que esse não seria um jeito ruim de morrer.

Eles começaram a entoar meu nome como um mantra, sem parar. "Griffin! Griffin! Griffin!" E eu levantava a mão para acalmá-los.

— Griffin... você tem alguma objeção contra isso?

Minha visão das fãs se contorcendo se evaporou quando um par de olhos verde--esmeralda entrou em foco. Anna. Minha esposa linda, sensual, uma deusa.

— Hein?... Eu não estava prestando atenção. Pode repetir? – Aqueles lábios cheios abaixo dos olhos penetrantes formaram um beicinho, mas eu sabia que ela não estava tão chateada assim. Minha mente muitas vezes vagava e eu viajava na maionese; Anna já estava acostumada com isso.

Eu ainda me surpreendia um pouco por ter dado aquele mergulho, me desligado da matilha e ter decidido escolher apenas um tipo de cereal para comer. Pelo resto da vida! Mas, quando o cereal em questão era feito de flocos de chocolate revestidos de raspas de chocolate, mergulhados em calda de caramelo e cobertos com chocolate granulado, até que comê-lo não era exatamente um sacrifício.

Anna e eu tínhamos nos conhecido há vários anos, antes de os D-bags se tornarem grandes. Ela me achava um merda qualquer naquela época, quando a piscina em que eu flutuava não era tão profunda. Foi isso que me atraiu nela, no primeiro momento. Corri muito atrás de Anna. Corri atrás dela com vontade, mas isso não me impediu de comer outras garotas depois da primeira vez. Nem mesmo depois de *várias vezes*. Com ela, aconteceu a mesma coisa. Anna e eu tínhamos construído uma relação do tipo "se está bom pra você, está tudo numa boa pra mim também", e eu ainda continuei a me deleitar por algum tempo com tietes ansiosas para me agradar. Mas o tempo passou e, por algum motivo que eu não sei qual – e continuo sem saber ao certo –, tudo começou a mudar. Depois de estar com Anna, todas as outras garotas me deixavam querendo algo mais. Quando estávamos juntos, a coisa era explosiva. Não... Era aluci-nante! Não... Era de alterar o curso da existência! Acho que era por isso que ninguém mais conseguia se comparar a ela. Anna simplesmente me pegou firme e me satisfazia por completo, de um jeito que mais ninguém conseguia.

Outras garotas... Bem, aquilo era fácil como beber água. É claro que o tesão momentâneo era aplacado, mas eu me sentia muito pior depois. Com mais sede. Eu só queria Anna. Isso acontecia a porra do tempo todo e ninguém mais servia. Admitir que eu tinha sido fisgado foi a porra mais difícil da minha vida, mas negar isso não estava me levando a lugar nenhum. Anna era o suficiente para mim. Não, ela era *a mulher da minha vida*. Então, caralho, eu acabei me casando com ela antes que algum aventureiro a levasse.

Anna suspirou, fazendo seus lábios se abrirem de um jeito tão erótico que eu quase me distraí imaginando outra coisa.

Nossa, essa boca em mim agora mesmo seria fantástico. Será que o que ela precisava me dizer poderia ser dito com ela completamente nua?

Eu não via por que não. Ela já estava na metade do caminho, mesmo. Continuei sentado no divã que ficava dentro do nosso closet enquanto ela escolhia algo para vestir naquele dia. Tudo que tinha escolhido até agora era um sutiã preto combinando com uma calcinha preta; apesar de essas roupas íntimas serem de material elástico, feitas para futuras mamães, eram excitantes. Eu queria arrancá-las com os dentes.

– A turnê... Eu decidi ir com você. Gibson e eu. Mais o Newbie. Nós três vamos com você. – Colocou as mãos nos lados de seu estômago, delineando a forma do bebê em sua barriga. Nosso segundo bebê. Resolvemos chamá-lo de Newbie até o nascimento. De acordo com os médicos, ia ser mais uma menina, mas, como os idiotas nos disseram que Gibson era um menino até o dia em que *ela* nasceu, não estávamos acreditando muito dessa vez. Só íamos ter certeza do sexo da criança quando Anna a colocasse no mundo.

Dei de ombros.

– Beleza, parece ótimo. – Não fazia diferença para mim. Na verdade, minha vida ficaria até mais fácil se elas viajassem conosco, porque eu não precisaria descabelar o palhaço com tanta frequência. Mas talvez precisasse agarrá-la agora mesmo se ela se curvasse para frente mais uma vez.

Meu doce Jesus, minha mulher é uma tremenda obra-prima.

Anna se voltou para a haste do closet e pegou um monte de roupas. Eu juro que aquela mulher tinha mais roupas do que a maioria das lojas de departamento. E aquele nem era o nosso único closet. Havia mais um junto do banheiro principal e um terceiro num aposento que seria para hóspedes, mas Anna usava como quarto de vestir. Era quase ridículo, mas ela se mostrava tão fodasticamente tesuda em tudo que vestia que eu nunca reclamava disso. Mesmo assim, por melhor que fosse a sua aparência quando se produzia toda, ela parecia ainda mais bonita quando ficava nua.

Já tinha escolhido os sapatos para usar naquele dia; segurava-os na mão enquanto analisava os cabides com muitas opções de roupas da moda. Aqueles sapatos pretos de saltos altíssimos fariam suas pernas parecerem ter um quilômetro de comprimento. Eu estava ficando de pau duro só de pensar nela usando aqueles sapatos. Por que diabos ela ainda não os tinha calçado? Acho que estava me provocando...

Virando a cabeça para mim com o cabelo castanho muito comprido descendo em cachos sobre os ombros de forma sedutora, ela anunciou:

— Kiera e Ryder também vão, e Gibson vai ter alguém com quem brincar... não que Ryder participe muito, pois só tem nove meses. Mas pelo menos nossa filha vai ter alguém com quem se distrair além de nós, certo?

Fiz que sim com a cabeça, para que ela achasse que eu estava prestando atenção em alguma coisa que ela falava. Só entendi a menção ao filho de Kellan e à sua esposa rígida e travada, mas não me liguei em mais nada. Estava ocupadíssimo imaginando como a bunda de Anna iria ficar quando ela calçasse aqueles sapatos. Algo crescia dentro da calça e esticava o tecido, me deixando desconfortável; eu me ajeitei meio de lado e esperei que ela continuasse a falar.

— Temos dois ônibus para os equipamentos das bandas, além do ônibus privativo de Kellan e Kiera. Matt vai viajar com a galera do Avoiding Redemption, e eu acho que Evan vai com o pessoal do Holeshot e daquela outra banda nova... Staring at the Wall. Kiera me disse que nós poderíamos ir no ônibus dela se quiséssemos, em vez de seguir com o resto dos rapazes. — Ela olhou para mim com um sorriso nos lábios e completou: — Bem, na verdade o que ela me disse foi que *Gibson e eu* podíamos ir com ela e Kellan... e se você *realmente* fizesse questão, poderia se meter no ônibus com a gente durante alguns períodos da viagem... Desde que fossem períodos curtos.

Isso chamou a minha atenção. Deixei de olhar para sua bunda maravilhosa, foquei no seu rosto e a vi com ar de quem se divertia.

— Porra nenhuma! Pretendo meter em você o tempo todo e foda-se quem quiser me impedir. Foda-se quem tentar nos afastar. — Ela levantou uma sobrancelha de um jeito curioso e eu balancei a cabeça na mesma hora. — Isso mesmo, você me ouviu direito. Vou meter em *você* o tempo todo. — Ergui as sobrancelhas para tornar a frase mais sugestiva, caso ela ainda não tivesse sacado a brincadeira. Mas é claro que sacara. Minha mulher tinha a mente quase tão poluída quanto a minha.

Anna deu de ombros e voltou a escolher roupas. Pegou um vestido amarelo e disse:

— Kiera iria curtir se eu fosse com eles... Mas prefiro me meter onde você estiver, e ela vai ter que aturar isso.

Virando de lado, ela colocou o vestido contra o corpo como se estivesse desfilando só para mim. Inclinei a cabeça, como se estivesse decidindo se gostava. Na verdade, pouco ligava. Qualquer coisa que Anna colocava sobre o corpo ficava impressionante e eu nem me importava com o que ela vestia. Mas eu tinha outro motivo muito mais interessante para fingir que me importava, e isso poderia gerar boas recompensas. Antes que ela pedisse minha opinião sobre o vestido amarelo, dei um palpite.

— Não tenho certeza... Preciso analisar os sapatos antes de qualquer coisa.

Ela colocou os sapatos no chão e começou a deixar o vestido escorregar sobre a cabeça, mas eu a impedi.

– Não, nada disso... Só os sapatos! – Mantive a voz intencionalmente baixa e rouca. Anna ergueu os olhos para mim e um desejo brincalhão cintilou em seus olhos. Com uma sexualidade que rivalizava apenas com a minha, despiu o vestido e deslizou os pés de um jeito sensual para dentro dos sapatos de salto alto. Em seguida fez uma pose típica de modelo de biquíni e minha barraca armou na mesma hora.

Caraca, ela era muito gostosa! Mesmo com oitenta milhões de meses de gravidez, continuava a ser a coisa mais sexy do mundo. Eu quis que ela rasgasse a calcinha, abrisse as pernas e se sentasse em cima de mim ali mesmo. Os sapatos podiam ficar calçados.

Porra, se podiam!

– Quero que você tire tudo e cavalgue o meu pau – avisei subitamente. – Mas não tire os sapatos. – Um dos melhores lances de estar num relacionamento com Anna era o fato dela não fazer cu doce para nada. Anna nunca teve frescurites. Se eu quisesse que ela me chupasse, bastava pedir. Podia ser que ela não atendesse ao pedido se não estivesse a fim na hora, mas nunca se escandalizava com coisa alguma que eu pedisse ou dissesse. Mesmo quando eu dizia essas merdas em voz alta na fila do Walmart, ela continuava numa boa, sem surtar.

Com um meio sorriso intrigado nos lábios, ela veio rebolando na minha direção. Brincou com um dos seus cachos escuros enquanto caminhava, e o latejar dentro da minha calça ficou tão doloroso que eu tive de massagear o pau de leve para ele se acalmar.

– Estamos atrasados, amor – murmurou ela quando parou bem na minha frente.

– Foda-se o atraso, eu não me importo – falei me inclinando para trás e me apoiando nos cotovelos sobre o divã.

Faça isso agora. Eu quero você.

Inclinando-se sobre mim, ela colocou as mãos nas minhas coxas para se apoiar e me ofereceu uma visão magnífica do seu decote. Aposto que o ângulo do seu traseiro também era igualmente espetacular. *Porra!* Por que não havia alguns espelhos por ali? Eu precisava corrigir isso o mais rápido possível.

– Matt vai querer sua cabeça numa bandeja se você se atrasar para o ensaio de novo – avisou ela. Em seguida, lambeu o lábio inferior e mordeu. Sua pele macia brilhava sob as luzes, me chamando. Eu precisava daqueles lábios em mim. Em toda parte.

– Estou cagando e andando para o que o Matt pode fazer com a minha cabeça. Você, por outro lado... – Ergui um pouco o quadril, só para o caso de ela não ter percebido aquela insinuação também. Mais uma vez ela percebera, sim. Minha garota favorita era muito mais esperta que eu.

Com um sorriso capaz de provocar inveja até na Angelina Jolie, Anna começou a baixar a cabeça. Meus olhos se arregalaram quando seus lábios se aproximaram do zíper da minha calça. Ela deu um beijo suave na ponta do meu pau, que continuava lutando contra o jeans. Foi como se tivesse me tocado com um marcador de gado em brasa. Um tremor enviou um delicioso chiado a todo o meu corpo, e eu senti uma pontinha de umidade na ponta do pau, da lubrificação. Estava prontíssimo para ela. De repente me senti disposto até a implorar, se ela não fizesse mais do que apenas me beijar. Não, eu não estava *disposto*. Eu *toparia* mendigar; era homem bastante pra isso.

— Por favor, amor. Quero essa boca linda em cima de mim, me lambendo todo, me provocando. Depois eu quero esse corpo lindo em cima de mim, para eu poder deslizar para dentro de você. Quero sentir sua boceta molhadinha apertando minha pica com força, antes de começarmos a nos mover… — Levantei a mão de lado até o meu colo e fiz movimentos de balanço no ar, como se estivesse segurando seus quadris, guiando-a devagar e movimentando-a cada vez mais depressa… — Ahhh, bem assim desse jeito, amor.

Eu imitava o movimento tão bem que praticamente senti um orgasmo chegando. Porra, será que eu conseguiria gozar sem nem mesmo tocá-la? Talvez, mas isso não seria tão gratificante.

Anna soltou uma risada gutural enquanto suas mãos deslizaram até o meu zíper.

— Você diz coisas tão tesudas, Griffin — elogiou ela em voz baixa. Acalmei os quadris enquanto os dedos dela tocavam o zíper, a única coisa que impedia minha fera de pular da jaula. Ela estava prestes a destruir a cidade se Anna não a domasse logo.

Depois de meu pau saltar livre, deitei no divã e deixei minha cabeça bater na almofada. Tinha deixado o cabelo crescer. Ele já estava na altura do queixo e eu o prendia num rabo de cavalo curto. Isso tornava muito desconfortável deitar com a cabeça para trás, então eu arrebentei o elástico enquanto Anna arriava minha cueca e me libertava por completo. Assobiei baixinho de prazer quando seus dedos tocaram a minha pele latejante e sensível.

— Porra, isso mesmo…

Fechei os olhos para não me distrair com a pilha desordenada de roupas espalhadas pelo quarto. Com a visão apagada, meus outros sentidos se aguçaram. Senti o ar mais frio em torno do meu pau; adorei quando as unhas de Anna me arranharam a barriga de leve; ouvi meus gemidos baixos e o ronronar sedutor de Anna.

— Está pronto, amor? — sussurrou ela.

— Estou — gemi, agarrando-a pelo cabelo.

É agora…

Um choque elétrico me percorreu todo quando sua língua tocou no meu pau e mais um gemido me escapou.

— Porra, isso é tão gostoso… — Ela passou os dedos ao longo de toda a extensão do meu mastro até a base e acariciou o piercing que eu tinha na ponta do pênis. Tornei a gemer. Eu queria tanto aquilo que todos os meus sentidos foram amplificados. Até o menor roçar de seus dedos me provocavam raios explosivos de sensações. – Mais um pouco… por favor…

E foi então que meus sentidos aguçados me alertaram para algo terrível. Péssimo. Totalmente fora de hora.

No quarto, a babá eletrônica instalada na mesinha de cabeceira de Anna fazia ruídos. Aquilo já acontecia havia algum tempo, mas eu não estava prestando atenção no som. Nem Anna. Só que agora era impossível ignorar o barulho. Um grito agudo e sons metálicos pareciam encher o ar.

– Mãããããããããããããeeeee! Quero sair daqui!

A voz de Gibson colocou Anna em alerta de mãe na mesma hora. Olhei para o lado no mesmo instante em que ela me olhou, e soube que o pau latejante e selvagem que havia entre nós tinha sido esquecido por completo.

– Gibby acordou do cochilo. Preciso ir pegá-la.

Sentando no divã, agarrei a mão dela quando ela endireitou o corpo. Trazendo seus dedos de volta para o meu membro, que já protestava, implorei:

– Mais cinco minutos de espera não vão fazer mal a ela.

Anna riu, mas se afastou.

– Desculpe, amor. Eu não gosto de deixá-la sozinha nessa hora. Além do mais, ela vai gritar o tempo todo e você sabe que isso vai acabar com a sua concentração.

Apertei os lábios, querendo discutir com ela, mas sabendo que não conseguiria. Havia momentos em que só ouvir Gibson balbuciando coisas na babá eletrônica já tornava impossível eu gozar. Tive de dar por encerrada a sessão de sacanagem, e Anna odiava quando eu fazia isso. Mas ela estava certa. Gibson tinha um par de pulmões poderosos e, se não fôssemos libertá-la de sua prisão no quarto, ela gritaria cada vez mais alto; desligar o som da babá não faria um pingo de diferença.

Deixei a cabeça tombar para trás no divã e minha vara de amor esquecida começou a murchar. Aquilo foi o desperdício de uma excelente ereção.

– Tudo bem. – Eu tinha acabado de ter meu tesão cortado por minha própria filha. Uma puta sacanagem!

Anna deixou deslizar sobre o corpo o vestido amarelo-limão, que aderiu às suas curvas e contornos, e fez meu pau se animar um pouco e começar a endurecer novamente. Só que Gibson tornou a berrar e ele tornou a murchar. Quando acabou de se vestir, Anna me deu um beijo rápido na bochecha.

– Você devia se vestir logo. Temos que ir.

Ergui a mão num gesto de irritação, mas concordei. Tanto fazia agora. Era tudo ladeira abaixo a partir daquele momento. Anna me observou por um segundo, mas logo se inclinou e colocou os lábios junto da minha orelha.

— Assim que Gibson apagar, podemos voltar aqui e eu vou continuar exatamente do ponto em que parei. — Lambeu o interior da minha orelha e um enorme sorriso me surgiu nos lábios. Aquele era o melhor dia da minha vida.

Quando Anna saiu, balancei meu pênis abandonado.

— Desculpe, Hulkster. Tenho que guardar você agora, para mais tarde.

Olhando para o meu pau, eu poderia jurar que o ouvi responder: "Mas você prometeu que eu ia poder sair para brincar hoje!". Franzindo a testa, eu o coloquei para dentro da calça e avisei:

— Não sou burro de fazer promessas para alguém. Ou para *alguma coisa* — emendei, já que estava *conversando* com meu pau. Isso era algo que eu tinha aprendido desde cedo. Quem não prometia coisa alguma para quem quer que fosse não corria o risco de ser cobrado nem sacaneado mais tarde. Era próprio da natureza humana voltar atrás na palavra empenhada, e era por isso que eu nunca fazia promessas.

Até mesmo meus votos de casamento tinham tido todas as promessas removidas. Anna e eu tínhamos nos enforcado num cartório de uma cidade qualquer da Costa Leste... nem me lembro qual. Nossa cerimônia tinha contado apenas com nós dois e um juiz, e tudo fora tão simples quanto poderia ser. Basicamente tinha sido assim:

Anna, você aceita esse bundão como marido? Aceito. Griffin, você aceita essa gostosa como esposa? Claro, por que não?

E isso foi o máximo de promessas que tínhamos feito um ao outro. Era tudo que bastava.

Quando Anna voltou para o quarto, eu já voltara ao normal — só meu pau em estado meia bomba ainda tentava espiar pela braguilha da calça. Mas até isso sumiu quando eu vi o pequeno milagre que minha mulher trazia nos braços.

— Papai! — Gibson jogou suas mãozinhas para frente e se inclinou com tanta vontade na minha direção que Anna teve de fazer força para segurá-la. O rostinho de Gibson se amassou de concentração e irritação enquanto ela lutava para escapar da mãe. Então, com um bico que só uma criança conseguiria tornar adorável, ela se virou e fez uma careta para Anna. — Qué papai! — protestou ela, mais como um comando do que um pedido. Gibson tinha só um ano e meio, mais ou menos, mas já sabia muito bem o que queria e esperava sempre conseguir as coisas do seu jeito. Nesse ponto era tão parecida comigo que chegava a ser assustador.

Anna revirou os olhos, mas se aproximou para Gibson poder me alcançar. Quando suas mãozinhas tocaram a minha pele, viraram garras recurvadas. Como uma águia que queria garantir um peixe que pegara do mar, Gibson apertou meu antebraço com uma força surpreendente e monstruosa.

— Puta merda, relaxa, Gibs. Estou bem aqui.

Grunhindo, eu a coloquei ao meu lado e examinei o que restava do meu braço. Eu meio que esperava ver um pedaço torto de carne pendurado fora do osso. Em vez disso, tudo que vi foram estrias vermelhas brilhantes no lugar onde ela me arranhara. Anna fez uma careta.

— Acho que preciso cortar as unhas dela. Desculpa.

Dei de ombros.

— O dia não fica espetacular de verdade até o momento em que uma garota bonita me arranha. Uso minhas feridas de guerra com orgulho. – Olhando para as marcas que ela fizera no meu braço, acrescentei: – Puxa, eu bem que podia tatuar essas marcas em mim. Não seria o máximo ter esses arranhões marcados na pele para sempre?

Anna sorriu e balançou a cabeça.

— Nada disso. Se você quiser marcas de garras para fazer tatuagem, eu posso lhe dar algumas boas. Dessa forma, cada vez que você olhar para elas, vai se lembrar de como as conseguiu.

— Caralho!… Sim, esse é um plano muito melhor. Porra, você sempre tem as melhores ideias!

Gibson agarrou meu nariz com força e me obrigou a prestar atenção nela, como gostava. Aquela menina tinha ciúmes gigantescos de todo mundo. Olhar para ela era como olhar para uma versão em miniatura de mim, se eu fosse uma menina. Com os mesmos olhos azul-claros e o mesmo cabelo louro, embora o dela fosse cor de pura platina, enquanto o meu parecia mais sujo. Como deveria ser. Ela me deu um sorriso cheio de dentes brancos muito brilhantes, e logo depois soltou:

— Porra.

Anna cruzou os braços sobre o peito, mas a sua expressão era mais de diversão que de aborrecimento.

— Acho que precisamos começar a tomar cuidado com a língua – disse ela.

Olhei de Gibson para Anna.

— Eu, tomar cuidado com a minha língua? Seria mais fácil você me pedir para ficar num pé só recitando o alfabeto de trás para frente. Eu não conseguiria me policiar vinte e quatro horas por dia, sete dias por semana. Fico cansado só de pensar nisso.

Anna acariciou Gibson.

— Bem, ela está começando a imitar você em tudo e, se não colocarmos um freio nisso agora, ela vai começar a chamar as pessoas de chupadores de pica em breve.

Eu comecei a rir.

— Cara, isso seria… o máximo!

Anna colocou as mãos nos quadris; uma pontada de irritação verdadeira começou a surgir em sua voz.

— Não, não seria. — Ela acabou sorrindo. — Bem... Sim, é claro que seria, mas na condição de pais nós temos que reprimir esse tipo de coisa. — Ela suspirou. — Bem, pelo menos deveríamos tentar.

Olhando para Gibson, eu fiz uma careta.

— Sim, acho que posso tentar. — Apesar de eu ter certeza de que ela não fazia a menor ideia do que estávamos conversando, Gibson colocou a cabeça no meu ombro, os braços em volta do meu pescoço e deu tapinhas nas minhas costas, como se estivesse me incentivando. Sim, isso seria melhor para Gibson; eu tentaria controlar a minha língua. Não havia praticamente nada que eu não topasse fazer por aquela menina.

Nós três começamos a preparar a saída. Anna pegou a bolsa na cama; as cobertas estavam amarrotadas e tortas, mas nenhum de nós se preocupou em arrumar aquilo. Para que arrumar se mais tarde iríamos bagunçar tudo novamente? Essa sempre foi a minha filosofia, e Anna parecia concordar com ela. Tínhamos a tendência de pensar do mesmo jeito, algo que realmente me assustava pra cacete.

Quando Anna colocou a alça da bolsa gigantesca por cima do ombro, olhou para mim. Eu coloquei Gibson de cavalinho nos ombros e comecei a pular para cima e para baixo... como num *pogo stick*. Hummm... eu realmente adorava *pogo sticks*.

— Antes que eu me esqueça, o seu pai ligou — anunciou ela, franzindo a testa depois de dar o recado, e eu me perguntava se papai tinha dito alguma coisa que a deixara puta. Não seria surpresa. Meu pai não tinha filtro algum. Minha mãe dizia que isso era uma característica de família. Que seja!

— Ah, foi? O que o filho da puta queria?

Anna suspirou e apontou para Gibson. Cocei minha cabeça enquanto eu pensava num jeito mais amigável de colocar a questão. Cuidar da língua era um pé no saco.

— Ahn... o que o... filho da mãe queria?

Anna riu da minha substituição e franziu a testa novamente. Esfregando o estômago, disse:

— Eles querem vir para o nascimento do bebê. *Todos eles*. E querem ficar aqui em casa.

Bem, é claro que queriam. Minha casa era fodástica, muito melhor que os buracos de merda que o resto da minha família chamava de casa. A partir do momento em que a grana do nosso segundo álbum tinha começado a entrar de enxurrada, eu fiz o que qualquer um na minha situação teria feito: entrei em contato com uma corretora de imóveis confiável e pedi que procurasse a casa mais cara de Seattle. Infelizmente, acabamos não comprando essa, mas Anna e eu conseguimos uma que estaria certamente entre as dez mais. O lugar era incrivelmente, absurdamente e demasiadamente imenso para apenas três pessoas... ou quatro... ou dez. Eu adorava a casa.

Eu não era o único D-Bag que tinha investido em imóveis. Kellan e Kiera tinham uma casa enorme num bairro isolado na área norte de Seattle, onde Judas perdeu as botas. Matt e Rachel moravam num apartamento sofisticado no centro da cidade, com uma vista linda do cais e da roda-gigante. Esses imóveis tinham custado os olhos da cara, mas nem de perto tinham sido tão caros quanto a minha casa. Evan foi o único que comprou um lugar modesto. Na verdade, acabou adquirindo o velho apartamento em que morava. Quer dizer... o apartamento e a oficina de carros que funcionava no primeiro andar. Ele tinha convertido o espaço comercial em uma imensa sala de estar extra e montara um estúdio de arte para Jenny. Ficou bem legal. Eu acho. Kellan é que não gostou muito do que Evan fez com o lugar. A oficina que funcionava ali era o único lugar que Kellan considerava confiável para cuidar do seu carro. Muito fresco, ele. Aquilo é só um carro, aceite isso. E ele acabou aceitando, depois de um tempo. Mas contratara a garota que trabalhava na antiga oficina para ser sua assistente pessoal nos assuntos ligados ao carro. Hummm... bem que eu precisava de uma garota na minha garagem, vestindo um biquíni minúsculo, coberta de graxa e cuidando do aquecimento do eixo. O aquecimento do *meu* eixo, hahaha!

— Griffin...? Você ouviu o que eu disse?

Balançando a cabeça, expulsei da mente a minha fantasia sobre a garota suja de graxa.

— Ouvi, sim. Mamãe e papai vêm nos fazer uma visita. Parece legal.

Anna suspirou.

— Eles *todos* estão vindo, Griffin. Sua mãe, seu pai, seu irmão, sua irmã, sobrinhos, tias, tios, primos. Vai ser o caos, e isso é a última coisa que eu preciso numa época em que já estarei dormindo pouco.

Exibi um sorriso solidário, embora aquilo não me parecesse um grande problema.

— Tudo vai dar certo. Este lugar é imenso; você quase não vai vê-los. Eles provavelmente vão passar a maior parte do tempo na piscina mesmo. — A casa tinha uma piscina olímpica coberta e uma banheira de hidromassagem para dez pessoas bem ao lado. Algo que pesou na hora da compra.

Anna não pareceu convencida pelos meus argumentos, então eu acrescentei mais um.

— Você não vai estar dormindo pouco... já temos uma lista com nomes de umas dez babás. Vai dar até para sairmos de férias, se quisermos.

— Não vou deixar meu bebê recém-nascido com a sua família. Nem mesmo para passar um mês em Cabo. — Sua expressão me mostrou que falava sério. E suas palavras seguintes confirmaram isso. — Você precisa ligar de volta para eles e dizer que todos podem vir nos visitar durante um fim de semana, mas só isso.

— Só um fim de semana? Amor, eles mal conseguiriam conhecer o novo bebê da família Hancock. Que tal um mês?

Anna se virou para mim com os braços cruzados e exibiu sua cara de jogadora. Eu sabia o que isso significava: *hora de negociar.*

— A oferta que eu coloco na mesa é de cinco dias depois que o bebê nascer. Qual é a sua?

Pensei por um segundo.

— Vinte dias. — Anna se encolheu, mas não se opôs. Essa era a nossa regra básica para as negociações: a pessoa A tinha de aceitar a oferta da pessoa B sem reclamar. E vice-versa.

— Ok — murmurou ela. — Vamos para o salão de jogos.

Girando nos calcanhares, ela saiu da sala com determinação. Colocando na cara um risinho de ansiedade, eu a segui. Anna e eu tínhamos inventado um jeito absolutamente justo para resolver todas as divergências. Justo e divertido, diga-se de passagem. Eu, pessoalmente, nos considerava gênios por termos pensado nisso; cada casal deveria seguir o nosso exemplo. Talvez Anna e eu devêssemos comercializar a ideia e colocá-la no mercado. Isso mesmo... poderíamos nos transformar em conselheiros matrimoniais. Éramos incríveis para resolver merdas como aquela.

Seguimos por um corredor cheio de vistosas obras de arte. Quanto mais ridículo algo fosse, mais eu gostava. Havia estátuas de crianças mijando, peixes com cara de cão e macacos voadores. Minha casa estava coberta de quadros de bundas imensas que Anna jurava que pareciam abóboras. Havia uma versão dos Monty Python que mostrava Deus no céu; ela se parecia com uma foto minha usando barba; minha peça favorita era um cão cagando numa privada. Anna me obrigou a esconder essa no meu escritório. Eu achava mais adequado expô-la no banheiro. Afinal de contas, *fala sério*! Um cão cagando *pendurado* na parede *acima* da pessoa que estivesse cagando? O que poderia ser mais impressionante que isso? Só que eu tinha perdido essa negociação e, quando um vencedor era declarado, não havia volta. Os resultados das negociações eram entalhados em pedra. Literalmente. Eu os entalhava numa rocha que ficava no quintal.

O salão de jogos ficava no outro extremo da casa e levava alguns minutos para chegar lá. Quase lembrei a Anna que já estávamos atrasados para o ensaio daquela tarde, mas fiquei na minha. Eu adorava aquele nosso jogo. Às vezes eu discordava de Anna em alguma coisa só para podermos jogar. O salão de jogos era um paraíso para crianças de todas as idades. Tínhamos uma máquina de pipoca como as encontradas em cinemas de verdade, e o lugar tinha um cheiro sempre fantástico. Ali também havia uma meia dúzia de fliperamas antigos, inclusive o clássico Frogger. Tínhamos uma piscina de bolas para Gibson, que era onde normalmente a encontrávamos quando ela sumia. Tínhamos até uma gaiola para treinar arremessos de beisebol e um saco de areia para boxe. Mas o que Anna e eu usávamos para resolver disputas ficava no centro da sala: uma mesa de pingue-pongue.

Anna começou a preparar nossa disputa enquanto eu colocava Gibson dentro da piscina de bolas. Ela gritou de alegria e pulou com vontade no meio das bolas coloridas. Depois de um salto poderoso para o ar, ela se deitou de barriga para cima e começou a balançar os braços e as pernas, como se fizesse um anjo de neve. Eu quase desejei que a piscina fosse maior para poder me juntar a ela.

Quando fui para a mesa de "negociações", Anna já tinha dez copinhos arrumados no seu lado, formando um triângulo, e eu comecei a arrumar os dez copos do meu lado. Os copos de Anna estavam cheios de água mineral com gás, pois ela estava grávida e não podia beber. Isso tirava um pouco da graça do jogo, mas… fazer o quê? O bebê Hancock teria de esperar pelo menos quinze anos para jogar o *beer pong* verdadeiro. Anna tinha vencido essa negociação também.

Ajudei Anna a encher meus copos com um saboroso licor de chocolate; aquilo parecia mais uma sobremesa do que um drinque, mas eu tinha um fraco por coisas doces. Depois de tudo preparado, jogamos uma moeda no ar para ver quem começaria.

— Cara – disse eu, com um sorriso. Quando eu tinha a chance, sempre escolhia cara, embora uma coroa também não caísse mal.

Anna jogou a moeda para cima, pegou-a no ar e a prendeu nas costas da mão. Quando levantou os dedos, ambos nos inclinamos para ver quem seria o primeiro. Previsivelmente, era coroa.

— Eu começo – avisou ela, com um sorriso.

— Tudo bem. Eu prefiro ser o segundo, mesmo. – Belisquei seu traseiro. – As damas devem "vir" sempre em primeiro lugar.

Anna riu baixinho daquele seu jeito sedutor que fazia meu pau se animar. Então pegou sua bolinha e mirou seu arremesso.

— Essa aqui é por uma visita rápida – lembrou, antes de soltar a bola no ar.

A bolinha caiu dentro de um dos meus copos de forma perfeita e espirrou um pouco de líquido. Fiz que sim com a cabeça em sinal de aprovação. Aquela minha garota tinha habilidades; isso mantinha o jogo sempre interessante.

— Começo de partida, amor… É só um começo de partida.

O DIA EM QUE O IMPRESSIONANTE MORREU

Agora era oficial. Minha família ia ficar hospedada em nossa casa durante vinte dias. Anna tinha aceitado o resultado do nosso jogo, mas não estava feliz com isso. Uma carranca feia tinha se fixado em seu rosto enquanto instalávamos Gibson em nosso carro "familiar" – uma van Hummer amarela brilhante. Eu queria que as pessoas nos vissem chegando a um quilômetro de distância. Por motivos de segurança, é claro.

Anna olhou para mim enquanto prendia Gibson em sua cadeirinha de bebê.

– Eu não acredito que você conseguiu acertar aquele último lançamento – murmurou.

Ainda me sentindo meio tonto por causa do jogo e do meu inegável lance de sorte que me garantira a vitória na disputa, soprei as juntas dos dedos e os esfreguei na camisa.

– Nunca duvide do mestre, amor.

Ela revirou os olhos, mas sorriu.

– Bem, quando estiver muito cansado, irritado e não suportar mais aquele povo, lembre-se de que foi *você* quem quis assim.

O sorriso sumiu do meu rosto.

– O que quer dizer? Você sempre aguenta tudo... é isso que faz com que funcionemos tão bem juntos. É a cola que nos mantém unidos. – Fiz meus dedos se entrelaçarem e os empurrei e separei várias vezes, simulando o ato em que éramos tão bons.

Anna deu uma olhada de cima a baixo no meu corpo antes de responder.

– Não nego que sempre *tenho vontade* de pular em cima do seu esqueleto, mas as chances de isso acontecer vão diminuir a cada dia que a sua família ficar aqui em casa. Estou só avisando.

– Pô, isso é sacanagem! – Joguei a sacola de tralhas de Gibson na parte de trás do carro com mais força que o necessário. Ela caiu meio de lado e algumas fraldas descartáveis pularam. Acho que eu devia ter pensado um pouco mais antes de lutar por aquilo. Tarde demais agora. Manter a inviolabilidade do resultado de uma negociação era o mais próximo de manter uma promessa que eu respeitava.

Com um suspiro, eu disse a Anna:

– Não estou preocupado com isso. Aposto que consigo fazer você mudar de ideia. – Agarrei meu saco com força e balancei tudo no gesto milenar de sedução do tipo "sei que você gosta disso aqui". – Bastam alguns dias sem encarar o Hulk para deixá-la subindo pelas paredes. Você vai me implorar por um pouco de ação.

Sacudindo a cabeça com um sorriso divertido, Anna respondeu de forma misteriosa.

– Só o tempo dirá.

Um sorriso lento se espalhou pelos meus lábios.

– Ah, sim, foi isso mesmo que eu pensei.

Ela franziu o cenho quando se sentou no banco do motorista.

– Isso não foi um sim.

Meu sorriso se ampliou quando eu entrei pela porta do carona.

– Também não foi um não. Sua bunda é minha, Milfums.

Ela ligou o carro.

– Pode ser… Dilfums. – Pela expressão de Anna, ela parecia não acreditar em mim. Mas eu sabia, no fundo dos meus ovos, que, assim que ela fosse liberada para decolar depois do parto, adoraria passear novamente pelo Griffin Express. Minha experiência anterior me garantia isso.

A viagem até a casa de Kellan levou uma eternidade. Na boa, honestamente eu não entendia qual tinha sido a ideia dele ao se mudar para o meio do nada. Ou por que continuávamos a fazer nossos ensaios na sua casa. A casa de Evan era ótima. Até melhor agora, já que ele dispunha de mais espaço do que antes. E mora mais perto também. Não demora três mil horas para chegar lá. É claro que Kellan tinha um estúdio com isolamento acústico, todo configurado com equipamentos de gravação e… sim, ele morava longe do mundo o suficiente para que não fôssemos incomodados por qualquer coisa, a não ser um ou outro guaxinim ocasional, ou talvez um urso-pardo. Só que, sinceramente, aquele isolamento não compensava as dores na bunda para chegar lá.

No instante em que o Portão de Mordor finalmente surgiu à nossa frente, a minha empolgação desapareceu por completo. Justamente quando eu mais precisava dela. Gibson assistia ao seu programa de tevê favorito no DVD. Ainda era o terceiro episódio do disco e a minha paciência já se esgotava. Se eu ouvisse algum daqueles pentelhinhos do vídeo perguntando algo idiota como "qual é a cor do céu?" mais uma vez, eu ia socar alguma coisa.

A Fortaleza da Solidão de Kellan era cercada por uma estrutura de madeira e metal com quase dois metros de altura. Ela parecia gritar "Deixe-nos em paz!". Eles ainda não tinham construído o fosso, mas eu tinha certeza de que esse seria o próximo passo. Junto do imponente portão de metal com três metros de altura, havia um interfone. Já que o portão estava fechado... como sempre!... Anna abriu a janela e apertou o botão de chamada. Depois de meia hora, uma voz fina e esganiçada atendeu pelo alto-falante.

— Por favor, informe o seu nome completo e a natureza da sua visita.

Mesmo que ele tentasse disfarçar, eu reconheci na mesma hora a voz de Kellan. Inclinando-me sobre a minha mulher, gritei para o alto-falante:

— Meu nome é Griffin Mechupa Hancock e eu vim aqui para chutar o saco de Kellan Kyle. Agora deixe-me entrar nessa porra, seu filho da puta antissocial.

Kellan pareceu mais com ele mesmo quando respondeu.

— Uau! Você beija sua filha com essa boca suja?

Vi câmeras em toda parte junto da entrada. Uma delas fora instalada acima do interfone e havia outras duas, uma em cada lado do portão. Entrar ali sem ser visto era impossível. Debruçando-me por cima de Anna, para Kellan poder ter uma imagem clara do meu rosto, respondi:

— Beijo sim, e também lambo minha mulher como uma casquinha de sorvete. — Balancei a língua para escandalizar Kellan. Ou Kiera, se ela estivesse ao lado, assistindo. Com um sorriso, acrescentei: — Na verdade, vou fazer isso agora mesmo, enquanto espero o portão abrir. Você pode assistir.

Baixei a cabeça para o espaço estreito entre a barriga de Anna e o volante. Ela riu e começou a enfiar os dedos pelo meu cabelo enquanto um barulho de nojo veio do interfone. Não demorou muito para que o portão começasse a se abrir, rangendo um pouco.

— Por Deus! — reclamou Kellan. — Entrem logo antes que eu mude de ideia e lacre esse portão para sempre... junto com meus olhos.

Gibson deu uma risadinha quando levantei a cabeça do colo de Anna.

— So-vete, papai! So-vete!

Anna deu uma risadinha ao olhar para a filha e rapidamente entrou com o carro através do portão. Kellan poderia realmente nos deixar de fora se ela demorasse muito.

A alameda que levava à casa de Kellan tinha uns sessenta mil quilômetros. E havia alguns buracos no caminho, alguns bem grandes. Kellan devia ser um proprietário decente e mandar consertar aquela merda. Depois do terceiro buraco, Anna colocou a mão na barriga.

– Estou louca de vontade de fazer xixi – informou, com os dentes cerrados. Não fiquei surpreso; ela mijava a cada cinco minutos. Quando a residência de três andares surgiu diante de nós, vimos que os carros de Matt e de Evan já estavam estacionados na entrada. Anna parou ao lado do veículo de Matt, colocou o Hummer em ponto morto e saiu correndo porta afora, sem nem ao menos desligar o motor. Quando vi sua bunda perfeita se afastando de mim, me perguntei se ela iria procurar um arbusto e se agachar ali mesmo. Eu não a culparia se fizesse isso. A casa de Kellan ficava sobre uma colina e havia pelo menos cem degraus que levavam até a porta da frente. Talvez mais. Aquilo era irritante. Antes de escavar o fosso na entrada, ele deveria considerar a ideia de instalar uma escada rolante. Ou uma plataforma elevatória hidráulica. Isso seria fantástico.

Virando-me para trás, olhei para Gibson.

– Parece que agora somos só nós dois, garota.

Gibson me exibiu um sorriso cheio de dentes.

– So-vete.

Rindo de sua mente de mão única, soltei meu cinto de segurança.

– Ok, vamos ver se a tia Kiera tem algum em casa. – Gibson bateu palmas quando eu desliguei o carro.

Depois de jogar a sacola de Gibson sobre o ombro, abri o fecho da sua cadeirinha de segurança e a peguei nos braços. Ela bocejou, me obrigando a fazer o mesmo.

– Sim, eu sei. Tio Kellan praticamente mora em outro país. Já teríamos acabado de ensaiar se ainda estivéssemos fazendo isso na casa do tio Evan, mas nããão… todos nós precisamos sofrer assim para Kellan poder manter sua "privacidade". – Lançando um olhar sério para ela, completei: – Às vezes essa história de família é um saco. Nem sempre… mas às vezes.

Gibson inclinou a cabeça para o lado, como se considerasse minha declaração, mas logo fechou os olhos e começou a cair no sono. Acariciando suas costas, eu ri. Só então me virei e vi os cinco mil passos que ainda faltavam para chegar e gemi.

– Maldição! – murmurei, mas logo dei início à longa caminhada de várias horas de duração.

Estava todo suado e com calor quando cheguei ao topo. Em seguida, havia mais cinco malditos degraus para alcançar a varanda da frente. Eu já estava de saco cheio com tantos degraus quando cheguei à porta em tom de vermelho-tijolo. Bati nela com a bota, mas a abri com a mão livre antes mesmo de alguém vir atender.

Kellan e Matt estavam na entrada, junto com Rachel, a namorada de Matt. Rachel permanecia coladinha em Matt, como se fosse flutuar no espaço se não continuasse agarrada a ele. Kellan e meu primo discutiam algo sobre a programação da banda. Olhar para Matt era como estar diante de um espelho enevoado e rachado.

Certamente nós parecíamos muito um com o outro, mas eu era um sujeito tesudo, de um jeito claro e nítido, enquanto ele era apagado e sem vida, uma réplica amarelada que não chegava nem perto do meu brilho. Quanto a Kellan, ele era… bem, muitas garotas achavam que ele era o princípio e o fim de todas as imagens de perfeição masculina. Nada disso, desculpem, meninas. Ele não era. Aquela mandíbula forte, os olhos azuis profundos e os cabelos recém-bagunçados não eram nada de especial. Ele certamente tinha os músculos muito definidos, mas seu corpo era bem "mais ou menos" comparado ao meu. E minha arte corporal tornava minha pele muito mais interessante do que suas linhas retas e esculpidas. Podem crer. Seu abdômen parecia ter sido pintado em 3D com tinta. Eu tinha lido isso em algum lugar e acreditava totalmente nessa descrição. Kell não costumava malhar tanto assim para ter toda aquela definição muscular.

Matt estava no meio de uma frase, mas eu o interrompi assim que entrei.

– Que diabo é essa porra de tantos degraus até chegar aqui, Kell? – Ajeitando Gibson no colo, esbravejei: – Sabe de uma coisa? Você devia ter colocado a entrada de automóveis no topo da colina, ao lado da casa, e não na parte de baixo do terreno. Assim não seria preciso a gente subir a porra do Monte Everest cada vez que saísse do carro.

Kellan franziu a testa.

– Eu não projetei a casa, Griff.

Larguei a sacola de Gibson e ela bateu no chão com um baque.

– Eu sei, mas você pode redesenhá-la, não pode? Finja que é o vocalista da banda de maior sucesso no mundo, com mais dinheiro saindo do cu todas as manhãs do que a maioria das pessoas consegue ganhar na vida inteira. – Fiz uma pausa de alguns segundos e em seguida completei: – Opa, espere um pouco… Você é, sim. Conserte essa merda, então.

O tap-tap dos saltos altos de Anna ecoou nos lajotões quando ela entrou na sala.

– Concordo com ele nesse ponto, Kellan. Essa escalada é foda, ainda mais quando a pessoa tem uma bola de boliche pressionando a bexiga. Eu quase tive que regar suas rosas.

Ela levantou uma sobrancelha para ele, e Kellan exibiu seu famoso sorriso de um milhão de dólares.

– Estou feliz por você não ter feito isso. Como está se sentindo, Anna?

Eu sabia que Kellan era todo empolgado e meloso com sua mulher, mas às vezes o seu excesso de simpatia com a *minha* mulher me irritava. Talvez isso tivesse a ver com a forma como tínhamos nos conhecido. Eu e Anna, não eu e Kellan. Na verdade, Anna tinha vindo visitar sua irmã, Kiera, e tinha se atirado toda para cima de Kellan durante uns cinco segundos, até sentir meu cheiro no ar. Daí em diante, Kellan não teve a menor chance. Acho que ele ainda se ressentia por isso. Anna era uma das poucas que tinha escapado dele.

Pois é... desculpe, Kell, mas ela é toda minha. Desde os lábios deliciosos até a bunda cinco estrelas... isso tudo é meu.

Anna suspirou enquanto caminhava na minha direção. Dando tapinhas na barriga, respondeu a Kellan:

— Puxa, como eu gostaria que já estivéssemos em setembro.

Os olhos de Kellan tinham uma espécie de solidariedade suave que eu já vira deixar as garotas quase desmaiando o tempo todo. Mas deixa pra lá. Eu também sabia fazer aquela cara idiota do tipo "eu me importo com você".

— Tem certeza que quer viajar nessa turnê com a gente, Anna? A época do nascimento do bebê fica bem no meio da temporada.

Anna bocejou e acenou com a cabeça enquanto caminhava até onde eu estava. Como Gibson continuava cochilando em cima do meu ombro, percebi que minhas duas garotas iriam tirar um belo cochilo durante todo o ensaio. Eu gostaria de poder me juntar a elas.

— Tenho, sim — garantiu Anna, olhando para Kellan. — É melhor viajar do que ficar em casa, enlouquecendo de tédio, enquanto vocês estão curtindo toda a diversão. — Com um sorriso, olhou para mim. — Além do mais, estar na estrada na última etapa da minha gravidez traz boa sorte para os bebês. Basta olhar para como essa lindeza acabou saindo. — Deu um beijo suave no ombro de Gibson.

Nesse ponto ela estava certa. Gibson era perfeita. Nós estávamos em algum lugar da Costa Leste, fazendo uma turnê com a gostosa da Sienna Sexton, quando Anna tinha cuspido Gibson para fora da barriga. Eu perdi o show naquela noite para poder ficar no hospital ao lado da minha mulher, mas isso não me incomodou. E eu continuava não me importando. Perderia todos os shows do mundo só para estar lá na hora em que a minha filha estivesse nascendo.

Com outro bocejo, Anna pegou Gibson dos meus braços. Gibs soltou um suspiro e esticou os braços, mas esse foi o único movimento que ela fez. Anna apertou-a com força e olhou para Kellan.

— Ela não dormiu bem na noite passada. Vou colocá-la na cama. Onde está Kiera? Kellan apontou para cima.

— Foi colocar Ryder para dormir.

Anna fez que sim com a cabeça e suspirou ao ver mais escadas. Virando-se para mim, inclinou-se e me deu um beijo.

— Vejo você depois do ensaio.

Reconhecendo uma oportunidade de me dar bem com uma garota sensual, segurei seu rosto e puxei seus lábios contra os meus. Nossas bocas se moveram juntas

e eu empurrei minha língua com força. Ela soltou um gemido baixo que me excitou na mesma hora, e eu lhe agarrei o rosto com a outra mão.

Beleza, vamos nessa...

A coisa estava cada vez mais quente e excitante quando ouvi alguém pigarrear. Olhei para cima e vi Matt fazendo uma careta para nós.

— Cara, vá procurar um quarto para isso...

Afastei-me um pouco de Anna e sorri.

— Estamos dentro de uma casa, idiota. É como se fosse um quarto gigante.

Anna riu, acariciou meu braço, se despediu e levou sua bunda doce para longe de mim. Acompanhei sua figura sinuosa até ela sumir por completo. Quando ela desapareceu de vista, ajeitei meu saco na calça e me virei para Kellan. Ele me olhava com um misto de nojo e diversão. Quando me aproximei mais, ele recuou e baixou as mãos para cobrir suas partes íntimas. Fiquei meio confuso, a princípio, até que me lembrei do que tinha falado ao interfone do portão.

— Relaxe, Raio de Sol. Não pretendo danificar suas joias de família. Anna quer outro primo para Gibson e Newbie. — Dei um tapinha no queixo e reconsiderei o assunto. — Pensando bem, talvez eu devesse lhe dar um chute no saco. Isso poderia ajudar você a alcançar as notas mais agudas.

Kellan recuou mais um passo.

— Consigo alcançar as notas que preciso muito bem, obrigado.

Estalei os dedos.

— Tudo bem, mas a oferta está de pé, caso você mude de ideia.

— Vou me lembrar disso — murmurou ele, com uma risada.

— Evan está aqui? — perguntei. Sua van estava lá fora, mas ele pode ter saído para um passeio, ou algo assim. Embora eu não faça ideia de por que ele faria isso. Provavelmente seria atropelado por lobos ou perseguido pelo Pé-Grande. Caralho, sinto falta da civilização.

Kellan apontou para os fundos, onde a sala à prova de som era utilizada para os ensaios.

— Ele está fazendo alguma coisa com Jenny.

No mesmo instante, a imagem de Evan atrás da noiva inclinada sobre um dos bumbos da bateria invadiu a minha mente. Imitei com os quadris o que Evan provavelmente fazia.

— Ah, sim... Aposto que eles estão fazendo alguma coisa.

Rachel fez um barulho com a boca e isso me fez desviar a cabeça para ela. Na mesma hora ela fechou o bico e suas bochechas assumiram um tom brilhante de vermelho. Rachel era mais tímida que Kiera, e isso era espantoso. Aquela garota falava tão raramente que muitas vezes eu me esquecia que ela estava por perto. Mas, quando falava, sua voz geralmente era suave e educada. Pelo menos uma vez na vida eu gostaria de vê-la se descabelar e extravasar loucuras. Há uma louca escondida debaixo daquela calma, eu tenho certeza disso.

Os olhos de Rachel procuraram o chão por um momento antes de se levantarem e ela se virar para Matt.

— Vou procurar Jenny e começar a trabalhar em seu website.

Matt assentiu com a cabeça e fez uma careta.

— Eu ainda acho que ela deveria repensar o nome da sua galeria.

Rachel deu de ombros.

— Acho que ela está determinada a manter o nome que escolheu.

Uma onda de confusão quase me afogou de curiosidade.

De que diabos eles estavam falando?

— Ela vai escolher o nome pra quê? Que galeria? É algo artístico como "aquele troço que eu esqueci o nome"? — Uma ideia me ocorreu e eu a ofereci na mesma hora, porque tinha ótimas ideias. — Ela precisa de um tema para pintar? — Coloquei a língua para fora e envolvi o saco com os dedos. — Porque já me disseram que meu *instrumento* é uma obra-prima.

Matt me olhou sem expressão enquanto Rachel ficava ainda mais vermelha; as pontas das suas orelhas estavam quase roxas. Depois de Rachel sair dali correndo como se o seu cabelo estivesse em chamas, Matt franziu a testa para mim. Eu estava acostumado com aquilo: seus lábios finos se transformaram em uma carranca perturbada, mas isso não me amedrontou. Com seu típico tom sarcástico, Matt arrastou a voz para falar.

— Nada disso… Acho que o que disseram foi que *você* é uma obra rara. Embora soe similar, existe uma diferença distinta entre as duas expressões. Posso desenhar para você, caso não entenda.

Quando eu ergui o dedo médio para ele, num gesto obsceno, Kellan respondeu à minha pergunta.

— Jenny vai abrir uma galeria de arte no centro da cidade. O nome vai ser Bagettes, por causa dos D-Bags. A festa de inauguração vai ser um dia antes de nossa turnê ter início e nós vamos tocar lá essa noite. — Kellan olhou para mim com um ar de "você não lembra disso?", mas tudo aquilo era novidade para mim. Ao ver minha expressão vazia, ele franziu as sobrancelhas e disse:

— Nós falamos muito disso nos últimos três ensaios, Griff. Você não se lembra de nada?

Dei de ombros. Eles falavam um monte de merdas às quais eu nem prestava atenção. Geralmente estava muito ocupado, planejando meu momento de grandiosidade. Um momento, por sinal, que eu pretendia exigir naquele mesmo dia. Já era tempo. Assim que estivéssemos todos juntos, eu iria cobrar deles os holofotes que eu merecia.

Com os olhos fechados, Kellan balançou a cabeça. Abriu a boca para dizer alguma coisa, mas tornou a fechá-la, como se tivesse mudado de ideia. Tudo bem. Eu não precisava de outro sermão, mesmo.

Kellan seguiu na frente rumo ao estúdio; Matt e eu o seguimos. Matt deu um tapa nas minhas costas enquanto caminhávamos pela sala de estar. Estava rindo, e eu percebi que ele tinha achado alguma coisa divertida. Era assim que a coisa funcionava entre nós. Observações grosseiras ou de irritação extrema eram misturadas com toques de humor. Voávamos uns sobre os outros na hora da raiva, mas depois ríamos muito de tudo. Essa era a nossa rotina. Eu bati nas costas dele também.

Nada de ofensas, nem de ressentimentos.

Kellan abriu a porta corrediça que ia dar no estúdio e fez sinal para que entrássemos, como se fosse o nosso mordomo. Uma imagem de Kellan me servindo com as mãos e os pés unidos, sempre pronto com uma bandeja de margaritas com cerveja e torresmos, me veio à mente. Rá! Isso seria muito foda. Bufei para prender o riso ao passar, mas ele não quis saber o que era tão engraçado. Sabia que era melhor não perguntar.

O estúdio ficava na outra ponta da piscina. A água fria parecia refrescante, e eu pensei em atirar Matt lá dentro enquanto caminhávamos pela borda. Mas consegui me segurar, e isso fez com que eu me apreciasse ainda mais. Os caras realmente deveriam me dar mais crédito por todas as merdas que eu *não fazia*. Se eles soubessem quantas ideias incríveis me passavam pela cabeça o tempo todo, ficariam impressionadíssimos com o meu autocontrole.

Jenny e Rachel saíam do estúdio quando nos aproximamos. Rachel levava o laptop debaixo do braço, e Jenny parecia radiante, feliz da vida com alguma coisa. A noiva de Evan estava ligada ao nosso bar favorito praticamente desde o início. Eu a conhecia tão bem quanto o cardápio do Pete's. Por falar nisso… Já estava na hora de Pete atualizar aquele cardápio. Ele nem sequer tinha tacos de língua para oferecer. Um bar respeitável que não servia língua? Se fosse o meu bar, eu serviria língua para acompanhar tudo. A *minha* língua. Para acompanhar as garotas.

— E aí, Jenny. Bagettes, hein? — disse eu, quando ela passou por mim.

A loura alegre se virou e apontou seus seios na minha direção.

— Isso mesmo… Eu ia batizar a galeria de D-bagettes, mas acho que isso iria afugentar alguns clientes, então encurtei o nome. — Ela inclinou a cabeça, como um cãozinho confuso. — Estou surpresa que você tenha se lembrado disso.

Dando-lhe um sorriso malicioso, bati no meu crânio.

— Eu me lembro de tudo. Minha mente é um cofre de aço; tudo que entra nunca mais sai.

Matt me deu uma cotovelada nas costelas.

— Pena que nunca entra nada.

Lancei-lhe um olhar duro. Talvez aquele traseiro fosse acabar no fundo da piscina antes de o dia terminar, afinal de contas, e a culpa seria toda dele. Eu só conseguiria me segurar por mais algum tempo.

— Você tem a sorte de se parecer comigo — avisei a ele —, caso contrário eu teria que esfregar o chão com a sua cara. — Matt me olhou com expressão de terror por eu ter acabado de apontar para todos a nossa óbvia semelhança física. Enquanto seu rosto expressava várias fases de nojo, eu declarei, com muita naturalidade: — Tenho muito respeito pelos seus genes, e só por causa disso ainda não te cobri de porrada.

Kellan e Jenny riram do meu comentário. Rachel franziu a testa e, por um instante, ficou igualzinha ao meu primo. Quando a descrença tomou conta do seu rosto, Matt ergueu um dedo.

— Espere um minuto… deixa ver se eu entendi. O motivo pelo qual você ainda não me cobriu de porrada é… "respeito"? — Fez aspas no ar com os dedos ao dizer isso.

Com um sorriso, assenti.

— Exatamente.

— Será que isso não tem nada a ver com o fato de que você não ganharia uma briga nem com um saco de papel molhado? Ou um jornal encharcado? Um jornal ensopado, estendido e colado no chão? — perguntou ele com um sorriso de deboche do tipo "vejam como eu sou esperto".

Uma gargalhada escapou de mim.

— Do que você está falando? Eu sou um bad boy. Lembra daquela vez que eu encarei sem medo e berrei muito para aquele cara em Los Angeles?

— Ele era cego.

Ergui um dedo para me defender.

— Eu não sabia disso, naquela hora. E fala sério… ele estava vomitando um monte de merda. Falar tanta merda anula as deficiências físicas, portanto estávamos no mesmo nível.

O queixo de Matt se abriu de espanto.

— Falar merda anula as deficiências físicas? — Ainda atordoado, sacudiu a cabeça. — Todos os dias eu ainda me surpreendo por termos algum grau de parentesco. — Olhou para Rachel. — Acho que eu nunca vou superar por completo essa realidade.

Batendo no peito dele, eu ri.

— Sim, eu sei. É difícil ser parente de sangue de uma criatura divina como eu. Acho que eu também me sentiria assim se fosse você… Mas graças a Deus… que também é conhecido como "eu mesmo"… eu não sou você.

Matt parecia prestes a falar alguma coisa, mas Rachel o interrompeu antes mesmo de ele abrir a boca.

— Vamos trabalhar dentro de casa, amor.

Parecendo grato pela distração, Matt voltou toda a atenção para ela.

— Tudo bem, então. Procuro por você depois.

Matt lhe deu um beijo na bochecha enquanto Kellan abria a porta do estúdio. Tudo parecia silencioso antes, mas, quando a porta se abriu, o som da bateria se espalhou pelo ambiente externo. Evan trabalhava em uma batida diferente para uma das novas canções de Kellan. Eu não entendia como o Kellan continuava sonhando com tantas coisas, mas ele sempre aparecia com novas letras. Matt e Evan se empolgavam muito com qualquer coisa que ele lhes mostrasse. Mas, sempre que *eu* mostrava qualquer coisa nova para eles, todos torciam o nariz.

Não podemos cantar sobre arrotos, Griffin... O refrão não pode ser um pedido para as pessoas comprarem cópias extras do nosso próximo álbum... Você não pode colocar o seu número de telefone verdadeiro numa canção, seu idiota.

Babacas presunçosos. Suas percepções do que era impressionante me pareciam seriamente distorcidas.

Acenei para Evan quando caminhei até o fundo, onde os instrumentos estavam. Ele girou uma baqueta na mão e me cumprimentou com a cabeça, respondendo à saudação. Com grandes tatuagens nos dois braços, Evan era quem exibia a maior quantidade de arte corporal entre nós. E ganhou o título de mais piercings também, com argolas nas sobrancelhas e também nos dois mamilos. Mas ele não tinha o pênis perfurado, como eu. Na verdade, eu era o único D-Bag com coragem suficiente para reivindicar esse prêmio de bravura.

Enquanto abria a geladeira em busca de uma bebida, ouvi Matt dizer:

— Estou começando a me sentir enjoado, galera.

Encontrei uma cerveja no meio dos refrigerantes e endireitei o corpo antes de falar.

— Justo agora, que vamos começar a turnê? Isso é péssimo. Tomara que você acabe de colocar tudo pra fora antes de colocarmos o pé na estrada.

Matt balançou a cabeça.

— Não estou enjoado nesse sentido, animal. Estou enjoado do tipo nervoso, com cagaço.

Eu me senti completamente perdido. Sabia que Matt não gostava de se sentir o centro das atenções, mas nós já tínhamos passado por aquilo um zilhão de vezes. Ele não deveria estar surtando por causa disso.

— Por que diabos você está nervoso? Já fazemos essa merda há um monte de anos.

Matt me lançou um olhar estupefato, como se eu estivesse me esquecendo de algo óbvio. Eu odiava aquele olhar. Ele fazia com que eu me sentisse burro, coisa que eu não era. Eu tinha cérebro. Muito cérebro, habilidades *e também* boa aparência. Era uma tripla ameaça quando o assunto era "características impressionantes".

– Por causa da Rachel... – disse ele, lentamente. – E também daquilo que eu vou perguntar se ela quer fazer, antes de sairmos em turnê! Você sabe do que eu estou falando?

Não. Eu não tinha nenhuma pista.

– Você vai pedir a ela para... para fazer parte da banda? Sei lá, cara... Eu gosto da Rachel e tudo o mais, só que não creio que ela saiba lidar muito bem com os holofotes. É possível que ela fuja do palco gritando, apavorada... o que seria até uma espécie de diversão para a galera, então eu acho que... tudo bem, vamos perguntar a ela. É melhor.

Olhei em volta, cheio de sorrisos, mas ninguém ria comigo. Será que eles se opõem a Rachel querer fazer parte da banda?

Cara... quanta grosseria!

Matt suspirou.

– Não, seu idiota! Eu vou perguntar se ela quer se casar comigo. – Ele colocou a mão no estômago. – Acho que vou vomitar.

Com uma risada, Kellan deu um tapinha no ombro dele.

– Você vai ficar bem. É fácil. São três palavrinhas, apenas isso.

Comecei a contar as palavras nos dedos, mas parei quando Kellan desviou o sorriso e me olhou atônito. Sem querer acreditar que meu primo iria fazer aquilo de livre e espontânea vontade – pular na piscina gelada do casamento sem ser obrigado –, fiz a coisa mais simpática possível. Tentei dissuadi-lo da ideia.

– Por que diabos você faria isso? Continuem apenas como namorados. A situação vai funcionar exatamente do mesmo jeito e ficará mais fácil terminar tudo se alguma coisa der errado. Basta nunca mais ligar para ela.

Os três caras olharam para mim com um jeito que eu conhecia muito bem – alguém ia começar a me esculhambar. O que foi que eu tinha dito de errado? Babacas temperamentais! Ergui as mãos para cima, a fim de me defender dos golpes verbais que senti que se aproximavam.

– Não estou querendo ofender, nada disso. Quer dizer, Rachel é uma garota supertesuda, e eu entendo numa boa o motivo de você querer comê-la pelo resto da vida, mas por que passar por toda essa porcaria de casamento se você não tiver que fazer isso? Você já tem a melhor parte. – Bebi o resto da minha cerveja, esmaguei a lata e a atirei na lata de lixo.

Cesta! E a multidão vai à loucura!

Matt abriu a boca, fechou-a e em seguida tornou a abri-la. Depois de mais um segundo de silêncio, se virou para Kellan.

– Mais uma vez, eu não faço ideia do que dizer diante disso.

Kellan deu de ombros e se virou para mim.

— Já que você se opõe tanto ao casamento, Griff, por que se casou?

Para que nenhum babaca levasse o que já era meu.

Dei de ombros e respondi.

— Eu engravidei a Anna. Casar era a coisa certa a fazer. —Virei a cabeça subitamente para Matt. — Puta merda! Rachel está grávida? É por isso que você está todo empolgado para levá-la ao altar? Para quando é o bebê?

Matt soltou um suspiro de irritação e quase perdeu a paciência.

— Ela não está grávida. Não é por isso que eu quero me casar com ela.

Ao ver nisso uma excelente oportunidade para zoar Matt, exibi um sorriso diabólico e incrivelmente sexy.

— Tem certeza? Eu me inclinei um pouco sobre Rachel um dia desses, quando ela trabalhava no nosso site. Como todos sabem, é um fato bem documentado que eu sou incrivelmente viril. Posso tê-la engravidado acidentalmente. Se eu fiz isso, receba as minhas mais profundas desculpas.

Os olhos de Matt se arregalaram de medo.

— Não diga isso *nem brincando*! — Ele estremeceu, como se tivesse acabado de testemunhar seu pior pesadelo ganhando vida diante dos seus olhos.

Senti vontade de rir, mas me segurei. Ainda não tinha acabado de atormentá-lo.

— Pois é… É triste nos parecermos tanto um com o outro… Como você vai poder *ter certeza* de que o filho não é meu?

O rosto de Matt assumiu um tom rosado que me fez pensar num pôr do sol. Muito bonito. Suas palavras, porém, não foram tão bonitas.

— Eu odeio você pra caralho!

A risada que eu segurava finalmente escapou. Batendo no braço dele, sacudi a cabeça.

— Você vem me dizendo isso há anos. Eu não acredito mais.

Matt suspirou de novo, balançou a cabeça e se afastou para pegar seu instrumento. Kellan me deu um soco no ombro, e Evan balançou a cabeça para os lados.

Qual é?

Aquilo foi divertido. E verdadeiro. Matt conseguiria superar. Ele já tinha me sacaneado com palavras dez vezes piores… Por acaso recebera algum olhar de reprovação por isso? Não, só risadas. Era muito legal me sacanear o tempo todo, mas quando eu rebatia a zoação… uau!… Todo mundo arrepiava as calcinhas e voava em cima de mim. Ah, que se dane!

Kellan e Matt tomaram suas posições e eu fui até o meu lugar. Cacete, nós já sabíamos executar aquelas canções até de trás pra frente. Tantos ensaios eram mesmo necessários? Até parece que iríamos esquecer tudo se tirássemos as duas próximas semanas de férias. Quando peguei meu baixo, tentei explicar isso para a galera.

– Ei, caras, por que ainda estamos fazendo isso? Vamos tocar essas mesmas merdas toda noite durante semanas a fio. Não podemos fazer uma pausa nos ensaios? A calmaria antes da tempestade, por assim dizer?

Matt zombou de mim. Será que continuava puto? Geralmente ele se recuperava mais depressa.

– Um dia você vai ter que levar esse trabalho a sério, Griffin. Nem tudo na vida é diversão e brincadeira; você precisa demonstrar um pouco mais de esforço.

Virei-me para encará-lo de frente.

– Eu demonstrei esforço. Apareci aqui hoje, não foi?

Obviamente ainda puto, Matt colocou a guitarra novamente no apoio.

– Não se trata apenas de aparecer aqui e tocar as canções que mandamos, idiota. Você é o único membro do grupo que não contribui para o processo de criação. Não ajuda nas novas músicas, não ajuda a montar a playlist, não ajuda com o marketing. – Levantou as mãos para o ar. – Juro por Deus, eu não consigo pensar em uma única coisa que você realmente *faça* pela banda. Além de vomitar merdas, é claro.

Todo o estúdio ficou tão silencioso que dava para ouvir a respiração de cada um deles. *Caralho!* Foi só por causa daquela observação sobre Matt engravidar a namorada que ele se encrespou todo? Acho que Rachel estava fora dos limites para a nossa zoação. Por mim, tudo bem. Bastava me dar um toque sobre isso, não precisava me esculhambar na frente de todo mundo.

Kellan se aproximou de Matt. Colocou a mão em seu ombro e murmurou algo que eu não consegui ouvir. Matt pareceu se acalmar depois de ouvir o que ele disse. Voltei a olhar para Evan, mas ele estudava uma partícula de sujeira na ponta da baqueta, como se aquilo, de repente, fosse a coisa mais importante do mundo.

Já que ninguém apareceu para me salvar das acusações ultrajantes de Matt, eu mesmo decidi fazer a minha defesa.

– Isso não é verdade, priminho. Eu contribuo, sim. Ou tento, pelo menos, mas vocês derrubam cada ideia que eu coloco na mesa. Isso faz com que eu desista de compartilhar meus planos, já que vocês vão sempre recusá-los. Às vezes, antes mesmo de ouvi-los. – Levantei minha guitarra como se fosse uma arma e fingi dar dois tiros para o ar, destruindo minhas ideias e pensamentos abortados antes de terem a chance de nascer, crescer e florescer. Todos aqueles caras eram assassinos de sonhos.

Matt e Kellan trocaram olhares e depois se viraram para Evan. Ele deu de ombros, mas assentiu. Ainda parecendo estar lutando para controlar seu mau humor, Matt me olhou fixamente.

– Tudo bem… Talvez você tenha razão. – Apertou os lábios como se o simples fato de admitir aquilo lhe provocasse dor. – Vamos lá… Você tem alguma nova ideia que

gostaria de compartilhar conosco? Somos todos ouvidos. – Ele encolheu os ombros e fechou a boca.

Meu coração começou a martelar com força quando olhei ao redor da sala. Era agora! Eu tinha a atenção completa e irrestrita de todos ali, e não havia chance de eles me dizerem "não" dessa vez. Eles não poderiam me negar coisa alguma, ainda mais depois de eu ter ressaltado a forma como eles nunca me ouviam. Eu merecia aquele momento; ao contrário de todas as vezes anteriores em que eu solicitara algo, dessa vez eles iriam me dar a oportunidade que eu desejava desde o primeiro momento. Dava para sentir. Aquele era o meu dia.

Tentando fazer parecer que aquilo não tinha muita importância, comentei de um jeito casual:

– Sabem de uma coisa? Acho que eu deveria fazer o solo de "Stalker" nessa turnê. É hora de vocês me jogarem um osso, pelo menos. – Essa música tinha um solo espetacular no meio. Matt ganhava gritos histéricos que duravam dias sempre que tocava com vontade, embora não percebesse o sucesso. Ele raramente olhava para frente quando tocava, nem notava o frenesi que rolava à sua volta. Um tremendo desperdício!

Matt considerou meu pedido durante meio segundo, mais ou menos.

– Não.

Uma sensação de calor subiu pela minha espinha, me envolveu a cabeça e bateu no cérebro. Eu sabia que ele não iria me ouvir. Pois bem, ele que se fodesse. Eu merecia uma chance.

– Tudo bem… Que tal outra música, então? Pode escolher.

Matt cruzou os braços sobre o peito.

– Não.

Minhas bochechas pareciam pegar fogo, como se alguém estivesse usando um lança-chamas nelas.

– Não? Simples assim? Você nem mesmo vai considerar essa possibilidade? Por que não, cacete? Nós dois começamos a tocar guitarra como solistas, Matt, e você sabe que eu sou muito bom. A única razão pela qual eu acabei preso ao baixo foi porque, por acaso, escolhi o palito mais curto quando a banda foi formada. Eu me dei mal no sorteio, mas nunca ficou sacramentado que seria assim para sempre, e você sabe bem disso. – Matt estreitou os olhos, mas não respondeu aos meus argumentos válidos; olhei para Evan e Kellan, em busca de apoio. – Vocês têm uma opinião formada sobre isso? Ou Matt é o único líder da banda agora? Devemos mudar nosso nome para Matt-bags? Ou talvez Matt-capachos?

Kellan parecia não saber o que dizer. Olhou para Evan com um ar de "o que devemos fazer?" estampado no rosto. Evan limpou a garganta e apontou para Matt com a baqueta.

– É o instrumento dele, cara. A escolha também é dele. Se Matt disser que não... está no seu direito.

– E o que acontece com os *meus* direitos? Eu quis tocar guitarra desde o primeiro dia em que nos encontramos, mas estava em desvantagem na época, e estou em desvantagem agora. Vocês nunca vão me dar uma chance, seus babacas! – Minha voz soava alta, áspera, forte e irritada.

A voz de Matt, no entanto, continuou calma quando ele me respondeu.

– Você não respeita essa forma de arte, Griffin. Não leva nosso trabalho a sério o suficiente. Nunca levou. Eu não posso lhe dar tamanha responsabilidade quando sei que você não conseguirá lidar com isso. Vai deixar cair a peteca, e essa banda significa muito pra mim; não posso permitir que isso aconteça. – Depois de um momento de silêncio, acrescentou: – Sinto muito. Sei quanto você quer ser, mas *nunca* conseguirá virar solista, entende? Minha resposta será sempre não. Você devia simplesmente aceitar isso e esquecer o assunto, para podermos superar tudo numa boa.

O som do meu coração batendo reverberou em meus ouvidos. Eu não podia acreditar que os desgraçados estavam me dizendo "não" novamente... e dessa vez para sempre. Nunca? Eles nunca me deixariam tocar o único instrumento que eu sempre quis tocar? Que porra era aquela?

– Uma canção? Vocês não conseguem confiar em mim nem mesmo para uma *única* canção, porra? Eu deixei a peteca cair no baixo, alguma vez? Não! Eu arrebento todas as noites e em cada ensaio. Posso armar algumas brincadeiras, às vezes, mas sei muito bem fazer a porra do meu trabalho, e vocês sabem disso.

Os lábios de Matt se apertaram, formando uma linha firme, e suas bochechas ficaram num tom ainda mais profundo de vermelho, mas ele balançou a cabeça.

– Minha resposta continua sendo não. Isso nunca, *nunca* vai acontecer. Desculpe. Eu gostaria de poder lhe dizer isso de um jeito mais suave, mas acho que, neste momento, o melhor é ser direto e franco... só assim você vai parar de pedir. Nós temos um sistema que funciona muito bem; não vamos modificá-lo só para que você possa viver sua fantasia do tipo "olhem para mim". Já está na hora de você crescer, Griffin.

Crescer? Que se foda tudo aquilo! A hora era de agir como um idiota imaturo, já que era exatamente isso que eles estavam fazendo. Abrindo a palma da minha mão, deixei a guitarra cair no chão. Ela caiu com um baque, e eu juro que algo rachou.

– Obrigado pelo osso que você me atirou... Seu babaca! Se a sua resposta vai ser sempre não, então não há nenhum motivo para eu permanecer aqui, fingindo ser parte desta banda. Obviamente eu não sou um membro de verdade.

Sem conseguir olhar para a cara dele nem por mais um segundo, saí ventando do estúdio. Atrás de mim, ouvi Matt gritar:

– Eu tenho que pensar na banda em primeiro lugar, Griffin. Não é nada pessoal!

— Nem o que eu estou fazendo é pessoal — murmurei, e fiz um gesto obsceno para ele ao caminhar em direção à porta. Ouvi alguém gritar para que eu esperasse um pouco antes de a porta se fechar por completo, cortando todo o som, mas ignorei quem tinha gritado. Estava de saco cheio.

Pisando duro ao passar pela piscina, parei para jogar uma cadeira lá dentro. Como os respingos e o barulho me pareceram satisfatórios, joguei outra cadeira. E uma mesa. *Vão pescar isso depois, seus filhos da puta.* Fiquei ali, me entregando ao meu ataque de raiva, e isso deu tempo a Kellan para me alcançar. Emergindo do estúdio, ele me viu de imediato e caminhou a passos largos até onde eu tinha parado. No momento em que eu estava prestes a pegar outra cadeira para jogar na piscina, ele agarrou o meu braço. Irritado, eu me desvencilhei dele.

— Me larga, Kell. Não tenho nada para te dizer.

Suas sobrancelhas se juntaram até formarem uma linha difusa de preocupação. *Uma sobrancelha para todos governar.*

— Que porra foi aquela? — esbravejou ele. — E o que você quis dizer, no fim? Você faz parte desta banda, Griffin. Sempre fez e sempre fará.

Empurrando-o com força, rebati:

— É um pouco tarde para esse papo encorajador, cara. Se você me acha tão valioso, poderia ter se levantado para me defender lá dentro. — Ergui os braços para dar mais ênfase. — Fiquei feliz e empolgado ao notar o jeito como você permitiu que ele pisasse em mim.

Kellan suspirou.

— É complicado, Griff. Matt é um gênio na guitarra… Ela é… É o instrumento dele, o que ele nasceu para tocar. Mas o fato de reconhecermos isso não é um insulto para você. Puxa, Griff, você é incrível no baixo, fantástico mesmo. O lance é que… Cada um de nós tem um papel a desempenhar na banda, entende? E temos que cumpri-lo do melhor jeito que conseguirmos. — Colocou a mão no meu ombro. — Pelo bem da banda, estou lhe pedindo para deixar isso de lado e simplesmente… esquecer esse papo de solo. Por favor?…

Eu consegui apenas olhar para ele, sem ação. Por dentro eu me senti anestesiado. Será que aquela era a sensação que a pessoa tinha ao desistir do seu sonho? Desde que eu me entendia por gente, eu sempre tinha desejado ter todos os olhares em cima de mim; sempre quis ser o centro das atenções. Matt nunca tinha desejado nada disso. No entanto, recebeu o instrumento que mais brilhava no centro do palco, enquanto eu fiquei com o baixo, que todos se esqueciam que existia. Minha função na banda tinha sido concebida apenas para combinar; fora projetada para passar despercebida. Era tudo o que eu não era, e eu já estava cansado de ficar preso a esse papel. Queria mais, mas eles não me dariam mais.

Sem responder a ele, me virei e fui embora em direção a casa. Não havia mais nada a conversar, mesmo. Matt tinha acabado de enterrar para sempre as minhas chances de um dia ser solista na guitarra. Esquecer tudo aquilo era a única coisa que me restara fazer. Esquecer ou fervilhar por dentro, e no momento eu só queria fervilhar e explodir.

Quando voltei para a sala de estar, Jenny e Rachel estavam lá trabalhando.

– Precisa de alguma coisa, Griffin? – perguntou Jenny, seus olhos muito claros praticamente brilhando de felicidade.

Ignorando seu bom humor e sua pergunta, quis saber onde estava Anna.

– Ela está lá em cima com Kiera – respondeu Rachel, com a voz muito calma.

Balbuciei um agradecimento qualquer e caminhei com passos arrastados até a escada. A porra daquela escada interminável! Pisei com força nos degraus, amaldiçoando meus companheiros de banda a cada passo. Imaginei que a passadeira de carpete debaixo dos meus pés, na escada, eram os seus rostos macios. E me senti um pouco melhor quando cheguei ao topo.

– Ei, Anna! Onde você está?

Anna e Kiera apareceram na mesma hora no batente da porta de um dos quartos. Simultaneamente, ambas colocaram os dedos nos lábios.

– Shhhhhhh – reclamaram, ao mesmo tempo.

Eu estava cansado de ser repreendido naquele dia e não abaixei a voz.

– Acorde Gibson. Nós vamos embora agora mesmo.

Anna contornou Kiera e saiu para o corredor.

– O que aconteceu? – quis saber, enquanto Kiera saía do quarto atrás dela. As duas irmãs eram muito parecidas, mas Anna definitivamente tinha curvas mais generosas que a sua irmã mais magra e reta. Geralmente eu apreciava aquelas curvas; no momento, porém, só queria empurrá-las para dentro do carro e sair daquela casa.

– Não há motivo para continuarmos aqui e vamos embora. Na verdade, não há motivo algum para tornarmos a voltar a esta casa, então vamos dar o fora. – Abri a porta mais próxima de mim, esperando encontrar minha filha adormecida no aposento. Nada. O quarto estava vazio.

Tentei abrir outra porta, mas Anna deu um passo e ficou bem na minha frente.

– Vamos lá para fora, tomar um pouco de ar fresco.

Com uma explosão dramática, joguei as mãos para o alto e desisti.

– Tudo bem. – De que adiantava insistir, já que nada estava dando certo para mim naquele dia?

Voltei para os malditos degraus da maldita escada, e Anna avisou a Kiera que voltaria em seguida. Sem esperar pela minha mulher exageradamente grávida, acelerei os passos e saí porta afora. O ar fresco no meu rosto ajudou a me acalmar um pouco, mas eu continuava muito irritado. Fiquei andando na varanda da frente de um lado para outro enquanto esperava por Anna. Aqueles babacas hipócritas!

— Griff? — Um toque suave no meu ombro me assustou e eu pulei. Virando para trás, vi Anna em pé com os olhos verdes cheios de preocupação. — O que está acontecendo? — Ela indicou o degrau da frente e eu, meio a contragosto, me sentei.

Depois de desabar no degrau, meu astral despencou. Eu tinha começado o dia de forma tão positiva, sabendo, sem a menor sombra de dúvida, que aquele passeio ia ser *muito importante*. Mas não foi. Tudo ia continuar sendo a merda de sempre. Largando a cabeça nas mãos, eu me lancei para frente. Anna se sentou ao meu lado e seus dedos acariciaram de leve as minhas costas, em um padrão suave. Isso ajudou a diminuir minha raiva residual, mas não a minha decepção, que não parava de aumentar.

— Uma canção. Eu pedi uma única canção, porra... e eles não aceitaram me dar nem mesmo isso... — Analisei atentamente a minha mão, que colocara sobre a coxa, e vi quando meus sonhos começaram a escorrer por entre os dedos. — Matt acabou de me dizer que nunca vai me dar a chance de ser solista na guitarra, e os outros caras concordaram com ele. Estou acabado... vou ficar eternamente acorrentado ao baixo... ficarei para sempre nas sombras. Eu só queria uma música, uma só! Um momento breve no centro das atenções. — Com um suspiro, olhei para ela. — Quatro minutos? Isso é pedir muito?

Os olhos de Anna estavam carregados de pura compaixão. Erguendo os dedos, ela os enfiou pelo meu cabelo.

— Não... Isso não é pedir muito.

Assenti com a cabeça e deixei os olhos fixos no meu colo mais uma vez.

— Pois é, foi o que eu pensei. Só que eles não conseguem me dar nem mesmo isso. — A raiva ressurgiu, agora envolta em decepção, como um cobertor. — E cá entre nós... Tem vezes que eu não gosto desses caras.

Anna beijou a minha nuca e passou um braço em volta do meu ombro, em solidariedade.

— Sinto muito, Griffin.

Fechando os olhos, deixei que o conforto que ela me oferecia me lavasse por dentro. Pelo menos havia uma pessoa no mundo que se importava um pouco comigo.

NÃO HÁ DESCANSO PARA O IMPRESSIONANTE

Anna me convenceu a ficar para o ensaio. Prometeu que eu poderia brincar com o seu corpo quando chegássemos em casa, desde que eu aguentasse a barra e permanecesse ali. Acho que ela alimentava a esperança de superarmos a briga antes do fim do dia, e então todos voltaríamos a ser os melhores amigos do mundo. Seu plano poderia ter dado certo, mas eu me agarrei de propósito à minha bronca e baguncei o ensaio todo. Matt gritou comigo três vezes para eu prestar atenção, mas eu não me importei e não atendi aos seus apelos. Eles já tinham dito que eu não respeitava aquela forma de arte, e eles nunca iriam me dar a oportunidade de tentar fazê-los mudar de ideia, então eu poderia muito bem me adequar às suas expectativas. Ou à falta delas, no caso.

No momento em que nos separamos, todo mundo estava exausto e irritado. Excelente. Eu não devia ser o único a me sentir assim. Matt saiu do estúdio no instante em que terminamos, e Evan saiu logo atrás dele. Quando fiquei sozinho com Kellan, ele deixou escapar um longo suspiro.

— Esse é o seu jeito de superar o problema e deixá-lo para trás, Griffin? Porque você parecia estar fazendo tudo o que podia para deixar o Matt puto. Conseguiu ser ainda mais desagradável que o normal, e isso não é pouca coisa.

Balancei a cabeça para os lados.

— Eu nunca disse que ia deixar isso para lá. Além do mais, Matt vive puto, parece que tem sempre um cabo de vassoura enterrado no cu. Talvez fosse uma boa a banda fazer uma vaquinha para remover esse cabo de vassoura cirurgicamente.

Kellan soltou outro suspiro cansado.

— Ele está sob muito estresse agora. Você bem que poderia enxergar as coisas pelos olhos dele, para variar, e lhe dar um desconto.

Com ar de deboche, retruquei:

– Por causa daquele lance da proposta de casamento? Se apenas a ideia de mergulhar de cabeça num casamento já o torna um sujeito insuportável, acho que ele nem deveria propor casamento a Rachel. Nem todo mundo foi feito para a vida de casado.

– O quê?

Uma voz suave e sibilante à nossa esquerda chamou a nossa atenção, minha e de Kellan. Rachel estava de pé bem ali, segurando o laptop contra o peito e parecendo prestes a desmaiar. Seus olhos ficaram arregalados quando ela olhou para nós, chocada. Que maravilha!

– Merda – murmurei, quando Kellan lançou um sorriso nervoso para Rachel.

– Oi, Rach… não vimos você aí – disse Kellan, passando a mão pelo cabelo famoso.

Rachel deu um passo à frente com um jeito cauteloso, como se tivesse medo de chegar mais perto.

– Matt vai me pedir em casamento? – perguntou ela, com os olhos brilhando de esperança. Ficou claro, mesmo para mim, que pretendia dizer sim quando ele fizesse a proposta.

Ainda irritado com os acontecimentos do dia, eu lhe disse:

– Ele *ia* propor, mas depois percebeu que não poderia aguentar ficar amarrado para sempre a uma única garota e mudou de ideia.

Viu só, Matt? Que tal ter seu sonho arrancado da sua mão? Como você se sente agora?

Kellan virou os olhos rapidamente para mim e eu olhei para ele com uma expressão do tipo "que foi?".

Matt tinha pedido por aquilo.

Rachel fungou e eu olhei para ela. Seus olhos estavam cheios de lágrimas. Droga. Se ela falasse com Kiera ou com Jenny e elas contassem para a Anna, ela iria me matar por eu ter dito aquilo. Tentando tirar meu cu da reta, falei para consertar depressa.

– Mas ei… Se você não comentar nada com *ninguém*, talvez ele mude de ideia novamente. Matt é um bundão meio indeciso.

Duas lágrimas rolaram pelo seu rosto e ela olhou para baixo, tentando escondê-las.

– É melhor eu… levar essas coisas para Matt. Ele as deixou para trás. – Pegou um casaco e um molho de chaves numa mesa próxima.

Abrindo caminho com o cotovelo, Kellan quase me atropelou e disse:

– Rachel, espere um pouco… – mas a garota era rápida. Já saíra pela porta antes de ele ter a chance de falar.

Olhando para trás, ele me encarou e sacudiu a cabeça.

– Você sabe o que acabou de fazer? – murmurou, com ar incrédulo.

Apertando os lábios, dei de ombros.

Tinha me vingado do Matt. Mais ou menos.

– Que foi? Pelo menos vai continuar sendo uma surpresa quando ele a pedir em casamento.

Os lábios de Kellan se torceram de aborrecimento.

– Vai, sim… Se ela não terminar com ele antes.

Dei de ombros novamente. Isso não era problema meu. Era assunto para o *guitarrista principal* da banda resolver, cargo que claramente jamais seria meu. Kellan esfregou os olhos e desabafou:

– Estou com dor de cabeça…

Apesar de eu me sentir puto com Matt, estava numa boa com Kellan; pelo menos ele tinha tentado fazer as pazes comigo. Em agradecimento, eu lhe ofereci uma dica útil para as suas enxaquecas.

– Você deveria fazer mais sexo. Funciona para mim, eu nunca tenho dores de cabeça.

Ele franziu a testa para a minha sugestão.

– Vou procurar Rachel para tentar consertar isso. Fique aqui e tente não deixar mais ninguém revoltado por hoje.

Com uma saudação zombeteira, bradei:

– Sim, sim, capitão. – Ele revirou os olhos antes de sair. Esperei um minuto e meio antes de pegar minha mulher e minha filha para irmos para casa. Kellan não determinou exatamente *quanto tempo* eu precisava ficar parado ali, e noventa segundos me pareceram um tempo mais do que adequado. Além disso, ele era perfeitamente capaz de limpar a barra com a Rachel. Era bom nessas tarefas. Ele iria lançar sua "magia Kellan Kyle" sobre ela; Rachel iria se esquecer do que eu acabara de dizer e tudo ficaria bem no mundo. Só que ela ainda iria se casar com Matt… o babaca que atrasava a minha vida.

★ ★ ★

Na manhã seguinte eu continuava furioso, mas decidi seguir a sugestão de Kellan e deixar o problema de lado. Dava no mesmo. Matt estava apenas sendo Matt. Eu poderia superar aquilo tudo. Fizera isso a vida toda. Além disso, "nunca" nem sempre queria dizer "em hipótese alguma". Eu só teria de ser mais criativo se quisesse brilhar. E se eu tinha algo de bom era criatividade. Basta perguntar à minha mulher.

Rachel não apareceu nos ensaios seguintes. Matt disse que ela estava ocupada ajudando Jenny com a grande inauguração, mas Kellan me puxou de lado e me disse que ela ficara revoltada com o que eu tinha dito e não queria me ver por um bom tempo. Tudo bem. Como toda garota, ela estava exagerando na reação.

– Ela sabe que ele vai pedi-la em casamento, mas não sabe quando. Portanto, não diga nada, ok? Talvez a gente ainda consiga manter parte disso como surpresa. – Kellan

beliscou o alto do nariz como se tivesse mais uma das suas dores de cabeça. Acho que ele continuava sem transar o suficiente.

Encolhendo os ombros, eu disse:

— Tudo bem. Eu também não sei quando ele vai pedir a ela. — E também não me importava com isso. Por que eu deveria investir meu interesse na vida de Matt se ele não investia nada na minha?

Baixando a mão, Kellan me lançou um olhar vazio.

— A abertura da galeria. Você lembra? Nós já falamos sobre isso muitas vezes... — Erguendo a mão, parou de falar. — Deixa pra lá. Apenas tente não dizer nada a ninguém durante a próxima semana e meia, pode ser?

Fechei a minha boca com os dedos como se ela fosse um zíper e fiz que sim com a cabeça. Eu conseguia ficar quieto quando precisava, e não falar com os caras agora era ótimo para mim.

Uma semana antes de a turnê começar, Matt estava muito nervoso, cheio de merda, e cancelou todos os ensaios. Eu quase disse a ele que não fazia diferença, que Rachel já sabia que a proposta de casamento iria sair e ela iria aceitar quando ele finalmente tivesse a coragem de pedir. Ele não precisava se estressar por causa disso. Mas logo me lembrei da expressão no rosto de Kellan quando ele pediu para eu ficar quieto. Era um olhar que claramente dizia "eu sei que pedir isso é inútil, já que você vai arrumar um jeito de estragar tudo, mas vamos tentar...". Aquela era uma expressão que eu tinha visto nele muitas vezes... em todos os caras, para ser sincero. Nenhum deles tinha a mínima fé em mim. Babacas. Pois bem, eu iria mostrar a eles. Não iria estragar coisa alguma. Tudo o que eu faria era aproveitar ao máximo cada minuto do meu tempo livre recém-conquistado.

E não havia nada que eu gostasse mais de fazer do que passar o tempo com Gibson e Anna. Especialmente com Anna. Ela andava com muito tesão ultimamente; me tocava constantemente, me massageava e sussurrava sacanagens no meu ouvido. Mantê-la satisfeita era quase um trabalho de tempo integral. Um trabalho fantástico, por sinal.

★ ★ ★

— Isso, amor... brinque com você mesmo, continue fazendo isso...

Anna estava montada em mim na cama, me provocando, esfregando meu pau contra a sua boceta encharcada. O olhar em seu rosto era de carência, como se fosse explodir se eu mergulhasse dentro dela logo. Eu me sentia igual. Ela excitava a nós dois só por me dar uma curta amostra do que queria. Porra, eu adorava aquilo.

— Sim, isso mesmo, bem assim...

Ela circulou a ponta do meu pau em torno de seu clitóris e então me mergulhou dentro dela, mas só um pouco. Foi preciso acionar toda a minha força de vontade para não agarrar seus quadris com força, puxá-la para baixo e fazê-la me engolir por inteiro. Mas eu não podia fazer isso; era ela quem estava no comando agora, e eu tinha de curtir o passeio.

Agarrando seus quadris, eu me contorci debaixo dela.

– Sim. Faça isso… me cavalgue!

Ela soltou um rugido apaixonado que fez meu pau se contorcer em suas mãos. E me apertou mais forte em resposta.

– Você gosta disso, amor? – perguntou ela, inclinando-se para frente tanto quanto sua barriga permitia. Esse movimento colocou seus belos seios ao meu alcance, e eu me inclinei até envolver um mamilo com os lábios.

Ela estava tão sensível ali que um leve redemoinho com a minha língua a fez gritar.

– Ó Deus, sim… – Ela deixou um pouco mais de mim escorregar para dentro dela e eu gemi com o seu peito na minha boca; minhas mãos apertavam e soltavam o seu quadril, incentivando-a a ir mais fundo.

Pode me engolir, caralho!

Coloquei a boca no outro seio e mais alguns centímetros do meu pau escorregaram para dentro dela.

Isso!… Porra, ela era o máximo.

Ela rebolou os quadris e enviou uma espécie de dor latejante que me percorreu todo. *Porra.* Eu precisava me impulsionar com mais força, tinha que gozar. Precisava dela agora. Liberando seu seio, deixei cair a cabeça no travesseiro e arqueei as costas.

– Amor, eu não aguento… Porra, preciso de mais…

– Eu também – gemeu ela, e ajeitou os quadris para que eu afundasse até o fim nela. *Isso, me engula…* – Assim, amor? – perguntou ela, se empinando para eu ter uma visão perfeita do seu corpo. Aquilo era quase intenso demais. Eu ia gozar e nós ainda nem tínhamos começado a nos movimentar de verdade. *Porra nenhuma!* Meu corpo ia gozar quando eu determinasse isso, e não antes.

Resolvi me ajustar mentalmente para retardar o processo e acariciei seus quadris.

– Porra, você é linda… e também é gostosa demais. Pode me cavalgar, amor.

Com as mãos pressionando suavemente a minha barriga, ela começou a balançar os quadris. A dor latejava em mim a cada mexida do seu corpo, mas eu ignorei isso e foquei nela – em seu rosto vivo de prazer; em seus seios cheios e firmes; em seus mamilos rígidos de tesão. Ela não era apenas linda, era a própria perfeição.

Seus quadris se moveram mais e mais depressa, no ritmo dos gemidos que lhe escapavam da boca. Comecei a tremer enquanto protelava ao máximo o momento pelo qual meu corpo tanto ansiava.

Goze para eu ver, e então eu poderei gozar também.

Justo no instante em que eu achei que nem toda a força de vontade do mundo conseguiria impedir minha ejaculação, Anna deixou a cabeça tombar para trás e soltou um longo grito de euforia. Senti a reação da sua boceta em torno do meu pau e percebi que poderia finalmente gozar também.

Obrigado.

– Porra, isso mesmo... goza pra mim... – Me empurrei para dentro dela algumas vezes com força, tentando reunir o máximo de prazer que conseguisse dar a ela. Quando tudo explodiu para fora de mim, eu ofeguei.

Porra... Isso é bom demais!

Só então gritei.

– Ó Deus, Anna. Porra, isso mesmo!... – Gemi, grunhi e fiz todos os ruídos de prazer que possam existir.

Porra... Como eu adorava gozar!

Com um ronronar contente, Anna se inclinou e me beijou. Eu choraminguei uma resposta; era tudo que eu conseguia fazer. Puxa, mesmo durante a gravidez a minha mulher tinha truques que fariam homens crescidos chorarem. Eu tinha uma sorte da porra! Ela se desencaixou de mim com todo o cuidado, pegou alguns lenços de papel e se enroscou ao meu lado. Fiquei paradão ali, me recuperando de mais um orgasmo alucinante. Mal conseguia esperar para repetir a dose dali a vinte minutos.

– Quer dizer que hoje é a grande noite...? – murmurou ela, com a respiração ainda rápida e irregular.

– Hein? – Naquele instante eu não dava a mínima para qualquer coisa que não tivesse relação com o meu pau.

Anna se apoiou num cotovelo e olhou para mim.

– A inauguração da galeria? A proposta de Matt.

– Ah, sim... isso – lembrei, fechando os olhos. Matt, o mané que segurava minhas rédeas na vida e que ia pedir em casamento uma garota que me odiava, era a última coisa sobre a qual eu queria falar. Tentei mudar de assunto. – Qual é a primeira posição que você quer experimentar depois que o bebê nascer? Touro Tesudo? Pétala Arregaçada? Lótus e Arraia?

Não funcionou. A mente da Anna estava firmemente focada nas núpcias do meu primo. Por que as garotas curtem tanto esse lance de casamento? Isso era algo que eu nunca iria entender. E Rachel parecia ser o tipo de mulher que gosta de fontes, esculturas de gelo, pombos e borboletas, mas quem precisa dessas merdas? Eu, pessoalmente, achava que todos deveriam fazer o que a Anna e eu fizemos. *Nada de frescuras, nem complicações, nem floreios. Direto ao ponto, vocês estão casados. Bum!*

– Eu me pergunto como será que ele vai fazer a proposta – refletiu Anna. – Jenny sabe, mas não quis me contar.

– Eu não sei nem quero saber. – Bocejei e joguei um dos braços sobre os olhos. Não dava a mínima para nada que Matt fizesse. Ele que se fodesse. – Tenho certeza de que tudo que ele planejar será desnecessariamente complicado. Bastava dizer: "Ei, quer se casar comigo?". Isso é tão difícil assim?

Anna me cutucou nas costelas.

– Você é tão romântico que isso é quase embaraçoso.

Levantando o braço, olhei para ela.

– Você quer mesmo saber o que é embaraçoso para mim?

Parecendo intrigada, Anna se inclinou.

– O quê?

– Nada – falei, apertando-lhe o mamilo. – *Nada* para mim é embaraçoso.

Anna guinchou de surpresa e sorriu de um jeito que significava que ela estava pronta para a segunda rodada.

Obrigado, senhores hormônios da gravidez.

No instante em que estendi a mão para oferecer ao seio dela um carinho especial, um som de acabar com o humor de qualquer cristão encheu o ar.

– Mããããããe! Quero sair!

Soltei um gemido e cobri o rosto com o braço novamente.

– Ela já não está na idade de sair do berço sozinha? Minha mãe disse que eu conseguia sair quando tinha nove meses de idade.

Segurando a barriga, Anna se sentou.

– Pois é. Felizmente, Gibson não é tão destemida quanto você, e não gosta muito de alturas. Mas está ficando mais ousada a cada dia – disse, com um suspiro.

– Ótimo – respondi. – Ela é uma Hancock, não deve ter medo de nada. Matt poderia aprender uma ou duas coisas com ela. Cagão. – Aposto que esse era o verdadeiro motivo dele me dizer não. Tinha medo; medo de que eu o expulsasse para fora do barco e roubasse seu lugar para sempre. Bem, pelo menos isso era algo que ele deveria temer, mesmo. De qualquer modo, ele devia dominar seus medos, droga.

Anna soltou uma risada baixa que me irritou e me fez esquecer os medos que Matt tinha de mim.

– É melhor você cobrir isso antes de eu trazer sua filha para cá.

Tirei o braço dos olhos para olhar para ela.

– Você não quer dar mais uma cavalgadinha nele antes de ir pegá-la? – Anna deu um sorriso forçado e eu encolhi os ombros. – Estou só oferecendo. Vai ser uma oportunidade perdida. – Balançando a cabeça, Anna beijou meu ombro e me deixou. – Você é quem vai sair perdendo – gritei. E eu também. Droga de tesão!

Depois de algum tempo, tivemos de nos vestir para a inauguração da galeria. Era um evento formal, algo muito irritante. Puxa, eu não me importava de usar um terno

de vez em quando; ficava incrível de terno e gravata, mas a verdade é que cantar nessa roupa ia ser estranho e desconfortável. Éramos uma banda de rock, e não a porra de um quarteto de jazz.

Anna ajeitou a minha gravata com um sorriso suave nos lábios. Eu tinha escolhido vermelho, é claro. A cor do poder. O paletó e a calça também eram vermelhos. Por que usar o poder apenas em parte? Mais poder representava... mais tudo.

– Você está incrível – elogiou ela.

– Eu sei – disse eu, olhando para ela, num vestido trespassado em estilo envelope, azul-turquesa forte. Havia um laço sedutor na frente que desfazia a coisa toda. Senti vontade de puxá-lo. Quer dizer, queria *muito* desfazê-lo ali mesmo. – Você também está maravilhosa – disse a ela, com orgulho na voz. Minha esposa era gostosa *demais*.

– Eu sei – reagiu ela, com um sorriso brincalhão. Seus lábios estavam com um tom de rosa forte. Imaginei que aquela cor não ficaria tão ruim em mim se eu tirasse dos lábios dela. Acho que isso iria acontecer antes de a noite acabar.

A campainha tocou e Anna olhou para o corredor fora do quarto.

– A babá chegou. É melhor eu ir recebê-la.

Assentindo com a cabeça, eu a deixei passar por mim. Depois que ela saiu, olhei para o meu reflexo no espelho de corpo inteiro. Caralho! Vermelho com vermelho e complementado por mais vermelho funcionava muito bem para mim. Até o meu cabelo estava puxado para trás e preso num rabo de cavalo baixo com um elástico vermelho. Minha esposa era uma mulher de muita sorte; eu era um tesão ambulante. Ajeitando a gravata, pisquei para mim mesmo e lancei um beijo para o espelho.

Sou mesmo um cara gostoso.

Agarrando um frasco de bebida na minha cômoda, pois tinha certeza de que iria precisar da ajuda para aturar tudo aquilo mais tarde, eu o enfiei no bolso de trás da calça e fui atrás da minha mulher. Eu me sentia estranho por deixar a vida da minha filha nas mãos de outra pessoa. Mas já tínhamos usado os serviços daquela garota algumas vezes antes, e até agora nada de sério tinha acontecido. Era melhor que ficasse desse jeito. Eu gostava da Jennifer, mas a perseguiria pelo resto da sua vida se ela deixasse algo de ruim acontecer com um fio de cabelo que fosse da cabeça de Gibson.

Anna e Jennifer conversavam na entrada quando eu cheguei lá. Jennifer segurava Gibson no colo, e a minha filha brincava com aquela confusão de fios do seu cabelo encaracolado. Não demorou muito para que os dedos de Gibson ficassem completamente emaranhados nos cachos.

– Provavelmente vamos voltar tarde – dizia Anna. – Eu não tenho certeza de quanto tempo vai levar a inauguração da galeria, mas é uma noite muito importante para todos, e provavelmente vamos emendar com outra comemoração, depois.

– Não tem problema, sra. H. Está tudo ótimo, fiquem fora o tempo que precisarem. – Jennifer tinha dezessete anos, mas às vezes aparentava treze. Isso me assustava. Eu me sentiria melhor se uma avó de sessenta anos que criara dez netos com sucesso tomasse conta da nossa menininha, mas Anna aceitava a pouca idade de Jennifer numa boa. Muitas vezes ela dizia:

"Relaxa, Jennifer trabalha como baby-sitter para um monte de celebridades locais. Certamente consegue cuidar de uma criança por algumas horas."

Talvez isso fosse verdade. Mas eu me sentiria melhor se alguém mais maduro ficasse tomando conta da minha filha.

Os olhos de Jennifer se voltaram para mim quando ela percebeu a minha chegada. Sua expressão foi de aprovação; ela gostou da minha roupa. Embora sempre me olhasse daquele jeito. Isso não era surpresa... A maioria das mulheres apreciava o material.

– Oh, olá, sr. H. Como estão as coisas?

Normalmente eu responderia com algo engraçado do tipo "Moles e um pouco para a esquerda", mas suas palavras me fizeram lembrar de como ela era jovem. Com uma careta, cruzei os braços sobre o peito.

– Você tem o nosso celular? E o telefone da galeria? E os números dos outros caras da banda? – Não dava para facilitar com algumas coisas, e Gibson era uma dessas coisas.

Com um sorriso paciente, Jennifer assentiu.

– Sim. Tenho os dígitos de todos.

Dígitos? Meus lábios formaram uma linha fina, mas deixei passar. Tudo ficaria bem, e Gibson a adorava.

– Muito bem, então. Nada de companhia externa por aqui, muito menos garotos; nem telefonemas; nem bebidas. – De repente eu me senti tão fraco quanto Matt, e balancei a cabeça. Precisava parar de ser tão mané. – Você pode assaltar a geladeira se quiser, e depois que a Gibson capotar de sono sinta-se à vontade para usar a piscina.

O sorriso de Jennifer se iluminou.

– Farei isso, obrigada!

Eu queria estabelecer mais algumas leis para ela, ou talvez adicionar outros números de emergência, mas Anna me envolveu o peito com os braços.

– Devemos ir, querido.

Eu sabia que ela estava com a razão, mas ainda tive de resistir ao impulso de dispensar Jennifer e levar Gibson conosco. Não era a *mãe* que deveria se estressar com a babá? Eu estava vestido de vermelho dos pés à cabeça, mas de repente me senti muito menos poderoso. Felizmente tinha uma cura para isso no bolso de trás da calça. Era melhor me despedir logo, antes de começar a beber ali mesmo.

– Então, tudo bem. Até logo, bebezinha do papai – disse eu, apertando Gibson com um dos braços e lhe dando um beijo.

— Tchau, papai — respondeu ela com a vozinha mais doce e adorável da Terra. Nossa, minha menininha era linda. Girando nos calcanhares, eu me afastei, quase arrastando Anna comigo.

Não vou me desfazer, não vou desmontar. Tudo bem deixá-la com uma estranha que ainda é menor de idade.

Merda! Quando foi que eu tinha me tornado tão fresquinho? Era melhor devolver logo o meu cartão de homem.

Só me senti melhor quando entrei no Hummer e dirigi velozmente pela I-90 até o centro de Seattle. Mas logo me lembrei que eu não tinha contado a Jennifer sobre o hábito que Gibson tinha de colocar tudo na boca. Mantínhamos os pisos muito limpos e nossos brinquedinhos de adulto ficavam sempre trancados, mas era espantoso o que aquela criança conseguia encontrar.

— Porra! — murmurei, me perguntando onde eu poderia fazer um retorno. — Eu me esqueci de avisar a Jennifer uma coisa. Precisamos voltar.

Anna me lançou um olhar divertido do banco do carona; logo depois vasculhou a bolsa e pegou o celular.

— Podemos ligar para ela, se for necessário, mas está tudo bem. Eu já mencionei o lance da boca, a coisa da orelha e o problema do nariz. Jennifer está bem preparada. Puxa, aquela menina tem verdadeira obsessão por buracos. No dia em que ela descobrir sua pepeca, eu vou precisar de terapia.

Normalmente eu teria rido desse comentário, mas não estava no clima para isso.

— Ahn... Ok, eu acho, contanto que ela fique esperta.

Anna pousou a mão no meu joelho.

— Gibson vai ficar bem, Griff. — Colocando a cabeça no meu ombro, disse calmamente: — Você sabia que, se Kiera, Jenny e os outros vissem um pouco mais desse seu lado doce, poderiam gostar mais de você?

Uma onda de surpresa me invadiu. Eu achava que era legal com elas duas.

— Kiera e Jenny não gostam de mim?

Recostando-se novamente no banco, Anna riu.

— Eu disse que elas gostariam *mais* de você. No momento elas acham que você é um cara... legalzinho.

Isso me fez franzir o cenho. Eu não era uma pessoa "legalzinha". Era um cara incrível envolto por camadas espetaculares, cobertas por acabamentos impressionantes. Elas deveriam estar gritando para os vizinhos que me conheciam, e não que simplesmente me toleravam, como Anna tinha deixado implícito.

Lançando um sorriso brincalhão para Anna, murmurei:

— Nada disso... O que todas precisam é ver as partes de mim que só você enxerga. O lado íntimo, se você entende o que eu quero dizer. Depois disso elas não iriam mais pensar que eu sou apenas "legalzinho". Estariam clamando junto de minha porta todas as noites, como gatas vadias tentando conseguir uma refeição decente. – Pisquei para ela. – Mas vou manter esse lado oculto só para mim mesmo, e salvar todas elas do vexame.

Revirando os olhos, Anna riu.

– Uma atitude muito nobre da sua parte.

Um sorriso imenso se abriu em meu rosto quando voltei a atenção para o mar de luzes traseiras que se alinhava na frente do meu carro. Nobre era praticamente o meu nome do meio.

★ ★ ★

Chegamos à galeria com cerca de uma hora de atraso, o que me pareceu a hora exata, pelos meus cálculos. Matt parecia perturbado quando nos viu do lado de fora, conversando com os fãs. Graças a nós e aos nossos impressionantes fãs de carteirinha, a galeria de Jenny já figurava no mapa. Já deve ter uns três milhões de comentários só essa noite. Éramos absurdamente fantásticos.

– Até que enfim vocês chegaram. Por que demoraram tanto? – Matt estava vestido com muita classe, num smoking completo; seu cabelo louro curto fora espetado com gel nas partes certas e exibia um monte de pontas rígidas. Muito apropriado. Claramente nervoso, ele me pareceu mais enrolado e tenso que o habitual; era como se ele fosse sofrer espasmos musculares caso se movimentasse demais.

Como um pouco de bom humor era o melhor remédio para nervos que eu conhecia, e como a oportunidade de balançar o saco diante dele era boa demais para ser desperdiçada, segurei a parte da frente da minha calça e perguntei:

– O que você acha que estávamos fazendo?

Os fãs ao redor se acabaram de rir, mas a carranca de Matt se tornou mais fechada.

– Vamos subir no palco daqui a trinta minutos. Tente não se atrasar para *isso*, ok?

Saudei o filho da mãe, mas ele já se virava para sair. As fãs que tentavam chamar a atenção dele me perguntaram:

– O que há com o Matt? – O tom de desapontamento era claro em suas vozes. O mané não tinha sequer dado um "olá" para elas.

Dando de ombros, eu disse a elas:

– O mesmo de sempre. – Fingi colocar o dedo onde o sol não brilha, e algumas garotas riram. – Além do mais, ele vai pedir a namorada em casamento esta noite. Seus nervos estão basicamente fodidos.

A multidão soltou exclamações de espanto e depois gritou. Anna me deu uma cotovelada e ergueu as mãos.

– Você não devia comentar nada.

Apontei para a placa acima da porta, onde era possível ler BAGETTES!
— Eu não devia dizer nada para a Rachel. Essas garotas não contam. – Voltei-me para a multidão. – Vocês não vão contar para a namorada do Matt, certo?

Houve mais risadinhas e gritos. Tomei isso como um sim e lancei um olhar de triunfo para Anna.

Viu só? Elas não contam.

Divertida, Anna deu um tapinha no meu ombro.
— Vou entrar para encontrar um lugar. Venha me encontrar quando estiver pronto.

Observando-a sair dali andando como uma pata por causa da barriga, murmurei:
— Pode apostar sua bundinha linda que eu vou.

★ ★ ★

A galeria de Jenny era exatamente o que eu esperava que fosse: um prédio sem graça com um monte de porcarias artísticas tolas e sem sentido penduradas nas paredes, sem falar nas estátuas com formas estranhas que bloqueavam o fluxo das pessoas nos corredores. Não havia nus de tipo algum. Fiquei decepcionado na mesma hora e me senti levemente enganado quando admirei por alto as criações de Jenny.

As pessoas andavam de um lado para outro com ar esnobe e arrogante, segurando taças de champanhe; diante disso, procurei um garçom e peguei duas taças. Era minha obrigação beber pela Anna, já que ela não poderia curtir aquilo. Ah, o fardo de ser um marido!

Do outro lado do salão principal, vi minha mulher batendo papo com Kiera, Jenny e Rachel. Eu estava prestes a me apressar para beliscar sua bunda sexy quando Rachel se virou e me lançou um olhar maligno. Caralho! Será que ela continuava com raiva de mim por eu dizer que Matt não queria ficar preso a uma única mulher? Ela precisava desencanar disso. Obviamente eu estava só brincando, já que ele iria pedi-la em casamento. Só me restava torcer para que depois disso o gelo em suas veias derretesse.

Não querendo fazer meu ouvido de penico e ficar ali ouvindo quanto eu era imbecil, evitei as garotas e olhei em volta, em busca do lugar onde iríamos tocar. Havia um número de pessoas ali que superava minhas expectativas, mas alguns rostos familiares se destacavam. Duas garçonetes do Pete's estavam ali, inclusive Kate, aquela metida a gostosa que nunca me deixava passar a mão na sua bunda. Estava em companhia de Justin, o vocalista do Avoiding Redemption, uma das bandas com quem iríamos sair em turnê no dia seguinte. Justin e Kate já andavam fodendo há algum tempo, mas não creio que estivessem planejando subir ao altar tão cedo. Pelo menos, não deveriam fazer isso. Afinal, eles nem sequer viviam na mesma cidade. Sabe como essa porra poderia funcionar? Exato! Simplesmente não daria certo.

Quando Justin me viu, eu levantei o copo num brinde a ele. Ele acenou com a cabeça para cima em saudação e, em seguida, voltou sua atenção para Kate. Os outros membros da banda de Justin estavam espalhados pelo salão. Havia cerca de seis mil componentes, eu juro. Ok, talvez não fossem tantos, mas não importa quantos havia na verdade... Era gente demais! Bandas deveriam ser pequenas e simples.

Outras bandas também estavam por ali. Os três membros da Holeshot tinham marcado presença, e também quase todos os componentes da Poetic Bliss, a banda só de garotas que havia nos substituído no bar do Pete. A baterista, que se chamava Meadow, batia papo com uma amiga ao lado de um quadro roxo e rosa. Cheye era o nome dela... Cheye... alguma coisa, eu não sei, não consegui me lembrar. Tudo o que eu sabia a seu respeito era que ela costumava adorar Kiera. Talvez ainda adorasse, certo? Sim, não me surpreenderia se ela estivesse a fim da esposa de Kellan. Talvez elas duas se esfregassem de vez em quando... Hummm, esse até que era um pensamento agradável.

Ajeitando a meia bomba que eu senti entre as pernas, me virei para encontrar alguma outra coisa em que me concentrar. Denny e sua esposa estavam de pé bem adiante, na minha frente. Os olhos escuros de Denny ficaram arregalados quando ele observou atentamente a minha roupa.

— Que terno interessante! Muito... vermelho – disse ele. Sua voz tinha um leve sotaque australiano pelo qual as garotas eram loucas. Eu costumava treinar esse sotaque o tempo todo, então já pegara o jeito; eu praticamente parecia um australiano quando o usava.

— Opa, e não é...? Obrigado, companheiro. Isso significa toneladas vindo de um cara como você. – *Viram só?* Eu deveria solicitar dupla cidadania, pois já era quase um nativo.

Denny franziu a testa e sua esposa, Abby, riu muito.

— Por favor, pare de tentar me imitar – pediu ele. – Isso é embaraçoso.

Com uma piscadela, eu lhe disse:

— Para você, talvez, mas as "minas" ficam loucas com esse sotaque. Praticamente rasgam as minhas roupas quando ouvem essa melodia incrível saindo da minha boca.

Abby riu um pouco mais alto e Denny se encolheu.

— Posso garantir que elas não acham isso exatamente "incrível".

— Ah, qual é?... Você simplesmente está chateado porque éramos quase irmãos até você perder sua mulher para aquele cara ali, com cabelo de quem enfiou o dedo na tomada. – Estiquei o polegar para onde Kellan estava com Hailey, que era sua meia-irmã ou alguma merda assim. Denny e Kiera eram namorados até Kiera dar um chute na sua bunda e trocá-lo por Kellan. Acho que foi assim que a coisa rolou. Os detalhes não tinham ficado muito claros. A verdade é que, quando o drama não era comigo, eu não prestava muita atenção à história. Com um sorriso, eu disse a Denny: – Eu também ficaria chateado de perder uma ligação com alguém tão próximo, porque sou um cara muito incrível.

– Foi o que ouvi por aí – disse Denny, apertando a mandíbula. Mas logo sorriu e acrescentou: – Na verdade, essa é a única coisa pela qual sou infinitamente grato a Kellan. Acho que eu iria murchar e morrer à sombra de alguém tão radiante quanto você – brincou, e soltou um suspiro triste. – Eu não sou importante o suficiente para ser seu irmão. Vou ter que me contentar em ser seu agente.

Seus lábios se curvaram, como se ele estivesse brincando, mas eu achei aquela uma excelente ideia. Ergui a taça para Denny quando ele levou Abby para longe dali; ela ainda ria.

– Você fez um belo discurso, senhor – repliquei, com minha voz normal, sem sotaque. – Um brinde a isso! – Tomei o resto do champanhe num gole só.

Eu estava me perguntando quanto os D-Bags tinham pago a Denny e Abby para serem agentes da banda quando senti alguém me puxar pelo braço; um pouco do champanhe da minha segunda taça foi parar no chão.

– Ei, cuidado! – reclamei, girando a cabeça.

Matt estava bem ali, com gotas de suor na testa. Parecia seriamente doente.

– Vamos subir no palco – avisou, quase engasgando.

Sentindo-me um pouco triste pela patética figura de homem ali na minha frente, eu lhe entreguei meu champanhe.

– Tome, beba isso. – Sem hesitar, ele entornou tudo e me devolveu a taça vazia. Uau, ele realmente parecia estar numa merda federal. Se ele se sentia assim tão dividido, talvez não devesse levar a coisa em frente.

– Cara... você vai vomitar?

Matt fez uma careta.

– Vou melhorar. Só quero acabar logo com isso.

Concordando com a cabeça, percebi de repente que havia uma coisa boa pela qual eu poderia ansiar.

– E aí... Onde vai ser sua festa de despedida de solteiro? Vegas? Nova York? Bangkok? – Não consegui pronunciar o nome dessa última cidade sem dar uma risadinha. Bangkok...

Matt me olhou com raiva.

– Antes vamos enfrentar esta noite, ok?

Dando de ombros, eu o segui quando ele começou a passar por entre a multidão. Tínhamos muito tempo para planejar uma festa de arrasar. E, na condição de membro da família, era meu dever me certificar de que sua despedida de solteiro seria inesquecível. Uma noite que não terminaria antes de eu ter a chance de embaraçá-lo e zoar ao máximo a sua bunda magricela. Para isso, eu iria precisar de alguns lhamas, alcaçuz e raios laser. Aquilo ia ser muito divertido.

Quando chegamos à parte da galeria onde fora montado um pequeno palco, fiz uma careta.

— Hummm... Longe de mim tentar ensiná-lo a fazer seu trabalho, mas não falta alguma coisa por aqui? Tipo... quase tudo? – Os instrumentos estavam lá, mas quase não havia caixas de som, nem amplificadores ou microfones. Faltava todo o equipamento eletrônico, na verdade.

Matt colocou as mãos nos quadris.

— Nós conversamos sobre isso várias vezes. Tenho certeza de que você nunca ouve uma única palavra das ideias que trocamos, e essa é outra das razões para... – Parou de falar, como se não quisesse tocar mais naquele assunto. Eu meio que queria que ele fosse em frente. Afinal de contas, aonde ele pretendia chegar com aquele papo? Matt bufou, meio irritado, e em vez de continuar, disse: – Estamos em uma galeria de arte, de modo que não podemos apresentar o nosso show de sempre. Vamos de acústico.

Fiz uma careta quando olhei para o meu baixo acústico, triste e quieto.

— Puxa, isso é uma furada. Se não podemos fazer barulho, por que tocar, para início de conversa? Era melhor tocar a porra do nosso CD com o som baixo... pelo menos teríamos mais tempo para beber. – Peguei meu frasco de bebida e tomei um belo gole. A bebida me queimou a garganta, mas depois me aqueceu da cabeça aos pés.

Perfeito.

Matt parecia prestes a me xingar em voz alta – algo realmente chocante –, mas dois braços o envolveram com força.

— Puxa vida, estou tão empolgada! Tudo está correndo às mil maravilhas, você não acha?

Jenny se afastou para observar Matt com mais atenção. Seus olhos azuis brilhavam, seus dentes brancos brilhavam, seu cabelo claro cintilava, ela parecia irradiar esperança e boa vontade por todos os poros e para toda a humanidade. A palavra "empolgada" era um adjetivo pouco expressivo para Jenny, naquele momento. Especialmente agora, que estava meio mamada. Ela provavelmente amava o mundo inteiro naquele instante, talvez até a mim.

Enquanto Matt tentava sorrir para esconder o nervosismo, Evan desengatou a noiva de cima dele.

— Amor, você se lembra do que eu disse sobre agarrar os convidados? Queremos que eles voltem depois desta noite, certo? – O sorriso de Evan era tão grande quanto o de Jenny.

Ela assentiu e logo se deslocou para se esfregar em Evan.

— Certo. Desculpe, querido. Estou tão animada! Este é um sonho antigo que se tornou realidade para mim. – Seus olhos brilhavam e ela fungou, como se fosse começar a chorar.

Ah, Deus, por favor não faça isso.

Eu odiava quando as mulheres choravam. Kiera bateu no ombro de Jenny, mas eu sabia que isso não iria interromper as lágrimas. Jenny precisava urgentemente de uma distração.

Depois que Evan saiu dali para preparar a bateria, fui até onde ela estava.

— E aí, Jenny?... Se você realmente quiser que todos os seus sonhos se tornem realidade esta noite, poderíamos ir para a sala dos fundos e nós dois... — Inclinando-me para baixo, sussurrei em seu ouvido tudo o que eu poderia fazer com ela. Fui muito explícito.

Ela me deu um soco no braço.

— Griffin! Eeeca, que nojo! Não, não e... Porra, não! Argh!... Preciso ir lavar os ouvidos agora mesmo. Talvez esfregar meu cérebro também...

Rindo, encolhi os ombros quando comecei a caminhar na direção do meu baixo.

— Quem perde é você.

Missão cumprida.

Ela já não parecia que ia começar a chorar alto a qualquer momento.

Depois que Matt, Evan e eu já estávamos devidamente instalados atrás dos instrumentos, Kellan assobiou alto para chamar a atenção de todos, e a multidão se reuniu à nossa volta. Jenny estreitou os olhos para mim antes de virar e sorrir para Kellan. Rachel exibiu para Matt um sorriso encorajador, já que ele ainda parecia prestes a vomitar, e Kiera sorriu para Kellan como se ele fosse o espécime do sexo masculino mais surpreendente que já caminhara pelo planeta. Eu, hein!... Anna estava de pé ao lado de Kiera. Ela lançou para Kellan um olhar superficial e logo depois desviou os olhos para mim. Rá!

Engole essa, seu príncipe encantado capenga.

Minha garota gostava muito mais de mim.

— Olá a todos. Somos os D-bags e estamos empolgados por estar aqui tocando na inauguração da galeria de Jenny. Ela trabalhou muito por isso e estamos todos muito orgulhosos. — Kellan inclinou a cabeça de leve enquanto sorria para Jenny. Os olhos dela quase transbordaram de lágrimas novamente, e eu suspirei.

Beleza, belo trabalho, Kellan. Eu a tinha curado e você a fez chorar novamente. Agora é você que vai ter que lhe fazer uma proposta indecente qualquer.

— Essa é para Jenny, e seu filho: a Bagettes — terminou Kellan.

Evan bateu as baquetas duas vezes, num ritmo de contagem regressiva que até eu entendi. Só que não fazia ideia de qual era a primeira música da nossa lista. Talvez devesse prestar mais atenção aos ensaios. Nada, que se foda! Se eles nunca iam me dar uma chance mesmo, de que adiantava tudo aquilo?

Fiquei esperando que Matt propusesse casamento a Rachel enquanto tocávamos. Depois de cada música, eu pensava: "Ok, é agora que ele vai fazer o pedido", mas isso não aconteceu. Ele parecia cada vez mais doente à medida que a noite avançava, mas não fez nem disse coisa alguma para Rachel. Isso foi estranho, uma espécie de oportunidade desperdiçada. Puxa, se ele estava tentando ser dramático e toda essa merda, o que teria mais impacto do que propor casamento a ela durante um show dos D-bags? Seria algo marcante. No fim do show eu me convenci de que ele havia mudado de ideia sobre pedir que ela se casasse com ele. Pobre Rachel. Ela precisava ser consolada. Eu poderia lhe oferecer meu ombro como apoio, desde que ela não chorasse demais… e me deixasse dar uma apalpada nos seus peitos.

Pensar nos peitos de Rachel naturalmente me fez pensar na minha mulher. Anna tinha uma "comissão de frente" incrível, ainda mais agora que estava tão perto de colocar o bebê para fora. Seus seios eram fartos e eu queria tocar neles. Só pensar nisso me provocou uma ereção que combinou muito bem com as vibrações do baixo. Isso mesmo… minha mulher e eu iríamos encontrar um local tranquilo depois dali. Talvez fôssemos lá para trás daquela cortina gigantesca que servia de fundo para o palco. Puxa, o lugar me pareceu excelente para um boquete.

Meu saco estava praticamente explodindo no momento em que a maldita lista de músicas se encerrou. Porra, era necessário tocar cinco mil músicas naquela maldita inauguração? Alguns de nós tinham coisas mais importantes para fazer. Assim que Kellan agradeceu à multidão, eu larguei o baixo e fui procurar a minha mulher.

Finalmente.

– Obrigado por nos ouvir. Não saiam daí, porque teremos um bis especial para vocês daqui a quinze minutos. – A multidão aplaudiu e eu xinguei baixinho.

Bis? Você está de sacanagem comigo?

Avistando Anna na borda da multidão com o seu vestido envelope azul-turquesa incrivelmente sexy, eu a agarrei pelo cotovelo.

– Preciso de uma mãozinha aqui – sussurrei em seu ouvido. – Ou de uma boquinha – acrescentei, para não limitar minhas opções.

Levei a palma da mão dela para o meu pau, que já estava duro como uma pedra, e seus olhos se arregalaram.

– Nossa, precisa mesmo! – Ela girou uma mecha do cabelo em torno do dedo e fingiu uma expressão tímida. – Fui eu que provoquei isso?

Esfregando discretamente a sua mão contra mim, garanti:

– Você sempre faz isso. – Olhando em volta para ver se alguém nos observava, puxei-a para trás da cortina. Todo mundo estava muito ocupado batendo papo com a banda, sem prestar atenção a nós. Deslizamos suavemente para trás do tecido roxo espesso sem sermos notados. O material pesado descia até o chão, de modo que nem nossos pés apareceriam. Aquele parecia o esconderijo perfeito e a situação era muito erótica, porque continuávamos a ouvir todo mundo do outro lado da cortina. Fazer aquilo ali seria quase como transar em público, algo que eu sempre quis experimentar.

Indomável 59

Enquanto Anna me observava com os olhos quase fechados de tesão, eu desafivelei o cinto.

– Você é a coisa mais sexy aqui – sussurrei. – Eu mal consegui me concentrar, só pensando em você… nas suas pernas em volta de mim, no seu mamilo entre os meus dentes, no seu clitóris contra a minha língua.

A boca de Anna se abriu, ela passou a mão sobre o peito e apertou o próprio mamilo. Eu fiquei mais duro ainda. Que mulher sexy da porra!

– Nossa, como eu preciso de você!…

Abrindo a calça, arriei-a junto com a cueca até os joelhos. Então peguei a mão dela e a puxei para mim. Nossas bocas colidiram num frenesi de paixão. Aquilo era ainda mais emocionante porque fazíamos tudo isso num silêncio total, de propósito. Se os bundões ali perto soubessem o que acontecia atrás daquela cortina… Bem, certamente a galeria de Jenny se tornaria um lugar muito mais interessante.

Enquanto minhas mãos exploravam o corpo da minha mulher, sua mão acariciava meu pau.

Porra, isso mesmo!

Será que ela conseguiria ficar de joelhos naquela condição? Puxa, torci para que sim. Eu poderia colocar meu paletó no chão para ela ajoelhar nele e ficar mais confortável.

Seu polegar brincou com a ponta do meu piercing e eu tive de me segurar na cortina com mais força para não cair.

Porra, como aquilo era gostoso!

– Não faça isso – alertou ela. – Você vai fazer essa merda toda despencar.

Com uma grande dose de força de vontade, deixei de apertar a cortina com tanta energia. Havia uma fenda no centro dela que me permitia ver o que rolava na galeria. Dezenas de pessoas continuavam lá fora conversando e circulando de um lado para outro. Observá-los enquanto Anna me acariciava era estimulante, e um gemidinho me escapou. Nossa, eu ia gozar na sua mão e deixá-la toda melada se ela continuasse me tocando daquele jeito.

– Acho que não consigo me abaixar até aí, amor – murmurou Anna. – Mas trouxe algo para ajudar… só por garantia.

Ela enfiou a mão na bolsa e pegou um dos nossos brinquedinhos sexuais. Era uma vagina de plástico que usávamos às vezes, quando a dela não estava pronta para a tarefa. Ela levara aquilo para a festa? Porra, minha mulher era mesmo incrível! Só que eu não conseguiria agradecer a ela, naquele momento. Tudo que conseguia dizer era:

– Ah, Deus, ó meu Deus, ahhh!

Inclinando a cabeça, ela sorriu para mim.

– Vou aceitar isso como um "sim, por favor".

Ela usou o dedo para umedecer o interior do tubo de borracha e o colocou em cima do meu pau, empurrando-o de leve. Não era a mesma coisa que estar dentro dela, mas cara, era muito impressionante. Apertei seus ombros enquanto ela começava a trabalhar lá embaixo. Olhando pela fenda da cortina, vi Jenny dar um beijo em Evan, Kiera se aconchegar em Kellan e Matt olhar para Rachel. Pelo menos ele não parecia estar tão enjoado, agora. Tudo estava certo no mundo.

Conter meus grunhidos e gemidos era difícil, especialmente porque o latejar se intensificou e o orgasmo começou a se aproximar. Como conhecia bem o meu corpo, Anna acelerou sua mão. Eu estava muito perto, quase lá.

— Não pare! — implorei a ela.

Com uma risada gutural, ela ronronou:

— Amor, nada conseguiria me fazer parar agora. Você é tão sexy quando goza! Quero ver isso... me mostre!

Porra, isso mesmo.

— Estou quase...

Com o canto do olho, vi algo acontecer. Não queria prestar atenção, pois estava prestes a fazer um incrível lançamento a distância, mas notei mesmo assim. As pessoas caminhavam em direção à cortina. Jenny e Evan vinham um de cada lado da fresta e Jenny dizia à multidão:

— Antes da música final dos D-Bags, há uma última obra de arte que eu gostaria de mostrar a todos. É o meu melhor trabalho, e estou muito, muito orgulhosa dele. Mal posso esperar para que todos vocês testemunhem esse grande momento... Jenny e Evan pararam diante da cortina e foi só então que eu me dei conta de que havia uma pintura muito grande na parede atrás de nós. Jenny queria mostrá-la a todos! E eu estava a cerca de cinco segundos de gozar.

Puta... Que... Pariu!

Interrompendo os movimentos de Anna, tirei o brinquedinho sexual da mão dela.

— Recue, agora mesmo! — avisei. Anna pareceu confusa, obviamente, mas fez o que eu mandei e foi para o canto da cortina, bem longe do quadro. Eu não consegui me mover, e não teria tempo para isso, mesmo. A cortina se abriu e a multidão soltou uma longa exclamação de espanto; eu com meu pau enfiado num brinquedinho sexual roxo e brilhante foi a primeira coisa que todos na galeria viram. Nem é preciso dizer que murchei na mesma hora. Não conseguiria gozar agora nem que me pagassem.

Os olhos de Jenny se arregalaram; ela girou nos calcanhares e olhou para longe. As bochechas de Evan ficaram num tom de vermelho brilhante e ele perguntou:

— Griffin? Que diabos é isso? — Com a boceta falsa ainda firmemente presa em torno do meu pau, eu me abaixei para tentar suspender a calça, mas não antes de dezenas de celulares espocarem flashes na minha direção. Foi impressionante.

Matt tinha colocado Rachel na frente e bem no centro da cortina para a revelação do quadro, e ambos olhavam para mim como se eu fosse um mutante de outro planeta, mas logo os olhos de Rachel se fixaram num ponto acima e atrás de mim. Ela engasgou e cobriu a boca com as mãos.

Esperando que eu não visse o que pensei que poderia ver, eu me virei e olhei para a pintura. Sim. Era isso mesmo que eu temia. A obra de arte que Jenny "escondera", deixando-a para o final, era uma pergunta gigantesca artisticamente pintada numa tela.

Rachel, você quer se casar comigo?

Matt.

Eu tinha acabado de foder sua proposta de casamento. Mais uma vez. Ele ia me matar. Jenny também. Ela estava chorando novamente, mas agora não eram lágrimas de felicidade. Evan olhou para mim quando a acolheu nos braços. Que maravilha! Ele estava puto também. Perfeito!

Capítulo 4

SERÁ QUE O VERDADEIRO
SR. IMPRESSIONANTE PODERIA SE LEVANTAR?

Decidiram encerrar a festa depois desse mico. Tentei pedir desculpas, mas todos se recusaram até mesmo a me informar que horas eram. Matt estava tão furioso que nem olhava na minha direção. Evan simplesmente balançava a cabeça para os lados, incrédulo. Kellan era o único que não estava completamente irritado, mas tinha saído dali junto com Matt. Para tentar acalmá-lo, eu acho.

Eu não estava muito preocupado com aquilo. Quando pegássemos a estrada para fazer a nossa turnê, tudo o que aconteceu naquela noite seria esquecido. Águas passadas. Além disso, Rachel disse sim à proposta, então era isso que realmente importava. Pelo menos eu imaginei que tivesse dito sim. Não houve muito papo depois do incidente. Apenas gritos. A maioria deles disparados na minha direção. Mas Rachel aceitou Matt, sim; não havia a mínima possibilidade de ela recusar isso a ele.

Jennifer ficou surpresa ao nos ver voltar tão cedo para casa. Eu não tinha nenhuma vontade de explicar o que acontecera, então simplesmente lhe disse:

— Estava tão chato lá que caímos fora.

Ela aceitou a desculpa e começou a descrever seus momentos sem incidentes em companhia de Gibson. Fiquei feliz por sua noite com minha filha estar longe de ter sido tão dramática quanto a minha fora. E me senti feliz de verdade por não a termos pego no flagra aprontando algo sórdido. Se isso tivesse acontecido, aquela teria sido a última vez que ela via Gibson. Em algum local remoto da minha mente, algo tentava me dizer quanto era hipocrisia da minha parte, mas ignorei meu cérebro estúpido. Quando algo tinha a ver com Gibson, nada do que eu dissesse ou fizesse poderia ser usado como bússola moral. Ela estava num nível totalmente diferente do meu.

Depois de eu pagar a Jennifer e ela ir embora, Anna entrou no computador mais próximo que encontrou. Ainda era um pouco cedo para os vazamentos na internet, mas não me surpreenderia se as imagens do meu pau estivessem disponíveis para todos logo de manhã. Tudo bem. Pelo menos era um pau muito atraente.

Anna soltou um suspiro de alívio quando não encontrou nada.

— Talvez não seja divulgada imagem alguma. Afinal, ali só havia basicamente amigos e familiares, certo?

— E o jornal local. – Na mesma hora me veio à lembrança a imagem de Kellan avisando que eu deveria me comportar da melhor maneira possível diante da imprensa.

Opa, foi mal...

Anna se encolheu e mordeu o lábio inferior. Com um encolher de ombros, eu lhe disse:

— Nada disso importa. Os caras vão superar tudo, Rachel vai se casar com Matt, a galeria de Jenny vai ser um sucesso e eu vou ser notícia de primeira página por um tempo. É uma espécie de situação do tipo "todos saem ganhando". – Sorri, mas Anna ainda não parecia convencida de que estava tudo bem. – Não se estresse, isso não é nada. Tudo vai ser esquecido antes mesmo de você perceber. Não foi a primeira vez que eu fui pego em uma posição desconfortável, e certamente não será a última. Depois de algum tempo, as pessoas simplesmente esperam que eu faça loucuras como essa.

Finalmente, um sorriso lento se espalhou pelos lábios dela.

— Bem, pode ser... Talvez da próxima vez eu possa compartilhar o constrangimento com você. Eu me sinto meio mal por todo mundo estar culpando apenas você por aquilo. A culpa também foi minha.

Com um sorriso travesso, concordei.

— Tudo bem, então. Da próxima vez que fizermos sexo em público, vou deixar você ser pega no flagra também. Combinado? – Eu estiquei meu dedo mindinho. Rindo, ela o envolveu com o mindinho dela.

— Combinado.

⋆ ⋆ ⋆

A limusine chegou cedo na manhã seguinte para levar todos nós para o aeroporto. Anna teve que me dar três cotoveladas nas costelas para me tirar da cama. Eu não era exatamente uma pessoa matutina. Qualquer coisa que acontecesse antes das dez era cedo pra cacete, na minha opinião. Só que nós tínhamos um voo para pegar, então eu me obriguei a levantar da cama e agitar as coisas.

A turnê ia começar em Los Angeles e terminar em Seattle. Eu não tinha ideia de onde estaríamos em cada momento da maratona, mas não precisava saber.

Alguém certamente iria me informar a cidade em que estávamos antes de entrarmos no palco.

Íamos viajar num avião particular até L. A. e eu estava grato por isso. Voos comerciais eram um saco! A limusine nos deixou bem ao lado do jato. Anna e eu fomos os últimos a chegar, mas todo mundo ainda circulava pela pista, matando o tempo antes do voo. Matt me viu saindo da limusine e se dirigiu para o avião na mesma hora. Tudo bem. Eu não me importava com o mau humor dele, já que eu mesmo continuava meio na bronca por ele me tratar como um componente inferior da banda. Mas Anna não queria que esse clima se prolongasse. Agarrando meu cotovelo, ela me disse:

– Vá falar com ele. Por favor.

Revirei os olhos, mas não podia recusar isso a Anna. Ela vencera a negociação na noite anterior, antes de irmos dormir. Segundo as nossas regras, eu deveria tentar, pelo menos, fazer as pazes com Matt.

Ele se afastava de mim rapidamente, mas consegui alcançá-lo quando ele estava no primeiro degrau da escada do avião.

– Ei, cara – chamei, agarrando-o pelo cotovelo. – Espera um segundo.

Com cara de poucos amigos, ele olhou para mim.

– Acho que seria melhor se evitássemos um ao outro por algum tempo, ok?

Soltei um grunhido irritado.

– Cara, eu não fiz aquilo de propósito. Como é que eu poderia saber que a proposta de casamento ia ser feita daquele jeito? Se você tivesse compartilhado conosco os seus planos de pintar um quadro…

Os olhos claros de Matt se estreitaram até virar frestas gélidas.

– Eu fiz isso. – Ele pareceu ferver, com os dentes cerrados. – Mais de uma vez.

Tentando me lembrar de todas as conversas que Matt e eu tínhamos tido recentemente, balancei a cabeça.

– Não, você não fez isso, porque eu me lembraria. – Provavelmente. Talvez.

Descendo do degrau, Matt investiu na minha direção. Eu consegui recuar a tempo, mas seus braços ficaram estendidos no ar, como um zumbi à caça da sua presa; seus dedos se fechavam e abriam de forma frenética, como se ele estivesse me esganando até a morte. Foi meio assustador. Antes de Matt conseguir me estrangular de verdade, Kellan se colocou entre nós com os braços abertos.

– Ô, ô, ô, podem parar! Não vamos fazer nenhuma idiotice aqui – disse, olhando com firmeza para Matt e depois para mim.

Matt lançou seu olhar irritado para Kellan.

– Ele arruinou o meu noivado, Kell. Deixe-me sufocá-lo… Só até ele desmaiar. Vamos todos ficar gratos por isso e poderemos curtir um voo tranquilo, confie em mim.

Kellan suspirou e eu ergui o queixo com pose de indignado. *Babaca.* Era péssimo Anna fazer tanta questão de resolver tudo. Por que diabos Matt e eu não podíamos simplesmente ignorar um ao outro por algum tempo? Muito tempo, de preferência. Aquele hipócrita filho da puta continuava na minha lista de merdas.

— Ele não estragou nada, Matt — argumentou Kellan, calmamente. — Rachel disse sim, e é isso que realmente importa, certo?

Matt revirou os olhos, mas concordou, com alguma relutância.

— Sim. Acho que sim.

Kellan deu um tapinha no ombro dele.

— Boa. Portanto, que tal deixarmos as brigas de lado para podermos chegar inteiros ao fim da turnê? — Isso me fez dar uma risada de deboche.

Deixar as brigas de lado era a resposta padrão de Kellan para tudo. Só que alguns de nós não são tão santos quanto você, Kyle. Alguns de nós têm rancores que não são esquecidos com tanta facilidade.

Matt olhou para mim mais uma vez e murmurou:

— Tudo bem. — Em seguida desapareceu no avião.

Kellan deixou Matt subir, mas, quando eu comecei a segui-lo, ele colocou a mão no meu peito.

— Talvez seja melhor você dar um tempo.

Cruzando os braços sobre o peito, encarei Kellan por um bom tempo.

— Por que tá todo mundo tão puto por causa disso? Não envergonhei mais ninguém além de mim mesmo ontem à noite, e não ligo nem um pouco para as pessoas terem visto meu pau.

Kellan franziu a testa e balançou a cabeça.

— É isso que você não entende. O que você faz afeta mais do que apenas você. Atinge todos a quem você está conectado. Tente se lembrar sempre disso, ok?

Ele bateu no meu ombro e se aproximou de Kiera e Ryder. Com a cara amarrada, eu o vi sair de perto. Eu me ligava na existência das outras pessoas. Apesar de todos me tratarem como um completo boçal, eu não era. A noite passada foi um erro comum, um erro que qualquer um deles poderia ter cometido. Até parece que eu tinha tentado atingir a banda de forma intencional. Ao contrário deles, que me mantinham com pés e mãos amarrados. Imbecis.

Kellan e Kiera foram ajudar Anna com Gibson, então eu entrei no avião para poder ficar de mau humor em paz. Matt estava no último banco, olhando para fora da janela. Ignorando-o, escolhi um lugar bem na frente. Kellan provavelmente estava certo sobre mantermos distância, mas eu era o único que queria isso. Os babacas estavam sempre pegando no meu pé, tentando me prender a um padrão que era quase impossível de manter. Por que eles não conseguiam me aceitar como eu era, em vez de tentar me obrigar a ser alguém que eles queriam que eu fosse? Não era assim que os amigos deviam proceder?

O avião tinha uns dez lugares, com espaço mais que suficiente para todos. Era muito imponente e luxuoso também, com poltronas altas revestidas de couro, mesas, uma cozinha bem abastecida e um banheiro quase completo. Anna e Gibson estavam sentadas junto de uma mesa bem na minha frente, enquanto Kiera e Ryder se sentaram à mesa do lado, com Kellan e Evan. Matt ficou sozinho na parte de trás. Esse cara conseguia manter o mau humor ainda por mais tempo do que eu. Talvez isso estivesse em nossos genes.

Evan me ignorou nos primeiros momentos do voo, mas depois de algum tempo começou a falar comigo. Ou *para* mim.

— Jenny ficou muito chateada com o que aconteceu na galeria. Para ser franco, eu também fiquei. O que você estava pensando? – perguntou, com os olhos tristes e sombrios.

Cansado de falar sobre a noite passada, balancei a cabeça.

— Eu estava com tesão. E não sabia que a cortina ia se abrir. Estraguei a festa e sinto muito. Tá bom assim?

Evan pensou por um minuto, em seguida balançou a cabeça e encolheu os ombros.

— Sim, tudo bem.

Sua aceitação me fez sorrir. Quem dera Matt saísse dessa *vibe* com a mesma rapidez! Mas eu tinha arruinado seus planos e Matt odiava planos arruinados. Eu simplesmente teria de esperar que sua putez passasse, e isso era mais fácil de falar que de acontecer. Ele estava sempre irritado com alguma coisa.

★ ★ ★

Passaram-se duas semanas, mas Matt finalmente superou o mau humor. Não chegou a dizer em nenhum momento que me perdoava, mas parou de me fuzilar com os olhos e começou a brincar. Eu só percebi que estávamos de volta aos velhos tempos quando ele começou a me insultar. Era assim que medíamos a nossa relação: quando ele me esculhambava, isso era sinal de que não estava mais com raiva de mim.

Acho que ajudou o fato de as imagens da véspera terem se espalhado por todos os cantos; alguns espertinhos começaram a me chamar de Hand Solo. O apelido pegou e, num piscar de olhos, o nome estava em todos os lugares. Matt achou isso histericamente engraçado e também adotou o apelido. Tudo bem. Não importa. Naquela noite tinha rolado um dos momentos mais quentes que eu já tinha tido com Anna. Seria uma doce lembrança para mim, que serviria para eu me lembrar de quanto minha mulher era incrível, sexy e disposta a qualquer sacanagem. Lembrar a cena me deixava mais empolgado que um garoto de treze anos com a revista *Playboy* escondida debaixo do colchão. Eu só lamentava não ter tido a chance de terminar o que havia começado.

Quando as coisas com Matt se normalizaram, meus pensamentos se voltaram à velha ideia de promover meu talento durante aquela turnê. Tinha de haver um jeito de fazê-lo. Se Matt não queria me dar a chance de tocar como guitarrista principal, talvez Kellan me deixasse assumir a frente do palco. Não em todas as músicas, mas talvez em uma, pelo menos. Ou duas. Podia ser uma das mais fracas, uma que ninguém curtisse.

Como viajávamos no mesmo ônibus juntos, tive muito tempo para conversar com ele sobre isso.

— Qual é, Kell? Eu sei as músicas de cor, até mais do que você, e minha voz é espetacular. A galera vai adorar!

Ele olhou para mim e parou de brincar com Ryder, que estava no seu colo. Ryder tinha alguns dentes nascendo, e a frente da sua jardineira curta azul com o símbolo dos D-bags estava embebida em saliva. Mas ele ria o tempo todo; meu sobrinho raramente parecia infeliz. Enquanto Ryder tentava agarrar um conjunto de chaves de plástico da mão do pai, Kellan olhou para mim e balançou a cabeça.

— Não, Griffin. Eu já disse isso.

Uma sensação de irritação me subiu pela espinha quando a resposta tantas vezes repetida a cada pedido me pareceu queimar os ouvidos. Eu estava absurdamente farto de todo mundo me dizer não.

— Sei... Eu já ouvi. Só não acho que seja correto.

A atenção de Kellan tinha voltado para o filho, que arrancara as chaves da sua mão, mas ele olhou novamente para mim após o meu comentário.

— Você não acha que é justo que eu cante as músicas? As canções que eu escrevi? Eu sou o vocalista, Griffin. Esse é o meu trabalho.

Revirei os olhos.

— Vocês são muito presos a rótulos. *Eu sou o vocalista. Eu sou o guitarrista.* Blá-blá-blá. Será que alguém iria morrer se um de vocês saísse um pouco do pedestal?

— Tem muita coisa boa acontecendo, Griffin. Esse não é o momento de mexer no time...

Inclinei-me na poltrona.

— Esse é o momento perfeito, Kellan. Os fãs não querem que fiquemos estagnados e sejamos previsíveis. Esperam coisas diferentes, anseiam por novidades, querem ser surpreendidos. Para ser franco... Eles querem a mim.

Kellan esboçou um sorriso quando eu tornei a me recostar na poltrona.

— Eles querem você? Sério?

Balançando a cabeça, torci o polegar em direção à parte de trás do ônibus, onde Anna e Gibson tiravam um cochilo.

— O pequeno mico na galeria se tornou viral e os fãs adoraram. Querem mais merdas desse tipo. Querem mais de mim. Garanto que se vocês me derem um pouco de liberdade durante o show não vão se arrepender.

Kellan suspirou e olhou para Kiera. Ela estava com uma expressão de horror no rosto, mas deu de ombros, como se não tivesse resposta para aquilo. Cacete! Parecia até que eu estava pedindo para criar o filho deles. Era só a porra de uma canção. Kellan olhou para mim com uma expressão séria.

— Talvez possamos encontrar algo divertido para você fazer. Talvez uma paródia ou algo assim…

Uma paródia? Bem, atuar no palco não era exatamente o que eu queria, mas suponho que já era um começo.

— Certo. Ótimo. Podemos começar hoje à noite?

Um olhar estranho passou pelo rosto de Kellan antes de ele responder.

— Tenho que falar com Matt e com Evan antes, para ver o que eles acham. Depois eu aviso você.

— Beleza! — Pulei da poltrona para dar a Anna a boa notícia; eles finalmente iriam me dar uma chance. Talvez não do jeito que eu queria, mas eu toparia qualquer chance de alardear meu talento. Perguntei a mim mesmo o que poderia preparar para meu esquete, enquanto abria a porta do quarto dos fundos, onde minha mulher descansava. Talvez eu pudesse recriar o grande momento da galeria.

Sou Hand Solo. Vim aqui para resgatar… bem, a mim mesmo. Mostrarei meu talento em um minuto.

Rá! Talvez eu devesse seguir carreira como comediante de stand-up.

— Adivinha o que aconteceu, Anna!

Seu corpo enroscado se agitou um pouco e um leve gemido lhe escapou dos lábios, não mais que isso. Ela estava com Gibson aninhada nos braços; minha menininha parecia um anjo ali, com o cabelo dourado emoldurando seu rosto. Até agora ela estava curtindo demais a turnê. Adorava conhecer pessoas e sempre havia alguém novo para ela observar. A única coisa que ela não apreciava muito eram as longas viagens de ônibus entre os shows. O balançar para frente e para trás do ônibus a deixava enjoada. Anna também. Ela dizia que aquilo era como estar em um barco, e continuava a sentir o movimento ondulante mesmo quando não estava mais no ônibus. Eu gostaria que houvesse algo que eu pudesse fazer para ajudar Anna a se sentir melhor. Eu não fazia ideia do que serviria para isso, a não ser deixá-la bêbada, e essa não era uma opção viável, diante da sua condição.

Como Anna não acordou, eu me sentei na beira da cama e debati comigo mesmo sobre se deveria perturbá-la ou deixá-la dormir. Ela parecia arrasada. Só que a minha empolgação venceu e eu balancei seu ombro para acordá-la.

— Adivinha o que aconteceu, amor?

— Já chegamos? — resmungou ela, com a voz rouca. Virando a cabeça, olhou para mim. — Vamos parar logo? — Ela estava meio verde e seu rosto ficara vincado no lado em que se deitara. Havia até mesmo um pouco de baba seca no canto da sua boca. Mas ela continuava um tesão.

— Eu não sei em que buraco nós estamos... mas Kellan vai me ceder o centro do palco hoje à noite! Vou fazer uma sátira, ou uma merda desse tipo.

Anna se sentou devagar, apoiada no cotovelo. Estudou meu rosto com uma sobrancelha erguida.

— Uma sátira? Durante o show? Isso é... interessante.

Dei de ombros e depois ri. A adrenalina estava me tornando meio apatetado.

— Bem, não é exatamente o que eu esperava; mas já é alguma coisa, e isso é melhor que nada.

Anna concordou. Em seguida colocou a mão no estômago, como se estivesse prestes a vomitar.

— Parece ótimo. Por favor, me acorde quando chegarmos lá.

Ela se jogou de volta na cama e meus olhos devoraram suas curvas. Eu estava energizado demais para simplesmente sair dali e ir me sentar ao lado de Kellan e de Kiera, girando os polegares enquanto esperava. Precisava de ação, algo para me manter entretido. E Anna era a melhor forma de entretenimento que eu conhecia. Eu sabia que ela se sentia péssima no momento, mas talvez um pouco de diversão nos fizesse sentir um pouco melhor, certo? Isso já tinha funcionado uma ou duas vezes antes.

— Ei... Acho que você e eu poderíamos ir até o banheiro para fazer um pouco de magia, que tal? Estou eufórico demais. Preciso queimar um pouco de energia.

— Ah, não vai dar. Estou tentando não vomitar — murmurou ela.

— Puxa, qual é? Já vamos estar no banheiro se você realmente acabar vomitando... Lembra aquela vez em que você bebeu demais, pensou que fosse vomitar, mas acabamos transando e você se sentiu muito melhor depois? Eu posso ser a cura que você precisa, amor.

Seus olhos se abriram; pareciam uma espécie de fogo verde que brilhava de calor, mas não era um calor bom. Antes que ela pudesse me furar com os feixes de laser que me lançava, ergui as mãos em sinal de rendição.

— Que tal eu ir embora e você ficar aqui dormindo?

O calor verde se dissipou quando ela fechou os olhos.

— Estou numa boa.

Ufa. Essa tinha sido por pouco.

Acabei caminhando de um lado para outro dentro do ônibus por mais uma hora. Pelo olhar de Kiera, ela não estava nem um pouco feliz com meu movimento constante. Precisando de algo para fazer, agarrei Ryder do colo dela e lhe disse que iria mantê-lo ocupado para que ela pudesse curtir algum tempo a sós com Kellan. Ela pareceu indecisa sobre me deixar ali tomando conta do seu filho, até que Kellan a convenceu de que eu não iria quebrar o bebê deles. Até parece… As crianças me adoravam!

Enquanto seus pais provavelmente se roíam de preocupação, eu balancei para cima e para baixo o pequeno pacote deles, cheio de energia, pelo corredor do ônibus. O tempo todo fiquei contando as histórias que Gibson sempre me pedia – relatos de cavaleiros, dragões e princesas que botavam pra quebrar. Ryder bocejou depois de algum tempo, e seus olhos muito brilhantes e azuis finalmente se fecharam de sono; cinco segundos mais tarde ele já tinha capotado.

Viu só, Kiera? Não havia motivo algum para preocupação. O Mini-Bag me adora.

Quando chegamos ao local da apresentação, Kellan sumiu para ir conversar com os outros caras sobre aquela noite. Pelo menos foi o que eu supus. Queria ir com ele, para defender meu caso e talvez brincar com algumas ideias, mas Gibson começou a se mostrar toda carente e pegajosa, provavelmente porque eu tinha passado muito tempo com Ryder, e ela odiava quando eu dava muita atenção a outra criança. Ela que se preparasse para entrar em estado de choque quando seu irmãozinho ou irmãzinha nascesse. Naquele momento, porém, ficou claro que ela precisava de mim, e eu fiquei dentro do ônibus com ela e com Anna.

— Então, o que você acha que vai fazer hoje à noite? – quis saber Anna. Ela parecia muito melhor agora que o ônibus tinha parado de se movimentar.

— Não sei… o que você acha que eu deveria fazer? – Eu tinha desistido de algumas ideias, e tudo que me ocorreu foi apresentar um teatrinho de marionetes usando um pênis como astro, mas eu tinha a sensação de que os caras não aprovariam isso.

Anna deu de ombros.

— Mostre o seu talento. – Refletindo sobre o que eu tinha planejado fazer no palco, sorri. Com um sorriso divertido, Anna se explicou melhor: — O seu talento não sexual.

Balançando a cabeça, pensei sobre quais eram os meus talentos. Além de ser diabolicamente bonito e um garanhão no quarto, eu era, em minha modesta opinião, um mestre do rap. Na verdade, eu sabia de cor as letras de todas as músicas do Vanilla Ice. E não apenas seus megahits, manjava as menos conhecidas também. Ninguém conseguia imitar Mr. Ice melhor do que eu.

— É isso aí! É isso que eu vou fazer!

Anna piscou.

— Isso o quê?

Beijando sua testa, entreguei Gibson a ela.

— Preciso me encontrar com os caras antes de começar o show. Vou precisar de música de fundo para a apresentação.

— Para fazer o quê? Qual é o seu plano? — ela quis saber, mais uma vez.

— Você vai ver — respondi, com um sorriso torto.

Anna se levantou. Gibson estendeu os braços para mim, mas eu não podia pegá-la no colo novamente. Havia muita coisa a fazer.

— Espere! — pediu Anna, colocando a mão no meu braço. — Vamos tirar uns segundinhos para conversar sobre a sua ideia. Sabe como é... nos certificarmos de que você bolou algo realmente legal para surpreender os rapazes. Enquanto eu estava cochilando, andei pensando algumas coisas que talvez você possa...

Sorrindo de orelha a orelha, eu a interrompi com um beijo em sua bochecha.

— Tenho certeza de que as suas ideias são legais, mas o que eu *bolei* vai deixá-los boquiabertos de empolgação!

Anna me chamou mais uma vez antes de eu sair, mas eu estava animado demais para parar e explicar tudo naquele momento. Contaria a ela os detalhes quando a coisa estivesse decidida.

Havia gente em todos os lugares quando eu saí do ônibus: seguranças, as pessoas que trabalhavam para o lugar e membros das outras bandas. Não vi nenhum dos D-Bags. Fãs atrás de uma cerca de arame aplaudiram muito ao me ver. Algumas delas gritaram: "Eu te amo, Kellan!". Quase parei para avisar a elas que eu não era Kellan, mas não havia tempo. O show iria começar dali a duas horas.

Justin foi a primeira pessoa que eu vi quando entrei na casa de shows. Ele conversava com Deacon, o vocalista do Holeshot. Falavam sobre Kate, pelo que eu pude perceber. Estavam no meio da conversa, mas eu os interrompi numa boa e perguntei:

— E aí, vocês viram o Kellan?

Justin se virou para mim e apertou os lábios, formando uma careta. Ele tinha uma tatuagem ao longo da clavícula que eu achava legal, mas a caligrafia era tão elaborada que não dava para ler o que estava escrito. Como eu conhecia Justin, diria que era algo lírico e poético. Se fosse comigo, ali estaria escrito algo como "Sente aqui", com setas apontando para cima. Puxa vida... Até que não era uma má ideia fazer isso.

— Não, eu não o vi, mas o pessoal da recepção já chegou e ele deve estar conversando com os radialistas locais.

Isso fazia sentido. As estações de rádio dos lugares sempre organizavam concursos que permitiam aos vencedores ter acesso aos bastidores, onde todos eram liberados para conversar conosco e tirar fotos. Tudo era muito formal antigamente, quando Sienna Sexton mandava nesses eventos, mas agora as pessoas ficavam apenas circulando pelos bastidores como se visitassem um zoológico estranho cheio de estrelas do rock.

E ali, à sua esquerda, está a mitológica fera de um olho só vinda do PAUquistão. Reza a lenda que essa criatura só sai da toca quando está muito excitada. Vamos ver se conseguimos despertá-la, que tal?

— Tudo bem, obrigado. — Dei um tapinha em Justin no ombro e me preparei para ir embora, mas ele me fez parar com uma pergunta.

— Ei, você é amigo da Kate, não é?

Dei de ombros.

— Mais ou menos. Por quê?

Uma luz vermelha do palco foi lançada em sua direção; o rosto de Justin começou a mudar e ficou de várias cores.

— É que... Bem, nós já estamos juntos há algum tempo e eu ando pensando em dar um passo além. Talvez chamá-la para ir morar comigo.

Erguendo uma sobrancelha, eu lhe disse:

— Você quer pedir a ela para se mudar para L.A.? Não se dê ao trabalho, ela não vai. A vida dela está em Seattle, cara. — Exibi um sorriso simpático e lhe dei a notícia difícil que, na condição de amigo, eu não podia deixar de dar. — É melhor você dar um chute na bunda dela e pegar alguém que more na sua cidade. — Estalei os dedos quando uma ideia me veio à cabeça. — Brooklyn Pierce, a garota com peitos grandes que faz aquele show futurista. Ela deve morar em algum lugar por lá e é muito gostosa. Dispense Kate e saia com ela. Problema resolvido!

Justin me olhou com ar atônito quando eu dei um tapa no seu braço e me afastei. Talvez levasse uns minutos, mas ele ia acabar vendo que eu tinha razão. Ele e Kate não tinham sido feitos um para o outro, mas ele e Brooklyn... caramba, porra ela era um tesão! Eu mal podia esperar para sairmos com eles, como dois casais. Que cara sortudo!

Quando descobri Kellan, vi que ele estava soterrado pelas fãs que tinham vencido o concurso; estavam todas em torno dele. Kellan sorria quando apertava muitas mãos, dava autógrafos e respondia às perguntas. As fãs gritavam, riam e, em alguns casos, choravam. Garotas... elas eram um tipo de gente muito estranha.

Sabendo que elas não se importariam se eu as empurrasse para chegar junto de Kellan, comecei a dar cotoveladas para abrir caminho por entre a multidão. Para minha surpresa, porém, todas as garotas me lançaram olhares de reprovação, como se não soubessem quem eu era ou por que eu estava invadindo seu espaço na fila. Que esquisito! Logo eu, que imaginei que fosse ser apalpado por elas ao longo do caminho. Tudo bem.

— Deixem-me passar, eu preciso falar com Kellan — disse, ao passar por três garotas.

— Espere a sua vez, cara — respondeu uma delas. Vestia uma camiseta em que se lia KELLAN KYLE É O MEU DEUS DO ROCK, e eu percebi que ela estava completamente cega para o restante de nós, os outros "deuses do rock".

Estreitando os olhos, informei a ela:

— Sou integrante da banda e preciso falar com Kellan... ele é meu *colega de banda*. — Só por dizer isso eu já fiquei irritado. Fã de Kellan ou não, aquela garota deveria ter me reconhecido logo de cara.

Ela zombou de mim, como se achasse que eu tinha inventado aquilo só para aparecer. Eu estava pronto para esclarecer algumas coisas para ela quando outra garota ao lado confirmou:

— Não, não, ele está na banda, sim. É o baterista, certo? – perguntou ela. As tranças em seu cabelo a faziam parecer ter quatro anos. Talvez fosse por isso que ela não sabia o nome do que eu tocava. Ainda estava aprendendo os nomes dos diversos instrumentos musicais.

— Baixo – murmurei, rodeando-as e continuando a forçar a passagem.

Kellan finalmente percebeu a comoção e balançou a cabeça na minha direção. Foram necessários mais alguns empurrões, mas eu finalmente consegui atravessar aquele mar de gente que formava a "obcecada tripulação K.K." para chegar até ele. Kellan não pareceu muito feliz em me ver.

— Ei, olá, Griff. Você veio para o encontro com as fãs? Acho que eu vi duas garotas vestindo camisetas com seu nome no fundo do corredor. Aposto que você conseguirá alcançá-las, se correr.

Eu estava sendo empurrado e levava socos por trás, dados por suas fãs ávidas, mas ignorei as malucas e o comentário dele.

— O que os caras resolveram sobre hoje à noite? Porque eu tive uma ideia impressionante e sensacional que...

— Pois é, com relação a isso... – Kellan pegou a caneta de uma fã e começou a assinar uma caixa de CD. – Conversei com os caras e eles acharam que... bem, nós achamos que esta não é a noite ideal para isso. Precisamos sentar e planejar tudo com calma antes de resolver qualquer coisa... para poder encaixá-la na nossa *setlist*. Já temos uma lista pronta, certo? – Entregou o CD de volta para a fã e só então olhou para mim. Dando um tapinha no meu ombro para me dispensar, acrescentou: – Talvez amanhã à noite, ok? Conversaremos mais tarde, quando a coisa não estiver tão tumultuada. – Agarrando mais uma caneta, começou a assinar outra coisa qualquer.

Meu queixo caiu e eu perdi meu lugar na fila enquanto as fãs de Kellan me empurravam para trás. Em poucos minutos, eu já estava do lado de fora do círculo. *Amanhã?* Aquilo me pareceu um milhão de horas a partir daquele momento. Por que não podemos pelo menos *experimentar* algo hoje à noite? Por que não poderíamos fazer o projeto decolar? Aquilo não fazia sentido para mim.

Justamente quando eu refletia sobre isso, uma garota ao meu lado me entregou uma caneta marcadora.

— Você toca na banda, certo?

Franzindo a testa, peguei a caneta.

— Eu *sou* a banda — disse eu a ela. Parecendo confusa, ela olhou para Kellan e depois para mim. Suspirando, agarrei a foto brilhante que a fã tinha na mão. Era de Kellan, mas eu assinei mesmo assim, e bem em cima da cara dele. A garota olhou para a assinatura como se não reconhecesse o que estava escrito. Em seguida me agradeceu, mas seu olhar confuso não diminuiu. Ela não fazia a mínima ideia de quem eu era. Que porra era aquela?

Atrás de mim, duas garotas começaram a dar risadinhas. Virei-me e elas sorriram para mim com os rostos vermelhos.

— Ó meu Deus, é você. Hand Solo!

Exibi um sorriso malicioso. Finalmente, alguém que me reconheceu.

— Ao seu dispor — disse eu, com um movimento de masturbação. De repente encerrei o gesto com uma explosão, abrindo os dedos. Elas gritaram e cobriram os olhos.

Depois de se recuperarem, uma delas avançou. Era alta e magra. A camiseta dos D-Bags que ela usava parecia ter sido modelada em sua pele, de tão apertada.

— Você tem que assinar a minha camiseta — exigiu.

— Com prazer. — Pegando a caneta marcadora de sua mão, rabisquei meu nome sobre o seu peito. Ela riu o tempo todo.

Evan e Matt vagavam pela área e eu resolvi deixar as garotas sonhando acordadas comigo. Encurralei meus companheiros de banda e perguntei sobre a minha apresentação daquela noite. Como se tivessem ensaiado, eles me deram a mesma resposta que Kellan — *Hoje à noite não, talvez amanhã*. Pensando nessa resposta negativa e refletindo sobre a recusa absoluta de Matt em me deixar tocar uma canção como guitarrista principal, eu estava soltando fumaça pelos ouvidos no momento em que subi no palco. Sabia muito bem que não faria diferença eu esperar mais um ou dois dias, mas a verdade é que eu já estava pronto para o meu momento — aliás, um momento que me vinha sendo negado fazia muito tempo.

Pela primeira vez em várias semanas, eu prestei atenção de verdade a tudo durante o show. Kellan fez as apresentações, Kellan começou as músicas, Kellan conversava com a plateia entre as canções. De vez em quando, falava alguma coisa olhando para a gente, mas manteve tudo sob controle o tempo *inteiro*, e a maior parte da sua atenção estava voltada para os fãs, não para seus companheiros de banda. Ele conversava com eles, lhes perguntava se estava tudo bem, corria pelo corredor central e dava um alô para a galera do fundo. Cada pergunta que fazia à multidão era recebida com gritos retumbantes de aprovação, e a cada vez eu girava os olhos para cima, de aborrecimento.

Nada do que ele fazia era tão especial assim. *Eu também* saberia perguntar à multidão se eles estavam se divertindo. *Eu saberia* como correr pelo corredor para erguer as mãos e bater palmas no meio de estranhos. *Eu saberia* cantar as músicas, girar os quadris e apontar para as garotas mais tesudas junto do palco. Kellan não era o princípio e o fim da banda. Era apenas *um dos componentes*. Enquanto eu olhava ao redor do estádio, comecei a me perguntar se os fãs sabiam disso. Todos os cartazes que eu conseguia ver eram dedicados a ele. EU AMO KELLAN. CASE COMIGO, KELLAN. NÓS TE ADORAMOS, KELLAN. KELLAN É O CARA. SEJA PAI DO MEU FILHO, KELLAN.

Kellan, Kellan, Kellan.

Eu estava de saco cheio do nome dele muito antes de o show terminar.

E todas as noites ao longo das duas semanas que se seguiram foram muito parecidas com aquela. Tudo que eu ouvia dos caras quando lhes perguntava se eu poderia apresentar algo curto em cada show era: *Essa noite não, talvez amanhã.* Quando tínhamos um dia de folga, todos eles me evitavam como se eu tivesse lepra. Alegavam que iam dar uma volta pela cidade, ou pretendiam descansar um pouco para colocar o sono em dia, mas eu não acreditava nisso. Sabia que estava sendo evitado. Mas tudo que eu podia fazer era esperar sentado, fazer cara de puto e reclamar da vida para qualquer um que me ouvisse.

— Vocês não acham isso ridículo? Não estou pedindo muito, apenas dez minutos com o microfone na mão. Ou cinco minutos. Cinco já me deixariam feliz. Só um momento debaixo dos holofotes, isso é tudo que eu quero.

As meninas com quem eu conversava se entreolharam. Em seguida, começaram a me cobrir de perguntas que não tinham nada a ver com o que eu estava falando.

— E aí, Griffin, você está no mesmo ônibus que o Kellan? Que tal isso? Como ele é? É um cara organizado ou bagunçado? O que ele faz nas horas de lazer? É realmente casado ou isso não passa de boato? Já não dá mais para saber o que é verdade ou não.

Olhei para elas com ar de choque e descrença completa.

— Alguma de vocês ouviu ao menos uma palavra do que eu disse? Ele é um babaca. Todos eles são babacas!

Uma delas colocou as mãos sobre o coração. Vestia uma camiseta em que a frase se lia KELLAN PARA SEMPRE. É mole? Onde é que elas continuavam encontrando aquelas camisetas de merda?

— Mas ele é tãããoo sensual. Muito sexy. E talentoso também. Eu gostaria de lambê-lo todinho.

— Você todas sofreram lavagem cerebral — murmurei.

Uma das meninas tinha um rosto largo emoldurado por óculos igualmente grandes. Deve ter ouvido meu comentário porque franziu a testa e olhou para mim como se eu tivesse dito que o filho dela era feio.

— Sabe o que eu acho? – começou ela. –Você não para de falar sobre como eles te sacanearam, mas devia estar feliz por fazer parte do grupo.

A menina ao lado dela tinha tantas sardas que seu rosto parecia uma daquelas pinturas feitas só com pontos que Jenny fazia, e ela concordou.

— Puxa, isso mesmo.Afinal, você não é o vocalista nem o guitarrista principal, você é só o…

A voz dela sumiu e seus olhos se arregalaram; eu sabia que ela não fazia ideia de que instrumento eu tocava.

— Baixista – disse eu, irritado.

Sua expressão se suavizou de alívio.

— Pois é. Sim, baixista… Isso aí… Superlegal!

Querendo sumir para longe delas e de todos, torci o polegar na direção do corredor.

— Vou procurar uma cerveja agora, mas, se vocês estão à procura de diversão, Kellan está bem ali adiante. Basta dizer à sua assistente, uma que está com um bebê no colo, que vocês foram até lá para chupar o pau dele e ela vai colocar vocês no início da fila.

A menina sardenta pareceu envergonhada.

— Nós não… Quer dizer, nós não o conhecemos, ele pode ser casado e… – Olhou para suas duas amigas. –Vamos! – sussurrou.As três saíram quase voando pelo corredor, rindo muito.

— Kiera vai ter um treco por causa disso – avisou uma voz atrás de mim, com uma entonação divertida.

Eu me virei e vi Anna e Gibson em pé. Anna segurava os dedos de Gibson com uma das mãos e tinha uma garrafa de cerveja aberta na outra. Caraca, como eu adorava saber que a minha mulher muitas vezes adivinhava as minhas necessidades. Em alguns momentos isso era estranho, como se ela estivesse dentro da minha cabeça. Curiosamente, o pensamento dela residindo dentro do meu cérebro não me assustava nem um pouco. Não havia mais ninguém no mundo com quem eu preferisse dividir a sarjeta da minha mente.

Gibson imediatamente estendeu a mão para mim quando elas chegaram perto o bastante.

— Colo! – exigiu ela quando Anna entregou a minha cerveja. Finalmente! Havia duas pessoas ali que queriam mais a mim do que a Kellan.

Pegando minha filha com um braço só, para poder beber a cerveja com a outra mão, dei a Anna um sorriso agradecido. *Você é o máximo!* Então, lembrando meus encontros e os papos que tinham rolado ultimamente, fiz uma careta.

— Acabei de descobrir uma coisa… além do que eu já desconfiava… meus colegas de banda são mentirosos, babacas e cagões.

— Babacas! – imitou Gibson, com um sorriso engraçado.

Rindo, bati a palma da minha mão contra a dela.
— Isso mesmo, garota!
Anna apertou os lábios e balançou a cabeça.
— Desistimos da ideia de controlar o palavreado?
Ela esfregava a barriga com força, como se o bebê a estivesse chutando sem parar no mesmo lugar. Ele andava fazendo muito isso ultimamente. Para ajudá-la, estalei os dedos ao ver um dos assistentes da turnê passando perto de nós.
— Ei, você! Vá procurar uma cadeira para a minha esposa. — O cara, que parecia ter doze anos, começou a se virar e eu o agarrei pelo ombro. — E também um travesseiro para as costas dela. — Ele se virou de novo e eu tornei a agarrá-lo. — E alguma coisa para ela comer de lanche. — O cara hesitou, esperando para ver se eu queria mais alguma coisa. — Agora, cai fora! — Bati a perna, enxotando-o dali.
Anna franziu o cenho enquanto observava o cara apressar o passo.
— Obrigada, eu bem que gostaria de me sentar e estou com um pouco de fome... mas da próxima vez você poderia pedir *por favor* quando mandar alguém trazer alguma coisa.
Tomei um gole da cerveja. Aquela era a minha cerveja favorita, uma marca que descobrimos durante uma noitada em que tínhamos ido de bar em bar, no ano anterior. Impressionante!
— O dia em que eu pedir *por favor* a um assistente vai ser o dia em que vou parar de fazer turnês. Estar na equipe dos D-Bags dá a esses caras o direito de contar vantagens para os amigos e, se eu não tratá-los desse jeito o tempo todo, eles ficarão com a cabeça inchada, se achando o máximo dos máximos. É meu dever ser um idiota — expliquei, muito sério.
A boca de Anna se torceu num sorriso irônico.
— Então, continue assim. Não queremos gente que "se acha" por aqui... — Inclinando-se para frente, beijou meu rosto; ela cheirava a algodão-doce. Delicioso. Depois de se afastar um pouco, ela voltou ao assunto original da conversa. — E aí?... O que foi que você descobriu? — Começou a massagear meu pescoço e senti um pouco da tensão indo embora instantaneamente. Porra, eu adorava quando ela fazia aquilo.
Com a minha cerveja, fiz um gesto para os fãs que continuavam a circular pelos bastidores.
— Essas fãs... nenhuma delas dá a mínima para mim. Claro que elas geralmente me reconhecem como um componente da banda, mas não sabem o nome do instrumento que eu toco, nem o que eu faço. Às vezes nem mesmo sabem a porra do meu nome. Como isso é possível, cacete? Todas elas só se preocupam com Kellan... Kellan isso, Kellan aquilo, é só essa merda que eu escuto, e é tudo papo-furado. Se elas gostam da banda, deveriam amar todos nós. Igualmente. Esse é um trabalho de equipe, afinal de contas.

Anna inclinou a cabeça enquanto pensava.

– Tenho certeza de que não é nada pessoal. Kellan é simplesmente... maior que a vida, e suas fãs também são assim... exageradas. Só que você também tem seu exército de seguidoras fiéis. Lembra-se do grupo que entrou às escondidas no nosso ônibus, algumas noites atrás? Aquilo foi por você, não por Kellan.

Eu me lembrava desse grupo, como não lembraria? Elas todas trouxeram vibradores e brinquedos sexuais para que eu autografasse. Mesmo assim, tinham perguntado por Kellan.

Onde é que ele dorme? Podemos roubar uma camiseta da banda? É verdade que ele peida arco-íris e raios de luar? Deve ser assim mesmo, porque ele é simplesmente o máximo.

Argh! Eu estava de saco cheio de tudo aquilo.

– Bem, se elas se autodenominam fãs dos D-bags, deveriam se esforçar mais e aprender sobre toda a banda – continuei. – Somos mais do que apenas Kellan, e o resto de nós merece algum reconhecimento também.

Vendo através de mim e enxergando o que realmente me incomodava, Anna segurou meu rosto.

– Você vai obter todos os louros que merece, Griffin. Eu garanto. Você é uma estrela grande demais, não ficará para sempre sem ser detectado. Sua hora de glória vai chegar, basta você esperar e aprender a ser um pouco mais paciente.

No início as palavras de Anna me provocaram um arrepio de orgulho.

Minha mulher me achava impressionante.

Mas meu alto-astral foi subitamente obscurecido por uma mistura de frustração e esperança.

Quando é que todo mundo vai descobrir isso?

Eu era péssimo naquela história de paciência, quanto mais agora, que estava tão perto do que eu queria. E tão longe, ao mesmo tempo.

– Eu não sei quanto tempo mais consigo esperar, Anna. Eles estão me mantendo debaixo d'água e eu estou me afogando. Algo precisa mudar. E mudar logo!

Uma expressão que eu nunca tinha visto antes relampejou pelo rosto de Anna. Isso logo sumiu e seu rosto voltou ao normal tão depressa que eu quase achei que tinha imaginado tudo, mas no fundo eu sabia que não. Eu não estava completamente certo sobre o que era aquilo, mas tinha me parecido uma espécie de... medo. Ou algo pior que medo. Só que isso não fazia sentido algum. Minha garota não tinha medo de absolutamente nada. Talvez eu simplesmente estivesse interpretando errado as coisas. Mesmo assim, aquela pequena faísca de ansiedade que eu percebi em seu rosto fez com que uma estranha sensação de agitação me rasgasse o estômago. Acalmei essa impressão com a lembrança das palavras que ela dissera pouco antes. Ela me apoiava, acreditava em mim. Era essa crença que me mantinha de pé e indo em frente. Anna era o combustível e também a razão de eu ser tão impressionante.

Como eu não queria ver aquela expressão em seu rosto de novo, disse algo que achei que iria acalmá-la.

– Ah, não dê atenção ao que eu digo. Estou só falando merda de novo. Tudo que eu preciso é terminar minha cerveja, e então tudo ficará novamente em ordem no mundo.

Um sorriso glorioso iluminou seu rosto, e qualquer preocupação que pudesse ou não ter passado por ali desapareceu por completo.

– Ótimo. Então, beba.

Ergui a garrafa para ela, como numa saudação, e em seguida comecei a beber. Sim, uma cerveja iria resolver tudo. Por enquanto.

CONHEÇA OS IMPRESSIONANTES

Dizem que as coisas boas acontecem para quem sabe esperar... Quem espera sempre alcança... Que se foda quem inventou essas frases, porque eu tinha esperado com tanta paciência quanto era possível esperar, e isso não tinha mudado porra nenhuma. A turnê começou, acabou e tudo o que eu ouvi foi a mesma ladainha – *Hoje não, talvez amanhã*. Ouvi tantas vezes essa frase que andava pensando em tatuá-la na testa.

Meu humor estava péssimo quando voltei para minha rotina sacal de antes. Anna estava a uma semana de parir e de mau humor também. Entre nós dois, tinha rolado um climão nos últimos dias. Aquilo era uma vibração estranha para nós, já que geralmente reinava tranquilidade. Quer dizer, pelo menos Anna era tranquila. Era preciso muita coisa para irritá-la.

– Hoje não, talvez amanhã – disse eu, com voz fina de puro deboche. Eu estava na nossa piscina, flutuando em uma poltrona inflável com uma cerveja em cada suporte de copo e uma terceira na mão. Batendo com o punho na água, murmurei: – Eles que vão todos à merda. Tudo que eu sempre quis, desde que essa porra de banda se formou, foram alguns míseros segundos sob os holofotes, mas nenhum desses idiotas me dá chance disso. Não passam de putas da fama.

Anna suspirou da poltrona reclinável comprida onde descansava; já ouvira esse discurso antes. Várias vezes. Eu sabia que ela estava ficando farta de ouvir aquela bronca, mas ela era a minha caixa de ressonância; eu precisava dela para me ouvir.

– Eu já não consigo mais me curvar – reclamou ela, com um gemido. – E os únicos calçados que entram nos meus pés são os chinelos. – Olhou para mim e fez um beicinho. – Juro que queria que esse bebê saltasse logo para fora. E é bom que isso aconteça logo, porque não vou sobreviver a mais seis dias desse sufoco.

Analisando seu visual muito inchado e desconfortável, mas ainda me parecendo a coisa mais sexy do mundo em seu biquíni, me senti solidário; seus pés *realmente* pareciam salsichas a ponto de estourar. Eu tinha medo de tocá-los e eles explodirem na minha cara.

— Pelo menos seu inferno vai acabar logo. O meu é perpétuo. Enquanto Kellan e Matt estiverem no comando, eu estou fodido. — Tomei um gole da minha bebida e cutuquei a água com o dedo indicador. Preferiria que aquilo fosse o rosto do Kellan. Ou do Matt. Até mesmo do Evan, já que ele não estava exatamente me apoiando em nada. Kellan e Matt o faziam comer na mão de ambos. Conformista!

Duas gotas d'água caíram em Anna e ela fez cara feia para mim quando as enxugou da coxa.

— Você precisa continuar tentando. Se quer isso de verdade, não desista. Mostre que você fala sério e eles vão mudar de ideia e lhe dar uma chance.

Como eu estava com o humor péssimo, fiz uma careta para ela, mas acho que estava com a razão. Se eu pudesse provar para os caras que não iria constrangê-los, talvez eles conseguissem desistir da ideia ridícula de que eu não era confiável para nada além de preparar drinques. Puxa, eu era muito mais que um barman, e já era hora de aqueles babacas perceberem isso.

Anna ergueu uma sobrancelha para mim.

— Agora, falando sério... quando é que você vai retornar as ligações de Matt? Ele já deixou quatro mensagens.

Sim, sem contar as que estavam no meu celular. Eu esperava que ele aparecesse na minha porta a qualquer momento. Mas estava muito irritado e ainda não queria lidar com ele. Além do mais, o que ele queria fazer era absurdo.

— Você já ouviu as mensagens? Ele quer começar a trabalhar no terceiro álbum. *Acabamos de terminar* o segundo! Devíamos dar um descanso aos nossos cérebros antes de enfiar mais coisas ali dentro, você não acha? Estou só comentando...

Ela me pareceu prestes a contestar o que eu disse, mas a campainha tocou. Anna fez uma careta terrível quando o som da campainha pareceu ecoar pelas paredes da casa.

— Tenho certeza de que isso acordou Gibson — murmurou, antes de se levantar da cadeira lenta e dolorosamente, com todo o cuidado. Pensei em sair da água para ir ajudá-la, mas no momento em que me preparei para fazer isso ela já estava de pé.

Quando Anna saiu da área da piscina para ver quem tinha chegado, eu me encolhi só de pensar numa possibilidade. Será que Matt finalmente tinha tomado a iniciativa de ir me buscar, já que obviamente eu não demonstrara a mínima vontade de entrar em contato com ele? Só havia um jeito de descobrir. Terminei de tomar a cerveja, coloquei a lata junto do quadril e, usando os dedos dos pés como remos, me empurrei até a borda.

Agarrando o azulejo frio, eu me impulsionei para fora da água. Comecei a caminhar em direção à sala, mas logo me lembrei de quanto Anna odiava quando eu deixava pegadas molhadas por toda a casa, e me sequei com uma toalha que encontrei por ali.

Sou mesmo um marido impressionante.

Fui me arrastando pela casa completamente pelado, com o vento a favor, e segui até a porta da frente para ver quem estava ali. Quando cheguei à porta, ela já estava escancarada, revelando um monte de gente que eu não esperava ver. Anna estava em pé na frente deles, ainda de biquíni. Ao ouvir que eu me aproximava, olhou para mim.

— Griffin… sua família chegou. Isso não é… o máximo? — Seus olhos se arregalaram na palavra "máximo", e eu entendi que o que ela queria realmente dizer era: *Que porra eles vieram fazer aqui?*

Colocando-me ao lado de Anna, acenei para o meu pai e meu irmão, Liam. Ambos estavam carregados de sacolas. Atrás deles, estavam minha mãe e minha irmã Chelsey, pegando mais sacolas de uma minivan; as filhas gêmeas da minha irmã também estavam ali. Pelo volume de toda a merda que continuavam descarregando, aquela turma claramente pretendia morar na minha casa por vários meses.

— E aí, pessoal, que bom ver vocês — saudei. — Não estávamos esperando visitas.

Meu pai fez um gesto ao ver que eu estava sem roupa.

— Dá para notar.

Liam baixou as sacolas e cobriu os olhos como se tivesse acabado de ser atacado com jatos de ácido. Caindo de joelhos, começou a gemer e reclamar, com ar dramático:

— Meus olhos, meus olhos! — gritou, parecendo a bruxa de *O Mágico de Oz* na cena em que ela morre. Liam gostava de imaginar que era um ator. Estiquei o dedo médio para ele e Anna pediu licença para ir buscar algo para eu vestir. E provavelmente me xingar pelas costas. Tínhamos combinado de só ligar para meus pais quando ela entrasse em trabalho de parto, para que eles só conseguissem chegar *depois* que o bebê tivesse nascido.

Papai olhou para Liam, que ainda se contorcia no chão, mas logo o ignorou e, virando-se para mim, disse:

— Eu provavelmente vou me arrepender por perguntar, mas por que você está nu?

Encolhendo os ombros, expliquei:

— Estava na piscina.

— Pelado? — Ele uniu as sobrancelhas, que tinham sido louras como as minhas quando ele era mais novo, mas agora estavam grisalhas. Ele dizia que tinha ficado de cabelos brancos por causa dos filhos, mas eu achava isso papo-furado. Se havia um motivo para os cabelos brancos do meu pai, certamente era a minha mãe. Ela o controlava com rédea curta e o desprezava sempre que podia. Várias vezes eu brincava, dizendo que ele devia mandar tatuar na bunda a expressão "propriedade de Marsha Hancock", mas ele nunca riu da piada.

Concordei com a cabeça e repeti:

— Eu estava na piscina. — Quando ele continuou com um ar confuso, esclareci: — Basicamente, uma piscina é uma banheira gigante, e eu não conheço ninguém que use roupa para tomar banho de banheira... isso seria muito esquisito.

Papai piscou, pensativo. Parecia que até seus olhos tinham mudado de azul para cinza.

— Eu... acho que faz sentido.

Liam, com o ato dramático aparentemente encerrado, finalmente se levantou do chão.

— E aí, mano? — disse ele, apontando em torno com o queixo. — Lugar legal você tem aqui. A casa é alugada? — Liam se recusava a acreditar que eu era muito mais bem-sucedido que ele. Antes de os D-Bags virarem uma banda de sucesso, ele sempre esfregava na minha cara quanto de grana ganhava. Agora, porém, que eu era membro da maior banda do mundo, ele sabia que seu rendimento não passava do restinho de cocô de uma cagada minha. Ele claramente tinha dificuldade para se ajustar a essa nova realidade.

— Não — disse eu, cruzando os braços sobre o peito. Isso fazia meu pau parecer ainda maior, mas eu não ligava. Meu pau era algo que valia a pena ser apreciado. — Comprei a casa à vista. — Eu não tinha feito isso; para ser franco, ainda devia uma grana preta pelo lugar, provavelmente muito mais do que ele valia, já que tinha aceitado um preço maior só pela ânsia de morar ali, mas Liam não precisava saber disso.

Ele franziu a testa e fungou com força, de um jeito arrogante que eu odiava. Liam gostava de comparar sua aparência à de Brad Pitt, mas eu o achava mais parecido com Sarlacc, o monstro de *Star Wars*. Ok, talvez não tão medonho. Afinal de contas, ele era um Hancock e tinha o nosso charme: o cabelo louro, que era a nossa marca registrada, e os impressionantes olhos azuis. Só que, mesmo com tudo isso, não parecia uma celebridade do cinema.

— Oh — murmurou ele. Tentando parecer sábio, declarou: — Você provavelmente não deveria ter aplicado todo o seu dinheiro em imóveis. Diversificação de investimentos é o segredo da riqueza a longo prazo. Grande erro, mano... Grande erro.

Olhando-o diretamente nos olhos, eu disse a ele exatamente o que eu sentia sobre o que ele achava da minha riqueza.

— Vá à merda!

Assim que Anna voltou com um short para eu vestir, ouvi minha mãe gritar da van.

— Gregory! Liam! Essas tralhas não vão se tirar do carro sozinhas. Parem de implicar uns com os outros e arrastem a bunda até aqui para pegar o resto da bagagem!

Eu sorri enquanto vestia um short de Superman.

Essa era a minha mãe.

Quando papai e Liam correram para cumprir as ordens, eu me virei para Anna.

— É melhor eu ir ajudar também. Minha mãe sabe ser desagradável quando não consegue o que quer.

Anna levantou uma sobrancelha e retrucou:

— Eu também sei. Por que eles chegaram tão cedo?

Dei de ombros.

— Não faço ideia. Mas até que é legal, você não acha? Agora teremos ajuda para cuidar de Gibson. Você poderá descansar mais... — Aquilo realmente me pareceu bom. Desde o fim da turnê, Anna reclamava de estar cansada. Acho que ainda não tinha se recuperado dos enjoos da estrada, apesar de não andar mais de ônibus havia vários dias.

Seus olhos verdes brilharam ao sol enquanto pensava no pequeno lado positivo de tudo. Aceitando a situação, uma vez que era tarde demais para mudar o que estava feito, deixou escapar um longo suspiro.

— Ah, tudo bem. Pelo menos serão só vinte dias. Muito ruim para eles, pois terão menos tempo para curtir o bebê Hancock. Deviam ter esperado um pouco, para poder passar mais tempo com ele ou ela.

Sorrindo, levantei um dedo.

— Na verdade, isso não fazia parte do nosso acordo. — Sabendo que aquele papo não iria acabar bem, comecei a abrir caminho por entre as tralhas que papai e Liam já tinham deixado na porta e fui ajudar mamãe a trazer o resto da bagagem.

Andando atrás de mim, Anna retrucou:

— O quê? Sobre o que você está falando?

Olhei para ela. Anna continuava vestindo apenas o biquíni minúsculo, mas isso não a impediu de me seguir até a calçada. Anna tinha tão pouca vergonha do próprio corpo quanto eu. Essa era uma das coisas que eu mais curtia nela.

— O acordo eram vinte dias, ponto-final! — exclamou ela. Sua voz era firme e inflexível. Tecnicamente ela estava certa, mas havia um furo no pacto, e eu planejava explorá-lo. Ergui um dedo para ela e argumentei:

— Nada disso, o acordo foi que eles poderiam ficar vinte dias *depois* que o bebê nascesse. Foi isso que colocamos na mesa de discussão. Nunca falamos sobre quanto tempo eles poderiam ficar *antes* de o bebê nascer. Portanto, os dias que antecedem o nascimento não contam.

O queixo dela caiu e eu fugi para longe dali.

— Você é um idiota — murmurou ela, colada nos meus calcanhares. Ela ainda conseguia se movimentar com muita rapidez, quando precisava.

Ela me bateu com toda a força na nádega assim que chegamos ao carro. Deixei escapar um grito de dor quando mamãe me entregou uma sacola. Anna não tinha aliviado na força e minha bunda provavelmente ia ficar dolorida. Mamãe me entregou mais três sacolas e bateu no meu ombro em seguida.

– É bom ver você, baby. Por que não coloca as malas de Chelsey num quarto só para ela e depois volta para pegar o resto da bagagem de Dawn e de Della? – Do jeito que disse isso, estava claro que ajudar a minha irmã e suas filhas a se instalarem na minha casa não era uma opção.

– Sim, está bem, mãe. – Eu me virei para entregar uma das malas para Anna e minha mãe me deu uma porrada na cabeça. Esfreguei a dor e fiz uma careta.

– Sua esposa grávida não pode ficar arrastando malas por aí. Tudo que ela deve fazer agora é descansar. – Mamãe pegou gentilmente Anna pelo braço e minha mulher finalmente sorriu. – Agora venha, querida, vamos instalar você no sofá. – Ela olhou para o corpo quase nu de Anna e seus lábios formaram uma linha fina. – Talvez fosse bom você vestir alguma coisa.

Minha irmã discutia com as filhas quando mamãe se afastou levando Anna, mas fez uma pausa na perseguição das meninas e sorriu para mim.

– Belo short. Obrigada por vesti-lo antes de as meninas notarem.

Um ar de chateação me invadiu o rosto.

– Elas só têm quatro anos. Ainda não sabem o bastante para se importar com isso. – Minhas duas sobrinhas tinham os cabelos igualmente enfeitados com trancinhas duplas, em estilo francês. As duas se pareciam com as modelos nas caixas do achocolatado Swiss Miss, com sua pele clara, os olhos azuis e o cabelo platinado. O marido de Chelsey era um cara corpulento, musculoso e de cabelos escuros que eu tinha carinhosamente apelidado de "o garanhão italiano" ou G.I. para abreviar, já que ele me fazia lembrar Rocky. As meninas não se pareciam em nada com ele. Os genes da família Hancock eram demasiadamente fortes para Rocky.

– Onde está G.I.? – perguntei a ela, olhando em volta, em busca do cara que parecia uma montanha. Será que ele ainda estava dentro do carro? Seus músculos exagerados seriam fáceis de detectar.

Chelsey soltou um suspiro de desânimo que eu já estava acostumado a receber das pessoas. Era um suspiro do tipo "Como é que você ainda não sabe disso?". Aquilo me irritava muito.

– Dustin embarcou para fora do país em mobilização de tropas. Já faz três semanas, Griffin. Ele vai ficar de serviço durante pelo menos um ano. Tenho certeza de que já lhe contei isso várias vezes.

Concordei com a cabeça, como se soubesse daquilo o tempo todo. E agora que ela mencionara o lance, realmente me pareceu que já tinha ouvido essa história em algum lugar.

Chelsey sorriu para mim em seguida, e logo se virou e gritou:

— Meninas! Apareçam aqui neste instante! — Dawn e Della vieram correndo, na mesma hora. Pararam na frente de Chelsey com o corpo alto e reto, em atenção ao seu comandante. Chelsey costumava falar com as filhas como se ela fosse um sargento e as crianças fossem novos recrutas, e elas geralmente respondiam sem pestanejar. Eu precisava aprender aquilo para quando fosse lidar com Gibson e Newbie, embora eu achasse que Anna não iria achar nada legal eu gritar com os nossos filhos.

Quando Chelsey fez com que as meninas a seguissem como patinhos, fomos caminhando na direção da casa. Dos três irmãos, eu era o mais novo. Liam era o mais velho. Chelsey tinha quase a minha idade, era só um ano mais velha. Também era a irmã mais legal; depois de mim, é claro; e a mais bonita, também depois de mim. A beleza física era a marca registrada da família, mas essa característica era ainda mais acentuada em Chelsey. Minha irmã tinha um jeitão de "garota Califórnia" que combinava muito bem com ela. Graças a isso, eu tinha passado muito tempo, quando éramos adolescentes, dando porrada nos perdedores que achavam que tinham alguma chance com ela. *Vão sonhando, seus manés.*

Nós dois costumávamos ser muito colados quando éramos adolescentes, e ainda nos dávamos muito bem. Chelsey era uma bailarina do tipo clássico, nada exótica. Antes de ter filhos, fazia parte de uma companhia de balé em Los Angeles. Eu tinha sido obrigado a assistir a tantas apresentações dela quando era garoto que me recusava a ir depois de adulto. Agora eu me sentia um pouco mal com isso, já que sua carreira estava essencialmente encerrada. E com Dustin fora por tanto tempo, ela era praticamente uma mãe solteira.

Dawn e Della entraram em casa logo atrás de nós e fechei a porta pesada. Papai e Liam já tinham entrado com mamãe, e eu podia ouvi-los no andar de cima escolhendo os quartos onde iriam ficar. Também ouvi Gibson falando com Anna na sala de estar. Acho que toda aquela bagunça acabou por acordá-la.

Chelsey soltou um assobio baixo enquanto olhava em volta do lugar.

— Tenho certeza de que eu já disse isso antes, mas é fantástico o lugar que vocês têm aqui, Griffin. Aliás, caso nenhum de nós tenha mencionado, estamos todos muito orgulhosos de você. Nosso irmão caçula, uma estrela do rock... é muito incrível o que você alcançou.

O elogio me deixou meio desconfortável na mesma hora. Não que eu não gostasse de elogios. Eu adorava aquela merda toda! Mas ouvir que um membro da família tinha orgulho de mim era um pouco... esquisito. Era como tirar a parte do "impressionante" e trocar tudo por emoção, e eu não lidava bem com as emoções. Preferia ignorar tudo que era sentimentalismo barato e me ligar aos fatos duros e frios, como, por exemplo, "você arrasa como ninguém na guitarra distorcida". *Isso*, eu acharia totalmente espetacular de ouvir a meu respeito.

— Ahn… obrigado – murmurei. – Quer ir pegar seu quarto, antes que o papai e Liam se apossem de todos os melhores? Acho que o nosso famoso quarto da boceta rosa ainda está disponível – acrescentei, com uma risada.

Chelsey revirou os olhos, mas riu.

— Você é tão grosso, não sei como a Anna te aguenta.

Às vezes eu também não sabia. Em vez de admitir isso, porém, reclamei:

— Como ela me aguenta? Ela é tão desbocada quanto eu, talvez pior. – Pensar em minha esposa maluca e sexy me fez sorrir. Anna era perfeita. *Perfeita*, porra!

Chelsey riu ao ver a expressão no meu rosto.

— Nunca pensei que veria o dia em que uma garota faria seu rosto ficar com essa expressão.

Gibson veio abrindo caminho à força até a sala. Deve ter ouvido minha voz e se desvencilhou de Anna e da avó para conseguir chegar até mim. Ela fazia isso o tempo todo e deixava Anna chateada. Soltei as malas, lancei os braços para frente até quase soltá-los dos ombros e a abracei, erguendo-a para o colo. Ela beijou meu nariz e eu ri enquanto esfregava suas costas.

— Isso mesmo – confirmei para Chelsey. – Agora eu tenho duas garotas que conseguem me deixar de quatro. Não sou mais o homem que costumava ser. – Disse isso com um suspiro desesperado, com o objetivo de gerar solidariedade e compaixão, mas Chelsey assentiu com entusiasmo.

— Não, realmente não é. – Assim que eu estava prestes a ficar ofendido, ela completou: – Você é umas mil vezes melhor que o homem que costumava ser.

Mais uma vez, essa sensação desconfortável tomou conta de mim. Quando foi que Chelsey tinha ficado assim, toda suave e feminina? Com exceção do balé, minha irmã tinha sido a garota mais fodona do bairro quando estava crescendo; fazia todas as coisas que os moleques faziam, coisas que as meninas com jeito de menino faziam e as meninas comportadas e arrumadinhas odiavam: andava de skate comigo e com Matt, vomitava insultos, grosserias e palavrões que nos renderiam belos esporros, se nossos pais ouvissem; montava armadilhas para cada roedor, réptil ou aracnídeo que pudéssemos encontrar. Com a diferença dos peitinhos que lhe começaram a crescer e as sapatilhas de balé, ela havia sido praticamente um homem. Na verdade, acho que ainda detinha o recorde de lançamento de catarro a distância.

Acho que o casamento e as filhas a tinham deixado um pouco molengona. Tudo bem que ela continuava a ser minha parente favorita, e eu odiava pensar que as coisas pudessem ficar difíceis para ela enquanto Dustin estivesse longe bancando o herói. Ela não precisava ficar sozinha.

— Ei, só para você saber… minha casa é grande o bastante para você e as meninas também. Fiquem o tempo que vocês quiserem. – Anna ia me matar por eu ficar tão fora da nossa negociação, mas certamente ficaria mais revoltada ainda se eu dissesse isso para meus pais e meu irmão. Chelsey era muito diferente, e Anna aceitaria a hóspede numa boa quando elas se conhecessem melhor.

Com um sorriso suave, Chelsey assentiu.

– Obrigada, Griffin. Isso significa muito para mim. – Depois de dizer isso docemente, ela se aproximou e me deu um soco forte no braço com os nós dos dedos. Aquilo doeu pra caramba, mas eu ri e exibi o dedo médio para ela. Acho que não tinha se tornado tão molenga quanto eu suspeitara.

⋆ ⋆ ⋆

Depois de umas duas horas, todo mundo estava instalado, com as tralhas guardadas, e minha mãe preparava o jantar. Anna continuava sorrindo muito, então eu resolvi acreditar que ela estava satisfeita em ter minha família por perto. Até agora, pelo menos. Dawn e Della estavam mantendo Gibson entretida, enquanto mamãe preparava seu famoso, maravilhoso e perfeito molho de espaguete. Meu estômago já roncava de fome e eu sabia que a comida ainda iria levar umas duas horas até ficar pronta, mas tudo bem… Não se pode apressar a perfeição.

Anna tentava ajudar mamãe, mas ela sempre a mandava se sentar de volta. O cabelo de mamãe continuava com o tom perfeito de louro e ela o mantinha curto, num estilo discreto que exigia poucos cuidados ou manutenção. Se estivéssemos em casa, minha mãe teria um cigarro na boca enquanto trabalhava, mas respeitava nosso lar e mantinha seu vício fora de casa. Fumar era a única coisa sobre a qual mamãe tinha se mostrado hipócrita e desistira de largar; o tempo todo ela nos proibia de pegar o "mau hábito", como descrevia. Quando eu tinha onze anos, ela me pegou com um dos seus cigarros. Em vez de me colocar de castigo, me dar um tapa no pulso ou algo do tipo, ela me obrigou a fumá-lo até o fim, mais o resto do maço, e depois outro maço. Nunca vomitei tanto em toda a minha vida. Até hoje, o cheiro de cigarro me provoca náuseas.

Eu estava tomando uma cerveja com papai e meu irmão; Liam nos contava sobre um teste que ele tinha certeza de ter sido aprovado; era um comercial de relógios de grife. Queria muito pegar esse trabalho e já tinha ouvido que ia conseguir ser o modelo da campanha.

Em meu estado de distração provocado pela felicidade da vida doméstica, fiz algo pela força do hábito; algo que vinha evitando fazer havia algum tempo: atendi o telefone quando ele tocou.

– Griffin? Você *está* vivo! Por onde andou? Estou tentando há um tempão entrar em contato com você.

Ouvir a voz de Matt no outro lado da linha me fez contrair a mandíbula. Eu ainda não estava pronto para falar com ele, mas agora era tarde demais. Com um encolher de ombros que ele não podia ver, expliquei:

— Minha família está na cidade e estou muito ocupado com eles. — Foi uma mentira parcial. É verdade que eles tinham acabado de chegar, mas eu estava ocupado com eles.

A voz de Matt mudou na mesma hora.

— Ah, ok. Bem, mande um oi para todo mundo e avise a eles que precisamos colocar os papos em dia.

Ótimo. Chegou a hora em que ele ia querer me visitar.

— Tudo bem, eu digo. Obrigado por ligar.

Eu já ia desligar quando Matt falou depressa:

— Espere! Quero falar com você sobre os ensaios. Vamos nos encontrar o mais breve possível para começar o próximo álbum.

Eu sabia que devia demonstrar empolgação sobre o nosso trabalho para impressionar Matt e Kellan, mas porra!... Tínhamos acabado de voltar para casa! Eu precisava de algumas semanas de folga. Eles que se fodessem se não conseguiam entender isso. Quando eu respondi, minha voz saiu num gemido. Talvez essa não fosse a melhor maneira de lidar com Matt, mas não consegui evitar a reação.

— Acabamos de lançar um disco, Matt, vamos dar um tempo. Relaxa.

A resposta sempre objetiva e firme de Matt foi:

— Não podemos, Griffin. Esse negócio é competitivo, temos que fazer coisas novas o tempo todo para manter nossa importância no mercado. Precisamos ir mais além sempre!

A irritação me subiu pela espinha tão depressa que os cabelinhos do meu braço se eriçaram. Ir mais além? Fazer coisas novas? Essa era exatamente a merda de frase que eu repeti ao longo de toda a turnê, quando tentava convencê-los a me dar cinco segundos ao sol. Não tinham dado a mínima para as minhas ideias, por que dariam agora?

— Vocês repetiram o mesmo show durante toda a turnê. Por que tanta pressa de repente?

Minha voz ecoou meu astral, mas Matt soltou aquele maldito suspiro de impaciência que todos à minha volta tinham aprimorado.

— Griffin... — Só o jeito condescendente de ele dizer meu nome já me deixou puto. Eu não tinha três anos e ele não era o meu pai.

— Não me venha com essa porra de "Griffin...", eu tenho razão e você sabe disso. Vocês me esnobaram antes mesmo de começarmos a turnê, quando disseram na minha cara que eu não conseguiria ir em frente com as minhas ideias. Por que eu deveria ir em frente agora? Qual o benefício que eu tenho em fazer parte dessa banda?

Fez-se um silêncio total em volta e eu pude sentir os olhos de todo mundo colados em mim. Talvez tivesse sido melhor levar esse papo em outro lugar. Matt ficou em silêncio por um momento antes de me responder.

– Os seus benefícios são os mesmos de sempre: "Fama, Dinheiro e Mulheres". Esses são seus únicos interesses, tudo com que você *sempre* se preocupou; portanto, não aja como se estivéssemos forçando você a aguentar tudo para conseguir exatamente o que você adora. O ensaio é amanhã às três da tarde. Vejo você lá.

Ele desligou o telefone antes que eu tivesse a chance de responder, e tudo que eu consegui fazer foi olhar para a porra do fone e esperar que meu mau humor se dissipasse. "Fama, Dinheiro e Mulheres?" Sim, talvez esse tivesse sido o meu objetivo no começo… e talvez continuasse a ser, mas… algo me faltava. Eu tinha um buraco em mim que não estava sendo preenchido corretamente, e o trio FDM não era mais suficiente.

Papai me lançou um olhar preocupado quando eu coloquei o fone na base.

– Está tudo bem?

Tentando não parecer muito chateado, eu lhe disse:

– Está, sim. Matt estava apenas sendo um pé no saco, como sempre. Aliás, ele mandou lembranças para todos e quer ver todo mundo enquanto vocês estiverem aqui na cidade.

A preocupação de papai desapareceu na mesma hora e ele sorriu. Meus pais adoravam Matt sem reservas. Matt costumava brincar que eles queriam que ele fosse filho deles, e não eu, mas eu sabia que isso não era verdade. Bem, eu tinha mais ou menos certeza de que não era verdade. Eu era a pessoa mais legal do mundo e meus pais sabiam disso. Eles poderiam se gabar e dizer que tinham codificado meu DNA. Mas não poderiam dizer o mesmo sobre Matt. Ele era filho do tio Billy, cuspido e escarrado. Os dois tinham até o mesmo ar de superioridade e o mesmo cabo de vassoura enfiado no rabo.

* * *

Pensei em não aparecer no ensaio, mas Matt iria me perseguir até eu dar as caras. Além do mais, mamãe e papai iriam querer "assistir ao show". Avisei a eles várias vezes que isso não seria muito divertido, já que o "show" iria ser apenas Matt, Kellan e Evan encurvados diante de um papel cheio de letras de músicas que, para ser franco, não faziam qualquer sentido.

Mas eles insistiram em ir e levar Liam, Chelsey e as meninas. Foi por isso que a família toda entulhou o carro novamente até o teto para um passeio pelo campo. Tudo bem. Pelo menos Dawn e Della curtiriam muito correr por toda parte pela fazenda de Kellan. Ok, eu sei que tecnicamente aquilo não era uma fazenda, já que os únicos animais do lugar eram dois gatos de rua. Mas havia um jeito rural no lugar, uma atmosfera rústica do tipo "deve haver porcos por aí em algum chiqueiro".

Suspirei quando dei uma última olhada no meu quintal. Ele dava para o lago Washington, tínhamos um cais particular e uma pequena faixa de areia com água rasa onde Gibson brincava. Mas a característica favorita do meu quintal é que não havia grama para cortar. Todo o espaço era ocupado por uma gigantesca quadra de tênis. Eu nem tinha cortador de grama. Anna e eu não sabíamos jogar merda nenhuma de tênis, mas só o fato de toda a nossa grama ser artificial já era incrível. Não dava para encontrar algo assim no campo. Kellan não tinha essa vantagem.

Quando finalmente chegamos ao sistema de segurança ostensiva de Kellan, avisei que minha família estava comigo. Talvez eu devesse ter perguntado se eles poderiam vir, mas pedir permissão para fazer as coisas não era meu estilo.

Depois de tocar a campainha sem parar, bem no estilo "me deixe entrar, porra!", eu disse para o microfone do interfone:

— Oi, Kell... Anna e eu estamos aqui e... Ahn... estamos em dois carros porque, sabe como é, minha família veio me visitar e quer conhecer o seu barraco. — Inclinando-me sobre o volante, acrescentei: — E só para avisar: se meu pai sofrer um infarto enquanto estiver subindo esses quarenta mil degraus, vou processar você.

— É sempre um prazer, Griffin — respondeu Kellan com uma voz metálica.

Eu sorri para a câmera quando o portão rangeu ao abrir, e fiz um movimento exagerado ao acenar com a mão para papai me seguir. Nossa caravana foi serpenteando pelo caminho até a casa. Quando chegamos à base da ladeira íngreme onde a casa palaciana de Kellan se localizava, Liam delirou. Até parecia que não tinha visto a minha casa, pela forma como reagiu. Quero dizer, qual é!?... eu tinha uma piscina coberta!

— Caraca! — murmurou ele. — Então é isso que a pessoa consegue quando se torna o maior rock star do mundo.

Tirando o cinto de segurança, eu me virei no banco para lhe lançar um olhar duro.

— O segundo maior, ou tão grande quanto eu. Nós somos do mesmo tamanho, sabia?

Os lábios de Liam se curvaram quando um pensamento indecente lhe surgiu no cérebro.

— Pode ser que sim — ele me disse, com um ar divertido estampado na cara. — Mas vocês já mediram, só para ter certeza?

— Rá-rá. Agora ele apelou para a piada do pênis maior. Que original!

Anna soltou uma risada leve e eu voltei minha atenção para ela. Balançando a cabeça com os olhos de jade colados nos meus, ela assegurou:

– Nem de longe Griffin e Kellan têm o mesmo tamanho. Bem que Kellan adoraria isso – completou, com uma piscada.

– Acertou na mosca – disse eu, me inclinando para beijá-la. Seus lábios muito suaves contra os meus me deixaram um pouco delirante. Ela era doce como morangos e cheirava a laranja por causa da loção bronzeadora Creamsicle. Era uma combinação explosiva, e eu pensei em entregar Gibson para Liam e ficar no carro com Anna, a fim de podermos passar alguns minutos de qualidade juntos. Já fazia muito tempo que não ficávamos juntos e, com a data do parto se aproximando, eu sabia que poderiam se passar mais uns três dias até ela se sentir confortável o suficiente para sentir tesão. Essa última semana e meia iam ser intermináveis para mim, tanto quanto para ela, só que por motivos diferentes.

Quando nosso beijo se aprofundou, ouvi Liam fazer um barulho enojado e abrir a porta do carro. Gibson reclamou, dizendo que queria ver Ryder. Então eu infelizmente me desengatei da minha esposa para cuidar da minha filha. Anna estava respirando um pouco mais pesado quando nos separamos, e eu reconsiderei minha avaliação anterior sobre a sua libido. Eu conhecia aquele brilho nos olhos razoavelmente bem, e tive certeza de que iríamos fazer um bom uso dos nossos brinquedinhos naquela noite. Talvez usássemos algo cor-de-rosa, com vibração leve, para proporcionar à minha garota aquela liberação do tipo "ah, que delícia" que ela merecia. Afinal de contas, ela estava prestes a parir meu segundo filho.

– Pronto? – perguntou ela. Minhas mãos voaram para o meu jeans e comecei a desabotoá-lo. Caraca, se ela queria fazer aquilo agora mesmo, eu estava super a fim. Certamente alguém iria levar Gibson lá para cima. Rindo, Anna parou meus dedos nervosos. – Não. – Ela apontou com a cabeça para o lado de fora, onde minha família se reunira e olhava para nós. – Perguntei se você está pronto para ver os rapazes de novo.

Suspirei ao me lembrar das últimas palavras que eu tinha dito a Kellan quando nos vimos pela última vez, depois da turnê.

Obrigado por ser um cretino completo e me enrolar por aí nas últimas semanas. Isso foi realmente o máximo! Devemos repetir a dose algum dia. Ou nunca mais. Poderíamos tentar o nunca mais.

Kellan tinha me exibido uma expressão do tipo *Tente compreender, não foi intencional. Simplesmente não tivemos tempo para planejar de forma adequada alguma coisa para você. Fica para a próxima turnê, ok?*

Eu me afastei dali sem ao menos me dar ao trabalho de lhe oferecer uma resposta à altura. Próxima turnê me parecia muito com um *Amanhã, Griffin, amanhã*. Só que o problema com o amanhã é que ele na verdade nunca chega. Havia sempre outro amanhã à espera.

Tentando espantar meu mal-estar, exibi para Anna um sorriso brilhante.

– Estou sempre pronto. Para qualquer coisa. – Saindo do carro, fui até o banco de trás para soltar minha filha da cadeirinha. Quando ela se enrolou em volta de mim com muita força, como uma jiboia que arranca a vida da sua presa, seguimos em frente para encarar os numerosos degraus até a porta da frente de Kellan.

Mamãe já estava suando e colocando os bofes para fora muito antes de chegar ao topo. Talvez isso a convencesse a pegar mais leve com os cigarros.

– Ufa… ele precisa mandar instalar um elevador aqui – murmurou ela. Como eu já tinha tido exatamente o mesmo pensamento mais de uma vez, concordei com ela.

Quando chegamos ao topo, estávamos todos gratos pelo fim da grande jornada. Pelo menos a viagem de volta até o carro não era tão ruim. Coloquei Gibson no chão enquanto mamãe tocava a campainha. Eu disse para ela simplesmente entrar na casa, mas fui ignorado. Acho que ela pensou que não poderia se comportar de um jeito tão informal quanto eu, já que ainda não conhecia Kellan pessoalmente.

Com um sorriso encantador, Kellan abriu a porta, nos ofereceu as boas-vindas e convidou todos para entrar. Eu vi logo de cara que mamãe e Chelsey ficaram levemente hipnotizadas pela beleza de Kellan. Seus olhares se espalharam pelos seus maxilares, seu cabelo, seus olhos "de derreter corações", e os sorrisos delas se ampliavam a cada novo detalhe que descobriam nele. Que se dane o Kellan! Ele não conseguiria usar um short apertado como eu. O cara tinha pernas finas como as de um frango. Ninguém mencionava isso a respeito dele, mas era a pura verdade. E seus pés eram pequenos demais, mas isso já era de esperar, já que, bem… todo mundo sabe o que isso significa.

Como eu me sentia muito bem com meus sapatos tamanho 45 – *chupa, Kellan!* –, passei pela porta com jeito descontraído logo depois das mulheres. Kiera tinha aparecido no saguão de entrada e estendeu a mão para a minha mãe.

– Olá, sra. Hancock. Eu sou Kiera, este é Kellan. É tão bom finalmente conhecer a senhora!

Mamãe olhou para trás, para mim, quando apertou a mão de Kiera.

– Sim, não sei como perdemos tantas oportunidades de nos conhecer enquanto vocês estavam visitando Los Angeles. É quase como se isso tivesse sido orquestrado…

Dei de ombros para ela ao perceber a implicação desse comentário.

– Nós estávamos ocupados – expliquei.

Mamãe revirou os olhos e em seguida se voltou para Kiera.

– Vocês têm uma bela casa aqui… e muitos degraus também.

– Sim, ouvimos isso de muita gente – disse Kellan com uma risada leve. Juro que Chelsey soltou um suspiro sonhador ao meu lado. Tomara que o motivo disso fossem as saudades do marido. Se ela se transformasse numa fã maluca de Kellan, daquelas com sorriso afetado e ar abobado, eu ia dar umas boas porradas nela. Várias vezes, se necessário.

Apontei para ela depois que mamãe acabou de falar com Kellan.

– Esta é a minha irmã, Chelsey. Estas são as filhas dela, Dawn e Della. – As duas corriam em torno de nós em grandes círculos, perseguindo Gibson, então eu simplesmente apontei na direção delas.

Os olhos de Kiera irradiaram simpatia quando ela pegou a mão de Chelsey.

– Irmã, não é? Minhas condolências.

Kellan riu de novo e eu juro que minha irmã murmurou "droga!". Em voz mais alta, porém, disse para Kiera:

– Obrigada. Já houve muitos momentos em que eu precisei de condolências.

Com um ruído abafado de descrença, ergui uma sobrancelha para Chelsey. Ela estava se arriscando a ser estapeada só por diversão se continuasse assim.

– A única condolência que você já precisou foi pelo fato de nunca ter conseguido ser tão impressionante quanto eu. Chegou perto uma ou duas vezes, mas ainda está muito longe…

Chelsey sorriu da minha piada. Era um dos seres humanos raros que enxergavam o humor por trás das coisas que eu dizia, e normalmente não ficava muito irritada comigo. Pelo menos, quase nunca.

Papai e Liam finalmente entraram na casa e eu os apresentei também.

– Este é o meu pai, Gregory; e este é meu irmão, Liam.

Liam imediatamente estendeu o braço em busca da mão de Kiera. Quando ela a estendeu, Liam a capturou delicadamente e beijou-lhe os nós dos dedos, como se de repente estivéssemos de volta ao século quinze, ou algo assim. Eu quase esperei que ele dissesse "vossa beleza não tem nada que possa sobrepujá-la", ou algo igualmente floreado, mas tudo que ele disse foi:

– Prazer em conhecê-la.

Você desperdiçou sua chance, seu idiota.

Matt e Evan se juntaram ao grupo e Kellan fechou a porta da frente, já que estávamos todos dentro. Quando Matt abraçou a minha mãe, Chelsey agarrou o meu braço. Com muita determinação na voz, sussurrou:

– Por que você não me avisou?

Pisquei para ela, completamente perdido.

– Não avisei o quê?

Ela apontou com malícia para Kellan.

– Que ele é muito mais sexy pessoalmente. Quer dizer, eu achava que já estava preparada para a sua aparência fantástica, mas claramente eu estava enganada. – Ela mordeu o lábio. – Dustin não se sentiria confortável se soubesse que eu estou aqui.

Ela parecia tão preocupada com isso que eu quase ri.

– Por quê? Você vai pular em cima dele?

Essa observação instantaneamente me rendeu um duro olhar de censura.

— Não, claro que não. Amo o meu marido.

Dei de ombros.

— Então que diferença faz a aparência dele? Acontece a mesma coisa entre mim e Anna. Estou constantemente cercado por garotas, mas não faço nada com elas porque tenho a minha mulher. – Olhando por um segundo para a minha esposa, que conversava com a irmã dela, eu sorri.

Mal posso esperar para chupar seus peitos hoje à noite.

— Seu marido é suficiente para você, assim como a minha mulher é suficiente para mim, de modo que os Kellan Kyles do mundo não importam – completei.

Quando eu me virei novamente para a minha irmã, ela me olhava de boca aberta.

— Quem diabos é você, e o que fez com o meu irmão?

Empurrei o ombro dela com força.

— Babaca!

E ENTÃO HAVIA MAIS COISAS IMPRESSIONANTES

Depois que todo mundo foi apresentado a todos, o grupo central se mudou para o estúdio de ensaio. Mamãe, papai, Liam e Chelsey entraram, enquanto Anna e Kiera ficaram para trás, a fim de tomar conta das crianças. Quando perguntei a Matt e a Evan onde estavam suas namoradas, eles se entreolharam antes de me olhar e responder:

— Trabalho — quase ao mesmo tempo. Imaginei que isso queria dizer que elas estavam realmente trabalhando, ou então continuavam irritadas por causa do lance da galeria. Preferi acreditar que elas estavam realmente ocupadas, como eles me disseram. Nem mesmo garotas conseguem guardar rancor durante tanto tempo.

Como a minha família estava assistindo ao ensaio e eu queria que os rapazes me levassem mais a sério, conforme Anna sugeriu, eu me segurei, deixei de lado a irritação com a turnê e tentei uma abordagem mais proativa na parte da banda que era mais difícil para mim: o processo criativo. Eu só não tinha letras enchendo minha cabeça o tempo todo, como Kellan, nem ritmos que pareciam pulsar constantemente no meu crânio, como Evan. Mas isso não significava que eu não tinha ideias. Eu tinha. E agora mesmo iria compartilhá-las com os caras, mesmo que eles se lastimassem e reclamassem depois de ouvir cada uma delas.

— Ei, espera um segundo... Você quer que usemos um didjeridu, o instrumento dos aborígenes australianos, em nosso próximo álbum? — perguntou Matt. Pela cara dele, até parece que eu tinha sugerido que todos nós usássemos kilts... o que na verdade também era uma possibilidade incrível. Só que Kellan provavelmente vetaria essa ideia, pois não gostaria de ver expostas as suas finas perninhas de frango.

— Isso mesmo, eu acho muito legal o som de didjeridus. Além do mais, você conhece alguém que os use? Nós seríamos totalmente originais. — Olhei para minha mãe e empinei o queixo.

Viu como seu garoto é esperto? Você fez um bom trabalho, mãe. Muito bom.

Matt suspirou enquanto olhava do meu pai para a minha mãe. Parecia não ter certeza sobre se deveria ou não responder na frente deles. Eu não me importava.

Vá em frente, eles podem descobrir quanto eu sou um gênio. Não me importo.

— Não é que eles não tenham um grande som, o problema é que não combina com o nosso. Somos uma banda de rock e devemos manter os instrumentos tradicionais do rock.

Olhei boquiaberto para ele, absolutamente surpreso.

— Pensei ter ouvido você dizer que queria um trabalho de vanguarda... Coisas novas! Ficar preso ao que funciona bem e só usar o que é mais seguro é a receita para ficar ultrapassado e rançoso. Devíamos surpreender nossos fãs nesse próximo álbum.

— Sim, surpreender as pessoas, não afastá-las. Queremos aumentar nossa legião de fãs, não substituí-la por completo.

Cruzando os braços, balancei a cabeça para os lados.

— Acho que você está analisando as coisas de um jeito muito técnico. Nós não vamos perder fãs por tentar coisas novas. Eles vão nos respeitar mais ao ver que tentamos crescer.

Suspirando, Matt olhou para Kellan e Evan.

— Alguém mais aqui tem saudade do tempo em que simplesmente nos sentávamos e jogávamos videogames enquanto trabalhávamos?

Evan deu um sorriso indulgente, enquanto Kellan se virou para mim e disse:

— Agradecemos a sua ideia, Griffin, e acho que você tem um pouco de razão, só que essa coisa não se encaixa conosco. Continue procurando novos caminhos, ok?

Uma fisgada de irritação me percorreu a espinha e as palavras *Não hoje à noite, talvez amanhã* soaram na minha cabeça, rapidamente seguidas por *Você nunca vai se apresentar como líder da banda.* Acho que eu ainda não tinha abandonado por completo a mágoa, pelo menos não tanto quanto imaginava. Resolvi me segurar no incentivo de Anna sobre eu não desistir e exibi para Kellan um sorriso tenso em resposta. Pelo menos eles não tinham dito "não" logo de cara, dessa vez.

Depois de eles trabalharem um pouco em letras para as quais eu não dava a mínima, e ritmos que tinham um bom som, mas me eram familiares demais, tocamos duas das nossas músicas antigas, daquelas que já tínhamos tocado cinco milhões de vezes. Eu sabia que os rapazes queriam se exibir para a minha família, e não me opus a tocar "Callous Heart" e "Sucker Punch", já que essas eram duas das nossas melhores músicas. Mesmo assim, achei que Matt poderia ter me oferecido a guitarra principal uma única vez, pelo menos para que meus pais pudessem me ouvir arrebentar no *jam.* Todos eles aplaudiram com entusiasmo quando acabamos, até mesmo Liam, embora seu aplauso tenha sido mais discreto e protocolar. Mas Chelsey compensou isso assobiando com os dedos de um jeito impressionante e estridente.

Estávamos prestes a arrumar as coisas e dar o ensaio por encerrado quando eu me aproximei e agarrei o braço de Matt.

– Ei, eu sei que é o seu instrumento, mas será que podemos fazer mais uma comigo na guitarra... só para minha mãe e meu pai poderem ver?

Matt hesitou quando olhou para eles, que conversavam animadamente entre si. Pareciam realmente orgulhosos de mim, e eu queria reforçar essa imagem de grandeza em suas mentes. Quando Matt olhou para mim, eu soube que meus pais tinham conseguido fazer o que eu não conseguira – eles haviam balançado Matt. Parecia que eu teria que levá-los em cada ensaio da banda, pois esse parecia ser o único jeito de Matt me deixar tocar.

– Tudo bem – sentenciou ele. – Vamos fazer "Killer". Não é tão difícil... acho que você conseguirá tocar essa numa boa.

Eu quase pulei de alegria e tive que segurar meus dedos dos pés, de tão animado que fiquei. Eu poderia pedir a Chelsey para filmar a apresentação e depois deixar a gravação vazar para os fãs; assim, eles teriam uma amostra de como deveria ser o verdadeiro som de um show dos D-Bags. Matt me entregou sua guitarra e eu me atrapalhei um pouco na hora de prendê-la em torno do pescoço. Meus dedos tremiam levemente, devido à tontura e à empolgação. Eu precisava me acalmar, de outro modo não seria capaz de tocar. Quando entreguei meu instrumento a Matt, tentei lembrar a canção. Eu a sabia de trás para frente no baixo, só que a coisa era muito mais complicada na guitarra principal. Mas eu tinha certeza de que tudo se encaixaria e eu iria arrebentar assim que começássemos.

Meus familiares pareceram confusos, pois achavam que o ensaio já tinha terminado, mas eu lhes faria ver que o show estava apenas começando.

– Vamos tocar mais uma, só que Matt vai trocar de instrumento comigo para vocês poderem me ouvir na guitarra principal. – Olhei para Kellan e para Evan. Eles tinham as sobrancelhas levantadas, mas pareciam levar a ideia numa boa. – "Killer!" – avisei a eles, para que soubessem qual das músicas iríamos executar.

Evan fez que sim com a cabeça e começou a dar os primeiros compassos da introdução. Flexionei as mãos, para o sangue tornar a circular livremente, pois ele parecia ter ficado nos pulsos. Evan começou bem com uma batida ritmada e pesada, para podermos segui-lo. Matt e Evan olharam para mim com expectativa, como se estivessem esperando que eu desse início a algo. Só que eu não conseguia me lembrar direito em que parte Matt entrava, o que era estranho. Eu tinha ouvido aquela música trocentas vezes, cacete, tocá-la deveria ser uma segunda natureza para mim, mas agora, que era hora de entrar em ação, minha mente deu branco e era como um deserto.

Com um aceno de cabeça, Matt entrou direto com o baixo. Foi então que tudo se encaixou na minha cabeça. Soltando um curto "oh, yeah", ataquei na guitarra.

Levei um minuto para pegar o jeito de tocar e, mesmo assim, dedilhei alguns acordes errados. Olhando ao redor, não consegui perceber se alguém havia notado meus furos. Acho que não. Kellan se juntou a nós quando sua parte chegou. Tudo me parecia estranho e eu não conseguia descobrir a razão, até perceber que eu tentava tocar a parte do baixo num determinado ponto em que Matt ficou parado. Opa, foi mal... Xingando, parei com os dedos no ar e esperei o momento de reentrada da guitarra. Era depois do segundo ou do terceiro verso? Ah, cacete, eu não tinha certeza. Era muito mais fácil fingir tocar a música do que realmente apresentá-la. Tive um palpite de que era depois do segundo verso e torci para que fosse mesmo. Kellan e Matt me lançaram olhares irritados. Opa, acho que a guitarra voltava no terceiro verso. Ah, que se dane, quem tinha composto aquela merda? A guitarra devia ser ouvida com força total ao longo de toda a música. Kellan devia ter de gritar para sua voz ser ouvida acima da guitarra.

Quando olhei para a minha família, vi Liam fazendo uma careta e Chelsey franzindo a testa em sinal de estranheza, enquanto mamãe e papai exibiam sorrisinhos tensos. Um calor forte brotou no meu rosto e eu quase parei de tocar para poder refrescá-lo com uma cerveja bem gelada. No baixo eu podia fazer isso, mas não na guitarra principal. Tinha de aguentar firme o desconforto.

Mais algumas notas soaram errado para os meus ouvidos, e eu amaldiçoei meus companheiros de banda a cada nota mais aguda e arranhada. Se eles tivessem me deixado tocar mais vezes, tudo não soaria tão estranho agora. Eu tocaria de um jeito mais natural, sem esforço. Mais uma vez eles estavam me impedindo de brilhar.

No instante exato em que eu estava prestes a jogar a guitarra longe, com raiva, a porta se abriu e os sons externos invadiram o ambiente, levemente abafados. Kellan, Matt e Evan continuaram tocando e cantando, mas o elemento sonoro novo e estranho dentro do estúdio me distraiu e eu parei de tocar. Matt soltou um grunhido e jogou as mãos para o ar. Evan franziu a testa e Kellan balançou a cabeça para os lados.

— Griffin, você precisa manter o foco mesmo que aconteça algo que o distraia. Essa guitarra é a *principal* por algum motivo, sabia?

Olhei para Matt, mas não tive uma resposta adequada o suficiente para a sensação estranha que parecia me rasgar o corpo. Foi quase parecido com... vergonha ou embaraço, mas isso era ridículo. Eu não sentia essas coisas, então resolvi substituir tudo pela raiva. Se aqueles caras não fossem tão burros, eu tocaria muito melhor. Justamente quando estava prestes a dizer essas verdades para Matt, Kiera veio correndo na direção do palco.

— Sinto muito interromper vocês – desculpou-se, um pouco sem fôlego. Seus olhos, com um tom ligeiramente mais castanhos que o verde dos olhos de Anna, se colaram nos meus –, mas eu tenho certeza de que Anna acabou de entrar em trabalho de parto. De verdade. Acho que o bebê vai nascer hoje.

Ao tirar a correia da guitarra, tipos diferentes de emoção me inundaram – excitação e ansiedade. Um novo bebê! Hoje! Merda! Estávamos no meio do nada e precisamos voltar para a civilização… agora mesmo!

Coloquei a guitarra de volta no apoio, mas a alinhei errado e ela escorregou de lado. Droga, eu não tenho tempo para essa merda agora! Consegui agarrar a guitarra antes de ela cair no chão e tentei colocá-la de volta no apoio. Matt veio e me ajudou. Lancei para o ar um agradecimento casual antes de correr para longe, ou pelo menos tentei me apressar; ele tinha me agarrado pelo pulso e me segurava com força. Eu estava tão irritado que quase o empurrei para longe de mim, mas consegui me controlar o suficiente para dizer:

– Cai fora, cara, eu preciso vazar! – Kiera estava saindo do estúdio com a minha família e eu precisava ir com eles. Provavelmente Anna estava se contorcendo de dor. Precisava de mim.

– O que foi aquilo? – quis saber Matt, claramente incomodado com meu jeito de tocar. Kellan e Evan também se aproximaram e eu quase explodi com todos eles. Aquilo não poderia esperar?

– Aquilo o quê? Eu estava meio enferrujado, só isso. – Tentei passar por Matt, mas ele colocou a mão no meu peito, para me impedir.

– Você me disse que conhecia as músicas tão bem quanto eu, mas estava sem noção nenhuma, Griffin. Nem fazia ideia do que estava tocando.

Uma irritação familiar segurou o fluxo intenso de endorfinas que eu estava sentindo.

– Eu vi você tocar tantas vezes essas músicas que senti como se…

Matt me cortou.

– Você me *viu* tocar? Mas na verdade não conhece as músicas… E achou que isso bastava para poder assumir a guitarra principal? Viu só? Esse é apenas mais um dos motivos que vão impedir isso de acontecer, Griffin. Você não consegue entender que isso não é uma brincadeira.

Eu estava prestes a lhe dizer que tudo que eu precisava era de um pouco de prática, mas seu tom messiânico me irritava. O pior de tudo é que Kellan e Evan balançavam a cabeça, como se concordassem com ele.

– Fodam-se vocês todos! Tenho um bebê para receber.

Babacas. Se eles tivessem me dado antes a chance que eu tanto implorei, eu estaria bem melhor. Era unicamente culpa deles eu não estar no ponto certo. Abri meu caminho a cotoveladas por entre os juízes da Suprema Corte da Música e corri para a casa. Minha raiva e minha decepção se transformaram em preocupação à medida que eu me aproximava de Anna. Como se fosse ontem, lembrei a quantidade de dor que ela fora obrigada a suportar na chegada de Gibson. Eu nunca tinha visto alguém em tão terrível agonia. Eu só podia comparar aquela dor à de ter meu pau furado para colocar um piercing. Aquilo tinha sido... horrível.

— Anna! Anna, onde você está? — Girei em círculos na sala de estar, querendo saber que caminho seguir, antes de seguir em frente. Onde diabos estava a minha mulher?

— Estou aqui, Griffin! — A voz de Anna pareceu vir da cozinha, e foi para lá que eu fui. Ao chegar lá, vi uma cena que não entendi muito bem. Anna estava preparando um lanche para Gibson, Ryder e as gêmeas com a maior tranquilidade do mundo. Ryder tinha um grande sorriso no rosto, sentadinho em sua cadeira alta enquanto cavucava um potinho de compota de maçã com uma colher de plástico pequena.

— Anna? — perguntei, confuso. — Pensei que você estivesse em trabalho de parto!

Concordando, Anna olhou para o relógio do forno de micro-ondas.

— E estou mesmo. As contrações estão vindo a cada cinco ou dez minutos. Só que Gibson avisou que estava com fome, então eu pensei em preparar algo para as crianças comerem antes de irmos.

Agarrando a mão dela, eu a impedi de cortar mais fatias de um bloco de queijo.

— Kiera pode fazer isso. Na verdade, é melhor deixarmos Gibson aqui com ela. Dawn e Della também. Precisamos ir. É uma longa viagem e você não quer dar à luz dentro do Hummer, não é?

Os olhos de Anna se arregalaram quando ela pensou nessa possibilidade.

— Não... definitivamente não. Ok, vamos lá.

— Sim, vamos nessa então. — Olhando em volta, joguei as mãos para o ar. — Onde diabos está todo mundo? — Kiera tinha voltado para a casa com mamãe, papai, Chelsey e Liam, mas Anna estava ali na cozinha, sozinha. Aquilo não me pareceu correto.

Anna soltou uma bufada de irritação, então se endireitou e esfregou as costas com as duas mãos.

— Sua mãe e seu pai estão ligando o carro; Kiera e Liam foram buscar o buggy, para eu não precisar descer toda aquela escadaria. — Ergueu uma sobrancelha. — Até parece que eu não consigo descer alguns degraus, ou algo assim.

Fechando os olhos, ela inalou com força, prendeu a respiração e, em seguida, expirou lentamente. Estava tendo uma contração naquele momento. Olhei para o relógio e anotei mentalmente o tempo. Eu não fazia ideia do que, exatamente, era um buggy, mas não me importei. Anna precisava sair dali.

— Vamos — ordenei, indo para junto dela. — Precisamos levar você para um hospital, em uma cidade onde os médicos não treinem em animais durante o tempo livre.

— Eu não creio que isso aconteça aqui... — Ela parou de falar, depois sacudiu a cabeça. — Temos de esperar que Chelsey volte para cá. Ela poderá olhar as crianças...

Eu estava prestes a perguntar onde ela estava quando Chelsey entrou na sala segurando um travesseiro fino e retangular coberto de pequenas flores roxas.

– Fui procurar onde Kiera mandou, mas só achei isso. Pelo menos o perfume é bom – avaliou ela, cheirando com força.

Eu não fazia ideia de sobre o que elas falavam, mas Anna fez que sim com a cabeça e apontou para o micro-ondas.

– Vai servir. Aqueça-o ali.

Quando Chelsey colocou o objeto dentro do aparelho e o programou para cinco minutos, eu finalmente entendi o que era: um saco de água quente. Esperar os cinco minutos para que ele aquecesse foi como esperar cinco anos. Kiera apareceu assim que o temporizador tilintou.

– O carro está à sua espera – avisou, com certa empolgação na voz.

A contração de Anna tinha acabado a essa altura, e ela lançou um olhar de deboche para Kiera.

– Eu posso muito bem descer a escada. Não sou inválida.

Kiera suspirou.

– Basta entrar no buggy, Anna. Não vai ser difícil. – Suas feições eram tão semelhantes às de Anna que confundia as pessoas; maçãs do rosto proeminentes, olhos grandes, lábios cheios. Só que, no momento, isso era mais irritante do que atraente. Eu só queria pegar a minha esposa e sair logo dali.

– Vamos embora. Chelsey, você pode ficar um tempo aqui com as crianças? – perguntei. Minha irmã franziu a testa, como se quisesse ir com a gente, mas logo assentiu com a cabeça.

Dei um beijo rápido em Gibson, e disse a ela:

– Papai vai voltar logo para ficar com você. Seja boazinha com a tia Chelsey, ok? – Seus olhos azuis estavam arregalados de preocupação quando eu acariciei seu cabelo louro; ela não entendia muito bem o que acontecia ali, mas gostava da minha irmã o bastante para não ficar chateada. – Essa é a minha garotinha! Assim que o seu novo irmão ou irmã chegar, eu levo você para conhecer o bebê. – Seus lábios pálidos formaram um biquinho adorável. Ela definitivamente não gostava da ideia de dividir o amor dos pais com alguém, mesmo que fosse um potencial novo companheiro de brincadeiras.

Kellan, Evan e Matt entraram na cozinha justamente quando estávamos saindo pela porta da sala de jantar.

– Encontramos vocês lá – disse, olhando para trás. Ouvi-os dizer algo que me soou como "tá legal" e, assim que saímos da casa, eu vi o tesouro que Kellan e Kiera, pelo visto, tinham escondido de mim.

– Vocês têm um buggy maneiro desses, cacete? – exclamei. – Como é que eu nunca soube disso?

Kiera franziu os lábios e em seguida deu de ombros.

– O assunto nunca surgiu, acho.

– Você acabou de entrar para a minha lista de coisas irritantes, sra. Kyle – brinquei.

Kiera riu enquanto Anna gemia e segurava a bolsa de água quente com aroma de lavanda contra as costas. As contrações estavam voltando.

– Podemos ir? – sussurrou ela. – Eu não estou me sentindo nem um pouco legal.

Quando ajudei Anna a entrar no buggy, notei que Liam já esperava no banco do motorista com o motor ligado.

– Nem pensar! – reclamei. – Eu que vou dirigir.

Zombando de mim, ele segurou o volante com mais força.

– Sem chance – afirmou.

Eu estava prestes a lhe arrancar a cabeça fora, mas Anna apertou meu braço.

– Não briguem, simplesmente me tirem daqui.

Com um suspiro e o juramento de chutar o traseiro dele com força mais tarde, eu me sentei com ela no banco de trás. Kiera pulou na frente com Liam e ele imediatamente arrancou com o carro; Kiera apertou a janela lateral do veículo com tanta força que os nós das suas mãos ficaram brancos. Olhei para Anna quando o buggy saiu, quase aos pulos. Ela parecia mais desconfortável do que com medo. O choque desagradável dos pneus com a terra certamente não ajudava a diminuir a dor.

Quando Anna sugou o ar com força, eu gritei para o meu irmão ir mais devagar. Ele parecia voar ao descer a colina íngreme que ladeava a casa, e quase atingia pequenas árvores e pedras, o que certamente poderia nos fazer capotar. Sobre o ruído do motor, Liam berrou:

– Só estou tentando chegar mais depressa, mano.

– Estou mais preocupado em chegarmos inteiros! – gritei de volta. Kiera se virou e olhou para mim com os olhos arregalados. Parecia chocada por eu dizer algo assim num momento como aquele. Quis lhe assegurar que eu estava preocupado apenas com a segurança de Anna, mas as palavras não saíam.

Quando chegamos à entrada de carros na base do morro, Liam fez o carro derrapar de leve sobre as rochas soltas e eu vi quando algumas pedras grandes atingiram a lateral do meu Hummer.

– Se você descascou a pintura do meu carro, eu vou descascar a sua pele, seu filho da puta.

Liam revirou os olhos enquanto fazia o buggy parar. Ignorando os comentários de Kiera sobre aquela ter sido a corrida mais assustadora da sua vida, e que ela deveria ter descido pela escada, soltei o cinto de Anna e a ajudei a saltar daquela engenhoca. Demorou um pouco para conseguir isso; afinal de contas, buggies não são veículos apropriados para mulheres em fim de gestação.

Ao ver que Anna estava segura em terra firme, corri com ela até o Hummer; o motor já estava ligado, assim como o motor da minivan de mamãe e papai.

– Esqueci a minha bolsa! – exclamou Anna, enquanto caminhava até a porta aberta do carro. – Minhas coisas!

Soltei um grunhido irritado. Nós não éramos o tipo de pais preparados, e não tínhamos uma mala de hospital com tudo já embalado, pronta para colocar no carro.

– Pego tudo em casa mais tarde, depois de vir buscar a Gibson.

Ela assentiu com a cabeça e se sentou no carro. Não parecia estar com tanta dor, a última contração devia ter acabado, sei lá… Eu não fazia a menor ideia. O corpo de uma garota era um mistério para mim. Bem, o interior, pelo menos. Por fora, eu era um especialista, é claro, e foi exatamente por isso que Anna tinha acabado daquele jeito, para começo de conversa.

Nós tínhamos pensado em dar mais distância entre as crianças, mas eu e meus irmãos tínhamos nascido muito próximos uns dos outros e eu adorava isso. Era algo que nos tornava unidos. Mais ou menos. Se Liam não fosse um idiota tão egoísta, seríamos mais chegados. Mas Chelsey e eu éramos muito próximos e amigos. Puxa, eu torcia para que desse tudo certo entre Newbie e Gibson.

Saindo a toda pela garagem e entrando na alameda de saída, pisei fundo a caminho do hospital. Era melhor Kellan já estar com o portão aberto, senão eu iria derrubá-lo com o meu carro. Não fazia ideia de quem estava me seguindo, e também não me importava muito com isso. Gibson tinha alguém para cuidar dela e Anna estava comigo. Esse era o meu mundo agora.

★ ★ ★

As próximas horas foram um borrão de dor, sangue, coágulos, gritos e xingamento; em certo momento uma bandeja de plástico cheia de vômito foi arremessada para o outro lado da sala de parto. Não por mim. O dia ficou gravado na minha memória, até mesmo as partes que eu gostaria de poder esquecer. Mas no final, quando me foi entregue uma pessoinha quente, enrolada em um cobertor rosa-claro, tudo valeu a pena.

– Outra menina – sussurrei, assombrado diante da nova versão de mim e da Anna. – Acho que o médico estava certo.

Descobrir o sexo da minha filha foi mais um daqueles momentos que ficariam para sempre gravados na minha memória. Eu estava feliz com o resultado.

– Parabéns, sr. e sra. Hancock… – tinha dito o médico. – É uma menina.

– Nem fodendo! – foi a minha reação imediata. Eu tinha toda a certeza do mundo de que o médico iria errar o sexo novamente e eu teria um homenzinho para moldar e transformar em outro eu. Ah, tudo bem. Eu continuava querendo um menino,

mas as meninas também eram incríveis, e agora Gibson tinha uma irmã para fazer coisas de menina, como brincar de vestir roupas, dar festas de chá ou sei lá do que mais as meninas brincam.

Anna estava cansada, mas em êxtase, por ter se livrado das partes mais desconfortáveis. Fisicamente, pelo menos. A parte pior da exaustão ainda estava por vir.

— Estou feliz por ela finalmente estar aqui fora... – declarou – e por não pressionar mais o meu nervo ciático.

Esticando o braço, passou um dedo na testa da nossa filhinha. Os olhos dela já estavam bem abertos; duas bolinhas cinza-escuro me analisavam como se eu fosse a coisa mais estranha que ela já tinha visto. Levantando seu gorro de crochê, Anna espiou a cabeça da menina de cabelo escuro, muito escuro.

— Acho que ela vai se parecer comigo – declarou, e um sorriso cansado iluminou seu rosto.

Olhando para baixo, para o cabelo cor de mogno profundo da minha esposa, assenti.

— Sim, eu também acho. Garota de sorte – acrescentei, com uma piscadela.

Anna riu, seus olhos pousaram no bebê que ainda estava em meus braços e seu rosto assumiu um brilho quase reverente.

— Estamos muito felizes por finalmente conhecer você, Onnika.

Meu sorriso acompanhou o de Anna e eu vi as feições minúsculas de Onnika se retorcerem para formar um bocejo.

— Você está prestes a descobrir quanto sua mãe e seu pai são incrivelmente impressionantes – avisei à bebê. – Sinto até um pouco de inveja de você.

Anna riu novamente, e em seguida estendeu os braços abertos em sinal de convite.

— Passe ela para mim. Quero sentir o cheirinho dela.

Um pouco relutante, eu a entreguei de volta para a mãe. Teríamos bastante tempo para carinhos e afagos mais tarde. O orgulho fez meu peito inchar quando eu vi minha mulher e minha filha criando os primeiros laços. Todas as mulheres da minha vida eram absurdamente lindas. Eu sempre soube que iria gerar filhos atraentes. Quer dizer, como poderia ser diferente? É claro que escolher alguém tão linda e quente como Anna para ser minha parceira foi o que realmente decidiu o pacto genético. Minhas filhas tinham uma puta sorte. Ah, mas a quem eu estava enganando? *Eu* é que era o cara com uma puta sorte, naquele momento.

Depois de mais alguns minutos em nossa pequena família, os outros membros da família maior começaram a bater à porta e entrar de mansinho no quarto para dar uma espiada. Nós tínhamos obrigado todo mundo a esperar do lado de fora durante o evento. Mamãe não ficou muito feliz com isso, mas Anna tinha se mostrado inflexível sobre o assunto: seríamos só ela e eu na sala do parto. Acho que mamãe chegou a planejar ficar por ali de qualquer jeito, talvez escondida atrás de um biombo no fundo da sala, mas, quando a bandeja de vômito que eu citei agora há pouco bateu contra a parede bem perto da sua cabeça, ela mudou de ideia. Quando Anna não queria alguma coisa, ela deixava bem clara a sua posição. Era uma das coisas que eu adorava nela.

Achei que mamãe e papai seriam os primeiros a entrar no quarto, mas me surpreendi. Kiera e Kellan foram os primeiros a aparecer. Kiera olhou para sua irmã com uma expressão de "Não me bata" e foi se aproximando.

– Podemos entrar? Esperamos lá fora o máximo que conseguimos...

Anna estava com um humor muito mais calmo, agora que a parte dolorosa tinha acabado. Com lágrimas nos olhos, balançou a cabeça para a frente.

– Sim, sim. Venha conhecer sua sobrinha. Ela ergueu Onnika um pouquinho. – Onnika, esta é a sua tia Kiera e esse é o tio Kellan. Pessoal... esta é Onnika.

Os olhos de Kiera se encheram na mesma hora com uma umidade que transbordou e lhe escorreu dos olhos. Por que as garotas sempre choram quando chegam perto de um bebê? Que bizarro!

– Ó meu Deus, Anna... Ela é linda!

Um riso zombeteiro me escapou.

– É claro que é. Afinal, é uma Hancock. Você esperava algo menos que a perfeição? – Kellan riu do meu comentário, mas Kiera me ignorou. Eu já estava acostumado com isso. Muitas vezes ela não conseguia lidar com a minha característica única de ser impressionante.

Depois de lavar as mãos, Kiera foi até a lateral da cama. Na mesma hora esticou os braços para fora, tentando pegar a bebê, e uma relutância familiar inundou o rosto de Anna. Havia algo especial em Onnika; algo que fazia você querer segurá-la com força e não largá-la mais. Talvez ela tivesse superpoderes. Isso não me surpreenderia. Alguém na nossa árvore genealógica certamente iria desenvolvê-los algum dia, disso eu tinha certeza. De certo modo, dava para dizer que eu já tinha superpoderes. Realizar proezas sexuais era uma habilidade que eu tinha desenvolvido com bastante intensidade.

Quando Kiera pegou Onnika, segurou-a com firmeza contra o corpo.

– Ó Deus, ela é tão pequena. Você se lembra de quando Ryder era assim minúsculo? – Pela maneira como Kiera olhou para Kellan, imaginei que outro bebê devia estar vindo em seu futuro próximo. Nada como segurar um recém-nascido para turbinar o desejo sexual de uma mulher. Eu apostaria todo o meu dinheiro como Kellan iria se dar bem naquela noite. Interessante. Nem mesmo um dia de idade e Onnika já tinha dois superpoderes.

Essa era a minha garota!

Enquanto Kellan sorria e fazia que sim com a cabeça para Kiera, ela voltou sua atenção para Anna e para mim.

– Como foi que vocês escolheram esse nome?

Inchando o peito, apontei para mim mesmo com o polegar.

— A ideia foi minha.

Anna fez um som de deboche e eu fiz uma careta para ela.

— Não, não foi. Você queria que fosse Myrtle. De novo!

Lembrando aquela negociação perdida, fiz uma careta.

— É um nome de família. Não sei por que você não gosta dele. — O rosto de Anna armou uma expressão de nojo, como sempre acontecia quando se mencionava o nome da minha avó. Como não queria discutir sobre isso novamente, acrescentei: — E eu estava certo sobre o que disse: Onnika foi ideia minha. Você só me ajudou na ortografia. — Dei-lhe um sorriso e uma piscadela para aliviar a zoeira das minhas palavras, se houvesse alguma. Às vezes era difícil saber o que iria irritar as garotas.

Anna não pareceu chateada quando se voltou para a sua irmã. Tinha uma altíssima tolerância para as merdas que eu dizia.

— Ele queria soletrar A-N-N-I-K-A, mas eu achei que ia ficar muito parecido com o meu nome e mudei para O-N-N-I-K-A.

Kiera balançou a cabeça, concordando, e logo voltou a embalar e abraçar Onnika. Acho que ela não tinha plano algum para dar a Kellan uma chance de pegar a menina. Não se dependesse dela, pelo menos. Por fim, teve de compartilhar aquele momento, porque depois de algum tempo todo mundo entrou na sala. Nosso espaço se transformou numa balada. De repente havia tantas pessoas na sala que eu comecei a pensar na possibilidade de cobrar ingressos.

Além de Kellan e de Kiera, mamãe, papai, Liam, Matt, Rachel, Evan e Jenny estavam lá. Havia também enfermeiras espiando do lado de fora, sem contar algumas pessoas que tinham ido visitar outros pacientes, pelo que eu pude observar. Acho que as notícias de que a esposa de um astro do rock tinha tido um bebê já circulavam pelo hospital. Eu provavelmente teria de espantar todo mundo na base da porrada para sair dali.

As pessoas eram todas sorrisos quando passaram Onnika uma para os braços da outra, e toda a tensão que tinha rolado entre nós se dissipou de repente. Rachel e Jenny estavam numa boa comigo, os rapazes estavam numa ótima e eu estava de bem com todo mundo. Eu mal conseguia me lembrar do motivo de estar irritado antes. Outro dos superpoderes de Onnika. Aquela garota era realmente incrível. Mas, como já expliquei, isso não era uma grande surpresa. Ela fora projetada geneticamente para ser legal.

Enquanto Kiera esperava pacientemente para ter mais alguns minutos com Onnika, disse para Anna:

— Liguei para mamãe e papai. Eles estão vindo para cá amanhã ou segunda-feira, no máximo. Mamãe ficou pau da vida por você não conseguir aguentar até a semana marcada.

Anna bufou.

– Ela vai superar isso. Foi a mesma coisa da outra vez.

Eu esperava que a empolgação de felicidade hormonal pelo nascimento da sua filhinha se dissipasse logo, mas ela parecia relaxada e sonolenta enquanto continuava deitada ali, observando todo mundo se derreter e babar em cima da sua filha. Parecia que nada poderia irritá-la naquele momento. Esse fato foi confirmado quando ela disse para todos no quarto:

– Estou tão feliz por vocês estarem todos aqui para o nascimento... mamãe, papai, quero que vocês fiquem na nossa casa o tempo que quiserem! A minha casa é a casa de vocês! Convidem todo mundo, quanto mais gente, melhor!

Meus olhos se arregalaram. Será que ela realmente tinha acabado de dizer aquilo para os meus pais? Eu não pude deixar de imaginar o que os médicos estavam injetando na sua veia junto com o soro; aquilo a estava deixando tonta ou ela estava naturalmente numa boa? De qualquer modo, ela acabara de abrir as comportas e não havia como colocá-las novamente no lugar. Eu podia ver isso nos olhos da minha mãe. Ela havia acabado de receber autorização para ficar morando em nossa casa durante o tempo que bem quisesse, e nada que Anna dissesse ou fizesse agora faria diferença. Nossa negociação estava nula e sem efeito, mas pelo menos *não fui eu* que rasguei o contrato. Nada disso. Anna tinha acabado de se ferrar por conta própria.

OH, QUANTA COISA IMPRESSIONANTE!

Graças à autorização que Anna deu à minha família... a luz verde para eles ficarem o tempo que bem quisessem, dois meses depois a minha casa continuava cheia de visitas. Cada aposento estava sendo usado por vários parentes que tinham decidido nos "visitar" e depois se recusaram a ir embora.

Os pais de Anna estavam com Kiera e Kellan. Kiera alegou que o motivo disso era a nossa casa estar muito cheia de gente, mas Anna deixou escapar que a verdadeira razão de eles terem se hospedado lá é que preferiam Kellan a mim.

Ela não disse bem assim. Comentou apenas que eles tinham "alguns problemas com a minha personalidade". Como assim? Eu tinha uma personalidade impressionante, então não poderia ser esse o motivo. A verdade é que eles simplesmente tinham sido iludidos pela "fantasia Kellan Kyle", como todo mundo.

Isso me irritava muito. Eu era o sujeito mais legal que eu conhecia, e certamente Martin e Caroline acabariam descobrindo isso se passassem mais algum tempo comigo. Eu não vi que tipo de problema eles poderiam ter comigo, afinal. Eu tinha me casado com a filha deles, lhe dera uma casa incrível para morar e a engravidei com duas das minhas melhores sementes. O que mais eles poderiam pedir de um marido? Eu deveria estar na sua lista de Pessoas Mais Impressionantes do Mundo.

Anna estava com olheiras profundas sob os olhos, ao levantar Onnika no ar.

— Griffin, eu já aguentei o máximo que consegui. Quando é que eles vão embora?

Estávamos no nosso quarto, onde Onnika dormia em um moisés ao lado da cama. Pretendíamos levá-la para o andar de cima, num quarto ao lado do de Gibson, mas Anna ainda não se sentia preparada para ficar longe dela. Nem eu, embora estivesse ansioso para fazer sexo na minha cama novamente. Quando Anna se sentira pronta para retomar nosso mambo horizontal, tínhamos escolhido o interior do closet para realizar o ato. Eu simplesmente não conseguia ter relações sexuais no mesmo quarto que a minha filha, não importava a idade. Nunca imaginei que pudesse ter um calcanhar de aquiles sexual desse tipo, mas acho que ele aparecera.

Eu sabia o que Anna queria dizer com essa reclamação. Mesmo com a porta do quarto fechada, dava para ouvir as pessoas lá fora falando, rindo, gritando, correndo, assistindo à TV, pisando com força, comendo, brincando e, em algum lugar, alguém estava sempre chorando. Eu precisava de uma casa maior.

Encolhendo os ombros, eu disse:

– Não sei quando eles vão embora. Você lhes disse que podiam ficar o tempo que quisessem. Acho que alguns deles estão pensando em se mudar de vez para cá. – Alguns dos meus primos tinham dito isso de brincadeira, quando viram a piscina e a quadra de tênis. Na hora eu supus que estivessem brincando, mas talvez tivesse de lidar com invasores em um futuro próximo.

Anna me lançou um olhar carregado de exaustão; um olhar que dizia que ela estava fritando mentalmente a minha masculinidade.

– Eu não me lembro de ter dito isso. Ou qualquer coisa parecida. Acho que foi você que disse a eles que estava tudo bem se ficassem mais tempo, algo que foi contra as nossas negociações. Portanto, segundo as nossas regras, tenho uma vantagem para usar quando quiser.

Cruzando os braços sobre o peito, ergui uma sobrancelha.

– Eu não disse nada para ninguém. – A não ser para a minha irmã, Chelsey, mas não mencionei isso. – Você é que estava com um jeito meloso e afetuoso no hospital.

– Eu estava dopada pelos hormônios da maternidade recente. Isso não conta.

Ela fechou os olhos e eu vi lágrimas se formando. Estava arrasada demais. Eu disse a ela, no início, que ela ficaria menos cansada com muita gente à sua volta, mas isso não acontecera. Anna sentia necessidade de recebê-los bem e, apesar de todos ajudarem com Onnika e Gibson durante o dia, Anna ainda era a única a se levantar a noite toda para cuidar de Onnika. Eu tentava convencê-la a tirar uns cochilos sempre que tivesse chance, mas ela retrucou que não conseguia dormir com tanto barulho. Eu gostaria que houvesse algo que eu pudesse fazer para ajudá-la, mas estava de pés e mãos atados, ali. Anna tinha aberto as portas da hospitalidade e eu não podia fechá-las. Não para a família.

Pegando Onnika de seus braços, eu a coloquei no moisés com muito cuidado. Onnika era uma bebê lindíssima – tinha um cabelo escuro e pesado que se curvava nas pontas, olhos que ficavam mais verdes a cada dia que passava, e bochechas rosadas e rechonchudas que já deviam ter sido beijadas quatorze milhões de vezes até agora. Foi difícil colocá-la de lado, mas a minha esposa estava tendo um ataque de pânico e eu precisava acalmá-la.

Onnika era muito tranquila e não reclamou nem um pouco quando a coloquei no bercinho portátil. Anna desmoronou, como se não lhe sobrasse mais nada a fazer. Eu a puxei para os meus braços e ela me enlaçou de um jeito meio mole.

— Eu não consigo encarar tudo isso, Griffin — murmurou, enquanto eu acariciava suas costas.

— Claro que consegue — garanti a ela. — Você é uma das garotas mais duronas que eu conheço, Anna. Consegue encarar as merdas que eu apronto, lidou com a gravidez sozinha quando descobriu que estava grávida da outra vez, e passou a gerenciar o Hooters até que eu comecei a ganhar mais grana e você pôde deixar de trabalhar. É uma mãe incrível para Gibson e uma esposa linda e fodástica. Não existe nada que você não consiga fazer, amor.

Quando eu recuei para olhar fixamente para ela, vi que sorria.

— Tem certeza?

Balançando a cabeça, me inclinei para beijá-la.

— Tenho, sim. — Nossos lábios se moveram em harmonia por alguns momentos. Quando nos separamos, subi com os lábios até a sua orelha. — Quero comer você no closet, alisar você todinha, me enterrar na sua boceta molhada e meter com força até você desmoronar. Depois disso, quero que você tire um cochilo enquanto eu tomo conta das meninas.

Fitei-a longamente e vi que seus olhos estavam mais brilhantes do que antes. Ela me deu um aceno firme, como se realmente quisesse o que eu tinha acabado de lhe oferecer. Eu não tinha certeza de qual parte ela queria mais — o sexo ou o cochilo —, mas não me importava. As curvas de seu corpo estavam pressionadas contra o meu, e tudo que eu conseguia pensar era no seu mamilo na minha boca, sua mão em volta do meu pau. Porra, eu a desejava muito naquele momento.

Nós dois olhamos para Onnika, no moisés. Ela acompanhava atentamente o móbile acima dela. Anna o ligou para ele girar e tocar música, e nós fomos para o closet logo em seguida. Mamãe e Chelsey estavam brincando com Gibson, então não me preocupei com alguma coisa que ela pudesse precisar quando fechei a porta do armário. Pela primeira vez, Anna e eu iríamos conseguir transar durante o dia, sem interrupções. Só esse pensamento fez meu pau latejar. Nossa, eu mal conseguia esperar para tocá-la.

Havia uma poltrona de recostar no nosso closet. O "sofá do sexo", como Liam chamava. Ele estava certo. *Era* um sofá para sexo e sempre que eu passava por ali meu pau se manifestava. Anna bocejou quando passou a mão no encosto do estofado. Eu me perguntei se seria um marido melhor se a deixasse sozinha ali para tirar um cochilo, mas acho que eu não era *tão* impressionante assim. Queria sexo.

Ela rebolou para sair da calça de ioga e puxou a camiseta de manga comprida por cima da cabeça. Vestia um sutiã vermelho de renda e calcinha combinando, e na mesma hora parei de pensar em deixá-la dormir. Uma mulher que não quisesse ser comida usaria roupa íntima naquele estilo?

– Porra, amor, você está incrível.

– Estou? – Um sorriso cansado iluminou seu rosto quando ela passou as mãos sobre suas curvas. Ainda não voltara ao seu corpo pré-gestação, mas eu não me importava. O que ela me mostrava naquele momento era mais quente que todo o resto da população feminina. Se eu não conseguisse entrar ali logo, talvez precisasse de cirurgia para corrigir o dano interno que certamente iria acontecer.

Abri o zíper da minha calça e lhe mostrei minha ereção pulsante.

– Isso mesmo… – sugeri. – Recoste-se aí e relaxe.

Com outro pequeno bocejo, ela tirou o resto das roupas e fez como pedi. Só que não se recostou casualmente no sofá, como eu pensei que faria. Abriu as pernas com vontade e apoiou os pés no chão com força. Puta merda! A Terra Prometida estava bem ali na minha frente, e eu acariciei meu pau com vontade enquanto olhava com admiração para o que me estava sendo oferecido. Porra, era inacreditável.

Anna bocejou novamente quando resolveu se recostar lentamente, e eu percebi que poderia perdê-la para o sono se não entrasse em ação na mesma hora. Parei de me esfregar, arranquei fora o resto das minhas roupas e as atirei para longe. Seus olhos estavam fechados, mas ela sorriu quando eu finalmente a toquei.

– Mmmmmm… – Um gemido satisfeito lhe saiu pela garganta quando minhas mãos viajaram pelo seu corpo quente e maleável. Segurei uma das suas pernas para que isso me impedisse de me aninhar entre elas e me empurrar lá para dentro. Queria que o foco da ação fosse ela; queria relaxá-la; queria proporcionar tanto prazer àquele corpo que ela se sentiria exausta demais para abrir os olhos depois.

Meus lábios depositaram beijos suaves ao longo da sua pele, seguindo de forma quase etérea por suas zonas erógenas. Seu ruído de satisfação se tornou mais vigoroso e ela se contorceu no sofá. Seus dedos se enterraram no meu cabelo quando cheguei ao mamilo. Só que eu não o abocanhei de imediato, nada disso. Beijei ao redor da área, passei por cima do bico e beijei em torno mais uma vez. Ela soltou um gemido de frustração. Só quando me pareceu ouvir uma súplica silenciosa, eu coloquei os lábios diretamente nele, e quando minha língua se agitou ali ela quase engasgou. Agora sim, minha garota estava pronta.

Fiz o mesmo jogo com a sua vagina. Abri-a levemente com os dedos, mas os deixei fora do alcance de onde ela realmente queria. Ela ficou ofegante na mesma hora e seus olhos se fixaram nos meus, muito atentos e me observando com tanto tesão que minha pele ficou dez vezes mais quente que o normal.

Quando eu finalmente passei os dedos por entre as suas pernas, ela estremeceu, gritou, se contorceu, até que finalmente implorou. Agarrando minha bunda com as duas mãos, murmurou:

— Quero você dentro de mim. Agora! Por favor, agora...

Eu estava tão preparado para penetrá-la que meu pau ficara quase roxo, e rezei para conseguir me segurar tempo bastante para satisfazê-la. Ajeitando minha posição e mirando o centro, me empurrei para dentro do calor. Ela arqueou as costas e suas unhas se cravaram na minha pele.

Porra, que delícia!

— Mais! — exigiu ela, movendo os quadris contra os meus.

Nossa, eu já estava a ponto de gozar. Nossos quadris começaram a se mover em conjunto, sem controle. Ambos queríamos *muito* aquela liberação; precisávamos dela; ansiávamos por aquele lembrete de como éramos poderosos quando estávamos juntos; de como tudo era perfeito.

Já que a casa à nossa volta estava cheia de barulhos altos, não nos contivemos. Gememos e soltamos a voz, aproveitando por completo a explosão iminente. Anna gritou com tanta força no instante em que gozou que os meus ouvidos tilintaram. Então eu senti quando ela se apertou com mais força em torno do meu pau e não consegui me segurar mais.

— Caraca, Deus, sim, Anna. Porra, porra, porra...

O mundo pareceu se evaporar quando a melhor sensação do mundo me percorreu por dentro.

Caralho, eu adorava aquilo...

Quando ficamos esgotados e largados, Anna voltou a respirar de forma baixa e suave, de um jeito que eu sabia que iria virar um leve ressonar em breve. Acho que ela realmente estava cansada. Sem sacudi-la muito, removi meu pau de dentro dela bem devagar. Então peguei uma toalha que vi ao lado, só para o caso de meu sêmen impressionante ser demais para ela. Peguei um cobertor e o coloquei sobre ela, para que não sentisse frio. Ela sorriu de leve, mas não se mexeu.

Boa noite, amor. Eu venho acordá-la quando estiver na hora de sair.

★ ★ ★

Nunca pensei que iria demorar três horas para aprontar uma bebê com dois meses de idade, mas foi o tempo que levou. Claro que minha mãe e eu fomos interrompidos por cada pessoa que passava. Todos queriam segurar Onnika no colo, brincar de esconder a cara com ela e pedir que ela repetisse caretas. Merdas desse tipo. Isso foi muito irritante, pois já estávamos em cima da hora. Eu me sentia como Matt sempre que pedia a alguém para devolvê-la, a fim de podermos arrumá-la. Senti que precisava de um cochilo no instante em que ela ficou pronta.

Mamãe avisou para que eu me acostumasse com isso.

— Meninas levam tempo para se arrumar. As mais velhas demoram mais ainda. — Eu já sabia disso. Anna demorava uma eternidade para se aprontar. Mas sempre valia a pena esperar. Parecia uma tremenda supermodel quando finalmente aparecia.

Depois de arrumar Onnika, tínhamos de aprontar Gibson, que precisou de quase tanto tempo quanto sua irmã para ficar pronta, já que eu não podia deixá-la sair de casa sem rabos de cavalo perfeitamente simétricos. Quando as duas ficaram prontas para sair, já estávamos mais que atrasados. Como um comandante chamando as tropas para uma batalha, empurrei as pessoas para dentro dos carros.

A igreja que Anna escolhera para a cerimônia ficava em Tacoma. Por que será que ela teve de escolher um lugar tão distante, quando Seattle tinha um monte de igrejas decentes e próximas de casa? Eu nunca iria entender. Ela me explicou que gostava da arquitetura. Então, tá...

Anna navegava na internet pelo celular enquanto eu dirigia. Eu já estava prestes a lhe perguntar quanto estava o jogo de futebol quando ela começou a rir sozinha.

— O que foi? — perguntei. — Achou alguma coisa a meu respeito? — O incidente Hand Solo tinha sido quase esquecido, mas às vezes reaparecia.

— Achei. Quer dizer... mais ou menos. — Ela virou a tela para mim, mas não dava para ler ao volante. — Algumas fãs lançaram uma campanha. Querem que troquemos o nome de Onnika.

Fiquei chocado. Com tantas coisas para fazer campanha a meu favor, era *isso* que importava?

— Qual é?! Eu adoro o nome Onnika. Que nome elas acham que ficaria melhor? Anna franziu os lábios e eu percebi que ela não queria me dizer.

— Que foi? — perguntei, sentindo uma sensação de incômodo.

— Ahn... Elas... elas querem que nós troquemos o nome de nossa filha para Kellan... mas com *Y* em vez de *A*. Engraçado, não é?

Engraçado? Não, não era engraçado *porra nenhuma*! Era simplesmente irritante ao extremo.

Fiquei tão irritado que quase pisei no freio e parei no meio da estrada.

— Elas querem que a gente faça o quê? Por que diabos eu iria batizar a minha filha com o nome de um dos componentes da banda? Kellyn? Elas só podem estar de sacanagem comigo. Malditas adoradoras da porra do Kellan Kyle!

Gibson começou a rir. Em seguida, orgulhosamente declarou:

— Porra!

Anna ergueu uma sobrancelha para mim.

— Se ela repetir isso na igreja, é você quem vai explicar onde ela ouviu.

Balancei a cabeça.

— Ninguém vai perguntar onde ela ouviu… — Anna riu, mas eu estava realmente revoltado. — Dá para acreditar que alguém fez um abaixo-assinado para mudarmos o nome da nossa filha? Em uma homenagem a Kellan? — perguntei, incrédulo e furioso ao mesmo tempo.

Anna não parecia tão perturbada quanto eu. Continuava calma e relaxada depois do sexo no closet. Eu preferia que ela estivesse revoltada também. Acho que eu deveria ser mais cuidadoso com *meus* superpoderes. Às vezes eu não conhecia minha própria força.

— Não é nada de mais, Griffin — disse ela, com um suspiro do tipo "Por favor, se acalme". — Provavelmente existem abaixo-assinados com o nome dos outros também. Talvez Mattlyn ou Evanlyn. Na verdade, Evanlyn até que ficaria bonitinho…

Com um gemido de frustração, pisei mais fundo no acelerador. Piada ou não, acho que não deveria haver abaixo-assinado *algum* para rebatizar minha filha. A não ser que o nome escolhido fosse Griffilyn. Isso, eu conseguiria entender.

Eu estava de mau humor quando chegamos à igreja. As fãs que queriam mudar o nome da minha filha tinham me deixado puto, mas a coisa era mais profunda que isso. Como se ele fosse a porra da lua no céu, as marés iam e voltavam sob o poder de Kellan Kyle, e eu estava cansado disso.

As torres da igreja pareciam escuras e sinistras contra as nuvens cinzentas que pairavam muito baixo no céu. Tudo aquilo combinava com o meu humor. Torci para que chovesse. De preferência, uma chuva de granizo. Assim, a minha revolta seria devidamente retratada. O estacionamento estava cercado quando chegamos; Sam estava ali de pé, olhando para todos com um ar assustador e impondo respeito num terno preto e óculos escuros. Ele costumava trabalhar como segurança no Pete's Bar, mas agora era o guarda-costas pessoal de Kellan e Kiera. Levava o seu trabalho muito a sério e observava o espaço com olhos de águia, sempre alerta, para manter a ralé longe. Eu esperava que ele abrisse a cancela no instante em que avistasse a minha Hummer, mas ele continuou parado ali com os braços volumosos cruzados sobre o peito e o rosto inexpressivo.

Parando ao lado dele, abri a janela. Antes de eu ter a chance de falar, ele ergueu a mão.

— Sinto muito, senhor, mas esta é uma cerimônia privada. O senhor terá que voltar no próximo domingo.

Meus olhos se estreitaram.

— Eu sei que é, seu babaca. É a *minha* cerimônia.

Removendo os óculos de sol desnecessários, ele olhou para o meu rosto com atenção.

— Não, me desculpe, senhor. A cerimônia é para uma menina de dois meses de idade, e o senhor não combina com essa descrição. Precisa se retirar, por favor.

Eu estava prestes a colocar a mão para fora e arrancar aquele sorrisinho do rosto dele, mas Anna falou antes de mim.

— Olá, Sam. Hoje não é o melhor momento para brincadeiras. Ele está num daqueles dias.

Sam olhou para ela, assentiu com a cabeça e suspirou.

— Tudo bem, pode acabar com a minha diversão.

Ele se virou para abrir a cancela e eu fiz um gesto feio com o dedo médio.

— Babaca! — gritei.

Anna colocou a mão de forma reconfortante na minha coxa. Isso me acalmou. Um pouco. Um boquete teria sido melhor.

— Ele estava só brincando, Griffin. Relaxa, querido.

Eu bem que tentei, mas meu humor estava azedo e nada menos que um orgasmo conseguiria consertá-lo.

O estacionamento era grande, mas não havia vaga perto da porta da frente. Xingando baixinho, estacionei nos fundos. O resto da minha comitiva parou ao meu lado, e Anna pegou Onnika enquanto eu cuidava de Gibson. Eu a tinha vestido com uma saia xadrez, legging branca e uma blusa branca com um coração vermelho pintado. Linda pra cacete! Eu poderia vestir crianças e fazer disso uma profissão, se isso não fosse algo tão esquisito.

Minha família saiu dos carros e o enxame que nós formávamos se dirigiu para a igreja de pedra escura. Assim que avistaram minhas filhas, eles as roubaram de nós. Eu nem reparei em quem as levou embora, só sei que elas sumiram. Grupos exclamando "ohhs" e "ahhs" apontavam para onde estávamos, e eu tive rápidos vislumbres da saia xadrez de Gibson enquanto ela girava em círculos. Finalmente tinha conseguido um grupo de pessoas que prestavam atenção só nela; o período de adaptação de Gibby com a nova bebê não estava indo tão bem quanto Anna e eu imaginamos que seria. Tínhamos contado como certo que Gibson veria Onnika como uma boneca com quem ela poderia brincar vinte e quatro horas por dia, sete dias por semana. Até agora, porém, tudo que Gibson tinha enxergado era uma rival. De quem, por sinal, ela queria se livrar. Estava se sentindo no céu naquele momento, agora que tinha todos os holofotes de volta nela, pelo menos por algum tempo. Quando caminhava na direção deles, vi Matt sacudir a cabeça e colocar na mão de Evan uma nota de dez dólares. Com um suspiro, ele disse a Evan:

— Puxa... Pensei que fosse ganhar essa aposta na maior moleza.

Curioso com o que Matt achou que *estivesse* no papo, perguntei:

— Que aposta você perdeu?

Matt sorriu.

— Eu apostei que você seria incinerado e viraria cinzas no instante em que colocasse os pés em solo sagrado, mas aqui está você... sem queimadura alguma.

— Engraçadinho — murmurei, sem entrar no clima da piada.

Olhando em volta, vi Kiera e Abby conversando; Abby parecia estar ouvindo só metade do que sua cliente dizia, enquanto mirava Onnika, aninhada em seus braços. Denny e Abby eram os agentes de Kiera em sua carreira de escritora, e também eram agentes dos D-Bags. Só tinham esses dois clientes, por enquanto. Eu tinha certeza de que iriam expandir suas atividades um dia, quando se cansassem do trabalho diário em uma famosa agência de publicidade.

Atrás deles, Anna conversava com o pai, enquanto a mãe se ocupava com Gibson, que dançava diante dela. Quando me virei para entrar na igreja, ouvi Matt dizer a Evan:

— Ei, o dobro ou nada como ele vai pegar fogo no momento em que colocar o pé *dentro* da igreja.

Com o canto do olho, vi Evan encolher os ombros.

— Tudo bem, eu aceito. Por que não?

Virando a cabeça, olhei para cada um deles e afirmei, lentamente:

— Vocês são dois idiotas.

Evan franziu a testa e olhou para Matt.

— Acho que vou perder essa.

Quando pisei na igreja, imediatamente ouvi o gemido de Matt. Olhando para trás, o vi murmurar alguma coisa enquanto entregava mais dinheiro a Evan. Só para reforçar sua perda, fiquei bem debaixo do portal da igreja e usei os pés para manter as pesadas portas abertas enquanto erguia o dedo médio das duas mãos para ambos.

Incinerem isso aqui, seus imbecis.

Foi quando notei que o pai de Anna me observava. Baixando as mãos, lancei na direção dele um fraco cumprimento com o queixo. Tentando ser o genro educado, bem-comportado e obediente que Kellan era, perguntei:

— Como vão as coisas, sr. Allen?

Veja como eu sou tão legal e amigável como Kyle.

Em vez de me responder, Martin revirou os olhos e lançou para a sua filha um olhar que dizia claramente: "Por que você fez isso comigo?".

Eu me virei de costas, ignorei-o e entrei na igreja. Bem que eu tentei, mas as chances de ver aquele homem ser amigável comigo eram quase nulas. Bem, azar o dele. As portas se fecharam atrás de mim com um barulho surdo e as pessoas dentro do espaço silencioso se viraram para olhar. Apontei com o dedo como se fosse uma arma para algumas das mulheres mais próximas e vi alguns amigos e familiares. Denny e Kellan conversavam lá na frente; Liam, algumas fileiras atrás, parecia estar de ouvidos atentos ao que eles diziam.

O rosto de Liam estava vermelho quando me aproximei dele; não o via tão empolgado há muito tempo. Talvez tivesse acabado de descobrir que conseguira aquele tal contrato. Se era isso, eu não tinha tempo para ouvir detalhes. Ele abriu a boca e eu percebi que ia começar a se gabar da oportunidade recém-conquistada. Levantei as mãos para impedi-lo.

— Mais tarde a gente conversa. Tenho que cuidar dessa cerimônia.

Passando por Liam, vi o pastor que iria realizar o batizado e fui direto até onde ele estava. Era hora de tocar o sino, bater o gongo, tocar o órgão, ou sei lá o que eles faziam para anunciar o início do serviço. O homem mais velho sorriu quando viu minha aproximação. Anna e eu já o tínhamos encontrado algumas vezes, a fim de preparar a cerimônia. Ele era legal. Gostava de dar broncas nas pessoas, mas era legal.

— Boa tarde, Griffin — cumprimentou ele, alisando uma estola roxa no pescoço.

— Yo, Papa, padre ou… o que seja. Podemos começar?

Ele parecia prestes a me corrigir, me dar uma bronca ou dar início a uma ladainha de quatro horas sobre os erros do meu comportamento. Em vez disso, porém, fechou a boca, sorriu e acenou com a cabeça.

— Sim, está tudo pronto para começarmos. Vou pedir a todos que terminem de se instalar.

Ao observá-lo seguindo em direção às portas, o meu olhar passou por Denny e Kellan. Kellan tinha uma expressão estranha em seu rosto; parecia pensativo, como se refletisse sobre todas as dificuldades em sua vida. Eu tinha certeza de que fosse qual fosse a fonte de sua preocupação, não era um problema tão grande.

Ah, não! As mulheres têm obsessão por mim, os meios de comunicação me amam, tudo que eu digo ou faço é elogiado por todo mundo.

Sim, vida muito dura a sua, Kell.

Ignorando-os, encontrei um banco duro na minha frente e me sentei. Deus, como eu estava cansado! Aquele tinha sido um daqueles dias superlongos, exaustivos, e parecia que eu não tinha conseguido fazer nada. Anna talvez tivesse razão sobre o caos em nossa casa. Talvez fosse demais. Um pouco de paz me pareceu uma ideia fabulosa. Um cochilo também. Certamente ninguém se importaria se eu cochilasse durante a cerimônia.

Fechei os olhos só para descansá-los e ouvi as pessoas ainda entrando na igreja e procurando um lugar para sentar. Reconheci o perfume de Anna quando ela se sentou ao meu lado. Kiera devia estar com ela, porque eu a ouvi dizendo:

— Eu ainda fico chocada ao ver você batizando suas filhas.

Anna deu uma risada gutural.

— Pois não deveria. Você conhece o pai delas. As pobrezinhas precisam de toda a ajuda que puderem conseguir.

Abrindo de leve os olhos, lancei para minha mulher um olhar duro, mas logo dei de ombros. Anna tinha toda a razão. Onnika estava com ela novamente e olhava para mim com uma expressão intensa, como se tentasse comunicar a mim quanto era impressionante ser um fruto da minha semente. Ou isso, ou tentava fazer cocô. Kellan se sentou ao lado de Kiera. Curiosamente, ele carregava a mesma expressão no rosto. Se estava com vontade de cagar, pensei em lhe sugerir que esperasse para fazer isso depois da cerimônia. Se a multidão em volta ia cheirar o cocô de alguém, devia ser o da minha filha.

Kiera estendeu a mão para pegar a dele, e Kellan lhe exibiu um sorriso curto. Enquanto eu os observava, Matt se sentou atrás de mim. Inclinando-se por sobre o banco, murmurou:

— Ei, vamos nos encontrar para trabalhar no novo álbum depois do batizado. Já passamos do meio do caminho na produção, e se continuarmos a nos esforçar nisso poderemos terminá-lo no mês que vem. Então vamos poder dar início à divulgação.

Isso me fez gemer. Eu não queria trabalhar no disco naquele dia. Tinha uma casa cheia de gente, uma esposa cansada, uma filha que provavelmente tramava a morte da própria irmã e uma recém-nascida que precisava de mim. Estava supercansado e sem a mínima vontade de ensaiar canções nas quais minha "participação criativa era zero". Irritado, reclamei do último comentário que ele fizera.

— Por que nós temos de fazer essas merdas promocionais? Não é para isso que entregamos a Denny metade do nosso dinheiro?

Matt bufou e fez um comentário na linha do "não lhe pagamos tanto assim", mas Denny passou por acaso diante de nós e foi se sentar do outro lado de Kellan, então eu cortei a explicação de Matt sobre o que Denny já tinha feito por nós.

Denny tinha um olhar estranho no rosto que combinava com o de Kellan. Deu um aperto simpático no ombro de Kellan e disse:

— Você deve pensar um pouco mais sobre aquele assunto. Sei que é uma mudança difícil, mas acho que poderia ser benéfico para todos nós, a longo prazo.

Isso chamou minha atenção. Eu já tinha embalado todas as minhas tralhas e me mudado de cidade uma vez por causa de Kellan. Não ficaria muito empolgado com a ideia de tornar a fazer isso, a não ser que o motivo fosse muito bom... bom de verdade. Inclinando-me um pouco para a frente, olhei para além de Anna, Kiera e Kellan, para perguntar a Denny:

— Kellan vai se mudar? – Olhei para ele. – Para onde você vai?

A igreja tinha começado a se aquietar depois de todos encontrarem lugar para sentar. Eu vagamente notei que o pastor fora para o centro do palco e começara seu discurso de introdução, mas me desliguei dele. Se Kellan pretendia perturbar nossa unidade, eu precisava saber. Os ensaios seriam uma bosta se eu tivesse que voar para outra cidade a cada sessão. E, conhecendo Kellan, ele provavelmente iria pegar sua família e se mudar para algum lugar ainda mais remoto. Dakota do Norte, Dakota do Sul ou algo assim.

Kellan balançou a cabeça e fez sinal para eu falar mais baixo. Eu não queria cochichar, por isso tornei a perguntar:

— Para onde você vai? O que está acontecendo?

Kellan suspirou e isso me irritou ainda mais. Foi um suspiro do tipo "Você não entenderia, então eu não vou nem me dar ao trabalho de explicar". Eu vivia recebendo suspiros desse tipo.

— Mais tarde — sussurrou ele.

Alguém me cutucou nas costelas. Olhei quem era e vi Liam sentado junto de mim, do outro lado. Ele sorria tão abertamente que me pareceu que suas bochechas iriam rachar.

— Eu sei para onde ele está indo.

— Para onde? — perguntei, duvidando que Liam soubesse de alguma coisa.

Ouvi Denny e Kellan dizerem, ao mesmo tempo, algo como "Espere, nós podemos explicar", mas, antes de conseguirem falar alguma coisa, Liam anunciou, com toda a calma do mundo:

— Kellan acabou de receber uma proposta para seguir carreira solo. Você não será mais necessário, mano. — Foi seu sorriso de satisfação que me fez explodir. Talvez tenha sido a minha exaustão, ou o cansaço de ser sempre preterido pelos caras, pelas fãs, por todo mundo. E agora eles simplesmente pretendiam me deixar de fora nesse lance?

Nem por um cacete.

Assim que ouvi o pastor pedir a todos que inclinassem a cabeça em oração, eu me voltei para Kellan e Denny, e desabafei:

— Que porra é essa, Kellan!?

BEM QUE VOCÊ QUERIA SER TÃO IMPRESSIONANTE QUANTO EU

De algum modo, Anna conseguiu me acalmar o suficiente para terminarmos a cerimônia, mas eu fiquei soltando fumaça pelo ouvido o tempo todo. Quem diabos Kellan achava que era para nos descartar quando lhe dava na telha? Nós éramos os D-Bags, e não os Kellan Kyle-Bags.

No segundo exato em que a cerimônia acabou, peguei Kellan pelo cotovelo e o arrastei para fora. A coisa poderia ficar feia e o pastor já me seguia com olhar maligno por eu ter falado palavrão na igreja dele. Uma multidão nos seguiu até o estacionamento, mas eu não me importei. Não tinha nada a esconder ali. Kellan é que enganara todos ao aceitar ofertas unilaterais que não levavam em conta a fundação sobre a qual tínhamos construído a história da banda. Ele não seria nada sem nós, e sabia bem disso.

Soltando-lhe o braço, dei-lhe um cutucão no peito. Torci para ele apreciar meu autocontrole, já que o que eu queria de verdade era dar um soco na sua cara.

— Que porra está acontecendo aqui, Kellan? Você nos jogou para escanteio? Pensa que está no pedestal mais alto e é todo-poderoso agora, né? O que levou você a ir tão longe? — Cutuquei seu peito mais uma vez, para enfatizar as palavras.

O rosto de Kellan pareceu confuso quando ele bateu na minha mão para afastá-la.

— Não é o que você está pensando, então acalme-se.

— Eu estou perfeitamente calmo, caralho! — gritei.

Denny e os caras já tinham se juntado a nós, a essa altura. Evan e Matt pareciam confusos; Denny estava com cara de professor diante de alunos indisciplinados. Seus olhos escuros se fixaram nos meus.

— Se você parar de gritar, eu posso explicar a oferta que foi feita. Uma oferta que Kellan rejeitou, por sinal.

Suas palavras perfuraram meu véu de raiva.

— Rejeitou? — perguntei a Denny.

Ele balançou a cabeça para frente e em seguida olhou para a multidão de amigos e parentes que assistiam à comoção com indisfarçável interesse.

— Que tal levarmos esse papo em um lugar mais privado? — sugeriu Denny.

Analisando a multidão que nos observava, troquei olhares com Anna. Ela exibia a mesma expressão de pânico que mostrara na última vez que eu desabafara minhas frustrações com a banda. Ela não queria que nós brigássemos. Eu também não, mas porra... tudo tinha um limite! Olhando para Denny e Kellan, balancei a cabeça na direção do meu carro.

— Vamos para o meu escritório.

Denny e Kellan trocaram um olhar; em seguida, Kellan fez sinal para Evan e Matt. Era melhor ele conversar com todos nós juntos, já que sua traição também os envolvia. Quando nos movimentamos em direção ao Hummer, a multidão se deslocou para nos seguir. Kellan olhou em volta e viu seu guarda-costas.

— Sam, precisamos ficar um minuto a sós.

O gigante assentiu e imediatamente entrou em modo "leão de chácara".

— Todo mundo vai ficar aqui! — gritou, posicionando-se na frente da multidão. Cruzando os braços sobre o peito, acrescentou: — Não pensem que não vou arrebentar a cabeça de vocês só porque são parentes. — Um dos meus primos riu e deu um passo à frente. Os olhos de Sam imediatamente zeraram nele. — Vou começar com você, seu babaca. Fique onde está!

Enquanto Sam encurralava meus parentes, saí dali com os caras. Quando estávamos todos instalados dentro do carro, me preparei para soltar os cachorros em Kellan. Ele colocou as mãos para cima e me interrompeu antes que eu pudesse dizer algo além de "que merda...?".

— Eu não pedi nada, simplesmente me apresentaram uma oferta. — Kellan estava sentado no centro do banco traseiro, com Matt e Evan de cada lado. Olhando para os dois, repetiu: — Foram eles que me procuraram e eu já disse "não".

As sobrancelhas de Matt se uniram.

— Quem procurou você? Oferecendo o quê?

Kellan olhou para Denny no banco da frente, com uma expressão que claramente dizia *Socorro!*. Denny respondeu em seu tom de voz estilo *eu sou o chefe*, o mesmo que usava em seu trabalho diário. Só que ele não era chefe de nenhum de nós ali.

— Os produtores do próximo filme da franquia Battle Robots convidaram Kellan para gravar uma das canções da trilha do filme.

Por um segundo, o meu único pensamento foi:

Caralho! Vai haver mais um filme dos Battle Robots? Que máximo! Adoro essa série.

Mas em seguida Denny continuou falando e minha opinião sobre a série se alterou.

— Mas eles só queriam Kellan — disse Denny, com a voz solene. — Era uma apresentação avulsa e única que teria colocado os D-Bags no centro das atenções durante o próximo verão… se Kellan tivesse dito que sim. Só que, como eu acabei de informar a vocês, ele rejeitou a oferta.

Pelo olhar que Denny lançou para Kellan, ficou claro que ele considerava Kellan um idiota por dizer não à proposta. Uma parte de mim concordou com isso, mas logo os sentimentos mais fortes prevaleceram; eu me sentia desprezado demais para permitir que um simples pensamento racional conseguisse penetrar.

— Por que diabos eles não querem todos nós na trilha? Por que apenas Kellan?

Denny pareceu desconfortável e não olhou diretamente para mim. Então, com um suspiro, fez contato visual.

— Eles disseram que… Kellan era o talentoso do grupo. Obviamente isso é apenas uma opinião, vocês todos são valiosos para a banda.

Matt e Evan pareceram chateados, mas eu fui claramente o único que se mostrou indignado de verdade.

— Foda-se essa merda! Kellan é apenas um dos componentes da banda. Não seria o rei do universo sem *nós*. Na verdade, se ele embarcar num projeto solo, provavelmente vai se dar mal, porque não estaremos todos envolvidos. O Kellan pode ser o D, mas nós somos os bags.

Exatamente no mesmo instante, todos se viraram para mim com olhos arregalados.

— Que foi? — perguntei, ainda revoltado.

Matt balançou a cabeça, como se estivesse limpando as ideias. Evan se virou para o outro lado e Denny parecia estar planejando seu próximo discurso. Kellan foi o único que me respondeu.

— Eu não sou o rei do universo, e sei que nosso trabalho é um esforço de equipe, Griff. Foi por isso que eu disse não.

A expressão de Kellan ficou mais dura quando ele continuou a falar.

— Fiz algumas coisas para essa banda das quais não me orgulho; fiz só por uma questão de *equipe*, então não se atreva a tentar me transformar no vilão dessa história. Eu recusei, não vou fazer o que me ofereceram, fim de papo. — Parecendo irritado, olhou para Evan e depois para Matt. — Alguém me deixe sair do carro. Estou com o saco cheio de conversar com esse idiota.

Matt e Evan abriram suas portas simultaneamente e saíram. Kellan saiu pela porta de Evan e a bateu com força. Foi embora dali quase correndo e Evan o seguiu. Ainda processando tudo que tinha sido dito, Matt fechou a porta do carro e se afastou.

Quando os rapazes estavam fora de vista, Denny deixou escapar um longo suspiro.

— O que foi? — murmurei, ainda sentado em meu lugar.

– Alguém já falou com você sobre diplomacia? – quis saber Denny.

– Não. Eu não sou a porra de um político.

Ele tornou a suspirar.

– Estou só dizendo que existem maneiras de falar com as pessoas que produzem melhores resultados do que insultos, palavrões e deboche. – Ele colocou a mão no meu ombro. – Você poderia tentar usar palavras melhores, um dia desses – completou, com a voz condescendente.

Tirando a mão dele do meu ombro, estendi o dedo médio.

– Isso está melhor para você? Se não estiver, tenho um maior ainda. – Coloquei a mão em torno do espaço entre as minhas pernas e sacudi com força.

Denny balançou a cabeça e abriu a porta do carro.

– Foi agradável conversar com você, Griffin. Um deleite, como sempre.

– Sim, eu sei – repliquei, quando ele bateu a porta.

Sozinho com meus pensamentos, comecei a cozinhar lentamente a minha raiva. Foda-se, Kellan! Foda-se, Denny! Fodam-se os D-Bags! Eu estava ficando terrivelmente farto de todos eles.

Anna se juntou a mim enquanto eu ainda remoía minha raiva dentro do carro.

– Você está bem? – quis saber. – As coisas entre você e Kellan me pareceram meio… tensas. – Suas sobrancelhas se uniram de preocupação e ela analisou meu rosto como se procurasse marcas roxas. Até parecia que eu tinha saído na porrada com os caras, ou algo assim.

Reparar em sua expressão tão preocupada fez com que, subitamente, o peso da discussão desabasse em mim. Senti como se uma tonelada de tijolos comprimisse o meu peito. Não gostei do caminho escuro que meus pensamentos tomavam e perguntei a Anna:

– Onde estão as meninas?

– Minha mãe está com elas. Achei que você poderia querer falar comigo sobre o que aconteceu. Vai me contar o que está se passando? – Colocou a mão na minha coxa e começou a me apertar como uma gata que flexionava as garras. Eu sabia que a intenção do seu toque era demonstrar solidariedade, mas a mim pareceu apenas um sinal de nervosismo, como se ela tivesse a certeza de que seu mundo estava prestes a se estilhaçar graças a mim. Logicamente, eu sabia que não iria fazer isso. Eu só precisava ficar ali sozinho curtindo a minha revolta por algum tempo. Franzindo o cenho, expliquei a ela:

– É só… mais do mesmo. Kellan está monopolizando toda a glória e eu continuo sendo empurrado para o fundo do palco. Ele é o talento da banda porra nenhuma! Sabe de uma coisa, amor?… Considerando o egoísmo de Kellan, a cabeça dura de Matt e a indiferença de Evan… eu não sei que diabos ainda estou fazendo com eles. – Fiquei um pouco surpreso por dizer isso em voz alta; por finalmente ter admitido a verdade para minha mulher com toda a franqueza, mas, quanto mais tempo o sentimento permanecia no ar, mais certo tudo aquilo me parecia.

Anna claramente não concordou com isso. Seu rosto assumiu uma alarmante palidez e sua mão apertou minha coxa com tanta força que eu quase senti uma contusão se formando.

– O que você está me dizendo, Griff? – Sua voz estava trêmula, como se ela estivesse à beira de perder o controle. Parecia estressada com aquela conversa; com todos os problemas que enfrentava, com minha família e uma bebê nova em casa, acabei me sentindo meio idiota por aumentar suas dificuldades. Eu sabia que ela considerava a banda uma espécie de família e queria que eu engolisse tudo para podermos continuar todos felizes. Mas não estávamos; não estávamos *mesmo*. Matt, Evan e Kellan estavam felizes, mas eu me sentia preso. Só que não havia nada que eu pudesse fazer a respeito disso. Nada além de reclamar, e isso não estava me levando a lugar algum.

A expressão em seus olhos fez meu estômago se retorcer em um nó, e eu senti como se Sam estivesse me esmagando a garganta com a mão poderosa. Só que... ficar preso a uma rotina da qual não conseguia sair me pareceu pior. Será que ela ficaria comigo se eu saltasse fora daquele barco? Eu não sabia ao certo e isso me assustou muito. Querendo ser honesto, eu disse a ela, com toda a calma que consegui reunir:

– Eu não sei o que estou querendo dizer, Anna. Simplesmente não sei.

Ela começou a bater no meu joelho e balançar a cabeça para frente de forma quase obsessiva.

– Está bem. Nós vamos conseguir chegar a algum lugar juntos. Só não... não faça nada precipitado. Não sem falar comigo primeiro, ok?

Como não havia nada que eu pudesse fazer no momento, concordei com a cabeça. O rosto de Anna imediatamente se iluminou, o que me fez sentir um pouco melhor. Pelo menos um de nós estava feliz. E isso teria de ser suficiente. Só que, no instante em que eu pensava nisso, entendi que a felicidade dela não seria o suficiente para segurar minha onda para sempre. Algo precisaria mudar.

★ ★ ★

Eu não fui ao ensaio com os caras naquela noite. Fodam-se todos! Fiquei esperando uma ligação deles, fervendo de raiva, mas ela não veio. Nenhum contato. Acho que todos nós necessitávamos de um tempo longe uns dos outros.

Quanto a Anna, ela precisava de um descanso pelo caos que havia em casa, e foi por isso que marcou uma saída; resolveu passar uma noite fora com alguns ex-colegas do Hooters. Ela estava a caminho de assumir a gerência de toda a cadeia de lojas quando resolvemos morar juntos. Só que, com a grana que eu estava ganhando, o salário dela simplesmente não valia a pena, nem o tempo gasto e o esforço empregado. Fazia mais sentido ela ficar em casa com as crianças. Acho que às vezes ela sentia falta do trabalho. A independência de ter sua própria renda, a interação com outros adultos, os homens que a olhavam com cobiça; mas, como eu fazia isso o tempo todo, a falta dos olhares dos outros não deveria ser um grande problema.

Mas ela me pareceu hesitante em me deixar em casa sozinho, sabendo como estava o meu estado de espírito.

— Posso remarcar se você quiser que eu fique em casa hoje à noite para conversarmos um pouco mais. Por mim, tudo bem.

Eu sabia que isso não seria cem por cento bem. Anna andava cada vez mais louca da vida em casa, especialmente com a minha família lá. Queria uma pausa de tudo aquilo. Merecia isso. Quanto a mim… eu na verdade não estava a fim de conversar.

— Não, estou numa boa, está tudo bem. Vá se divertir, você precisa disso.

Com um sorriso tão sexy que merecia estar em todos os cartazes da cidade, ela beijou meu rosto.

— Você é o máximo. Não vou demorar, prometo. — Poucos minutos depois, ela saiu; curiosamente, sem a presença dela perto de mim, meu humor tornou a escurecer, como se o sol tivesse acabado de desaparecer no poente.

Minha família estava a fim de jogar conversa fora, mas eu ignorei todo mundo e fui para o meu quarto curtir o mau humor. Pegando uma bola de tênis, fiquei sentado no chão junto do pé da cama e brinquei de um jogo que eu gostava de chamar *Socar um Kellan Imaginário no Nariz*.

Jogar a bola repetidas vezes contra a parede, observando-a saltar no chão para em seguida recolhê-la, era uma atividade calmante para mim. Depois de algum tempo eu parei de imaginar a cara de Kellan estampada na parede — o rosto que, por algum motivo, que me escapava à compreensão deixava as garotas totalmente enlouquecidas. Acabei me acalmando e o meu humor foi melhorando aos poucos enquanto minha mente se entorpecia, até que ouvi uma batida de leve na porta e disse, automaticamente:

— Entre!

Quando a porta se abriu, esperei ver alguém segurando uma das minhas meninas com um olhar exasperado que dizia "por favor, fique com ela um pouco". Em vez disso, porém, era Chelsey quem estava na porta. Ela me deu um aceno de leve e eu retomei minha rotina apaziguadora.

Deslizando no chão ao meu lado, ela disse lentamente:

— E aí, tudo bem…? Dia interessante o de hoje. O que foi aquele lance com Kellan?

Pensando no comentário de Denny — que os produtores achavam que Kellan era o único componente da banda que tinha talento —, senti o estômago se retorcer mais uma vez. Quando peguei a bola, eu a apertei com tanta força que quase arrebentei uma das costuras.

— O mesmo de sempre. Sem novidades. Todo mundo acha que ele caga ouro e o resto dos componentes da banda são apenas seus dançarinos de fundo de palco. Ao menos uma vez na vida eu gostaria que as pessoas reparassem em mim, entende? Só por uma vez eu gostaria de brilhar. Eu quero... – Suspirei. – Eu só quero uma chance...

Chelsey colocou a mão no meu ombro.

— Você vai conseguir essa chance. E se não pintar... será que isso de fato importa? Ser coadjuvante na maior banda do planeta não é melhor que ser a estrela de uma banda que ninguém conhece? Fazer parte de uma banda foi tudo o que você sempre quis desde criança.

Olhei-a diretamente nos olhos por longos segundos, antes de responder.

— Não, para mim não é o suficiente ficar no banco de trás de uma grande banda. Eu quero muito ser o maior astro dessa banda. Quero o pacote completo.

Chelsey pareceu triste quando deu de ombros.

— Você conhece a fábula sobre o cão e o bife?

Eu odiava fábulas. Elas eram todas um lixo incompreensível e infantil.

— Não, não conheço, mas tenho certeza de que não se aplica à minha vida.

— Eu não teria tanta certeza disso. O cão da fábula tinha tudo, mas acabou perdendo o que tinha porque queria sempre mais. Você devia ler a história.

Com uma bufada de irritação, voltei a jogar a bola contra a parede.

— Como eu disse, isso não se aplica a mim. Eu não quero mais, quero apenas o que mereço ter, o que já deveria ter há muito tempo... – A chance de brilhar, um momento debaixo dos refletores só para mim, sem ser ofuscado pelos outros caras. Só isso. Não era pedir muito.

Chelsey suspirou, bateu no meu ombro novamente e se levantou.

— Pense bem no bife da fábula, Griffin. Ele é uma dádiva mais rara do que você imagina.

Pegando a bola, olhei para ela.

— Eu não faço a mínima ideia sobre que porra você está falando.

Ela suspirou e pareceu ter dez anos quando colocou o cabelo atrás das orelhas.

— Eu sei. E estou assustada por você, porque sinto que... quando você descobrir do que se trata, poderá ser tarde demais.

Fiquei agitado quando Chelsey saiu, e jogar a bola contra a parede com força não estava mais restaurando minha serenidade. As coisas simplesmente não pareciam se acertar como eu imaginei que fosse acontecer. Eu achava que teria meu nome sozinho em grandes cartazes luminosos a essa altura do campeonato. Só que, com uma frequência exasperante, as pessoas sequer sabiam quem eu era... pelo menos não com tanta facilidade quanto acontecia com Kellan. Bastava alguém olhar para o seu cabelo e ele era reconhecido. Quanto a mim? Eu praticamente tinha de soletrar meu nome para as pessoas saberem quem eu era.

Ah, sei! Você é aquele baixista que foi pego no flagra quando se masturbava.

Isso não me soava bem. Eu deveria ser tão grande e famoso quanto Kellan.

O abaixo-assinado das fãs querendo que eu colocasse outro nome na minha filha me provocou fisgadas na espinha, seguidas pelas palavras idiotas do produtor: "Ele é o talento da banda". Apesar de a frase ainda fazer minha pele ferver, os elogios das inúmeras fãs de Kellan continuavam me bombardeando, embaralhadas em meu cérebro e parecendo chicotadas que me deixavam cicatrizes no crânio.

Ele é tão surpreendente, tão sexy, tão bom no palco; tem uma boa voz, um corpo fantástico e coisa e tal... parece ser um marido, um pai, um amante e uma pessoa incrível...

Quanto a você... você parece bom também.

Foda-se. Eu era muito melhor do que apenas "bom", tudo aquilo era ridículo. Claro que eu poderia ter arrebentado quando Matt me ofereceu a chance de tocar como guitarrista principal, mas o que estragou a apresentação foram os meus nervos e a falta de prática. Eles nunca me deixaram tocar, como poderiam esperar que eu desse o meu melhor sem algum tempo de preparação e sem aviso? Se me dessem todas as oportunidades que deram a Matt, eu seria o máximo em pouco tempo. Puxa, eu *era* o máximo e sabia das coisas, como poderia não ser impressionante? Isso trouxe à superfície a minha maior bronca com a banda: Matt proclamando que eu nunca faria coisa alguma além de tocar baixo.

Você nunca vai se apresentar na guitarra principal.

Essas palavras ainda me deixavam puto. Eu não via razão plausível para não poder compartilhar os holofotes.

Os caras precisavam aceitar a minha grandiosidade, em vez de tentar enterrá-la ainda mais. Sei que desde a formação da banda eles tinham ficado muito ocupados me deixando em segundo plano para realmente conseguir me apreciar. Agora eu atingira o teto possível da minha fama com os D-Bags e não tinha mais para onde ir.

Porra! Eu precisava ficar bêbado, em vez de me esconder no quarto e continuar remoendo as merdas que não conseguiria mudar.

Joguei a bola dentro do closet, me levantei e peguei as chaves na minha mesinha de cabeceira. Anna provavelmente ficaria chateada quando chegasse em casa e descobrisse que eu tinha deixado nossas filhas com a minha família. Só que naquele momento eu não me importei com isso. Ela podia me pentelhar quanto quisesse mais tarde, mas eu resolvi que ia sair.

Ao entrar na sala de estar, já deu para ouvir os gritos e uivos das pessoas na piscina. Havia sempre alguém na piscina agora. Eu nunca mais tive a chance de usá-la do meu jeito preferido: peladão. Isso era uma pena, algo muito irritante. Usar sunga para tomar banho era para sujeitos frescos.

Como a energia frenética na casa estava prestes a me enlouquecer, levantei as mãos bem alto e gritei:

— Quem diabos estiver com as minhas filhas, por favor, diga a elas que eu estarei de volta daqui a poucas horas. — Eu me virei para sair, mas todos pararam de se movimentar e olharam fixamente para onde eu estava. Repensando minha declaração, girei o corpo de volta e acrescentei: — Por favor, vigiem Gibson quando ela estiver com objetos pequenos na mão, porque ela ainda gosta de provar… tudo. Não deixem que fique acordada até muito tarde, nem que coma sorvete no jantar; façam com que ela escove os dentes, vigiem essa menina quando ela estiver perto de Onnika e… deem um beijo nela por mim… ah, e em Onnika também.

Minha mãe apareceu no alto da escada com Onnika nos braços. Acenou para mim e eu soube que minhas filhas seriam bem-cuidadas. Eu tornei a me virar na mesma hora e saí. Precisava de cerveja. Quantidades industriais de cerveja.

Talvez por querer sentir um gostinho dos velhos tempos, na época em que todo mundo me conhecia, me amava e adorava; ou talvez por não saber mais para onde ir, acabei indo para o Pete's. Os rapazes e eu ainda passávamos por ali às vezes, mas geralmente era por algum motivo comercial ou promocional. O bar estava diferente agora, e isso meio que me irritou. As garçonetes eram diferentes, a banda era outra… até mesmo o luminoso da entrada era diferente. Onde havia apenas a palavra Pete's em néon discreto, agora se lia: PETE'S – A CASA DOS D-BAGS. A segunda linha era quase tão grande quanto a primeira.

Em uma noite em que eu não estivesse atrás de reminiscências sobre os velhos tempos, isso não teria me incomodado tanto. Só que naquela noite eu senti como se voltasse no tempo. Voltei à época em que Kellan e eu tínhamos a mesma importância, e eu ainda imaginava que poderia existir uma chance de eu me destacar. Ainda alimentava esperanças. Ali naquele bar eu tinha sido um deus.

Pelo menos havia uma coisa no Pete's que não havia mudado desde os bons e velhos tempos. A atendente do bar. A velha Rita ainda dava as ordens por ali, e quase deixou cair uma caneca cheia de cerveja quando me viu entrar.

— Puta merda! Os meus olhos me enganam ou é o maior D-Bag entre todos os D-Bags que está diante de mim?

Sorrindo, eu me esgueirei até o bar e me sentei no banco elevado.

— É bom pra cacete rever você, Reets.

E obrigado por não mencionar Kellan.

Com um sorriso sensual que me prometia bons momentos se eu pedisse com jeitinho, ela colocou na minha frente a cerveja que acabara de tirar. Rita era mais velha, tinha provavelmente a idade da minha mãe, mas eu ainda a comeria... ou teria comido, antes de surgir Anna. Ela exibia uma *vibe* do tipo "estou louca para resgatar a minha juventude".

Inclinando-se sobre o balcão, ela me exibiu uma visão generosa do seu decote e murmurou:

— Então, meu tesão, você está aqui sozinho ou o resto da galera também está para chegar? — Pelo brilho nos olhos quando olhou para as portas da frente, eu sabia que ela estava à espera de ver Kellan entrando no bar a qualquer momento.

Eu não conseguia escapar dele, não importava para onde fosse.

Comecei a sorver a cerveja e não parei até a bebida acabar. Soltando um poderoso arroto, bati com a caneca no balcão e limpei a minha boca.

Porra, agora sim!

Era exatamente isso que eu estava precisando.

— Deixei aqueles babacas em casa, que é o lugar onde devem ficar. E mantenha o fornecimento das cervejas. Só quero sair daqui quando mal estiver conseguindo segurar as tripas dentro da barriga.

Ela levantou uma das sobrancelhas pintadas em excesso.

— Problemas no paraíso?

— Deixe-me completamente bêbado e eu lhe conto tudo.

Balançando a cabeça, ela se virou e pegou uma garrafa de Pendleton.

— Você precisa de algo um pouco mais forte que cerveja, gato. — Pegou um copo, colocou algumas pedras de gelo nele e derramou uísque lentamente, até ficar com mais da metade do copo.

Sim, ela estava certa, eu precisava de mais. Era por isso que eu adorava ir até ali. As pessoas me compreendiam.

— Obrigado, Reets. Você é a melhor coisa deste lugar, sabia?

Ela me deu uma piscadela quando eu entornei o copo de uma vez só.

— Ah, gato, eu sei disso há muitos anos.

Enquanto tomava um gole imenso de uísque, olhei em torno do bar. Como era domingo, o lugar estava bem vazio. Apenas alguns frequentadores assíduos que... juro por Deus... apareciam ali todas as noites, em estilo "faça chuva ou faça sol". Quando eles levantaram os olhares de suas bebidas e me viram encostado no balcão, começaram a se aproximar. Em seguida eu recebi tapinhas empolgados nas costas e saudações de todos os lados. Deus, era bom estar em casa. Eu não fazia ideia do motivo de não voltar ali mais vezes.

Quando eu fui colocar os papos em dia com velhos amigos junto a uma mesa próxima do palco, um grupo de garotas que eram antigas frequentadoras entrou no bar.

Eu já estava pra lá de ligadão a essa altura, e a familiar atração que eu senti por elas e vice-versa me atingiu em cheio. As coisas eram diferentes agora, mas não tão diferentes a ponto de eu não notá-las e querer ser notado. Eu me sentia meio invisível ultimamente e precisava de um pouco de incentivo feminino para me livrar desse sentimento. Nada que fosse deixar Anna revoltada, só um pouco de... endeusamento; isso era tudo que eu queria.

Fui me sentar à mesa das garotas.

— E aí, caras damas? – gritei. Quando todas se viraram e olharam para mim, agarrei a calça entre as pernas e exibi um sorriso de satisfação. – Estão vendo algo por aí que agrada a vocês?

Todas elas me lançaram o olhar que eu adorava receber das mulheres. Uma expressão de horror, nojo e curiosidade. Se eu era tão ousado completamente vestido, o que eu faria sem roupa? Só essa curiosidade me garantiu mais garotas que eu conseguia lembrar. Só que as expressões delas logo mudaram. Uma por uma, elas olharam de mim para o palco, o altar dos D-Bags, e em seguida tornaram a me fitar. Quando caiu a ficha de quem eu era, todas começaram a gritar tão alto que todas as pessoas no bar pararam para olhar.

— Meu Deus! Você toca na banda! É um dos D-Bags!

Elas correram para mim com o rosto aceso por um interesse genuíno. Recostando-me na cadeira com um jeito largadão, levantei a mão num gesto casual.

— Sim, eu toco na banda. – *A banda dos idiotas que matam belos sonhos*, só que não mencionei isso.

Elas se lançaram em cima de mim como abutres disputando a presa. Algumas se ajoelharam para poder ficar na minha altura e uma se sentou muito à vontade no meu colo. O álcool que enchia minhas veias mostrou que realmente adorava aquilo.

Enquanto eu estava ali, embebido na agradável atenção feminina, as garotas começaram a me fazer perguntas. Quando entendi o que todas queriam saber, passei a achar sua presença menos agradável.

— Então, como funciona? Você está junto de Kellan Kyle o tempo todo?... Como ele é? Kellan é realmente tão bonito quanto parece? Alguma vez ele... sai com outras garotas além da esposa? Você poderia me dar o número do telefone dele? Será que lhe entregaria o meu? – A menina no meu colo deixou tombar a cabeça para trás com um ar dramático. – Nossa, aquele homem é lindo! Eu o deixaria fazer comigo qualquer coisa que ele quisesse... – Ela começou a correr as mãos sobre os seios, e esse momento foi o bastante para mim. Empurrei-a do meu colo e ela caiu no chão com um baque surdo.

Todas as suas amigas soltaram suspiros de susto, enquanto os rapazes em volta caíram na gargalhada. A garota que eu tinha jogado no chão me fitou longamente, com olhos que certamente tentavam canalizar todo o espírito do mal que existe no planeta.

— Que porra é essa? Seu babaca!

Como eu não estava no clima, ergui a mão e declarei:

— Guarde sua indignação para alguém que não esteja cagando e andando pra você.

Levantando-se, ela limpou a saia curta com a mão. Suas amigas se juntaram ao redor dela como se formassem um escudo. Um escudo de indignação.

— Você pode ser famoso e tudo o mais, mas não passa de um idiota tão babaca quanto qualquer um que anda por aí.

— Exceto Kellan, certo? Você ainda quer que eu informe a ele o seu telefone? — Ela hesitou, como se realmente achasse que eu iria fazer isso por ela.

Como não queria mais nada com aquelas garotas baba-ovo do Kellan, eu me virei para sair dali, exibi uma risada cruel e informei:

— Não se preocupe, eu vou pegar o seu telefone, que deve estar na porta do banheiro. — Ri de deboche. — Pode ir embora agora.

Algo pesado me atingiu na parte de trás da cabeça; olhando para trás, vi a garota segurando a bolsa contra o peito e tremendo de raiva. Ela tinha me batido com a bolsa? Isso era novidade.

— Você é um grandessíssimo babaca e eu vou contar isso para todo mundo.

Dei de ombros, tornei a me virar e a ignorei. Ela poderia tentar, mas ninguém lá fora me conhecia, mesmo. Até o meu breve momento de fama como Hand Solo tinha sido esquecido. Eu desaparecera do mundo debaixo da sombra gigantesca de Kellan, onde eu estava destinado a ficar para sempre. E que se fodesse a minha vida!

Muitos frequentadores regulares foram para casa, mas eu fiquei. Resolvi que seria o último a sair naquela noite; não fazia aquilo havia muito tempo. Estava bêbado, largado e desleixado. À medida que a noite avançava, meu celular tocou com cada vez mais frequência, mas eu o ignorei. Não queria lidar com as obrigações agora, só queria ficar chapadão.

Horas mais tarde eu estava sozinho à minha mesa, oscilando entre a vontade de vomitar e de apagar de vez, quando um cara que eu não conhecia se sentou perto de mim. Vestia terno e gravata, parecia deslocado naquele ambiente. Tentei mandá-lo se foder, mas tudo que saiu da minha boca foi um grunhido estranho. Se eu vomitasse nos seus sapatos, talvez ele captasse a mensagem.

Com um sorriso cintilante demais para tão tarde da noite, ele estendeu a mão por cima da mesa.

— Oi! Meu nome é Harold Berk. Você é Griffin Hancock, certo?

Olhei para os dedos estendidos na minha direção, mas não os toquei. Quando ele sacou que eu não era o tipo de cara que troca apertos de mão, recolheu o braço.

— Sim, sou eu mesmo. Quem quer saber?

Suas sobrancelhas se juntaram num ar de concentração, e eu sabia que as minhas palavras tinham saído de forma tão pastosa que era como se eu estivesse falando em outra língua. Mesmo assim, eu não repeti a frase.

Deixe que ele adivinhe.

— Ahn... Como eu disse, meu nome é Harold Berk. Eu represento uma produtora... Os Estúdios Iris.

Eu não sabia do que esse cara estava falando, mas, no instante em que a palavra "produtora" atingiu meus ouvidos, a oferta que Kellan tinha recebido para fazer uma apresentação solo passou pela minha mente. Apontando para o cara, rosnei:

— Diga a esses filhos da puta para quem você trabalha que eles têm cocô no cérebro... e não sabem o que estão perdendo. *Kellan tem o talento...* Rá! Kellan tem *herpes genital*, é isso que tem! Bem, pelo menos há muita chance de ter... O cara é um tremendo galinha. — Enxugando alguns filetes de saliva que me escorriam dos lábios, continuei o discurso. — Esses Battle Robots são uma bosta, mesmo. Robôs de dez metros de altura lutando contra monstros nas ruas... Porra, isso é fodástico! — Balancei a cabeça e o mundo girou. — Quer dizer... Fodasticamente ridículo.

Sei-lá-o-nome foi em frente e me pareceu confuso com as minhas divagações.

— Battle Robots? Não, não, eu não estou falando sobre isso. Nem sobre Kellan. Vim aqui para conversar com você.

A desconfiança conseguiu penetrar através de meu cérebro enevoado e acendeu o interruptor da curiosidade.

— Quem é você mesmo?

O cara suspirou fundo.

— Meu nome é Harold Berk, pela terceira vez; represento a Produtora Iris. Vim até aqui para lhe fazer uma proposta.

Na mesma hora eu ergui as duas mãos no ar, acertei o copo sem querer e derramei um pouco de uísque sobre a mesa.

— Eu não transo com homens, pode desistir da proposta.

O cara... Arnold-alguma-coisa... fechou os olhos.

— Eu não sou... isso não é... — Com uma expressão tensa, ele reabriu os olhos. — A Produtora Iris vai produzir o piloto de uma série de TV. A história trata de um astro de rock promissor que luta para escapar do lado escuro e decadente do show business enquanto tenta obter fama pelo seu próprio esforço. Uma mistura de *Família Soprano* com *Família Dó-ré-mi*. Naturalmente, precisamos de um ator que tenha talento musical para ser o protagonista. Temos procurado em todo o mundo, sr. Hancock, já fizemos testes com dezenas de músicos, mas ninguém se encaixa, porque ninguém mais é como você...

Pela maneira como ele disse isso, ficou claro que esperava algum tipo de resposta da minha parte. Só que eu não fazia ideia do que ele estava falando.

– Como é que é?... – perguntei a Arnold Berkanator. – Sinto muito, eu não estava escutando direito. Você poderia repetir?

Ele olhou para o meu copo e depois para o meu rosto.

– Talvez devêssemos conversar outra hora, quando você estiver sóbrio.

Ele me entregou um cartão de visita, mas eu estendi a mão para ele em vez de pegar o cartão.

– Que nada, essa hora está ótima. Eu me lembro melhor das merdas todas quando estou de porre. Pergunte aos rapazes. Aprendi a tocar todas as nossas músicas quando estava mamado.

Arnold levou as mãos à cabeça e começou a esfregar círculos com os dedos em seu crânio. Ah, ele deve sofrer das mesmas dores de cabeça que o Kellan tinha, provocadas pela falta de sexo. Eu me senti solidário com a sua situação, mas nunca tive esse problema.

– Como eu disse, queremos que você estreie o piloto de uma série de TV que trata de um músico promissor. Você será o protagonista. Será o astro principal.

A nuvem que me envolvia o cérebro se dissipou na mesma hora ao ouvir as palavras mágicas: *Você será... o astro principal. O rock star. A estrela.* Bati com a mão na mesa.

– Eu topo. Onde é que eu assino?

Arnold não pareceu menos confuso com a minha reação.

– Você não quer ouvir mais detalhes sobre o show, sobre o seu papel, sobre a nossa visão, sobre o processo que temos de seguir para colocar o programa no ar?

Tomei um gole do meu uísque. Ele desceu tão suave quanto suco de maçã.

– Não. Nada disso importa. Você me convenceu quando pronunciou a palavra *astro*.

Balançando a cabeça, Arnold disse:

– Certo, tudo bem... Estou contente por saber que você topa embarcar no projeto. Se me der seu celular, eu ligo amanhã com detalhes sobre o episódio piloto. – Na mesma hora enfiei a mão no bolso e lhe entreguei o celular. Ele olhou para o aparelho, piscou várias vezes, até que finalmente o pegou. – Conseguir colocar um programa no ar nos dias de hoje é um processo complicado, e até mesmo as grandes produções às vezes falham. Devido ao grau de risco envolvido, sou obrigado a lhe explicar que vamos filmar apenas o piloto agora. Não existe garantia alguma de que a série vai decolar, ou que permanecerá no ar caso faça sucesso, porque o mercado é muito competitivo. Só que, com o seu status de alto nível, não tenho dúvidas de que o show será um sucesso estrondoso.

Terminando de tomar o uísque, bati com o copo na mesa.

– Cara, essa merda tem praticamente a garantia total de ser um sucesso, agora que estou nela. Basta me avisar quando e onde e eu estarei lá. – Por uma fração de segundo o meu cérebro enevoado começou a se perguntar se eu deveria falar com os caras antes de qualquer coisa... ou com Denny. Na condição de nosso agente, ele poderia ter uma

opinião diferente sobre isso. Só que expulsei esse pensamento da cabeça na mesma hora. Aqueles filhos da puta tinham me abandonado havia muito tempo, tinham me deixado apodrecer nas sombras. Não poderiam me culpar por eu tentar encontrar um lugar ao sol para mim mesmo. E se aquilo se transformasse em algo maior algum dia... bem, eles teriam só a si mesmos para culpar por não perceberem o que tinham desperdiçado.

Arnold ligou para si mesmo do meu celular para conseguir o número. Em seguida me devolveu o aparelho e se levantou. Estendendo a mão de novo, declarou com ar formal:

— Foi um prazer conhecê-lo, sr. Hancock. Estou torcendo para que tudo dê certo em nosso futuro projeto.

Em vez de tomar sua mão, ergui a minha em saudação.

— Digo o mesmo.

Ele deixou a mesa ainda parecendo perplexo, e uma lenta excitação ferveu e me borbulhou por dentro da barriga enquanto eu o via sair.

Você vai ser o astro.

Tem toda a razão... Vou ser mesmo.

SER OU NÃO SER... IMPRESSIONANTE

Acordei com um martelo no crânio e pouca ou nenhuma lembrança do que acontecera na véspera. Anna gritando comigo não ajudava nem um pouco.

— Você as deixou com a sua família! E só voltou para casa às quatro da manhã! Onde diabos você estava?

Porra, como é que eu poderia saber? Tinha acordado do lado de fora do Pete's, junto do latão de lixo. Tinha uma vaga lembrança de Rita batendo na minha perna e me aconselhando a ir dormir em outro lugar... Mas isso poderia ter sido um sonho. Um sonho muito esquisito e descacetado.

— Eu já contei... Fui até o Pete's para dissolver a raiva e apaguei mais tarde, em algum lugar. Mas consegui voltar para casa inteiro, e isso é tudo que importa.

Seus olhos se estreitaram em duas fendas escuras e perigosas. Eu achei sexy.

— Sim, importa muito, já que é preciso você estar vivo para eu poder te matar. Eu disse que não queria que a sua família ficasse de babá das meninas. Você deveria ter chamado Jennifer. E por que precisava "dissolver a raiva"? Você me disse que estava bem.

— E estou... quer dizer, mais ou menos. É que... com tudo que aqueles caras me fizeram recentemente, eu precisava... — Parei de falar e soltei uma bufada de irritação. Estava cansado de pensar e falar sobre eles. Quando é que a *minha* vida iria girar em torno de *mim*? Um zumbido chato me invadiu o cérebro. Era diferente da ressaca do uísque e batia diretamente na cabeça. Um ritmo pulsado, como uma mensagem em código Morse. Alguma coisa muito importante tinha acontecido na noite anterior e eu deveria lembrar... só que a minha mente estava num branco total.

Anna exibiu aquele olhar de ansiedade que mexia com meu estômago. Acho que ela estava com medo de eu desistir de tudo, ou algo assim. Mas para onde eu iria? Eu não era tão burro a ponto de jogar fora tudo que eu tinha em troca de nada.

Ei, Chelsey, eu não sou o cão com o bife. Essa história não se aplica a mim.

— Você está preocupada porque eu não voltei para casa? Olhe, eu acordei sozinho e completamente vestido, então você não precisa se preocupar com isso. — Lembrei-me vagamente de um grupo de garotas no bar, mas também me lembrei que tinha me livrado delas. Anna não tinha nada com o que se preocupar. Meu pau seria eternamente atraído pela sua boceta. Ninguém sequer chegava perto da sua perfeição.

Ela apertou os lábios carnudos para mim e cruzou os braços sobre o peito. Seus seios tinham ficado ainda maiores do que normalmente eram, graças à amamentação de Onnika, e aquele movimento os tornou ainda mais volumosos; ela praticamente os empurrava na minha cara.

— Espero não ter mesmo com o que me preocupar. Nós dois combinamos de acabar com a putaria quando nos casamos. Para dar às crianças um bom exemplo e tudo o mais. Além disso... eu ficaria superchateada se você estivesse comendo alguém pelas minhas costas. A coisa funciona entre nós porque somos honestos. Brutalmente honestos.

Uma onda de repulsa me revirou o estômago. Até parece que eu iria querer comer outra mulher. Essa ideia já nem me atraía mais. Anna era tudo que eu queria, tudo que eu precisava. Examinando meu reino ali em frente, deixei que meus olhos passeassem longamente pelo short de pijama que Anna vestia, que, por sinal, mal lhe cobria a bunda, e quis tocar a pele que parecia espiar dali. Um tipo diferente de pulsação tomou conta de mim e, para a minha surpresa, a dor de cabeça sumiu na mesma hora. Sexo. Essa era realmente a cura provada e comprovada para todos os tipos de desejos e dores.

Rastejando sobre a cama onde ela continuava em pé, do outro lado, deslizei a mão pela sua perna. Em voz baixa e sensual, murmurei:

— Eu não quero ninguém além de você. Por que eu iria me contentar com menos quando tenho a mulher perfeita em casa?

Quando minha mão mergulhou em seu short muito curto, seus lábios formaram um beicinho sexy de irritação.

— Pare com isso. Estou com raiva de você.

Meu dedo penetrou em sua calcinha e eu testei o terreno para ver como ela realmente se sentia. Como imaginei, meu dedo saiu molhado ali de dentro. Sua boca se abriu com um suspiro baixo e erótico, e eu exibi um sorriso presunçoso.

— Não, você não está.

Mudei a mão de lugar para poder apalpar suas nádegas. Porra, que bunda incrível! Eu já estava duro como uma rocha e pronto para ir em frente; depois de muito tempo, para variar, poderíamos fazer sexo em nossa cama. Mamãe tinha levado Onnika para ficar lá em cima com ela e não tinha mais voltado. Esse era outro bônus... Anna provavelmente estava completamente descansada depois de uma noite inteira de sono ininterrupto.

– Estou, sim – insistiu ela, com teimosia. Mas a raiva tinha desaparecido de seus olhos e eu não acreditei nela. – Você deixou as meninas com seus pais. Onnika está lá em cima com a sua mãe até agora. Como podemos saber se ela a alimentou direito? Quem sabe se o leite que eu deixei acabou? Talvez sua mãe tenha um sono pesado. Talvez ela… Ó Deus…

Em algum momento durante esse discurso eu cheguei mais perto dela, coloquei de lado o short e a calcinha, e corri minha língua pela sua vagina. Caraca, o gosto dela era ótimo. Sua mão foi na mesma hora para a minha cabeça, me segurando no lugar.

– Porra, isso é muito bom… Não pare…

Eu não parei. Continuei a excitá-la com a boca até ela ficar mais molhada que nunca. Ela prendeu a respiração e se contorceu pedindo mais. E quando chegou ao ponto em que eu sabia que iria explodir de prazer… eu parei.

Com um sorriso, eu me deitei de costas na cama. Ainda vestia a roupa da véspera e meu pau duro forçava o tecido do jeans. Aquilo era quase doloroso, mas eu sabia que Anna iria me ajudar quando se recuperasse.

Sua cabeça tinha tombado para trás, enquanto eu a lambia; agora que eu tinha parado, ela virara os olhos e os colara em mim. Havia um ar de ferocidade ali, e por um momento pensei que ela fosse silvar de raiva e mandar que eu continuasse a chupar o seu clitóris. Porra, se ela fizesse isso, seria excitante demais. Só de pensar nisso, eu tive de ajeitar o pau dentro da calça. Droga, eu precisava urgentemente que ela me libertasse daquela tensão.

Com um encolher de ombros casual, olhei ao redor do quarto.

– E então?… Estamos livres das crianças, em nossa cama, sem ninguém por perto… o que devemos fazer? – perguntei, com um ar de inocência nos olhos ao me virar mais uma vez para ela. A temperatura estava mais fria de manhã cedo e os mamilos de Anna estavam tão duros que quase rompiam sua camiseta regata leve. Eu pretendia chupá-los logo em seguida.

Como se pudesse ler a minha mente, Anna arrancou a camiseta pela cabeça.

– Nós vamos foder – decretou ela. Com um grunhido gutural, se livrou do resto das roupas e começou a arriar a minha calça.

Obrigado, Senhor.

Anna e eu acabamos por ficar na cama a maior parte do dia, fazendo sexo sem parar, como na primeira noite que tínhamos passado juntos. Sempre que ela saía do quarto e ia bombear um pouco de leite para Onnika, voltava logo depois e começava a bombear meu pau. Acho que finalmente percebera o luxo que era existir um monte de babás à sua disposição e um quarto só para nós. Eu sabia que a minha família teria de ir embora logo daquela casa, pelo bem da nossa sanidade, mas pelo menos poderíamos desfrutar de liberdade naquele dia.

Já estávamos na quarta ou quinta trepada do dia. Anna estava montada em mim e seus peitos gloriosos balançavam bem diante do meu rosto. A expressão no rosto dela era de euforia e, quando ela apertou meu pau com mais força, senti que ela estava perto de gozar mais uma vez. Eu me perdi na sensação de sua umidade quente, que se movia para cima e para baixo ao longo do meu pau, num ritmo interminável de perfeição. E gemi quando o latejar interno aumentou e se transformou em algo quase doloroso.

Anna gritou:

– Ó Deus, Griffin, sim... isso mesmo... porra, sim... – E, em seguida, seus sons se tornaram ruídos animalescos que me levaram ao limite. Agarrando sua bunda e puxando-a mais para junto de mim, estiquei o corpo e deixei que o muro de contenção dentro de mim ruísse. Puro êxtase explodiu do meu pau e se espalhou por todo o meu corpo. Os sons que eu emiti não eram palavras coerentes, mas fizeram Anna gemer meu nome. – Isso... Goze para mim, amor – gemeu ela.

Quando estávamos destroçados, ela caiu sobre mim.

– Você é muito tesudo quando goza – murmurou, contra a minha pele.

Eu corri a mão para cima e para baixo pelas suas costas.

– Eu sei. – E sabia mesmo. Eu tinha me filmado uma vez ao me masturbar, só para ver como ficava a minha cara quando eu gozava, e posso confirmar: era realmente impressionante. Anna era uma mulher de sorte.

Ficamos ali deitados por algum tempo, eu ainda dentro dela. Em seguida, Anna sussurrou:

– Griffin... está tudo bem entre você e a banda?

Ajustei minha cabeça para poder olhar melhor para ela. Ela me pareceu preocupada, para dizer o mínimo; e apavorada, para dizer o máximo. Eu não tinha certeza de como poderia responder a isso, e escolhi o que achei que ela queria ouvir:

– Está, claro que está. Por quê? Você ficaria chateada se não estivesse? – Estreitando os olhos, estudei a reação dela.

Sua expressão ficou pensativa e ela inclinou a cabeça enquanto considerava a questão por um momento.

– Não chateada, exatamente. Apenas preocupada. Nossa vida não seria a mesma sem a banda, entende? Além do mais, Kellan e Kiera, Matt e Rachel, Evan e Jenny... eles são como se fossem da nossa família. – Ela me deu um pequeno sorriso.

Eu sabia que eles realmente eram, mas às vezes ficar perto da família o tempo todo não se mostrava saudável. Vejam a situação que acontecia atualmente em nossa casa, por exemplo. Lembrar o nosso raro dia de liberdade fez meu pau começar a ficar duro de novo. Anna sentiu a diferença e seus olhos se arregalaram.

– Mais uma vez? Já?

Feliz pela chance de mudar de assunto, dei de ombros e esbocei um sorriso maroto.

– Você soltou a fera e não tem mais como colocá-la de volta na jaula.

Ela franziu a testa.

– Eu não sei se consigo… – Ela parou de falar quando comecei a me movimentar dentro dela, rebolando suave e lentamente, apenas esfregando nossas engrenagens de prazer sem nenhuma finalidade real que não fosse nos proporcionar uma sensação agradável. – Oh… uau… isso realmente está uma delícia…

Ela começou a se mover junto comigo, de forma igualmente suave e lenta. Estava quente e ela estava certa… era bom demais… Era como receber uma massagem gostosa em todos os lugares tensos do corpo ao mesmo tempo. Seus olhos se fecharam e sua respiração acelerou enquanto nos movimentávamos juntos. Era inebriante vê-la e, para variar, eu não me importei se iria gozar ou não, só queria vê-la curtindo aquilo.

– Oh, Griff… Acho que consigo, sim… Não vá mais depressa porque eu preciso que seja… lento.

Eu não tinha planejado mudar o ritmo e continuei como estava. Ela passou aos poucos de contente e plácida para uma força da natureza que se contorcia de desejo não realizado. Dava para ver que ela queria ir mais rápido e com mais força, pela forma como se lançava contra o meu pau, mas tentava se segurar e provocar a si mesma. Porra, era excitante demais assistir àquela tortura erótica. Talvez eu conseguisse gozar de novo no final.

Meu celular tocou na mesinha de cabeceira. Eu não fazia ideia de quem era nem de quem poderia estar me ligando, ou por que, e também não me importava. Descobriria quem era depois, pela mensagem de voz. Só que em seguida pensei… eu nunca tinha trepado enquanto falava ao telefone antes… isso poderia ser uma coisa nova e muito excitante. Sabendo que Anna encarava numa boa qualquer maluquice pervertida que eu quisesse experimentar, avisei a ela:

– Vou atender a ligação, amor, mas não pare. Quero que você goze enquanto eu estiver falando ao telefone.

Ela resmungou algo que me pareceu "sim" e eu sorri quando peguei o celular. Quase respondi com um "Adivinha o que eu estou fazendo?", mas acabei optando por usar a saudação padrão em vez disso.

– Alô!

Anna gemeu na hora certa e eu tive que morder o lábio. Caraca, aquilo era tão excitante quanto eu imaginei. A pessoa do outro lado hesitou por alguns segundos e então disse:

– Sr. Hancock? Aqui é Harold Berk. Nós nos conhecemos na noite passada, lembra?

— Hummm, foi mesmo? — Eu não fazia ideia de quem era esse tal de Harold Não-sei-o-quê, nem como ele conseguira o meu celular, mas minha mulher se esfregava em volta do meu pau e ele era uma testemunha involuntária disso. Que momento foda!

— Hum, sim, nós conversamos ontem à noite sobre o piloto de uma série para a TV, lembra? — Anna resfolegou e gemeu mais uma vez, e Harold perguntou, bem devagar: — Este é um momento inapropriado? Será que não é melhor eu ligar mais tarde?

Olhando para a expressão no rosto da minha mulher, balancei a cabeça para os lados.

— Não, o seu cálculo de tempo não poderia ter sido mais perfeito.

— Hum, ok. Bem, eu queria discutir mais detalhes sobre o projeto que o senhor aceitou.

O rosto de Anna ficou frustrado e, quando eu vi que a velocidade era muito lenta para ela, empurrei meu quadril com força para ajudá-la a gozar.

Goze para eu ver, amor. Deixe este cara no telefone ouvir tudo.

Sua reação foi espetacular.

— Ó Deus, sim… isso… aí mesmo… não pare…

Agarrei-me ao seu quadril com a mão livre e a deixei solta para alcançar o orgasmo. Seus gritos ficaram mais intensos, e saber que Sei-lá-quem podia ouvir tudo sem saber ao certo o que acontecia certamente ia me fazer gozar também. Porra, isso mesmo.

— Sr. Hancock, talvez eu deva ligar mais tarde, não?

— Não, não, estou numa boa. Sou todo ouvidos. Conte-me sobre essa coisa da TV. Agora. Agora mesmo!… — Eu conversava com Harold, mas falava com Anna. Ela começou a ficar mais ofegante, até que se esticou e soltou um grito alto e impressionante, feito de pura liberação. Inesperadamente, eu gozei logo em seguida. Porra, eu achei que não fosse conseguir. Devia saber que iria.

Quando ficamos ali largados e ofegantes, a pessoa do outro lado da linha perguntou, bem devagar:

— Está tudo bem por aí…?

— Porra, está ótimo. — Ele estava falando no meu ouvido durante o tempo todo em que gozei, mas confesso que não fazia ideia do que tinha dito. Para ser franco, mal conseguia lembrar seu nome. Harry? Larry? Que se foda o nome! — Você poderia repetir tudo? Eu não estava escutando direito. Repita tudo desde o início, por favor.

Anna saiu de cima de mim e rolou de lado. Deitada de costas, ela riu quando balançou a cabeça. Algumas garotas poderiam ter alguma inibição com o que eu tinha acabado de fazer, mas não Anna. Ela achou tudo muito excitante. Ela era muito foda.

Um longo suspiro do outro lado da linha surgiu no meu ouvido.

– Meu nome é Harold Berk. Nós nos conhecemos ontem à noite no bar. Eu lhe contei sobre o piloto de uma série de TV, um drama sobre um astro do rock, lembra? O senhor se mostrou interessado em ser o protagonista desse programa. Não se lembra de nada disso? Parece que o senhor não estava... ahn... passando muito bem.

A verdade é que eu estava bêbado como um gambá, mas flashes da conversa começaram a surgir aos poucos, especialmente depois que ele repetiu a palavra astro.

Você será o astro principal, o rock star.

Só que algo não se encaixava naquela história.

– Espere... Eu entendi que o seu nome era Arnold, certo?

– Não. É Harold. – Havia uma irritação inegável em sua voz agora.

– Oh... então tudo aquilo foi real? Não foi um sonho?

Ele suspirou, como se estivesse meio irritado comigo. Não devia estar. Eu tinha acabado de deixá-lo ouvir uma garota sexy tendo um orgasmo. Ele devia me agradecer por isso.

– Foi real, e a oferta também. Posso enviar os papéis para o seu e-mail ainda hoje. A menos que você tenha mudado de ideia... se esse é o caso, suponho que terei de entrar em contato com outro músico da minha lista. Quem sabe um dos seus companheiros de banda?

Na mesma hora eu me irritei com a ideia de outro D-Bag também me roubar essa oportunidade; eles já haviam me levado muita coisa. As palavras voltaram à minha cabeça...

Você nunca vai ser o guitarrista principal da banda. Esta noite não, talvez amanhã. Ele é o talento da banda.

Essas frases frustrantes se acomodaram na boca do estômago, onde se misturaram com o nó de descontentamento que eu sempre carregava comigo. Quando a resposta à pergunta de Harold saiu sem pensar da minha boca, foi acompanhada de uma sensação de poder.

– Não, de jeito nenhum. Eu continuo dentro.

Anna me lançou um olhar de curiosidade e eu me perguntei o que iria dizer a ela. Se essa série decolasse – e comigo como protagonista ela certamente seria um sucesso –, eu teria que me afastar da banda algumas vezes, ou pelo menos reduzir nosso contato. Anna não ficaria feliz com esse afastamento da nossa "família". Mas eu não faria isso em troca de nada, seria um ator de sucesso. Era um movimento estratégico. Não, na verdade era subir um degrau. Eu seria o nome principal. Pela primeira vez eu seria o astro... e as coisas seriam como deveriam ser.

Sorrindo, eu disse a ele:

– Estou dentro, cento e dez por cento de certeza.

— Excelente! — exclamou ele. Pediu meu e-mail e eu informei com toda a satisfação: hornyhulk@dbags.com. — O piloto começará a ser gravado no mês que vem. Você poderá vir até L.A.?

Lançando alguns olhares meio de lado para Anna, eu funguei de leve e respondi:

— Claro, numa boa. — Não tinha ideia de como eu iria conseguir isso sem deixar todo mundo furioso.

Quando desliguei o celular, Anna olhava para mim com expectativa. Eu já sabia o que ela iria perguntar antes mesmo de o fazer.

— Quem era?

Dando de ombros, tentei minimizar a ligação dando respostas vagas.

— Um cara que quer que eu faça uma apresentação para ele. Nada de importante. *Por enquanto.*

Suas sobrancelhas se uniram quando ela se virou de barriga para baixo na cama. Já era... Aquela imprecisão não iria convencê-la.

— Com o que você concordou, Griffin? Você me disse que não faria nada precipitado sem antes falar comigo.

Correndo a mão sobre as costas dela, assenti com a cabeça. Estranhamente, meus dedos tremiam. Eu queria que isso acontecesse e não queria que ela me cortasse.

— Eu concordei porque não é nada importante. Apenas uma participação única como ator.

Apoiando-se nos cotovelos, a expressão dela ficou equilibrada entre a curiosidade e a fúria, e eu sabia que tinha de ser muito cuidadoso sobre como responder à próxima pergunta.

— Como assim? Num comercial?

Meu coração acelerou quando eu ponderei comigo mesmo sobre o que responder. Anna tinha acabado de me dizer que a coisa funcionava entre nós porque éramos honestos um com o outro, brutalmente honestos; mas, se eu lhe contasse a verdade, ela não me deixaria ir para Los Angeles. Diria que eu estava sendo tolo e arrastaria todos os caras para aquele rolo... Ela iria me empatar e eu não conseguiria lidar com a ideia de Anna empatando a minha vida. Eu precisava do apoio dela, mesmo que ela não soubesse exatamente o que estava apoiando.

Sentindo minha dor de cabeça voltar, junto com uma onda de náusea, respondi:

— Sim, algo desse tipo. E... eles vão filmar no mês que vem, então eu vou ter que voar para L.A. Mas vão ser só alguns dias, não vou demorar.

Porra, porra, porra.

Será que eu realmente tinha dito isso a ela? Sim, tinha. Acabara de contar uma mentira gigantesca para a minha mulher, algo que eu não conseguiria esconder para sempre. Quando ela descobrisse a verdade, iria me matar de porrada, mas eu não tinha escolha.

Ela estragaria meu plano se soubesse de todos os detalhes; eu estava definhando à sombra dos D-Bags e precisava me libertar disso. Ela entenderia tudo quando a série de TV se tornasse um sucesso. Então iria me apoiar, eu tinha certeza. Eu seria totalmente honesto com ela... quando chegasse o momento certo.

Anna me analisou por mais um segundo e eu rezei para que a minha cara de pau continuasse impassível. Porra, eu estava suando? No instante em que achei que ela fosse dizer "isso é papo-furado!", um sorriso enorme quebrou seu ar desconfiado.

– Ah, amor, isso é ótimo! Um comercial era o tipo de coisa que eu andei imaginando para você. Vai permitir que você se destaque, mas sem interferir com a banda. Todo mundo sai ganhando! – Inclinando-se, ela me deu um beijo profundo. – Viu só? Eu disse que o seu talento seria reconhecido e apreciado em breve.

Ela se inclinou para me beijar de novo e eu tive de engolir o nó de vergonha que surgiu na minha garganta; era a primeira vez que a emoção me dominava e eu não gostei. Nem um pouco. Provavelmente eu não deveria ter feito isso, mas agora era tarde demais... Eu já armara a teia e tinha de seguir em frente. Mas porra... do outro lado da minha fraude, estava a Terra Prometida: um programa de TV no qual eu seria o protagonista. Porra, isso era fantástico! Ia ser muito foda.

★ ★ ★

As semanas seguintes foram lotadas de reuniões infindáveis com os rapazes, que trabalhavam no novo álbum. Fiquei calado a respeito do meu "show paralelo", algo muito difícil para mim. Isso fez com que eu me apreciasse ainda mais. Quer dizer, se os caras soubessem sobre a minha capacidade de me segurar todos os dias quando estava com eles, certamente ficariam muito impressionados.

Arnold, Harold, ou Sei-lá-o-nome tinha me enviado com rapidez um e-mail contendo um contrato muito comprido. Como tudo me pareceu legítimo, assinei o contrato sem ler até o fim. Duas semanas depois de enviá-lo, ele me remeteu o roteiro do episódio piloto. Felizmente, eu interceptei a encomenda antes que Anna visse, e escondi o script na mesma hora em meu escritório. A mentira para minha mulher ficaria completamente exposta se ela visse o manuscrito volumoso que tinham me enviado – nenhum comercial tinha um roteiro tão longo –, e se eu cometesse algum deslize agora o meu sonho nunca se tornaria realidade. Para manter a esperança viva, eu precisava manter Anna no escuro, então eu só lia o roteiro quando estava sozinho.

Não incluir Anna na minha empolgação me pareceu estranho e horrível. Eu estava acostumado a lhe contar tudo, não importa quanto a coisa me parecesse tola, e dessa vez era algo imenso. Esconder tudo dela me fez sentir incompleto, como se eu estivesse constantemente me esquecendo de algo importante. Mas eu sabia o que aconteceria se contasse a verdade a Anna e, como queria muito aquela oportunidade, mantive a mentira. De qualquer modo, aquilo seria algo temporário. Quando o programa decolasse, eu abriria o jogo com ela e com os rapazes. Quando tudo estivesse pronto, eu não conseguiria mais ficar quieto, mesmo que me ordenassem.

Eu estava ansioso para começar a gravar o programa e muitas vezes praticava minhas técnicas de atuação no banheiro. Só que decorar o texto era mais difícil do que eu imaginava. Torci para que eles me deixassem dar uma olhadinha no texto durante as gravações, atuar com um ponto no ouvido, segurar cartões com dicas para eu poder olhar... ou algo desse tipo.

★ ★ ★

Na primeira quinzena de dezembro, os D-Bags estavam dando os toques finais em nosso terceiro álbum. Matt parecia muito empolgado e disse que esse era o nosso melhor trabalho até então. Considerando o fato de que eles tinham desprezado cada uma das minhas ideias, eu não tinha muita certeza de que o trabalho fosse algo além de medíocre. Eu me entristecia em saber que os caras se recusavam a me ouvir e não permitiam que eu elevasse nossa banda a níveis épicos. Apesar de todo o papo de Matt e de Kellan, com suas palavras bonitas sobre forçar a abertura de novos caminhos, eles estavam presos ao que já tínhamos feito antes. Isso era decepcionante, para dizer o mínimo. Só que eu tinha coisas maiores e melhores em meu horizonte, então, pelo menos dessa vez, não estava preocupado com outras coisas.

Eu não estava preocupado com o álbum, mas eu estava *muito* encucado sobre o que iria dizer aos caras quando chegasse a hora de voar até Los Angeles para gravar o piloto da série. Eu teria de explicar a minha ausência de alguma forma, e não tinha ideia do que dizer. "Vou abandonar vocês por um tempo" provavelmente não iria cair muito bem. Era uma tarde de sábado em meados de dezembro quando eu finalmente recebi o telefonema de Harold, me dizendo que eles estavam à minha espera.

— Sr. Hancock, espero que esteja tendo uma tarde fabulosa. Tudo pronto para o Natal?

Mesmo que ele não pudesse me ver, dei de ombros.

— Sim, acho que sim. — Anna andava fazendo compras para as meninas quase sem parar. Juro que nossa casa tinha embrulhos cor-de-rosa e presentes roxos que dariam para encher uns seis caminhões da Toys for Tots. Ela dizia que a maioria dos presentes eram coisas miúdas, e eu não me importava. As crianças devem ser mimadas, não havia mal nisso.

Meu presente para Anna era muito melhor do que qualquer coisa que ela tivesse escolhido para as meninas. Não muito tempo depois do batismo de Onnika, eu tinha comprado passagens de avião só de ida para todos os meus parentes e os mandei fazer as malas. Nossa casa felizmente ficou tranquila novamente. Meus pais já tentavam planejar uma viagem de retorno para as férias, mas eu os avisei de que eles teriam que esperar até a chegada do próximo bebê. Nossa, eu torcia para que Anna não engravidasse novamente tão cedo. Ela me mataria se isso acontecesse.

— Isso é ótimo! — exclamou Harold. Seu tom de voz nunca mudava muito, mesmo quando eu fazia de tudo para irritá-lo ou constrangê-lo. Era como se ele estivesse sempre de bom humor e alto-astral, não importava o que acontecesse. Acho que eu poderia ter dito a ele que pensava em acabar com tudo durante as festas de fim de ano e sua reação seria a mesma. Ele me fazia lembrar Jenny, mas de um jeito pouco realista, como se, em silêncio, ele me amaldiçoasse no instante em que desligava o telefone. Por mim, não fazia diferença. Desde que ele me tornasse famoso, eu não me importava com o que pensava a meu respeito.

— Boas notícias, sr. Hancock — continuou ele. — Tudo está pronto e estamos preparados para gravar o episódio piloto na próxima segunda-feira. Arrume as malas porque chegou a hora de o senhor vir para L.A.

— Beleza! Estarei aí. — De algum jeito.

— Perfeito! — Ele me deu algumas dicas sobre para onde ir e como chegar lá, e em seguida avisou: — Tudo nesse programa é de alto nível. Mal posso esperar para lhe mostrar os nossos cenários. Esperamos você na segunda-feira, sr. Hancock.

— Sim, a gente se vê. — Com as sobrancelhas unidas, prendi o cabelo atrás das orelhas. Ele estava quase na altura dos meus ombros agora, e daria para prendê-lo num rabo de cavalo, se eu quisesse. Mas eu curtia tê-lo livre e solto. O que deveria dizer aos caras? Será que eles acreditariam na mesma história que eu tinha contado a Anna? Provavelmente não, eles iriam é reclamar muito de não terem sido incluídos. Ignorei a voz irritante do meu cérebro, que gritava que eu também reclamaria muito se fosse eles, e preferi me concentrar nas minhas habilidades de inventar histórias. Porra, eu era um mentiroso horrível. Hum... A coisa teria de ser realista para ser verossímil. Resolvi que iria avisar que pensava em visitar minha família por algum tempo. Sim, isso poderia funcionar.

Contei aos rapazes que iria ficar fora por alguns dias quando nos encontramos naquela noite, no estúdio de gravação de Kellan.

— Ei... é o seguinte... Vou viajar para fora da cidade por alguns dias... Para ser franco, vou viajar amanhã à noite. — Matt, Evan e Kellan viraram a cabeça ao mesmo tempo para olhar na minha direção. Tínhamos acabado de terminar a passagem final da última música e todo mundo guardava seus instrumentos. Eu ainda dedilhava o baixo, enquanto uma estranha emoção parecia me rasgar a barriga. Medo? Nervosismo? Culpa? Que nada, não poderia ser nada disso. Eu não estava fazendo nada de errado. Eu merecia aquilo.

Matt franziu a testa.

– Acabamos de terminar o álbum. Vamos ter de levar tudo para a gravadora, precisamos cuidar logo da produção. As entrevistas vão começar em breve, as viagens promocionais, os talk-shows na TV... você não pode sumir agora, Griffin. Temos muito trabalho pela frente.

Ergui a mão para impedir sua enxurrada de reclamações.

– Eu sei, fica frio... Eu estava só planejando visitar meus pais por alguns dias. Talvez dar uma olhada em Chelsey. Seu marido continua servindo no exterior e ela está criando aquelas meninas sozinha, sabe como é?

Mencionar a minha irmã suavizou Matt na mesma hora.

– Ah... Bem, isso é bom. Só que... Vê se não some do mapa, nem nada do tipo.

Um pequeno sorriso brincou em meus lábios. Sumir do mapa era a última coisa que eu pretendia fazer.

TERRA DO IMPRESSIONANTE

Na noite seguinte eu estava a caminho de Los Angeles para filmar o piloto do meu programa de TV, que certamente seria um sucesso. Anna se ofereceu para ir comigo, a fim de me fazer companhia e conferir os cenários do comercial que ela pensou que eu fosse gravar. Se ela viajasse até lá comigo, a minha mentira iria pelos ares. Foi por isso que eu não tive outra escolha senão inventar outra meia-verdade, algo que fosse fazê-la querer ficar em casa.

— São apenas alguns dias, amor, e eu vou ficar com a minha família enquanto estiver lá. Minha mãe quer fazer uma reunião do tipo "Ação de Graças atrasado e Natal adiantado", e todo mundo vai para lá. Vai ser uma barulheira infernal.

Por um minuto eu receei ter calculado mal o desejo de Anna para participar das festividades, mas, quando mencionei o barulho infernal, ela fez uma careta.

— Então, tudo bem. Se são poucos dias, acho que vou ficar por aqui. Mas *estou* triste por não poder ver os cenários e assistir à gravação. Por falar nisso... para que produto é esse comercial, afinal de contas? Você nunca me disse...

Ela inclinou a cabeça quando olhou para mim, como se só agora percebesse que era estranho eu nunca ter revelado detalhes sobre isso. Realmente *era* esquisito. E difícil. Resistir à vontade de contar a ela todos os detalhes sobre o programa estava aos poucos me provocando uma úlcera. Guardar segredos era uma bosta. Mas a verdade viria à tona em breve e eu torci para que, quando isso acontecesse, ela não fosse ficar revoltada demais para me ouvir, porque eu estava louco de vontade para contar.

— Ahn, bem, é... – Olhei ao redor do quarto em busca de inspiração. O que eu seria bom em vender para o mundo? Preservativos? Loção após barba? Leite para fabricar bebês? Vendo algo delicioso no armário, eu disse:

— Uísque. É um comercial de uísque. — Apesar do choque de culpa que me deu um nó no estômago, eu não pude conter um sorriso. Essa fora uma mentira muito bem sacada. Eu ser garoto-propaganda de uísque era algo totalmente verossímil. Na verdade, seria o máximo. Se o programa me levasse a isso, eu iria completar meu ciclo de façanhas épicas.

Anna me exibiu um sorriso brilhante que fez meu pau se agitar. Se ela não estivesse com Onnika no colo, eu a teria jogado em cima da cama para lhe dar um pouco do meu leite superespecial para fabricar bebês antes de sair.

— Isso é perfeito para você, amor. Você vai arrasar! Mal consigo esperar para contar a todo mundo.

Sabendo que ela não devia fazer isso por enquanto, relembrei a ela algo que tinha dito assim que aceitei o trabalho.

— Lembre-se do nosso plano, Anna. Eu preciso ser o primeiro a contar a novidade para os rapazes, senão eles vão ficar cheios de frescura e reclamar pra cacete por eu fazer algo fora da banda. Provavelmente vão comparar isso com o lance de Kellan, que quase aceitou gravar aquela música sozinho no mês passado; uma coisa não tem nada a ver com a outra. Para início de conversa, esse é um trabalho de ator, e não de músico, por isso não conta… mas aqueles burros não vão encarar isso dessa forma, então até que tudo esteja feito e encerrado, preciso que você respeite o nosso pacto sagrado entre marido e mulher, nossa ligação do tipo "meus segredos morrerão com você". Não diga uma palavra, nem mesmo para Kiera — acrescentei, erguendo o dedo com firmeza diante de Anna. Eu não podia arriscar que o seu vínculo com a irmã superasse o nosso vínculo matrimonial. Eu precisava que ela me apoiasse nisso, mesmo sem entender o porquê.

Anna revirou os olhos para mim, mas concordou.

— Tudo bem, Griffin. Eu não vejo por que eles ficariam chateados por causa de um comercial, mas se você realmente não quer que eu conte… — Ela me deu um sorriso carinhoso e beijou meu nariz. — Faça um voo seguro e uma grande viagem… e mande lembranças minhas para os seus pais.

Uma onda de remorso me inundou quando ela me desejou boa sorte, cheia de doçura. Eu quase confessei ali mesmo que era um crápula, um tremendo mentiroso, que não ia a Los Angeles para gravar um comercial. Só que eu estava tão perto de conseguir o que queria! Só precisava ser forte por mais algum tempo. O olhar em seu rosto me ajudou a segurar a verdade. Ela era maravilhosa e confiava em mim. Eu não aguentaria destruir essa confiança, e isso aconteceria se eu confessasse o que realmente ia fazer. As palavras simplesmente não conseguiriam sair da minha boca. Eu sabia que teria de contar tudo a ela em breve, mas não naquele dia. Eu lidaria com as consequências dos meus atos mais tarde, depois que tudo tivesse valido a pena para mim. Para nós.

* * *

Eu tinha alugado uma limusine para a minha temporada em Los Angeles, e o motorista já estava à minha espera no aeroporto quando cheguei. Pedi para que me levasse a um hotel cinco estrelas perto do estúdio, onde eu reservara um quarto. Eu até poderia ficar hospedado na casa dos meus pais, como disse a Anna, mas isso seria muito arriscado. Minha família iria conversar com a família de Matt, que, por sua vez, iria conversar com Matt. E se ele descobrisse o que eu realmente fazia ali, certamente iria encher meus ouvidos.

Meu motorista me ligou bem cedo na manhã seguinte para me levar até o set de filmagem. Muito cedo *mesmo*. Meus olhos arderam ao entrar em contato com o ar e eu quase mandei o filho da puta retornar a ligação numa hora mais decente. Mas então me lembrei do que iria acontecer naquele dia e pulei da cama. Era o dia em que eu iria me tornar uma estrela de TV.

Quase entrei no carro errado, de tão animado que estava; apesar de ainda ser absurdamente cedo, mandei uma mensagem para Anna assim que o carro entrou em movimento.

Já está quase na hora do show!

Sua resposta foi rápida; ela provavelmente acordara cedo por causa de Onnika.

Ainda não são nem oito da manhã… você já deve estar morrendo.

É, mais ou menos. Mas eu estava tão animado que nem me importei com a hora. Respondi com um *emoticon* piscando o olho. Ela poderia interpretar do jeito que quisesse.

Quando chegamos à porta do estúdio, o meu coração começou a bater com mais entusiasmo; aquilo era muito foda. Teria sido ainda melhor se Anna estivesse ali para compartilhar o momento comigo, mas haveria outras oportunidades para ela me acompanhar, eu tinha certeza disso. O motorista exibiu minha credencial e nós passamos com facilidade pelos portões. Harold estava à minha espera no estacionamento com um carrinho de golfe. Sorriu quando o motorista abriu a porta. Assim que eu saí do carro, ele me estendeu a mão.

— Olá, sr. Hancock, é muito bom revê-lo. Como foi seu voo?

— Tranquilo — respondi, olhando em volta enquanto apertava sua mão. — E então? Por onde começamos?

— Que bom que você perguntou! Vamos fazer um tour pelo set de filmagem e depois você vai para o camarim, onde vamos cuidar do seu cabelo e maquiagem. Depois vou apresentá-lo ao restante do elenco; em seguida vamos fazer uma leitura coletiva do texto. Se tudo correr bem, as filmagens começarão amanhã.

Ao entrarmos no carrinho, Harold me olhou meio de lado.

– Você conseguiu decorar todas as falas?
Fiz cara de deboche quando recostei no banco duro.
– Claro, cara.
Mais ou menos.
Enquanto dirigíamos pelos estúdios, passamos por galpões onde circulavam pessoas fantasiadas. Vi soldados romanos conversando com zumbis, caubóis de aparência rude tomando café com um homem vestido de cachorro e mais animadoras de torcida do que eu consegui contar. Eu tinha acabado de entrar na Terra do Impressionante.

Depois do que pareceram cinco horas, finalmente chegamos ao galpão que iríamos usar; ficava bem no fundo do estúdio. Harold estacionou o carro e saltamos.

– Vamos dividir o espaço do galpão com outras produções, por isso o lugar vai parecer um pouco apertado, no início. – Ele me exibiu um sorriso brilhante e extravagante. – Mas, assim que o projeto decolar e formos um sucesso, tudo vai mudar. Queremos somente o melhor para você. – Ele me deu um tapinha nas costas.

Sorrindo, passei o braço em volta dos seus ombros.

Somente o melhor para mim...

Agora, sim, a coisa ia funcionar.

Segui Harold através do espaço imenso onde havia vários estúdios; quando finalmente chegamos ao espaço do meu programa, adequadamente intitulado *Arrebentando!*, meu coração começou a bater mais depressa. Era isso! Minha chance de alcançar a glória.

O primeiro cenário em que entramos era um típico bar com um palco montado para uma banda. Era tão espantosamente semelhante ao Pete's que eu quase me perguntei se Harold tinha feito anotações durante a sua visita, para entregá-las aos cenógrafos. Aquilo iria tornar meu trabalho muito mais fácil; eu já me sentia em casa. Harold me acompanhou pelos vários espaços de gravação e informou:

– Primeiro nós vamos levar você à seção de figurinos. Eles já estão com suas roupas prontas, mas vão querer experimentá-las. Depois, vamos passar aos ensaios. Quando o primeiro episódio estiver gravado, vou começar a tentar vender a série para as redes de TV.

Harold olhou para mim; continuava com o mesmo sorriso imenso de bobo alegre.

– Não se preocupe com essa parte, sr. Hancock. Vai ser fácil vender essa série. Sinto que temos um clássico cult nas mãos.

Concordei com a cabeça. Eu já sabia disso.

Depois de verificar o cenário do bar, seguimos por um cenário de um quarto e uma sala. Ao olhar para o colchão fino onde o meu personagem – que se chamava

Ace Gunner – presumivelmente dormia, eu me perguntei se ele se daria bem com as mulheres ao longo da série. Com um nome tão foda quanto esse, ele devia se dar *muito* bem. Além disso, era uma estrela do rock, e eu sabia por experiência própria que ser uma estrela do rock significava sexo, sexo e mais sexo. Fiquei imaginando se Anna ficaria numa boa se houvesse cenas de sexo, mas logo decidi que ficaria, sim. Afinal, eu não estaria penetrando de verdade em ninguém, nem nada desse tipo.

Eu estava quase tonto de empolgação quando finalmente chegamos ao setor de figurinos e vestuário. A ação de me vestir me fez sentir como nos videoclipes que eu gravava com os rapazes. Era estranho não tê-los ali comigo… mas também era legal. Ninguém poderia roubar meu destaque se o holofote iluminasse só a mim, certo?

A roupa de Ace consistia basicamente em jeans surrados com um cinto cheio de pinos, uma camiseta com decote em V e uma jaqueta de couro castanho-escuro. Quando me examinei no espelho de corpo inteiro, me senti poderoso. Fiquei um espetáculo com aquele ar de bad boy. Puro tesão! Era melhor Anna comprar luvas de boxe, porque as garotas iam enlouquecer só de olhar para mim.

Caralho! Aquilo ia ser o máximo!

Depois da prova de roupas e da sessão de fotos com minha roupa de enlouquecer ovários, Harold me levou para a sala de cabelo e maquiagem. Eles iam testar o visual final de Ace naquele dia. Pretendiam torná-lo ainda mais sexy, se é que isso era possível.

— Precisamos escurecer o louro do seu cabelo – anunciou a garota da maquiagem, depois de me inspecionar por cerca de cinco segundos.

— Como assim? – reagi. Certamente eu tinha ouvido errado. As garotas gostavam muito mais de louros, tanto quanto os caras gostavam de louras.

— Nada de louro – declarou ela, sem rodeios. – Seu personagem é sombrio, o cabelo deve ser escuro. – Ela inclinou a cabeça. – Não preto, mas… castanho--escuro.

Olhei-me no espelho e tentei me imaginar com cabelo castanho. Eu não poderia aceitar isso.

— Hum, acho que não – disse.

Ela encolheu os ombros.

— Sua opinião não conta nada. Você desistiu dos direitos de imagem no contrato que assinou. Eu poderia lhe fazer um moicano cor-de-rosa se quisesse. Mas não vou fazer isso, então você devia me agradecer. Esse cabelo tem que mudar… – Ela fez uma cara como se sofresse só de olhar para mim.

— Ah, vá se foder! – exclamei, prendendo o cabelo num rabo de cavalo minúsculo. Eu tinha levado um tempão para conseguir que ele ficasse daquele tamanho.

Empurrando os óculos para cima do nariz, ela soltou um longo suspiro.

— Vou sedar você, se for preciso, mas *vou cortar* esse esfregão na sua cabeça. Vou lhe fazer algo divertido, meio despenteado... em estilo Kellan Kyle. O cabelo dele é o máximo!

Estreitando os olhos, peguei uma tesoura na bancada.

— Se você me fizer um corte igual ao de Kellan, eu dou uma tesourada em você.

Ela não pareceu muito intimidada com a minha ameaça.

— Provavelmente o corte não iria funcionar em você, mesmo. Nem todo mundo fica bem com aquele estilo. Agora sente-se! — Ela indicou a cadeira e eu fiz beicinho de recusa. Estalando os dedos, ela repetiu: — Sente-se!

Aceitei a ordem, mas fiz questão de mostrar que eu não estava feliz com aquilo.

Duas horas mais tarde, eu estava com o cabelo marrom-cocô. E ela o tinha cortado também. Estava mais comprido que o de Matt, mais curto que o de Kellan, meio parecido com o de... Denny. Porra! Eu parecia o Denny agora. Anna ia ficar revoltada quando visse aquilo.

Depois que o meu cabelo ficou completamente fodido, Harold me levou para conhecer o resto do elenco. Quando eu apertei as mãos das duas garotas e dos dois caras que seriam meus companheiros de banda, senti que o mundo voltou a fazer sentido. Os quatro olharam para mim como se eu fosse a coisa mais incrível que tinham visto na vida. Eu já me sentia como um astro, e nós nem tínhamos começado a gravar.

Depois de uma passada rápida no texto, começamos a gravação propriamente dita. Tudo foi muito mais difícil do que eu imaginei, mas, com a ajuda do diretor e dos meus colegas de elenco, consegui ir em frente; alguns dias depois, o piloto já estava pronto, editado, e eu estava voando de volta para casa e para a minha esposa.

Apesar de eu avisar a ela que iria de táxi, ela foi me pegar no aeroporto. Anna era um espetáculo digno de ser apreciado quando eu a vi junto à esteira de bagagens, mas saber o que eu tinha feito pelas costas dela me provocou um nó no estômago na mesma hora. Quando ela me viu, me deu uma conferida de cima a baixo e seu queixo caiu. Mas estava sorrindo quando se aproximou de mim.

— Ó meu Deus... o seu cabelo...

Com um suspiro, expliquei:

— Eu sei... estou parecendo com o Denny, certo?

Mordendo o lábio, ela balançou a cabeça para os lados.

— Não... você ainda parece você mesmo... o homem mais sexy do mundo, mas esse cabelo lhe dá um leve ar de... rebeldia. Como se você fosse um bad boy.

— Eu *sou* um bad boy — disse a ela, com o lábio se abrindo num sorriso. E realmente eu me senti como um bad boy poderoso ao ouvir seu elogio, mas logo o nó do estômago se apertou mais e enviou um choque de culpa e remorso que me atravessou o corpo. Meu sorriso despencou. *Talvez fosse melhor eu contar tudo a ela e acabar de vez com esse inferno.* Só que eu seria esmagado, e ela estava feliz demais por me ver. Resolvi que contaria tudo a ela mais tarde.

Interpretando mal a minha expressão, Anna jogou os braços em volta de mim.

– Ah, amor, não se preocupe. Eu gostei! Na verdade, acho que você deve mantê-lo assim por algum tempo. – Agarrando minhas bochechas, ela me disse: – Estou muito orgulhosa de você, Griffin. – Então me sufocou com mil beijos. O que foi muito bom, porque, se ela tivesse me encarado mais um momento com aqueles olhos verdes cheios de confiança, eu ficaria destroçado. Mas ela acabou, sem querer, me distraindo com seu sex appeal, e eu consegui bloquear a culpa com firmeza. Tudo estava feito e decidido, de qualquer modo, e as coisas iriam ficar bem. Eu tinha certeza disso.

★ ★ ★

Eu sabia que Harold estava ocupado vendendo o programa para várias redes de TV, mas esperar que ele me telefonasse para contar que tinha conseguido vender a série estava me deixando impaciente. Anna pensou que toda aquela agitação tinha a ver com o lançamento do novo álbum dos D-Bags na primavera e, como eu ainda não estava pronto para confessar tudo a ela, deixei que pensasse assim. Mas, no minuto que Harold me ligasse dizendo que estava tudo acertado, eu teria de dar a notícia a Anna e aos caras, e pensar nesse momento me corroía por dentro.

Todos os dias eu pensava como poderia conversar com eles, mas não chegava a nenhuma opção. Tudo que eu disse aos rapazes sobre a minha viagem a L. A. foi que tinha sentido a súbita vontade de cortar e pintar o cabelo. Eles reviraram os olhos e fizeram piadinhas sobre pessoas louras não se divertirem tanto quanto as morenas. Não reagi às zoações porque sabia que, quando eles descobrissem a verdade, a merda iria bater no ventilador. Tanto em casa como no trabalho. Apesar de odiar ter mantido Anna no escuro de propósito, eu me sentia feliz por ter ido até o fim. Estava em busca de novos sonhos, já que Matt e os rapazes tinham derrubado e pisoteado meus sonhos antigos.

Antes que eu percebesse, chegou o mês de fevereiro, e eu ainda não tivera notícias de Harold. Eu não sabia o que isso significava, e uma pontinha de dúvida começou a embaçar a esperança brilhante que embalava meu sonho. Eu não conseguia imaginar que *ninguém* fosse se interessar pelo piloto da série, então a única explicação para tanta demora era um possível leilão para consegui-la. Sim, era a única explicação. A qualquer momento ele iria me ligar para contar a boa notícia, bastava eu ser paciente. Felizmente eu tinha outras coisas com as quais ocupar meu tempo e minha cabeça.

Os D-Bags estavam prontos para começar a divulgação do primeiro single do novo álbum. Era uma balada muito romântica, mas musicalmente uma merda; eu conseguiria tocá-la até de olhos fechados. Mas o ritmo era contagiante e eu tive a sensação de que iria se tornar viral em breve. Depois entraríamos no circuito da grande mídia e viajaríamos para as grandes metrópoles em cada fuso horário, tudo no curto espaço de algumas semanas. Seria uma turnê rápida, divertida e frenética, só com nós quatro. As noivas ficariam para trás, em seus empregos, e as esposas ficariam em casa com as crianças, pois não lidariam muito bem com tanta agitação.

Nossa última parada da turnê foi em Nova York. Depois de Seattle e L. A., Nova York era a minha cidade favorita. Havia sempre muita coisa acontecendo ali. O frenesi constante, a agitação, os muitos lugares aonde ir, não importava a hora do dia ou da noite, tudo isso era um sonho que se tornava realidade para alguém tão hiperativo quanto eu. Eu nem sequer precisava de café em NY. A onda caótica da vida ali era suficiente para me manter energizado.

Enquanto o nosso carro nos levava para o hotel, Matt estabelecia os planos para o dia.

— Ok, temos dois shows de rádio hoje; depois, à noite, vamos participar do programa *Live with Johnny.* — Bufei, irritado ao ouvir isso, e Matt me lançou um olhar duro. — Supere essa bronca, Griffin. *Johnny* tem um grande show, com audiência fantástica; precisamos ir lá.

— Aquele cara é um idiota — murmurei. — Não sei por que precisamos fazer alguma coisa por ele.

Matt passou a mão pelo cabelo curto. Juro que ele tinha cada vez menos cabelo. O estresse de gerenciar a banda e os planos para o casamento estavam acabando com ele. Eu poderia sentir pena, mas ele era o responsável por agendar aquele programa com Denny, então eu não sentia pena nenhuma. Torci para que todo o seu cabelo caísse de vez. Ele deveria pensar melhor antes de marcar o programa de Johnny. O cara era famoso por ser um verdadeiro babaca com seus convidados. — Era uma espécie de cria demoníaca, uma mistura de Ricky Gervais com Simon Cowell. Ninguém que passava por aquele programa escapava ileso, mas devíamos nos mostrar gratos e felizes por estarmos prestes a ser insultados. Denny sempre me explicava que aquilo tudo "fazia parte do show". Que se foda, eu achava o cara um grosso. Na última vez que tínhamos ido ao programa dele, o babacão basicamente ignorara todos nós e pegou no meu pé o tempo todo, me insultando de formas estranhas que eu nem tinha certeza se eram insultos, mas certamente não me agradaram. Era um cara metido a esperto que babava o ovo de caras afrescalhados e não passava de um imbecil.

— Sei que ele não é o mais simpático dos entrevistadores — voltou Matt —, mas não vamos ao programa por causa *dele*, vamos fazer isso *por nós*. Ele tem uma base muito leal de fãs, algo quase *cult*, e quando ele diz "Comprem esse álbum" é isso que as pessoas fazem.

Revirando os olhos, repliquei:

— E se ele disser "Esses caras são uns manés que não merecem atenção", é isso que todos vão fazer. Nós devíamos simplesmente ignorá-lo. Tem um monte de talk shows de fim de noite na TV.

Matt recostou-se na cadeira.

— Você não precisa falar com ele. Basta sentar e deixar que nós façamos o trabalho. Você é bom nisso. — A última frase foi dita baixinho, mas eu consegui ouvir. Matt começava a parecer Johnny falando. Babacas.

Depois de um breve descanso no hotel, fomos para os shows de rádio. Como sempre, Kellan roubou a cena. Todas as perguntas foram dirigidas a ele e todas as respostas vieram dele. De vez em quando, eu tentava interpor alguma coisa, mas quase sempre era ignorado. Ou recebia uma risada educada e desdenhosa que dizia claramente: *Você é muito bonito, mas, por favor, fique quieto e deixe-nos conversar com O astro.* Após o segundo programa eu já estava cansado de entrevistas. Pelo menos de entrevistas sobre Kellan. Estava mais que preparado para falar sobre mim e sobre meu próximo projeto, ainda secreto. Só que ninguém me perguntou nada a respeito e eu não poderia oferecer as informações. Puxa, eu esperava que Harold me trouxesse boas notícias em breve.

Anna me ligou naquela noite, quando íamos para o estúdio de Johnny.

— E então, como vão as coisas?

— A mesma história de sempre — respondi. — Tudo Kellan, só dá ele o tempo todo... — Kellan também estava ao telefone, provavelmente falando com Kiera, e não me ouviu. Ele sorria, gargalhava e parecia genuinamente satisfeito com cada aspecto de sua vida. Talvez sentisse uma emoção especial só por me manter sob seu controle.

Anna suspirou. Ela odiava quando eu falava coisas assim.

— Você é um grande astro, amor. A estrela mais brilhante no meu céu. — Ela tornou a suspirar. — Volte depressa para casa. As meninas e eu sentimos a sua falta.

Pensar nas minhas três meninas em casa, todas com saudade de mim, fez com que um fogo brilhante parecesse me consumir por dentro. Mesmo que Kellan me roubasse a cena no trabalho, eu era o centro do mundo *delas*, e isso era muito reconfortante.

— Pois é, eu também sinto falta de vocês. Certifique-se de que todos assistam ao programa de Johnny hoje à noite, especialmente Gibson. Quero que ela veja seu pai agitar a TV.

Anna riu.

— Nós não perderíamos isso por nada nesse mundo. Mas, se ele passar a entrevista toda implicando com você novamente, talvez eu entre pela tela para estrangulá-lo.

Minha esposa era muito foda.

— Por favor, faça isso. Eu odeio aquele sujeito nojento. — Depois de Anna concordar comigo, pedi a ela que desse às meninas um beijo por mim. Ela disse que iria fazer isso e desligou. Com o apoio de Anna, eu me senti um pouco melhor com a entrevista daquela noite.

Deixe aquele filho da puta tentar me fazer de idiota. Eu o desafio a fazer isso!

Quando chegamos ao estúdio, fomos levados pelos fundos e, de forma educada, nos mantiveram escondidos do mundo lá fora por uma garota de prancheta que usava fones de ouvido. Ela olhou para Kellan o tempo todo e recitou as comodidades que estavam disponíveis para nós.

Por fim, exibiu para Kellan um sorriso brilhante e não saiu até ele agradecer. Isso me fez revirar os olhos. *Há quatro de nós aqui, chica.* Você já se perguntou se *nós* precisamos de alguma coisa? Olhando em volta, perguntei aos rapazes:

— Vocês querem dar o fora daqui para irmos investigar a vida noturna da região? Já faz um tempo desde que eu deixei vocês comendo poeira no jogo "Encontre uma vagabunda".

Todos eles balançaram a cabeça para os lados; Evan chegou a bocejar.

— Tudo bem — murmurei. Desde quando a nossa banda tinha passado a cumprir todas as regras com tanta determinação? Nós costumávamos ser grandes rebeldes. Éramos verdadeiras estrelas do rock. Costumávamos evitar as responsabilidades e rir na cara da ordem. O caos governava nossas vidas. Eu sentia saudade daqueles dias.

No que me pareceram horas depois a assistente de produção, a mesma que olhara para Kellan com estrelas nos olhos, veio nos avisar que iria acontecer um intervalo comercial em breve e que precisávamos estar prontos para entrar. Nós a seguimos até o palco e esperamos a luz mudar — sinal de que os comerciais estavam no ar. Em seguida, saímos de trás da cortina para pegar nossos instrumentos.

A multidão que assistia ao programa enlouqueceu quando nos viu. Johnny levantou as mãos e gritou:

— Economizem os gritos para quando entrarmos no ar, galera! — A massa de gente se acalmou um pouco, mas ainda se ouvia um ocasional "Eu te amo, Kellan!", que parecia reverberar por todo o ambiente.

Vestindo um sorriso falso, Johnny, o homem tão incrível que dispensava um sobrenome, veio caminhando em nossa direção. Apertei os maxilares com força quando ele se aproximou de nós. O rosto do bobalhão parecia engessado por uma maquiagem tão pesada que lhe dava a aparência de estar bronzeado sem que realmente estivesse.

— Rapazes! É muito bom ter vocês mais uma vez no programa. Kellan, você é o convidado que os fãs mais pedem para voltar aqui. — Estendeu a mão para ele, e Kellan, como era o grande embaixador da boa vontade, sacudiu-a com alegria.

— Obrigado por nos receber. É uma honra estarmos no seu programa.

Bufei de deboche ao ouvir as palavras de Kellan. Honra porra nenhuma! Era uma obrigação profissional, nada mais que isso. Meus ruídos de sarcasmo chamaram a atenção de Johnny. Seu rosto rechonchudo se virou na minha direção e seu sorriso cordial se tornou presunçoso.

— Novo membro na banda? — perguntou, estendendo a mão para mim e acrescentando: — Você deve estar emocionado por fazer parte desse grupo. Meu nome é Johnny, muito bem-vindo ao meu programa.

Eu não cumprimentei o filho da puta. Cabelo castanho ou não, ele sabia muito bem que eu era um membro original da banda.

— Vá se foder, bundão.

Matt me deu uma cotovelada nas costas, mas eu não me importei. O meu comentário tinha finalmente removido o sorrisinho da cara de Johnny.

— Articulado como sempre — disse ele, e logo o maldito sorriso voltou. — Vejo vocês após a apresentação musical.

Matt agarrou meu cotovelo.

— Não faça cenas — sussurrou. — Basta apresentar seu trabalho.

Eu o empurrei para longe.

— Eu sou um tremendo profissional, portanto… larga do meu pé, seu baba-ovo.

Matt esfregou o rosto com as mãos. Depois parou e respirou fundo para limpar a cabeça.

— Tudo vai dar certo — murmurou para si mesmo, antes de pegar seu instrumento.

— Claro que vai — retorqui, pegando o baixo. — Eu estou aqui, não estou?

Nenhum dos rapazes respondeu ao meu comentário encorajador, mas também não houve tempo para isso. O intervalo comercial já estava terminando. Um membro da equipe, fora da tela, mostrava para Johnny uma contagem regressiva e o seu rosto se abriu em um sorriso exagerado quando o carinha assinalou o zero.

— Bem-vindos de volta. Sem mais demora, senhoras e senhores, eu lhes apresento… os D-Bags! — Apontou com as duas mãos para nós; as câmeras à nossa frente se viraram em nossa direção e suas luzes de aviso se acenderam. A multidão muito bem treinada gritou mais alto do que quando nos viu pela primeira vez.

Evan sinalizou o ritmo para começarmos e decolamos. Tocamos nosso novo single, a canção que já estávamos promovendo sem parar havia mais de duas semanas. Fiquei feliz por saber que aquela era a última vez que iríamos tocá-la por algum tempo. Eu precisava de uma pausa. Ou pelo menos de alguma variedade. A mesma canção tocada vezes sem conta estava me matando de tédio.

Quando terminamos, eu quase disse "Graças a Deus", mas consegui me segurar. "Controle" estava rapidamente se transformando no meu sobrenome do meio.

Johnny veio e fez uma grande presepada, à guisa de saudação. Com uma das mãos no ombro de Kellan, ele nos levou até as quatro poltronas alinhadas ao lado de sua mesa.

Tentei me sentar ao lado de Kellan, mas Evan chegou antes. Matt se sentou na poltrona da ponta, a mais distante da ação, e eu acabei ficando ao lado de Evan. Matt parecia meio esverdeado. Por mais que batesse na tecla de que precisávamos fazer coisas como aquela, ele odiava ser colocado em destaque. Eu achava isso estranho. Eu adorava os holofotes.

— Parabéns, rapazes, pelo seu mais recente single. O álbum será lançado em março, correto?

Kellan engatou a marcha do profissionalismo; respondeu a todas as perguntas sobre o álbum e o rumo da nossa carreira. Eu estava tão entediado que quase dormi. Quando é que iríamos começar a falar de mim? Meu celular tocou; eu o peguei e olhei para a tela. Matt me lançou um olhar horrorizado, como se não conseguisse acreditar no que eu tinha acabado de fazer ao vivo, em rede nacional. Quis dizer a ele que relaxasse, porque o público não estava me observando; continuavam todos ligados e ocupadíssimos ouvindo Kellan e Johnny Show.

Tinha acabado de chegar uma mensagem de texto do Harold. Quando eu a li, um sorriso me surgiu nos lábios.

Espero que você esteja bem sentado quando receber esta mensagem... porque você está prestes a ser um astro! Acabei de assinar um contrato de seis episódios de Arrebentando! *Reserve o voo, porque é hora de começarmos a trabalhar em novos episódios. Obviamente não podemos fazer muita coisa sem o nosso astro, mas a filmagem está prevista para começar na segunda-feira. Esperamos vê-lo aqui conosco. Parabéns!*

Porra, beleza! Mandei uma mensagem para ele na mesma hora.

Estarei aí!

Como se soubesse que eu tinha acabado de receber notícias excelentes, Johnny se inclinou para frente e perguntou:

— Será que estamos atrapalhando algo mais importante do que apresentar seu novo single ao vivo em rede nacional?

Com um sorriso, guardei o celular.

— Mais ou menos, mas eu já resolvi.

Disse isso como piada, mas Johnny claramente não pareceu se divertir. Com um sorriso forçado, replicou:

— Você me pareceu prestes a cochilar ainda agora. Tem passado muitas noites em claro? Anda dormindo muito tarde? Ouvi dizer que nem todo mundo aguenta essa vida de rock star.

Sua expressão e seu tom eram tão condescendentes que eu quase o mandei para o inferno. Em vez disso, porém, zombei:

– Não se preocupe comigo, eu aguento.

Ele franziu as sobrancelhas, como se eu o tivesse, de alguma forma, desarmado com a minha declaração.

– Então, pelo que eu entendi, Kellan aqui faz as letras, Matt, além de ser um dos guitarristas mais talentosos que eu já ouvi, trabalha na gestão e na promoção da banda, e Evan compõe as melodias. O que é que você faz na banda, mesmo?

Fiquei feliz por finalmente poder falar de mim mesmo, e ao mesmo tempo irritado por aquele cara insinuar que eu não tinha valor. Sua pergunta também me pareceu perturbadoramente parecida com as queixas que Matt fazia de mim. Kellan começou a dar uma resposta idiota e politicamente correta, mas eu o interrompi.

– Eu sou o corpo e a alma da banda. O componente que representa o público. A pessoa que agrada às pessoas.

Johnny ergueu as sobrancelhas e fez que sim com a cabeça.

– Oh, acho que isso faz sentido. Pela minha experiência, a pessoa com a menor quantidade de talento musical é geralmente empurrada para o papel de porta-voz, e você definitivamente parece ser do tipo que consegue tagarelar durante horas. Mas o estranho é o seguinte… Por que você ficou tão quietinho aí o tempo todo? Por que deixou Kellan assumir a liderança?

Ele tinha acabado de me insultar? Eu não consegui acompanhar o que ele dizia, mas parece que tinha acabado de me elogiar, para *em seguida* me colocar para baixo.

– Eu estava só esperando uma boa pergunta sua para entrar em ação – disse a ele.

Uma faísca de algo queimou nos olhos de Johnny e a plateia ficou estranhamente quieta, muito quieta. Matt me agarrou pelo braço e puxou com força, tentando transmitir alguma mensagem silenciosa, mas eu não me importei. Aquele apresentador era um babaca.

– Opa, então me desculpe se você acha que falar sobre a sua carreira é muito tedioso. Existe alguma outra coisa sobre a qual você gostaria de conversar? Além do trabalho que o tirou das profundezas da obscuridade, onde certamente você estaria enterrado na própria mediocridade até o pescoço?

Mais uma vez eu não consegui acompanhá-lo. Se ele queria me chamar de incompetente, por que não dizia de forma direta, cacete? Kellan perguntou:

– Que tal tocarmos outra música para vocês? – Mas Johnny e eu o ignoramos.

Decidi ser franco, já que Johnny não conseguia isso.

– Qual é a sua bronca comigo, cara?

Johnny juntou os dedos sobre a mesa.

– Bronca? Não tenho bronca alguma, estou apenas fazendo uma entrevista. É isso que eu faço. – Ele baixou os dedos de modo que todos eles apontaram para mim.

Indomável 161

– Estou tentando descobrir o que *você* faz, apenas isso. Para um observador externo, pode parecer que você não contribui em nada para a banda; pode parecer que está sugando o talento dos seus companheiros. Para alguém de fora, pode parecer que você não pertence a isto aqui. Meu trabalho é lhe oferecer uma oportunidade para desfazer essa imagem.

Foi aí que minha raiva explodiu e meu muro de contenção se esfarelou. Aquele babaca não podia me chamar de inútil sem resposta. Pegando o celular no bolso, mostrei a tela para ele.

– Quer saber o que foi aquilo ainda agora? Uma oferta de trabalho. Fui convidado para ser o ator principal no que provavelmente vai ser o programa de TV mais quente de todo o planeta. O que você acha do meu talento agora, seu bundão?

Cada pessoa no estúdio se virou e olhou para mim com espanto. Puta merda! Eu provavelmente não deveria ter dito isso aqui, mas tudo bem. Agora já era. A boca de Johnny se abriu, seu queixo caiu e se passaram mais de cinco segundos antes que ele conseguisse falar novamente. Mas seus olhos ficaram subitamente brilhantes, como se eu tivesse oferecido férias extras só para ele, mais presentes de Halloween, Natal *e* aniversário todos embrulhados num pacote brilhante feito com o ouro dos talk shows.

– TV, hein? Boa sorte para você. Mas o que acontece com a banda? O que você pretende fazer depois que se transformar num ator "bem-sucedido"?

Diante da minha mente, passou um filme com as numerosas rejeições e decepções que eu tinha recebido recentemente. A voz de Kellan soou no meu ouvido, como uma gravação: *Esta noite não, talvez amanhã.* As acusações de Matt se infiltraram em meu cérebro: *Eu não consigo pensar em uma única coisa que você realmente faz pela banda.* Os pensamentos que Johnny acabara de externar também ecoaram na minha cabeça: *Você não pertence a isto aqui.*

No exato instante em que eu refletia sobre como contar aos caras que talvez eu tivesse de abandoná-los, caso o meu programa virasse um sucesso grande demais, Matt abriu a boca.

– Não seja burro, Griffin. Você não pode aceitar um trabalho de ator agora. Ligue para eles e cancele tudo.

A raiva me percorreu a espinha, aqueceu minha pele e eriçou todos os pelos do meu corpo. Eu estava cansado, com o saco cheio de ele me dizer o que fazer e de empatar a minha vida. Todos eles me empatavam, caralho! Pois bem, não mais, a partir de agora. Daquele dia em diante, eu iria deixar minha própria marca no mundo, e ia começar já.

Levantando-me da poltrona, arranquei o microfone da roupa e o deixei cair sobre o assento.

– Tô fora. Tô fora dessa entrevista, tô fora da banda e vou largar essa porra toda. Vocês todos podem ir pro inferno.

Depois de dizer isso, fui embora do estúdio.

O IMPRESSIONANTE FAZ O QUE O IMPRESSIONANTE TEM QUE FAZER

Meu celular tocou antes de eu estar a dez metros do palco. Eu estava tão puto que pensei em ignorar a chamada, mas não consegui; quando olhei para a tela, vi que era Anna. Porra! Apesar de eu estar soltando fumaça pelas orelhas, um nó de pavor começou a se formar no meu estômago. Eu não devia ter feito aquilo ao vivo, em rede nacional. Devia ter me segurado até conseguir conversar com ela primeiro, como ela certamente queria que eu fizesse. Merda, agora eu ia ter de lhe confessar que tinha mentido. Ela ia me matar.

– Alô?

– O que diabos você acabou de fazer... em rede nacional? – A voz de Anna soava tensa e áspera como um vulcão agitado, cheio de lava derretida e prestes a explodir. Em cima de mim, é claro. Como, diabos, eu conseguiria me explicar sem que ela subisse pelas paredes? E qual seria a altura dessas paredes? Porra. Aquele era para ser o *meu* momento... Eu precisava dela ao meu lado.

Passando com dificuldade por pessoas que erguiam as mãos tentando me impedir de andar, tentei disfarçar a turbulência interna que sentia com um ar de confiança e indiferença e pensei antes de falar.

Esse não era um problema tão grande.

– Relaxe, está tudo bem. Eu não preciso deste talk show. Tenho um programa de TV que me foi oferecido. Eles querem começar a filmar na segunda-feira; assim que eu chegar, vamos pegar as meninas e rumar para L.A. – Caminhando para o camarim, entrei e fechei a porta. Queria ficar sozinho quando minha mulher entrasse em erupção.

– L.A.? É para gravar outro comercial? – ela quis saber, claramente confusa. Mas então ficou com raiva. – Você acabou de abandonar a banda para vender bebidas alcoólicas na TV?

Fechando os olhos, resolvi que estava na hora de contar tudo a ela. Ela já estava com raiva mesmo, quanto mais a situação poderia piorar?

Por favor, Senhor, não permita que piore. Eu preciso que a minha mulher permaneça fria e ponderada.

— Bem, para ser franco, eu não gravei comercial algum quando estive lá. Fui fazer um piloto... para uma série semanal. Isso vai ser ótimo para nós. Você não vai acreditar na grana preta que esses seriados com muita audiência pagam aos atores. Uma grana que faz o que eu recebo com os D-Bags parecer salário mínimo. — Só então eu me dei conta que não perguntei quanto iria ganhar... Nem me lembrava das cláusulas que aceitara no contrato. Isso não me pareceu importante na hora.

— Eu não me importo com o dinheiro, Griffin! — retrucou ela. — A banda... eles são a nossa *família*. Você não pode simplesmente largá-los!

A voz dela tinha muita agitação e revolta agora; o vulcão expelia suas cinzas. Tudo bem, eu também tinha minha própria tempestade interna. Meu olhar se fixou na tela de TV, que mostrava o palco. Os rapazes saíam da entrevista às pressas, enquanto Johnny continuava em sua mesa, claramente pedindo que eles ficassem e conversassem.

Fiz uma careta para a tela e deixei a fúria escura me levar.

— Sim, eles são família... a família que está me esnobando há muito tempo, Anna. Eles não me ouvem, não me levam a sério, nunca me darão uma chance. Tudo o que fazem é empatar minha vida. Às vezes você tem que sair debaixo da asa da família para poder voar de verdade. — Droga, aquela frase era boa, quase poética.

E eles dizem que eu não sei escrever letras.

Impressionado comigo mesmo, acrescentei:

— Honestamente, amor, venho pensando em sair da banda há algum tempo. — Talvez fosse apenas um desejo ou um pensamento fugaz que nunca foi adiante, mas, sim, eu contemplava essa hipótese. E agora que a coisa acontecera eu me sentia ótimo.

A respiração de Anna era instável, como se ela fosse hiperventilar, e eu juro que podia ouvir seu coração batendo, mesmo pelo telefone. Ela estava tendo um ataque de pânico e não havia nada que eu pudesse fazer a respeito. A não ser, talvez, piorar a situação.

— Griff, eu não acho que isso seja uma boa ideia. Converse com os rapazes, diga que você estava brincando. Então, quando chegar em casa, vamos sentar, nós dois, para discutir suas opções.

Brincando? Ela queria que eu lhes dissesse que estava *brincando*?!? Foda-se isso! Aquilo era a coisa mais séria que eu tinha decidido em toda a minha vida. E que papo era esse de "discutir minhas opções"? Em outras palavras, "você é incompetente, então deixe-me planejar sua vida para você". Não, obrigado. Eu podia ter tomado o caminho errado várias vezes, mas agora tinha certeza daquilo. Sentia isso nos ossos.

Indomável 165

— Preciso disso, Anna, e preciso que você embarque nesse projeto comigo. Você é a minha mulher.

Ela levou muito tempo para me responder; quando o fez, havia uma nota inconfundível de dor em sua voz.

Porra, eu a tinha magoado.

— Você me disse que tinha ido gravar um comercial de uísque. Você *mentiu* para mim. Vendo onde aquilo ia parar, eu a interrompi na mesma hora.

— Eu disse que era uma espécie de comercial e é mesmo. Um comercial longo e complexo... e o meu personagem realmente *pede* uísque no episódio piloto, de modo que não foi exatamente uma mentira. — Até eu sabia que aquele papo era furadíssimo, mas o que mais eu poderia dizer a ela?

Sim, eu menti para conseguir fazer as coisas do meu jeito. Desculpe.

Ela já estava magoada de verdade. Se eu confessasse o que realmente tinha feito, ela iria trocar as fechaduras da casa e contratar um advogado. Uma sensação de gelo me percorreu as veias. Nossa, torci para ela não ficar tão chateada a ponto de não me permitir voltar para casa.

Seu tom foi ainda mais frio quando ela respondeu à minha desculpa esfarrapada. Era realmente um alívio ouvir a raiva dela. Fúria era melhor que dor.

— Ótimo. Quer dizer que você se desviou da verdade para poder fazer o que bem queria, independentemente das consequências. Não gosto disso e não gosto da sua atitude. Você deveria ter me contado a verdade sobre essa oportunidade, para podermos analisar o assunto antes de você se levantar daquela poltrona e abandonar a banda ao vivo na TV. Argh! Você fez merda, Griffin, e estou putíssima com você nesse instante! Por que diabos você não me contou tudo isso antes? — O que ela me dizia estava corretíssimo, e exatamente por isso eu não queria mais ouvi-la naquele momento. Eu só torcia para que ela embarcasse nessa comigo, tipo cento e dez por cento, não importava o resto.

A bola residual de raiva que rolava dentro de mim queria dizer a ela que aquela era a *minha* carreira, e eu não tinha de pedir autorização dela *para nada*, mas tive o bom senso de não dizer nada disso. Tinha saído da banda por impulso, mas não queria largar a minha mulher. Tão calmamente quanto consegui, respondi à sua pergunta. Admitir o que eu tinha feito me exigiu muita força de vontade.

— Achei que você diria "não" se eu contasse, e por isso não contei. Mas agora a coisa está feita e eu preciso disso. Você está comigo?

Ela soltou um rugido alto de frustração no telefone e gritou:

— Vamos falar sobre isso quando você chegar em casa!

Ela desligou na minha cara e eu olhei para o celular. Raiva e culpa ainda se revezavam para me surrar por dentro; estranhamente, porém, o que eu mais senti naquele momento foi alívio. Eu não estava mais escondendo nada dela e ela não me impediu de voltar para casa. Já era um começo...

Quando a porta do camarim se abriu, meu alívio temporário desapareceu.

– Que porra foi aquilo, Griffin? – O rosto de Matt estava tão vermelho que ele parecia queimado de praia.

Guardando as emoções conflitantes que senti ao falar com Anna, enchi o peito e foquei na minha indignação.

– *Aquilo* fui eu defendendo a mim mesmo. Assumindo o controle da minha vida. – Uma sensação de justiça me invadiu enquanto eu falava. Eu tinha alcançado uma oportunidade de ser grande; eles não podiam tirar aquilo de mim agora.

Matt jogou as mãos para o ar.

– Inacreditável! – Ele apontou para Kellan, que estava de pé ao lado de Evan. Ambos pareciam tão chateados quanto Matt, mas não me atacaram. – Quer dizer que, quando você deu um chilique por causa do convite da música solo para Kellan, tudo aquilo não passou de papo-furado e hipocrisia, certo? Todos nós colocamos o espírito de equipe antes de qualquer coisa, mas você pode sair e fazer a merda que bem quiser, certo?

Matt estava com a razão, mas eu não quis admitir isso. Eles tinham me injustiçado muitas vezes e mereciam um troco.

– É exatamente isso. Nós nunca fomos uma equipe! Havia vocês e só depois vinha eu. Vocês nunca me deram uma chance, então eu tive que cavar uma oportunidade por conta própria. – Apontei para mim com o polegar. – É a *minha* vez agora.

– Você é um idiota! – reagiu Matt.

– Foda-se! – retruquei. – Vocês me colocaram dentro de uma caixa e eu estava sufocando. Não podem me culpar por eu querer um pouco de ar.

– Sim... nós podemos. – Os olhos de Matt pareciam bolinhas frias feitas de aço em meio ao rosto em chamas. Eu nunca o tinha visto tão irritado.

Apesar de estar com a mão tremendo de raiva, Evan colocou-a sobre o ombro de Matt, numa tentativa de acalmá-lo. Kellan balançou a cabeça e se manifestou.

– Você ao menos pensou em quanto isso afetaria a banda? O circo da mídia que você acabou de criar? O álbum, a turnê, o futuro... Algum desses detalhes passou pela sua cabeça? Ou você estava muito ocupado pensando em quanto você era impressionante para se importar com o resto?

Lancei um olhar duro para Kellan.

– É muito fácil julgar os outros quando você tem o mundo inteiro comendo na palma da sua mão. Você nunca teve de estar debaixo da própria sombra para ter ideia de como eu me sinto.

Kellan levantou as mãos.

— Você não acha que poderia, pelo menos, ter falado comigo sobre isso? Em vez de... bem, em vez de ser você?

— Isso não vai adiantar nada. – Agarrando minha jaqueta no sofá, joguei-a sobre o ombro e me preparei para sair. – O que está feito está feito.

Evan bloqueava a porta. Olhando para o seu rosto de pedra, falei com firmeza.

— Você quer sair da minha frente?

Ele balançou a cabeça para os lados.

— Você fez parte desta banda desde o início. Não pode simplesmente se levantar e ir embora.

Meus lábios se apertaram. Se eles queriam tanto que eu ficasse, não deveriam me tratar como se eu fosse um estorvo. Algo que todos eram obrigados a aturar.

— Eu nunca me comprometi a ficar para sempre.

— Você assinou um contrato – respondeu Matt.

Olhando para ele, balancei a cabeça.

— Não é a mesma coisa. Nós dois sabemos que eu posso cair fora com a maior facilidade. Sou livre para ir e vir como bem quiser, é assim que eu vivo a minha vida. – Ergui o queixo, desafiando-o a continuar a me dizer o que eu deveria fazer.

Matt fungou e apontou para a porta.

— Bem, então, tenha a bondade, por favor... Vá embora e seja livre.

Afastando os olhos de mim, Evan se afastou para que eu pudesse abrir a porta e, sem dizer uma palavra mais, eu deixei os D-Bags para trás.

★ ★ ★

No minuto em que meu avião pousou em Seattle, fui bombardeado por ligações e mensagens de voz. Pelo menos cinco delas eram de Denny. *Ligue para mim* era o básico das mensagens. Eu não pretendia fazer isso. Já sabia exatamente o que ele iria dizer... *Você está cometendo um erro, devia ter me contado sobre essa história, precisa retirar publicamente o que disse, blá-blá-blá.* Eu não queria ouvir nenhuma dessas baboseiras e não vi necessidade de vê-lo ou de falar com ele.

Denny discordou.

Quando eu abri a porta da minha casa, ele estava no saguão, à minha espera.

— Mas que porra! Que merda *você* está fazendo aqui? – perguntei, cansado e irritado.

Denny apontou para Anna, ao lado dele; ela me pareceu tão revoltada quanto eu sentira que estava ao celular e desgastada até os ossos, como se não tivesse dormido um único segundo a noite toda.

— Sua esposa me deixou entrar. Ela parece achar que seria uma boa ideia você e eu conversarmos. – Anna tinha os braços cruzados sobre o peito, e seus lábios estavam comprimidos em linhas finas e retas. *Ouça o que ele tem a dizer* estava sendo transmitido tão alto por sua linguagem corporal que minha orelha ardeu. Só que essa era a última coisa que eu queria fazer.

Levantei a mão.

— Não há necessidade. Sei exatamente o que estou fazendo e não preciso do seu conselho nem da sua opinião.

Denny deu um passo à frente.

— Eu já sabia sobre o piloto da série de TV. O cara se aproximou de mim antes de procurar você. Eu recusei. Não era um bom negócio e continua não sendo.

Meu queixo caiu.

— Você disse "não"? Por que diabos fez isso sem nos consultar antes? Nós não pagamos a metade dos nossos lucros a você para que esconda informações de nós.

Suspirando, Denny sacudiu a cabeça.

— Pela enésima vez, vocês não me pagam cinquenta por cento de tudo que ganham. Fora isso, eu *contei* a vocês sobre a oferta, sim. Tivemos uma reunião de grupo exatamente sobre esse assunto. Você não se lembra dessa conversa?

Tentei lembrar sobre o que ele falava, mas estava com jet lag, me sentia frustrado e mentalmente esgotado. Além do mais, as reuniões com Denny eram sempre muito chatas. Eu normalmente ligava o foda-se após os primeiros cinco minutos.

— Podemos conversar depois? Estou esgotado. — Deixei a porta aberta para ele sair, mas ele continuou parado. Em vez disso, cruzou os braços sobre o peito, em uma imagem espelhada da minha mulher, que continuava agitada. Filho da puta teimoso.

— Tudo bem. — Fiz cara de deboche. Batendo a porta, deixei as minhas malas na entrada e levantei as mãos. — Vá em frente, estou ouvindo. Diga o que você tem a dizer.

Denny olhou para Anna e em seguida olhou de volta para mim.

— Anna me contou que ele o procurou no Pete's. Você não achou estranho um produtor ir encontrar você num bar, em vez de entrar em contato por meio do seu agente? — Eu franzi as sobrancelhas, mas não disse nada. Acho que realmente era meio estranho. Tomando meu silêncio como concordância, Denny continuou: — Ele entrou em contato comigo para falar sobre Kellan, em primeiro lugar, e eu não aceitei. Então ele me ligou de volta para tentar o papel para Matt, depois para Evan, e então, finalmente, para você. Ele fez a oferta para todos os rapazes e eu recusei cada um. Fizemos uma reunião de grupo assim que eu percebi que ele estava apenas pescando um nome para vender o programa. Vocês me pagam para manter sempre os seus interesses em primeiro lugar, e foi *exatamente* isso que eu fiz.

Suas palavras atingiram um ponto escuro dentro de mim. Eles pediram o Kellan e os outros antes? Eu fui a última escolha? Não… isso não podia ser verdade. Eles queriam a mim, apenas *a mim*. O próprio sujeito tinha dito isso.

— Você não sabe o que está dizendo, cara. Devemos estar falando sobre propostas diferentes.

Denny suspirou e um olhar de derrota surgiu nele.

— Sei que você não vai ouvir uma única palavra do que eu disser, mas estou lhe implorando... para o bem da sua família, pelo menos por isso... Esse trabalho não é algo com o que você iria querer se envolver, pode acreditar em mim. É um passo para trás e um risco enorme. Não existe garantia de que o show vai chegar a algum lugar, e o pagamento é...

Levantando o meu queixo, eu o interrompi.

— Essa é a sua opinião. A minha é diferente. Acho que é uma grande oportunidade, uma chance para eu mostrar o meu valor. — Aliás, era por isso que todo mundo era contra eu aceitar.

Talvez vendo um ângulo que ainda não tinha tentado, Denny se agarrou à minha declaração.

— Escute, eu sei que a fama de Kellan pode ser avassaladora, mas você é muito importante também. Os rapazes...

Eu o interrompi antes que ele pudesse apresentar o argumento capenga que tinha inventado.

— Não, eu não sou importante *também*, eu sou importante. *Ponto-final*. E vou provar isso. Já estou provando. Você e os caras simplesmente vão ter que aceitar isso e seguir em frente.

Segurando as mãos no ar, Denny tentou mais uma vez me convencer a enxergar as coisas à sua maneira.

— Tudo bem, faça o programa, mas não saia da banda. Tire um ano sabático até ver o que acontece... Você não precisa cortar todos os laços e ir embora de vez.

Mas esse era o ponto. Eu precisava fazer isso. Já tinha ido o mais longe que podia à sombra dos D-Bags, e se eu ficasse com eles sabia exatamente o que iria me acontecer: eu me encolheria cada vez mais no fundo do palco. Eles tinham cortado as minhas asas e eu estava morrendo de vontade de voar.

— Não. Não há mais nada para mim lá. Quero sair da banda de forma permanente. Resolva isso.

Denny fechou os olhos e eu quase pude vê-lo me xingando mentalmente.

— Ok, vou preparar os documentos que darão por encerrados os seus interesses na banda. — Com um sorriso forçado, ele me estendeu a mão. — Boa sorte, Griffin. Acho que você está cometendo um erro, mas sinceramente torço para que tudo dê certo.

Com um sorriso genuíno, apertei a mão dele.

— Trata-se de mim. É claro que tudo vai dar certo.

Ele saiu com um aceno de cabeça e a porta de entrada pareceu ecoar com o silêncio que baixou depois que ele se foi. Querendo saber se Anna iria me atacar de novo, olhei para o seu rosto. Só que ela não parecia mais tão revoltada. Na verdade, sua cara era de aterrorizada.

– Griffin... ele vai remover você da banda. Por força da lei. Tudo é real, você entende isso? Você não vai mais ser um D-Bag depois disso.

Suas palavras arranharam algo no fundo do meu cérebro, algo frio e doloroso. Não ir em frente por causa de algum sentimento fraco sobre o meu passado entrava em conflito direto com meus novos sonhos. Eu tinha de fechar uma porta para poder abrir outra, certo?

– Eu sei disso, Anna. Estou numa boa com a realidade de "não ser mais um D-Bag". – Puxa, aquilo era estranho de dizer.

Anna respirou fundo e apertou as mãos contra o estômago, como se estivesse passando mal.

– Não seja precipitado, Griffin. Tire um ano sabático se quiser experimentar essa coisa de ser ator de TV, mas não saia da banda.

Torcendo para que todos parassem de criticar minhas escolhas e um pouco irritado por Anna se referir à minha futura carreira como "essa coisa", balancei a cabeça para os lados.

– Não. Este é o caminho que eu devo seguir. Dá para sentir isso. Os D-Bags foram um trampolim, mas não preciso mais deles. – Dizer isso fez com que eu sentisse um nó na garganta e tive que engolir em seco três vezes para removê-lo. Mas essa era a pura verdade. Eu tinha lhes oferecido uma chance, mas eles a desperdiçaram.

Anna deu um passo na minha direção; seus olhos brilhavam.

– Você me disse uma vez que desde que era menino queria ser uma estrela do rock. E conseguiu. Chegou lá. Por que quer jogar fora o seu sonho de infância?

Passando a mão pelo rosto e sentindo o cansaço vazar por todos os poros, deixei escapar um longo suspiro.

– Eu disse que queria ser o *astro* de uma banda de rock, não o componente número quatro, com o qual ninguém se importa e nem conhece. – Levantei as mãos enquanto mostrava o que deveria parecer óbvio para ela. – Tudo o que importa para as pessoas é Kellan, e os caras não me deixam fazer nada para mudar isso. Eles *nunca* me deixam fazer nada. Eles me mantêm no fundo do palco. Tudo que eu queria era uma porra de música... só uma! Os desgraçados nem sequer me deram isso. Eu não posso alcançar nada mais com eles. Estou travado. – Um desespero começou a rastejar dentro de mim quando pensei na jaula quadrada que eles tinham construído em torno de mim. Verdade seja dita, eu ficaria com eles, se achasse que isso iria me levar a algum lugar. Só que nunca aconteceria, e Anna precisava aceitar. Se ela queria tanto que eu continuasse sendo um D-Bag, deveria estar tendo aquela conversa com eles.

Anna colocou as mãos no meu peito, me implorando para ouvir.

– Ok, você está certo, mas desistir não é a resposta. *Fale* com eles. *Por favor!* – Dava para perceber o desespero total em sua voz e isso me assustou pra cacete. Eu nunca

tinha ouvido nada parecido antes, vindo dela. Anna nunca implorava, não daquele jeito. Mas porra! Essa era a minha única chance de eu me libertar. Se eu não aproveitasse aquela oportunidade, nunca mais conseguiria outra. Eu acreditava firmemente nisso.

— Já fiz isso, Anna, várias vezes. Não fez diferença e nunca fará. Esse é o único jeito. *Por favor, aceite isso. Por favor, fique ao meu lado mais uma vez. Eu não tenho certeza se conseguirei enfrentar essa barra sem o seu apoio.*

Seus lábios se apertaram numa expressão familiar de frustração.

— Nós precisamos ser uma equipe — retrucou ela. — Por que de repente você faz acordos pelas minhas costas e decide tudo o que acontece a esta família? Não tenho uma palavra a dizer, uma opinião a dar? Não posso votar? Quer dizer, não podemos ao menos negociar sobre isso? — Embora ela parecesse exasperada, seus olhos estavam cheios de súplica e embebidos com a esperança de que eu iria deixá-la ganhar a discussão. Mas eu não podia me dar a esse luxo. Não dessa vez. Teria de bancar o idiota machista para ajudá-la a ir além de seus medos infundados, mas ela me agradeceria muito no fim. Conseguiríamos sair disso ainda mais fortes. Eu sentia desse jeito.

Sabendo que eu estava sendo um idiota mandão, balancei a cabeça para os lados com firmeza e declarei:

— Vamos embora de Seattle, Anna. Isso está decidido. Fim da discussão. — Ela abriu a boca, mas eu me virei para ir procurar minhas filhas. Torci para que elas ficassem felizes por me ver, já que ninguém mais estava.

* * *

Como Kellan tinha previsto, uma tempestade de merda surgiu de todas as direções depois que abandonei a banda publicamente. Acho que cada meio de comunicação que existia me convidou para dar entrevistas; isso era algo impressionante. Eu finalmente teria a chance de falar, e disse a todos a mesma coisa: tinha batido num muro com os D-Bags e estava caindo fora para tentar coisas novas, algo que pudesse me transformar numa estrela.

Alguns idiotas me perguntaram se aquela decisão precipitada fora provocada por ciúmes. Mandei essas pessoas à merda. Eu não estava com ciúmes, estava simplesmente cansado. Cansado de ficar amarrado e contido. Era a hora de o Hulk se libertar.

— E então nós vamos nos mudar para a cidade onde papai nasceu. Está legal para você? — Eu explicava a Gibson que iríamos pegar um avião no dia seguinte e talvez nunca mais voltássemos. Não tinha certeza de como ela iria aceitar a novidade.

Ela inclinou a cabeça de cachos louros e me exibiu um olhar de confiança total e irrestrita. Ergui o polegar num gesto de ok e, com um grande sorriso, ela me imitou.

– Tudo bem, papai. – Pelo menos alguém me dava apoio naquela casa.

Dei um tapinha carinhoso na cabeça dela, seguido de um beijo, e me levantei. Anna estava com Onnika no colo, enquanto acompanhava a conversa entre mim e Gibson.

– Está tudo embalado e pronto para ir? – perguntei a ela. Um carro chegaria de manhã cedo para nos pegar, e também levar algumas das nossas coisas. Íamos ter de enviar o resto das nossas tralhas só quando encontrássemos um lugar definitivo para morar na Califórnia.

Anna assentiu com a cabeça em resposta, mas não parecia feliz em fazê-lo. Ela não era de esquentar muito a cabeça com as coisas, então a sua reação a respeito de tudo aquilo era uma espécie de censura. Depois que ela superasse o trauma de eu ter mais ou menos mentido para ela, basicamente forçando-a a aceitar meu plano, imaginei que ela fosse ficar cem por cento a meu favor. Especialmente depois que eu lhe explicasse quanto nossa nova vida seria espetacular quando o seriado se transformasse num sucesso mundial. Só que ela não me pareceu muito empolgada pela grandiosidade que batia à nossa porta. Estava mal-humorada, irritada e cheia de dúvidas, mais parecida com a sua irmã do que com ela mesma. A maternidade tinha arrancado dela um pouco de sua leveza e despreocupação.

Eu a segurei pelos braços, logo acima dos cotovelos.

– Nós vamos ficar bem. Mais do que bem, na verdade. Você não precisa se preocupar com nada… exceto se certificar de que todos nós vamos conseguir levantar da cama a tempo de pegar o voo, porque você sabe que eu não sou confiável quando se trata de acordar em horários de merda.

– Merda. – Gibson deu uma risadinha.

Anna suspirou ao olhar para o nosso pequeno rouxinol. Quando seus olhos voltaram aos meus, estavam um pouco sem brilho, enquanto ela agitava as coisas. Parecia estar assim desde que eu disse a ela que íamos embora.

– Não se preocupe… Eu conheço as minhas funções. Mas não fique acordado até muito tarde, senão nada conseguirá acordar você.

Na esperança de ver o sorriso que eu conhecia e amava, fiz um sorriso torto e lhe disse:

– Há sempre uma coisa especial que você pode fazer para conseguir me acordar… – Ergui e baixei as sobrancelhas para ela saber exatamente do que eu falava. Ela me deu um sorriso indulgente enquanto me empurrava em direção à porta, mas só isso. Eu meio que esperava que ela fosse gostar da minha sugestão. Minha cama tinha estado tão gélida na noite anterior que a Antártida parecia agradável em comparação. Isso me preocupou um pouco. Anna normalmente pulava em cima de mim quando eu chegava de viagem, mas tinha me dito que não estava a fim e virara para o outro lado quando eu comecei a mordiscá-la. Ela quase nunca me recusava. Confesso que sua rejeição magoou um pouco.

Pensando que talvez uma saída a dois naquela noite poderia animá-la um pouco, perguntei:

— Você tem certeza de que não quer sair comigo? Poderíamos chamar uma babá para as meninas.

Anna olhou em volta para a nossa casa, como se pretendesse memorizar cada detalhe.

— Não... Quero ficar aqui esta noite...

Eu realmente não entendia a tristeza que pairava em torno dela desde a nossa briga. Já esperava a explosão de raiva, mas aquela melancolia persistente eu simplesmente não compreendia. Queria que ela estivesse tão animada quanto eu com a nossa nova vida. Preocupou-me um pouco suspeitar que talvez ela não conseguisse superar isso... mas no dia seguinte estaríamos a caminho de L.A., uma nova vida nos aguardava e tudo ia ser épico.

The Griffin Show: só Griff o tempo todo.

Ao entrar no meu Hummer, deixei a minha casa para dar um último rolé por Seattle. Eu realmente ia sentir falta da cidade, especialmente do Pete's, que é para onde eu estava indo. Apesar de ter sido criado em L.A., senti como se tivesse crescido naquele bar... estava à vontade ali, se preferirem. Como eu não sabia quando iria voltar, senti que aquele era o único lugar aonde deveria ir naquela noite. Quando parei no estacionamento, desejei que Anna tivesse topado sair comigo. Tínhamos nos conhecido naquele bar e parecia errado não nos despedirmos dele juntos. O Pete's era um marco para o nosso relacionamento. Ela deveria estar aqui.

Deixando de lado o pensamento pesado, empurrei as portas duplas do Pete's como se pretendesse quebrá-las. Queria que todos me ouvissem chegando. Como era sábado à noite, o lugar estava lotado. Muitas cabeças se viraram na minha direção para observar a minha entrada triunfal; minha pele pareceu estalar quando os olhares me devoraram.

Sim... Eu adorava ser o centro das atenções.

Um grito surgiu do bar quando as pessoas me reconheceram. Essa era uma das melhores coisas sobre o Pete's — eu *sempre* era reconhecido ali. Pelos frequentadores usuais, pelo menos. Como era de se esperar, os fãs começaram a pular em torno de mim, me acariciando e fazendo perguntas. Só que as perguntas não eram do tipo que eu esperava, e os toques eram mais violentos que o habitual.

— Como é que você teve coragem de acabar com a banda? Como teve a cara de pau de largar tudo? Por que está fazendo isso com a gente, depois de termos apoiado você durante todo esse tempo?

A raiva em suas vozes me surpreendeu. Eu esperava apenas congratulações dos fãs.

— De que porra vocês estão falando? Estou trocando algo impressionante por outro, só isso.

— Você está *mudando* a banda! — gritou para mim uma garota com o rosto muito vermelho. — Está estragando tudo! Como consegue dormir à noite, sabendo que destruiu os D-Bags?

Olhei para ela, emudecido pelo choque.

Estragando tudo? Eu estava tornando as coisas melhores. Pelo menos para mim. E dormia muito bem, obrigado. Estava prestes a lhe dizer isso quando uma voz que vinha do bar irrompeu na conversa.

— Isso mesmo, Griffin! Como consegue dormir à noite, sabendo que fodeu com a vida das pessoas que lhe deram a boa vida pela qual você se ressente tanto?

Olhei para as várias pessoas em torno de mim até que encontrei o dono da voz. Matt. Eu já devia saber. Ele estava parado junto de outro grupo de pessoas, segurando uma cerveja e zombando de mim, como se eu estivesse cometendo um pecado só por estar ali. Rachel estava com ele e, pela forma como servia de apoio ao seu corpo vacilante, percebi que ele estava bêbado. Isso explicaria a explosão. Matt geralmente não gostava de atrair a atenção para si mesmo.

Empurrando alguns clientes para fora do meu caminho, avancei.

— Você tem algo a dizer para mim, primo?

Matt tocou o próprio queixo com o dedo.

— Não tenho certeza… mas acho que acabei de dizer. — Ele se virou para Rachel. — Eu estava falando em voz alta, não é?

Rachel suspirou, sussurrou algo em seu ouvido e puxou seu braço. Parece que ela não queria mais ficar ali. Eu senti mais ou menos a mesma coisa, mas estava revoltado demais para ir embora.

— Foda-se, Matt. Eu só fiz isso porque vocês não me deram outra escolha.

O rosto de Matt assumiu um tom ainda mais forte de vermelho e ele veio com tudo na minha direção; os fãs rapidamente saíram do caminho, e Rita, do bar, mandou que nos comportássemos, pois não hesitaria em chamar a polícia para nos rebocar dali. Vi quando ela chamou o segurança do bar. Eu não tive tempo para me preocupar com isso, porque Matt já tinha chegado e se mostrou puto e doidão o suficiente para não parar de me agredir verbalmente.

Com as duas mãos contra o peito, ele me empurrou para trás. Eu quase tropecei, mas me mantive de pé.

— Cara! Pega leve! — ordenei.

Ele soltou uma risada sarcástica.

— Pegar leve? Você fodeu com a banda três semanas antes de nosso novo álbum sair. É a pessoa mais egoísta que eu já conheci. Eu sempre soube que você era um estorvo, mas não fazia ideia do filho da puta que era, até agora. Mas quer saber de uma coisa? Isso não faz porra nenhuma de diferença. Vamos substituí-lo, seu bundão, e seguiremos em frente. Vai ser mole fazer isso, muito fácil. Conheço uma dúzia de caras que adorariam ter o que você acabou de jogar pela janela.

Ele estava junto da minha cara, gritando como se eu tivesse ficado surdo. Suas palavras eram pequenas toras de lenha que alimentavam meu fogo interno pouco a pouco. Se ele não fechasse logo a matraca, eu ia fechá-la por ele.

— Calma, Matt. Já estou quase de saco cheio de você.

Seu rosto demonstrou incredulidade.

— Quase? Pensei que já estivesse cheio. Pois bem, eu também estou. Não nos considere mais uma família. Para mim, você morreu, idiota. E os D-Bags ficarão melhor sem você!

Isso foi o bastante. Meu corpo reagiu antes da minha mente poder processar o que ia acontecer. Meu braço ficou rígido e meus dedos formaram uma bola rígida quando eu puxei a mão para trás e libertei sua força. Meu punho atingiu o queixo de Matt, ele girou no ar e caiu no chão. Rachel foi correndo socorrê-lo.

Quando viu que ele estava bem, ela olhou para mim com olhos arregalados de horror.

— Você enlouqueceu? – gritou.

Com o rosto sobre Matt, balancei a cabeça.

— Não. Eu finalmente caí na real. Vi o rosto verdadeiro dos meus "amigos". É papo-furado essa história de laços de sangue serem muito fortes. – Quis cuspir em Matt, mas achei melhor não fazer isso. Ele não era digno da minha saliva.

O segurança do bar envolveu meus bíceps com força e me levou embora dali. Virando a cabeça, reclamei:

— Me solta, seu cara de merda. Eu já acabei de esmurrá-lo.

O sujeito, que mais parecia irmão gêmeo de Sam, grunhiu:

— A coisa só vai acabar quando você estiver fora daqui. – Ele me levou preso pelo braço em meio à multidão, que me vaiava. *Vaiava!* Eu não consegui entender o que estava ouvindo. Eles estavam todos bêbados? Foi Matt quem tinha me provocado, eu só me defendi. *Ele* era o valentão ali, não eu.

Quando estava sendo arrastado, gritei para Matt:

— Olha, só para lembrar, vou levar o *nome* D-Bags comigo. Vocês não poderão mais usar o nome da banda. Ele pertence a mim!

Vi Matt fazendo um esforço para se levantar; ele se ergueu do chão e me seguiu.

— Não senhor, isso não é verdade. Sua ideia inicial era Douchebags.[*] *Fui eu* quem teve a ideia de abreviar. O nome é meu.

---

[*] Douchebag é uma gíria em inglês que significa *babaca, mané, otário*. D-Bag é uma abreviação/diminutivo dessa palavra. (N. do T.)

Olhei com ar de deboche; ele tinha um filete de sangue escorrendo pelo canto da boca, onde meu punho dolorido o atingira.

— Vamos deixar que os advogados resolvam essa questão.

Matt colocou a mão no meu ombro. O segurança mandou que se afastasse, mas Matt ignorou.

— Você já saiu da banda... não a mate também.

Com um sorriso de escárnio, retruquei:

— Para que vocês precisam do meu nome, afinal? Basta rebatizar a banda de "As putas de Kellan", porque é isso que vocês são.

Matt parou de andar e a multidão logo o envolveu. Mas antes disso eu ainda o ouvi murmurar:

— Curta Hollywood, Griff.

— É o que eu pretendo fazer — rebati, quando o segurança Cabeça de Pedra me empurrou para fora sem a menor cerimônia. Eu caí no chão de cimento com um baque.

— Não volte! — ordenou ele. — Você está oficialmente banido deste recinto.

Minhas mãos estavam arranhadas e sangrando, e meu cotovelo ardia como se estivesse em chamas, mas ignorei as dores e me coloquei de pé.

— Eu não voltaria a pisar nessa espelunca nem que me pagassem — zombei.

Ele simplesmente sorriu e voltou a entrar no bar. Esperei os fãs indignados que iriam sair lá de dentro a qualquer momento para protestar contra a forma terrível como eu fora tratado e dizer que nunca mais frequentariam aquele lugar... só que ninguém saiu. Nem um único ser humano saiu para verificar como eu estava. Eu não queria admitir, mas aquilo me deixou magoado.

★ ★ ★

Anna ficou surpresa ao me ver de volta em casa, já que eu tinha ficado pouco tempo fora. Disse a ela que o Pete's estava acabado e ela não perdera muita coisa. Eu não menti. O Pete's *estava* morto para mim agora; eu não poderia mais voltar lá, mesmo que quisesse. Não que algum dia eu fosse querer isso. Por mim, o Pete's podia explodir. Matt também estava morto para mim, mas não contei isso a Anna. De que adiantaria?

Adormeci desejando já estar longe dali, e acabei acordando sozinho uma hora antes da chegada do carro que nos levaria ao aeroporto. Quando Anna finalmente se mexeu na cama, eu já tinha empilhado a montanha de malas que iríamos levar junto à porta da frente, preparara café e tinha um Red Bull com vodca na mão. Era melhor começar o dia do jeito certo.

– Você já acordou? Acho que a última vez que você se levantou antes de mim foi… Bem, nunca. – Ela bocejou e se espreguiçou ao dizer isso; eu fiz o mesmo. Eu podia ter acordado antes dela, mas a verdade é que ainda era cedo demais.

Meu quadril doía por causa daquele idiota que me jogara no cimento. Massageei o lugar discretamente e disse a Anna:

– Estou empolgado para ir embora. Isso vai ser muito divertido, você vai ver. – Ela me deu um sorriso pouco convincente antes de se levantar para se aprontar.

A campainha tocou quando Anna acabou de se vestir. Era hora de ir embora. Para aprontar as crianças e juntar todas as nossas coisas, levamos uma quantidade espantosa de tempo. Gibson chorou e se recusou a abandonar seu quarto roxo. Onnika precisava de comida e de uma troca de fraldas antes de mudar de roupa. Quando finalmente chegamos ao aeroporto, eu já estava farto daquela viagem. Não poderíamos simplesmente já estar lá?

Foram necessários dois carrinhos para levar todas as nossas tralhas e, mesmo assim, eu estava atolado de malas. Quando as portas automáticas se abriram, vi algo que me colocou ainda mais nervoso. Kellan e Kiera estavam ali. Kellan usava um boné e óculos escuros; mesmo assim, tinha um grupo de fãs ao seu redor. Sorria muito, autografava pedaços de papel e tirava selfies com as fãs. Alguns seguranças do aeroporto circulavam em torno da multidão, parecendo um pouco desconfortáveis. Percebi que eles estavam dispostos a acabar com a confusão em poucos segundos.

Ajustei o bebê-conforto em uma das mãos, coloquei a sacola de fraldas nas costas, prendi a cadeirinha de bebê no carrinho do aeroporto e fui caminhando até o círculo de gente que se formara em torno de Kellan. Ele ergueu a cabeça ao ver que eu chegava e acenou para mim. As fãs também se viraram para mim, mas, se me reconheceram, não demonstraram.

Anna soltou um grito de alegria ao ver sua irmã. Agarrando nossas filhas com força, correu até onde Kiera estava, ao lado de Kellan. Elas se abraçaram e o sorriso de Anna foi o mais brilhante que eu vi desde que disse a ela que íamos embora de Seattle.

Kellan se desvencilhou com cuidado das fãs para chegar aonde eu estava. Perguntando a mim mesmo se ele iria me esculhambar como Matt fizera, eu quis saber, de um jeito brusco:

– Você está aqui para encher meus ouvidos, também?

Kellan suspirou e eu percebi que ele já sabia do incidente com Matt no bar.

– Não. Estou aqui para lhe dizer adeus. Independentemente dos… eventos recentes… você é parte da família e eu não poderia deixá-lo ir embora sem me despedir.

Eu não queria ficar comovido com essa prova de que Kellan se importava comigo, mas fiquei. Ele estendeu a mão para mim. Hesitei, mas finalmente aceitei o cumprimento.

Seu sorriso sob o boné fez com que algumas fãs que ainda estavam por ali suspirassem, como se ele tivesse acabado de pedi-las em casamento.

— Boa sorte, Griffin. Estou sendo sincero ao lhe desejar isso.

Assentindo com a cabeça, balancei sua mão mais algumas vezes e em seguida a larguei.

— Obrigado. – Senti como se devesse acrescentar alguma merda sentimental sobre como eu estava grato pelo seu gesto de incentivo, mas as palavras não saíram. Tudo que eu ouvia em minha cabeça era: *Esta noite não, talvez amanhã*. Pois é… O amanhã chegara.

Tive de afastar minha mulher, que continuava grudada em Kiera. Anna tinha lágrimas nos olhos quando disse seu último adeus à sua irmã.

— Eu telefono assim que o avião pousar – prometeu ela, quando suas mãos finalmente se separaram.

— É melhor telefonar mesmo! – brincou Kiera, enxugando os olhos.

Mesmo sem entender por que aquele momento estava ficando tão desnecessariamente dramático, senti um nó na garganta; ela ficou fechada como se tivesse sido colada com Super Bonder. Fui empurrando minha mulher na direção do check-in, mas logo parei, me virei e olhei para Kellan.

— Ei, Kell! – gritei. Apesar dos óculos escuros, dava para saber que os olhos dele estavam grudados nos meus. – Diga… – *Diga a Matt e a Evan que eu sinto muito*. Minha boca não conseguiu pronunciar essas palavras. – Obrigado por vir se despedir.

Kellan balançou a cabeça, ergueu a mão e acenou para mim. Sem mais nada a dizer, dei as costas para ele e para Seattle.

Capítulo 12

QUE COMECEM OS MOMENTOS IMPRESSIONANTES!

Anna ficou praticamente calada no avião, o tempo todo. Com Onnika no colo, olhava para fora da janela como se o infinito mar de nuvens fosse um livro envolvente e impossível de largar.

Eu disse a ela que meus pais iriam nos pegar no aeroporto, mas tudo que consegui em resposta foi um aceno de cabeça. Nem mesmo a aeromoça obteve uma resposta verbal quando perguntou se Anna precisava de alguma coisa. Apenas uma sacudida de cabeça para os lados enquanto olhava pela janela. Seja qual for a bad que a dominou, aquilo era muito diferente do seu normal. Eu me assustei com a possibilidade de ela não conseguir sair daquela fossa. Sentia falta da esposa corajosa e despreocupada que não piscava diante das minhas travessuras extravagantes. Sua capacidade de aceitar toda a minha loucura era uma das principais razões de funcionarmos tão bem um com o outro. Se ela perdesse essa capacidade agora, eu não tinha certeza do que isso poderia significar para nós. Por Deus, torci para que minha velha Anna retornasse em breve. Eu precisava de alguém com quem trocar emoções e despejá-las. Precisava que ela se empolgasse com tudo aquilo.

Quando o avião pousou em Los Angeles, eu já me sentia empolgado para sair. Estava cansado de ficar naquela cabine pequena e apertada. Cansado da minha vida pequena e apertada. Queria explodir para o mundo. Ver o meu nome cintilando a doze metros de altura. Ver as multidões perderem o controle só por me ver de relance. Ansiava por emudecer os críticos severos, que ficariam sem ter o que dizer por eu ser tão impressionante que era impossível retratar em meras palavras. Conforme o mundo estava prestes a descobrir, realmente não existiam palavras na minha língua para me descrever de uma forma adequada. Eu estava pronto para cintilar sozinho sob os refletores. Tinha sido preparado para isso durante toda a minha vida.

Enquanto eu esperava a bagagem que desembarcava pela esteira rotativa, perguntei a mim mesmo se ainda podia ser considerado um D-Bag. Tinha sido um durante tanto tempo que era estranho me imaginar como qualquer outra coisa. Mas Denny me desautorizara a usar o título e, portanto, tecnicamente eu era um ex-D-Bag. Esse pensamento escureceu o meu astral por alguns instantes; não fazia muito tempo a banda tinha sido tudo para mim. Mas eles não sentiam o mesmo, obviamente, e agora eu era um D-Bag aposentado.

Ah, que nada, eu sempre serei um douchebag... um babaca.

Minha piada interna levantou meu astral e uma risadinha me escapou. Anna me olhou ao ouvir isso; a tristeza persistente em seus olhos se transformou por alguns instantes em raiva penetrante. Apesar de me sentir feliz ao ver algum tipo de mudança no humor dela, precisava saber o que tinha provocado isso.

– Que foi? – Achando que talvez ela não estivesse feliz com o nosso arranjo temporário, disse: – Você está chateada porque vamos ficar com meus pais? É só por um tempo, amor. Assim que estiver tudo nos eixos, vamos começar a procurar um lugar para nós. Prometo.

Ela olhou para longe e a breve centelha de raiva a abandonou. Merda! Juro que eu não fazia a menor ideia de como lidar com mulheres chateadas e melancólicas; minha experiência nisso era zero. Sempre que uma garota se mostrava temperamental, eu caía fora. Mas não queria fazer isso com a Anna. Ela era a garota dos meus sonhos.

Depois de pegarmos nossas malas, encontramos meu pai do lado de fora. Ele parecia muito abatido quando nos empilhamos na minivan.

– Algum problema, papai? – perguntei.

Revirando os olhos para cima, ele suspirou e passou a mão pelo cabelo.

– Digamos que a casa está um tanto ou quanto... tumultuada. Vir aqui buscar vocês pode ter sido o momento de mais paz e tranquilidade que eu tive em muito tempo. Nossa, senti muita falta de conseguir ouvir meus próprios pensamentos.

Olhei em volta do aeroporto lotado, com carros indo e vindo, pessoas gritando, agitadas e lutando para chegar a algum outro lugar. Aquilo era paz e tranquilidade? Anna suspirou depois da declaração de papai. Jogando meu braço em torno do seu ombro, dei-lhe o melhor incentivo que pude, diante das condições:

– Trata-se da minha família... não pode ser tão ruim assim, certo?

Sua expressão ausente me mostrou que tinha certeza absoluta sobre quanto a situação seria terrivelmente ruim. Ela também me transmitiu com o olhar que, se eu quisesse transar com alguém novamente em minha vida, era melhor começar a procurar um lugar o mais rápido possível. Ali mesmo na van eu comecei a pesquisar imóveis pelo tablet.

À medida que o aeroporto ia se tornando indiscernível pelo espelho retrovisor, refleti sobre a falta estranha e completa de fãs enlouquecidas pela minha chegada.

Ninguém tinha pedido autógrafos, ninguém tinha gritado, ninguém tinha reclamado por eu deixar a banda. Para ser franco, ninguém sequer me reconheceu. *Que diabo era aquilo?* Como queria saber se meus pais tinham ouvido as últimas novidades sobre a banda, perguntei:

— E aí?… Vocês me viram no *Live with Johnny*?

Aquele bundão chupador de pica?

Meu pai fez cara de estranheza.

— Não… devo ter perdido esse programa. Em que noite vocês foram lá?

Revirei os olhos. Aquilo era típico deles. A não ser que eu ligasse umas dez vezes para lembrar, meus pais não prestavam atenção a nada do que eu fazia na vida. Exceto quando eu fazia filhos. Eles se reuniam em torno dos netos como as moscas se reúnem em torno da merda.

— Bem, você perdeu um bom lance. Eu saí da banda.

Papai quase torceu o pescoço, pela rapidez com que olhou para mim. Girou o volante junto com a cabeça e quase bateu num táxi. Acho que eu devia estar na direção.

— Por que diabos você saiu da banda? — Ele abriu a boca de espanto e olhou para mim como se eu tivesse acabado de lhe contar que ia fazer uma operação para mudar de sexo.

Franzindo a testa, apontei para a estrada. A última coisa de que eu precisava naquele momento era arrebentar a cara porque papai tinha entrado na traseira de algum carro. Especialmente agora, já que eu não tinha como voltar atrás. Meu rosto lindo estava prestes a se tornar minha única fonte de renda.

— Encontrei algo melhor — expliquei. — Uma série para a TV, não soube? É por causa disso que estamos aqui, lembra?

Papai fechou os olhos por um longo tempo e eu quase soquei o seu braço.

Preste atenção na estrada, meu velho!

— Griffin… séries de TV existem às dúzias por aqui, você sabe muito bem disso. A maioria delas nem mesmo é contratada, poucas são. Quando isso acontece, duram só uma única temporada, na melhor das hipóteses. Você sabe muito bem disso. Quando você me contou que ia participar de um seriado, eu imaginei que fosse fazer isso só por diversão, no seu tempo vago. Não sabia que você ia abandonar… — Ele gemeu, como se não conseguisse acreditar que tinha criado um filho tão imbecil.

Minhas mãos se apertaram em punhos. Por que minha família sempre era a primeira a me condenar?

— Esse aqui já decolou, está tudo resolvido e contratado. E vai ser um sucesso enorme, pode parar de ficar apavorado. — Olhei para o banco de trás. Anna estava bem no meio do espaço, com Gibson e Onnika, uma de cada lado. Ainda parecia meio aborrecida, como se estivesse de luto. — Todo mundo bem que podia parar de se apavorar e demonstrar um pouco de fé em mim. – Olhando novamente para a frente, cruzei os braços sobre o peito. Aquilo era para ser diferente.

Anna suspirou e descansou a mão no meu ombro.

– Nós temos fé, Griff. Temos, sim. – Essas foram as primeiras palavras que Anna tinha pronunciado desde que deixamos Seattle. Sorrindo, encontrei os olhos dela no espelho retrovisor. Parecia tensa, mas estava sorrindo também. Ver uma emoção positiva nela quase fez com que eu me retorcesse de alívio. Graças a Deus ela estava se recuperando. Eu não tinha certeza do que teria feito se ela nunca mais voltasse ao normal.

Então meu pai disse algo que eu desejei que não tivesse dito.

– O que aconteceu com o seu cabelo? – Eu continuava com o cabelo curto e tingido de castanho-escuro, desde que tinha gravado o piloto da série, apesar de as raízes louras estarem começando a aparecer. Ia precisar de um novo tingimento antes de começarmos a gravar novamente.

Eu estava prestes a responder quando o aperto de Anna no meu ombro ficou mais forte. Eu me virei lentamente e vi a sua expressão de raiva.

– Seu pai não viu o seu cabelo quando você veio gravar o "comercial"? – Antes de eu ter a chance de explicar, ela respondeu à própria pergunta. – Não... é claro que não viu. Porque você não ficou com a sua família enquanto esteve aqui. Mentiu para me convencer a ficar lá... se eu viesse, iria descobrir que você não tinha vindo gravar comercial algum.

Balançando a cabeça, ela se recostou no banco e se virou para olhar a paisagem da janela. Porra! Justamente quando eu estava chegando a algum lugar com ela. Papai olhou para mim com uma careta.

– Você esteve na cidade e não passou nem para dizer "olá"? Marsha não vai gostar nem um pouco disso.

Que ótimo!

Quando chegamos à casa de meu pai, eu imediatamente entendi o que ele quis dizer com "tumultuada". Minha mãe estava cuidando das gêmeas para Chelsey, e cerca de um bilhão de parentes estavam lá de visita. Minha mãe e meu pai vinham de famílias muito numerosas. Alguém estava sempre passando por ali e ficando alguns dias. A casa era o caos encarnado. Liam também estava lá, decorando o texto de um teste de atuação que iria fazer.

Ele piscou, muito surpreso, ao me ver.

– Uau, você realmente fez isso! Saiu da banda. Você é um idiota completo ou só é burro mesmo?

Eu estava prestes a responder, mas Anna chegou antes.

– Griffin não é idiota. Ele fez uma mudança de carreira, apenas isso. Ele tem um plano... e tudo vai dar certo.

Ela disse essa última frase como se tentasse convencer a si mesma tanto quanto o meu irmão, mas eu fiquei tão feliz por ela defender minha decisão que nem me importei.

Deixei de fitar Anna e olhei para meu pai, que apontava para o aposento no fim do corredor – o meu velho quarto.

– Vocês quatro vão ter que dividir um quarto. – Deu de ombros, como se nada pudesse ser feito a respeito. Anna suspirou, mas me seguiu enquanto eu caminhei pelo corredor até a nossa nova casa, ainda que temporária.

Quando chegamos ao meu antigo quarto, ainda decorado de forma impressionante, com pôsteres do Kiss e do Poison, eu me virei para Anna.

– Obrigado por aquilo.

– Aquilo o quê? – murmurou ela, colocando Onnika no chão.

– Por me apoiar agora mesmo, com Liam. Por dizer que eu não era um idiota ao fazer o que fiz.

Anna me deu um pequeno sorriso, e em seguida conferiu a fralda de Onnika.

– Eu ainda não me convenci, Griffin. Continuo puta por você resolver tudo pelas minhas costas, por ter mentido um monte de vezes e por ter vomitado as palavras "fim da discussão" como se fosse um babaca controlador, mas a verdade é que não gostei do que ele disse. – Olhando para mim meio de lado, seu leve sorriso se ampliou. – Você pode ser um idiota, mas é o *meu* idiota.

Pegando a mão dela, eu a coloquei em pé. Ela reclamou quando soltou o elástico da fralda do Onnika, e nossa filha riu. Seus profundos olhos verdes eram uma versão menor dos olhos da sua mãe; embora o cabelo escuro de Onnie não fosse muito comprido, elas já pareciam gêmeas.

Passando os braços ao redor da cintura de Anna, eu a puxei com força e colei o corpo dela ao meu.

– Venha comigo amanhã.

Com um jeito relaxado, ela cruzou os braços em volta do meu pescoço.

– Ao estúdio de gravação?

– Isso mesmo – confirmei com a cabeça. – Venha comigo e confira tudo. Talvez assim você fique mais animada.

Ela mordeu o lábio e meu pau estremeceu de leve. Droga, aquilo era muito sexy.

– Talvez… Tudo bem, eu vou com você. Pode ser divertido. – Ela sorriu enquanto prendia o lábio com os dentes, e eu vi aquele brilho travesso tão familiar acender com vida o seu olhar.

Essa é a minha garota.

Eu estava prestes a pedir a Gibson que levasse a irmãzinha para o quarto ao lado quando minha mãe surgiu na porta.

– Ah, que bom que vocês estão aqui, podem me ajudar a preparar o jantar. E quando eu digo ajudar é trabalhar de verdade, na cozinha. – Seu sorriso era acolhedor, mas suas palavras soaram firmes. Não havia como escapar das tarefas da cozinha quando alguém recebia essa incumbência.

– Obrigado, mamãe, iremos para lá em um minuto.

Talvez depois de uma rapidinha com a minha mulher.

Minha mãe fez menção de sair, mas logo parou, se aproximou de mim e me deu um tapa na cabeça.

– Isso é por você não aparecer para nos visitar quando esteve na cidade. Gostei do cabelo.

Ela saiu do quarto e Anna começou a rir. Minha cabeça doía, mas ouvir Anna rindo novamente foi um alívio.

– Bem feito! – disse ela. – Isso é o carma avisando você de que não se deve mentir, principalmente para a sua esposa. – Seus olhos se tornaram mais frios e eu percebi que, apesar de tentar deixar a mágoa de lado, ela continuava chateada com as minhas mentiras.

Segurando seus ombros, olhei-a fixamente.

– Sinto muito, ok? Não vou repetir o que fiz. – Já que tínhamos chegado até ali, não haveria motivo para mentir de novo a partir de agora. Tudo iria ficar tranquilo dali para frente.

Um fogo de ressentimento iluminou seus olhos.

– É melhor não tornar a mentir para mim.

Dando-lhe um sorriso tímido, eu fiz um X com os dedos sobre meu coração, um sinal de promessa.

Anna franziu os lábios e balançou a cabeça lentamente.

– Tudo bem… Por que não me conta sobre a série, para saber o que devo esperar amanhã?

Fiquei tonto de alegria por finalmente conseguir contar a ela tudo sobre o assunto. Segurar a empolgação dentro de mim estava me matando, porque, desde que o segredo fora revelado, eu já podia falar sobre isso, mas ela não queria ouvir. Toda vez que eu tentava lhe contar sobre o programa, ao longo dos últimos dias, ela saía do quarto.

– Bem, para começar… Vou fazer o papel de um astro do rock. – Seus olhos se arregalaram e eu sorri. – Sim, eu sei que é irônico. E, de certa forma, apropriado. Continuo vivendo meu sonho de infância, só que agora tudo é maior e mais radical que nunca.

Anna me deu um pequeno sorriso que era mais encorajador do que indulgente, e meu astral melhorou. Com Anna firmemente ao meu lado, não havia nada que eu não pudesse fazer. Eu pretendia dominar aquela cidade, era só uma questão de tempo.

★ ★ ★

Na manhã seguinte, Anna e eu fomos para o estúdio na minivan do meu pai. Era esquisito dirigir aquele carro, mas eu ainda não tivera a oportunidade de alugar um veículo. Mandei uma mensagem para Harold quando chegamos e ele foi nos encontrar no estacionamento naquele carrinho de golfe, o mesmo de antes. Disse "olá" para mim e em seguida olhou para minha mulher de cima a baixo com olhos surpresos.

— Sra. Hancock... é um prazer conhecê-la. Meu nome é Harold Berk, sou o produtor executivo do programa. Estamos muito felizes de ter o seu marido a bordo. — Ele estendeu a mão em saudação.

Anna deu-lhe um sorriso educado e lhe apertou a mão. Ela não partilhava exatamente a mesma opinião sobre aquele assunto.

— Sim, acho que já ouvi falar de você... por alto. — Seus olhos irritados voaram na minha direção. Mesmo que ela me perdoasse, nunca mais esqueceria.

Harold riu do comentário e soltou sua mão. Quando seu olhar se demorou um pouco mais em minha mulher, eu me coloquei na frente dela.

Sim, minha esposa é um tesão. E também é minha, então tire esses pensamentos sujos da cabeça porque isso nunca vai acontecer, meu irmão.

— Podemos entrar? — perguntei.

Harold voltou os olhos para mim.

— Claro! Subam no carro que eu vou levá-los para o seu novo lar longe de casa. — Quando Anna e eu nos instalamos ao seu lado, ele me disse: — Saiba, sr. Hancock, que você é o único membro do elenco que tem um trailer só para si. Você deveria se sentir muito especial.

Lancei-lhe um olhar duro.

— Bem, é claro que deveria. Sou o astro, lembra? — Pensei em perguntar a ele se o que Denny me contou era verdade... que tinha sondado os outros membros da banda antes de me procurar, mas achei melhor não. Denny estava enganado. Pensar em Denny me fez pensar em Matt e em nossa briga no bar. Será que ele continuava revoltado comigo? Provavelmente sim. Eu ainda estava chateado com o comentário dele... *Você está morto para mim.* Por mim, tudo bem, seu filho da puta.

Harold mantinha os olhos grudados na rua quando respondeu.

— Sim, claro. A estrela mais importante do elenco.

Anna tinha as sobrancelhas franzidas quando olhei para ela, então eu lhe dei um sorriso descontraído. Aquilo ia ser incrível. Dava para sentir minha empolgação dentro do peito.

Circular pelo set de filmagem ajudou a tirar Anna da fossa em que se colocara; pela primeira vez em muito tempo, vi emoção genuína em seu rosto. Testemunhar isso ajudou a remover os resíduos de culpa que ainda me incomodavam. Conforme o tempo passasse, ela ficaria numa boa. Na verdade, observar seu rosto se iluminar enquanto caminhávamos me fez lembrar da Anna dos velhos tempos pré-responsabilidades. Foi empolgante ver a volta da garota brincalhona com quem eu tinha me casado.

Anna gritou de surpresa ao ver o cenário do bar.

— É igualzinho ao Pete's!

Sorri com a reação dela; eu tinha pensado a mesma coisa na primeira vez que vi o lugar.

Harold pareceu desconfortável com a observação.

— Não, nada disso, é um bar genérico… eu lhe garanto.

Ele rapidamente nos levou até o cenário do lugar onde eu morava. Anna me deu um sorriso torto quando correu o dedo ao longo da lateral da cama. Desde que eu tinha ficado longe dela durante semanas, naquela terrível turnê promocional da banda… depois com a sua raiva aguda e o astral estranho e depressivo dos últimos dias, parecia uma eternidade desde a última vez que tínhamos transado. Meu pau começou a adquirir vida própria e de repente senti vontade de levar Anna para um lugar privado, em vez de continuar aquele tour idiota.

Só que antes disso eu ainda tinha um trabalho a fazer. Retocar a cor do cabelo, para começo de conversa. Continuar com aquele castanho-escuro e escroto. Quase rosnei para a cabeleireira quando a avistei de novo. Era culpa dela eu estar parecido com Denny. E, quando ela acabou de remover todos os vestígios da minha lourice gloriosa, eu fiquei ainda mais igual a ele.

Mas Anna pareceu gostar. Quando ficamos sozinhos, ela tocou um dos fios escuros com um sorriso curioso nos lábios.

— Quer saber? Isso é uma das coisas dessa história que eu realmente curti. Você fica muito bem de cabelo escuro, amor. Fica muito sexy…

Seu olhar mostrava o quanto ela gostava do que via. Agarrando-a pelos quadris, puxei-a para junto de mim.

— Ah, é mesmo? Sexy até que ponto? Estou deixando você toda molhada, amor?

Ela passou a mão pela blusa de um jeito sensual, ressaltando as curvas suculentas dos seios bonitos.

— Hum… Você sabe que sim. O tempo todo!

Ver que Anna curtia cada vez mais a ideia do programa de TV me deixava mais ligado que a visão do seu corpo. Seu apoio significava tudo para mim, e agora que eu estava finalmente conseguindo um pouco disso, queria retribuir a ela, fisicamente. Queria adorar seu corpo e agradecer por ela aceitar todas as merdas que eu aprontava. Isso era o mínimo que eu podia fazer.

– Você é tão linda – murmurei em seu ouvido. – Todas as garotas do elenco desse seriado adorariam ser tão gostosas quanto você.

Ela soltou um gemido suave quando inclinou a cabeça para trás, expondo o pescoço. Pousei um beijo suave em sua jugular. Todos os pensamentos de me manter responsável no primeiro dia de trabalho me abandonaram na mesma hora. O que eles poderiam fazer se eu sumisse por uma hora? Eu era o astro, o motivo de aquele programa decolar. Iriam tolerar um pequeno atraso em troca da glória épica, eu tinha certeza disso.

Quando chegamos lá fora, eu pressionei as costas de Anna contra o trailer de cabelo e maquiagem; ela gemeu quando nossos corpos se colaram.

– O que você quer que eu faça por você, amor? – perguntei. Colocando a mão no seio dela, mal rocei seu mamilo com o dedo. O leve toque a deixou louca e seus olhos pegaram fogo, grudados nos meus.

Ela entrelaçou os dedos pelo meu novo penteado escuro.

– Quero que você me leve até o cenário do seu quarto e trepe comigo na cama nova.

Porra, caralho!

Olhei em volta em busca do nosso guia, mas Harold tinha desaparecido depois de me deixar na sala de maquiagem. Até disse que voltaria para os ensaios, mas ninguém sabia quando isso iria acontecer. Além do mais, não me mandou esperá-lo ali. Certamente conseguiria me encontrar se eu circulasse novamente pelo set com a minha mulher. Minha esposa sexy, com muito tesão e que eu não comia havia muitas semanas.

Agarrando a mão dela, puxei-a para fora e levei-a até o cenário que retratava a minha casa. Aquele não era o lugar mais privado do mundo, já que muitas paredes não existiam, para as câmeras poderem ter espaço para gravar. Como aquele cenário em especial já estava todo preparado, ninguém apareceu quando entramos quase correndo.

Rindo, eu me joguei na cama e a puxei comigo. Ela riu também e atacou minha boca como se não me beijasse há vários anos. E realmente pareciam anos. Eu fiquei duro como uma pedra em menos de seis segundos.

– Nossa, você está uma delícia, amor – murmurou ela, por entre as pausas nos nossos lábios.

— Você também — afirmei, agarrando sua bunda e puxando seus quadris para junto dos meus. Pela forma como ambos já estávamos ofegantes e gemendo, eu sabia que aquela seria uma fusão breve, mas poderosa. Era bom que fosse rápida mesmo, porque alguém acabaria aparecendo ali por um ou outro motivo.

Felizmente, Anna vestia uma saia solta e puxar sua roupa para cima foi fácil. Enquanto mordiscava minha orelha, deslizei um dos dedos para dentro da sua calcinha. Porra, ela estava pronta para me receber. Um grito erótico escapou da sua boca quando ela se roçou contra a minha mão.

— Isso mesmo — incentivei. — Você gosta disso?

— Gosto… Porra, gosto muito. Mais, Griffin. Preciso de mais…

Ela girou os quadris e esmagou sua boceta contra o meu pau. Quase gozei na hora, de tão bom que foi.

— Tá legal, amor… estou prontinha para você.

Empurrando-a para trás um pouco, abri a minha calça e tirei o pau lá de dentro. Eu não estava tão pelado quanto gostaria de estar, mas não havia tempo para mais nada. Eu ainda nem tinha tirado a calcinha da Anna. Simplesmente afastei-a um pouco para o lado, a fim de me enterrar nela.

Ela se sentou no meu colo, deixou cair a cabeça para trás e me mostrou o peito. Porra!… Eles deveriam estar gravando aquilo ali. Essa podia ser a cena de abertura do seriado.

— Ó Deus, Griffin — gritou, movendo-se contra mim.

Agarrando seus quadris, eu a ajeitei por cima de mim.

— Me chame de Ace — murmurei. Eu ia gozar mais depressa do que planejara.

Porra, aquilo dava muito tesão!

Anna diminuiu o ritmo, olhou para mim, em seguida para onde estávamos e sorriu. Eu me perguntei se ela estava mais excitada por fazer aquilo num lugar público, como acontecia comigo. A qualquer segundo, alguém poderia sair de trás de uma parede e nos ver ali. Isso fazia com que todas as terminações nervosas do meu corpo adquirissem vida. Eu me senti fervilhar, mas ainda não tinha gozado.

Fechando os olhos, ela gritou:

— Deus, Ace… Você está uma delícia. Mais… Preciso de mais. Preciso que você goze. Goze junto comigo.

Porra, claro! Minha mão se enfiou por baixo da sua blusa enquanto nos movíamos com uma intensidade crescente. Arriando seu sutiã, apertei os mamilos dela suavemente com os dedos. Ela imediatamente se apertou com mais força em torno do meu pau.

— Isso, Ace, agora… Agora! — gritou ela, quando atingiu o orgasmo.

— Cheguei junto, amor — consegui dizer, segundos antes de ejacular.

Caraca!.. Eu adorava ser ator.

Depois que os grunhidos, os gemidos e a respiração ofegante se acalmaram, ela continuou deitada sobre o meu peito. Rindo, fez um círculo com o dedo sobre o meu peitoral.

— Eu não posso acreditar que acabamos de fazer isso... Ace.

Apesar do jeans que esmagava o meu saco, eu não me importei, aquilo foi foda, foi incrível! Apertando seu seio, que continuava na minha mão, assenti com a cabeça.

— Vamos fazer isso antes de cada gravação, ok?

Anna bateu no meu peito e em seguida ergueu o torso. Saiu de cima de mim com muito cuidado, removendo-se do meu pau lentamente, e se levantou. Eu queria continuar ali com o meu pau satisfeito à vista de todo mundo, mas Anna o enfiou de volta na cueca. Olhou ao redor com um sorriso e um ar de segredo, como se não pudesse acreditar que tinha conseguido fazer aquela travessura sem testemunhas.

Harold apareceu no instante em que Anna arrumava as cobertas da cama.

— Ah, que bom, aí estão vocês. Pensei que os tinha perdido. Está tudo... está tudo bem? — Ele arqueou uma sobrancelha quando percebeu os gestos de Anna e viu o rubor de prazer nas suas bochechas. Minha garota acabara de ter um orgasmo que merecia entrar para o livro dos recordes. Quanto a mim, bem que eu gostaria de deitar por cima dela ali naquela cama e lhe dar outro, caso ela ainda não estivesse satisfeita. Ela bem que merecia, depois do que eu a tinha feito passar nas últimas semanas.

Anna riu de uma forma tão encantadora e sedutora que me deu vontade de fazê-la sentar novamente no meu colo.

— Ah, sim, está tudo ótimo! — Com um sorriso ainda mais cintilante, ela se virou para mim. — Vamos conhecer seus colegas de elenco.

Foi uma delícia ver que, finalmente, ela estava tão ansiosa com aquilo quanto eu. Seguimos Harold como se tivéssemos molas nos pés. Tudo estava saindo exatamente como eu esperava. Isso tudo só confirmava o fato de que eu tinha feito a coisa certa ao cortar os laços com os D-Bags. Já era tempo!

No caminho, Anna perguntou a Harold sobre o piloto da série.

— Então, quem já comprou o programa? Alguma rede?

Harold começou a brincar com a gravata enquanto caminhava.

— Sim. A LMF.

Anna e eu trocamos um olhar. Eu nunca tinha ouvido falar naquela rede, e ficou claro que Anna também não.

— LMF? Nunca ouvi falar deles. Tem certeza de que eles são uma rede legítima, que existem de verdade? — eu quis saber.

Harold fez que sim com a cabeça.

– Tenho, claro. Eles estão com uma proposta nova, mas são uma rede de TV muito promissora. Vão estourar no mercado em breve. São o veículo perfeito para este programa... estão concentrados em equipamentos e programas de primeira linha. E estão loucos de alegria com você, vão investir muito na promoção da série. Você vai estar em todos os lugares!

Sorrindo, abracei Anna com força.

– Em todos os lugares... Gosto disso. E em que dia e horário vai ser exibida?

O sorriso de Harold combinou com o meu.

– Segunda-feira à noite, no horário nobre.

Meu sorriso despencou.

– Espere aí... Vou competir com o *Monday Night Football*?

Droga, agora nem mesmo eu iria me assistir.

Harold soprou forte e dispersou minha preocupação com um movimento de mão.

– Agora, com os equipamentos que gravam todos os programas, isso não importa mais. Dificilmente esse detalhe vai nos afetar e talvez até nos ajude. Este é um negócio incrível para nós, um grande motivo de comemoração!

Sorrindo, revi mentalmente a cena em que tinha trepado com a Anna em pleno set de filmagem. Isso mesmo, eu ia celebrar. Ia mandar e desmandar nos índices de audiência quando o outono chegasse.

Chupem, D-Bags.

Quando chegamos ao cenário onde o resto do elenco nos esperava, apresentei minha esposa.

– Anna, esta é a minha "banda"... Vicky, Elijah, Cole e Christine. Eles fazem o papel de Scarlet, Crash, Stix e Kiki. Galera, esta é a Anna, minha esposa. – No seriado as personagens de Vicky e Christine... Scarlet e Kiki... eram louraças peitudas loucas para me ganhar... chegaram a sair no tapa por minha causa no episódio piloto, encenando uma briga de puxar os cabelos, me disputando. Foi incrível. Acho que Stix, personagem de Cole, também tinha tesão por mim, só que eu ainda não estava inteiramente certo disso. Mas os olhos de todos os meus colegas de elenco estavam grudados na minha mulher, agora. Ela dominava a cena só por estar naquele ambiente.

Sim, eu sei. Podem sentir ciúmes à vontade, porque esse tesão de mulher que está diante de vocês pertence todo a mim.

– É um prazer conhecer todos vocês. Acabei de ver o set de filmagem. Foi incrível. – Ela piscou para mim e meu pau estremeceu. Porra, eu adoraria levá-la para a cama de Ace novamente.

Harold me entregou o script daquele episódio.

– É melhor começarmos. – Ele me apresentou o sujeito que ia dirigir o episódio; não era o mesmo cara que tinha dirigido o piloto.

Enquanto eu folheava o script, o diretor levantou a mão.

— Ok, neste episódio o foco principal da história é que Scarlet transa com Stix para tentar esquecer Ace.

Ele apontou para mim e eu cutuquei as costelas de Anna.

— Vai ser difícil me esquecer, certo? Aposto que ela chora depois. Desculpa, cara — disse eu, olhando para Cole. Ele riu e me mostrou o dedo médio.

Enquanto Anna também ria, Harold se aproximou dela.

— Desculpe, sra. Hancock, a senhora gostaria de ver o piloto já editado? O resultado ficou incrível, se me permite dizê-lo. Depois eu poderia providenciar um carro para levar a senhora até a sua casa. Este vai ser um longo dia e os atores precisam se concentrar.

Eu me irritei com isso. Queria que Anna ficasse ali para assistir a tudo, mas ela pareceu aceitar numa boa, disposta a me deixar trabalhar em paz.

— Arrase, amor. A gente se vê hoje à noite. — Ela me deu um beijo na bochecha antes de ir embora com Harold.

Bati palmas duas vezes assim que ela saiu.

— Tudo certo! Vamos tocar essa merda!

★ ★ ★

Quando cheguei em casa, depois que o ensaio acabou, parecia que minha cabeça ia explodir. Era muita coisa para decorar e eu tinha um monte de coisas decoradas na cachola; as letras e marcações das músicas dos D-Bags ainda entulhavam minha cabeça. Acho que era melhor eu me esquecer delas todas, já que não precisava mais daquilo. Essa ideia fez meu peito doer, como se um elefante pisasse no meu esterno. Só que eu não queria lidar com esse sentimento agora, então empurrei a dor para o setor do cérebro que se chamava *Vou pensar nisso depois*. Era um setor sempre lotado.

A casa de mamãe e papai estava caótica, com meia dúzia de parentes que tinham aparecido para jantar; isso acontecia com frequência. Anna me cumprimentou na porta com Onnika nos braços; seu sorriso me pareceu forçado, e eu me perguntei o que poderia ter acontecido desde o início da tarde. Ela me pareceu de ótimo humor quando visitou o set de filmagem comigo. Onnika sorriu para mim e eu estendi o braço para pegá-la.

— E aí, garotinha? Senti saudade de você.

Quando Anna a entregou para mim, Gibson serpenteou pelas minhas pernas, tentando abrir caminho entre nós e então, sem a menor cerimônia, empurrou Anna para longe de mim; Anna quase deixou Onnika cair ao se desequilibrar com o movimento inesperado.

— Gibson! — ralhou. — Eu quase deixei a bebê cair. Tenha mais cuidado.

Ignorando-a, Gibson jogou os braços ao redor das minhas pernas, como se tivéssemos ficado separados pela vida inteira.

— Papai! — exclamou.

— Oi, garota — disse eu, colocando a mão nas costas dela. — Seja boazinha com a sua irmã... e obedeça à sua mãe. — O sorriso de Anna era genuíno quando ela beijou a cabeça de Onnika. Ela sempre gostava quando eu a apoiava.

Pegando Gibson do chão, eu a girei no ar e a coloquei sentada nos meus ombros. Normalmente, quando eu fazia isso, ela agarrava meu cabelo e o usava como rédea, só que eu tinha muito menos cabelo agora.

— Eca! Eu gostava mais do seu cabelo antigo — anunciou ela. Com alguma timidez, deu tapinhas no meu cabelo estilo Denny, como se ele fosse algum animal bizarro que poderia mordê-la.

— Eu sei — suspirei.

Mamãe ordenou da cozinha que fôssemos ajudá-la com o jantar. Ao ouvir isso, Gibson e eu fomos naquela direção. Recitei algumas falas do meu personagem para ela enquanto caminhava.

— Kiki, eu sei que passamos bons momentos, mas é hora de seguir em frente. A banda vem em primeiro lugar. — Apontei para Gibson. — Agora você diz: "Mas Ace... depois do baixo você é o meu único amor".

— Ace... baixo. — Ela riu.

Dei de ombros.

— Ficou mais ou menos.

Mamãe apontou para uma tigela de batatas quando cheguei à cozinha e eu fui até a bancada para ajudá-la a descascá-las. Anna se aproximou de mim por trás.

— Então... Harold me mostrou o piloto. Você já assistiu?

Balançando a cabeça para os lados, justifiquei:

— Não, eu estava muito ocupado promovendo aquele novo álbum idiota. — Uma fisgada de dor tomou conta de mim, porque o "álbum idiota" seria lançado em breve. Sem mim. Balancei a cabeça com mais força para afastar os sentimentos que eu não deveria ter. Não importava o que os D-Bags estavam fazendo. Gibson riu e colocou os braços em volta da minha cabeça, para se segurar ali. — Por que você perguntou? Ficou fodástico?

— Hum... Bem... — Quando olhei para Anna, ela estava torcendo o lábio inferior. Isso não era um bom sinal. — A série foi escolhida para passar no horário nobre, portanto deve ser boa, certo? Quer dizer, eles não iriam colocar um programa ruim no ar. — Ela disse isso como se tentasse convencer a si mesma e me incentivar. Falhou nas duas coisas.

Com um suspiro, peguei uma faca e comecei a descascar batatas.

— Não, eles não fariam isso. Além do mais, nada em que eu esteja envolvido pode ser considerado ruim. Basta olhar para nós. — Exibi para ela um sorriso encantador, mas Anna só me devolveu um sorriso desanimado.

Capítulo 13

BEM-VINDO À CIDADE DOS IMPRESSIONANTES, POPULAÇÃO: EU

Levou uma semana inteira, mas finalmente nós quatro encontramos um lugar para alugar. E só para mostrar a Anna que tudo iria ficar bem, descobri uma casa que era ainda maior que a nossa de Seattle. Pelo que a corretora me contara, um dos Spellings era dono do imóvel; a casa era luxuosa ao extremo e o aluguel mensal era quase o que uma pessoa de rendimento médio ganhava durante um ano. O valor era absurdo, até eu conseguia enxergar isso, mas morar naquele lugar seria uma declaração de confiança que eu precisava fazer. Estávamos a caminho do topo.

Anna não estava tão certa disso.

— Esta casa é um exagero, Griffin, mesmo para nós. — Olhou ao redor do nosso novo saguão de entrada com os olhos arregalados, pois tudo era de mármore. — Vamos ter que contratar meia dúzia de pessoas só para manter tudo em ordem.

— Já contratei — anunciei, com um sorriso. — Temos três empregadas, uma para cada andar; dois cozinheiros, um mordomo… para fazer o que os mordomos fazem… três jardineiros, um salva-vidas para a piscina e dois motoristas. Ah, e duas babás, uma para cada menina. — Dei uma piscadela como se dissesse "de nada". Ela não precisaria levantar um dedo sequer. Mais uma vez eu estava de volta ao status de marido impressionante.

Ela não me pareceu tão satisfeita com o esquema como eu imaginei que ficaria.

— Não podemos contratar tantas pessoas, Griffin. E eu não me importo de cuidar das coisas da casa.

— Podemos sim! Somos ricos, amor. E você não precisa cuidar de nada na casa. Essa é uma das vantagens de ser rico.

Ela respirou fundo para se acalmar e argumentou.

— Nós ganhamos um bom dinheiro com os dois álbuns dos D-Bags, e provavelmente vamos faturar bem com o terceiro, mas isso não vai durar muito se nós começarmos a…

Abanando o ar com a mão, soltei a bomba:

— Não, eu abri mão dos direitos sobre o terceiro álbum quando assinei os papéis que Denny me deu ao me desligar da banda. Eu não vou ganhar um centavo sequer com as vendas.

Anna pareceu atordoada; num décimo de segundo, sua pele perdeu toda a cor.

— O quê?!... Mas... Você fez parte da criação desse álbum, merece sua parte nas vendas. Como pôde abrir mão dos direitos? E por que eles te pediram para fazer isso? Não é correto.

Quando Anna refletiu sobre os caras terem me prejudicado de propósito, fez uma careta de pura raiva e total indignação. Só que ela estava errada. Os caras não tinham me obrigado. Fui eu que quis. Denny e Abby não ficaram nem um pouco satisfeitos quando afirmei que não queria um centavo dos D-Bags; como eu estava deixando mais grana para eles *e também* permiti que mantivessem o nome da banda, eles não poderiam mais reclamar de nada, com relação a mim.

— Não foram eles que me propuseram isso. Fui eu que mandei Denny acrescentar essa cláusula à papelada. Não quero a merda do dinheiro deles... não preciso disso.

Eu também tinha assinado uma declaração na qual abria mão de todas as vendas residuais dos dois primeiros álbuns, mas achei que aquele não era o momento certo de mencionar isso. Anna podia ter um infarto. Abby e Denny tinham passado mais de uma hora tentando me convencer a mudar minha decisão, mas nada do que disseram poderia apagar o que eu ouvira de Matt, aos gritos: *Para mim, você morreu.* Talvez aquela tivesse sido uma decisão precipitada, mas, se eu estava morto, não deveria receber pagamento. Claro e simples. E se eu não tinha contribuído para a banda, como eles apregoavam a uma só voz, também não merecia receber nada. Talvez eu estivesse sendo teimoso e orgulhoso, mas as palavras de Matt tinham deixado marcas profundas em mim; cortes que não poderiam ser curados com dinheiro. Além do mais, eu não precisava de seus cheques ridículos, mesmo; estava prestes a ganhar dinheiro com algo muito maior.

A raiva de Anna com a banda se dissolveu e um forte medo tomou o seu lugar. Ela girou a cabeça, observando nossa nova casa com horror nos olhos.

— Griffin... quanto você está ganhando para estrelar a série?

Eu não era tão burro a ponto de ignorar os sinos de alerta que soaram em meu cérebro. Anna tentava ser solidária, claro, mas seu astral tinha despencado desde que assistira ao piloto. Eu não via o que estava errado com ele. Eu finalmente já havia assistido e achei tudo ótimo. Pelo menos *eu* estava excelente. Meus colegas de elenco eram meio sem graça e o roteiro era mais idiota que o de um filme de terror dos anos 60, mas tudo bem. *Eu* faria da série um sucesso.

— Vou ganhar o suficiente — disse a ela, com um ar vago. A verdade era que eu não tinha certeza de quanto exatamente eu ia ganhar, cacete. Tinha visto alguns pequenos depósitos entrando em minha conta bancária, mas eles não eram grande coisa, nada para comemorar. Tentei ler o contrato para descobrir o que tinha assinado, mas estava tudo escrito em juridiquês. Tudo que eu consegui achar foi algo sobre os membros do elenco receberem apenas um salário mínimo como pagamento até a série ser comprada para uma temporada completa. A partir daí os atores principais poderiam renegociar cada um seu próprio contrato, se ambos os lados achassem por bem fazê-lo. A rede LMF só tinha encomendado seis episódios... Eu tinha certeza de que seis programas não caracterizavam uma temporada completa, mas não sabia como explicar isso a Anna, então me mantive de boca fechada. E tecnicamente eu não estava mentindo; não importa o que ganhássemos, *seria* o suficiente. Tinha que ser.

Anna percebeu, por instinto, que eu não estava lhe contando tudo. Com os olhos arregalados de pânico, abriu a bolsa e pegou o celular.

— Ligue agora para a banda e peça desculpas — exigiu, me entregando o celular. — Está na hora de acabar com isso. Pense em nosso futuro, Griffin. Pense no futuro das meninas.

A apreensão se infiltrou em mim quando vi que o apoio dela começava a ruir. Eu queria que ela apoiasse as minhas decisões, não importavam quais fossem; não queria voltar a ser o único que estava empolgado com aquela mudança. Por uma fração de segundo, eu quase peguei o celular, mas logo as palavras de Matt tornaram a me ferir. *Não nos considere mais uma família.* Nada disso. Eu preferia ser o único empolgado com o novo trabalho a ter de rastejar aos pés de Matt.

Com a decisão tomada, cruzei os braços sobre o peito.

— Não, eu vou levar isso em frente, Anna, e vai ser incrível. Eu *vou* ser um astro, o programa *vai* ser um sucesso e Matt *vai* se engasgar com as próprias palavras. — Ela pareceu confusa com essa última parte, mas eu não me dei ao trabalho de explicar. Inclinando-me na direção dela, falei por entre os dentes: — Prefiro perder tudo a ter que rastejar de volta para aquele babaca.

A boca de Anna se abriu de espanto.

— Griffin...

Balançando a cabeça, repeti:

— Não, vou levar isso em frente e você precisa me apoiar. Somos uma equipe, lembra? — Eu sabia que estava sendo mandão, mas isso era importante para mim. Precisava que ela ficasse do meu lado.

Seus dedos apertaram o celular com força.

— Eu me lembro disso... mas será que você lembra? — Ela indicou a casa de ostentação em torno dela. — Esta não foi uma decisão de equipe, nada disso foi. *Você* decidiu tudo por nós dois sem sequer conversar comigo sobre o assunto. Eu nunca desejei nada disso. Não queria deixar Seattle, não queria abandonar a minha irmã, nem a minha casa. Só vim com você porque somos uma *equipe*... mas ficou bem claro para mim que, se realmente somos uma equipe, então você é o capitão; as meninas e eu somos apenas suas... animadoras de torcida. – Seu tom era gélido e amargo. Um fogo cor de jade lhe ardia nos olhos e um rubor intenso parecia manchar suas bochechas.

Eu sabia que estava pisando em gelo fino, e também sabia que havia um pouco de razão no que ela dizia, mas tinha o meu lado na história. Aquela era a *minha* carreira, o *meu* dinheiro. Por isso, em última análise, o que eu fazia com ele era escolha *minha*.

— Quando se trata do meu trabalho... sim, acho que eu sou o capitão. Mas *também* sou aquele que sustenta você e as meninas, então acho que isso me dá o direito à promoção. Quando o assunto for algo ligado à criação dos filhos, você poderá ser a capitã, ok? Mas nada disso importa, na verdade, porque continuamos todos na mesma equipe. E a Equipe Hancock não precisa dos D-Bags. Não precisamos de ninguém. Vamos sobreviver por conta própria. Confie em mim, Anna... Por favor? – Minha voz saiu tensa e suplicante. Era estranho, para mim mesmo, me ouvir dizer isso em voz alta. A não ser no caso de favores sexuais, eu não era de implorar.

— Eu confio, Griffin, mas... – Interrompendo a si mesma, ela me olhou fixamente durante alguns segundos, em silêncio. Eu mantive os olhos firmes nos dela, com ar inabalável. Confiante. Se eu não estava com medo do futuro, ela não devia estar. Finalmente, depois de um longo tempo, ela balançou a cabeça para os lados. – Ok, Griff, vou deixar você assumir a liderança desse assunto e... tenho confiança de que tudo vai dar certo. – Ela olhou ao redor da casa. – Só que... podemos ficar só com uma empregada, um jardineiro e o motorista? Caso contrário, eu vou morrer de tédio aqui dentro.

Aliviado, eu me inclinei e lhe dei um longo beijo.

— Se é isso que você quer, é assim que vai ser.

Ela assentiu com a cabeça quando nossos lábios se separaram. Em seguida, um suspiro suave e melancólico lhe escapou. O que ela queria se encontrava a quase dois mil quilômetros dali, mas pelo menos estava disposta a aceitar tudo por enquanto. Torci por isso.

Quando meus pais chegaram mais tarde para conhecer nosso novo espaço, ficaram claramente impressionados com o Castelo Cock.

— Uau, meu filho, você... se superou – elogiou papai.

— Eu sei – retruquei, estufando o peito de orgulho. – Não é incrível?

Liam tinha vindo com eles, e sua tentativa de esconder o espanto era claramente forçada.

— Se quer saber a minha opinião, eu diria que você está tentando compensar algo em sua vida – declarou ele, com ar de santo.

— Ainda bem que ninguém pediu a sua opinião – reagi.

Chelsey também tinha vindo e deu um tapinha de aprovação nas minhas costas.

— Achei sua casa fantástica, Griffin. Muito bem!

Meu sorriso se abriu tanto que minhas bochechas doeram.

Sim, muito bem mesmo.

E considerando quanto era incrível a proposta do novo seriado, eu poderia ter mais três casas como aquela num futuro próximo. Ia me arrumar para o resto da vida. Só precisava que o mundo descobrisse quanto eu era incrível, e isso aconteceria em breve. Não tão depressa quanto eu gostaria, mas em breve.

Olhando para o grupo reunido, anunciei:

— Vai ser um longo tour para conhecer a propriedade. Vocês querem algo para beber antes de começar?

Papai aceitou.

— Uma cerveja cairia muito bem.

Eu apertei um botão no fone de ouvido que usava.

— Alfred, por favor sirva seis cervejas na sala, para mim e para meus convidados.

A resposta dele no meu ouvido foi instantânea.

— Sim, senhor.

O queixo de Liam caiu.

— Você tem um serviçal? Chamado Alfred?

Eu fiz que não com a cabeça.

— Nada disso, o nome dele é Carl, mas gosto de chamá-lo de Alfred. — Anna balançou a cabeça. Ela não tinha ficado muito empolgada quando eu resolvi manter o mordomo, mas vamos combinar... ter um mordomo era o máximo! É claro que ele tinha de ficar.

Quando estávamos em nossa terceira cerveja e visitando o quinto banheiro, minha mãe resolveu que era hora de um papo sincero.

— Então... Seu tio Billy veio nos visitar uma noite dessas. Ele me contou sobre a briga feia que rolou entre você e o Matt, ainda em Seattle. Você quer falar sobre o que aconteceu?

Dei uma fungada e balancei a cabeça.

— Não há muito a falar. Eu lhe disse que ia sair da banda, ele me chamou de idiota, disse que eu estava morto para ele e não era mais da família. — Tomei um gole da cerveja. — Ah, ele também me disse que a banda ficaria melhor sem mim.

Babaca.

Minha mãe também tomou um gole. Todos estavam exclamando "ohhs" e ahhs" em torno da Jacuzzi, mas os olhos ficaram grudados nos meus.

— Isso foi antes ou depois de você esmurrá-lo? — quis saber ela.

Ergui a cabeça e dei mais um suspiro.

— Honestamente, eu não me lembro. Mas de qualquer forma o panaca estava pedindo para que meu punho se encontrasse com o lábio dele.

— Tenho certeza que sim. — Ela deixou escapar um longo suspiro. — Os homens da família Hancock são criaturas orgulhosas e egocêntricas. Mas adoráveis quando se pesquisa mais a fundo.

Sem saber se ela estava insultando ou elogiando, fiquei calado. Ela sorriu quando desviou o olhar de mim para o meu pai.

— Gregory e Billy costumavam brigar como cães e gatos. Pior do que cães e gatos. Alguém sempre voltava para casa com um olho roxo e declarações de que nunca mais queriam ver um ao outro. Mas o tempo passava e eles superavam as diferenças, esqueciam o motivo da briga e de repente voltavam a ser os melhores amigos. — Seus olhos se voltaram para os meus. — Você e Matt sempre foram o espelho deles dois. Você vai superar isso e ficar bem. Não se preocupe, querido.

Eu me irritei com o comentário dela.

— Não estou preocupado. Se Matt resolveu deixar de ser parte da minha vida, a perda é dele. — Um nó de algo escuro e feio se retorceu no meu estômago quando eu pensei que nossa ruptura poderia ser permanente, mas logo afastei para longe esse pensamento.

Mamãe me deu um sorriso triste e em seguida deu um tapinha nas minhas costas.

— É claro, querido.

★ ★ ★

Duas semanas mais tarde, eu ainda estava filmando o mesmo maldito episódio. Se eu achava que ensaiar as mesmas músicas vezes sem conta era ruim, representar as cenas era ainda pior! Gravávamos a mesma cena de novo e de novo e de novo. Meu cérebro estava se dissolvendo e eu não conseguia entender por que o sujeito da câmera precisava de uma cena minha dizendo "Claro, Crash, o que você quiser está numa boa" quinze mil vezes. Era ridículo.

E o resto do elenco? Nem quero começar a falar deles. Havia sempre algo de errado com alguém. Ou estava de ressaca, ou não conseguia lembrar suas falas, ficava revoltado com um colega ou chegava atrasado. Era uma merda atrás da outra, e tudo isso só servia para tornar as coisas mais lentas. Como, no passado, era sempre eu que estragava as coisas, me ver forçado a ser o mais profissional e focado do grupo era um choque.

O pior é que, por mais que rolassem problemas com o elenco, suas disputas eram fichinha em comparação com o caos que rolava nos bastidores. Entre os roteiristas, os diretores e os executivos do estúdio, sempre alguém reclamava do que estávamos fazendo. Parecia que a cada hora eu recebia um script revisado. Lembrar o que eu deveria dizer ou o que deveria esquecer trazia um novo significado para a palavra "frustração". Se continuasse naquele ritmo, eu não via chance de conseguirmos terminar de gravar um episódio, muito menos os seis que a LMF contratara.

E se nós não entregássemos os seis episódios, nunca teríamos o contrato para a temporada completa, nem receberíamos um pagamento decente. Eu não queria me preocupar com isso, porque não era do meu feitio ficar preocupado com dinheiro, mas aquilo começava a me corroer por dentro. Eu pedira a Anna que confiasse em mim... precisava apresentar bons resultados.

Depois de passar a maior parte do dia sem fazer nada além de gravar fingindo que tocava uma música no palco, eu estava exausto. Quando meu motorista me levou para casa, peguei meu celular e olhei para a tela.

O álbum ia ser lançado naquele dia.

Matt provavelmente estava em estado de piração total... Nervoso, suando, aguardando ansioso as primeiras críticas. Ele levava tudo muito a sério, como se estivesse sendo julgado pessoalmente. Ele precisava relaxar, senão iria para a sepultura mais cedo. Talvez casar ajudasse. Eu devia ligar para descobrir quando o casamento dele iria acontecer. O de Evan também. Embora nosso relacionamento estivesse uma merda agora, certamente eu continuava na lista de convidados.

Tomei uma decisão inesperada numa fração de segundo: encontrei o nome de Matt no meu celular e liguei para ele. Nem chegou a tocar; a ligação caiu direto na caixa postal. Estranho. Talvez seu telefone estivesse desligado. Como não queria deixar mensagem, desliguei e fiz outra ligação, que foi atendida na mesma hora.

— E aí, Evan, como vão as coisas?

Houve uma longa pausa antes de ele dizer algo, e quando o fez, foi apenas o meu nome.

— Griffin. — Pelo tom com que ele disse isso, não deu para saber se ele simplesmente reconhecera minha voz ou se não gostara da ligação e me xingava em silêncio.

— Ahn... Eu mesmo. — Inclinando a cabeça, me perguntei se ele também estava com alguma bronca comigo. Bem, se estava, era recíproco, porque ele não chegou a se despedir de mim. Como isso ainda me encucava, perguntei-lhe a respeito. — Por que você não foi me ver no aeroporto? Kell foi.

— Talvez Kellan seja um ser humano melhor que eu. — Evan deixou escapar um longo suspiro, mas logo partiu para o ataque. — Que diabos você está pensando da vida, Griffin? Abandonou a banda por causa de um *programa de TV*? Que pode ou não dar certo? Você pirou, cara? — Abri a boca para responder, mas ele continuou antes de eu ter a chance. — E que lance foi aquele entre você e o Matt? Quer saber a verdadeira razão de eu não ter aparecido? Matt deu um pulo aqui na minha casa depois que você o agrediu e eu passei os três dias seguintes tentando acalmá-lo.

— Bem, foi ele que...

Evan me interrompeu com palavras ainda mais irritadas.

— Você ameaçou nos tirar o nome. *O nome da banda!* O nome que estamos tentando tornar importante há anos. Você pretendia simplesmente arrancá-lo de nós? É preciso ter muita coragem!

Agora era eu que começava a ficar com raiva.

— Eu não fiquei com o nome. Deixei que vocês ficassem com ele.

— Mas ameaçou tirá-lo de nós... como se quisesse nos punir. É por isso que eu queria saber, Griff... Que diabos algum de nós fez para você de tão grave, em algum momento?

Uma fumaça de raiva praticamente me saía pelos ouvidos, agora. Ligar para ele tinha sido um erro. Minha preocupação com a banda era um erro. Cortar todos os laços era a solução para todos.

Os D-Bags ficarão melhor sem você.

Matt tinha me dito exatamente essa frase. Eu duvidava disso, mas acho que teria de pagar para ver. Estava farto de tudo.

— Quer saber de uma coisa, Evan? Por que você, Matt e Kellan não montam em seus belos cavalos e cavalgam juntos rumo à porra do pôr do sol? Está claro, para mim, que nenhum de vocês me entende, nem nunca vai entender.

Desliguei o telefone antes que ele pudesse me esculhambar ainda mais. Eu já tinha apanhado muito deles.

Meu motorista me olhava pelo retrovisor. Como não estava no clima para aquilo, ladrei para ele:

— Que foi? — Seus olhos voltaram para a rua. Eu finalmente me senti com um pouco de controle da situação e ordenei: — Dirija mais rápido. Quero sentir como se estivesse voando.

Fodam-se todos eles.

Quando cheguei em casa, não estava com astral para lidar com outras merdas. Só queria pegar minha esposa, levá-la para a sauna e fazer com que nosso suor se misturasse. Junto com outros fluidos. Anna estava no chão brincando com Onnika na sala de estar quando eu cheguei junto dela. Gibson jogava blocos de montar em Onnika, e Anna a repreendia.

— Pare com isso, Gibson! Você vai atingir sua irmã nos olhos.

Gibson não pareceu se importar com isso. Mas se iluminou quando reparou que eu chegara. Dando um pulo, saltou para os meus braços com um guincho. Anna se voltou e sorriu para mim.

— Oi, amor! Como foi o trabalho hoje? O jantar deve ficar pronto em vinte minutos, mais ou menos. — Ela se virou no chão de bruços e bateu os pés um no outro. Vestia um short minúsculo que quase expunha sua bunda. Meu pau se manifestou, em sinal de aprovação. Eu precisava dela. Aquilo iria fazer com que eu me sentisse melhor.

Estendendo a mão, eu disse:

— Preciso falar com você.

Com as sobrancelhas franzidas, ela deixou que eu a erguesse do chão.

— Está tudo certo?

Como se adivinhasse o que eu queria, Carl apareceu na sala de estar segurando uma bandeja com uma garrafa de cerveja. Ele sabia que eu gostava de tomar cerveja assim que colocava os pés em casa. Menos agora. Eu precisava de mais. Virando-me para ele, pedi:

— Alfred, você pode dar uma olhadinha nas crianças por alguns minutos?

Gibson cruzou os braços sobre o peito e fez beicinho.

— Não, papai. Fique aqui.

Baguncei seu cabelo.

— Eu só preciso conversar com a mamãe por um minuto. Já voltamos.

Tive de desgrudar Gibson de mim antes de poder sair da sala com Anna. Andando em ritmo acelerado, chegamos à sauna em dois tempos. Havia um banco ali que acompanhava todas as paredes. Eu queria esparramar Anna em cima dele.

Puxando-a para dentro do espaço, fechei a porta depressa.

— Griff? O que estamos fazendo aqui? Não podemos conversar em algum lugar menos suarento? — perguntou ela, enquanto eu aumentava a temperatura. Quando ficou mais quente, joguei um pouco de água nas pedras, o que liberou uma bela e relaxante nuvem de vapor. — Griff — insistiu ela. — O que aconteceu?

Uma gota de umidade surgiu acima do seu lábio superior e eu a chupei.

— Tire a roupa. Agora. — Comecei a puxar suas roupas, descobrindo mais e mais da sua pele cremosa. Sim… aquilo faria a parte ruim do meu dia desaparecer.

Ela deixou que eu lhe despisse a blusa e lhe desabotoasse o short. Apesar de me beijar de volta, havia uma pergunta em seu rosto.

— Está… tudo bem? — quis saber, quando ficou só de sutiã e calcinha. Gotículas de umidade surgiam em sua pele, tornando-a irresistível. Eu mal conseguia esperar até que nossos corpos se esfregassem e deslizassem juntos.

Suguei o ar quente em inspirações enquanto abria a calça.

— Tudo ótimo. Eu só preciso comer você. — *Então, tudo ficará perfeito.* — Faça com que eu goze, amor. Faça com que eu goze em cima de você toda.

Seus olhos se iluminaram diante das minhas palavras sugestivas. Ela puxou minha calça para baixo e caiu de joelhos.

— Amor, vou fazer você gozar com tanta força que vai levar uma semana até você conseguir gozar novamente.

Ri de sua observação, mas logo sua boca me envolveu e todos os pensamentos desapareceram da minha cabeça.

Isso, pode abocanhar tudo. Eu não quero ficar com nada.

Explorei seu corpo durante vinte minutos antes de finalmente me lançar dentro dela. O calor e o suor quase me provocaram náuseas, mas no fim potencializou a ejaculação. Nossos orgasmos ecoaram pela sauna, tão escaldantes quanto as rochas que fumegavam no centro do ambiente.

Porra, sim. Era disso mesmo que eu precisava.

Quando eu me senti cansado e esvaziado, saí de cima dela e me deitei no banco de barriga para cima. Fechando os olhos, coloquei o braço sobre eles. Agora eu precisava de um cochilo. Senti Anna se levantar e se colocar acima de mim.

– Amor! – chamou ela. Resmunguei algo incoerente. Eu só queria ficar ali no vazio por mais algum tempo. Anna suspirou e eu a ouvi recolher as roupas. – Vou tomar uma ducha e ver como as meninas estão. Gibson provavelmente está perturbando Onnika... que deve estar em pânico por eu ter saído de lá... O jantar já deve estar quase pronto a essa hora, portanto não demore muito aqui, ok?

Ergui o polegar e ela me beijou a testa com ternura antes de ir embora. Tremi quando o frio repentino do ar externo bateu em mim. Eu devia sair também, só que ainda não conseguia me mover.

Os D-Bags estarão melhor sem você.

E eu estava melhor sem eles.

Quando finalmente reboquei meu traseiro relaxado para me juntar à família na sala de jantar, percebi que Anna não parecia tão revigorada quanto eu.

– Que foi? – perguntei, quando Alfred colocou um prato de bife com batatas diante de mim. Isso mesmo... Sexo, bife e carboidratos... Todos os dias deveriam terminar desse jeito.

Anna suspirou quando um prato menor lhe foi servido.

– É só... Sei que não estamos aqui há muito tempo, mas... as pessoas aqui são muito artificiais, meio falsas, e isso está me deixando louca. Não sei dizer se são simpáticas porque gostam de mim ou porque precisam de algo que eu possa lhes dar. E é péssimo não ter alguém por aqui com quem eu possa sair e bater papo. – Ela olhou para as meninas. – Um adulto que não implique com a irmã a cada minuto do dia, nem precise que eu lhe dê algo a cada cinco segundos... – Ela suspirou novamente ao olhar para mim. – Isso tudo só me faz sentir mais saudades de casa.

Tinha um ar de frustração no rosto e até eu entendi o verdadeiro significado por trás de suas palavras.

– Estamos *em casa* e vamos fazer novos amigos, Anna. Amigos atores que serão quase tão bem-sucedidos quanto eu. Eles não vão nos usar para obter vantagens. Tudo vai ser completamente genuíno. Basta dar tempo ao tempo.

Nós não vamos voltar para Seattle.

Como se ouvisse o meu último pensamento, Anna franziu a testa e soltou mais um suspiro. Eu não tinha certeza se ela tentava odiar tudo ali de propósito ou se ela se recusava a mergulhar em nossa nova vida em Los Angeles. Acho que teria se acostumado com rapidez antes de termos filhos, quando era um pouco mais selvagem e despreocupada, mas agora tudo parecia incomodá-la. Até mesmo o clima, quase sempre ensolarado. Algumas vezes eu a ouvia suspirar e dizer:

— Sinto saudade da chuva.

Isso era estranho para mim. Quem sente saudade de chuva?

— Atores que serão nossos amigos — murmurou ela. — Sim, tenho certeza de que eles serão muito sinceros e verdadeiros o tempo todo. Nada de falsidade... — Olhou para fora da janela enquanto eu cortava o bife absolutamente perfeito. Gibson pegava comida com os dedos, ao meu lado; Onnika se babava com o mingau. Todo mundo parecia contente, exceto Anna.

Perguntando o que poderia animá-la, uma vez que o sexo incrível na sauna não conseguira fazer isso, sugeri:

— Bem... Poderíamos convidar alguns amigos para nos visitar. Quem sabe... — Minha voz sumiu quando eu analisei a lista de amigos de Anna. Não Jenny, porque ela traria Evan. Não podia ser Rachel, porque ela traria Matt. Nem Kiera, porque ela traria Kellan. Por que diabos as melhores amigas de Anna tinham de estar em relacionamentos com os *meus* melhores amigos! Bem, meus *ex-melhores* amigos. Irritado, tentei uma última cartada. — Troy e Rita?

Anna trouxe o olhar de volta para mim.

— Troy e Rita? Isso é o melhor que você consegue sugerir?

Dei de ombros.

— Alguns dos seus velhos amigos do Hooters, então. Eu não me importo, convide quem você quiser. Promova um fim de semana só para garotas.

Anna ficou pensando alguma coisa e eu sabia em quem ela estava cogitando. Tudo bem. Talvez ela curtisse mais nossa nova casa se percebesse que a vida ali não era um confinamento solitário. Tínhamos grana para fazer qualquer coisa acontecer. Pelo menos por enquanto. Puxa, eu torcia para que a temporada completa fosse comprada em breve. Anna iria subir nas tamancas se descobrisse que eu estava ganhando a porra de um salário mínimo, ou pouco mais que isso.

Nesse instante, Onnika descobriu que brincar era mais divertido que comer. Com a boca cheia de mingau, cuspiu com força um monte de comida em cima de mim. A merda gosmenta e comida pela metade me cobriu a cara.

— Droga, Onnie! — Ela riu enquanto eu limpava a lama de aveia do rosto. Anna também riu. — Sim, é muito divertido! — disse eu, olhando para as duas.

Entregando a colher para Anna, fui até a bancada pegar uma toalha para limpar o rosto. E o cabelo. E atrás da orelha. Como foi que a porra do mingau tinha ido parar lá? Enquanto eu me limpava, Anna disse:

— Ok, Griff... aceito sua sugestão e vou convidar algumas amigas para vir aqui nesse fim de semana. Você conseguiria encontrar algo para fazer por algumas horas?

Ergui o polegar. Eu poderia me arranjar por uma noite. Além do mais, entendi que Anna realmente precisava daquilo.

★ ★ ★

Quando saí naquela sexta à noite com o elenco do programa e fomos ao Elijah's, Anna era toda sorrisos. Eu não sabia ao certo como ela conseguira superar a tristeza tão depressa. Talvez Kate? Ela provavelmente viria a L. A. só para ver Justin.

Depois de darmos boa noite para Gibson — e de lermos uma história de princesas em que nós dois usamos tiaras, é claro — e de cantarmos um acalanto para Onnika dormir, dei um beijo longo e saboroso em Anna.

— Vou te comer mais tarde — murmurei em seu ouvido —, mesmo que suas amigas estejam por aqui.

Ela mordeu o lábio e me puxou pelo cós da calça até os nossos quadris se encontrarem.

— Sim, vai mesmo — confirmou, com naturalidade.

Porra, que tesão! Por que aquela festa de garotas não poderia já estar encerrada?

Elijah não parou de me encher de álcool e eu já estava pra lá de Marrakech quando meu motorista me levou para casa. Também estava com um tesão da porra. Comecei a tirar a roupa no carro mesmo, para chegar já em ponto de bala para Anna. O motorista olhou para mim pelo retrovisor e pigarreou, mas não disse uma palavra. Aquele cara era mudo como uma pedra noventa e nove por cento do tempo. E eu gostava disso.

No momento em que ele parou o carro na garagem para me deixar sair, eu já estava completamente pelado. Peguei as chaves da casa, mas deixei o resto das minhas coisas no carro. Mandaria Alfred pegar tudo mais tarde. A brisa da noite estava fresca na minha pele nua, mas isso me deixou ainda com mais tesão. Foda-se, eu não podia mais esperar para "atacar" a minha esposa. Acariciei meu pau duro enquanto abria a porta da frente. Eu estaria dentro dela até o talo em três... dois... um...

Quando abri a porta e entrei, meu cérebro enevoado se lembrou, na mesma hora, que Anna tinha hóspedes de fora em nossa casa. Talvez atraída pelas minhas tentativas barulhentas e bêbadas de destrancar a porta, uma das amigas dela estava no saguão.

— Oh meu Deus, Griffin!

Ela se virou de costas para mim, mas eu já a tinha visto. E reconhecido.

— Kiera? Que porra você está fazendo aqui? Kellan veio com você?

Por cima do ombro, ela gaguejou.

— Por… por que você está nu? Você saiu de casa nu?

Tirando a mão do meu pau, cocei a cabeça.

— Não… acho que não…

— Bem, então vista alguma coisa… por favor.

Mesmo com as luzes do saguão apagadas, eu sabia que as bochechas dela estavam vermelhas. Aquela garota ficava vermelha como um pimentão por causa de qualquer coisa. Pegando um vaso que ficava junto da entrada, tirei as flores e a água e só então fechei a porta e cobri meu pau com ele.

— Pronto, já estou decente.

Kiera se virou lentamente, mas não pareceu mais confortável com a minha cobertura improvisada. Meu pau continuava duro como uma rocha no interior do vaso, que continuava mais ou menos me cobrindo. Só que meu piercing peniano praticamente tocava o fundo do vaso. Fantasiar que aquele vaso era a vagina de Anna quase me fez gozar ali dentro. Aposto que *isso* iria fazer Kiera corar de verdade.

— Como eu estava dizendo… — continuei — … que porra você está fazendo aqui?

Ela franziu a testa com força. Eu estava tão bêbado que consegui enxergar Anna naquela expressão tão comum às duas irmãs. Ela era uma pálida imitação de Anna, claro, mas era parecida o bastante para fazer meu pau latejar ainda mais.

— É bom ver você também, Griffin. Eu ainda não consegui me acostumar com o seu cabelo. Você ficou meio parecido com… — Ela inclinou a cabeça e eu vi que ela me comparava ao seu ex-namorado.

Ergui uma das mãos para impedi-la de completar a frase. Não queria ouvir aquilo.

— Fiquei parecido comigo mesmo, só que com o cabelo escuro e mais curto. Nada de especial. Kell veio com você? — Olhei para os corredores dos dois lados, mas não o vi.

— Não, viemos só eu, Jenny e Rachel. Anna disse que precisava curtir um fim de semana só para garotas e nós viemos.

Que maravilha! As três mulheres que provavelmente mais me odiavam no planeta eram as que Anna tinha convidado para o fim de semana. Impressionante!

— Ah — foi tudo que eu consegui expressar.

Kiera apontou para a porta.

— Eu ouvi barulho de alguém mexendo na porta e vim ver quem era. Não imaginei que… — Ela suspirou e apontou para o corredor, onde as outras duas convidadas esperavam em pé. — Eu estava indo para a cama. Vejo você amanhã. De preferência, com roupa.

Ela saiu correndo. Tirando o vaso do pau, acenei com ele.

— Pode ser. Mas talvez eu resolva usar essa mesma roupa amanhã!

Tive certeza de que a ouvi grunhir de irritação.

Passei o resto do fim de semana ignorando o trio de visitantes. Bem, fingindo que as ignorava, pelo menos. Estava atento a todas as palavras que pronunciavam, especialmente quando conversavam sobre os D-Bags. Não que eu quisesse descobrir o que os caras estavam fazendo... mas se eles estavam chorando, lamentando ou alguma merda desse tipo pela minha saída... bem... eu não me importaria de saber.

De onde eu estava sentado, ouvi Kiera dizer:

— O terceiro álbum está indo muito bem, mas os rapazes sentem que está incompleto, que falta alguma coisa, entende? Quer dizer, eles não podem fazer uma turnê, nem clipes das músicas novas, e mal conseguem promover o novo trabalho. Acho que as vendas nem iriam tão bem se não tivesse havido tanta agitação por causa da maneira como Griffin... Sabem como é... A saída dele não foi exatamente discreta.

Houve um momento de silêncio, e então Anna perguntou:

— Não seria possível eles conseguirem alguém que pelo menos pudesse viajar com a banda? Claro que eu odiaria essa ideia, mas eles precisam promover o álbum. Tenho certeza de que Griffin iria entender.

Claro que entenderia. Eles iriam empurrar outra pessoa para as sombras. Eu só esperava que ele ou ela gostasse de ficar na escuridão.

— Matt acha que eles devem deixar a coisa rolar e começar de novo. Vão fazer testes nesse fim de semana para substituir... Griffin...

Era a voz de Rachel, pelo que eu pude perceber. As garotas estavam batendo papo em volta da piscina dos fundos, balançando os pés na água. Eu estava na sala de estar com as portas bem abertas. Para o ar fresco entrar, é claro.

A voz de Jenny quebrou o silêncio.

— Este é o segundo teste que eles vão fazer. Até agora... ninguém se encaixou no perfil desejado. Pelo menos foi o que o Evan me disse. Minha opinião é que os rapazes simplesmente ainda não estão prontos para ir em frente. Ainda alimentam a esperança de...

Mais uma pausa longa e então Kiera perguntou, falando depressa:

— Griffin realmente quer levar isso até o fim, Anna?

Espreitei por onde eu conseguia enxergar os topos de suas cabeças além dos vasos de plantas ao redor da piscina. Não tinha certeza de como Anna iria responder à pergunta da sua irmã, mas torci para ela falar um sonoro "claro!". Eu estava totalmente disposto a levar aquilo até o fim. Os caras deveriam superar o problema e seguir em frente. Só que no instante em que eu pensei isso, um nó confuso de ansiedade começou a se formar no meu estômago.

A resposta de Anna foi tão sussurrada que eu tive de aguçar o ouvido para escutar a resposta acima da voz de Gibson, que cantarolava junto com o programa de TV que assistia.

– Shhh, Gibby – ralhei.

Parando de cantar, ela olhou para mim tempo suficiente para eu ouvir Anna dizer:

– Griff está animado com o programa. Ele diz que vai fazer mais sucesso e durante mais tempo do que com a banda. Então... sim, ele pretende ir até o fim.

O murmúrio de vozes diminuiu depois disso, e a voz de Gibson ficou mais alta, então eu não ouvi mais nada. Mas já tinha ouvido o que era realmente importante... eles ainda não tinham encontrado ninguém.

★ ★ ★

Anna estava com um astral meio baixo depois que as garotas partiram, no domingo de manhã. Durante o almoço, ela me transmitiu todas as informações pertinentes que tinha recolhido.

– Então é isso... Jenny e Evan estão começando a conversar sobre ter filhos, e isso significa que vão dar início aos planos de casamento em breve. Só que ela ainda está muito ocupada com a galeria, então eles não estão com muita pressa.

Exibi um ligeiro sorriso em resposta e ela tomou isso como um *por favor, conte-me mais!*

– Rachel estava meio reticente sobre seus planos com Matt, mas aposto que eles vão dar o nó do casório em breve. Talvez tenhamos um casamento no inverno... isso seria divertido. – Ela suspirou, e eu não pude deixar de especular comigo mesmo... se Matt e Rachel realmente resolvessem fazer a longa caminhada para o altar, será que eu seria convidado?

Para mim, você morreu.

Balançando a cabeça, redirecionei a atenção para as divagações de Anna.

– Kellan e Kiera andam tentando ter outro bebê; sabe que isso significa... – Ela riu, e seus lábios se curvaram lindamente.

Sim, isso significava que Kellan andava tendo orgasmos frequentes. Eu preferia estar fazendo a mesma coisa a ouvir um resumo de suas vidas. Eles não querem ter mais nada a ver comigo.

Pousando na mesa a minha colher de comer cereais, eu disse:

– Talvez também seja o momento de tentarmos ter outro bebê, certo? Por que não experimentamos algumas das posições *especiais* daquele livro do Kama Sutra que você pegou?

Os olhos de Anna se iluminaram e eu não soube ao certo qual das duas ideias a agradou mais – sexo agitado ou mais um bebê.

– Será que não podemos partir para outra maratona? Acho que já está na hora de tentarmos bater nosso recorde.

Levantando da mesa, estendi a mão para ela.

— Devemos começar logo. Vou pegar água… Tenho a impressão de que vou precisar me manter bem hidratado para isso. – Por sobre o ombro, gritei: – Alfred, tome conta das meninas um pouquinho. – Anna estava rindo quando eu a levei para longe dali e eu me senti satisfeito por ter sugerido que ela passasse um fim de semana com as amigas. Eu conseguiria aturar reuniões ocasionais das vagabundas dos D-Bags se isso servisse para manter a minha mulher feliz.

Capítulo 14

MOLHO IMPRESSIONANTE. PARA TEMPERAR SUA VIDA, COLOQUE-ME NELA

Em meio às gravações da série, aos ensaios e às regravações de voz nos diálogos que não ficaram bons, eu dava entrevistas. Todo mundo continuava energizado e enlouquecido por causa do meu rompimento com a banda. Na verdade, eu não queria mais tocar no assunto; só que falar disso me dava a oportunidade de divulgar minha série, e *isso* eu queria fazer.

Eu relaxava em meu trailer no set de filmagem, curtindo um momento de paz e calmaria enquanto esperava ser chamado para gravar mais cenas. Geralmente eu gastava muito tempo em pé ou circulando por ali nesse trabalho, e depois esperava um tempão sem fazer nada. Eu não imaginava que a coisa fosse assim. Não imaginava um monte de coisas, como diretores irritadinhos que me diziam que eu não conseguiria convencer nem um macaco de que eu era um ser humano. Foi esse diretor que me mandou ir para o trailer e "esfriar a cabeça" depois de eu lhe informar que o tamanho do pênis dele era mais adequado a uma mosca de fruta do que a um homem. Eu até dei uma dica sobre isso a ele, numa boa... "Apare um pouco a selva amazônica em volta que o seu pinto vai parecer maior", mas ele não gostou do meu conselho. Pior pra ele. Mas uma pausa até que caía bem. Meus pés doíam.

Pensei em abrir uma cerveja quando alguém bateu à porta do trailer. Será que já era hora de voltar a gravar? Porra, eu não estava pronto. Talvez se eu ignorasse a pessoa, ela fosse embora. Não tive essa sorte. Tornaram a bater com mais força. Merda!

— Sr. Hancock? Você está aí?

Reconhecendo a voz de Harold, sorri e me levantei para pegar a cerveja. Ele certamente não fora ali me chamar para gravar. Ainda havia tempo antes disso.

— Estou. Pode entrar, Harry.

Abrindo a porta, ele franziu a testa ao entrar.

– Eu preferia que você não me chamasse assim. – Como sempre, ele vestia um terno, e eu não pude deixar de especular o que ele fazia o dia todo que pudesse exigir o uso de gravata.

– Como vão as coisas no seu lado do universo? – perguntei.

Normalmente ele revirava os olhos quando eu dizia coisas desse tipo, mas dessa vez me exibiu apenas um sorriso tenso.

– As coisas vão muito bem, meu amigo – informou, sentando-se no sofá. – Como vão as gravações?

Nós tínhamos começado a gravação do penúltimo dos seis episódios no início da semana, e aquilo já estava me dando muita dor de cabeça. Na maioria das minhas cenas, eu ficava em pé no cenário, calado, enquanto outras pessoas falavam. Isso era um desperdício de talento, na minha opinião. Mas os roteiristas diziam que os meus silêncios tornavam as minhas falas mais impactantes. Então tá…

– A coisa está indo – murmurei. – Abri a cerveja e quase a levei aos lábios, mas logo mudei de ideia e ofereci a garrafa para Harold. Afinal, ele acabara de me chamar de "amigo". Com uma pequena careta, ele sacudiu a cabeça para os lados e dispensou a bebida. Então assumiu um ar de relutância. Foi algo sutil, mas eu saquei. – Há algo errado? – perguntei, ao me sentar na outra ponta do sofá.

– Nada grave, mas me sinto obrigado a avisar a você… A LMF decidiu uma estratégia diferente para o lançamento da sua programação de outono. Mas não se preocupe porque *Arrebentando!* está na lista de programas de substituição, no meio da temporada. Isso, na verdade, é até uma boa notícia para nós. Alguns dos maiores sucessos da história da TV começaram como programas substitutos. – Pelo sorriso no rosto dele, dava para pensar que eu tinha acabado de ganhar na loteria. Eu não estava tão certo de a notícia ser boa.

– Eles estão nos empurrando para os fundos da programação? Será que o motivo não são essas brigas constantes entre os roteiristas e a produção, além das outras merdas?

Harold me pareceu surpreso por eu saber disso. Mas seu rosto logo adquiriu uma expressão despreocupada.

– Ah, não, claro que não. Todos os programas de televisão têm muito drama nos bastidores. Isso ajuda a alimentar o drama que acontece na frente das câmeras. Não tenha receio, sr. Hancock, o show está avançando conforme o esperado. É só uma questão de tempo antes de você estar no topo do mundo.

– Ok… beleza! – No instante em que eu disse isso, não consegui evitar de lembrar que eu já tinha estado no topo do mundo com o D-Bags… *só que não*. Eu tinha estado no topo, mas no banco de trás. Agora eu era o motorista.

★ ★ ★

Quando foram encerradas as gravações dos seis episódios que a LMF tinha contratado – uma façanha que eu duvidei várias vezes que algum dia fosse acontecer –, a diversão de verdade começou. Festas, festas e mais festas. Podem dizer o que quiserem sobre a indústria do entretenimento, mas eles sabem como organizar um evento. O papo--furado e cheio de amabilidades que saía das bocas das pessoas era tão consistente quanto o álcool que entrava. E todos que eu encontrava me lembravam de quanto eu era incrível e do sucesso fabuloso que o programa seria. Eu estava no céu.

Anna não curtiu tanto quanto eu.

– Mais uma? Essa é a quarta festa só nessa semana. Eu adoro uma boca-livre, mas também gostaria de passar algumas noites com minha família. – Ela escolhia roupas no closet, catando um vestido de gala que ainda não tivesse usado. Pelo seu olhar, dava para saber que um passeio de compras estava em seus planos imediatos. Por mim, eu achava que ela devia usar sempre o que vestia naquele momento: um sutiã preto e rosa que combinava com o shortinho de corte masculino. Caraca, ela estava um tesão! Talvez tivesse razão quando sugeriu que dispensássemos a festa.

Afastando esses pensamentos da cabeça, eu lhe disse:

– A rede de TV quer que eu vá. É bom para o programa... eu acho. Que se dane o motivo de realmente precisarmos estar lá! O que interessa é que o bar vai estar liberado.

Suspirando, ela murmurou:

– Sempre está. – Virando-se para me olhar por sobre o ombro, ela perguntou: – Chelsey vai vir tomar conta das crianças hoje, não vai? Por mais que eu goste de Carl... ele não é babá.

Nosso closet imenso era dividido ao meio por uma longa fileira de armários baixos com gavetas. Quando abri uma delas para escolher roupas para aquela noite, me imaginei deitando Anna sobre os gaveteiros para ter alguma diversão com ela, antes de sairmos. Outra hora, talvez.

– Isso mesmo, Chelsey deve chegar a qualquer momento.

Anna voltou para as suas roupas.

– Ótimo. Lembre a ela para manter Gibson longe de Onnika. – Com um longo suspiro, balançou a cabeça. – Eu não sei qual é o problema dela com a irmã. Perguntei ao médico, mas ele garantiu que isso não passa de rivalidade fraternal. – Pegando um vestido preto colante, ela se virou para mim e fez beicinho com os lábios cheios. – A mim, parece mais que isso. Veja só... no outro dia eu peguei Gibson desenhando um retrato da nossa família.

Ela fez uma pausa, como se aquilo devesse significar algo para mim.

– Sim. E daí?

– Ela riscou Onnika com um X em cada um dos desenhos. – Erguendo uma sobrancelha, resolveu explicar melhor. – Ela não se esqueceu de desenhar a irmã; fez

bonequinhos que parecem palitos de fósforo para cada um de nós, mas depois rabiscou todos os que mostravam Onnika. Rabiscou com força. Usando um marcador. – Balançou a cabeça. – Para mim, isso parece mais profundo que uma simples rivalidade.

Dei de ombros.

– Ela vai superar isso.

Anna colocou as mãos nos quadris... por sinal, quadris curvos e atraentes.

– Talvez fosse uma boa você levar um papo com ela.

– Ela tem só dois anos e meio. Não vai me entender.

Anna cruzou os braços sobre o peito, segurando o vestido sedutor.

– Entende mais do que você imagina. É uma garota esperta... puxou a Kiera. – Sua voz se tornou melancólica ao mencionar o nome da irmã. Anna conversava com Kiera tanto quanto tinha vontade, mas sentia falta de vê-la. Até eu sabia disso. Provavelmente já merecia um novo fim de semana "só para garotas".

Como eu não queria mais pensar em Kiera, Kellan ou qualquer um dos outros, balancei a cabeça para frente com tanta força que a minha visão ficou turva.

– Tudo bem. Vou falar com ela.

Pegando minhas roupas de grife, eu me vesti enquanto Anna colocava a roupa de volta na prateleira e continuava a analisar outras possibilidades. Quando eu acabei de me arrumar, dei uma geral em mim mesmo diante do espelho. Porra, eu era um cara superfoda.

Depois de me atingir de brincadeira com tiros imaginários, fui para o quarto. Onnika estava em um andador modernoso que deixava que ela se sentasse, pulasse, mastigasse coisas e se virasse para todos os lados. Eu queria que fabricassem aquele brinquedo em versão para adultos... com espaço para dois. Eu conseguiria inventar um monte de diversões para fazer num troço daqueles.

Olhei para o closet, mas Anna ainda buscava algo para fazê-la parecer ainda mais incrível do que já era; teria de procurar durante muito tempo, se aquele fosse realmente o seu critério. Como seria possível superar a perfeição?

Ajoelhado em frente a Onnika, balancei um brinquedinho diante do seu rosto. O sininho dentro do troço tilintou e ela pareceu gostar disso. Balbuciou, riu e tentou pegá-lo com sua mãozinha gosmenta. A cada dia ela se parecia mais com a mãe. Ia se tornar uma mulher de parar o trânsito quando ficasse mais velha. Cacete! Eu ia ter de distribuir muita porrada em um monte de adolescentes babacas... e em alguns adultos também. Meu trabalho com aquelas meninas nunca iria acabar.

Corri um dedo sobre a testa dela; sua pele era tão suave que eu duvidava que alguma coisa pudesse ser mais sedosa. Senti vontade de pegá-la no colo e abraçá-la, o que me fez refletir que talvez Anna tivesse razão; deveríamos resolver logo esse problema.

— Gibby anda implicando com você, Onnie? Você provavelmente ainda nem sabe o que isso significa. Tudo bem, um dia você vai ser velha o bastante para poder derrubá-la. Vai arrasar com todo mundo, Onnie. Não deixe que ninguém a impeça de vencer, nem mesmo alguém da sua família. — Um nó idiota me bloqueou a traqueia e eu tive de engolir em seco. Puxa, eu devia estar cercado de mulheres há tempo demais para aquilo acontecer.

Onnika sorriu e gargalhou quando eu beijei sua bochecha.

— Seja boazinha para Chelsey, ok? — disse, quando me levantei. Ela soprou com força e soltou uma chuveirada de cuspe. Eu não fazia ideia se aquilo queria dizer *Tudo bem* ou *Que se foda*. Qualquer um dos dois estava bom para mim.

Virei-me para ir embora, mas antes fui até a sala de estar, a fim de ver a minha filha mais velha. Ela estava em pé no centro da sala junto de Carl/Alfred, tentando convencê-lo a brincar de cavalinho. Alfred estava impassível, olhando com um ar digno e distante, e eu entendi na mesma hora o que Anna queria dizer sobre ele não ser uma boa babá. Alfred faria qualquer coisa que lhe pedíssemos, mas, se fosse uma tarefa que julgava abaixo dele, dava para perceber isso pelo jeito como torcia o lábio e pela maneira desdenhosa como usava apenas o polegar e o indicador para pegar alguma coisa.

Gibson exibia uma corda de pular para ele e dizia:

— Cavalinho!

Alfred, tentando permanecer profissional, replicou:

— Não faço ideia do que está dizendo, senhorita Hancock, mas, se você pretende brincar de pular corda, eu poderei levá-la com todo o prazer até o pátio.

Implacável, Gibson levantou a corda mais alto e ordenou:

— Abaixe, cavalinho! — Seu tom de voz transmitia algo do tipo *Faça o que eu mandei agora mesmo, porra!* Minha filhinha não gostava de receber um não como resposta.

Batendo no ombro de Alfred, eu disse:

— Ela quer dar um passeio de cavalo, Alfred. — Eu me atirei de quatro no chão e soltei um relincho caprichado e completo, com direito a bufada e balançar de cabeça. Gibson riu com a minha exibição e subiu nas minhas costas na mesma hora. Eu a ajudei a prender a corda sob as minhas axilas e ao redor do meu peito. A primeira vez que tínhamos brincado daquilo eu tinha prendido a "rédea" com a boca. Grande erro.

Sacudindo as rédeas, Gibson gritou:

— Yaahh!

Eu me empinei um pouco e a levei com cuidado para uma cavalgada em torno da sala. Quando terminamos, eu a coloquei estatelada no sofá. Ela deu gargalhadas irresistíveis e na mesma hora pediu para dar mais uma volta. Eu me coloquei de cócoras diante do sofá para ficarmos olho no olho e ergui um dedo.

Indomável 215

— Em um minuto. Antes disso precisamos ter uma conversa, mocinha. Por que você anda implicando com Onnika?

Ela me exibiu um olhar sem expressão e eu tentei uma abordagem diferente.

— Você gosta da sua irmã?

Ela fez beicinho.

— Ela é malvada.

— Malvada? Como ela pode ser malvada? Tudo o que ela faz é dormir e cagar... ahn... fazer cocô. – Olhei em volta, mas Alfred já saíra da sala e Anna ainda estava se aprontando. Beleza!

Gibson franziu a testa e cruzou os braços. Eu não tinha certeza se ela estava me entendendo ou não; também não sabia como fazer uma criança daquela idade me dizer o que sentia, e nem queria aprender. Essas merdas relacionadas com emoção me deixavam... desconfortável. Anna teria de lidar com aquilo.

— Tenho certeza de que ela não está tentando ser má, querida – disse, para tranquilizá-la. Pronto. Isso já era psicologia paternal suficiente para uma noite.

— Ela não divide – declarou Gibson, indiferente à minha psicologia.

Era Gibson quem geralmente roubava os brinquedos de Onnika, então eu não fazia ideia do que ela estava falando.

— Ela não divide o quê? Um brinquedo? Traga-o aqui para me mostrar.

Eu tinha certeza de que ela iria pegar sua boneca favorita ou algo assim, mas não fez isso. Simplesmente cutucou o meu peito e foi assim que eu entendi. Ela estava com ciúmes.

— Oh... Bem...

Droga, eu preferia muito que fosse Anna a ter esse papo com ela.

— Isso não é culpa de Onnika. Ela é muito pequena e precisa de mais cuidados, mas isso não significa que gostamos menos de você. Não gostamos de você nem um pouco menos. Você é a nossa primogênita, mamãe e papai amam você muito... até Plutão e depois de volta à Terra, porque Plutão é o planeta mais distante... ou lua, rocha, sei lá que diabos eles o estão chamando agora.

Gibson inclinou a cabeça, e eu sabia que não tinha entendido nada. Alisando seu rosto com o dedo, eu me obriguei a dizer:

— Nós amamos você tanto quanto amamos Onnika; você nunca vai precisar se preocupar com isso. Há sempre amor suficiente para espalhar por toda a parte quando se trata de família. Ok?

Ela assentiu e esticou os braços para um abraço.

Quando eu a abracei, notei que Anna estava parada do outro lado da sala, assistindo a tudo em um vestido azul muito apertado que abraçava suas curvas. Como estava sorrindo, percebi que eu tinha feito um bom trabalho. Beleza! Eu não *queria* dizer coisas melosas novamente tão cedo.

Passaram-se mais duas horas até acabarmos de nos aprontar, porque tivemos de dar um monte de recomendações a Chelsey quando ela chegou com as filhas; e depois dizer adeus a Gibson, que de repente não queria nos deixar sair e começou a soluçar quando abrimos a porta. Anna parecia preocupada no carro, mas, quando Chelsey me ligou dizendo que Gibson já estava bem e que ela estava fazendo tranças em seu cabelo, transmiti a mensagem à minha mulher.

— Isso é bom — murmurou ela, não parecendo muito aliviada.

— Algum problema? — perguntei, colocando a mão em seu joelho. Sua pele lisa fez a minha formigar. Talvez devêssemos abandonar a ideia de ir à festa e procurar um hotel. Fazer uma festinha particular, só nós dois.

— Eu estava só... — Ela hesitou, mas logo se virou para mim, que estava no banco de trás com ela. — Por que você nunca fala assim comigo?

Como eu já estava imaginando-a esparramada entre um monte de lençóis brancos, precisei de alguma ajuda para conseguir ligar os pontinhos.

— Assim como?

— Do jeito que fez com Gibson. Puxa, eu nem me lembro quando foi a última vez que você me disse que me amava. Acho que só aconteceu uma vez, antes de nos casarmos...

Tentei analisar nossas conversas passadas, mas também não consegui me lembrar e desisti na mesma hora. Isso não era importante, afinal. Eram apenas palavras.

— Você sabe que eu não gosto de ser muito simples e previsível. Além do mais, essa frase está muito desgastada.

Ela pensou no assunto e deu de ombros.

— Sim, eu sei, mas seria bom saber o que eu significo para você, nem que fosse de vez em quando. O sexo é o único momento em que você expressa com palavras o que gosta. — Ela sorriu de um jeito arrogante e meio brincalhão.

Corri a mão mais para cima em sua coxa. Talvez pudéssemos transar bem ali, no banco de trás. Não seria a primeira vez.

— Há muita coisa a elogiar durante o sexo, especialmente no sexo com você.

Seu sorriso se ampliou e ficou mal-intencionado quando ela franziu a testa.

— Tudo bem, mas seria bom ouvir alguns "elogios" no intervalo entre as nossas transas, também.

Mudando minha atenção para a rua, considerei minhas opções. Falei em voz alta enquanto pensava.

— Bem, eu não pretendo fazer o estilo escroto do tipo *Eu amo você porque você me completa*, como Kellan costuma fazer. Isso é nauseante. Mas podemos combinar uma coisa... Sempre que eu disser: "Amor, você é um pão", você saberá o que eu quero dizer.

Indomável 217

Ela levantou as sobrancelhas.

— Pão?! A gente voltou no tempo?

Olhando para ela, ergui as sobrancelhas.

— Prefere algo diferente? Você é o tesão favorito do seu tigrão?... A rebimboca da minha parafuseta?... A bunda onde meu pau afunda?

Balançando a cabeça, ela riu.

— Você é absolutamente ridículo, sabia?

Largando sua coxa, peguei a mão dela e beijei a parte de trás.

— E você é o putzgrila desse gorila, garota sexy.

No momento em que chegamos lá, Anna parecia estar com um humor melhor, aceitando mais a ideia de passar a noite ali comigo. Talvez eu a tivesse excitado com a minha voz doce. Devia tentar isso mais vezes. Dizem que é mais fácil pegar moscas com mel. Ou será que é uísque? As duas estão certas, para ser franco.

A festa ia rolar na residência particular de um sujeito da indústria de filmes que trabalhava com todo mundo, de forma que todas as figuras importantes compareciam às festas que ele dava. Pelo que Harold me contou, várias celebridades iriam circular pelo evento e, quanto mais eu me misturasse com eles, melhor.

Nosso motorista parou o carro e em seguida deu a volta para abrir a porta e deixar Anna sair. Sorri ao perceber que tínhamos sido os únicos ali a chegar num Hummer amarelo brilhante. Eu tinha levado o meu carro que mais parecia um tanque de guerra desde Seattle até Los Angeles. Poderíamos passar por cima de todas aquelas limusines e carros de luxo, se quiséssemos.

Avisei ao motorista que iria lhe mandar uma mensagem quando estivéssemos prontos para ir embora e escoltei Anna ao longo de uma calçada coberta por uma passarela vermelha. Aquilo era tão hollywoodiano que eu senti vontade de vomitar no cantinho, mas simplesmente revirei os olhos e limpei as solas dos sapatos no tapete enquanto caminhava. Torci para ter pisado no cocô de algum cachorro ao sair do carro, para poder adicionar um cheirinho especial ao tapete cafona.

Quando chegamos à porta da frente, um mordomo de smoking estava imóvel, em pé. Tinha uma bandeja de champanhe na mão, mas, quando cheguei para pegar duas taças, ele se afastou e declarou, com firmeza:

— Os convites, por favor.

Porra, os convites... Eles tinham sido enviados pelo correio e Harold tinha me avisado para guardá-los. Eles eram impressos em papel trançado com fios de ouro... muito mais cafona que o tapete vermelho. Eu não tinha ideia de onde os convites estavam. Provavelmente no lixo.

Eu estava prestes a dizer ao sujeito que Griffin Hancock não precisa de convites para entrar em uma festa quando Anna enfiou a mão na bolsa e pegou os tais convites.

Entregou-os para o empregado com um sorriso encantador que me fez querer chupar seus lábios. Ele olhou os convites e estendeu a bandeja de bebidas.

– Sirvam-se à vontade, há mais lá dentro.

Peguei quatro, só porque deu vontade. Quando estávamos passando pela porta, entreguei duas taças para Anna.

– Obrigado, querida. Pensei que íamos ser barrados. Fico feliz por você se lembrar dessas merdas. Era capaz de eu perder até o meu saco por aí se não fosse você.

Segurando uma taça em cada mão, Anna se inclinou para beijar minha bochecha.

– Eu sei. – Minha garota não desmerecia um elogio quando era merecido. Essa era outra coisa que me fazia cair de quatro por ela.

De braços dados, entramos no salão cheio de gente. Pelo menos metade daquelas pessoas eu conhecia de alguma série de TV ou filme. Havia muito mais celebridades ali do que eu tinha imaginado, e de repente eu descobri que estava no lugar ao qual pertencia: ao lado das estrelas.

Meia dúzia de drinques mais tarde e eu já estava voando alto e numa boa. As *soirées* de Hollywood eram do caralho! Que comece a festa! Champanhe Cristal para todos! Anna e eu estávamos dançando no terraço externo e tentávamos nos enturmar com um ator de um desses seriados de crimes quando Harold bateu no meu ombro.

– Sr. Hancock, você está se divertindo? – perguntou. Sua gravata tinha padronagem de muitos quadrados em vários tons de roxo. Era uma festa… Para que ele precisava usar gravata? Minha camisa estava aberta e exibia um imenso cordão de ouro daqueles de cafetão. Isso, sim!

Eu o envolvi num enorme abraço.

– Arnold! Como você está? – Gritei tão alto que vários convidados fizeram cara de estranheza ao olhar para mim.

– O nome é Harold, lembra? – declarou ele, escapando cuidadosamente do meu abraço. Dei um soco de brincadeira na barriga dele e ri de deboche.

– Sim, eu sei. Estou de sacanagem com você.

Harold me deu um sorriso claramente forçado.

– Ah… Bem, estou contente de ver que você está se divertindo. Lembre-se de conseguir o maior número possível de selfies com celebridades. Quanto mais você parecer amigo de gente famosa, mais vai ser notado.

Anna ergueu o celular e eu apontei para o aparelho.

– Não esquente… Já circulamos por todo lado.

O sorriso de Harold pareceu genuíno.

– Excelente! – Olhando em volta, ele se inclinou e fez um gesto em direção à casa. – Se pudermos ir para algum lugar mais calmo, tenho uma proposta que acho que você vai achar muito interessante.

Harold sempre achava todas as suas ideias surpreendentes, mas, como eu já estava meio bêbado, dei-lhe um tapa nas costas e concordei.

— Certo. Vamos nessa, meu irmão.

Agarrando a mão de Anna, segui Harold quando ele se virou e abriu caminho entre a multidão até o interior da casa. Olhando por cima do ombro, tive uma vista panorâmica da cidade abaixo de nós. À noite, e quando eu estava mamado, L. A. até que me parecia bonita.

Quando entramos na casa, Harold nos levou até um escritório onde não havia ninguém. Bem, eu pensei que era um escritório. Mas poderia ser um santuário para o golfe. Peguei um taco e pratiquei meu *putt* enquanto Harold fechava a porta.

— Obrigado por ter vindo a esta festa. Tenho certeza de que esses eventos constantes se tornam cansativos depois de algum tempo.

Eu debochei do seu comentário.

— Que nada, eu adoro essa merda. Bem, adoro ficar doidão em companhia da minha garota, pelo menos. A parte da tagarelice, eu bem que poderia dispensar. — Harold tinha pedido que eu me apresentasse às pessoas, mas tudo que eu dizia era "Oi, estou trabalhando num seriado… Você também… Que tal tirarmos uma selfie?".

O sorriso de Harold era solidário, como se ele entendesse.

— Sim, essa parte pode ser um pouco… cansativa. Mas de qualquer forma a notícia que tenho para você vai fazer toda essa agitação valer a pena. — Apertando as mãos uma contra a outra, olhou para mim e para Anna com um sorriso de expectativa. Como eu ainda não sabia qual era o grande lance, parei de dar minha "tacada" em pleno ar e fiz um gesto irritado com a mão, como se dissesse *Desembuche de uma vez.* — Bem, como você sabe, por experiência própria dos outros anos, o VMA está se aproximando. Consegui um convite especial para vocês e uma entrada triunfal pelo tapete vermelho. Estou falando no tapete vermelho *de verdade* — disse ele, apontando com o dedo para a frente da casa.

— O Video Music Awards? — perguntei, confuso. — O que isso tem a ver com o nosso programa de TV?

— Nada — admitiu ele. — Mas você é uma celebridade em ascensão e o show atrai todos os tipos de clientes, não apenas artistas ligados à música.

Minha mente começou a falhar devido ao excesso de álcool, e as palavras dele pareciam difíceis de processar. Tudo o que eu entendi foi que ele anunciava que eu iria participar de uma premiação que passaria ao vivo na TV. Tudo bem, parecia divertido. Anna foi mais rápida do que eu para sacar tudo, e viu algo que eu deveria ter percebido logo de cara.

— Os D-Bags vão estar lá.

Seu sorriso me pareceu tão brilhante ao dizer isso que eu tive certeza de que, se ainda estivéssemos do lado de fora e aviões passassem sobre nós, seus dentes seriam avistados do alto. Minha expressão não foi tão alegre. Deixando de lado o taco, cruzei os braços sobre o peito.

— Os D-Bags vão estar lá — repeti, os olhos colados em Harold. Ele certamente sabia disso ao conseguir nossa participação. Eu *não queria* estar em lugar algum onde *aqueles* caras pudessem estar.

Antes de Harold ter a chance de reagir à minha raiva, Anna agarrou meu cotovelo.

— Griff, não seja assim. Talvez isso seja uma coisa boa, uma forma de consertar as diferenças entre vocês. Sei que você sente falta deles, e eles também sentem a sua...

Esse comentário me fez exibir uma careta.

— Esses filhos da puta não sentem a minha falta, estão cagando e andando para mim. Eles me colocaram para fora. Não vou a lugar algum onde eles estejam.

— Você não precisa vê-los, nem aparecer ao lado deles — interrompeu Harold —, mas vamos conseguir uma agitação extra para o nosso programa se você estiver em um mesmo evento que os D-Bags. Todo mundo vai comentar a respeito e, quanto mais exposição, melhor.

A percepção de que ele tinha planejado tudo aquilo só pela agitação me fez franzir os lábios.

— E se nós nos encontrarmos no evento e alguém acabar levando umas porradas?

O rosto de Harold se abriu num risinho de lado.

— Quanto mais exposição, melhor. Você quer ser uma estrela, não quer? Isso poderá ajudá-lo a entrar no ar mais rápido.

Um "porra" irritado escapou dos meus lábios. Eu queria dizer sim à sua declaração e não ao seu pedido, mas não poderia fazer isso. Anna não externou o que pensava, simplesmente apertou meu braço em silêncio, implorando para que eu topasse.

— Argh, tudo bem. Vocês ganharam. Eu vou a essa porra de prêmio.

O sorriso de Harold se ampliou e ele bateu no meu ombro.

— Ótimo! Agora, continue a divulgar seu seriado. Todos naquele salão devem saber quem você é e sentir empolgação por conhecê-lo.

Bufando com força, agarrei a mão de Anna.

— Sim, isso mesmo, eles devem, sim.

Harold abriu as portas e saiu. Eu estava prestes a segui-lo quando Anna me puxou de lado e me segurou com força.

— Amor... uma pergunta rápida.

Olhei para ela com uma das sobrancelhas levantada.

— Que foi?

— Eu estou um pouco bêbada e talvez por isso não tenha entendido, mas... quando disse que o VMA poderia fazer você entrar no ar mais rápido... o que ele quis dizer? O seu programa não vai estrear em setembro?

Lembrando que deliberadamente eu não tinha mencionado essa conversa com ela, gaguejei ao pensar em algo para dizer que não a irritasse. Ela me chamaria de mentiroso novamente se soubesse que a estreia do programa já tinha sido adiada fazia algum tempo.

— Pois é... Isso foi estranho, né? Vou perguntar a Harold sobre isso na próxima vez que o encontrar. Talvez ele tenha esperança de antecipar a estreia para agosto ou algo assim. — Droga, que merda... Acabara de ir para o espaço o meu compromisso pessoal de não mentir para ela novamente. Mas aquilo era uma boa saída e me dava tempo de prepará-la para a má notícia.

Como a esposa impressionante que era, Anna aceitou por completo a baboseira que eu lhe empurrei... o que me fez sentir um merda.

Eu devia confessar logo, mas isso só serviria para preocupá-la justamente quando ela está se divertindo tanto. Vou fazer isso mais tarde.

— Ahn... — começou ela. — E então, não devemos voltar lá para fora? Agitar um pouco as coisas?

Ela disse isso com uma risadinha e uma rebolada básica; só que, subitamente, voltar para aquela festa era a última coisa que eu queria fazer. Segurando Anna no lugar, olhei para a porta do escritório. Harold a deixara entreaberta, mas fechada o suficiente para o que eu tinha em mente.

Empurrei-a para trás até a parte alta de suas coxas ser pressionada contra a mesa maciça na sala. Com as mãos nos dois lados dela, eu a prendi contra a peça de mobília, que seria muito bem usada.

— Você está muito sexy para ficar dentro desse vestido.

Levou um segundo para ela focar no que eu disse, e eu sabia que a sua cabeça zumbia tanto quanto a minha.

— Ah, é?... O que você vai fazer a respeito? — perguntou. Seu dedo correu ao longo do V profundo do decote, dando mais relevo aos seios que eu queria chupar.

Eu a virei de costas para mim, para poder alcançar o zíper do vestido. Conforme fui abrindo-o lentamente, sussurrei em seu ouvido:

— Vou deixá-la fora dessa roupa, deitá-la nesta mesa e fazer você gozar tão forte que todo mundo nessa festa vai ouvi-la. E, quando eles ouvirem você gritar ainda mais forte, implorando por mais, serei como um deus para eles. O zíper percorreu todo o caminho até a base do vestido, e quando chegou ao fim ele praticamente escorregou dela.

Com tesão nos olhos, ela se virou para mim.

— Você já é um deus. É por isso que só pensar em você já me provoca isso... — Pegou a minha mão e a empurrou para dentro de sua calcinha. Na mesma hora eu a acariciei para poder sentir quanto ela me queria. Foi então que ela soltou um gemido erótico, e logo em seguida eu enfiei dois dedos dentro dela.

— Porra, Anna… você está tão molhada… — Removendo a mão, eu a agarrei pelos quadris. — Recoste-se… Quero provar você.

Ela não apenas se recostou na mesa, nada disso… ela se deitou sobre a superfície como se estivesse fazendo uma sessão de fotos para a *Maxim* ou para a *Playboy*. Arqueou as costas, deixou cair os braços acima da cabeça e apoiou um dos pés sobre a mesa, exibindo cada um dos predicados que tinha.

— Caralho! — murmurei. — Você é tesuda demais.

Anna ainda segurava o celular, então estendi a mão e o peguei. Aquela porra precisava ser documentada. Bati algumas fotos dela ali, esparramada sobre a mesa. Ela não reclamou nem me pediu para parar; simplesmente passou as mãos sobre o corpo, tornando cada clique ainda mais erótico. Meu pau latejava contra a calça. Puxei-o para fora e tirei uma foto dele também. Anna não era a única coisa erótica naquele aposento.

Tirei-lhe a calcinha por completo, bati mais algumas fotos e em seguida caí de boca, saboreando-a como tinha prometido. Ela gritou enquanto segurava a minha cabeça no lugar, e eu troquei a câmera de fotos para vídeo. O som que ela acabara de fazer precisava ser eternizado. Enquanto chupava seu clitóris, movi a câmera para tirar uma foto do seu rosto. Isso era algo que geralmente eu não conseguia apreciar, e mal podia esperar para passar a gravação mais tarde. Depois disso, tentei tirar uma foto de mim lambendo-a. Porra, eu mal aguentaria esperar para ver isso também.

Quando ela rebolou ainda mais sobre a mesa, pronta para me receber, filmei minha mão dando em mim mesmo uma bela palmeada. Olhando de relance para Anna, ofeguei.

— Isto é tão gostoso, mal posso esperar para te mostrar.

Ela se contorcia sobre a mesa, gemendo.

— Mostra logo! Preciso de você dentro de mim. — Ela moveu os quadris mais para frente, para eu poder ficar de pé enquanto a penetrava.

Porra, caralho! Torci para conseguir me segurar. A filmagem ia ficar uma bosta se eu só aguentasse três bombeadas. Certificando-me de que a câmara estava com um bom ângulo, escorreguei lentamente para dentro dela. Os sons da festa pareciam flutuar no ar dentro do cômodo, e adorei perceber que a câmera também gravava todos eles. Os ruídos fracos foram rapidamente substituídos pelos gemidos guturais de Anna. Porra, isso mesmo.

Tentei manter um ritmo lento para que a câmera pudesse pegar todo o comprimento do meu pau deslizando para dentro e para fora dela… aquilo era bom demais. Logo depois eu já estava batendo no fundo. Ela teve que se agarrar com mais força na borda da mesa para se manter imóvel, mas mesmo assim as suas costas deslizavam para cima e para baixo sobre a madeira; ela nunca esteve mais tesuda e eu fiquei feliz por estar capturando aqueles momentos para sempre.

Indomável 223

Trepar e ao mesmo tempo manter a câmera apontada para o foco da ação era algo complicado, mas eu segurei seu quadril com uma das mãos enquanto segurava o celular com a outra. Os gritos de Anna se intensificaram e eu sabia que ela estava perto de gozar. Graças a Deus... Eu também estava pronto para jorrar minha porra a qualquer momento. Ela arqueou as costas quando se liberou com força e gritou meu nome bem alto. Eu gozei um segundo depois dela.

— Porra... isso mesmo... caralho, Anna... — Quase deixei o celular cair quando a explosão do meu orgasmo me roubou a respiração e a voz. Apenas gemidos incoerentes permaneceram no ar. Puta que pariu! Eu adorava fazer sexo com a minha mulher.

Quando estávamos arrasados e eu mal me aguentava de pé, desliguei a gravação. Com as bochechas coradas e um sorriso radiante, Anna se apoiou nos cotovelos e ergueu o corpo.

— Você gravou tudo desde o começo?

Pisquei o olho, entreguei o celular de volta a ela e confirmei.

— Tudinho!

Os olhos de Anna estavam com um ar malicioso quando ela mordeu o lábio.

— Vamos assistir quando chegarmos em casa.

Removendo-me de dentro dela, concordei com a cabeça.

— Porra nenhuma, vamos assistir no carro *a caminho* de casa. — Anna riu, e eu sabia com certeza absoluta de que assistiríamos a tudo no banco de trás.

Quando finalmente saímos daquele escritório, surfando numa onda de endorfinas pós-sexo, irrompemos de volta na festa como um rei e uma rainha que adentravam sua corte. Anna foi charmosa e sedutora quando estendeu a mão para as pessoas e se apresentou. Apesar de eu preferir ser meio palhaço, a parecer um cara sério, tentei seguir seu exemplo.

— Olá, sou Griffin Hancock, estrela do seriado *Arrebentando!*. — A bela celebridade para quem eu dirigi essas palavras parece que ainda não me conhecia, então eu acrescentei outro detalhe, para esclarecer melhor. — Fui baixista dos D-Bags.

Seus olhos se arregalaram muito quando o reconhecimento iluminou o seu rosto.

— Ah, sim, os D-Bags, eu os amo! Bem que eu achei que o conhecia de algum lugar. Vi você no *Live with Johnny* quando você largou a banda... Muito corajoso. O seu novo programa deve ser absurdamente incrível para você deixar tudo aquilo para trás.

Inclinando-me, sorri para ela.

— Você não faz ideia.

Com uma risada, ela começou a recitar o resumo das suas realizações... peças off-Broadway, comerciais, sessões de fotos. Quando acabou de listar seus pontos positivos, pegou o celular.

— Nós devíamos nos encontrar para almoçar e conversar mais sobre o seu seriado. Vamos trocar nossos números de celular.

O resto da noite foi muito parecido com isso. Eu praticamente dobrei o número dos meus contatos no celular. Sempre que falava do novo programa e mencionava que era aquele membro dos D-Bags que tinha pulado fora do barco no auge da popularidade, as pessoas ficavam empolgadas para conversar comigo e saber o tema do novo seriado. Pareciam todos muito animados com o meu sucesso e queriam uma chance de trabalhar comigo no futuro. No fim da festa eu era o cara mais popular do pedaço.

Nada conseguiria me parar agora.

Capítulo 15
QUANDO O IMPRESSIONANTE ATACA

Várias semanas depois, perto do fim de agosto, o momento pelo qual eu tanto temia finalmente chegou: a porra do VMA. Toda a minha família, ou pelo menos o lado mais próximo, estava em casa para ajudar a me preparar, e ajudar Anna também; além do mais, havia um monte de familiares indiretos. Acho que eles achavam que também conseguiriam ir ao evento, caso ajudassem com o cabelo e a maquiagem de Anna. Na verdade, Anna se sentia grata, mas também muito irritada com a presença deles e sua invasão de nosso espaço. Afirmando que havia muitos cozinheiros para uma cozinha só, ela expulsou todo mundo para a sala, menos Chelsey.

Eu estava pronto para sair. Vestia um terno cinza-escuro espetacular. Eu mesmo tinha colocado gel no cabelo escuro e o penteara todo para trás, como Jack Nicholson.

Enquanto esperava Anna, eu folheava uma revista de fofocas que estava sobre a mesa de café. Não demorou muito e vi algo que me chocou profundamente; meu peito ficou gelado de pavor.

— Que porra é essa? Esta merda é verdade?

— O que é verdade? — perguntou Liam. Sabendo que ele não tinha noção de nada, saí como um foguete em busca da única pessoa na casa que poderia esclarecer a merda que eu acabara de ler.

— Anna! — gritei, irrompendo pela porta do nosso quarto. Ela estava sentada à sua penteadeira observando Chelsey, que enrolava o cabelo. Parecia espetacular em seu vestido branco justo no corpo, mas eu estava muito fora de mim para me importar com isso. Mesmo assim, dei uma rápida olhada no decote profundo que ela exibia.

— Você viu isso? — exigi saber, empurrando a revista contra o seu rosto.

Ela se afastou para poder focar direito.

– Viu o quê? – quis saber. Chelsey parou de ondular o cabelo e as duas devoraram o artigo que tinha acabado de me deixar revoltado. O queixo de Anna caiu enquanto ela lia tudo. Quando terminou, olhou para mim. – Isso aqui é verdade?

– Eu tinha esperança de que você soubesse – garanti a ela. – Você já falou com Kiera, com Jenny… Rachel? – *Ou com os caras?* Só que eu não disse essa última frase. Não pretendia pronunciar seus nomes, especialmente se aquele artigo *fosse* verdade. – E no mês passado, quando Kiera nos visitou? Ela mencionou algo sobre isso? – Como não queria mais ouvir fofocas sobre a banda, eu tinha passado todo o fim de semana na casa dos meus pais durante a visita de Kiera.

Anna parecia perdida quando me devolveu a revista.

– Não… ela não mencionou nada disso, mas não nos falamos há uma semana, ou pouco mais. Todos eles andam muito ocupados e eu sabia que hoje à noite teríamos uma chance de colocar os papos em dia… Duvido que isso seja verdade – decidiu de repente, com uma expressão firme. – Uma delas teria me ligado.

Ela parecia tão certa disso que, por um segundo, acreditei nela. Mas só que as palavras de Matt me invadiram a cabeça.

Para mim, você morreu.

– Eu não teria tanta certeza – rebati. – Matt provavelmente teria me avisado se… – A raiva me inundou o estômago e eu joguei a revista na cama. – Aquele safado, filho da puta! Eu não consigo acreditar que se casou em segredo, sem me convidar!

A revista pousou aberta no artigo em questão. Era uma reportagem de duas páginas sobre as núpcias de Matt. Não havia fotos do casamento lá, mas não poderia haver mesmo. O artigo dizia que o casal tinha preferido um casamento secreto, sem planejamento prévio, com a presença unicamente de amigos íntimos e familiares. *Amigos íntimos e familiares.* O texto, em seguida, destacava o fato de eu, de forma muito significativa, não ter sido convidado. Minha presença não era desejada. Eu nem fora informado do evento. Havia sido esnobado publicamente, de um jeito pessoal. Matt realmente tinha me renegado. Todos eles tinham…

De pé, Anna olhou por cima do meu rosto e pediu a Chelsey:

– Você nos dá um minutinho, por favor?

Comecei a andar de uma ponta do quarto para outra, ao lado da cama, xingando e soltando fumaça pelo ouvido. Chelsey me deu um tapinha solidário nas costas antes de sair e fechar a porta. Só que eu estava muito irritado para reagir a isso. Apontando para a porta por onde ela acabara de sair, gritei:

– Ela devia estar revoltada, também! Faz parte da família, tanto quanto eu, e aquele filho da puta a excluiu! E você também! Deixou você de fora do lance, e até mesmo as suas amigas concordaram com o gesto dele. Você não está chateada?

Eu senti como se a fumaça estivesse saindo do alto da minha cabeça; minhas bochechas ardiam, vermelhas, como se alguém tivesse derramado ácido sobre elas. Anna estava calma quando se aproximou de mim. Colocando as duas mãos nos meus braços, declarou:

— Nós não sabemos se isso é verdade.

Cerrei os punhos. Senti vontade de socar uma parede até fazer um buraco.

— Sabemos, sim. Isso é exatamente o tipo de vingança baixa que ele planejaria. Ele nos esnobou, Anna. Ele *me* esnobou. — Algo além de ódio começou a borbulhar dentro de mim. Era espinhoso e doloroso, eu não queria avaliar o que era ou sentir aquilo; só queria beber até a dor passar.

Os olhos de Anna começaram a se encher de lágrimas, o que tornou a sensação nas minhas entranhas ainda mais desconfortável.

— Preciso de álcool — murmurei, passando direto por ela.

Ela me agarrou pelo cotovelo.

— Espere, vamos conversar sobre o assunto. Nós nunca conversamos de verdade sobre como… sobre como você se sente a respeito de deixar a banda. Então vamos lá… Como você se sente? — Ela parecia tão desconfortável ao perguntar aquilo quanto eu ao ouvir.

Puxando o cotovelo para longe dela, ergui o queixo e empurrei para longe o tumulto interno que ameaçava ganhar vida.

Sou Griffin Hancock… nada me incomoda. Nada sequer me atinge.

— Estou bem. Abandonar esses filhos da puta foi a melhor decisão que eu já tomei na vida; não me arrependi nem por um segundo desde que fiz isso.

Anna franziu os lábios.

— Griffin… Eu sei que isso não é verdade. Sei que você se incomoda muito por…

Levantando as mãos, eu a cortei.

— A única coisa que me incomoda é que o álcool está lá fora e eu ainda estou aqui. Mas isso é algo que pode facilmente ser corrigido. — Eu me virei e saí sem dar mais uma palavra.

★ ★ ★

A viagem até Inglewood demorou um pouco e eu fiquei calado durante todo o percurso. Tinha alugado uma limusine para que pudéssemos nos exibir em grande estilo, mas não estava curtindo o carrão. Não curtia nada, à exceção do minibar.

— É melhor se segurar um pouco, amor. Vomitar no tapete vermelho pode não ser o tipo de exposição que Harold tinha em mente.

Anna parecia incrível com seu cabelo enrolado e preso, a maquiagem destacava os seus lábios carnudos e os olhos de calor sensual. Se eu estivesse com humor melhor, arrancaria todas as suas roupas e a comeria ali mesmo, no banco traseiro. Ela talvez ficasse chateada por ter seu cabelo e sua maquiagem arruinados, mas me deixaria fazer isso e exibiria seu ar do tipo "acabei de trepar" ao longo de todo o tapete vermelho. Mas meu humor não estava para isso, nem meu pau. Minha vida era uma merda.

Ignorando sua declaração, entornei de uma vez só o meu Hennessy. Minha cabeça ficou numa boa, meio enevoada, mas eu preferia me sentir apagado. Anna suspirou e voltou a cruzar as pernas. Não tornou a pedir que eu parasse de beber, e eu não parei até chegarmos ao local e a porta do carro se abrir.

— Hora do show! – declarei, com a voz arrastada.

O motorista ajudou Anna a sair, e depois a mim. Eu quase emborquei para frente ao me empinar. Tinha mergulhado de cabeça na manguaça, mas estava cagando e andando. Passei um dos braços sobre os ombros de Anna e tropecei no meu caminho até o tapete. Anna teve que me ajudar a seguir em linha reta, e lutou um pouco com o meu peso, mas eu estava sorrindo e acenando, exatamente como Harold queria.

Uma garota classuda com um vestido sofisticado se aproximou de mim com um microfone.

— Ora, olá!… – ela começou a dizer, mas eu nem a deixei terminar. Agarrando o microfone da sua mão, virei-me para o cinegrafista que estava de pé atrás dela.

— Griffin Hancock chegou! Como vai essa porra toda, galera?

A mulher tentou pegar o microfone de volta, gaguejando.

— Vo-você não pode dizer isso na TV!

Virando o corpo para o outro lado, para ela não conseguir tomar o microfone de mim, apontei para a câmera.

— Fiquem ligados no meu novo programa, que se chama *Arrebentando!*. Ele vai arrebentar a cabeça de vocês de tanta surpresa, caralho!

Ela finalmente conseguiu passar a mão no microfone e o levou para longe de mim.

— Babaca! – gritou ela, enquanto eu ria.

Anna me afastou dali com um longo suspiro.

Quando finalmente chegamos ao fim do tapete vermelho, Anna parecia tão cansada quanto se tivesse acabado de correr uma maratona. Eu estava totalmente *de boa*, sentindo zumbidos altos nos lugares certos. Parece que eu até estava de bom humor, afinal. Quando passamos pelas portas, eu disse a Anna:

— Vamos procurar um lugar nos bastidores para trepar. Ou no palco. Você sabe que eu sempre quis trepar em cima de um palco.

Anna me deu uma cotovelada nas costelas.

— Acho que você não está em condições de fazer nada além de apagar. Vamos simplesmente procurar nossos lugares.

— Tudo bem – murmurei –, mas preciso dar uma mijada antes.

Depois de finalmente conseguirmos achar um banheiro, nos misturamos e batemos papo com algumas pessoas, mas logo o show estava prestes a começar. Anna me conduziu para a nossa fileira, mas parou assim que chegamos lá.

— Cacete! — murmurou.

Eu fiquei animado e comecei a desabotoar a camisa.

— Beleza! Você quer trepar aqui mesmo? Na frente dessa multidão? Por mim, tudo ótimo!

Ela bateu com a mão na minha, me impedindo de continuar.

— Griff... — Ela apontou com a cabeça para os dois únicos lugares vazios na fileira. Eu não vi o motivo para ela parecer tão preocupada, até que percebi quem estava ocupando as outras poltronas daquela fileira. Todos os D-Bags e as suas cadelas.

— Foda-se, não quero isso não! — Olhei em volta da plateia, em busca do sacana do produtor que tinha armado tudo aquilo. — Onde está a porra do Harold? Vou matar aquele filho da puta! Nem por um caralho eu vou me sentar aqui. De jeito nenhum!

Meu grito chamou a atenção de todos à nossa volta, incluindo meus ex-companheiros de banda. Kellan ficou surpreso ao me ver; Evan pareceu dividido; Matt simplesmente me olhou com irritação. Apertando a mão de Rachel com mais força, estreitou os olhos para mim.

— O que está fazendo aqui? — quis saber ele. — Você não faz mais parte da banda, lembra?

Olhei para sua mão, que segurava a de Rachel, e vi com clareza que havia uma aliança de ouro em torno dela. O asqueroso realmente tinha se casado sem me convidar.

— É verdade, não é? Vocês realmente se enforcaram? Obrigado pelo convite, seu bundão escroto.

O rosto de Matt assumiu um tom vermelho-arroxeado.

— A cerimônia foi só para amigos íntimos e familiares. Você não é mais nenhum dos dois.

Isso me atingiu profundamente e eu dei um passo à frente.

— Seu pedaço de merda!

Kellan se levantou e colocou as mãos nos meus ombros. Mesmo bêbado, percebi os cliques das câmeras dos celulares à nossa volta. Harold queria um show e ali estava eu atendendo ao seu pedido.

— Acalme-se, Griffin. A coisa não foi bem assim. Tudo aconteceu meio sem planejamento. Vamos até o lobby para podermos conversar um pouco sobre isso.

Eu o empurrei com força para longe de mim. Sua bondade era tão irritante quanto o desdém de Matt; eu não precisava da pena de ninguém.

— Não me faça nenhum favor, Kell. Ele está simplesmente revoltado por eu não precisar mais dele, e também por ele não poder mais me controlar. Eu não preciso mais de nenhum de vocês. Tenho meu próprio programa, que é muito maior e melhor do que qualquer coisa que eu já fiz com vocês na banda. Vocês todos estão simplesmente com inveja, vão ter que me aturar e podem ir à merda!

Virando-me de costas, eu caí fora dali.

— Griffin, espere! — chamou Kellan.

Consegui ouvir Matt dizer algo a ele.

— Poupe seu esforço, Kell, ele não merece que ninguém corra atrás dele. Se ele quer se mandar, deixe-o ir, cacete!

Agarrando a mão de Anna, eu a puxei pelo corredor acima. Uma pessoa, um assistente qualquer do evento, tentou nos fazer voltar e sentar.

— As luzes já estão piscando, senhor. Isso significa que vocês têm trinta segundos para se acomodar em seus lugares.

Empinando o corpo sobre o dele, explodi:

— E você tem vinte segundos para cair fora do meu caminho. — Apontei para baixo, para a parte da frente do auditório, onde os nossos assentos estavam. — Eu não vou me sentar naqueles lugares. Vou para casa. — Que se fodesse o Harold! Eu tinha feito a minha parte, tinha comparecido. Isso era tudo que tinha sido exigido de mim.

O assistente ergueu as mãos.

— Posso lhes conseguir poltronas diferentes. Tenho certeza de que algum casal em uma das fileiras aqui de trás aceitaria com alegria trocar de lugar com vocês.

Cruzei os braços sobre o peito.

— Tudo bem, então. — Eu realmente já não me importava se iria ficar ali ou ir embora. Só queria que a noite já tivesse acabado.

Tentei não olhar para a banda durante a distribuição de todos aqueles prêmios idiotas, mas meu novo lugar estava num ângulo tal que se eu quisesse ver o palco teria de olhar por sobre as suas cabeças. Apesar de não querer olhar, eu os observei: Evan e Jenny rindo por causa de alguma piada interna idiota; Kellan e Kiera se beijando… Porra, eles viviam se beijando!; Matt e Rachel sussurrando palavras doces um para o outro. Por mim, tanto fazia.

Mas foi muito difícil ignorá-los quando eles subiram ao palco para apresentar um prêmio. O maior de todos — o Videoclipe do Ano. Ah, que se foda! O público gritava e se descabelava como se nunca os tivesse visto antes. Eu vaiei. Alguém tinha de fazer isso. Ouvir apenas elogios e críticas positivas sempre inflava os egos, e os egos deles já estavam inflados o suficiente.

Depois do show, Anna me perguntou se eu queria tentar conversar com os caras novamente. Minha expressão vazia foi resposta suficiente para ela. Parecendo dividida, ela apontou com o polegar para onde os rapazes estavam, conversando com a banda vencedora.

– Eu só quero dar um "oi" para Kiera e as meninas... ver como elas estão, tudo bem?

Franzindo a testa, olhei para onde as "meninas" estavam, cada uma pendurada em seu D-Bag.

– Elas estão adorando ficar ali de segredinhos sobre nós, é assim que elas estão. É óbvio que não nos querem por perto, e é por isso que eu digo: eles todos que se fodam.

Anna suspirou.

– Vou levar só um minutinho. – Ela se virou e foi embora sem dizer mais nada.

Tudo bem. Já era a Equipe Hancock. Eu estava sozinho nessa. Muito bem... nem por um cacete eu ia ficar ali sozinho à espera de Anna. Tinha coisas melhores para fazer, como divulgar meu programa novo, por exemplo. Comecei a circular e fui até um grupo de garotas. Pela forma como elas davam risadinhas, saquei que eram fãs, e não artistas. Perfeito!

– Olá, caras damas. Sou Griffin Hancock. Vou fazer com que todos os seus sonhos se tornem realidade todas as semanas a partir de... Bem, assim que um seriado qualquer for cancelado. – Olhei em volta para me certificar de que Anna não me ouvira dizendo aquilo. Ela ainda não sabia que o meu programa tinha ficado como substituto para tapar buracos na programação.

– Ooooh, Griffin... aquele dos D-Bags, certo?

Suprimi um gemido, mas tudo bem. Qualquer dia as pessoas iriam começar a me associar com outra coisa. Algo maior, melhor, mais arrojado e mais ousado; eu mal conseguia esperar por isso.

Quando acabei de fazer meu trabalho de divulgação, Anna e os D-Bags tinham sumido. Torcendo para ela não ter ido embora com eles, fui caminhando até onde os carros estavam. Encontrei Anna ali, esperando pelo nosso motorista. Ela me olhou com um jeito gélido. A frieza só piorou durante a viagem de volta para casa. Por fim, eu não aguentei mais.

– Que foi? – eu quis saber.

Virando-se para mim, ela liberou toda a sua raiva.

– Pensei que você fosse pelo menos *tentar* fazer as pazes com a banda.

Inclinei a cabeça de lado, com ar de curiosidade.

– O que fez você imaginar que eu queria tentar isso? Você não reparou na aliança? Anna, eles nos esnobaram, porra! Fiquei surpreso por você ainda se dar ao trabalho de lhes dedicar atenção.

As bochechas dela ficaram vermelhas.

– Eu sei... não fiquei feliz com isso, mas essa briga absurda já foi longe demais. Alguém precisa se mostrar superior.

Inclinando-me para trás no banco, virei a cabeça em direção à janela.

– Não vou ser eu. Estou muito feliz onde estou. Se eles quiserem uma trégua, é melhor arrastarem seus traseiros até a minha casa. Depois ainda vão ter que me bajular muito no gramado da frente.

Ela respirou fundo, longamente, e em seguida o carro ficou em silêncio.

Quando chegamos em casa, ela foi direto para o quarto e fechou a porta. Tudo bem. Ela podia ficar puta por causa daquilo, por mim estava ótimo. Eu é que não ia engolir meu orgulho para me desculpar com os caras. Não precisava disso. Eles é que estavam errados, não eu. Tinham me usado, abusado de mim, e depois me excluíram por completo. Por mim, os bundões poderiam ir todos para o inferno que eu ia cagar e andar. Coisas muito maiores e melhores estavam à minha espera.

Capítulo 16
É ISSO QUE VOCÊ OUVIU,
EU SOU REALMENTE IMPRESSIONANTE

Anna levou alguns dias para se acalmar depois do VMA. Quando finalmente começou a sorrir novamente, imaginei que tivesse superado tudo. Pelo menos tanto quanto conseguiria. Ela queria que eu fizesse as pazes com a minha família D-Bag, mas isso não ia acontecer. Eles tinham ido longe demais. Mas eu decidi que poderia dar um refresco para as garotas, ou pelo menos me esconder quando elas nos visitassem. Anna parecia precisar muito da amizade delas. Tudo bem. Ela ficava mais feliz sempre que eu sugeria que as convidasse, então eu dei a ideia para que Anna ligasse para elas. Até mesmo a Rachel "Estou Casada com o D-Bag Hancock" poderia vir... desde que eu não estivesse por perto para ouvir sobre a porra das suas núpcias. Babacas!

Enquanto Anna fazia planos, fui direto para o meu escritório, para ver se havia alguma novidade sobre o programa. Agarrando o telefone, liguei para Harold.

— E aí, Harry! Pintou alguma boa notícia para mim? Já temos contrato para uma temporada completa? Porque eu adoraria receber meu pagamento. Talvez você já tenha notícias sobre uma estreia antecipada? Eu meio que tive que esconder esse atraso da minha mulher... se você conseguir que o programa seja lançado em setembro ou outubro, isso tornaria minha vida bem mais fácil. — Prestei atenção em Anna, mas ela continuava lá embaixo ao celular com Kiera. Pelo menos estava da última vez que a vi.

A voz de Harold foi direta e profissional.

— Sinto muito, sr. Hancock. Infelizmente eu não vou tornar sua vida nem um pouco mais fácil.

— Como assim? — perguntei, confuso.

Harold parou por um momento, mas logo continuou:

— Antes de qualquer coisa, quero lhe agradecer pelo seu tempo e a energia dedicada a este projeto. Seu entusiasmo e o desejo de fazer do seriado um sucesso ficaram evidentes em tudo o que o senhor fez.

— Ahn… Tudo bem — disse eu, coçando a cabeça. — Obrigado pelos elogios, mas o que está rolando? Você soa como se estivesse se despedindo. Você vai me deixar, Harold?

Com a voz ainda firme, ele continuou como se fosse uma gravação e não uma pessoa real.

— Lamentavelmente, a rede LMF e o criador da série decidiram… cancelar tudo. O programa será arquivado e as partes envolvidas seguirão com outros projetos; todos os membros do elenco estão sendo liberados de seus contratos. Sinto muito, mas os poucos episódios que foram gravados provavelmente nunca serão exibidos.

— De que diabos você está falando, Harold? — De repente eu me senti como se estivesse de volta à escola; o professor explicava um assunto tão fácil que todos da turma entendiam. Todos, menos eu. E, assim como na escola, senti como se faltasse algum pedaço de informação que deveria ser óbvio. Isso me confundiu ainda mais.

Harold soltou um grunhido frustrado, parecido com os dos meus professores quando precisavam "facilitar a explicação" para eu poder captar tudo.

— *Arrebentando!* foi cancelado, Griffin. Obrigado pelo seu tempo e sua energia, mas seus serviços não serão mais necessários.

Como se um terremoto tivesse acabado de atingir a cidade, eu perdi a capacidade de ficar de pé. Felizmente para mim, o sofá estava bem perto. Despenquei sobre ele com um baque.

— O quê? — sussurrei, estupefato. — Foi cancelado? Ele não pode ter sido cancelado, porque nem sequer estreou. O que você está me dizendo não faz sentido…

— Pois é… Para ser franco, o estúdio e o criador decidiram que já não vale a pena gastar mais tempo e energia com o seriado, e é claro que essa escolha é um direito deles.

— Mas… Como eles podem decidir isso antes de o programa ir ao ar? O sucesso vai ser tremendo, eles simplesmente *precisam* exibi-lo! — Eu gritava ao telefone agora, mas meu tom desesperado não alterou o de Harold.

— Sinto muito por ter que lhe dizer isso. Eu estava… muito esperançoso com esse programa. — Disse essas palavras como se fizesse isso o tempo todo. Não era o meu caso. Esse programa era tudo que eu tinha.

— Isso é papo-furado! — Eu me levantei e comecei a andar de um lado para outro. — Vamos procurar outra rede de TV, algum lugar onde as pessoas tenham mais visão.

— Não podemos fazer isso, sr. Hancock.

— Por que diabos não podemos? — gritei, segurando o fone.

Harold suspirou.

– O programa não pertence a nós; pertence ao criador, e ele decidiu que prefere tomar uma direção diferente. Além disso… ninguém mais quis o seriado. A LMF era a nossa única provável compradora.

Eu não tinha uma resposta inteligente para isso. Nenhuma observação ou ideia brilhante para tirar da cartola. Tudo que senti foi um nó de indigestão que me agitou a barriga e me fez sentir vontade de vomitar.

– Mas… Eu desisti de tudo por causa disso… – sussurrei. Que porra eu poderia dizer a Anna?

Harold suspirou novamente.

– Sim, isso tudo é lamentável, mas essas coisas acontecem. O senhor vai ter que sacudir a poeira, dar a volta por cima e tentar novamente. Tenho certeza de que um dia o senhor fará um enorme sucesso. Desejo tudo de bom, sr. Hancock.

Ele desligou antes de eu ter a chance de responder. Olhei para o telefone por um segundo e depois o larguei sobre o sofá. Um dia eu farei um enorme sucesso? Foram *essas* as suas palavras de consolo para mim? Eu já era um sucesso muito antes de conhecê-lo… quando estava com os rapazes… e tinha abandonado a banda para fazer o seriado. Porque isso iria me conseguir um sucesso ainda maior. Só que agora… o projeto sequer decolara, a banda tinha acabado e eu não tinha a menor ideia do que fazer em seguida. O nó de tensão no meu estômago começou a se replicar de forma incontrolável; tive de me inclinar e colocar a cabeça entre os joelhos. Respirei fundo várias vezes e tentei manter os olhos em foco; minha visão oscilava e parecia turva. Eu tinha apostado tudo naquela jogada; tinha desistido do meu lugar na banda; tinha criado uma forte tensão em um casamento que, até então, era impecável. Tudo isso porque eu não tinha refletido melhor, nem enxergado que o seriado era uma aposta. Achei desde o início que era uma coisa certa na minha vida. Agora, ele e tudo o mais tinham se evaporado.

Que merda!… Que porra eu vou fazer agora?

Três horas mais tarde eu continuava no meu escritório, olhando para os discos de ouro que revestiam as paredes, tentando pensar em uma maneira de manter meu sonho vivo e impedir meu casamento de desmoronar. Se Anna soubesse que aquilo tudo tinha sido por nada… a rachadura em nosso relacionamento poderia se tornar algo verdadeiramente terrível. Eu me senti anestesiado. Eu me senti sem esperança. Eu me senti derrotado.

As coisas não eram para ser desse jeito.

Uma batida tímida no portal chamou a minha atenção. Uma perna nua balançou, entrou pelo vão da porta e envolveu o batente; com um sorriso brilhante nos lábios, Anna rodopiou e se lançou no escritório. Continuou abraçada ao batente como se ele fosse um pole de stripper. Em qualquer outro dia, essa visão teria me provocado tesão instantâneo, mas eu estava chocado demais para me sentir excitado.

Meu plano tinha sido impecável... Que diabos tinha acontecido?

– Aí está você! – cantarolou Anna. – Acabei de falar ao telefone com Kiera. Ela e as meninas chegam para nos visitar no próximo fim de semana. Seu sorriso era brilhante, despreocupado, e logo virou brincalhão. – Você estava assistindo a pornô aqui? Sem mim?

Ela riu e um breve sorriso iluminou meu rosto. Mas ele logo se desfez quando o peso da realidade se impôs. Porra. Como eu poderia contar a Anna que era um fracasso? Tinha pedido a ela para confiar em mim. Tinha lhe garantido que tudo daria certo. Aos seus olhos, eu seria um perdedor se ela descobrisse a verdade. Eu não podia aguentar a ideia de ser outra coisa senão impressionante aos seus olhos.

Estou tão orgulhosa de você, Griffin.

Merda!

Reparando na minha expressão, Anna largou o batente da porta e entrou no escritório.

– O que aconteceu? Você recebeu alguma notícia sobre o programa? Quando vai estrear? Acho muito estranho eles não informarem logo uma data. Ainda nem apareceu na programação do canal... e faltam só algumas semanas, certo?

Um medo gélido congelou meus braços e pernas, enquanto uma dúvida ácida fazia buracos no meu estômago.

Como contar a ela o merda que eu sou?

Eu havia desistido do meu trabalho garantido e com altos ganhos; como explicar agora que eu tinha separado minha mulher do seu lar; que a obrigara a se afastar da sua casa, da sua família e de seus amigos; que mentira para ela e traíra a sua confiança... tudo isso por nada. Ela não queria vir para cá, não queria que eu fizesse aquilo, mas tinha me acompanhado porque éramos uma equipe e ela acreditava em mim. E agora? Agora, eu tinha acabado de perder a única esperança que me restava de provar a ela que eu conseguiria ser uma estrela sem os caras. Se eu lhe contasse que a exibição do seriado fora cancelada, ela iria surtar. Ficaria furiosa com tudo que eu tinha jogado fora para fazer aquilo. Não, ela ficaria mais que furiosa, ela iria embora... voltaria para Seattle e me deixaria ali apodrecendo. Ou então me pediria para voltar para lá com ela, mas eu não podia fazer isso. Simplesmente não podia. Não podia voltar como um fracasso ambulante, com o rabinho entre as pernas.

Isso me fez sentir ainda mais doente, mas eu não poderia lhe contar a verdade. Não completamente. Pelo menos por enquanto. Precisava maquiar a verdade, contar tudo de forma gradual, aos poucos, para ela não entrar em pânico e eu ter tempo de pensar em um plano B. Com isso em mente, decidi contar a Anna algo que já deveria ter contado algum tempo atrás. Ela ficaria chateada, mas não tanto quanto poderia ficar com a história completa.

– Ahn… Harold ligou… Eu meio que tenho más notícias. – Precisei engolir em seco o nó súbito que me surgiu na garganta. Porra. Eu tinha estado tão perto de ter tudo que eu sempre quis.

O sorriso de Anna se dissolveu e ela colocou os dedos sobre o peito, como se o seu coração tivesse disparado e ela tentasse fazer com que ele se acalmasse.

– Que foi? Há algum problema com o programa?

Forçando um sorriso na cara que eu torci para parecer verdadeiro, balancei a cabeça para os lados.

– Não, não… só que a estreia foi adiada por algum tempo. Eles resolveram usar o seriado como coringa de meio de temporada. Sabe como é… Para o caso de um dos outros programas despencar na audiência. Harold disse para eu não me preocupar, que muitos outros seriados importantes alcançaram sucesso desse jeito. Isso não tem muita importância. – Mas o show ser cancelado tinha.

Porra.

Anna não pareceu saber como processar aquela informação. Pareceu preocupada, mas não sabia se deveria estar.

– Oh… bem… mesmo assim, eles vão te pagar a mesma quantia, certo? Mesmo com o show tendo sido adiado?

Você fala na merreca que eles estão me pagando? Quer saber se torramos o pouco de adiantamento que eu recebi no aluguel desta mansão? Torramos, sim.

– Ah, claro, estamos numa boa em relação a isso, amor. Não se preocupe.

Merda. Eu estava completamente fodido.

Anna respirou fundo, de alívio. Depois de inspirar mais duas vezes, murmurou:

– Tudo vai ficar bem, tudo vai ficar bem, tudo vai ficar bem… – Pelo jeito como ela liberou as palavras, ficou claro que aquilo era um mantra que ela repetia muitas vezes. Saiu sem dizer uma única palavra adicional, e um desespero amargo tomou conta de mim quando ela foi embora.

Que merda eu fiz dessa vez? Que porra monumental foi essa que eu aprontei? Como fazer para consertar isso?

Eu não tinha uma resposta fácil para isso. Na verdade, a única resposta que eu poderia conseguir era… tentar entrar em outro seriado. Só que Anna iria subir nas tamancas se eu lhe contasse que estava desempregado e fazendo testes, porque já estava prestes a perder o controle, dava para ver. Eu já tinha estragado muito a vida dela, e não conseguiria reconhecer numa boa o desastre que tinha sido o meu plano de mestre, muito menos estar agora sem um plano B decente para a situação. Então, para salvar a pele e meu casamento, fiz uma coisa horrível: menti de forma descarada, terrível e vergonhosa para a minha mulher. Menti para *nos* salvar, porque sabia que estaria tudo acabado se não o fizesse. E eu não poderia aceitar que terminássemos tudo. Só de pensar que ela poderia ir embora de vez me fez sentir como se eu tivesse inalado um punhado de cacos de vidro; cada inspiração machucava demais.

Na segunda-feira depois que Kiera foi embora, quando Anna estava mais alegre e energizada, eu lhe contei a "boa notícia". Agarrando-a pela cintura, eu a puxei com força e me preparei para fazer algo que torci nunca mais precisar fazer na vida.

— Ei, quero que você seja a primeira a saber... O seriado foi escolhido para ter uma temporada completa! Vou começar hoje mesmo a gravar o resto dos episódios.

Por favor, me perdoe por isso.

O queixo de Anna se abriu de surpresa.

— Uau, amor, isso é o máximo! — O orgulho no rosto dela me provocou náuseas e remorso. Aquele programa era para ser a minha oportunidade de ser grande e rico. Agora, vejam como eu estava.

Ela me abraçou com força; o que foi ótimo, pois eu tinha certeza de que estava com ar de muita culpa naquele momento. Recuando um pouco, ela perguntou:

— Então, quando é que o show vai estrear, afinal de contas?

Sem conseguir encará-la, abanei a mão e olhei em volta, em busca do meu casaco.

— Ahn... Janeiro, eu acho. Ainda não sei ao certo... Preciso ir, amor.

Eu me senti mal quando saí de casa, e cheguei mesmo a ter ânsias de vômito na entrada da garagem, mas não tinha escolha. Eu precisava de tempo, e agora eu tinha conseguido algum, pelo menos até janeiro. Minha esperança era pintar alguma coisa boa até lá.

★ ★ ★

Fazer testes era mais difícil do que eu pensava, e depois de participar de vários deles, tive de reconhecer que meu irmão Liam tinha razão. Eu não tinha a mínima ideia do que estava fazendo, e isso era claríssimo para as pessoas que me aplicavam os testes. Na verdade, eu começava a me perguntar se Harold teria me dado aquele papel em *Arrebentando!*, caso tivesse se dado ao trabalho de fazer um teste comigo. Pelo jeito como eu vinha sendo esculhambado quase todos os dias, eu duvidava muito disso.

A cada manhã eu me sentia mais frustrado. E todos os dias eu evitava a minha mulher o máximo que conseguia. Saía de casa e ia para o "trabalho" de manhã cedo e voltava tão tarde quanto conseguia. Ia "trabalhar" até mesmo nos fins de semana, só para evitar ficar bundeando em casa. Simplesmente não conseguia lidar com o sentimento que me espetava o estômago sempre que eu estava perto da minha família. Era como se as minhas entranhas estivessem forradas com lâminas de barbear, e cada vez que eles me encaravam com orgulho nos olhos os meus músculos se retesavam e as lâminas me abriam feridas que ardiam. Eu não podia aguentar aquilo e fazia de tudo para permanecer sempre longe deles.

Como na verdade eu não tinha trabalho de tipo algum, não conseguia preencher todas as horas do dia com testes e saía muito, tipo sem destino. Ia a bares, clubes de strip-tease e bufês rodízio... qualquer lugar onde eu pudesse vegetar durante algumas horas. Cheguei até mesmo a ir para Las Vegas uma vez... ou duas. Qualquer coisa servia para ocupar o meu tempo. Às vezes eu comprava e deixava espalhadas pela casa algumas bugigangas para a Anna e as meninas, só para que elas encontrassem o presente enquanto eu estava "trabalhando". Esses pequenos gestos ajudavam a aliviar minha consciência da culpa, e Anna sempre me mandava mensagens com emoticons sorridentes e beijos quando encontrava os badulaques, mas é claro que não gostava de eu ficar fora de casa durante tanto tempo.

— Eu não vejo mais você. Sei que o que você está fazendo é importante... mas eles *vão* permitir que você volte para casa de vez em quando, não vão?

Suspirei para o telefone enquanto bebia uma cerveja. Eu era um babaca completo.

— O trabalho vem sempre em primeiro lugar, amor, você sabe disso. Mas não se preocupe... eles vão me dar uma folga para as festas de fim de ano. – Por Deus, eu estava começando a pensar em dar a Matt um prêmio na categoria "sujeito desprezível do ano".

Anna suspirou também.

— Quer dizer que daqui a dois meses nós vamos nos ver?

— Milfums... isso é temporário, você sabe disso.

— Eu sei... Dilfums. Arrebenta hoje, ok? Depois volta correndo pra mim. Estou muito entediada aqui sem você. Carl consegue ser divertido às vezes, mas ele não é você.

Eu me obriguei a rir do comentário dela.

— Sim, sei que não... ninguém é. Preciso ir, amor, estão me chamando no set de gravação. – Eu quase me encolhi quando Anna se despediu e desligou o telefone. O barman ergueu uma das sobrancelhas, mas felizmente não fez comentários sobre a minha óbvia mentira. Como eu não tinha mesmo para onde ir durante mais oito horas, pedi outra cerveja. Droga. Por quanto tempo mais eu iria conseguir evitar a minha vida?

Por volta de meia-noite, eu tomei o caminho de volta para casa. Estava me sentindo um merda quando entrei pela porta. Aquela sensação era uma bosta. Eu tinha me preparado para a grandiosidade e agora minha vida não tinha mais sentido. A única coisa diante de mim era um prazo exíguo que se aproximava rapidamente, e então a merda iria bater no ventilador; eu sempre tinha sido péssimo com pressões e prazos. Não fazia ideia do que fazer e não estava habituado a esse sentimento.

Desde criança eu sempre soube que o meu destino era ser famoso. E, a partir do momento em que conheci os D-Bags, nunca mais tinha questionado a minha vida, muito menos o rumo que ela tomava. Sabia que estava em um foguete rumo ao sucesso, e tudo o que eu precisava fazer era simplesmente manter o curso. Foi então que eu tinha alcançado o destino final e percebi que aquilo não era o que eu achei que seria. Foi como se a minha trajetória tivesse corrido em paralelo à outra, e acabei me desviando do rumo. Agora que eu estava *totalmente fora* dessa trajetória, pela primeira vez na vida questionava minhas escolhas e começava a me perguntar se a minha percepção da trajetória inicial tinha sido distorcida. Talvez aquilo tudo não tivesse sido tão ruim, afinal de contas. Talvez eu pudesse voltar ao foguete e retomar o rumo certo, quem sabe? Tudo que eu precisava era de uma mão que me ajudasse a levantar do chão...

Sem me permitir pensar naquela ideia duas vezes, fui para a cozinha e peguei o telefone para fazer uma chamada. Liguei para um número para o qual não ligava havia muito tempo, e quando uma voz familiar atendeu eu tive de engolir o nó que me bloqueou a garganta. Em seguida, eu me enrolei em uma armadura feita de pura indiferença. Aquilo não era nada de mais.

Só que era, sim...

— E aí, Matt... que bom que você ainda está acordado. Sou eu, Griffin. — Rolou um silêncio pesado por tanto tempo do outro lado que eu cheguei a pensar que ele tinha desligado na minha cara. — Você ainda está aí?

— Sim, ainda estou aqui. Mas estou me perguntando por que motivo. Eu devia desligar agora mesmo e bloquear seu número.

A frieza em sua voz me incomodou muito, mas eu fiz o melhor que pude para ignorá-lo.

— Você ainda está com raiva de mim por eu ter nocauteado você? Foi por isso que me esnobou no dia do seu casamento? Vamos lá, cara. Isso aconteceu há séculos.

— Você me nocauteou...? Acha que eu ainda estou puto por causa da...? — Eu o ouvi inspirar longamente e depois exalar um suspiro ainda mais longo. — O que você quer, Griffin?

Fechando os olhos, fiz uma rápida oração do tipo "tomara que dê tudo certo".

— Eu estava só imaginando se vocês já tinham conseguido encontrar um baixista novo. Estou com algum tempo livre para matar... portanto, se vocês ainda precisam de alguém...

Por favor, me aceite de volta.

Matt riu da minha cara.

— Você está de sacanagem comigo, certo? Tem algum tempo livre para matar e quer que o chamemos de volta... já que não pintou nada melhor para você fazer nesse momento? Inacreditável! — Ele soltou uma gargalhada sem humor. — O que aconteceu com o seu programa? Sua subida meteórica rumo ao estrelato? Já que, pelo visto, fazer parte de uma banda de sucesso não era estrelato suficiente para você.

Como a verdade era horrível demais para ser dita, inventei uma mentira criativa.

— Eles estão reestruturando as coisas, e pode ser que ainda leve algum tempo antes de o seriado estrear.

— Reestruturando? Eu ouvi dizer que o estúdio desistiu da série. A coisa ficou dura, não foi, companheiro? — Ele soltou outra risada sem humor, mas o seu comentário me pegou de surpresa. Eu não tinha percebido que a notícia já fora divulgada. Porra, se a Anna ouvisse rumores a respeito...

— Você anda investigando a minha vida? — perguntei, com meu medo já me colocando na defensiva.

— Não, simplesmente aconteceu de alguém comentar que o programa foi um fracasso e acabou antes de decolar; e como você está me ligando para implorar pelo seu antigo posto, suponho que esse boato seja verdadeiro. O seriado deve ter ficado uma bosta completa, já que nem conseguiram fazê-lo estrear. — Sua voz era tão condescendente que um frio de indignação me deslizou pela espinha. Que idiota hipócrita!

— Eu não liguei para pedir meu trabalho de volta, seu babaca, só queria saber como vocês estavam.

— Sei!... Ligou só para nos espionar e saber como estamos indo com a banda, certo?

— Exatamente. Estou curioso por notícias sobre os meus concorrentes. — No instante em que coloquei essas palavras para fora, percebi que era para esse lugar que a minha trajetória estava me dirigindo o tempo todo. Eu nasci para estar no palco, cercado por música de arrebentar e luzes ofuscantes. Filmes e programas de televisão não eram o meu destino. Eu tinha nascido para ser um rock star. Eu sempre soube, só que tinha me esquecido disso durante um momento ou dois.

O tom de Matt era de dúvida quando ele respondeu.

— Concorrentes? *Você* vai lançar um álbum? — Ele começou a rir, e eu percebi humor genuíno na sua gargalhada, dessa vez. Muito humor. Isso só serviu para confirmar a minha decisão. Sim, aquilo iria resolver todos os problemas. — O que você sabe sobre produzir um álbum, Griffin? — voltou ele. — Na verdade, o que você entende de música, para começo de conversa? Você nunca prestou atenção a porra nenhuma do que nós fizemos. Nem uma vez! Toda a sua carreira com a gente foi baseada em *nós* fazermos todo o trabalho para *você* poder zonear tudo.

Suas palavras estavam embebidas de verdade, mas me irritaram do mesmo jeito.

— Alguém precisava aliviar o clima pesado. Ainda mais com aquela melancolia doída e excesso de seriedade... Eu sou o motivo pelo qual as pessoas gostavam de nós e curtiam ir assistir aos nossos shows. Porque eu era o único ali que sabia como me divertir um pouco, caralho! E conheço muita coisa sobre música. Fique de olho no que vai rolar, primo, porque estou prestes a deixar seu queixo caído como nunca ficou.

Desliguei o telefone antes mesmo que ele pudesse me dar alguma resposta do tipo "me engana que eu gosto". Sorrindo pela primeira vez no que me pareceram dias, fui para o meu escritório a fim de começar a trabalhar nas letras. Eles que se fodam. Eles todos que se fodam!, pensei. Eu faria exatamente o que Harold tinha dito… iria sacudir a poeira e dar a volta por cima. E, já que eu não poderia mais me juntar àqueles filhos da puta, então eu iria derrotá-los.

O IMPRESSIONANTE ATACA NOVAMENTE

Como eu tinha pouca coisa a fazer durante o dia enquanto estava "trabalhando", isso ajudou a trazer de volta um pouco da minha esperança e do meu bom humor. Enquanto eu matava o tempo em bares ou lanchonetes, comecei a fazer letras de músicas. Tinha certeza de que não iria precisar de muito tempo para compor um monte de músicas incríveis. Quer dizer, Kellan fabricava letras o tempo todo. Uma parte de mim queria dar a Anna essa notícia, queria acabar com aquela farsa sobre as supostas gravações de *Arrebentando!*, a fim de conseguir arrancar novas ideias e sugestões dela, mas eu ainda não podia fazer isso. Não conseguiria confessar a ela que eu a estava enganando todo aquele tempo de um jeito tão monumental que a história que eu tinha inventado sobre o piloto da série agora me parecia uma mentirinha inocente. Eu não poderia contar nada a ela até ter no bolso, pelo menos, um contrato com alguma gravadora. Um contrato tão espetacular que iria aliviar todas as suas preocupações. Ela continuaria revoltada comigo por mais algum tempo, por eu ter traído a sua confiança mais uma vez, mas talvez não tentasse me matar.

Escrever canções era mais demorado do que eu imaginei que seria, e eu me peguei fazendo isso o tempo todo, mesmo nas raras ocasiões em que estava em casa com Anna e as meninas. Como num sábado à tarde, por exemplo, em que eu estava no meu escritório tentando criar letras que fossem fascinantes e instigantes. Mas o que eu escrevia mais parecia poesia de alunos da quinta série. Pior: poesia suja de alunos da quinta série.

"Gosto de comer bolo, gosto de comer pavê, tire logo essa roupa para eu comer você."

Um verso claro e direto. Achei bom e o sublinhei em vermelho. Esse valia a pena guardar.

Quando a tarde virou noite, eu já tinha bons versos para uma canção inteira. Rá! Kellan fazia todo mundo achar que era um desafio criar letras de música, mas aquela merda não era tão difícil assim. A inspiração fluía da minha cabeça com a mesma facilidade que a cerveja me escorria pela goela… embora eu não soubesse que porra era uma goela. Como queria uma bebida naquele exato instante, gritei por sobre o ombro:

— Alfred! Cerveja!

— Sim, senhor — foi a sua resposta. Eu sabia que ele estava ali por perto.

Alfred voltou quando eu rascunhava mais obras-primas. Colocou a garrafa na minha mesa e na mesma hora eu coloquei meus dedos em torno do vidro frio. Só que não consegui pegar a garrafa, porque os dedos dele continuavam segurando-a com força.

— Cara, se você está esperando um agradecimento, pode esquecer. Não agradeço às pessoas a quem eu já pago um salário. — Ergui a cabeça, mas era Anna quem estava de pé ao meu lado, fazendo de refém a minha bebida.

— Sei disso — respondeu ela. — Mas acho que deveria agradecer. Mesmo que você já lhes pague um salário imoral, de tão elevado, essa é a coisa decente a se fazer.

Empinando o corpo na cadeira, eu lhe disse:

— Eu nunca fui decente. Você sabe disso.

Ela exibiu um sorriso torto e olhou para a minha mesa.

— O que você anda fazendo o dia todo aqui?

Eu tinha copiado todos os meus bons versos para uma única página. Curioso sobre o que Anna iria achar deles, entreguei-lhe a folha.

— Andei compondo uma canção.

Seu rosto na mesma hora se transformou de curioso para quase eufórico.

— Oh, Griffin, que ótima notícia! É para a banda? Você ligou para Kellan ou para Matt? Fizeram as pazes?

Eu congelei com o pedaço de papel ainda no ar. Merda. Eu não esperava que ela fosse chegar a essa conclusão. Para ser franco, não tinha pensado em ter que inventar uma razão para escrever uma canção. Envolvido em meu projeto, tinha esquecido que Anna estava sem saber sobre… um monte de coisas. Então, o que deveria dizer a ela? A verdade? Que ia tentar um contrato avulso para mim mesmo com uma gravadora? Não, ela não iria entender o motivo disso, pois achava que o seriado continuava a todo vapor. E sem um contrato na mão eu não poderia lhe contar, só que… o seriado era sobre um rock star. Sabendo que o destino tinha colocado a mentira perfeita nas minhas mãos, disse a ela:

— Não… é para o meu programa. Eles vão me deixar escrever coisas para o *Arrebentando!*. Isso é superimpressionante, não acha?

Que se foda a verdade!

Ela apertou os lábios, mas logo sorriu. Deu a volta na mesa, se instalou no meu colo e colocou os braços em volta do meu pescoço. Depois se inclinou, apertando os seios contra o meu rosto.

— Ah, eu estava torcendo para que você e a banda tivessem voltado. Mas isso também é muito bom. Só que tem sido muito estressante ver todo mundo brigado... é como se meus pais tivessem se divorciado, ou algo assim. Você nem aparece mais em casa quando Kiera e as meninas vêm nos visitar.

Recuei para poder olhar de cima para o rosto dela.

— Não pretendo voltar para eles, Anna. Nunca mais! Escrevi essa música para mim mesmo. Para a *minha* nova banda. – Como não queria que ela chegasse a conclusões a partir disso, completei: – Quer dizer... Para a minha banda da TV.

O sorriso dela se desfez.

— Sim, a sua banda da TV. – Balançou a cabeça. – Griff, sei que você está animado com esse trabalho, mas por que não volta para eles? Kiera me contou que eles não encontraram um substituto até agora, e Matt está ansioso para começar a trabalhar em outro álbum, já que o último... não vendeu tão bem quanto o esperado. Tenho certeza de que se você ligar para Matt e lhe pedir desculpas... Quem sabe você consiga dar conta das duas coisas? O programa de TV e a banda?

Senti uma fisgada no estômago ao ouvir essa sugestão.

Eu tinha tentado exatamente isso.

Só que Matt me cortou e me menosprezou. Não, voltar para eles deixara de ser uma opção.

— Pedir desculpas? Pra quê? Eu não fiz nada de errado. Aqueles babacas tinham me isolado em uma caixa e quando eu tentei sair dela eles resolveram trancá-la. Só que essas merdas não funcionam comigo. Preciso de liberdade.

Ela apertou os lábios com tanta força que dava para ver os músculos de sua mandíbula se retesando. Eu não tinha certeza se ela tomara o meu comentário em nível pessoal ou se estava chateada por eu continuar irredutível. Eu estava prestes a lhe dizer que não me referia a ela no instante em que balançou a cabeça e disse:

— Tudo bem, então... os roteiristas do programa vão deixar você escrever canções? Talvez eu possa ajudá-lo. – Ela olhou para meus versos, ainda na minha mão, e começou a lê-los. Logo franziu a testa. – Por favor, não me diga que isso aqui são alguns deles.

Larguei o papel e o deixei flutuar até a mesa.

— O que há de errado com essa letra? É o máximo!

Seus olhos vagaram sobre a página.

— Vou deixar você molhada, você vai ficar saborosa. – Ela balançou a cabeça. – Em primeiro lugar: isso é nojento. Em segundo lugar: nem rima tem. Em terceiro lugar: duvido que eles aceitem isso num programa de TV.

Desejando poder cruzar os braços sobre o peito de um jeito desafiador, dei de ombros.

— Eu gosto da letra; se eles não aceitarem isso no programa, é porque são muito burros.

Fechando os olhos, Anna colocou as mãos no rosto e balançou a cabeça.

– Puxa vida – murmurou –, espero que eles saibam o que fizeram ao colocar você para escrever letras. – Abriu um dos olhos e perguntou: – Como vão as coisas, por falar nisso? Com relação ao seriado?

O olhar desconfiado em seus olhos fez meu corpo ficar em estado de alerta, como se eu estivesse prestes a ser atacado. Será que ela sabia de alguma coisa? Não, ela certamente se mostraria muito mais irritada se soubesse de alguma notícia ruim.

– Tudo bem... Tudo numa boa.

Ela abriu os dois olhos e franziu a testa.

– Tem certeza? Porque estão rolando uns boatos na internet de que o programa foi cancelado. Eu não coloquei muita fé nisso porque vejo você trabalhando muito, mas eles continuam aparecendo. Tudo que encontro quando procuro saber do novo seriado são notícias ruins. – Ela estreitou os olhos e examinou meu rosto como se procurasse a verdade na minha reação.

Bosta! Maldita internet.

Meu coração bateu com mais força, mas eu consegui manter minha expressão o mais inocente possível.

Eu não sei de nada.

– Nem sei o que te dizer sobre isso, querida. Essas fofocas são uma bosta. Pode acreditar em mim, o seriado continua rolando, todo mundo está trabalhando pra caramba e tudo continua ótimo. Tudo numa boa.

Ou pelo menos ficará quando eu tiver um contrato assinado com uma gravadora e não precisar mais mentir. Eu odeio mentir, mas odeio ainda mais decepcionar você.

Ela franziu o cenho, mas concordou com a cabeça.

– Bem, talvez devêssemos baixar a bola um pouco com as despesas... pelo menos até o programa estrear.

Olhei em volta para a minha mansão de todas as mansões e balancei a cabeça para os lados.

– Nada disso... Você é uma rainha e deve viver como uma. Além disso, eu vou ser um cara grande, famosíssimo, e devo começar a agir desse jeito. Se eu entrar nessa arena cheio de inseguranças, medos tolos e merdas desse tipo, eu nunca vou conseguir nada na vida. Nada disso... quero tudo do bom e do melhor... talvez eu até contrate mais gente para ter à minha volta, para fazer coisas estúpidas do tipo... pintar todas as flores com diferentes tons de verde... – O mínimo que eu podia fazer era mantê-la rodeada pelas melhores coisas da vida. Ela merecia isso e muito mais.

Anna colocou as mãos no meu peito.

– Por favor, não. Estamos muito bem desse jeito.

Eu a estudei por um momento, em seguida concordei. Considerando que eu ainda não tinha um contrato, aquela provavelmente era uma boa estratégia. Mas, quando eu estivesse com o contrato na mão, a coisa ia mudar de figura. Eu ia mimá-la até não poder mais.

— Tudo bem, mas no minuto em que eu achar que você não está sendo paparicada, adorada e mimada o suficiente vou contratar alguém só para ficar aos seus serviços.

Com um meio sorriso sedutor, ela correu uma das unhas pelo meu rosto, levemente.

— Mas a única pessoa que eu quero me adorando é você... só que você está sempre longe e isso não acontece muitas vezes, agora. Estou me sentindo solitária.

Reconhecendo nessas palavras o sinal verde para diversão, meu pau imediatamente se manifestou e acordou para a vida. Puxei-a com firmeza para o espaço entre as minhas pernas, para que ela pudesse senti-lo.

— Estou aqui agora, amor, e posso adorar e mimar você a noite toda. Basta me dizer o que você quer fazer.

— Quero que você arranque todas as minhas roupas, me esparrame em cima da mesa novamente e foda com tanta força que eu vou sair daqui andando torta. — Meu pau começou a latejar ainda mais com essas palavras. Mas isso não foi nada comparado às seguintes: — Mas antes de você fazer tudo isso... *Eu* quero provar *você* dessa vez. — Ela empinou o corpo, virou minha cadeira giratória de frente para ela e se colocou de joelhos.

— Porra, isso mesmo! — reagi, arriando meu jeans o mais rápido que consegui. Provavelmente eu não deveria fazer isso, já que eu estava sendo um tremendo filho da puta ao esconder tanta coisa dela... mas porra... ela precisava daquilo tanto quanto eu. Era exatamente como disse: ela se sentia sozinha. Dispensá-la agora só iria estragar ainda mais as coisas.

No momento em que minha calça caiu e me envolveu os tornozelos, o meu pau já estava empinado e orgulhoso; o piercing na ponta brilhava sob a luz forte da lâmpada na minha mesa. Anna fez um ronronar gostoso quando correu o dedo ao longo do metal; cada nervo do meu pau pareceu chiar de prazer quando o piercing se roçou em mim.

— Tão tesudo — disse ela, em um suspiro gutural. — Mal posso esperar para ter você dentro de mim. — Eu não sabia se me queria dentro da sua boca ou da sua boceta. Qualquer uma das duas era ótimo para mim.

Seus lábios me envolveram com força quando ela me tomou na boca e começou a sugar com vontade. Um gemido ofegante me escapou quando ela me acariciou; ela nem sequer precisou usar as mãos. Brincava com meus ovos em vez disso, e eu tive que agarrar com força os braços da cadeira. A pulsação, o formigamento e o ardor quase doloroso eram uma delícia; todo o meu corpo parecia ser sacudido por descargas elétricas de puro êxtase. Mais e mais, cada vez mais, sempre no ritmo da sua boca, que me sugava cada vez com mais força.

Deixando minha cabeça tombar para trás, eu me deixei levar pelo deleite erótico.

– Porra, isso mesmo, Anna. Assim, assim… não pare.

Ela gemeu e as vibrações ao longo da minha pele quase me fizeram gozar. Comecei a mover os quadris contra os seus lábios a cada novo impulso. Eu não sabia se ela ia me deixar terminar, mas torci por isso e repeti:

– Não pare…

Me deixe gozar.

Ela se moveu contra mim com mais força, e eu sabia que ela não ia desistir. Podia sentir o clímax se aproximando, mas não fiz nada para impedir a sensação.

Porra, eu precisava muito daquilo.

Quase como se pudesse sentir meu desejo aumentando, Anna apertou as minhas bolas no momento exato em que eu me lancei no abismo do clímax.

– Oh, porra… Sim… – Eu gemi forte quando gozei. Sua boca e sua mão ficaram mais suaves nesse momento, em vez de urgentes, e isso prolongou meu orgasmo.

Por Deus, caralho!…

Quando ela finalmente se afastou, deixando-me arrasado, ofegante e estremecendo com ondas residuais de prazer, seu sorriso foi diabólico.

– Minha vez agora, amor – declarou ela, tirando a saia.

Quando começou a arriar a calcinha, estendi a mão para impedi-la.

– Nã-nã-ni-na… Você me pediu para eu rasgar suas roupas. – Agarrando o material fino que lhe envolvia os quadris, eu o rasguei e puxei as pontas ao longo das suas pernas esbeltas. Ver o que eu queria provar fez o meu pau voltar à vida mais uma vez. Rasguei sua blusa e depois o sutiã. Então, com um impulso poderoso, joguei no chão tudo que estava em cima da mesa. Após colocá-la sentada na quina, eu lhe pedi para se deitar, apoiei suas pernas sobre meus ombros e caí de boca para descobrir quanto ela me queria.

Ela agarrou minha cabeça com força e a segurou no lugar enquanto um grito erótico ecoava pela sala.

– Ó Deus, Griffin… Sim, sim, porra, isso mesmo, isso é muito gostoso! – Meu pau endurecia um pouco mais a cada gemido dela, e eu já estava pronto para mais no instante em que ela começou a se desmontar debaixo da minha boca. Eu a deixei gozar, porque fazia questão de pagar na mesma moeda, mas, no instante em que seu orgasmo acabou, tirei minha boca da sua vagina para poder lançar meu pau dentro dela.

Ela ofegou com força quando eu a penetrei com vontade.

– Ah, eu ainda estou… Ahhh, me foda, isso mesmo… me foda!

Seu orgasmo durou uma gloriosa eternidade, e quando ele finalmente acabou foi a vez de o meu pau entrar em erupção novamente. Eu me larguei em cima dela, absoluta e verdadeiramente satisfeito. Ela segurou minha cabeça contra o peito, nossos corpos ainda colados. Quando minha respiração voltou ao normal, reparei na cerveja derrubada perto da sua cabeça. Droga, eu bem que curtiria um gole de cerveja naquele momento. Estava com uma sede dos infernos. Curioso para saber se iria consegui-la, gritei:

— Alfred! Preciso de outra cerveja!

Sua resposta foi instantânea e veio do lado de fora da porta aberta.

— Sim, senhor.

Anna riu e depois me cutucou nas costelas. Adivinhando o que ela queria, gritei novamente:

— Traga duas, Alfred. A madame também está morrendo de sede.

— Como quiser, senhor — foi sua resposta calma.

Eu ri quando me reinstalei entre os seios de Anna. Porra, eu adorava ter um mordomo. Mas ter Alfred por perto não era nada comparado a fazer minha esposa feliz. Eu só torci para que pudesse mantê-la satisfeita daquele jeito, e rezei com todas as forças para conseguir um contrato o mais depressa possível.

★ ★ ★

Quando consegui uma canção digna de levar o selo "original Griffin Hancock", vi que precisava gravar uma canção demo para oferecer às gravadoras. Sem saber aonde mais eu poderia ir, visitei meu antigo estúdio de gravação, onde o primeiro álbum dos D-Bags tinha sido gravado. O preço da locação do lugar por uma única hora era absurdamente alto, mas eu fiz uma reserva e paguei adiantado. Dinheiro não podia ser obstáculo quando a fama estava em jogo.

Todos os rapazes do estúdio ainda trabalhavam lá quando eu apareci. "Como é mesmo o nome dele" e "aquele outro carinha" estavam na área. Só que o sujeito que fazia a mixagem era diferente, pois a gravadora tinha levado um talento exclusivo dela para trabalhar no nosso primeiro álbum. Mesmo assim, o cara da equipe fixa do estúdio me ajudou a descobrir o que fazer e eu fiquei muito agradecido por isso.

Quando chegou a minha vez de entrar em cena, gravei a música que tinha feito a Anna torcer o nariz. Tive de fazer isso. Era uma canção impressionante revestida de espetacular, a melhor coisa que eu já fizera. Como eu não tinha percussão para me acompanhar, criei meu próprio universo de ruídos em estilo *beatbox*. Funcionou muito bem com a música. Na verdade, ficou tão legal que resolvi usar aquilo para a gravação oficial do álbum.

Depois de fazer algumas cópias, enviei-as para as gravadoras. Nem ao menos liguei para perguntar se queriam material novo. Simplesmente pegava os endereços on-line e mandava uma cópia. Depois descansei e fiquei esperando as ofertas que iam começar a chegar.

Como eu estava todo empolgado com as minhas escolhas, enviei uma das cópias para Denny, por Fedex. Assim, ele seria o primeiro a ter a honra de ser o meu agente. Junto com o material, mandei um bilhete explicando: "Estou prestes a receber dezenas de ofertas por essa porra e, se você quiser receber uma parte dos meus milhões, me ofereça algo que deixe comendo poeira todas as outras propostas. Faça isso e eu lhe pago quarenta por cento, porque nem que a vaca tussa eu aceito te pagar cinquenta!".

Ele me ligou no minuto em que recebeu a remessa.

— Ahn… Griffin… Que diabos foi isso que você acabou de me enviar?

— Ah, e aí, Denny? Essa é a gravação demo para o meu primeiro álbum solo. Tenho absoluta certeza de que deve rolar algum problema de conflito de interesses para você me representar ao mesmo tempo que os Douchebags, mas resolvi te dar uma chance mesmo assim. Pode ser que você resolva abandoná-los e ficar só comigo. Por mim, acho que vou fazer mais sucesso. Ou talvez você queira continuar com eles; nesse caso, eu pego Abby. — Deixei escapar uma risadinha rouca, pensando na esposa de Denny me esperando de quatro. — Sim… Eu até gosto dessa ideia.

— Qualquer que tenha sido o pensamento que você acabou de ter com a minha mulher, tire isso da cabeça agora mesmo antes que eu voe até aí só para esfregar a sua cara no chão.

— Uau, relaxe, cara… Foi só uma sugestão. Você tem andado muito na companhia de Matt. Está muito… tenso e cheio de merdas.

Ele suspirou.

— É que as coisas não vêm correndo exatamente numa boa, ultimamente. Não que você se importe, é claro, mas você deixou uma bagunça para trás quando caiu fora da banda.

Mordendo o lábio inferior, perguntei a mim mesmo se queria de verdade saber sobre o que ele falava. A curiosidade acabou vencendo.

— Bagunça como?…

— Você não acompanha nenhuma notícia sobre entretenimento, não é?

Dei de ombros, embora ele não pudesse me ver. Com as pessoas me enchendo o saco por eu ter largado a banda, e depois a onda de boatos sobre o possível cancelamento do meu programa — rumores com os quais eu não queria lidar naquele momento —, eu evitava todos os noticiários. Aquilo era estranho para mim, pois antes de tudo acontecer eu pesquisava o meu nome no Google todos os dias.

— Não, não estou sabendo.

Denny suspirou novamente.

— Bem, vamos apenas dizer que, entre Matt e os fãs da banda, encontrar um baixista substituto tem sido um desafio e tanto. Se a coisa continuar nesse ritmo, pode ser que nem exista outro álbum.

A surpresa tomou conta de mim, seguida por uma desconfortável sensação parecida com ter uma faca enfiada na minha barriga e sendo girada lentamente. Escondi essa sensação no fundo do cérebro. Os problemas deles não eram meus, e eu não tinha tempo para desperdiçar com isso. Encolhendo a barriga com força, eu disse:

— Vai ser ótimo, então. Você terá mais tempo para me representar.

Ele zombou da minha resposta.

— Isso é tudo que você tem a dizer? Vai ser ótimo? Eles estão no sufoco e você não se importa? Esses caras foram os seus amigos... a sua *família*... desde o primeiro dia, Griffin.

As palavras de Matt ecoaram na minha mente...

Você está morto para mim.

— Não. Nós não somos mais desse jeito e eu não tenho a obrigação de me importar, nem um pouco. Você quer ser meu agente ou não?

Sua resposta foi tranquila, mas firme.

— Não... Abby e eu não iremos representá-lo, Griffin. Você está por sua conta.

— Tudo bem — reagi, desligando o telefone. Eu preferia ficar por minha conta, mesmo.

★ ★ ★

Naquela noite, Anna e eu estávamos no nosso quarto, nos aprontando para jantar; meus pais iam chegar com Chelsey e as meninas. Anna pegava um par de meias rendadas e eu continuava sentado na cama, totalmente nu. Como a Anna conseguia olhar para aquilo sem saltar em cima de mim era um mistério. Eu já teria cedido há muito tempo.

— Então... — disse ela, lançando um olhar tímido na minha direção. — Não quero chatear você, mas hoje eu ouvi outro boato sobre o seu programa... Dessa vez foi a declaração de um dos componentes do elenco, Cole, eu acho... A notícia é que ele está atuando em um filme, agora... Havia até fotos do novo trabalho. — Ela juntou as sobrancelhas e me exibiu um ar meio confuso.

Meus músculos todos se retesaram e meu rosto pareceu em chamas, como se alguém tivesse passado com uma tocha acesa perto dele; eu me sentia desse jeito sempre que Anna mencionava o seriado, pois me fazia lembrar da mentira monumental dentro da qual eu estava quase me afogando, de tão profunda. No que ela iria acreditar?

— Ah, é verdade, aquele filho da puta nos deixou há algumas semanas. Eles mataram seu personagem... Esse episódio vai deixar todo mundo louco. — Minha performance em manter aquela mentira estava *me deixando* louco, e sempre me provocava enjoo. Mas faltava só um pouco mais para eu colocar tudo em pratos limpos. Quando eu estivesse de novo no caminho do sucesso e sem a mínima chance de falhar, poderia contar a ela absolutamente tudo.

Puxando as meias colantes sobre a sua calcinha vermelha, ela se abaixou e me exibiu a bunda antes de ajustar a saia. Na mesma hora eu me senti um pouco melhor.

Faça isso de novo.

– Ahn... – continuou ela. – É que me parece meio estranho ter sido divulgado que ele já arrumou outro trabalho. *Arrebentando!* ainda está com estreia marcada para janeiro, certo?

A imagem da sua bunda moldando o material fino e frágil ficou se repetindo na minha cabeça, sem parar. Anna cruzou os braços sobre o peito e apertou os lábios. Disse algo que eu deveria ter ouvido.

– Que foi, amor? Eu estava distraído.

Ela apontou para o meu pau, que aumentava de tamanho.

– Sim, estou vendo. – Com um suspiro, vestiu um top vermelho colante.

Isso mesmo... Papai gosta disso.

– É que eu estou... preocupada. Puxa vida, quando é que eles vão pagar a você pelo que já foi gravado? – Com apreensão no rosto, olhou em torno do nosso quarto enorme. – Andei verificando nossas contas bancárias e não entrou muita coisa nela ultimamente... Em compensação, anda saindo *muita grana.* Não podemos continuar morando aqui para sempre desse jeito, Griff. Pelo menos até eles começarem a nos pagar. Todos os meses o saldo da nossa conta bancária fica muito menor...

Pela sua expressão, esse problema era algo com que ela se preocupava havia algum tempo. Isso também passou pela minha cabeça uma ou duas vezes, mas eu sempre empurrava o pensamento para longe. Quando eu conseguisse o contrato e lançasse o meu álbum, aquele saldo iria triplicar em questão de dias. Atuar como ator nunca foi o trabalho certo para mim... a música era a minha verdadeira força. Eu sabia disso agora. Denny era um idiota por me deixar escapar.

– Nós temos o bastante para aguentar mais seis meses, amor – garanti para ela. – Até lá o seriado vai ser um sucesso total, numa boa.

Ela colou os olhos nos meus.

– Não, nós não vamos aguentar mais seis meses, Griff. Contando as despesas desta casa, da outra em Seattle, mais as contas de luz e gás, os mantimentos e os salários de todas as pessoas que já contratamos... vamos estar falidos muito antes de o seriado estrear. Talvez consigamos aguentar até a primavera, no máximo, mas temos que ser inteligentes e começar a apertar os cintos agora.

Ela estava exagerando. Eu não era bom com dinheiro, mas tinha certeza de que ainda havia muito dele. Fiquei de pé, fui até onde ela estava e a segurei pelos braços. Massageando-os de leve, eu a acalmei:

— Nós vamos ficar bem, mas, se isso vai fazer você se sentir melhor, passarei a ser mais cuidadoso com o nosso dinheiro. Talvez eu dispense alguns dos nossos empegados.

Um sorriso fraco brincou em seus lábios, mas desapareceu quase instantaneamente.

— Eu percebi mais uma coisa perturbadora. — Meu coração disparou na mesma hora. Não... Eu não estava pronto para que ela descobrisse quanto eu estava mentindo, pelo menos por enquanto. Precisava de um contrato antes que isso acontecesse, precisava de um escudo. Essa era a única maneira de ela me perdoar. Anna estudou meu rosto por um segundo e em seguida, lentamente, continuou: — Nós não estamos recebendo os direitos dos álbuns da banda. Não entra nada. Eu quase liguei para Denny para perguntar sobre isso, mas... você sabe me dizer por que essa fonte secou?

Eu cocei a cabeça. Que maravilha! Eu não tinha previsto que ela descobrisse aquilo tão cedo. Como é que eu poderia responder a isso sem que ela me matasse?... Ou ligasse para Denny, a fim de confirmar tudo? Porra. Eu era obrigado a contar a ela o que tinha feito. Droga!

— Pois é... ahn... Quando eu cancelei o contrato com a banda, eu... Eu abri mão *de tudo*.

Seus olhos se arregalaram muito mais do que eu pensei que fosse humanamente possível.

Merda, aqui vamos nós...

— Tudo...? Griffin? Por que diabos você fez uma coisa dessas? Quer dizer, dispensar os direitos do último álbum já foi ruim o suficiente, mas abrir mão de *tudo*? Você pirou de vez, merda?

Eu sabia que ela estava certa, sabia que tinha sido muito burro; essa tinha sido uma reação instintiva, mas eu não ia admitir algo desse tipo para ela agora. Muito menos depois da recusa de Denny em me representar, que continuava ecoando em meus ouvidos.

— Não, eu simplesmente não quero nada deles. Eles estão mortos para mim! — reagi, quase cuspindo essas palavras. Era bom usar a frase de Matt contra ele mesmo, ainda que ele não estivesse ali para ouvir.

Fechando os olhos, Anna respirou fundo várias vezes. Quando tornou a abri-los, me pareceu um pouco mais calma. Só que não muito.

— Pelo bem da sua família e daquelas duas menininhas lá fora que idolatram você... pare de estragar as coisas e conserte isso. Ligue para Denny, ligue para Harold e comece a trazer para casa alguma porra de dinheiro. Se você não fizer isso, quem vai fazer sou eu, e você não vai gostar da maneira como eu vou ganhar dinheiro.

Dizendo isso, ela agarrou as botas e saiu do quarto como um furacão.

Puta que pariu!

Eu sabia que ela se preocupava com dinheiro e tudo o mais, só que... porra, ela deveria botar mais fé em mim. Eu era o seu marido, ela devia confiar em mim. "Até que a morte nos separe" e toda aquela merda. Uma pequena parte do meu cérebro me disse que ela teria tido fé desde o começo se eu tivesse sido mais honesto, mas eu gritei e mandei essa área da minha cabeça calar a boca. Eu não precisava ouvir aquilo. Já me sentia péssimo o bastante do jeito que as coisas estavam.

Capítulo 18
O PREÇO DE SER IMPRESSIONANTE

Dois meses mais tarde, à medida que o fim do ano se aproximava, eu via chegar o fim da minha mentira e também o fim dos meus recursos. Eu meio que conseguia ver a coisa toda suspensa, a distância, de modo que eu quase conseguia tocar, porém longe o suficiente para eu não alcançar, me provocando. Nenhuma gravadora tinha me aceitado. A maioria nem respondia aos meus contatos, mas as que o faziam diziam a mesma coisa: *Não*. Às vezes era: *De jeito nenhum!* Eu não tinha certeza sobre o que fazer em seguida.

Apesar de fazer parte de uma banda por seis anos, eu não fazia ideia de como era compor música. Tinha só algumas canções concluídas no bolso, além da gravação demo mixada tão nas coxas que se ouvia pouco mais além dos meus impressionantes ruídos de fundo. Minha música favorita tinha o espetacular título de *Pau-leira*. Era boa pra cacete, mas, do jeito que as coisas iam, ninguém chegaria a ouvi-la.

Eu perseguia todo mundo de quem conseguia me lembrar, até mesmo Justin, o vocalista da banda Avoiding Redemption.

— Qual é a boa, irmão? Pensei que você fosse me conseguir aquela chance na sua gravadora.

Houve um longo suspiro no lado dele da linha.

— Eu nunca prometi isso. Quando você me pediu, eu disse que levaria sua demo para eles, e foi o que fiz. Não é minha culpa eles terem dito "não". Existe um limite para o que eu posso conseguir, Griffin. — A calma em sua voz era claramente forçada.

— Pois é, acho que ter amigos não vale mais tanto quanto valia antigamente nesta cidade. — Desliguei o celular antes de ele ter a chance de responder e atirei o aparelho com força contra a parede. A proteção traseira da bateria se soltou quando ele caiu no chão. Merda!

Um pequeno toque no batente da porta foi seguido pelas palavras:

— Griffin? Você está bem?

Ergui a cabeça e vi Anna de pé, apoiando Onnika no quadril. Aquilo me fez sorrir. Deus, torci para ela não ter ouvido nada do papo.

— Claro, na boa. O que poderia haver de errado comigo? Afinal de contas, eu sou o ápice de tudo que é impressionante.

Ela ergueu uma sobrancelha e olhou para o celular quebrado.

— Tem certeza? Isso foi por causa do programa? Eles ainda não marcaram a data da estreia? Até agora?

Uma centelha de esperança brilhou em seu rosto, seguido de perto por um ar de incompreensão. Ela não entendia o motivo de o estúdio continuar me mantendo no limbo. E não entendia pois não sabia que eu mentia deslavadamente todos os dias. Continuava até pintando meu cabelo de castanho para mantê-la tão distante da verdade quanto fosse possível. Mas só para poupá-la do estresse. Ela podia ter um infarto se soubesse que eu estava desempregado e continuávamos com a sangria de milhares de dólares todos os meses... Porra, eu precisava consertar tudo aquilo. E depressa. Muito depressa.

— Ainda não, mas sei que a estreia vai acontecer em breve.

Ela apertou os lábios; o desânimo e a frustração estampados em seu rosto eram claros, até mesmo para um cabeça-dura tão idiota quanto eu.

— Pois então continue ligando. Eles não podem simplesmente te dar um *calote*. Não é correto.

Abri a boca para lhe dar algum encorajamento, ainda que infundado, mas ela girou o corpo e foi embora antes que eu pudesse fazê-lo. Fui até o celular e o atirei contra a parede novamente. *Drogaaa!!!* Que diabos eu iria fazer? Se nenhuma gravadora me contratasse, eu não conseguiria fazer com que o dinheiro voltasse a fluir... Anna e eu estaríamos falidos em menos de dois meses. E ela me abandonaria. Iria me deixar por causa das minhas mentiras; iria me largar por eu arrastá-la para o fundo do poço comigo; iria embora por eu não cumprir meu papel como provedor do lar. Eu nunca mais poderia ver as minhas filhas novamente. Porra!

O desespero tomou conta de mim; por um breve segundo, olhando para o celular em pedaços no chão, pensei em ligar para os D-Bags. Talvez, se eu implorasse com sinceridade, Matt me deixasse voltar. Talvez fosse melhor ligar para Kellan. A banda era mais dele que de qualquer um. Isso mesmo. Eu poderia ir direto a Kellan, evitando Matt por completo.

Mas só de pensar nisso minha pele se arrepiou. Eu teria de enfrentar horas intermináveis de provocações:

Você se lembra de quando tentou estrelar um seriado de TV, mas foi um fracasso tão completo e retumbante que o seriado nem chegou a estrear? E quando planejou lançar um álbum, mas ninguém aceitou produzi-lo? Lembra de quando tentou se levantar sozinho, como se não precisasse de nós? Como você pôde ser tão ridículo de achar que conseguiria sobreviver sem nós? Nós somos o motivo de você não ser um cagalhão se retorcendo ao sol, nunca se esqueça disso. Agora, vá engraxar as nossas botas...

Não, obrigado. Eu preferia passar sufoco a me submeter a isso. Eles que fossem à merda. Se nenhuma gravadora me aceitasse, eu montaria uma gravadora só para mim. Uma centelha de empolgação transformou em cinzas o meu momento de ansiedade. Sim, era exatamente isso que eu ia fazer – fundar a minha própria gravadora e criar um selo exclusivo.

Liguei o computador e entrei nas Páginas Amarelas on-line em busca de pessoas que trabalhassem na indústria fonográfica. Quando acabei de entrar em contato com todo mundo que eu achei que poderia precisar, já tinha pelo menos uma dúzia de novas pessoas na minha folha de pagamento. Aquilo iria encolher minha conta bancária bem mais depressa do que Anna tinha calculado, mas era uma jogada que iria funcionar. A coisa *tinha* de dar certo!

Mas eu precisaria de algum dinheiro para usar como capital inicial. *Muito* dinheiro. Olhando em volta do meu castelo, aos poucos cheguei a uma conclusão difícil... Anna tinha razão. *Era hora* de reduzir o tamanho da nossa despesa. Eu sabia que ela concordaria com isso na mesma hora, mas não sabia como lhe explicar a razão para, subitamente, eu também pensar assim. A verdade parecia ser minha única opção.

Bem, pelo menos uma versão vaga e nebulosa da verdade. Quanto mais tempo eu conseguisse mantê-la no escuro, melhor.

Naquela noite, eu me aproximei depois que ela colocou as meninas para dormir. Ela conseguiu perceber que algo diferente estava rolando só de olhar para mim.

– Que foi? – perguntou, com voz hesitante.

Minhas mãos estavam suadas e eu as ficava limpando no jeans. Merda, eu não tinha ideia de como ela iria reagir a isso.

– Tenho uma confissão a fazer. – Merda. Eu deveria simplesmente contar tudo a ela. Anna merecia saber a verdade... Tinha se casado com um perdedor fodido que estragava tudo. Só que ela ficaria tão chateada que iria explodir de raiva e eu nunca mais a veria. Eu não conseguia lidar com essa possibilidade. Não, eu já estava afundado demais na merda para voltar atrás. Tudo que eu podia fazer era levar a mentira em frente e torcer para que meu álbum consertasse todas as minhas cagadas.

Com os olhos arregalados e o rosto pálido, ela se sentou na cama e colocou as mãos no colo.

– Ok... O que houve? – Olhou para mim com medo nos olhos e eu me perguntei o que ela achava que eu ia dizer. Será que suspeitava da verdade? Ou será que achava que poderia ser algo tão simples quanto uma traição? Eu quase desejei poder dizer a ela que tinha aprontado alguma sacanagem com outra mulher. Confessar isso seria mais fácil do que reconhecer que eu era um fracasso, um imbecil mentiroso. Mas não... isso eu não iria reconhecer naquela noite. Resolvi adiar o momento da verdade. Mais uma vez.

– Ahn... Hoje cedo, quando eu joguei o celular na parede do quarto, havia um motivo. – Um suspiro me escapou e uma bile amarga me subiu pela garganta. Eu não merecia Anna. – O estúdio ligou. Eles adiaram a estreia do programa mais uma vez. Só vamos entrar no ar no outono... – Porra! Qual a profundidade do meu buraco, agora? Uma profundidade suficiente para me enterrar, disso eu tinha certeza.

Anna se levantou da cama com um salto.

– O quê? Você está falando sério? Por que diabos eles fariam isso? – Começou a andar de um lado para outro torcendo as mãos. – Eles não vão esperar até o outono para lhe pagar o que devem, vão? Porque nós não conseguiremos nos aguentar por tanto tempo, Griffin. Estamos afundando muito depressa.

Se ela soubesse quanto!

– Isso mesmo, não vão me pagar antes disso. Acho que essa cláusula estava no contrato, só que eu não percebi. Eu não vou receber a maior parte dos meus pagamentos até o programa estrear. – Aquilo me soou convincente, parecia algo que eu faria; na verdade, com a estipulação de pagamento após uma temporada completa no contrato, era bem próximo do que tinha acontecido. Eu tinha jogado a minha vida fora por causa de uma ilusão. Mas ia recuperar tudo logo. Porra, aquilo *tinha* que funcionar.

Anna se virou para mim e um fogo ardia em seus olhos agora.

– Você não percebeu? Como conseguiu *não perceber* que estava sendo completamente enrabado? Isto é absolutamente ridículo. Me dá esse celular, porque eu vou ligar agora mesmo para Harold. – Ela estendeu a mão, mas eu ignorei o gesto.

– Eu assinei um contrato, Anna... Está feito. – *O show foi cancelado.* – Eu sinto muito. – *Por todas as mentiras que estou contando para você agora. Por tudo.*

Com os punhos cerrados, sua voz estremeceu quando ela falou.

– Você sente muito? Você está *lamentando*? – Um dedo se ergueu e depois apontou para mim; ela tremia de raiva. – Você disse que isso iria funcionar. Você me garantiu que tudo ficaria bem. Eu confiei cegamente quando você disse que não íamos jogar fora os nossos meios de subsistência a troco de nada!

Levantando o queixo, olhei para ela fixamente. Se eu parecesse confiante, talvez conseguisse convencê-la de que as coisas ainda estavam bem.

– Não foi a troco de nada. – Eu esperava que não fosse, mesmo. Não, eu *rezava* para que não tivesse sido a troco de nada.

A expressão em seu rosto variava entre pânico, horror e esperança.

– É com o nosso futuro que você está brincando, Griffin. Com o nosso futuro e com o futuro das nossas filhas. Nós temos que ter um plano B. Qual é o nosso plano B?

Suspirando, senti o peso no meu peito aumentar ainda mais. Podia jurar que algumas costelas estavam quase rachando sob a tensão.

– Eu ainda consigo fazer com que isso tudo dê certo, Anna. – *Eu acho*. – Preciso apenas de algum fluxo de caixa enquanto espero o show estrear.

– Como? – ela quis saber meus planos, com os braços cruzados sobre o peito.

– Bem… agora que a temporada está toda gravada e eu tenho mais tempo… – *porra, tempo demais, até* – pensei em preparar um álbum solo. – Pensei se deveria contar a ela que eu teria de bancar a produção do álbum todo sozinho… seria bom contar toda a verdade a ela pelos menos nessa área da minha vida, mas a expressão gélida em seus olhos me avisou para não fazer isso. Eu precisava contornar a verdade ou iria perder o controle de vez. Com uma voz tão otimista quanto consegui, anunciei: – Vou assinar contrato com uma gravadora e vamos ter grana suficiente para nos manter a salvo até o outono.

Tomara que até lá eu me torne um astro dessa gravadora e você já tenha esquecido tudo sobre o seriado.

Anna manteve a boca tão apertada que seus lábios ficaram brancos. Levou mais de um minuto até se acalmar o bastante para falar.

– Então… em vez de voltar para os D-Bags durante esse período… uma banda que, aliás, continua sem baixista… você resolveu montar sua própria banda? Afinal, está fazendo isso só para se exibir? Está assim tão revoltado com eles?

Suas palavras me provocaram um calor amargo que me subiu pela espinha. Sim, eu estava revoltado. Acho que perdoar não era um dos meus pontos fortes.

– Não, isso foi o que eu sempre pretendi fazer. E não vou montar uma banda nova. Vou trabalhar sozinho. Eu e só eu, dominando o mundo. – Com cuidado, eu me aproximei dela e a envolvi pela cintura, num abraço. – O que acha disso, amor? Você vai estar casada com o artista solo mais quente de todos os tempos.

Ela não pareceu tão impressionada com essa declaração quanto deveria aparentar.

– Eu não quero que isso pareça um insulto, mas… você realmente sabe como produzir um álbum?

Não, nem de longe.

Para ocultar minha dúvida, sorri.

– Vai dar tudo certo e vai ser o máximo. – Como ela ainda parecia pouco convencida, acrescentei: – Vou ter muita ajuda, entende? Tanta ajuda quanto precisar. Olha só, amanhã bem cedo vou começar a ligar para as gravadoras convidando pessoas. Tudo vai se encaixar numa boa, você vai ver.

Anna levantou uma sobrancelha ao me olhar. Senti que continuava em território perigoso e disse a coisa mais honesta que consegui.

– Você estava certa. Ser um rock star sempre foi o meu sonho. E eu acho que a música continuou no meu inconsciente desde que eu saí dos D-Bags. Sinto falta do palco, saudade de me apresentar para um público.

Sinto saudade dos rapazes.

Sacudindo esse pensamento errante para longe, completei:

– Agora me parece a oportunidade perfeita para fazer algo a respeito, já que estou com tempo de sobra... – Ela estreitou os olhos e eu mudei de assunto na mesma hora. – Também acho que você estava com razão quanto a esta casa e às nossas despesas. Precisamos baixar um pouco a bola.

Pela primeira vez desde que a nossa conversa começou, a expressão dela se suavizou.

– Bem, com isso eu concordo e aceito sem pestanejar. – Envolvendo o meu pescoço com os braços, olhou em torno do nosso quarto opulento. – Esta casa é grande demais.

Sim... Só que eu iria sentir muita falta dela. Mas tempos difíceis exigem decisões difíceis. Como, por exemplo, a de manter a minha mulher o tempo todo dois passos atrás da verdade.

★ ★ ★

Algumas semanas mais tarde, as nossas coisas estavam quase todas encaixotadas e nós tínhamos mantido apenas o mínimo para levar para a casa que iríamos alugar. Eu já tinha contratado a equipe que iria criar o álbum solo, que seria algo épico, uma obra-prima. E cada um dos membros dessa equipe tinha me custado dez vezes mais do que eu imaginava pagar. Eu não era um gênio em matemática, mas sabia reconhecer um buraco negro financeiro quando via um. Odiava ter de reconhecer isso, mas era hora de fazer cortes ainda mais duros e profundos, o que significava que... que eu precisava conversar a sério com a minha mulher. Mais uma vez.

Anna estava na sala de estar com as meninas, supervisionando tudo enquanto elas brincavam com bonecas. Gibson fingia que a sua boneca era Onnika. Em seu enredo mental, tinha amarrado a boneca com um barbante e ela estava presa nos trilhos de um trenzinho de brinquedo. O trem vinha em alta velocidade pelos trilhos na direção de sua vítima, e Gibson não mostrava intenção de fazer o mínimo movimento que fosse para salvar a réplica de sua irmã mais nova.

Justamente quando eu já achava que iria precisar levar outro papo com Gibson, Onnika decidiu salvar a si mesma. Cambaleou até a sua miniatura em perigo e resgatou-a segundos antes de o trem atingi-la. Isso fez com que eu me sentisse mais ligado à minha filha mais nova.

Isso mesmo, Onnie! Quando a vida caga na sua cabeça, muitas vezes você precisa ser o seu próprio super-herói.

Gibson não compartilhava dessa teoria. Empurrou Onnika para trás e a fez cair de bunda sobre a fralda acolchoada. Não creio que a queda brusca a tenha machucado, mas o movimento inesperado obviamente a assustou.

Anna e eu ralhamos com Gibson ao mesmo tempo. Ao nos ver tão irritados ela começou a chorar, e isso fez com que Onnika chorasse também.

Garotas… As coisas mais sem importância as faziam cair em choro histérico.

Segurei Onnika no colo enquanto Anna tinha uma conversa séria com Gibson. Com duas crianças chorando nos braços era difícil conversar com a minha mulher. Ou talvez não… Ela não poderia me matar se estivesse tentando acalmar a energia da nossa filha mais velha.

– Então… – comecei. – Liguei para um corretor imobiliário hoje. Acho que talvez seja o momento certo para colocar à venda a nossa casa em Seattle.

Anna parou no meio dos afagos e olhou para mim de boca aberta.

– Você…? Sério que você fez isso?

Dei de ombros.

– Sim, achei que deveríamos. Parece um desperdício de dinheiro pagar prestações altas por uma casa vazia. E nós estamos tentando cortar despesas, não é verdade?

– Ahn… Bem, acho que faz sentido – disse ela, um pouco surpresa, mas parecendo satisfeita. – Ok, isso mesmo, leve essa ideia adiante. – Ela não me perguntou o preço pelo qual conseguiríamos vendê-la, e eu fui grato por isso. O corretor já me avisara que iríamos perder dinheiro com o negócio; tínhamos dado muito mais do que a casa valia quando a compramos.

Sabendo que precisava lhe dar outra notícia complicada, mais cedo ou mais tarde, respirei fundo e disse, sem tomar fôlego:

– Na verdade eu andei pensando… é burrice desperdiçar dinheiro alugando outra casa, neste momento. Devemos economizar o máximo que pudermos até a estreia, no outono. Liguei para minha mãe a para o meu pai, e eles disseram que nós poderíamos voltar a morar com eles. Então, eu… eu lhes disse que íamos nos mudar para lá no mês que vem.

Anna lentamente fechou os olhos e depois sacudiu a cabeça.

– Se tivéssemos alugado uma casa mais modesta desde o começo… – disse ela. Sua voz tremeu com o esforço para manter a calma.

Colocando Onnika no chão, fui até onde ela estava. Tirei Gibson do seu colo, me coloquei de joelhos e olhei para o seu rosto. Sentindo minha presença bem perto, Anna abriu os olhos. As pedras preciosas verdes que eu tanto adorava pareciam um pouco mais sem vida. Aquilo era culpa minha. O estresse de arrastá-la para o fundo, o estresse de eu mentir para ela e todo o resto que eu fizera recentemente, tudo isso a tinha modificado muito. E a mim também. Eu me sentia como se estivesse exausto de dentro para fora quase todos os dias. Eu só precisava que *alguma coisa* funcionasse do jeito que eu tinha planejado.

— Eu sei. Fiz merda e meti os pés pelas mãos. – *Em muitas coisas.* – Mas o álbum vai nos fazer aguentar as despesas até o outono. E depois tudo vai ficar bem. Eu garanto. Prometo que isso tudo vai dar certo, Anna. – Tinha que dar, porque não havia mais planos alternativos.

Seus olhos se arregalaram, e o medo que eu vi neles era inconfundível.

— Você nunca faz promessas.

Balançando a cabeça para frente, confirmei:

— Exatamente, nunca faço. Mas desta vez… estou fazendo. Só peço que você não desista de mim, ok?

Por favor, me ajude a atravessar essa crise até o fim.

Ela ficou em silêncio durante tanto tempo que eu tive certeza de que ela ia me dizer que minhas loucuras finalmente tinham ido longe demais para o seu gosto e ela iria abandonar o barco. Por Deus, torci de verdade para que ela não dissesse isso. Eu não conseguiria lidar com aquela incerteza repentina na minha vida sem ter Anna ao meu lado; era por isso que eu estava, de um jeito muito egoísta, lhe revelando a verdade em conta-gotas. Se eu contasse a ela o quanto estávamos realmente fodidos ela iria me largar.

Anna me analisou por mais de um minuto e disse:

— Tudo bem, Griffin. Podemos ir morar com os seus pais. Mas só até o outono.

O alívio repentino fez com que minha cabeça ficasse mais leve. Graças a Deus. Pelo menos eu tinha até o outono para me tirar do buraco gigantesco em que eu próprio me atirara. Torci para que esse tempo fosse o suficiente.

★ ★ ★

Não foi preciso muito para convencer Anna de que devíamos nos livrar de boa parte das coisas do nosso lar, pelo menos para ter uma rede de segurança que nos mantivesse a salvo até o programa de TV decolar. Vendemos a maioria dos itens caros, como a minha Hummer fodástica e algumas das joias de Anna. Todo o resto dos móveis e pertences, nós mandamos para um guarda-volumes. Iríamos viver com simplicidade durante algum tempo, o que seria péssimo para todo mundo, mas a situação era apenas temporária. Eu conseguiria tudo de volta, e depois muito mais.

Nós nos mudamos para a casa dos meus pais com pouca roupa para cada um e alguns brinquedos extras para as meninas. Todas as nossas coisas couberam em quatro caixas que eu empilhei na minivan do meu pai, já que todos os meus carros tinham ido embora. Quase tudo de valor havia sumido. O mais difícil para eu me desapegar, porém, para minha surpresa, foi Alfred. Havia me habituado a ter alguém à disposição para satisfazer todos os meus caprichos. Talvez até mesmo tenha me afeiçoado à figura tranquila, obediente e meio fantasmagórica dele, que parecia surgir do nada no instante exato em que eu mais precisava. Cheguei a chorar quando lhe disse que seus serviços não eram mais necessários. Sua única resposta foi um adeus discreto acompanhado por um ligeiro aceno de cabeça. Culpa da minha falta de sorte. E das escolhas erradas.

Depois que a última das nossas caixas foi guardada no meu velho quarto de criança, Anna se sentou na cama e deu um longo suspiro. Enquanto Gibson pulava sem parar no colchão e Onnika dava passos vacilantes pelo aposento, eu me sentei na cama ao lado de Anna. Envolvendo o ombro dela com o braço, eu disse:

— A coisa poderia ser pior.

Quando as meninas começaram a lutar por um brinquedo cuja ponta saía de uma caixa, Anna inclinou a cabeça para mim com ar de dúvida.

— Sério? De que jeito?

Eu abri a boca para responder, mas, antes de conseguir dizer alguma coisa inteligente, Onnika vomitou com força dentro da caixa.

Bem, isso *poderia acontecer.*

Ou você poderia descobrir quanto nós estamos realmente fodidos.

Capítulo 19
NÃO TÃO IMPRESSIONANTE

Quase todos os dias aparecia alguém para me pedir mais dinheiro: o compositor, o produtor, o cara que ia projetar a capa do álbum, o estúdio de gravação e até mesmo a minha família. Todos me sugavam sem dó nem piedade. A casa em Seattle foi finalmente vendida, mas depois de o banco descontar o saldo devedor remanescente a minha conta bancária ficou reduzida a menos de dez mil dólares. Que não iriam durar muito naquela cidade.

— Como assim, você precisa de mais cinco mil? — perguntei ao meu compositor quando ele aumentou mais uma vez o seu preço.

— Eu tive que pagar o arranjo musical por fora. Eu só quero receber pelas despesas que seriam suas, por questão de direito.

Passei a mão pelo rosto, desanimado. Se eu lhe pagasse cinco mil dólares, só me sobrariam uns trocados.

— Arranjo musical? Eu pensei que essa merda já estivesse paga para *você*. Por que diabos eu preciso pagar de novo a mais alguém?

Ele suspirou como se já tivesse me explicado aquilo umas dez vezes. Para ser franco, eu não tinha certeza se ele já tinha feito isso ou não. Aquele carinha tinha uma tendência irritante de falar como se fosse Shakespeare ou algo assim.

— Como eu já lhe expliquei antes, a minha genialidade é combinar palavras com formas de arte que fluem, brilham com vida e pulsam com som. Só que eu preciso de um parceiro para fazer toda essa arte decolar. São cinco mil dólares. Por música.

— Por música? Você bebeu? — Como ele me deixou sem resposta, rosnei: — Tudo bem. Vou lhe conseguir a porra do dinheiro.

Ao desligar o telefone, xinguei alto e me segurei para não atirar o aparelho contra a parede; eu não podia quebrar o telefone sem fio do meu pai também.

— Que maravilha, o que eu sei sobre essas coisas? — perguntei a Onnika, que estava em pé na minha frente, quase colada em mim. Ela simplesmente me olhou com seus olhos escuros e me exibiu um sorriso cheio de dentes. — Ser adorável não vai ajudar em nada — avisei a ela.

Fechando os olhos, gemi e considerei as minhas opções. Meus pais? Meu irmão ou minha irmã? Os caras da banda? Não, nenhum deles era aceitável. Para levantar a quantia de que eu precisava eu teria de fazer algo radical e estúpido. Porque eu não podia deixar que Anna descobrisse quanto estávamos fodidos. A única razão pela qual ela ainda aceitava tudo aquilo era o programa de TV. O curinga que eu tinha guardado — pelo menos era nisso que ela acreditava.

Decidido a fazer logo aquilo, antes de ter tempo de refletir muito a respeito, liguei para o meu cartão de crédito e pedi um aumento de limite. Depois liguei para o banco e marquei hora com o gerente para solicitar um empréstimo. Eu tinha de fazer isso. Nunca conseguiria sair dessa furada se o álbum ficasse inacabado. E, se eu não o terminasse, o meu casamento é que ia acabar. Disso, eu tinha certeza.

Jogando o telefone no colchão, me abaixei para pegar minha filha. A casa estava estranhamente calma, para variar; ter um pouco de paz era bom. Onnika se encontrava naquela fase agitada em que não gostava de ficar no colo, nem de ser abraçada; ela só queria se sentir livre. Como eu sentia uma coleira me apertando o pescoço, entendi seu sentimento e a liberei para fazer o que quisesse. Engatinhando até o telefone largado na cama, ela o pegou e começou a apertar as teclas enquanto dizia o meu nome.

— Não a deixe cair da cama, amor. — Aparecendo na porta, Anna apontou para Onnika.

Caminhando até onde eu estava, Anna se sentou no meu colo. Meu pau imediatamente se expandiu de emoção. Nossa vida sexual andava meio "nhé" porque estávamos dividindo o quarto com as crianças. Dar uma escapadela para poder trepar debaixo do chuveiro era ótimo, mas a ideia começava a se desgastar. O que eu queria mesmo era foder minha mulher até ela ficar zonza em cima de um colchão king size e sem crianças de ouvidos aguçados por perto. Por Deus, como eu sentia saudade daqueles dias!

Entrelaçando os braços em volta do meu pescoço, Anna perguntou:

— Você já recebeu retorno do produtor? A primeira música já está liberada para eu ouvir?

Uma pontada de culpa me percorreu a espinha tão depressa que acabou com a minha excitação na mesma hora. Eu não queria mentir sobre ficar longe o tempo todo para tentar gravar o álbum, por isso alguns dias depois que fomos morar com meus pais eu disse a Anna uma meia mentira... Contei que uma gravadora tinha me contratado.

Ela ficou muito animada ao ouvir isso, e também orgulhosa, o que fez com que me sentisse um merda completo. Para ser sincero, eu continuava a me sentir um merda. Mas ter uma esperança no horizonte tinha servido para aliviar o humor de Anna e suas preocupações, de modo que a mentira quase valia o remorso. Quase.

A canção sobre a qual ela se mostrou curiosa era o primeiro single. Eu tinha gravado na semana anterior, mas os caras que eu contratara ainda estavam ajustando a gravação. Parecia estranho para mim que eles precisassem fazer isso. Quando uma canção dos D-Bags era gravada, ficava praticamente pronta para ser lançada... sem alterações necessárias. Mas eu ouvi a gravação sem efeitos do meu single e concordei com o produtor. Estava faltando... alguma coisa.

Franzindo a testa, disse a ela:

— Não, mais um pouco... Ainda não está bom o suficiente.

Pelo olhar no rosto de Anna, era óbvio que ela ficou chocada ao me ouvir admitir isso. Eu entendia o porquê. Normalmente eu adorava tudo que fazia. Mas não estava tão orgulhoso de mim naquele momento e sentia muita pressão. Esse álbum precisava ficar *perfeito*.

— Não está bom o suficiente? Você sempre acha que tudo que faz é... incrível.

Sim, mas tenho muita coisa apostada nisso. Muito mais do que costumo apostar. Meu mundo inteiro está dependendo desse CD... você simplesmente não sabe disso.

Sorrindo, encolhi os ombros.

— Sabe o que é?... Não me entenda errado. Está espetacular, mas ainda não chegou ao nível perfeito do *impressionante*. — Belisquei sua bunda. — Você vai ter que esperar.

Rindo, ela se contorceu no meu colo, iluminando o meu humor e fazendo meu pau endurecer novamente. Nesse instante Onnika riu e eu perdi o tesão por completo. Droga. Se não saíssemos logo daquela casa, talvez eu nunca mais fizesse sexo.

Anna deixou escapar um longo suspiro quando enfiou os dedos pelo meu cabelo. Foi um suspiro melancólico; eu não consegui evitar e perguntei a mim mesmo se ela também não sentia falta de fazer sexo comigo. Esfregando suas costas, murmurei:

— Talvez minha mãe e meu pai possam cuidar das crianças hoje à noite; podemos pegar o carro deles emprestado, que tal? Fazer um passeio por algum lugar agradável e tranquilo... Dar uns amassos poderosos no banco de trás? — Ergui as sobrancelhas para Anna e ela sorriu.

— Você quer pegar emprestado o carro de seus pais para ficar de sacanagem em algum mirante? — Fechando os olhos, balançou a cabeça para os lados. — É como se eu tivesse quinze anos de novo.

Ignorando o humor em seu tom, continuei:

— Foi só uma ideia. De repente me pareceu que você estava com vontade de me pegar, só isso.

Ela deu outro suspiro melancólico.

– Não... não era nisso que eu estava pensando. – Quando eu olhei para ela de um jeito engraçado, ela sorriu e mudou a frase. – Sim, eu quero pegar você sem ser às escondidas na despensa, só que... – Ela suspirou novamente. – Kiera ligou hoje de manhã. Ela está grávida...

Pelo jeito que ela disse isso e pela forma como olhou para Onnika, que ainda batia com o telefone contra o colchão, ficou claro que ela também queria engravidar novamente.

– Você quer tentar mais um filho, amor? Podemos colocar Onnie para dormir, depois procurar Gibson e... – Olhando por cima do ombro de Anna, tentei ouvir os sons da minha filha mais velha. – Onde está Gibson?

Anna sacudiu a cabeça e respondeu à minha pergunta principal.

– Nós não podemos ter outro bebê agora, Griffin. Pelo menos não até o seu programa estrear. – Pelo jeito como disse isso, estava agarrada a essa possibilidade como se ela fosse uma tábua de salvação. Como se ela achasse que o álbum poderia ir bem, mas o seriado era a nossa verdadeira salvação. Uma sensação horrível brotou dentro de mim. Foi corrosivo como ácido de bateria, e pela milionésima vez eu achei que deveria simplesmente lhe contar toda a verdade. Abri a boca para fazer isso naquele momento, mas Gibson entrou no quarto segurando uma cobra com trinta centímetros de comprimento.

– Olha só, mamãe! Ela está se contorcendo toda!

Gibson riu. Anna gritou. E a verdade acabou não saindo dos meus lábios.

★ ★ ★

Graças aos empréstimos e ao aumento no limite dos cartões de crédito, consegui pagar todas as pessoas a quem devia dinheiro e ainda terminar o meu álbum. Foram necessários mais dois meses muito longos para acertar os ajustes finais, mas por fim eu tinha uma gravação pronta, mixada e completa. Mas, apesar de achar que aquele álbum era a melhor coisa que eu já tinha feito – pelo menos durante as gravações –, eu estava ansioso para ouvir o produto final. Confesso que estava com medo. Essa era uma sensação estranha para mim. Eu *nunca* ficava nervoso. Por nada. Talvez fosse o estresse de morar com os meus pais. Talvez fosse o fato de eu dever uma porrada de dinheiro que não conseguiria pagar se o álbum não fosse um sucesso. Talvez fosse porque eu tinha uma tonelada de coisas me pressionando naquele momento, como nunca antes. Ou talvez fosse apenas o fato de eu estar enfrentando tudo aquilo sozinho, sem Anna estar cem por cento ao meu lado, porque ela não conhecia a história toda. Eu odiava isso. Em muitos aspectos, minha vida era muito mais fácil na época em que eu estava com os D-Bags.

Na noite em que o álbum entrou em pré-venda, eu levei um CD para todos poderem ouvir em casa. Minha mãe convidou a família para um jantar especial e fez um pirex imenso com sua lasanha mundialmente famosa. Eu quase desejei que ela não tivesse feito isso, pois eu estava meio que surtando por causa do CD. Eu apostara literalmente tudo naquele álbum, mas talvez fosse apropriado colocar as pessoas de quem eu mais gostava no mundo para ouvi-lo primeiro. Torci para que estivesse bom. Eu não aguentaria se ele estivesse pouco abaixo do impressionante.

Enquanto o jantar cozinhava, aproveitei para instalar todos na sala de estar. Minhas mãos suavam, de tão tenso que eu estava. Porra, eu odiava mãos úmidas. Aquele era o meu momento de glória. Eu deveria estar voando alto, cheio de confiança a ponto de parecer arrogante. Em qualquer outro momento eu estaria exatamente assim, mas aquele frágil disco significava a minha glória ou o meu fracasso. Porra!

Agarrando a caixa do CD, eu o mostrei à minha família.

— Isso vai deixar todos vocês de queixo caído — adverti. Torci para eles acreditarem nisso, porque eu não estava muito empolgado.

Liam, inclinando-se para frente, perguntou:

— Quem é esse tal de Figfrin Hancock?

Perguntando a mim mesmo sobre que diabos Liam estava falando, olhei para a capa do CD. Era verdade… Em fonte *sharpie bold* estavam as palavras "Figfrin Hancock – CD de demonstração". Que porra era aquela?

— O produtor idiota escreveu meu nome errado no CD de cortesia, apenas isso.

Liam soltou uma risada de deboche.

— Uau, se ele nem consegue escrever seu nome certo, mal posso esperar para ouvir isso.

Lancei para ele o meu olhar de furadeira de concreto, abri a caixa e peguei o CD. Meu estômago se contorceu, como se eu tivesse comido um taco suspeito com uma tonelada de alimentos ainda mais suspeitos para acompanhar. Se eu tivesse antiácidos comigo ali, certamente estaria engolindo um atrás do outro como se fossem balas. Isso me fez desejar ter uma bebida na mão. Ou várias.

Por favor, Senhor, faça com que isso esteja bom.

O CD começou a tocar. Só que, estranhamente, o que saiu do aparelho de som não parecia música. Era a minha voz fazendo uma queixa para o produtor.

"Já está valendo? Não consigo ouvir a música. Eu não devia estar ouvindo a passagem do som? Ou tenho de adivinhar em que porra de compasso estamos? Ok, espere… Beleza, aqui vamos nós, estou ouvindo agora. Vamos em frente com essa merda."

Uma batida forte começou. Estranho ele ter mantido o diálogo na gravação, mas tudo bem, acho que causou impacto. O que não funcionou foi a minha entrada com atraso. *Até eu* conseguia perceber que tinha entrado uma batida depois do resto. Chelsey e minha mãe uniram as sobrancelhas com ar de estranheza, como se soubessem que algo estava errado. Que porra era aquela? Eu achei que eles iam corrigir o tempo na hora da mixagem, mas isso não aconteceu. Na verdade, eu parecia estar ainda mais fora do ritmo.

Liam teve um ataque de riso durante a minha tentativa de fazer um rap.

— Espere um instante… Você fez um rap falando de carnes e frios? Ó meu Deus, você fez mesmo!

Irritado, pulei essa música. A próxima era uma balada. Aquele som era muito popular e impossível de ser bagunçado, então eu me senti melhor sobre as chances de ter ficado bom. Até ouvir a minha voz.

— Que diabo aconteceu com essa bosta de aparelho de som? – perguntei, examinando o som em busca de alguma alavanca que estivesse com o ajuste errado. Minha voz soava como se eu fosse um robô que cantava através de uma lata e não conseguiria sequer sustentar uma nota nem que sua vida dependesse disso.

— Hum, amor – disse a voz tranquila de Anna. – Não creio que a culpa seja do aparelho de som. Acho que é assim mesmo que a canção foi gravada.

— Droga – murmurei, pulando essa também. Só que cada música que entrava era pior que a outra.

Quando acabou, a sala ficou em silêncio profundo. Até mesmo as crianças estavam olhando sem dar uma única palavra. Chelsey pigarreou e disse:

— Griffin, elas não são tão ruins assim… Talvez precisem de alguma mixagem extra, uma limpeza de ruídos ou regravação.

Passei as mãos pelo cabelo enquanto um pânico gelado inundou minhas veias. *Não*. Isso era para ser épico. Era para corrigir as coisas, e não para tornar tudo pior.

— Não vai dar para fazer isso, Chelsey. Os discos já foram para distribuição. Esse é o produto final, acabado, e eu também não teria dinheiro para consertar as coisas. Gastei cada centavo que eu tinha nesse trabalho, estourei o limite de todos os meus cartões de crédito. Estou fodido e falido! Seria preciso pegar outro empréstimo só para comprar os fósforos e queimar toda essa merda! – Joguei a caixa vazia do CD no chão, que se desmontou e quebrou uma das pontas.

Anna se levantou do sofá; seu rosto estava pálido, quase fantasmagórico.

— Sobre o que você está falando, Griffin? O que quer dizer com "gastei cada centavo"? Você me disse que tinha assinado contrato com uma gravadora.

Senti meu coração bater mais forte e a cabeça pareceu flutuar. Tentei engolir um nó gelado de vergonha que fechou minha garganta. Não consegui. Não haveria jeito algum de Anna aceitar o que eu tinha feito. Não agora, quando eu não tinha nada de bom para lhe mostrar. Eu estava fodido. *Estávamos* fodidos. E era tudo culpa minha…

– Eu tentei, Anna. Fiz tudo o que pude imaginar para dar certo, mas nenhuma gravadora me aceitou. A única maneira de gravar esse álbum era fazer tudo sozinho. E foi caro, muito mais caro do que eu jamais pensei que seria; só que eu precisava descolar grana de algum lugar. Eu *precisava*. Não podia deixar o álbum pela metade.

Porque essa era a única chance que eu tinha. E agora ela se foi.

Anna começou a respirar com mais dificuldade; parecia prestes a hiperventilar. Eu quis confortá-la, mas sabia que tocá-la agora não seria uma boa ideia. Atrás dela, Gibson nos observava com os olhos arregalados de susto. Droga, eu estava magoando duas das pessoas que eu mais gostava no mundo. Eu queria correr, mas não havia para onde ir.

– Você mentiu… novamente. Agiu pelas minhas costas… mais uma vez. Por quê? Por que você fez isso? Nós deveríamos ser honestos um com o outro, Griffin! Devíamos colocar tudo para fora! – Lágrimas brotaram dos olhos de Anna. A dor que eu vi neles estava me matando. Eu era um idiota completo. – Você deveria me incluir em sua vida, Griffin. Deveria se importar. – As lágrimas lhe escorriam pelo rosto. Cada uma que caía era como se eu levasse uma martelada no peito.

Gibson estava chorando, agora. Minha mãe a levou para fora da sala, sem dizer nada.

– Eu… eu me importo, sim. – Minha voz saiu fraca e trêmula. Detestei isso. Eu tinha feito tudo aquilo por Anna… mas ela simplesmente não sabia disso. – Eu não tive escolha, Anna. O álbum era a única forma de… – Fiz uma pausa para esfregar os olhos; eles ardiam tanto que eu mal conseguia enxergar. – Tudo em nossa vida dependia disso, e agora… estamos completamente fodidos.

Enxugando o rosto, Anna perguntou:

– Quanto é que estamos devendo, Griffin? Qual é o tamanho das nossas dívidas?

– Cinquenta – sussurrei. Pelo menos era mais ou menos isso na última vez que olhei.

Anna pareceu confusa.

– Cinquenta dólares?

Culpa, remorso e medo brotaram em mim, de uma só vez, tornando impossível encará-la. Eu devia ter contado tudo a ela. Devia ter falado com ela. Eu não devia ter estragado as coisas daquele jeito. Devia ter sido honesto desde o início. Evitando seu olhar, fitei a caixa quebrada do CD, ainda no chão. Quebrada como cada um dos meus sonhos.

– Cinquenta mil – finalmente admiti.

A sala irrompeu em escandalosos suspiros de incredulidade. Quando olhei para cima, vi Anna com a boca aberta, o queixo caído. Suas bochechas estavam vermelhas de raiva e ela estalava os dedos como se preparasse para espancar alguma coisa. Queria bater *em mim*.

— Mas... Afinal, por que diabos você nos colocou num buraco de cinquenta mil dólares para bancar um álbum quando tem um seriado de televisão que vai estrear... — De repente uma luzinha pareceu acender em sua cabeça. Ela levou as mãos à boca e em seguida as baixou lentamente. — Não existe seriado algum... Não é?

Senti como se meu peito fosse explodir quando dei um passo em direção a ela.

— Anna...

Por favor, entenda que eu fiz isso por você, pelas meninas, pelo nosso futuro.

Porra. Não, nada disso. Eu fiz isso por *mim*.

Ela esticou a mão para impedir minha patética tentativa de acalmá-la.

— Todo esse tempo os fatos estavam bem diante do meu nariz, só que eu não queria acreditar neles porque preferi não aceitar que você fosse capaz de mentir na minha cara, dia após dia. — Ela começou a tremer de raiva. — Foi isso que aconteceu? Você vem mentindo para mim durante todo esse tempo? Durante meses!

Senti como se todo o oxigênio estivesse sendo sugado para fora da sala. Não sabia como me explicar, não sabia como dizer a ela quanto eu ficara apavorado, quanto tinha sofrido por mantê-la no escuro, quanto me senti sozinho tentando consertar algo que não tinha conserto. Por partir seu coração... perder a sua confiança e o seu apoio... Mentir tinha sido uma forma de evitar fazer isso e, como eu era um preguiçoso idiota e egoísta, tinha escolhido a opção mais fácil.

— Eu sinto muito. Queria contar a você, mas não sabia como. O programa foi cancelado e eu entrei em pânico... Não queria decepcionar você.

Silenciosamente, eu implorei:

Por favor, entenda. Você é sempre tão compreensiva. É por isso que nossa relação funciona tão bem.

Toda a cor desapareceu de suas bochechas, mas brilhou em seus olhos.

— Por Deus, Griffin... Há quanto tempo você está mentindo para mim? Por quanto tempo eu estive no escuro?

Meu coração batucava, agora. Eu era um idiota completo. Talvez no começo eu pudesse tê-la convencido, mas agora não havia mais nenhuma chance de ela me entender e me apoiar. Nenhuma! A farsa tinha acabado.

— O programa foi cancelado... logo após o VMA.

Seus olhos se arregalaram de choque mais uma vez; ela abriu e fechou a boca, mas as palavras não saíram. Com os olhos brilhando, olhou ao redor da sala em silêncio, virou as costas e saiu dali como um furacão. Eu a segui o mais depressa que consegui. Quando ela chegou ao quarto, fechou a porta na minha cara. O deslocamento de ar literalmente me chicoteou o rosto.

— Anna? — Bati duas vezes e ela não abriu. — Anna? Você vai ter de falar comigo em algum momento. É melhor ser agora, de uma vez.

Por favor, não me deixe isolado.

A porta se abriu tão depressa que eu senti a brisa novamente.

– Falar com você? Por que eu deveria falar com você? Você não teve a decência de falar comigo. Ou pelo menos de me contar a verdade! Fez todos esses planos nas minhas costas e só contou agora porque já era tarde demais para modificá-los! – Ela me deu um tapa no braço. – Você mentiu para mim durante vários meses! E agora perdeu tudo que tínhamos! Que diabos você estava pensando da vida?

Tentei entrar no quarto e fechar a porta para colocar pelo menos uma barreira entre nós e todo mundo que estava ouvindo, mas, como Anna ainda bloqueava a minha entrada, foi difícil. Depois de algum tempo, finalmente consegui entrar e fechei a porta.

– Vou corrigir isso, Anna. Eu juro!

Como fazer isso? Eu não tinha a mínima ideia.

Anna ecoou meus pensamentos.

– Como você vai conseguir corrigir tanta merda, Griffin? Não temos nada, estamos com dívidas de *cinquenta mil* dólares e sem chance de saldá-las com os lucros do seu programa de TV, que "certamente seria um sucesso". Eu devia ter desconfiado que tudo era a porra de uma mentira no instante em que você me disse que eles não iam pagar nada até o programa estrear. Minha nossa, eu sou uma idiota!

Ela começou a alisar o cabelo para trás de um jeito obsessivo enquanto andava de um lado para outro, como se estivesse freneticamente tentando se acalmar. Dava para ver pela sua expressão que a tentativa não estava funcionando. Seus olhos ficaram rasos d'água, com lágrimas de dor, mas o rosto estava vermelho de raiva. Todo o tormento que eu vinha tentando manter longe dela chegara com força total. Assistir àquela luta interna me deixou sem ar, mas foi a percepção do que viria em seguida que me provocou enjoo.

– Não, você não é idiota – disse eu, num sussurro rouco. – *Eu é que sou.* – Uma sensação de derrota foi me envolvendo como uma nuvem tóxica, sufocando cada resquício de esperança que eu ainda acalentava, e completei: – Não era para o trabalho ficar daquele jeito. O álbum foi planejado para consertar tudo. Ele deveria ser algo espetacular...

– Pois bem, é uma bosta espetacular, uma merda completa! – Ergui a cabeça de repente e olhei para ela. – Não dá para adoçar as coisas dessa vez, Griffin. Esse álbum não foi bem produzido, as músicas não estão bem-feitas, não existe nada de bom ali. É terrível! Você vai ser alvo de chacota quando ele chegar às lojas.

Fiquei tão chocado com a sua honestidade brutal que não soube o que dizer. O que me restou foi lhe fazer uma pergunta que, provavelmente, deveria ter feito vários meses antes.

– Ok... Então o que você sugere que eu faça agora?

Anna cruzou os braços sobre o peito.

Indomável 🎵 273

— Ligue para os rapazes e implore para conseguir seu antigo trabalho de volta.

Um calor amargo cobriu por um momento a montanha de culpa que me sufocava. Levantando o queixo, declarei com firmeza:

— Não. — Implorar não era uma opção.

Anna estreitou os olhos e balançou a cabeça.

— É claro que essa é a sua resposta — zombou, com a voz trêmula de raiva e de dor. — Você e seu maldito orgulho.

Parou quase colada em mim e me olhou de cima a baixo. Havia pontos de ouro em seus olhos verdes, que refulgiam ao me olhar e pareciam tão cintilantes quanto o sol.

— Estou cansada disso. Estou cansada das pessoas, da cidade e da sua atitude do tipo "sou melhor que qualquer outra pessoa". Estou cansada até do clima ensolarado, e nem sei como isso é possível. — Ela levantou as mãos em frustração, e em seguida as deixou cair de novo com um longo suspiro. — Isso é estranho, porque Los Angeles nunca me deixou cansada ou entediada. Para ser franca, acho que a verdadeira razão de eu odiar tudo isso aqui é saber que não era aqui o lugar onde deveríamos estar. Nós deveríamos estar em casa… em Seattle.

Como se toda a sua força a tivesse abandonado, Anna se deixou desabar sobre a cama.

— Você sabe por que deixar Seattle foi tão difícil para mim? — continuou ela.

Dei de ombros. Eu parecia já não saber de mais nada, a essa altura.

— Sua irmã? — arrisquei.

Com um suspiro melancólico, Anna concordou.

— Em parte, sim. Mas foi muito mais que isso. Pela primeira vez eu finalmente adorava todos os aspectos da minha vida. Estava absolutamente feliz com o lugar onde estava, com quem eu era, e não ansiava por mais. Simplesmente me sentia… contente. E então você me levou para longe de tudo que eu tinha aprendido a amar e eu senti que talvez nunca mais reconquistasse a sensação de estar totalmente de bem com a vida. Mesmo assim, tentei ser uma esposa amorosa, ou pelo menos solidária, porque senti que era isso que eu deveria fazer… mas que agradecimento recebi pela minha lealdade? — Ela se levantou da cama novamente e me cutucou o peito com o dedo. — Você mentiu para mim! Mais de uma vez e o tempo todo! Para poder continuar fazendo o que queria. Agora escute bem… Eu não aceito mais ficar desse jeito, não quero mais ficar aqui. Não me sinto mais em casa nesta cidade. Seattle é o meu lar. Os D-Bags são o meu lar. — Ela disse o nome da banda de forma lenta e deliberada, como se quisesse reforçar a mensagem.

Odiei a conversa, odiei ver Anna tão infeliz e odiei que ela estivesse me dizendo tudo que eu já sabia — que tudo era culpa minha. Com ar desafiador, cruzei os braços e deixei que minha escuridão interna transformasse minha vergonha em escudo.

– Você diz isso porque tínhamos muita grana quando eu estava com eles? É por isso que você vivia tão "contente"? – Quis dar um tapa em mim mesmo por dizer isso. Anna não era interesseira e eu sabia bem disso, mas eu estava humilhado, assustado, e me colocar na defensiva era mais fácil que ser chutado quando já estava no chão.

Seus lábios se uniram numa linha fina, dura, e seus olhos se estreitaram como punhais. Eu conhecia aquele olhar. Significava que eu tinha ultrapassado tanto os limites que estava prestes a levar uma surra verbal.

– Não, você sabe que não estou falando de dinheiro – começou ela, com a voz gélida. – Até mesmo a época em que eu morava num apartamento de merda e trabalhava no Hooters era melhor do que morar naquela mansão extravagante e ser paparicada o dia todo por empregados. Eu teria voltado à nossa vida antiga sem pensar duas vezes, se você tivesse me pedido. Só que, em vez de admitir a derrota e voltar para Seattle, você mentiu para mim. *Fingiu* que ia para o trabalho todos os dias, pois só assim conseguiria manter a sua fantasia. Você não vê quanto isso é escroto?

Ela pareceu ficar mais alta, mais orgulhosa e, apesar de ser mais baixa que eu, subitamente me senti pequeno diante dela.

– Eu não queria nada disso – continuou ela. – Tentei fazer o melhor possível para manter nossa família unida, só que simplesmente não consigo mais. Nossa família *não está* unida, e vir para cá só nos trouxe sofrimento, nada além disso. Quero voltar para Seattle. – Ela colocou a mão no meu braço. – Ligue para os rapazes, Griffin. Conte-lhes sobre a sua situação. Peça desculpas a eles.

A raiva e uma sensação de traição travaram uma batalha dentro de mim e eu puxei o braço para longe dela.

– Pedir desculpas? Porra, desculpas pelo quê? Eu não fiz nada para prejudicar aqueles babacas. – Apontei na direção de Seattle, o último lugar no mundo para onde eu queria voltar. – Foram *eles* que me foderam. *Eles* é que deveriam me pedir desculpas. *Eles* é que deveriam estar implorando para eu voltar! Não eu!

Eles me chutaram para escanteio. Eu não posso voltar.

Seus olhos começaram a se encher de lágrimas mais uma vez e suas mãos se fecharam, formando punhos cerrados.

– Você sempre dizia que eram eles que colocavam você para trás. Será que é assim tão cego?

– O que você quer dizer com isso? – eu a desafiei. Mas não queria me lançar num ataque verbal contra Anna, muito menos depois de tudo que eu tinha aprontado. Só que os caras não eram uma opção viável. Essa ponte tinha sido queimada há muito tempo.

Com uma expressão firme, ela me disse:

– *Você* se colocou para trás. Com o seu orgulho, seu ego, sua recusa em batalhar mais e fazer o trabalho duro. Isso é que colocou você para trás. A única pessoa que você pode culpar aqui, Griffin, é você. E eu não vou deixar você prejudicar esta família ainda mais. Estou tomando as rédeas da situação antes que você nos atire direto no precipício... se é que já não fez isso.

Ela apontou para o espaço entre os nossos pés, como se marcasse uma linha na areia.

— Eu vou ser o capitão deste time agora — anunciou ela. — E na condição de capitão, digo que vamos tomar a decisão certa, para variar, e vamos voltar para Seattle. Vou conseguir meu antigo emprego de volta e vou sustentar as meninas... sozinha, se for preciso. E então?... Você vem conosco ou vai ficar aqui para se afogar? — Ela estendeu as mãos, oferecendo-me claramente uma chance de voltar atrás e aceitar a vontade dela... ou cruzar a linha.

Algo doloroso em meu peito começou a explodir. Aquilo doía tanto que eu desejei ter um taco de beisebol para pedir que Anna me desse algumas cacetadas nas costelas. Isso seria infinitamente melhor que aquela dor. Respirar era difícil. Permanecer de pé ali era difícil. Continuar naquele quarto foi difícil. Porra! Era exatamente por causa de tudo aquilo que eu não curtia relacionamentos sérios. A sensação de ter um torno apertando em volta do peito era uma merda.

O que eu faço agora?

Para clarear as ideias, disse a primeira coisa que me veio à cabeça.

— Eu não estou pronto para isso... Não posso ir embora.

Não posso aceitar que esteja derrotado.

Anna suspirou, mas não pareceu surpresa.

— Não... você *não quer* ir embora. Seu orgulho será a sua ruína, Griffin.

Ela tentou passar por mim para alcançar a porta. Uma onda de pânico me inundou e eu agarrei seus braços.

— Meu pai tem uma mesa de pingue-pongue na garagem. Vamos jogar um pouco para esfriar a cabeça. Vamos negociar.

Com toda a calma do mundo, Anna removeu meus dedos dos seus braços.

— Isso não é um jogo, Griffin. E eu não vou negociar dessa vez. Você mentiu para mim, me manteve no escuro. Desrespeitou a mim e ao nosso relacionamento. Para mim, chega! Vou para casa. Fim da discussão.

Ela colocou a mão na maçaneta da porta, e eu coloquei minha mão contra a madeira.

— Ah, Anna, qual é?...

Quando olhou para mim, vi derrota e cansaço em seus olhos. Ela realmente estava farta daquilo... farta de mim. Minha onda de pânico se transformou em terror. *Ela não podia me deixar.* Ela e as meninas eram todo o meu mundo. Sua mão veio até minha bochecha; a suavidade de sua pele fez piorar a minha sensação de vazio na barriga. Porra, eu *não acreditava* que ela estivesse me dizendo adeus. Não para mim. *Éramos uma equipe...*

— Espero que as coisas deem certo para você, Griffin. Espero sinceramente. — Uma lágrima transbordou de um dos seus olhos e deslizou lentamente pelo rosto.

Minha garganta se fechou ainda mais, meus olhos arderam e a onda de dor que rolava em meu estômago piorou tanto que eu pensei que fosse vomitar. Odiava sentir merdas como aquela. Sempre *tinha evitado* sentir aquelas porras. Engolindo a agonia que crescia dentro de mim, endureci o rosto, endureci o coração e endureci a alma.

Afastando-me da porta, vesti minha armadura de indiferença.

Você não pode me machucar.

— Tudo bem. Vá embora. Tanto faz. No fundo, você sabe que vai voltar correndo em menos de uma semana. — Coloquei a mão no saco. — Afinal, quem é capaz de foder você tão bem quanto eu?

A expressão de Anna se transformou em gelo quando ela limpou a trilha da lágrima que ainda lhe escorria pela bochecha.

— Obrigada — disse, com a voz fria. — Você acabou de tornar tudo isso muito mais fácil.

Abrindo a porta, ela saiu e a bateu com força. Quando eu vi que uma barreira de madeira escura nos separava, gritei:

— Você não vai me deixar de verdade, Anna! Eu *sei* que não vai!

Quando ela não respondeu, comecei a hiperventilar.

Porra… ela estava me deixando… e eu estava deixando que ela fosse embora. Que diabos eu estava fazendo?

Houve tumulto, barulho e um turbilhão de conversas na casa, mas eu fiz o que pude para ignorá-los. Foi mais difícil fazer isso quando ouvi Gibson chamando por mim e Anna mandando-a calar a boca. Sentado na beira da cama, eu balançava o corpo para frente e para trás com as mãos nos ouvidos. Minha única defesa contra o ataque de agonia que tentava me derrubar era repetir:

Não importa, não importa, não importa. Nada disso importa.

No que me pareceram horas mais tarde, depois de meu corpo se sentir purgado de todas as emoções, boas e más, eu finalmente abri a porta do quarto. Com passos robóticos, fui lentamente até a cozinha. Precisava de uma bebida. De preferência que fosse forte o suficiente para me fazer esquecer tudo na minha vida.

Mamãe e papai cochichavam entre si, mas se calaram no instante em que eu entrei na sala. Com um cigarro na mão, minha mãe perguntou:

— Como… Você está?

— Numa boa. O que temos para beber por aqui? — Minha voz saiu tão monocórdica que nem eu mesmo a reconheci. Perguntei a mim mesmo se aquilo poderia ser permanente. Talvez minha voz fosse aparentar o som de um corpo sem vida até o fim dos meus dias. Por mim, tudo bem se isso acontecesse. Era assim que eu me sentia.

Expelindo com força uma imensa corrente de fumaça branca, minha mãe disse para o meu pai:

— Dê a ele uma dose da bebida boa.

Papai começou na mesma hora a vasculhar um armário que sempre estava trancado no tempo em que eu era criança. Agora estava destrancado. Isso era bom. Eu provavelmente o arrombaria se ainda estivesse fechado à chave. Ele me serviu um belo uísque escocês em um copo alto com gelo até a metade.

Depois que ele me entregou a bebida, agradeci, comecei a circular por ali e segui para a sala de estar. Mamãe e papai trocaram olhares preocupados e me seguiram. Papai ainda segurava a garrafa de scotch.

— Filho... você está com vontade de conversar sobre... alguma coisa? — A voz de papai parecia hesitante. Como a maioria dos homens da minha família, ele não "conversava", não compartilhava "sentimentos" ou alguma dessas merdas femininas. Na verdade, ele nem teria me perguntado aquilo se minha mãe não tivesse lhe dado uma porrada no ombro. Mas eu não precisava conversar. Precisava de uísque, então ele já tinha feito tudo que era possível fazer por mim.

— Não há nada para conversar — garanti.

Tomei um gole da bebida e me virei para eles. Como queria que todos parassem de me olhar como se eu fosse algum experimento científico que tinha dado errado, perguntei com toda a calma do mundo:

— O que foi? Há alguma coisa de errado com a minha cara?

Mamãe me direcionou até uma poltrona.

— Por que você não se senta um pouco? Vou fazer uma salada para acompanhar a lasanha, que já ficou pronta há algum tempo... — Ela se preparou para sair da sala depois que me obrigou a sentar na poltrona. A imagem de uma segunda mulher me virando as costas no mesmo dia fez lampejar em mim algo escuro que se retorceu para alcançar a superfície. Tornei a colocar tudo para dentro com um longo gole de uísque.

Antes de sair por completo da sala, minha mãe se virou e anunciou:

— Caso você esteja se perguntando a respeito... Anna e as meninas foram para a casa de Chelsey. Dustin ainda está fora, então ela tem bastante espaço sobrando...

Quis mandá-la calar a boca porque eu estava cagando e andando para o que Anna fez ou tinha deixado de fazer; só que ela era minha mãe e eu não podia lhe falar desse jeito. Além disso, reconhecer a merda completa em que se transformara a minha vida era algo que eu não pretendia fazer naquele momento. Entorpecimento era tudo que eu queria. Simplesmente ergui meu copo em resposta.

Ouvi e entendi o que a senhora disse, pode parar de falar.

Ela saiu da sala sem dizer mais nada. Papai tornou a encher meu copo e trocou olhares com Liam. Em seguida, fizeram movimentos de incentivo mútuo, como se empurrassem um ao outro para uma tarefa que nenhum dos dois queria assumir.

Com uma expressão triste, como se alguém tivesse morrido, Liam finalmente se manifestou.

– Sinto muito, cara.

Esperei por algum complemento para o seu comentário, algum insulto do tipo: *Eu sempre soube que você não era bom o bastante para ela*; ou: *Acho que eu ganhei a aposta dessa vez*; ou: *Você se importa se eu sair com ela agora, já que vocês dois terminaram?* Esse último pensamento fez meus dedos se apertarem com tanta força em volta do copo que eu tive quase certeza de que ele iria quebrar. Se algum babaca tocasse na minha mulher, eu iria matá-lo – fosse irmão ou não.

– Só isso? Nada de observações sarcásticas? Nenhum comentário espirituoso? Nem mesmo algo humilhante para acompanhar?

Diante do meu tom de voz, que já não era mais monótono e sem vida, pensei que Liam iria se arrepiar, mas ele simplesmente balançou a cabeça para os lados.

– Não, só isso mesmo… Sinto muito.

Minha garganta se apertou com tanta força que me pareceu senti-la colar na parte de trás do meu crânio. Quando assenti com a cabeça, desejei que ele tivesse feito algum comentário idiota. Sua sinceridade foi dolorosa.

Não importa, não importa, não importa. Nada disso importa.

Querendo ficar sozinho, arranquei a garrafa de uísque da mão do meu pai e segui com um jeito derrotado de volta para o meu quarto. Assim que me vi sozinho lá dentro, bati a porta com força e comecei a tomar longos goles diretamente da garrafa. O quarto ainda cheirava a Anna, e suas coisas continuavam por toda parte: uma blusa aqui, um sutiã ali. Lembretes minúsculos da minha perda monumental. Ou da perda *dela*. Afinal, foi ela quem tinha jogado a toalha e abandonado o campo. *Ela* era a desistente ali, não eu.

Recolhi, com muita raiva, tudo que era dela e das meninas e que ainda continuava à vista; enfiei tudo debaixo da cama, onde nada daquilo poderia me assombrar. *Longe dos olhos, longe do coração.* A boneca de Gibson foi a última coisa que eu coloquei longe de mim. Antes de escondê-la na escuridão, estudei seus olhos opacos. Eles pareciam mortos, sem vida, exatamente como eu me sentia.

À medida que a noite avançava e o álcool na garrafa diminuía, o quarto começou a girar. A qualquer momento eu iria vomitar ou desmaiar. Uma ou outra dessas possibilidades estaria boa para mim, desde que eu conseguisse parar de pensar.

Enquanto eu estudava o teto que girava e tentava me concentrar na minha respiração, meu celular tocou. Quando vi o nome de Chelsey aparecer na tela, pensei em esquecer aquilo e deixar que a ligação fosse parar na caixa postal. Por curiosidade, ou talvez pelo efeito do álcool, acabei por me obrigar a atender.

– Que foi? – grunhi.

— E aí?... Como é que você está? – A voz de Chelsey era suave, doce... e áspera ao mesmo tempo.

— Minha mulher me abandonou, como você acha que eu estou?

Ela suspirou.

— Você não ficou puto por eu tê-la acolhido na minha casa, não é? Anna não tinha outro lugar para ir, exceto, talvez... a casa de Liam, e eu achei que você iria preferir que ela ficasse comigo.

Minha mão apertou o celular com mais força. Não, eu nunca conseguiria passar a noite se soubesse que Liam era o cara que estava confortando Anna. Se é que ela precisava de conforto.

— Não, eu não estou puto. Não estou nada. A não ser bêbado. Isso, definitivamente, eu estou. De cair na sarjeta! – Depois que Chelsey suspirou de novo, eu perguntei, tentando manter a voz calma: – Como é que...? Como as minhas filhas estão?

Chelsey pareceu entender o que eu tinha pensado em perguntar, e sua resposta cobriu todas as possibilidades.

— Todo mundo se aguentando, numa boa. Nada está ótimo, mas estamos todas bem.

Fiz um grunhido ao telefone. Anna estava "numa boa" depois de me abandonar.

Impressionante.

Chelsey limpou a garganta.

— Olha, Griffin, eu queria que você soubesse... Anna reservou um voo para amanhã de manhã. Vou levar a ela e as meninas ao aeroporto. Se você pretende vê-las... essa é a sua última chance.

Em resposta, desliguei o telefone na cara da minha irmã. Minha mulher tinha me abandonado. Por porra nenhuma desse mundo eu iria até lá para vê-la ir embora.

Capítulo 20
E AGORA?...

Não tenho certeza da hora em que desmaiei, mas era bem tarde quando acordei. Minha cabeça latejava, mas isso não era nada comparado à sensação do peito destroçado.

Ela foi embora. Elas três foram embora.

Provavelmente estavam de volta em Seattle, a essa altura. Será que tinham ido para a casa de Kellan? Fazia sentido que Anna tivesse ligado para Kiera em busca de ajuda. Mas ela também poderia ter procurado Jenny, Rachel ou uma das suas amigas de trabalho do Hooters. Poderia estar em qualquer lugar. A única coisa que eu sabia com certeza era que ela não estava mais aqui. Eu estava sozinho.

Pensei em mandar uma mensagem de texto para ela. Isso era uma coisa que sempre fazíamos muito, sempre que eu estava em turnê sem ela. Muitas vezes eu escrevia algo como: *Bom dia, bunda gostosa... Acordei de pau duro só de pensar em você.* Ela me escrevia de volta: *Bom dia, tesudo... Se você estivesse aqui, eu iria cuidar disso para você.* Em seguida ela passava a descrever com detalhes o que faria comigo.

Era comum as palavras dela me excitarem demais, e eu lhe enviava uma foto minha me masturbando. Às vezes era um vídeo. Isso a deixava animada e partilhávamos um bom momento, apesar de estarmos a milhares de quilômetros de distância. Senti uma ereção se formar só de pensar nas coisas picantes que costumávamos mandar um para o outro... Só que tudo ficara diferente agora e, se eu lhe enviasse algum conteúdo sexual, ela não iria me responder, eu tinha certeza disso. Essa era apenas a primeira de uma longa lista de coisas que eu nunca mais conseguiria fazer com ela.

Isso era uma merda total.

Ficar ali sentado na cama fazia minha cabeça latejar, como se alguém estivesse martelando meu crânio, mas continuar ali ou deitar pensando na minha mulher não iria ajudar em nada. Porra, será que ela ainda era a minha mulher? Ou estávamos separados e na via expressa a caminho do divórcio? Eu não tinha a mínima ideia sobre essa porra, e isso me assustava terrivelmente.

Meu futuro sempre me pareceu muito claro, como se eu nadasse em águas tropicais transparentes. Dava para ver cada concha e pedrinha no fundo, cada coral de bem-estar, todos os peixinhos que a fama colocara no meu caminho. Agora, porém, a água ficara tão absurdamente turva que eu não conseguia sequer ver a minha mão na frente da cara. Tudo acabara de vez. Estava debaixo de um bloco de concreto. Meu tesouro fora enterrado tão profundamente sob as ondas que era inatingível agora, e me pareceu ridículo lembrar que eu já tivera os dedos enterrados em ouro puro. Eu tive tudo, e agora… não me sobrara nada.

Ah, que se foda tudo aquilo! Eu é que não pretendia ficar ali chafurdando numa de "ai, como eu sofro!…" enquanto meu mundo se transformava em merda. Ainda havia tempo para consertar as coisas, e era exatamente isso que eu pretendia fazer.

Pegando o casaco do chão, saí do quarto com o peito erguido. Iria pegar de volta tudo que eu merecia ter, e depois conseguiria recuperar a minha mulher e as minhas filhas. O sorriso de Anna cintilou em minhas lembranças, seguido rapidamente pelo riso de Gibson e os cachinhos de Onnika. Caraca, eu já sentia *demais* a falta delas; era tanta saudade que estava difícil eu funcionar direito. Mas ainda havia um trabalho a fazer.

Decidi que eu precisava tirar o melhor de uma situação desfavorável. Sim, eu reconhecia perfeitamente que o álbum que eu iria lançar era uma bosta… mas ninguém fora da minha família sabia disso. Se eu pudesse, de algum jeito, convencer o mundo de que aquele trabalho era algo espetacular revestido em grandiosidade, talvez conseguisse pedidos em pré-venda suficientes para diminuir a minha dívida. Uma pequena parte do meu cérebro me avisou que os pedidos de pré-venda poderiam ser cancelados, mas ignorei esse detalhe. Eu tinha que transformar aquilo num álbum de sucesso. Precisava conseguir de volta um pouco da grana que eu tinha torrado. Essa era a única opção que me restava.

Durante o mês seguinte eu fiz tudo que sabia fazer em termos de promoção. Bati à porta de todos os programas de TV, estações de rádio, boates e jornais da cidade, implorando que me divulgassem. Só que ninguém me aceitou. Tentei manter os pensamentos longe de Anna e das meninas enquanto lutava por um pouco de atenção, mas era impossível esquecê-las; elas continuavam na minha cabeça vinte e quatro horas por dia, sete dias por semana. Por fim, entreguei os pontos e liguei para Anna. Minhas mãos estavam escorregadias de suor quando teclei seu número, e meus dedos tremiam quando eu coloquei o fone no ouvido. Eu nunca tinha me sentido tão nervoso para falar com a minha mulher, nem mesmo no início, quando ela era apenas uma garota gostosa que eu queria comer. Mas agora... havia tantas barreiras entre nós e tanta coisa em jogo a ser perdida... se é que eu já não tinha perdido. Eu era um desastre ambulante e ela ainda nem tinha atendido à ligação.

Sua voz foi fria e distante ao atender.

— Eu já me perguntava sobre quando você iria ligar — declarou, com a voz sem expressão e sem vida.

Em vez de lhe dizer quanto eu sentia falta dela, quanto estava nervoso com aquela conversa, quanto eu temia pelo meu futuro, pelo *nosso* futuro, deixei a concha que me circundava se fechar ainda mais. Só assim consegui pronunciar as palavras.

— Eu queria saber das meninas. Elas estão bem? Vocês estão na casa de quem?

Um longo e controlado suspiro me entrou pelo ouvido, como se ela lutasse sua própria batalha emocional. Eu não tinha certeza se ela iria me responder. Depois de um tempo, porém, ela finalmente o fez.

— Estamos hospedadas com Kellan e Kiera, por enquanto. Gibson... ela pergunta por você todos os dias, mas está numa boa. Eu acho.

O nó na minha garganta voltou. Odiei a ideia de minha garotinha ver negado algo que desejava. Ela devia receber tudo da vida, embrulhado num papel de presente e com um lindo laço cor-de-rosa. Puxa, como eu sentia saudades de Gibson!

— Ela está aí por perto? Posso falar com ela? — Minha voz saiu arranhada, como se eu tivesse engolido uma lixa.

— Claro! — sussurrou Anna. Sua voz também soou áspera. A linha emudeceu por um minuto, mas logo em seguida surgiu uma voz doce e familiar.

— Papai? Onde você está? Quando você vai voltar para casa?

Uma onda avassaladora pareceu me afogar e eu tive que morder os nós dos dedos para me aguentar em pé.

— Em breve, amor. Em breve. — Minha garganta se fechou e eu não consegui mais falar. Felizmente Gibson tinha muito para me contar, então não precisei interagir.

— Onnika me bateu! E Ryder quebrou meu brinquedo! Encontrei uma gatinha, e mamãe me deixou ficar com ela. O nome dela é Sol...

Ela continuou sem parar, me relatando todos os detalhes da sua vida que eu estava perdendo. A dor na garganta diminuiu com cada frase sua, mas a dor no peito aumentou. Eu deveria estar lá. Deveria ir para casa, me colocar de quatro no chão, admitir todos os meus fracassos e implorar a Anna para me aceitar de volta. Deveria ser um marido melhor, um pai melhor... Colocar todas as necessidades delas acima das minhas... já que elas eram tudo pelo que eu vivia e respirava. Mesmo assim, eu sabia que ainda não podia ceder. Não podia admitir a derrota. Eu precisava acompanhar o lançamento do álbum, sem perder a esperança de que ele pudesse me salvar e, de quebra, salvar minha família. Se é que isso ainda era possível. Porra, eu esperava que fosse. Eu não poderia engolir essa realidade... Aquilo não poderia ser o fim de Anna e da minha história. Ela era tudo que eu queria, tudo que eu precisava.

Mas então... Por que diabos eu a deixara ir embora?

★ ★ ★

Na manhã do lançamento do álbum, eu andava de um lado para outro na sala de estar. Chelsey tinha um olho em mim e outro na tela de seu laptop.

— Alguma resenha? – perguntei a ela pela enésima vez.

Ela clicou para atualizar o site, mas logo sacudiu a cabeça.

— Não. Mas nós não distribuímos cópias para avaliação, de modo que isso já era de esperar.

Eu balancei a cabeça para os lados e continuei andando. Já tinha feito tudo que podia imaginar para divulgar o álbum. Tinha até mesmo participado de um programa de TV em estilo jogo de perguntas que se chamava *Adivinhe como eu busquei a fama*. Odiei cada segundo daquilo; os produtores tinham decidido que a minha busca pela fama incluía abandonar a banda mais quente do planeta no auge da popularidade. Fiquei sentado ali com um sorriso pregado na cara e deixei que me insultassem, zoassem e ridicularizassem as minhas escolhas de vida. Fiz tudo que precisei fazer para animar as pessoas a comprar o álbum. E aquele era o dia em que iria descobrir se alguma coisa do que eu fizera tinha valido a pena. Porra, *tinha* de valer a pena. Eu desistira de tudo por causa daquilo. Literalmente tudo. Se o álbum não conseguisse se pagar... se eu não conseguisse sair da lama das dívidas e mostrasse o meu valor para Anna, eu... eu não sabia o que poderia fazer para reconquistá-la. E viver uma vida sem ela me parecia... inútil.

— E agora? – perguntei a Chelsey. Eu queria que pelo menos uma resenha aparecesse na tela para poder me preparar e saber o que esperar do resto. Só que, para ser franco, eu sabia muito bem o que esperar. O álbum era uma merda e eu estava fodido.

Chelsey suspirou e fechou o laptop.

— Quem sabe não era melhor fazermos outra coisa. Quer ver um filme?

— Não... Mesmo assim, obrigado. – Lancei para ela um meio sorriso de agradecimento e tornei a apontar para o laptop. – Dá para você verificar mais uma vez?

Uma resenha finalmente surgiu. A cotação era de uma única estrela e a chamada exclamava: "EU GOSTARIA DE PODER DAR ESTRELAS NEGATIVAS!!!". Os comentários vieram numa enxurrada depois disso, e nenhum deles era bom. "É o pior álbum que já foi gravado!"; "Eu conseguiria fazer melhor com o meu teclado"; "Meus ouvidos estão sangrando!"; "Quero de volta as duas horas da minha vida que eu gastei ouvindo isso"; "Acho que meu QI diminuiu depois de ouvir esse CD";

"É óbvio que os D-bags estão muito melhores sem ele!". A única avaliação ligeiramente positiva, e também com a classificação mais elevada – três estrelas – dizia: "Isso me fez rir tanto que eu mijei nas calças. É o melhor álbum de comédia que eu ouvi em muito tempo".

Eu me larguei sobre o sofá enquanto Chelsey fechava o laptop bem devagar. Não pedi a ela para verificar novamente. Não era preciso. Os fatos eram claros. Eu era uma piada.

Chelsey colocou a mão no meu joelho.

– Sinto muito, Griffin. Eu sei que você tentou...

Olhando para o nada, balancei a cabeça.

– Não tentei o bastante. Estou começando a achar que não tentei nada o suficiente em toda a minha vida...

Eu me levantei, deixei a minha irmã no sofá e fui para o meu quarto. Eu queria estar sozinho, e de um modo bem apropriado, era exatamente assim que eu estava: completamente sozinho.

★ ★ ★

Na manhã seguinte, meu pai colocou a mão no meu ombro.

– Chelsey me disse que o seu álbum fracassou. Sinto muito, filho.

Olhei para ele e quase recuei com uma careta.

Obrigado por afirmar isso com tanta diplomacia, pai.

– Pois é. Bem... eu ainda posso... – Minha voz sumiu. Eu não tinha ideia do que ainda poderia fazer. Continuava assombrado pelo meu programa de TV fracassado; era perseguido pelos críticos por causa do novo álbum, que todos acharam uma piada; não tinha dinheiro; arrastava uma dívida enorme que não conseguiria pagar; tinha uma mulher que precisava de mim para ajudá-la a criar nossas duas filhas. Só que a minha conta no banco estava no vermelho e tudo o que me restava eram alguns trocados no bolso. Eu estava tão além do fodido e mal pago que nem tinha certeza da expressão certa para me descrever.

Olhei para os meus dedos, que se fecharam com força em torno da minha caneca de café. Pelo menos isso era uma coisa que eu conseguia fazer.

Meu pai se sentou ao meu lado.

– Olha, eu entendo que você não é o que pensou que poderia ser, mas isso é a vida, filho. Você é atacado e leva muitos socos, mas logo em seguida se levanta e diz "foda-se você, vida", e toca tudo em frente... até que inclina para o lado e afunda.

Ergui os olhos para ele.

– Uau... esse final me parece espetacular. Mal posso esperar para ver acontecer.

Ele bateu no meu ombro e completou:

— Eu diria que já aconteceu. Mas a forma como você vai lidar com esse desapontamento vai ser sempre uma escolha sua. Você pode mergulhar de cabeça no sexo; pode mergulhar no trabalho e não subir à superfície nem para respirar; pode tentar menosprezar todos os que são melhores do que você, para se sentir melhor; ou pode beber até cair todas as noites. — Ele deu de ombros. — Ou então... Você pode fazer o melhor possível com a sua situação atual, colocar a cabeça para fora das nuvens, tornar-se uma pessoa responsável e confiável, ralar muito para construir algo e cuidar da subsistência das pessoas que necessitam de você. E quando estiver fazendo isso, tente se lembrar do *motivo* de estar ralando tanto. Assim, você poderá tentar enfrentar cada dia tentando manter intacto o máximo de sanidade que conseguir.

— E como faço para alcançar isso?

Ele sorriu.

— Estou muito feliz por você ter perguntado. O lugar onde eu me aposentei... a empresa na qual eu ralei muito durante mais de vinte e oito anos está contratando gente nova. Falei com o encarregado e ele está disposto a lhe dar uma oportunidade, filho. É um cargo de nível básico, trabalho pesado, vai ser muito difícil, mas pelo menos você vai conseguir ter uma vida decente. E vai sobreviver.

Até a sua aposentadoria, alguns anos antes, meu pai tinha trabalhado em algumas fábricas, ao longo de quase toda a sua vida. Quando a fábrica em que ele trabalhara no Kansas fechou e a nossa família teve de se mudar para Los Angeles, a fim de viver com tio Billy, meu pai tinha conseguido um emprego em outro lugar que fabricava equipamentos que serviam para construir outras máquinas. Esse era o tipo de trabalho repetitivo e de total entorpecimento mental que fazia minha pele arrepiar. Mas papai estava certo, ele tinha construído uma vida decente, e ganhava o bastante para que minha mãe pudesse ficar em casa cuidando dos filhos. O problema era que eu não queria uma vida apenas "decente". Eu queria mais.

Suspirando, eu disse:

— Obrigado, pai, mas não quero trabalhar onde você trabalhou. Aquele lugar sugou toda a sua vida. Eu não quero simplesmente ver a vida passar... Quero viver! Quero agitar pelo mundo afora com meus melhores amigos. Quero que a mulher dos meus sonhos... a minha melhor amiga... esteja ao meu lado novamente. Quero... tudo que eu joguei para o alto.

Ainda de pé, meu pai deu de ombros.

— Você jogou tudo para o alto por alguma razão, Griffin. Mas tudo bem, isso não importa agora. Suas opções não são mais as que costumavam ser, está na hora de você crescer. Eu disse a Tyler que você estaria lá na segunda-feira às sete da manhã em ponto.

Um gemido me escapou quando eu afundei a cabeça sobre a mesa. Que merda! Sete da manhã era cedo demais para eu fazer qualquer coisa produtiva. Mas tive de reconhecer que meu pai estava certo. Era hora de eu crescer.

Eu continuava sentado ali com a cabeça sobre a mesa, com o café esfriando na minha frente, enquanto contemplava um futuro de monotonia perpétua, quando a minha irmã, Chelsey, apareceu para me visitar. Foi direto para a cozinha e, apesar de eu não estar olhando para ela, dava para sentir a sua energia radiante. Mamãe estava lavando os pratos e parou quando Chelsey exclamou:

— Tenho uma grande notícia! Falei com Dustin na noite passada. Ele vai voltar para casa na segunda-feira! E agora vai voltar de vez!

Ela gritou de empolgação e eu suprimi um gemido. A vida da minha irmã ia voltar aos trilhos na segunda-feira, enquanto a minha continuava despencando cada vez mais. Como diabos aquilo foi acontecer comigo? Eu estava no topo do mundo… e agora não era nada. Tinha virado uma piada. Todos riam de mim e me descartavam.

Acabei soltando um longo gemido e ouvi Chelsey perguntar à mamãe:

— Ele está… bem?

Minha mãe deu uma tragada no cigarro que trazia pendurado na boca.

— Ele está desse jeito a manhã toda. Seu pai lhe conseguiu um emprego. Ele está… absorvendo a realidade.

Gemi novamente. Eu estava na maior banda do mundo, praticamente sem fazer nada que pudesse ser considerado trabalho, e agora ia ter de apertar parafusos durante dez horas por dia, seis dias por semana, cinquenta e uma semanas por ano. Mais que isso, se eu não tirasse férias.

Que… Merda… De… Vida.

Sentindo Chelsey se sentar ao meu lado, levantei a cabeça; ela parecia pesar mil quilos e eu tinha certeza de que a minha bochecha estava achatada no lugar onde ela ficara colada na mesa.

— Oi — murmurei.

Seu sorriso foi brilhante e seus olhos cintilavam, mas dava para ver que ela tentava conter sua alegria.

— Oi para você também. Como vão as coisas?

— Como mamãe disse, eu agora tenho um emprego… então está tudo fantástico. — Ela me exibiu uma expressão de "desculpe, mas estou feliz demais para fazer cara de triste". — Quer dizer que Dustin está voltando para casa? — perguntei.

Um sorriso de supernova explodiu em seu rosto e ela balançou a cabeça com tanta força que um dos seus cachos louros se desprendeu do grampo no cabelo.

— Segunda-feira.

– Isso é ótimo, mana. Você merece o seu final feliz. – Ao menos um de nós deve ter um.

Como se pudesse perceber no ar o meu mau humor silencioso, ela colocou a mão no meu braço.

– Você também merece, Griff. Você não é um cara tão ruim assim, sabia? Talvez seja um pouco voltado para si mesmo, mas todos nós somos assim, até certo ponto.

Embora eu fizesse que sim com a cabeça, não concordei muito com a sua avaliação. Chelsey é a pessoa mais altruísta que eu já conheci na vida. Quanto a mim... Eu preferia aceitar um emprego rotineiro que sabia que iria odiar a ir para casa e enfrentar os caras frente a frente. E a minha mulher. Eu era um covarde de merda, orgulhoso demais para jogar a toalha. Pelo menos se eu ficasse aqui e aceitasse esse emprego, poderia ajudar a minha família. Esse era o lado bom da coisa, eu acho.

Inclinando a cabeça, Chelsey me olhou longamente, como se me avaliasse.

– Você aprendeu alguma coisa com tudo isso?

Aprendi que minhas ideias eram uma merda e eu nunca devia seguir meus próprios conselhos? Sim, acho que essa ficha finalmente caiu. Com um meio sorriso, eu disse a ela:

– Sim. Aprendi a não contratar ninguém pela internet.

Chelsey riu, mas logo parou. Não era engraçado, na verdade. Eu tinha apostado tudo que tinha naquele álbum inútil. Olhando para a mesa, suspirei e completei:

– Acho que finalmente entendi sobre o que você falava.

Ela apertou meu braço.

– Como assim?

Olhando para ela, senti o peito apertar com mais força. Talvez eu estivesse tendo um infarto. Ou talvez aquilo fosse apenas um ataque de desespero.

– O cão e o bife. Acho que agora eu entendi sobre o que você estava falando. Tinha razão... eu entendi tarde demais. O bife já se foi...

Virando a cabeça e olhando para a minha mãe, pensei em seu relacionamento com meu pai. Eles estavam juntos havia uma eternidade, desde que a minha mãe tinha dezoito anos, e meu pai, vinte e oito. Tinham enfrentado um monte de altos e baixos em seu casamento, mas continuavam a ser uma equipe vencedora. Unida. Onde foi que eu tinha errado tanto? Por que a minha equipe tinha se desmoronado daquele jeito? Mas eu sabia a resposta para isso. Anna e eu desmoronamos quando eu parei de agir como se fôssemos uma equipe. Eu a mantive no escuro, fiz todas as escolhas sozinho e depois tinha mentido até não poder mais. A única surpresa dessa história era ela não ter me largado mais cedo.

– Ela era a minha melhor amiga – sussurrei. – Todos eles eram... e eu os deixei de lado por algo a mais que eu achei que precisava ter. Sou um idiota de merda, mesmo! – Quando olhei de volta para a minha irmã, seus olhos estavam cheios d'água. Os meus também. – O que eu faço agora, Chelse?

Ela olhou para mim por tanto tempo que comecei a me sentir desconfortável. Era como se eu tivesse acabado de arrombar o peito para expor minhas entranhas, e ia sangrar até morrer se ela não falasse nada. Só quando eu estava prestes a repetir a pergunta, porque o silêncio me torturava, ela respondeu:

– Você deve esquecer o que nunca teve... e deve ir atrás do que perdeu... mesmo que tenha que rastejar na lama para conseguir isso.

Ela fazia aquilo parecer muito fácil, mas eu sabia que não era. Só de pensar em pegar o telefone e dizer aos caras que eu estava errado... a respeito de tudo... me deixava doente. Quanto a Anna... eu nem saberia por onde começar com ela. Como eu poderia enfrentar aquilo? Eu nem sabia se tinha as habilidades necessárias para me mostrar arrependido e toda aquela merda.

– Como posso fazer isso? – murmurei, me sentindo derrotado. Eu estava começando a odiar de verdade me sentir daquele jeito.

Virei a cabeça para escapar do olhar de Chelsey, mas ela também virou a cabeça dela até eu não ter escolha a não ser fitá-la novamente.

– Pegue esse orgulho ao qual você está agarrado com tanta força e jogue-o num buraco profundo e escuro. Você precisa acenar para eles com algo de verdadeiro. Seja humano. Assuma que você é passível de falhas. Mostre que é uma pessoa flexível. Seja humilde.

Nada disso parecia fácil. Ou tinha a ver comigo. Eu tendia a ser o oposto de todas essas coisas. Era muito mais simples ser um deus impressionante que não podia errar. Porque... admitir que eu estava errado era uma tortura completa e absoluta. Acho que eu não conseguiria fazer aquilo.

– Quer dizer que... Você quer que eu pareça um frouxo, é isso que está me dizendo? Sorrindo, ela me deu um tapinha nas costas.

– Isso é opcional, mas poderá ajudar.

Uma pequena risada me escapou, e era bom liberar aquilo. Senti como se eu não risse havia muitos anos. Aliás, para ser franco, fazia um tempão que eu não ria. Acho que não dava uma risada de verdade desde que eu tinha me separado da banda. Foi a partir daí que tudo começou a ir ladeira abaixo na minha vida, e agora eu estava tão longe, lá no fundo do poço, que era difícil encontrar o caminho de volta.

– Obrigado – disse a Chelsey. – Por tudo. Acho que você é a única que se importa comigo.

Chelsey esfregou as minhas costas.

– Nada disso, existem mais pessoas que se preocupam com você do que pode imaginar. Só que... seu ego é um campo de força tão poderoso que empurra todas as pessoas para trás, em vez de deixá-las entrar. Você veria o mundo de uma forma bem diferente se conseguisse se abrir para a possibilidade de...

Ela mordeu o lábio, olhou fixamente para mim e eu vi um sorriso crescente naquela expressão.

— Se eu conseguisse me abrir para o quê? – perguntei, sabendo que não importava qual fosse a sua resposta, ela viria sob a forma de zoação.

Ela abriu os lábios e o sorriso se soltou.

— Para a possibilidade de você ser uma pessoa imperfeita... Do mesmo jeito que todo mundo.

Seis meses atrás eu teria negado isso com força e sinceridade, mas agora...

— Pois é... eu sei. Fedelha! – Dei um soco de brincadeira no ombro dela e, rindo, ela colocou os braços em volta do meu pescoço e apertou.

— Eu te amo, Griffin, e sei que tudo vai acabar bem.

Fechando os olhos, rezei para que ela estivesse certa.

Capítulo 21
REALIDADE

Fui acordado na segunda-feira por uma campainha irritante no ouvido e decidi naquele exato momento que aquilo não era um jeito digno de se acordar um ser humano. Se um dia eu tiver a oportunidade, gostaria de descobrir quem foi o filho da puta que inventou o despertador para lhe dar dois bicos no meio da testa.

Está curtindo os golpes no cérebro, seu filho da puta?

Empurrando as cobertas para o alto com os pés, me levantei da cama cuidadosamente. Caraca, como eu odiava acordar cedo! Não havia nenhuma razão aceitável para isso. Meu corpo parecia todo travado, minha cabeça latejava e meus joelhos estalaram quando me levantei. Cara, eu estava ficando velho. Ou era isso ou meu corpo é que estava se rebelando contra levantar da cama àquela hora. E também era contra a atividade que eu iria desempenhar a partir daquele dia.

Eu ia começar a trabalhar na antiga fábrica do meu pai hoje. Uau, que máximo! Pelo menos o dinheiro iria me ajudar, aos poucos, a pagar o que eu devia ao banco. Naquele momento, isso era mais importante do que pensar na merda que ia ser encarar aquele trabalho monótono.

Ninguém estava acordado quando eu entrei na cozinha cambaleando. Achei que meus pais iriam se despedir de mim, mas isso não rolou; dava até para ouvir meu pai ainda roncando no seu quarto. Na cozinha, encontrei um bilhete pregado num saquinho de papel daqueles que eu usava quando era criança para levar minha merenda para a escola. A mensagem era: "Boa Sorte", e dentro havia um sanduíche de presunto, um saco de batatas fritas, uma maçã e dois cookies de chocolate. Droga. Agora eu sentia como se tivesse oito anos novamente.

— Obrigado, mãe — resmunguei, pegando um dos cookies e o colocando na boca enquanto refletia se não seria uma boa ideia levar também uma cerveja para a hora do almoço. Era uma fábrica, certamente refrigerantes de adultos também eram permitidos durante o intervalo.

Pensei melhor, fechei o saco e olhei em torno, em busca das chaves do carro do meu pai. Ele me disse que eu poderia levar a minivan para trabalhar até conseguir comprar um carro próprio. Isso era bom, porque cobrir uma distância grande como aquela de bicicleta todos os dias seria uma merda completa. Só que isso também me trouxe um vazio estranho quando eu pensei no tempão que iria levar para conseguir comprar um carro e arrumar um canto para morar... reconstruir a minha vida. E, antes de eu pensar em fazer essas coisas, ainda precisava me certificar de que Anna e as meninas estavam sendo bem-cuidadas. Tudo aquilo era muito surreal. Não muito tempo atrás o dinheiro fluía com tanta facilidade que eu nunca pensara no assunto. Agora eu teria de economizar cada centavo. Como é que as coisas tinham mudado tanto em um espaço de tempo tão curto?

Quando eu saí para esquentar o motor, ainda estava escuro lá fora; nem o sol tinha se levantado, ainda. Impressionante! Quando ouvi algum animal chilrear ao longe, pensei seriamente em entrar no carro e dirigir direto até Seattle. Isso seria fugir de casa ou correr para casa? Eu não fazia ideia, mas sabia que agir assim não iria resolver meus problemas imediatos de grana, então decidi abandonar a ideia.

Quando cheguei ao trabalho, percebi na mesma hora que não conseguiria sair de tudo aquilo com a minha dignidade intacta.

— Escute com atenção, seu mal-humorado, porque eu não quero explicar duas vezes. — Fiz que sim com a cabeça para que o meu "treinador" pudesse continuar com as instruções idiotas. — Você pega essa chave-inglesa e, quando a peça vier pela esteira, você insere esses dez parafusos nesses dez orifícios, e em seguida os aperta com força. Depois, basta fazer com que a peça continue o seu alegre caminhar e passa para a seguinte. Acha que consegue dar conta disso, novato?

Lancei-lhe um olhar vazio.

— Colocar dez parafusos nos buracos e apertá-los? Sim, acho que consigo acertar numa boa.

Ele me deu um tapinha nas costas com tanta força que eu quase caí para frente.

— Beleza! Não atrase a produção se comportando como um molenga. O intervalo é às onze em ponto. Tente não cochilar em cima da bancada.

Depois de dizer isso, ele me deixou por conta da minha tarefa humilhante. Admito que a primeira peça foi um desafio; deixei escapar alguns xingamentos dignos de marinheiros bêbados, especialmente quando belisquei meu dedo com a chave e ele começou a sangrar, mas depois de prender uns sete milhões de parafusos eu acabei pegando o ritmo e vi que poderia fazer aquilo até com os olhos fechados.

Minha mente viajou enquanto eu trabalhava. Eu me imaginei no palco do Pete's, com os caras ao meu lado e uma legião de fãs que nos adoravam ali, bem diante de nós. Lembrar essa cena fez uma dor se expandir dentro do meu peito. Foi muito doloroso, e eu queria pensar em outra coisa para me livrar da lembrança, mas pelo visto eu ainda não tinha acabado de me torturar por completo, porque minha cabeça não abandonava a imagem em que eu pulava no palco.

Matt me apertou o ombro e disse que eu tinha estado ótimo; Evan ergueu o polegar para cima antes de envolver Jenny em um abraço; Kellan me exibiu um sorriso brilhante e perguntou se eu queria tomar uma cerveja. Parecia que tudo aquilo acontecera um milhão de anos atrás e, ao mesmo tempo, parecia que tinha sido na véspera.

Como não existia nada no meu novo emprego que exigisse esforço mental, tive um devaneio atrás do outro durante todo o turno. Muitos deles eram centrados na banda, mas a maioria das imagens que me passavam pela cabeça era da minha mulher. Seus olhos enchiam a minha mente como se ela fosse uma tela imensa, seu riso me invadia os ouvidos e seu corpo... bem, vamos só dizer que foi uma boa a bancada de trabalho esconder tudo que estava abaixo da minha cintura.

Eu ficava imaginando os momentos incríveis que tínhamos passado juntos. Nosso primeiro beijo. Nós dois dançando no meio da minha antiga sala de estar. Depois, eu levando-a para o meu quarto e a deixando completamente nua. Seu corpo tinha me deixado louco de tesão. Ela era tudo o que eu amava em uma mulher, embrulhado em uma pessoa perfeita. E tinha a mente tão suja quanto a minha. Gostava de sacanagem e topava qualquer coisa que eu quisesse tentar. Era exatamente tudo o que eu mais queria em uma única parceira... e eu a deixara ir embora. À medida que o dia passava, foi ficando cada vez mais difícil eu me lembrar do motivo de ter feito aquilo. Anna era a garota certa para mim. Era a *única* garota para mim.

Então por que você continua aqui?

No fim do meu dia de trabalho, eu já não tinha certeza do que doía mais: a minha cabeça ou as mãos. Elas estavam tão esfoladas que foi difícil segurar o volante para dirigir de volta até a minha casa; até as bolhas tinham bolhas dentro delas. Depois do barulhão na fábrica durante o dia todo, a certeza de que havia um caos à minha espera na casa dos meus pais – que devia estar com muito movimento – foi quase intolerável. Dustin tinha finalmente voltado para casa e todos iriam comemorar. Eu estava feliz por minha irmã, de verdade, mas não me sentia com muito humor para festejar coisa alguma. Meus pés pareciam pesos de chumbo, meus braços eram como borracha e meu coração... bem, ele estava simplesmente fodido.

Quando entrei na casa, eu me encolhi ao ouvir a barulheira. As crianças corriam, gritavam, batiam panelas e frigideiras, tudo junto. Os adultos riam, reclamavam com as crianças e contavam histórias com a voz num volume cerca de cinco vezes mais alto que o necessário. O caos da minha família não costumava me incomodar; naquele momento, porém, tudo me pareceu um inferno. Um inferno completo e destruidor. Isso fez com que eu sentisse ainda mais a falta do meu quarteto tranquilo.

Eu estava sujo, fedorento, mentalmente esgotado, e por isso corri para o meu quarto antes que alguém pudesse me impedir.

Minha mãe me chamou com um grito quando o jantar ficou pronto e eu soube, pelo seu tom de voz, que era melhor eu ir me sentar à mesa com a família. Esconder-me a noite toda no meu quarto *não era* uma opção. Acostumada a grandes reuniões, minha mãe tinha na sala a mesa de jantar mais comprida já conhecida pelo homem. Mesmo assim, ela não foi suficientemente grande para todos nós, e duas mesas dobráveis foram trazidas para as crianças. Foi como o jantar de Ação de Graças, só que com mais gente.

Depois de ajudar mamãe a pôr a mesa, porque não ajudar também não era uma opção, eu me sentei no lugar ao lado de Dustin e murmurei um cumprimento educado. Chelsey estava do outro lado dele, sorrindo abertamente como se ele fosse o centro de seu universo, e talvez fosse mesmo. Ela certamente não tinha me parecido tão em paz como naquela noite durante todo o tempo em que ele esteve fora. Isso me fez pensar em meu próprio universo e em como um enorme pedaço dele estava faltando.

Mamãe nos serviu tigelas transbordantes de tomates cortados, pedaços de abacate, azeitonas, cebola e alface. Depois, trouxe uns três quilos de carne moída e tortilhas suficientes para pavimentar a casa inteira… só que eu não queria nada daquilo. A ideia de comer naquele momento me pareceu tão atraente quanto lamber o assento de um vaso sanitário. Depois de Liam o ter usado.

Preparei um prato mesmo assim, porque sabia que mamãe iria olhar atravessado para mim se eu não fizesse isso, mas enquanto o resto da família atacava os tacos, eu só mordisquei alguns pedaços de alface. Todos perguntavam a Dustin sobre o tempo que ele passara longe de casa, o que me permitiu ficar ali sentado em silêncio, pensando na vida. Eu não queria que eles me perguntassem sobre o meu primeiro dia de trabalho. Não queria pensar naquele primeiro dia. Nem no segundo, terceiro ou quarto…

Só que a sorte não me favoreceu. Assim que Dustin conseguiu uma pausa no relato de seus feitos heroicos, me perguntou:

— E aí, Griffin? Chelsey me contou que você mudou de emprego e hoje foi seu primeiro dia. Como correram as coisas? Alguém reconheceu você do tempo da banda? Pediram autógrafos?

Pelo olhar dele, eu percebi que a pergunta era sincera, e não de zoação. Ele não tinha percebido a forma como as pessoas me enxergavam. A maneira como o público em geral me via. Eu não fazia questão nenhuma de lhe contar. Era embaraçoso admitir que eu *tinha sido* reconhecido… e que tinham rido de mim.

Admitir a verdade não era uma opção aconselhável, mas a minha mentira me incomodou um pouco, ainda que de um jeito diferente.

— Não... Ninguém me reconheceu.

Dustin me pareceu tão triste ao ouvir aquilo quanto eu me senti triste em contar.

— Ah, tudo bem... Provavelmente foi melhor assim. — Ele me deu um sorriso de solidariedade digno de um prêmio. — Saber que uma celebridade estava trabalhando com eles iria distraí-los.

Meu sorriso foi curto. Sim... distrair.

Dustin parecia prestes a me perguntar mais alguma coisa, mas felizmente Liam lhe fez uma pergunta técnica a respeito de aviões de caça. Dustin nunca tinha trabalhado nem perto de aviões, mas acho que Liam simplesmente supunha que ele era um especialista no assunto, já que era militar.

Idiota.

Enquanto Dustin lhe relatava o pouco que sabia, eu voltei para dentro de mim mesmo. Meu olhar voou para Chelsey, que observava o marido enquanto comia o seu taco. Ela parecia plenamente realizada só de olhar para ele. Isso me fez pensar se tudo que Anna e eu tínhamos um pelo outro era físico. Será que Anna estava feliz comigo quando analisava o lado não sexual da nossa relação? Quis acreditar que sim, mas realmente não tinha certeza. Ela não devia estar, já que tinha caído fora.

E você também não devia estar, já que a deixou ir embora.

Empurrando esse pensamento irritante para longe do meu cérebro, voltei mentalmente até uma época mais simples... um momento em que eu tinha sido feliz, sem preocupação alguma. Foi quando estávamos apenas brincando de estar juntos — apenas amizade colorida. O melhor de dois mundos. Na verdade, não, mas era isso que eu precisava dizer a mim mesmo, naquele instante.

Tínhamos acabado de sair de um restaurante em Seattle e caminhávamos de volta para o carro. Quando eu tinha estacionado junto do cais, ainda não tínhamos certeza do que pretendíamos comer; tínhamos circulado por uns dez quarteirões até encontrar um pequeno pub irlandês, uma simples portinha para a rua com uma cerveja deliciosa e uma comida fantástica.

Coisas assim aconteciam muito quando eu estava com Anna. Nós vivíamos no improviso a vida "de ouvido", íamos para onde o vento nos levava e acabávamos tendo uma noite incrível. Só que depois de deixar o pub, nós dois nos sentimos com a barriga cheia demais para fazer a longa viagem de volta até o meu carro. Não tínhamos muita certeza do que fazer em seguida quando, de repente, eu vi a resposta.

— Vamos dar um passeio de carruagem. — Apontei para onde estava um belo cavalo branco, atrelado a uma carruagem enfeitada com rosas vermelhas. Aquilo era uma ideia romântica e muito bonita. Naquela hora, porém, tudo que eu queria era colocar os pés um pouco para cima.

— Mas isso não vai nos deixar mais perto de onde o carro está. A carruagem anda em círculos.

Balançando a cabeça, comecei a puxá-la na direção da carruagem.

— Vai nos deixar mais perto sim, se nós saltarmos na metade do caminho... e se não fizermos isso, pelo menos vamos começar a digerir tudo que comemos. – Afaguei minha barriga com a mão livre e Anna riu. Nossa, como eu adorava o som daquele riso.

— Parece uma boa. Vamos nessa! — Seus olhos brilhavam daquele jeito aventureiro que era tão típico seu, e eu percebi nesse momento que aquela garota iria ser a minha ruína. Linda, sexy, cheia de tesão e pronta para curtir qualquer tipo de diversão inesperada... Ela era praticamente igual a mim, só que com peitos.

Quando o cocheiro me informou quanto o passeio custava, eu quase mudei de ideia, mas Anna já lançava sorrisos amorosos para o cavalo e mandava beijinhos. Paguei ao sujeito sem pensar duas vezes. Estendendo a mão para frente, eu a ajudei a entrar na carruagem. O banco fedia um pouco, mas Anna estava sorrindo muito e eu não me importei com o cheiro. Poderíamos estar sentados num chiqueiro que eu estaria feliz do mesmo jeito. E muito excitado. A curva de seus lábios sensuais tinha um efeito imediato na minha libido.

O motorista sacudiu as rédeas e o cavalo começou sua jornada inútil. Tendo o facilmente reconhecível *ploc-ploc* dos seus cascos contra o asfalto como música de fundo, Anna e eu nos inclinamos para trás no banco e relaxamos. Eu a puxei com força para junto de mim e tentei ignorar a emoção que parecia fazer meu peito inflar. Aquilo certamente era apenas um subproduto do cenário romântico. Eu não estava desenvolvendo nenhum sentimento especial por Anna. Ela era uma ótima transa – uma transa *incrível*, na verdade... uma experiência que eu queria experimentar vezes sem conta. Era uma garota que fazia com que todas as outras parecerem apenas virgens em apuros. Mas isso era tudo que ela representava para mim. Sexo.

Por Deus, como eu tinha sido idiota!

Olhando para trás agora, para aquele momento específico, era fácil identificar a noção que tinha começado a borbulhar naquela noite. Eu estava me apaixonando por Anna, mas teria feito qualquer coisa para evitar admitir isso para mim mesmo. Aquilo era muito cliché, muito repetitivo e... banal. Eu odiava a palavra "apaixonado" por questão de princípios. Mesmo agora, eu nunca imaginei que...

Olhei para o meu prato quando a percepção de algo grave me atingiu.

Eu nunca disse a ela que a amo de verdade.

Ela já tinha até me questionado sobre isso, mas eu não tinha mudado meu padrão. Por que era tão difícil, para mim, dizer essas palavras? Para ela. Para minhas filhas. Para minha família. Para minha banda… Será que eu estava me rebelando por algo contra o qual eu não deveria me rebelar? Talvez a palavra "amor" fosse usada em demasia… mas talvez isso acontecesse porque era a única palavra que descrevia com precisão o quanto algo ou alguém era importante para outra pessoa. Sem contar que isso seria como tentar fingir que o sol não existe ficando dentro de casa o tempo todo – algo ridículo e fútil. Mesmo sem reconhecer o sentimento, eu o tinha experimentado naquela noite e, se eu fosse honesto comigo mesmo, teria de reconhecer que também tinha experimentado aquilo todas as noites que se seguiram. Estava passando por isso exatamente naquele instante, só que agora o sentimento estava misturado com dor, porque a garota dos meus sonhos não estava mais sentada ao meu lado naquela carruagem. Estava completamente fora do meu alcance.

Naquela noite, acabamos ficando na carruagem durante o passeio completo, e em algum momento no meio do caminho tínhamos começado a nos beijar. Nenhuma garota que eu já beijara antes se parecia com Anna. Seus lábios eram muito macios… Só que eu já tinha beijado garotas com lábios macios antes. Com Anna era mais do que isso. Era como se seus lábios tivessem sido especificamente moldados para se encaixar com os meus. Como se fôssemos yin e yang, mesmo quando estávamos separados por milhares de quilômetros. E quando nos encontrávamos novamente e nossos corpos se uniam nós sentíamos… fogos de artifício.

Aquela noite tinha sido excitante; seus dedos acariciando minha barriga debaixo da camisa fora revigorante; os fios dos seus cabelos voando ao vento e me acariciando o rosto tinham sido intoxicantes. A noite foi perfeita. E quando finalmente conseguimos voltar para o meu carro, eu a levei para o seu apartamento e trepamos como coelhos. Essa foi só uma das muitas noites incríveis que eu tive com… com a minha melhor amiga. Minha alma gêmea, se é que essas coisas existem. E agora…

– Você está bem, Griffin? Vejo que não comeu nada e, pelo que eu me lembro das refeições que fazíamos juntos, você era sempre o primeiro a acabar. E voava na sobremesa enquanto todos os outros ainda estavam na metade. – Dustin disse isso brincando e, em seguida, sorriu para mim.

Eu não consegui nem mesmo fingir um sorriso em troca, muito menos depois daquela lembrança.

– Pois é… Acho que não estou com fome. Tive um longo dia. – Empurrando o prato, eu me levantei da mesa. – Obrigado pela refeição, mãe. Eu simplesmente não consigo comer.

Ela fez que sim com a cabeça. Fui direto para o meu quarto, fechei a porta e me sentei na cama.

Eu nunca tinha me sentido tão derrotado e deprimido antes, e não tinha ninguém com quem compartilhar tudo. Chelsey era a pessoa com quem eu me sentia mais à vontade para conversar, mas agora que Dustin voltara... Eles tinham ficado separados por tanto tempo... Eu não queria mantê-los separados por mais tempo, muito menos pelos meus problemas de merda. De qualquer modo, não era com Chelsey que eu queria estar conversando de verdade. Nada disso. O que eu queria naquele momento era a minha melhor amiga.

Pegando o celular, fiquei olhando para ele durante uns vinte minutos. Meu dia tinha sido uma bosta, e ouvir a voz de Anna agora seria um grande alívio para mim. Isto é, supondo que ela tivesse algo de bom para me dizer. De qualquer modo, em algum momento nós teríamos que voltar a falar sobre... nós dois... certo? Era melhor resolver logo aquilo. Só que... E se a solução dela para o nosso problema fosse acabar tudo de uma vez? E se ela estivesse mais feliz sem mim? Ou que se ela só quisesse um pouco de espaço para respirar e minha insistência a levasse além dos limites? Eu não fazia a mínima ideia do que deveria ou não fazer. Navegava em águas completamente estranhas e estava me afogando.

— Foda-se! — murmurei. — Encontrei seu número e liguei. Autocontrole nunca tinha sido um dos meus pontos fortes, mesmo.

Quando ela atendeu à ligação, abri a boca para falar, mas tornei a fechar na mesma hora ao notar que era uma mensagem de voz. Pensei em lhe deixar um recado, mas decidi não fazê-lo. Se ela estava me ignorando, nem iria se dar ao trabalho de ouvir o que eu tinha a dizer. Podia ser teimosia minha, com certeza, mas ela teria de atender à chamada pessoalmente se quisesse me ouvir.

Pensando em driblar seu sistema de segurança, liguei para a casa de Kellan. Sequer me dei conta de que Kellan poderia atender até que alguém pegou no fone. Um flash de pânico me atingiu enquanto eu esperava uma saudação qualquer. Que diabos eu iria dizer para ele?

Dessa vez, para variar, a sorte estava do meu lado e uma voz feminina respondeu.

— Alô?

— Ahn... Oi! Aqui é o Griffin. É a Kiera que está falando?

Houve uma pausa e eu me perguntei se teria acabado de ouvir a voz da minha mulher sem perceber. Isso acontecia, às vezes. Anna e Kiera tinham vozes muito parecidas. Mas por fim ela respondeu:

— É... Oi... Sim, é Kiera.

— Ahn... Tudo bem? Anna está por aí? Posso... falar com ela? — Eu não tinha certeza do motivo de as palavras estarem saindo da minha boca com tamanha hesitação. Eu normalmente pedia o que queria sem pestanejar. Só que sentia como se todo o meu mundo tivesse virado de cabeça para baixo nos últimos dias, e eu era uma sombra do que costumava ser.

— Escute... Anna saiu...

Minha garganta se contraiu. Com um cara? Quis perguntar, mas, se Kiera dissesse que sim, eu estaria no próximo voo para Seattle. E, depois que eu descobrisse quem era o filho da puta que achava que podia se encontrar com a minha mulher, eu o espancaria até transformar seu rosto numa gosma irreconhecível. Então eu iria para a cadeia e nunca mais veria minhas filhas novamente. A possibilidade de eu passar algum tempo na prisão foi o único motivo de eu ter permanecido em silêncio.

Percebendo o meu constrangimento, Kiera pigarreou para limpar a garganta.

— Estou tomando conta das crianças para ela — explicou. – Você quer falar com elas?

Um calmo acalanto pareceu me envolver quando pensei em ouvir suas vozes doces.

— Quero. – A palavra saiu como um guincho afeminado, e eu tive que limpar a garganta antes de tentar falar novamente. – Quero, sim, por favor.

O tom de súplica em minha resposta deve ter comovido Kiera. Sua voz ficou espessa de compaixão quando ela me disse que iria chamá-las.

— Espere! – pedi, impedindo-a de sair da linha. – Antes de você ir… Anna… Ela está… ok?

Kiera deixou escapar um longo suspiro.

— Está se aguentando. E por aí? Você está bem, Griffin?

Suas palavras me bateram na boca do estômago. Eu estava bem? Já nem fazia ideia, mais.

— Sim, eu estou… – Minha voz sumiu quando a desolação do quarto vazio me atingiu na cabeça. Meu quarto vazio, minha vida vazia. – Não… a minha vida está uma merda sem todo mundo… – Eu não sabia se me referia a Anna, a minhas filhas ou à minha banda. Acho que quis dizer exatamente o que a expressão "todo mundo" deixava implícita. *Todos eles* tinham um pedaço de mim e, com todos eles fora da minha vida, eu estava morrendo por dentro, pouco a pouco, dia após dia.

Com um suspiro rouco, grunhi:

— Você poderia colocar Gibson na linha, por favor?

Eu já tinha morrido o suficiente para um dia, e não queria deixar que Kiera visse mais da minha dor.

SOFRIMENTO

Três semanas se passaram no meu emprego sugador de almas, até que eu finalmente me acostumei com aquele trabalho. Minhas mãos já não ficavam em carne viva no final do dia. Elas estavam com belos calos cuidadosamente construídos. Aquilo era ótimo, para quando eu batia umazinha. Só que não... Isso era só mais uma das coisas que me faziam sentir falta da Anna.

Bocejei seis vezes seguidas enquanto dirigia para o trabalho. Ainda não tinha ajustado meu relógio biológico àquela hora esquecida por Deus, e nunca o faria. Ninguém deveria estar acordado tão cedo, a menos que a pessoa estivesse chegando de alguma festa na noite anterior. Só que meus dias de festa tinham terminado. Geralmente eu passava em algum bar depois do trabalho por uma ou duas horas, só para relaxar um pouco antes de enfrentar o caos eterno da casa dos meus pais. Depois que voltava, despencava na cama para poder recomeçar tudo no dia seguinte.

Eu nem mesmo tinha aproveitado minhas folgas semanais para sair e fazer alguma coisa. Simplesmente não sentia vontade. Queria só que cada dia passasse depressa, isso era tudo que me importava agora. Às vezes o simples passar das horas era um tormento.

Aguente firme e vá em frente... amanhã será certamente melhor.

Só que nunca era.

Eu sempre tinha conseguido tirar o melhor das situações, acompanhar o fluxo, encontrar alegria nas coisas mais estranhas. Agora, porém, o único ponto brilhante no meu dia era pensar em Anna e nas meninas. Enquanto eu continuava no meu trabalho servil de apertar parafusos, um depois do outro, tinha devaneios com elas.

As lembranças, na maior parte das vezes, se emaranhavam em minha mente e me levavam à época em que Anna e eu tínhamos decidido morar juntos. Bem, na verdade, não decidimos, simplesmente assumimos a realidade que já existia. Isso fazia todo o sentido, uma vez que já estávamos casados. E tínhamos uma filha. A decisão final aconteceu depois da turnê que os D-Bags fizeram com Sienna Sexton, quando nós todos fizemos a longa volta para casa depois que o Kellan se machucou. Eu continuava morando com Matt até então, mas parecia estranho voltar para lá e deixar Gibson e Anna sozinhas no apartamento dela. Mais que estranho, parecia errado. Ela era minha esposa e eu queria estar com ela.

Então nos mudamos de vez para o novo apartamento. Anna levou Gibson, enquanto eu carreguei o resto das nossas malas. Estava com os bofes para fora quando cheguei à porta. Apesar de sermos só três, ainda tínhamos uma tonelada de lixo, mesmo depois de já termos enviado um monte de tralhas para casa.

— Aqui está sua casa nova, meu bebê — balbuciou Anna com Gibson, balançando lentamente a cadeirinha do carro da esquerda para a direita, mostrando à nossa filhinha seu novo espaço.

O apartamento de Anna era ótimo enquanto estávamos só nós dois nele, mas de repente tudo pareceu apertado.

— Precisamos mudar para um lugar maior, onde Gibby possa correr e brincar. Algum lugar com uma piscina. — As malas e bolsas caíram dos meus ombros, bateram no chão e ficaram empilhadas. Massageei os ombros doloridos. — E uma banheira de hidromassagem.

Com uma risada sedutora, Anna olhou para mim.

— Não sei… Gosto do ambiente acolhedor que temos aqui.

Pegando a cadeirinha dos braços de Anna, coloquei Gibson no chão com cuidado. Enlacei a cintura de Anna e disse:

— Eu também gosto, mas o que vai acontecer com os outros? Vamos nos sentir morando numa caixa quando eles chegarem.

Anna uniu as sobrancelhas, com ar confuso. Não sei por que, mas sua expressão me excitou.

— Que outros? — quis saber.

Eu me inclinei na direção dela e chupei seu lábio inferior com força.

— Os outros filhos que vamos ter.

Ela soltou um gemido erótico que pareceu muito sensual para os ouvidos jovens da nossa filhinha. Fiquei de pau duro na mesma hora.

— Hummm… você quer mais filhos? — ela me perguntou, com a voz rouca.

Pressionando meu corpo ansioso contra o seu quadril, grunhi:

— Quero. Vamos começar agora…

Anna riu quando meus lábios se colaram no seu pescoço, mas logo me empurrou com suavidade. Com os olhos verdes muito sérios, perguntou mais uma vez:

— Você quer mais filhos? Sério mesmo?

Olhei para a minha filha... meu anjinho perfeito... e um sorriso de paz se amplificou em meus lábios

– Quero. Torço para ter mais miniversões de você. Umas dez, pelo menos... E talvez uma ou duas miniversões de mim. – Eu lhe lancei o meu sorriso do tipo "sou bom de cama" e ela o retribuiu, mas seus olhos estavam mais úmidos do que antes.

– Você quer umas dez cópias de mim?

Apertando-lhe as bochechas com os dedos, assenti.

– Qualquer número menor que esse seria um crime contra a humanidade. Você é perfeita... Seu DNA deveria ser replicado indefinidamente...

Ela me beijou com força, colocamos Gibson para tirar um cochilo em seu quarto para podermos nos dedicar à tarefa de lhe conseguir um irmãozinho ou irmãzinha no nosso quarto. Não muito depois disso, nos mudamos para nossa casa faraônica junto do lago. A casa dos meus sonhos, junto da garota dos meus sonhos. Só que agora o sonho tinha acabado.

★ ★ ★

Quando meu turno terminou, eu não tinha vontade de ir para casa. Na boa, não tinha vontade de fazer nada. Passar a noite na fábrica não era uma opção e então, mesmo sujo e com o corpo dolorido, eu me arrastei até o estacionamento. Talvez fosse até o bar local para afogar minhas mágoas em uísque. Isso não resolveria nada, mas talvez removesse por algum tempo a nuvem de desespero que me envolvia; eu já nem me sentia mais como eu mesmo. E também mal me parecia comigo. Havia olheiras debaixo dos meus olhos, buracos nas minhas roupas, bolhas em todos os dedos; sujeira, graxa e suor em cada centímetro do meu corpo. Chelsey tinha me ajudado a trazer de volta o meu cabelo louro depois que Anna foi embora, pois vê-lo crescer sem controle a deixava louca; só que, como o resto de mim, a cor natural era sem graça, sem brilho, e eu juro por Deus que meu cabelo parecia estar embranquecendo.

Enquanto arrastava os pés pelo asfalto, pensei que talvez fosse melhor eu ir para casa tomar um belo banho de chuveiro de uma hora. Foi quando o céu se abriu e pareceu vomitar pesados pingos de chuva em cima de mim. Balançando a cabeça para os lados, olhei para aquele aguaceiro repentino que, aos poucos, levava embora até a minha vontade de viver.

Vá à merda, universo, não era esse banho de chuveiro que eu queria.

Meus colegas caminhavam ao meu lado com dificuldade através do toró, caminhando em direção aos carros como se fossem robôs. Acima do barulho da água que caía, ouvi um deles me chamar pelo título de uma das músicas aos gritos:

– Ei, Pau-leira... aquela não é a sua garota?

Eu já estava acostumado a ser zoado no trabalho e nem me incomodava com o apelido. Mas meu coração disparou ao ouvir essas palavras. Puta merda. Anna estava ali? Será que tinha me perdoado? Virei para onde o colega apontava e, por um segundo, minha visão escureceu e eu pensei que fosse desmaiar. *Era* ela. Anna estava ali... para me salvar daquele inferno. Graças a Deus...

Eu estava prestes a gritar o nome dela quando meus olhos cansados e doloridos perceberam que eu me enganara. Meu coração despencou no chão e ficou ao lado dos meus pés cansados... não era Anna. Era Kiera. Que diabos Kiera estava fazendo ali?

Eu não tinha ideia da resposta. Ela estava de pé atrás da van do meu pai segurando um enorme guarda-chuva preto e tremia muito, como se estivesse morrendo de frio, ou nervosa. Parece que também não tinha certeza do que estava fazendo ali, mas seu rosto se iluminou quando me viu. Por um breve segundo, pelo menos. Quando a minha aparência atual se tornou mais clara, sua jovialidade esmaeceu. Merda! Eu não queria que ela me visse assim. Não queria *mesmo*. Não queria que ninguém me visse daquele jeito. Falido. Sem esperança. Derrotado. Um espectro pálido do que eu tinha sido.

Senti náuseas enquanto caminhava na direção de Kiera. Ela ergueu a mão em saudação e eu retribuí o gesto sem muita empolgação. Tentei andar do modo mais casual possível, mas a curiosidade já me devorava. O que ela poderia querer comigo?

Ela mordeu o lábio inferior enquanto me avaliava, e quando chegamos suficientemente perto um do outro, perguntou:

– Você está bem? – Seus olhos estavam brilhantes, como se estivesse prestes a chorar... por mim. Isso foi quase tão chocante quanto ela estar ali.

Em vez de responder à sua pergunta, eu também lhe fiz uma.

– O que você está fazendo aqui? Veio para tripudiar? Ver o tamanho da minha queda? – Apontei para o prédio da fábrica, sujo e manchado em meio ao dilúvio atrás de mim. Se ao menos a chuva varresse do mundo, por completo, aquele lugar infernal... Infelizmente, isso não era possível... e eu precisava muito daquele emprego.

A expressão de Kiera mudou para incredulidade.

– Não, claro que não. Eu estava preocupada com você. Vim só saber se você estava bem. E agora... Já não tenho tanta certeza de que você está numa boa. – Seus olhos analisaram atentamente o meu rosto e ela deu um passo para frente. Ficamos ambos debaixo do seu guarda-chuva gigantesco; alguém me abrigar pareceu estranhamente agradável naquele momento. Fiquei com um nó na garganta.

Engolindo em seco, acenei como se quisesse afastar sua preocupação.

– Estou numa boa. – Eu sorri e isso doeu. Eu estava tudo, menos bem. Analisando o rosto de Kiera, perguntei: – Por que você veio ver como eu estava? Você me odeia.

Um rubor de culpa cobriu suas feições.

— Eu não odeio você, Griffin. Posso não gostar *sempre* de você, mas não o odeio. — Ela suspirou longamente. — Mas minha irmã ama você, e foi por isso que eu vim até aqui. Ela está arrasada sem você, Griffin. Todos eles estão... Anna, as meninas... os rapazes. — Ela deu de ombros quando seu olhar baixou e pousou no asfalto.

Senti como se ela tivesse acabado de pegar uma pedra no chão e rachado minha cabeça com ela. Eles *todos* estavam arrasados? Sem *mim*? Quis acreditar, mas... Eles não estavam exatamente batendo na minha porta, desesperados, me pedindo para voltar. Nenhum deles...

— *Ninguém* ficou arrasado com a minha ausência. Ninguém sequer se importou quando eu caí fora. Estou morando aqui há mais de um ano e você foi a única que veio me ver. — Quis cruzar os braços sobre o peito e ficar lá em posição de orgulho e desafio, mas não consegui. Não me restara orgulho algum.

Franzindo a testa, Kiera apontou para o meu carro.

— Podemos ir a algum lugar calmo para conversar? De preferência, um lugar seco? — Ela olhou em volta, debaixo do guarda-chuva. — Sua mãe me avisou que ia chover muito quando eu lhe perguntei onde poderia encontrá-lo. Eu não acreditei nela, na hora, mas olha só... Ela é uma mulher esperta. — Seus olhos voltaram para os meus e eu consegui ver o elogio genuíno neles.

Concordei com a cabeça.

— Sim, ela é esperta. Só que, pelo visto, sua esperteza não passou para os filhos. Pelo menos não para todos.

Os olhos de Kiera se arregalaram de surpresa; ela provavelmente nunca tinha me ouvido falar mal de mim mesmo e me colocar tão para baixo. Como não queria ouvi-la dizer que aquilo não era verdade, quando nós dois sabíamos que era, peguei as chaves do carro.

— Há um vagão-restaurante nas proximidades. Você está com fome?

Eu não ia aguentar comer nada. Minha boca parecia estar cheia de cinzas, mas Kiera tinha acabado de viajar durante horas para chegar até ali e... como eu acabei de me lembrar... estava grávida. Obriguei-me a sorrir.

— Você está grávida, é claro que está com fome. Por falar nisso, parabéns... Aposto que Kellan está todo empolgado. — Ver o brilho que envolveu Kiera me fez lembrar que Anna queria outro bebê. Nossa, como eu sentia falta dela.

Kiera riu enquanto esfregava a barriga sob a jaqueta.

— Obrigada... Sim, nós dois estamos empolgados. O bebê vai chegar em novembro. Vai ser uma menina dessa vez. Anna está alucinada, me ajudando com as compras para minha filhinha e... — Parou de falar, como se percebesse que ouvir falar da minha mulher poderia me machucar. E foi como uma faca na barriga, machucou mesmo. Porra, será que aquilo nunca mais iria parar de doer?

Como queria me afastar o mais depressa possível daquele buraco alagado, abri a porta do carro e ajudei Kiera a entrar. Fui dirigindo até o vagão-restaurante muito pitoresco, que ficava a dois quilômetros de distância, e nos instalamos em uma das mesas bem no fundo. Kiera pediu uma refeição e eu pedi café; até eu saber o que ela queria comigo, não conseguiria comer. Enquanto esperávamos os pedidos, Kiera se preparou para dar o seu recado.

Sorriu para mim e franziu a testa.

— Antes de qualquer coisa, quero esclarecer algo que você disse no estacionamento. Os rapazes se importam *muito* com você, Griffin. Só que... Todo mundo tem andado muito ocupado ultimamente, e... Bem, eles são tão orgulhosos e teimosos quanto você. Entenda que você os prejudicou quando saiu da banda. Não, foi mais do que isso... você os esmagou.

Uma resposta irônica surgiu no meu cérebro, mas eu a deixei sumir e continuei ali sentado com a cabeça baixa. Sim, eu os tinha magoado e sabia disso. Kiera colocou a mão no meu braço e eu olhei para ela.

— Ainda há esperança nessa situação, não desista.

Balançando a cabeça, indiquei minha roupa encardida e o restaurante meio caído, que era o melhor que eu podia pagar.

— Olhe para mim, Kiera. Eu perdi tudo que tinha, estou morando com meus pais e com as contas tão no vermelho que até o meu mijo é vermelho; faço um trabalho que odeio só para conseguir sobreviver e... Perdi minha mulher, meus melhores amigos e minhas filhas. Que esperança pode haver? Como seria possível reparar todos esses danos?

Sua expressão foi firme, mas solidária.

— É por isso que estou aqui. As coisas têm sido muito duras para os D-Bags desde que você partiu. Denny me disse que comentou alguns dos problemas deles com você, mas provavelmente não descreveu toda a situação. Você tem acompanhado o noticiário?

Com um suspiro, balancei a cabeça novamente.

— Não, desde que meu programa de TV fracassou eu me desliguei do mundo. Já tinha me desligado antes disso, na verdade. Depois que eu deixei a banda... Não quis ouvir mais nada a respeito deles. Aquilo me machucava, entende? — Eu me senti estranho ao admitir algo tão pessoal para Kiera, mas ela simplesmente assentiu.

— Sim, entendo. Kellan e os rapazes meio que se sentiram da mesma forma a respeito de você. Mas precisavam ir em frente para manter a banda viva. — Ela deixou escapar um longo suspiro. — E não tem sido fácil. Houve uma reação negativa *enorme* quando você saiu. Os fãs ficaram magoados, confusos... até mesmo com raiva.

Lembrei-me de alguns deles me hostilizando e vaiando no Pete's e fiz que sim, lentamente.

— Pois é, eu sei.

Kiera sacudiu a cabeça para os lados.

— Não, acho que você não faz ideia. Muitas pessoas ficaram com raiva de você por ter saído, mas o pior é o grupo formado pelos seus fãs radicais, Griffin... Eles estão transformando a vida dos outros componentes num verdadeiro inferno.

Essa informação me deixou chocado.

— Eu tenho fãs radicais?

Fazendo uma careta, Kiera assentiu.

— Tem. E eles são muito barulhentos e leais. Começaram a assediar os rapazes de forma violenta por eles terem afastado você da banda. — Ela fechou os olhos por um segundo e balançou a cabeça. — A coisa ficou tão pesada com alguns deles que Evan e Matt tiveram que pedir medidas liminares na justiça para mantê-los longe. — Ela não conseguiria me surpreender mais se tivesse contado que meu programa de TV tinha sido ressuscitado e era um sucesso.

— Medidas liminares? Eles... Eles estão bem?

Seus olhos se abriram lentamente, como se ela estivesse morta de cansaço.

— Sim, estão numa boa. Mas é que a coisa foi muito intensa por um bom tempo. O problema é que esse grupo aumentou e se espalhou, e agora em cada evento que os D-Bags tocam aparecem manifestantes. Eles protestam contra o que a banda fez com você. Havia alguns deles até no VMA.

Eu tentei recordar aquela noite, para ver se tinha reparado em algo estranho, mas estava muito bêbado ao chegar e não consegui me lembrar de coisa alguma desse tipo.

— Uau! — foi tudo o que consegui dizer.

Kiera me deu um meio sorriso.

— Pois é. E quando a banda finalmente encontrou alguém para substituir você os manifestantes fizeram tanta pressão contra o novo componente que o cara não aguentou... e saiu. — Com um suspiro, deu de ombros. — Graças aos seus fãs fanáticos, cada músico que a banda contratou para substituir você jogou a toalha. A banda não consegue mais ir em frente. Eles não podem mais fazer turnês, não conseguem gravar outro álbum... A vida tem sido um inferno.

Olhei fixamente para a minha caneca de café enquanto a culpa se agitava dentro de mim.

— Eu não tinha ideia de que eles estavam nesse sufoco.

Por que eles não me ligaram?

Eu soube a resposta para essa pergunta no instante em que ela surgiu. Eles também não aceitavam admitir a derrota. Estávamos todos nos afogando na porra do nosso próprio orgulho.

Kiera suspirou e eu olhei para ela.

— As vendas caíram em todos os níveis e a banda está em sérios apuros. Kellan tem até mesmo falado em dissolução… todo mundo se separa e cada um vai cuidar da sua vida…

Meus olhos ficaram tão arregalados que meu rosto doeu. Não! Não era isso que eu queria.

— Eles vão se separar? Kellan provavelmente conseguirá fazer uma carreira solo, mas Matt… e Evan… O que eles vão fazer se a banda acabar? — Fiquei tão preocupado com eles que meu coração começou a bater com mais força.

O sorriso pacífico de Kiera fez com que eu me sentisse um pouco melhor. E as palavras que disse em seguida também.

— Denny convenceu Kellan a tentar uma última cartada para substituir você, então a banda não vai se separar; pelo menos por ora.

Suas palavras eram agridoces. Eu não queria que a banda se separasse, realmente não queria, mas também não estava exatamente empolgado em saber que o principal objetivo deles continuava sendo me substituir. Sentindo-me mal-humorado, perguntei:

— Ah, é? E que cartada é essa que Denny bolou?

Ela me surpreendeu um pouco ao abrir um sorriso.

— Por ironia do destino, é um programa de TV. Um especial de TV, seria uma definição mais acertada. — Minha expressão deve ter sido de completa perplexidade, porque ela continuou explicando. — Denny acha que se houver uma disputa pública, ao vivo, para escolher um substituto para você… uma competição onde os fãs poderão se expressar pelo voto, os seus fãs radicais serão mais receptivos com o escolhido.

Meu cérebro parecia gelatina enquanto eu processava aquela nova configuração. Eles iam me substituir na TV em rede nacional? Até que fazia sentido, pois foi assim que eles tinham me perdido…

Enquanto eu processava a informação Kiera me disse, com a voz calma:

— Eles estão fazendo testes pelo país todo… Estou surpresa de você não ter ouvido falar disso.

Com um suspiro, expliquei:

— Eu ando muito preocupado. — Tentar manter minha cabeça fora d'água o tempo inteiro é um emprego de tempo integral.

Kiera me deu um sorriso solidário.

— A última rodada vai acontecer aqui em Los Angeles… começa daqui a duas semanas. — Com uma sobrancelha erguida, acrescentou: — Os testes são abertos para qualquer pessoa que queira participar. Tudo que ela tem a fazer é aparecer e terá uma chance.

Pelo olhar no seu rosto, ficou claro o que ela queria me dizer… Eu poderia aparecer por lá. Poderia fazer um teste. Poderia enfrentar os caras como se fosse um participante em busca de um emprego. Eu poderia começar de novo. Se tivesse coragem suficiente. A conversa com a minha irmã passou pelo meu cérebro cansado.

O que eu faço agora, Chelse?

Você deve ir atrás do que perdeu… mesmo que tenha de rastejar na lama para conseguir isso.

Para quem já se sentia chafurdando na lama desde que Anna foi embora, rastejar parecia fácil.

Sorri para Kiera com ar agradecido e fiz um pequeno aceno com a cabeça para saber que eu tinha entendido o que ela havia sugerido.

– Obrigado. Muito obrigado por você ter vindo até aqui só para ver como eu estava e me contar isso. Você não sabe o quanto estou grato. – Bondade e compaixão de qualquer tipo eram mercadorias muito raras, algo a ser valorizado. Eu compreendia isso, agora.

Quando ela me olhou, seus olhos me pareceram tristes. Eu devia estar com um aspecto realmente patético, uma pessoa completamente diferente. Provavelmente era, mesmo. Com uma voz suave e cheia de compaixão, ela declarou:

– Tenho certeza que você e Anna ainda podem acertar tudo. Ela é louca por você.

E eu sou louco por ela.

– Espero que sim – disse eu, e desviei os olhos. Algo me ocorreu e eu tornei a olhá-la. – Os rapazes sabem que você está aqui, me contando tudo isso?

Será que eles queriam que eu fizesse o teste?

Kiera deu de ombros.

– Kellan sabe. Foi ele que reservou minha passagem. – Ela piscou depressa e suspirou: – Mas não acredito que ele vá contar algo a respeito para os outros. Ele não quer que você se sinta pressionado.

Assenti com a cabeça. Isso foi legal da parte dele. Não era exatamente uma surpresa… Kellan era uma pessoa boa.

– Obrigado. E quanto a… Anna sabe que você está aqui?

Kiera esperou alguns segundos, mas logo balançou a cabeça para os lados.

– Não. Eu não lhe contei nada. Ela está morando sozinha agora, você sabia? – Quando eu fiz que não com a cabeça, ela suspirou. – Pois é, ela alugou um apartamento para ela e as meninas, e conseguiu seu emprego de volta no Hooters. Eu disse que ela poderia ficar com a gente durante o tempo que fosse necessário, mas ela preferiu morar sozinha. Você sabe o quanto ela é teimosa. – E riu.

Eu sorri também.

– Sim, eu sei… nós dois temos isso em comum.

A garçonete chegou com a comida de Kiera e ela sorriu ao olhar para o seu bacon com ovos. Já dera umas duas garfadas na comida antes mesmo de a garçonete ir embora.

Seu apetite exagerado me fez sorrir, mas também me trouxe dolorosas lembranças dos desejos que Anna tinha quando estava grávida.

— Escute, Kiera — disse eu, agitando meu café com a colher, sem tocá-lo. Quando ela olhou para mim, eu me encolhi. — Por favor, não conte nada disso para Anna. — Apontei para o meu visual rasgado, sujo e desarrumado. Kiera parecia prestes a protestar, mas eu a cortei. — Estou falando sério. Não quero que ela se preocupe comigo.

Kiera pensou nisso por alguns instantes e depois assentiu. Para deixá-la mais tranquila, acrescentei:

— Vou ficar numa boa, Kiera, não precisa se preocupar. — E, pela primeira vez em muito tempo, eu realmente acreditei nisso.

Capítulo 23
O QUE FAZER?

Quando Kiera e eu voltamos para casa, eu lhe ofereci o meu quarto para ela passar a noite. Com lábios curvados de aversão à ideia, ela ensaiou um não, mas logo olhou ao redor com olhos arregalados de descrença. Na mesma hora, eles se encheram de lágrimas, mas em poucos segundos ela as limpou do rosto. Eu não comentei o que vi, mas sabia o porquê de ela ter ficado tão comovida. Entrar no meu quarto sempre me emocionava também.

Havia algum tempo eu tinha transformado meu espaço numa espécie de santuário para a minha família. Tinha recolhido pela casa toda cada uma das fotos que minha mãe tinha de Anna e das meninas. Ela tirara muitas fotos ao longo dos anos, e agora cada uma das paredes estava coberta de reproduções ampliadas dos momentos congelados no tempo que mamãe havia eternizado. Havia imagens de Anna comigo antes do nascimento das crianças, na visita que lhe fizemos em Los Angeles, quando fomos gravar o primeiro álbum da banda. Essa também foi a ocasião em que Anna e os meus pais se conheceram oficialmente, embora eles já soubessem sobre ela, já que eu não falava de outra coisa. Anna estava grávida de Gibson nessas fotos, e havia uma aura de contentamento em torno dela que parecia cintilar em todas as fotos. Porra! Minha mulher era lindíssima.

Também havia fotos da festa que meus pais tinham dado quando fomos morar juntos. Gibson era uma coisinha minúscula nessas fotos. Anna usara um vestido sofisticado e parecia uma princesa. Uma princesa sensual, sedutora e sexy pra caralho. Uma dessas fotos mostrava Anna olhando para Gibson, em seu colo, e eu me emocionava cada vez que olhava para ela. Geralmente eu evitava olhar para essa foto por muito tempo.

A parede estava pontilhada por fotos de nós três em churrascos de verão, aqui e em nossa casa em Seattle, bem como por imagens de reuniões de Natal, feriados de

Ação de Graças e uma ou outra festa comum. Depois, a linha do tempo visual progredia para fotos de Anna segurando a mão de Gibson, quando estava grávida de Onnika. Apesar de seu rosto brilhar quando estava grávida de Gibson, ela irradiava uma luz toda especial durante a gravidez de Onnie. Também havia fotos tiradas logo depois do nascimento de Onnika, quando Anna estava feliz da vida e sem dores. A seguir vinham as imagens do batizado, momentos que eu realmente não tinha reparado enquanto eles aconteciam; Anna rindo com a sua irmã, meu pai girando Gibson no ar e minha mãe acariciando Onnika. E também algumas fotos deslumbrantes da cerimônia em si. Eu estava tão focado em alguma outra porcaria que tinha praticamente perdido todos os momentos. Esse era um tempo que eu não poderia conseguir de volta, lembranças que eu não seria capaz de recriar. Isso me irritava muito.

Como eu pude ser tão idiota?

A melancolia me invadiu quando os olhos arregalados de Kiera absorveram as imagens do meu quarto. Além da enorme variedade de fotos, eu tinha pregado na parede cada objeto significativo, cada fiapo de boas recordações que havia conseguido; uma barra de chocolate da marca favorita de Gibson, o invólucro de um vinho que Anna amava, um dos chocalhos de Onnika… um dos sutiãs de Anna. Meu quarto tinha virado um gigantesco e bizarro álbum de recordações. Eu não tinha certeza se isso era algo doce, psicótico ou patético. Talvez uma mistura dos três.

Como se estivesse descobrindo uma faceta diferente de mim, Kiera me olhou longamente e aceitou ficar no meu quarto. Limpando a garganta, dei de ombros, balancei a cabeça e agi como se tudo que ela acabara de ver ali no quarto não importasse grande coisa. Foi esquisito, porque, depois de Kiera fechar a porta, eu pensei em voltar atrás na minha oferta de deixar aquele espaço para ela por uma noite. Queria meu quarto de volta. Eu já tinha me acostumado a me sentir cercado pela minha mulher e pelas minhas filhas todas as noites. Elas eram o meu sistema de apoio, apesar de estarem tão longe de mim; mesmo desse jeito estranho, era doloroso ficarmos separados.

Peguei um cobertor e fiz minha cama no sofá. Foi impossível dormir. Muita merda inundava meus pensamentos. Desisti do repouso que não conseguia ter e me levantei; achei um papel de carta na escrivaninha da minha mãe e me recostei na cama.

As primeiras palavras foram fáceis. *Querida Anna…* Ir em frente é que me pareceu dificílimo. Eu nunca tinha colocado meu coração para fora antes, nem mesmo quando finalmente admiti a Anna que a amava. Anna e eu tendíamos a disfarçar merdas sentimentaloides e coisas banais desse tipo. Só que eu não conseguia mais evitá-las. Na sua ausência, todas as minhas emoções pareciam aumentar de intensidade a cada dia, e a barragem iria estourar em breve. Era melhor estourar *agora*.

Deixe que eu comece dizendo a você o que já deveria ter dito muitos meses atrás. O que eu deveria ter dito todas as manhãs quando acordamos juntos, e todas as noites antes de irmos para a cama: eu te amo. Eu te amo pra caralho...

As lágrimas já escorriam muito antes de eu terminar essa maldita frase.

★ ★ ★

Na manhã seguinte, acordei muito mais cedo para poder dar uma carona a Kiera até o aeroporto. Ela ia pegar o primeiro voo e voltar para cuidar de Ryder o mais cedo possível. Disse que preferia pegar um táxi, já que eu não conseguiria deixá-la no terminal e chegar ao trabalho antes do início do meu turno. Mas eu senti que era uma espécie de dever levá-la até lá, nem que fosse para me certificar de que ela chegaria sã e salva, já que tinha ido muito além do que eu imaginava só para saber como eu estava.

Como eu já acordava ao raiar do dia para me preparar para o trabalho, acordar ainda mais cedo me fez sentir como se eu voltasse no tempo e ainda estivesse acordado desde a noite anterior. Kiera também lutava contra a hora absurda, mas ficou mais alerta depois que eu lhe servi um pouco de café. Descafeinado, já que ela estava grávida.

— Estou surpresa de ver que seu organismo está conseguindo funcionar tão cedo, logo de manhã — declarou ela.

Com um sorriso, expliquei:

— Estou acostumado com isso agora... não que isso não seja uma bosta completa, porque é até pior do que parece.

Kiera riu e bocejou.

— Sim, é péssimo.

Sentindo-me tão próximo dela quanto, provavelmente, jamais estivera antes, eu novamente lhe agradeci por ter ido até lá só para me ver.

— Significou muito para mim que você tenha reservado um pouco do seu tempo para... vir ver como eu estava. Muito obrigado por isso.

Sorrindo, ela me disse:

— Você faria o mesmo por Kellan. — Seu sorriso se transformou numa expressão de dúvida. — Eu acho.

Apesar de suas palavras terem um fundo de verdade — eu era um sujeito muito voltado para meus próprios interesses —, a cara que ela exibiu me fez rir. Apertando os lábios, ela me perguntou, baixinho:

— E então, você está...? Você vai aparecer lá para fazer os testes?

Enquanto olhava para ela, refleti sobre o assunto. Eu ia aparecer?

— Não sei. Para ser franco… não sei.

Kiera assentiu, mas me pareceu triste.

— Pelo menos você vai voltar para Seattle? Para resolver as coisas com a Anna?

Suspirei.

— Gostaria de poder, mas estou atolado de trabalho até os olhos. Eu *preciso* desse emprego. — Ela não tinha ideia do quanto aquilo era verdade. Gostasse ou não, eu estava preso naquela situação.

Kiera abriu a boca e dava para ver que ela estava pensando algo como "o seu antigo emprego pagava mais"; só que ela fechou a boca e deixou as palavras no ar. Eu me perguntei se ela já havia considerado um detalhe que tinha passado pela minha cabeça. Aparecer para os testes não significava que eu conseguiria me tornar um D-Bag novamente. Isso não me garantia nada. Além do mais, ainda faltavam duas semanas e eu tinha contas para pagar. Não podia ir a lugar algum.

Seguimos todo o trajeto para o aeroporto num silêncio confortável. Ao chegarmos lá, Kiera me agradeceu quando abriu a porta para sair. Eu a interrompi quando ela ainda estava com metade do corpo no carro.

— Espere… — Enfiando a mão no bolso do meu casaco, peguei a carta que tinha escrito na véspera. Sabia que iria rasgá-la em mil pedacinhos se a mantivesse ali, e por isso a coloquei na mão dela. — Você poderia entregar isso a Anna, para mim? Por favor?

Notei a curiosidade nos olhos de Kiera, mas a carta estava em um envelope fechado. Ela não conseguiria lê-la antes de Anna. Porra! Será que eu queria que Anna a lesse? Kiera assentiu com a cabeça, pegou a carta de minha mão e foi nesse momento que eu entendi que queria, sim, que Anna lesse tudo. Claro que o texto era meloso, sentimental, algo que normalmente me provocaria ânsias de vômito… mas eu queria que Anna soubesse como eu me sentia. Como eu me sentia *de verdade*.

Quando Kiera fechou a porta e me acenou de leve, meu corpo pareceu mais leve, e a cabeça, mais clara. Talvez uma carta não fosse o bastante, mas eu finalmente senti como se estivesse fazendo algo de produtivo e positivo, algo… altruísta.

Acompanhei Kiera até ela desaparecer em segurança dentro do aeroporto, então saí dali voando para tentar chegar ao trabalho a tempo. Ou quase na hora.

Meu supervisor me deu uma bronca severa falando de pontualidade quando me viu chegar atrasado; explicou que aquele tempo não era meu, que eu estava basicamente roubando os minutos de atraso da empresa. E avisou que iria me demitir se eu fizesse daquilo um hábito. Que idiota hipócrita! Só que tudo em que eu conseguia pensar enquanto ele gritava comigo era a novidade de Kiera sobre os testes. Eu não sabia o que fazer.

Por mais que fosse atraente a ideia de eu me afastar alguns dias do trabalho e fazer testes para o posto que já tinha sido meu, eu sabia, no fundo, que não poderia fazer isso. Não dava para eu assumir mais um risco financeiro que pudesse me custar tudo; eu não tinha mentido quando disse a Kiera que precisava daquele trabalho. Se eu perdesse o emprego e não conseguisse o lugar de baixista na banda, como esperava – uma possibilidade real, uma vez que o resultado seria determinado pelos votos dos telespectadores, então eu estaria completamente fodido e mal pago; não haveria esperança alguma para mim. Por mais que eu quisesse, não poderia me arriscar a deixar o trabalho para ir fazer o teste para a banda.

Perceber tudo isso me deixou mais mal-humorado que o habitual, durante o meu turno. Por Deus, minha vida era uma bosta. Eu mal aguentava me lembrar da época em que achava impossível perder e apostara tudo que tinha, até mesmo o meu casamento. E agora que pintava uma nova chance, uma verdadeira, para variar, eu não podia me dar ao luxo de tentar. Eu me sentia muito perto de entrar em estado catatônico, de tão deprimido que estava quando saí para almoçar.

Analisei meus colegas de trabalho enquanto raspava o fundo da minha tigela de pudim. Vê-los e ouvi-los era como ter um vislumbre de meu futuro que, pelo que eu via ali, não ia ser nada bom. Quase todos os caras à minha volta lutavam para tentar pagar as contas do mês. Muitos deles bebiam toda noite para afastar os problemas e já estavam no segundo ou terceiro casamento. Eu detestava a ideia de *esse* ser o meu futuro.

Mas será que eu poderia correr mais um risco daquele tamanho? Assumindo que os rapazes me aceitassem para participar do show… algo que era uma grande dúvida, pois a maioria deles não gostava de mim no momento… o vencedor seria escolhido pelos fãs. E eles me odiavam *de verdade*… Eles me odiavam pela forma como eu largara a banda, odiavam o que eu tinha feito com os caras e… eu não os culpava por isso. Eu era um babaca egoísta que não tinha apreciado porra nenhuma do que a vida me dera. Eu não merecia estar na banda novamente. Não merecia estar com a Anna novamente. Não era bom o bastante para ter de volta nada do que tinha tido…

Só que as palavras de Kiera não me deixavam em paz.

Eles estão arrasados sem você… Eles se importam…

Dispensando o resto do almoço que eu não conseguia engolir, fechei os olhos e tentei pensar no que Anna iria querer que eu fizesse. Onde é que eu iria acabar se eu continuasse naquele emprego? Soube na mesma hora a resposta a essa pergunta. Eu ia acabar enfrentando os mesmos fracassos e sofrimentos que via à minha volta todos os dias. Perderia Anna, perderia as meninas… Perderia a minha família e, provavelmente, a minha sanidade.

Mentalmente, mudei o foco para a outra possibilidade daquela encruzilhada que surgira diante de mim. Onde é que eu poderia acabar, se fizesse o teste? Como se estivesse acordando do marasmo, só de pensar nisso, senti arrepios de esperança me formigando a pele. Eu poderia acabar me tornando um D-Bag novamente se a sorte estivesse do meu lado. Mas... se ela não estivesse? E se eu abandonasse o meu trabalho e perdesse o concurso? Como iria pagar minhas dívidas e sustentar minhas filhas? Por outro lado... sem a Anna e as meninas junto comigo... Qual seria a minha motivação para viver? Eu preferia passar a vida raspando moedas no fundo dos bolsos ou até mesmo pedir esmolas na esquina a passar o resto da minha vida sem elas. Se eu perdesse o concurso poderia começar tudo de novo. De alguma forma. E se eu, por algum milagre, ganhasse...

Abrindo os olhos, de repente eu descobri exatamente o que tinha de ser feito. Meu futuro estava com a Anna, com os D-Bags, com a minha *família*... se eles me aceitassem de volta.

Sentindo a esperança me aquecer o peito e se expandir, eu sorri. Foi quase doloroso, mas dei boas-vindas àquela dor.

Ok, Kiera. Eu vou participar dos testes.

Tentando ser inteligente pelo menos uma vez na vida, não desisti por completo do emprego. Em vez disso, pedi uma licença não remunerada. Se eu conseguisse passar nos testes iniciais e entrar no programa talvez largasse o emprego, mas se não conseguisse chegar tão longe eu teria algo para onde voltar. Fiquei orgulhoso de mim mesmo por ter arquitetado um plano B antes de pular do penhasco sem pensar.

Viu só, Anna? Estou aprendendo.

Mesmo assim, eu estava me cagando de medo. Se eu chegasse à final e perdesse o lugar teria de começar tudo de novo. O meu emprego dava um novo significado à palavra "merda", mas a verdade é que eles me pagavam bem e eu sabia que nunca conseguiria ganhar o mesmo salário logo de cara em outro lugar. Teria que trabalhar três vezes mais só para chegar perto. Mas, não, eu não poderia pensar desse jeito. Tinha de ser positivo... como costumava ser. Eu tinha condições de ganhar aquele concurso. Afinal, era para conseguir o *meu lugar* que eu iria concorrer. Era para isso que eu estive me preparando ao longo de toda a minha vida adulta.

Quando cheguei em casa naquela noite, havia um saltitar incomum no meu jeito de caminhar. Eu via uma pequena luz no fim do meu túnel muito escuro. Era só um pontinho, no momento, mas estava lá, e eu ia tentar mantê-la assim por quanto tempo eu conseguisse.

Minha mãe percebeu isso no instante em que me viu chegar, e meu pai pareceu detectar algo diferente quando minha mãe apontou para mim.

Indomável 315

— Você parece mais animado hoje. Alguma novidade? Você falou com Anna?

O meu entusiasmo diminuiu um pouco quando ela mencionou o nome da minha mulher. Será que Kiera tinha entregado a carta a Anna? Será que ela a tinha lido? Ou simplesmente a jogara fora, junto com a nossa história? Será que se emocionara ao ler o que eu escrevera ou já tinha definido caminhos separados para nós? Eu não poderia saber disso até nos falarmos, e talvez eu fosse um cagão por isso, mas ainda não queria conversar com ela, por enquanto. Queria me agarrar a esse minúsculo fio de esperança que alguém tinha colocado em meu caminho.

— Não... eu vou desistir do emprego.

Papai largou o jornal que lia. Mamãe deixou cair o cigarro. Quase. Ela o agarrou no último décimo de segundo e o colocou de volta na boca. Balançou a cabeça tristemente enquanto meu pai suspirava.

— Griffin, eu tive que mexer um monte de pauzinhos para você conseguir esse emprego. Seu currículo não é muito brilhante... Bem, não é exatamente o que a empresa procura.

Balancei a cabeça para os lados.

— Eu sei, mas não é o que eu quero.

Meus pais pareceram confusos. Sentei-me à mesa da cozinha e expliquei.

— Os D-Bags estão fazendo testes para me substituir.

Papai colocou uma das mãos no meu ombro e me deu tapinhas nas costas.

— Lamento ouvir isso, filho.

Afastei sua preocupação.

— Não, eles estão fazendo testes abertos... e eu vou fazer o teste.

Minha mãe ainda parecia confusa.

— Você vai fazer um teste para a sua banda... para ser o substituto de *si mesmo*?

Meu sorriso foi o maior que eu tinha dado em muito tempo. Eu me senti como se crostas de ferrugem estivessem rachando de cima do meu ombro e caindo no chão, expondo uma superfície brilhante por baixo.

— Isso mesmo. Vou fazer um teste para o meu antigo lugar e pretendo trabalhar pra caralho até obter isso. — Torcia para ser assim.

Mamãe abriu um meio sorriso, como se me apoiasse mesmo sem compreender por completo a situação. Meu pai franziu a testa.

— Ok, tudo bem. Mas por que você teve que largar o emprego? Não poderia fazer as duas coisas? Você não gosta de lá?

Deu para perceber pelo seu olhar que ele esperava que eu permanecesse no seu velho emprego. Talvez simplesmente quisesse um filho que seguisse seus passos, e tinha esperança de que esse filho fosse eu. De repente eu me senti mal por esmagar suas expectativas, mas aquele era o meu sonho e eu precisava correr atrás dele.

– Não, eu não posso, papai. Os D-Bags são um compromisso de tempo integral, e eles são o que eu quero. Tudo o que uma vez eu tive... e também tudo que eu quero. – Por que eu não poderia ter percebido isso mais cedo? Antes de ter perdido tudo? Porque eu não tinha visto de verdade o que tinha até perder de vez.

O outro bife parecia muito maior do que o que eu tinha na boca, só que ele não era real.

Por Deus, torci para que Kiera tivesse dado aquela carta para Anna...

– O que está acontecendo?

Eu me virei e vi Liam entrar na cozinha. Ele sempre aparecia para o jantar. Papai dizia que era porque ele odiava cozinhar, mas eu achava que ele simplesmente não gostava de comer sozinho. Liam não tinha um círculo muito grande de amigos.

Papai suspirou quando apontou para mim.

– Seu irmão largou o emprego que eu dei tanto duro para conseguir pra ele.

Liam não pareceu surpreso ao ouvir isso. Lancei um olhar fulminante para o meu pai antes de me virar para meu irmão novamente.

– Vou fazer testes para o concurso que os D-Bags estão promovendo para me substituir. Se eu entrar no programa, *só então* vou largar o emprego de vez. – Dei para o meu pai o meu melhor sorriso de "viu só?".

Liam ficou muito quieto e murmurou:

– Oh...

Sua voz foi tão estranha que eu me virei para olhar melhor. Ele tinha uma expressão ao mesmo tempo irritada e horrorizada.

– Que foi? – perguntei, cauteloso.

Liam olhou para os meus pais antes de olhar para mim.

– Bem... os testes são abertos para todos, eu ando à procura de algo que me dê mais visibilidade e pensei que seria uma boa ideia...

– Uma boa ideia fazer o quê? – exigi, com a voz firme.

Liam empinou o queixo.

– Vou fazer os testes também.

Meu primeiro instinto foi um sentimento de puro ultraje. Aquele era o *meu* teste, o *meu* trabalho, mas depois eu me lembrei... não era mais. Eu tinha desistido dele, e agora o lugar estava aberto para todos aqueles que se interessassem. Eu me afastei da mesa, e Liam recuou um passo, como se tivesse certeza de que eu iria atacá-lo. Mas eu não fiz isso. Estava tentando ser uma pessoa melhor, um cara mais maduro. E estava tentando crescer. Uma parte de conseguir isso passava por aprender a ser gentil e solidário. Eu queria o que fosse melhor para Liam, queria de verdade.

Estendendo a mão, eu lhe disse:

– Espero que consiga passar da primeira fase.

Liam pareceu chocado com as minhas palavras, mas eu estava sendo bem sincero. Mesmo se ele não ganhasse o concurso, o show iria acelerar a sua carreira de uma forma que nada mais o faria, e eu queria isso para ele. Finalmente, percebendo que eu falava sério, ele apertou a minha mão.

— Obrigado — ele me disse, mais calmo.

Percebi apenas sinceridade em sua voz, e sorri ao ouvir seu agradecimento.

— De nada.

★ ★ ★

As duas semanas que se seguiram passaram voando. Eu mal tive tempo para pensar e havia muito o que fazer. Ensaiar estava no topo da minha lista. Sempre que eu não estava no trabalho, era fácil me encontrar na garagem dos meus pais, soltando o som com solos no baixo ou como guitarrista principal. Tive de alugar os instrumentos, pois os meus tinham ido embora quando perdi tudo. Bem, tecnicamente foi Liam que os alugou, já que eu não tinha dinheiro nem para isso. Liam ensaiava em um enquanto eu tocava no outro, e depois trocávamos de lugar.

Liam já tinha tocado um pouco quando era garoto, mas não chegava perto de um instrumento fazia vários anos; estava ainda mais enferrujado que eu. Eu o ajudei a recuperar o tempo perdido dando dicas sobre acordes, notas, e lhe ensinando cada uma das canções dos D-Bags. Pelo menos as que eu conseguia lembrar de cabeça. Muitas delas tinham desaparecido da minha memória, um subproduto de eu não ter prestado atenção a elas durante anos. Por Deus, às vezes eu era mesmo um burro preguiçoso.

Mamãe abria sorrisos de orelha a orelha quando nos via ensaiando. Adorava ver seus filhos se dando bem. Chelsey e suas filhas também vinham nos assistir às vezes; em algumas ocasiões, elas batiam em panelas e frigideiras e cantavam as letras que lhes vinham à cabeça. Isso era um pouco irritante, mas eu ignorava tudo e focava na música. Se eu conseguisse manter a concentração no meio daquele tumulto, então conseguiria mantê-la no meio de qualquer barulho.

★ ★ ★

Antes de eu perceber, já estávamos no dia da primeira etapa. Quando chegamos ao local, no início da madrugada, a fila já dava a volta no quarteirão. As pessoas deviam ter acampado ali, esperando a abertura dos portões. Meu coração disparou quando fui para o meu lugar, no fim da fila. Atrás de mim, ouvi Liam dizer:

– Acho que vou vomitar, e olhe que nós ainda nem entramos.

Eu me virei para trás e coloquei a mão com firmeza em seu ombro.

– Você vai ser um sucesso! Aprendeu todas essas canções com alguém que fazia parte da banda. Isso vai lhe dar uma enorme vantagem sobre todo mundo que está aqui.

Liam engoliu em seco, mas logo sorriu.

– Todo mundo, exceto você.

Eu gostaria de poder acreditar nisso, mas tinha muita bagagem atravancando o meu caminho. Sob a minha ótica, aquela experiência era uma desvantagem.

– Posso conhecer as músicas, mas eu não acho que isso vá me ajudar. É preciso que os outros três componentes digam "sim" para eu poder ir para a próxima etapa e… até onde eu sei, o inferno ainda não congelou.

A irritação tentou transbordar de mim, mas eu a mantive presa lá dentro. O único jeito de aquilo dar certo era eu decepar o meu orgulho. E implorar. Percebi que tinha uma floresta densa de orgulho à minha frente para decepar, mas tudo bem. Aceitaria qualquer coisa para ter minha vida de volta.

Levou uma eternidade para a fila andar. Liam e eu nos distraímos batendo papo com os outros concorrentes. Havia um número surpreendente de garotas na fila. A princípio, imaginei que elas estivessem ali só para ver Kellan de perto, mas… talvez não. Todos com quem eu conversei conheciam o próprio talento. Na verdade, a maioria deles tinha mais técnica e sabia mais de música que eu. Eu poderia ter usado a experiência de muita gente ali quando estava gravando o meu álbum esquecido por Deus.

Liam tinha me ajudado a inventar um disfarce, por isso ninguém ali em volta realmente sabia com quem estava conversando. Meu irmão tinha achado que eu ficaria mais irreconhecível se pintasse o cabelo de ruivo num tom meio laranja. Afirmou que eu estava louro no início, quando a banda estourou, e depois moreno quando desistira do grupo ao vivo pela TV. A opção pelo cabelo ruivo era a única que me restara. No fundo, acho que ele só queria me torturar. Tinha conseguido emprestado algum material de um comercial recente que ele filmara; uma peruca ruiva com corte tão curto que eu fui obrigado a cortar à máquina meu cabelo verdadeiro… justamente quando ele estava novamente quase no ombro. Sem falar no cavanhaque ruivo, nas lentes de contato verdes e na tinta vermelha para a porra das sardas. Tive medo de ficar parecendo o Raggedy Andy, mas Liam sabia o que fazia, e quando ele terminou, eu parecia um sujeito com cabelo ruivo natural.

Houve uma comoção na fila, à medida que nos aproximávamos mais e mais da entrada. Muitas pessoas tinham vindo de todas as partes do país para o teste, e alguns pareciam ter enfrentado muitos obstáculos para chegar ali. Ouvir suas histórias só piorava o meu pesar. Eu tinha recebido a fama pronta, entregue numa bandeja, e não tinha dado valor a ela até ser tarde demais. Essa era a história da minha vida.

Enquanto navegava com dificuldade naquele mar de esperança e possibilidades, tornou-se cada vez mais claro para mim que Matt esteve certo o tempo todo. Eu *tinha montado* na aba dos caras da banda, e era o único que lhes devia alguma coisa, e não o contrário. Eles tinham feito de tudo para transformar a banda no que ela se tornou, eu me aproveitara unicamente da fama, sem ter contribuído de verdade para merecer aqueles louros. Pois bem… Se eu ganhasse aquela competição, tudo iria mudar.

Como não queria nenhum tipo de distração, tinha deixado o celular na casa dos meus pais. Agora me arrependia disso, pois as lembranças de Anna me enevoavam a mente. Eu queria que ela estivesse ali torcendo por mim, me apoiando e me incentivando, mesmo que fosse só por telefone. Ela ainda não tinha ligado e eu não tinha tido coragem, ou tempo, para ligar para ela, então eu continuava sem ter ideia se Kiera tinha lhe entregado a minha carta ou não. Se tivesse entregado, o silêncio de Anna não era um bom presságio para o nosso futuro. Assim como os D-Bags, isso estava totalmente em suspenso. Algo a ser ainda determinado. Deus, eu odiava essas palavras.

Quando Liam e eu finalmente entramos, fomos conduzidos até uma das muitas mesas para registro. Quando eu observava as pessoas preenchendo toda aquela papelada, Liam me perguntou:

— Você vai se apresentar sob disfarce ou vai deixar que eles saibam que é você?

Vi quando os concorrentes entregaram suas carteiras de identidade para as pessoas atrás da mesa e suspirei. Eu não tinha levado uma identidade falsa junto comigo, então parece que seria obrigado a contar a verdade.

Liam me deu um aperto no ombro e suspirou.

— Olha, antes de fazermos isso, eu só queria que você soubesse que… Sinto muito por todos os comentários babacas que eu fiz. Eu só estava com muito… ciúme por tudo que você tinha; fui muito burro, mesquinho, e sinto muito. – Soltando a mão do meu ombro, analisou o chão. – É muito difícil ver alguém que tem tudo que a gente sempre quis, especialmente quando essa pessoa parece não reconhecer isso. – Ele ergueu a cabeça e me olhou novamente. – Mas eu me importo com você e foi errado da minha parte sentir o que eu senti. Basicamente, eu fui um idiota; sei disso e sinto muito.

Seu pedido de desculpas bateu fundo no meu coração e eu sorri.

— Sei que você é um merda, mas… muito obrigado. Acho que eu fiz a mesma coisa com os caras… por isso eu entendo você. Nós dois somos babacas… deve ser algum defeito genético.

Rindo, Liam me deu um tapinha nas costas.

— Com certeza!

ESPERANÇA

Liam e eu fomos chamados para as diversas mesas de inscrição ao mesmo tempo, mas eu lhe dei uma palmadinha de boa sorte antes de nos separarmos; não que essa etapa fosse difícil, era só papelada. A garota na mesa me entregou um número assim que me viu diante dela. Sorri ao olhar para o papel: 6969 – o meu número favorito.

— Nome? – perguntou, com os dedos parados sobre o teclado do laptop, prontos para digitar as informações.

Pigarreei para limpar a garganta e disse:

— Griffin Hancock.

Ela começou a teclar, mas logo parou e olhou para mim.

— Você está brincando comigo? – Ela me olhou de cima a baixo. Como Liam tinha feito um excelente trabalho de disfarce em mim, teve alguma dificuldade em reconhecer a antiga estrela do rock na pessoa que estava de pé diante dela.

Suspirei e balancei a cabeça. Inclinando-me um pouco, contei, quase num sussurro:

— Sou Griffin Hancock, ex-integrante dos D-Bags. Não quero que as pessoas me reconheçam e vim disfarçado. Tudo que eu quero é fazer o teste, como todo mundo.

Seus olhos se arregalaram, mas ela não acreditou de imediato e pediu:

— Posso ver a sua identidade, por favor?

Quando eu a entreguei ela quase engasgou.

— Ó meu Deus, é verdade mesmo! Você está ciente de que este é um concurso para substituí-lo, não está?

— Sim, eu sei de tudo. Posso preencher o formulário?

— Claro... – Ela o entregou na minha mão. Quando eu comecei a preenchê-lo com meus dados, ela quis saber: – Podemos gravar um depoimento seu antes do teste?

Indomável 321

– Quando olhei sem entender, ela explicou: – Algo para usarmos na divulgação, ao longo da transmissão, para ajudar o público a conhecê-lo. Não que eles já não saibam quem você é, obviamente. – Ela mal conseguia conter a empolgação. Era minha fã ou, mais provavelmente, alguém que reconhecia uma mina de ouro com potencial de aumentar a audiência.

– Claro. Por que não? – Quanto mais o público me visse e conhecesse a minha versão do drama, maiores seriam as minhas chances.

A garota olhou por sobre o meu ombro e estalou os dedos. Quando atraiu a atenção de alguém, apontou para mim e fez mímica com os lábios dizendo "ele é o próximo". Depois que eu lhe entreguei o formulário preenchido, ela me entregou o número e apontou para uma área de espera.

– Você será chamado quando a sua turma entrar no auditório. Por enquanto, espere ali para dar o seu depoimento. – Com um sorriso radiante, ela me estendeu a mão. – Eu não devia dizer isso, mas… Boa sorte!

Apertei a mão dela com minhas duas mãos.

– Obrigado. – Eu ia precisar de sorte.

Quando a câmera surgiu quase junto do meu rosto, o apresentador do programa perguntou:

– Então, qual é a sua história? Como foi que você veio parar aqui hoje?

Respirei fundo e disse:

– Meu nome é Griffin Hancock e estou aqui para conseguir meu emprego de volta.

Franzindo a testa, o apresentador do show olhou para o câmera.

– Corta! – ordenou ele, fazendo um movimento de cortar um pescoço com o dedo. A luz vermelha da câmera apagou. O apresentador se virou para mim muito irritado. – Escute, esse é um momento sério e importante do programa; foi feito para que a plateia conheça suas características e sua personalidade. Limite-se a dizer a verdade, ok? Qual é o seu nome?

Inclinando o corpo de leve para frente, eu disse:

– Griffin… Hancock. Sou o ex-baixista dos D-Bags, e vim aqui para conseguir meu emprego de volta.

O apresentador bufou e falou algo em seu comunicador de pulso.

– Sally, o concorrente número 6969… Quem é esse cara?

Vi seus olhos se arregalarem quando ouviu a resposta.

– Puta merda… – murmurou; estalou os dedos para chamar o sujeito com a câmera e gritou: – Comece a filmar agora mesmo! – Quando falou comigo de novo, seu tom era completamente diferente. – Griffin, essa é uma tremenda surpresa. Os rapazes sabem que você veio fazer o teste? Por que está disfarçado?

Encolhendo os ombros, fiz que não com a cabeça.

— Não, eles não fazem ideia de que estou aqui. Ninguém sabe que eu vim e quero manter as coisas desse jeito, por enquanto. É que eu... — Olhei para as mãos, incapaz de encará-lo. — Fiz um monte de burradas nos últimos tempos, mas abandonar a banda foi a maior delas. Quero só mostrar aos rapazes que vou levar as coisas a sério dessa vez. — Olhei para ele, por fim, com determinação na voz e na expressão. — Quero muito isso e vou fazer o que for preciso para conquistar meu lugar de volta.

— Excelente! Palavras inspiradas para um momento inspirador. Vamos torcer por você, Griffin. — O apresentador fez um novo sinal para o cara da câmera, mas eu o interrompi.

— Espere! Quero dizer mais uma coisa. — O rapaz se inclinou na mesma hora, parecendo intrigado. Olhando diretamente para a câmera, eu disse: — Se minha esposa estiver assistindo, quero que ela saiba que... Anna, você significa tudo para mim... Sinto muito por...

Não consegui completar a frase porque a droga da minha garganta travou. Fiz sinal dizendo que tinha acabado de falar e ele se despediu com palavras floridas sobre amores e mágoas. Quando a luzinha da câmera tornou a apagar ele estendeu a mão e me desejou sorte, como a garota já tinha feito. Absorvi tudo aquilo como uma esponja.

Uma hora depois o nosso grupo foi levado para o auditório. O local cheirava a tensão e todos à minha volta suavam frio. Apesar de eu ter certeza do que fazia, apesar de os caras do júri serem meus melhores amigos e mesmo sabendo que eu adorava ser o centro das atenções, senti como se fosse vomitar.

Liam e eu nos instalamos no fundo da plateia, para eu poder observar sem ser observado. Kellan, Matt e Evan estavam de frente para o palco, sentados atrás de uma mesa. Ouviam um sujeito que dedilhava uma guitarra fornecida aos concorrentes. Todos tinham dez tipos de instrumentos diferentes para escolher, além de baterias, teclados e vários outros equipamentos. A finalidade do teste era cada um exibir o seu melhor talento, e os D-Bags sabiam que isso poderia não envolver, necessariamente, um baixo.

Matt balançava a cabeça acompanhando a batida enquanto o cara no palco fazia um belo solo. Evan lançou olhares para Kellan e Matt, mas pelo sorriso em seu rosto dava para ver que ele gostou do concorrente. Eu entendi isso, porque o cara era realmente incrível. Porra! De repente eu me senti pouco à vontade por estar cercado de tantos talentos em estado bruto. Mas eu também era bom e sabia o que ia fazer. Isso devia valer de alguma coisa. Kellan era o único que parecia pouco impressionado com a apresentação. Quer dizer, talvez estivesse gostando, simplesmente não exibia isso. Sempre que eu olhava para ele, reparava que seu rosto permanecia sem expressão.

Quando o cara acabou, os três D-Bags o aceitaram para a próxima etapa. Torci para tudo correr tão bem assim para mim... e para Liam. Ele estava sentado ao meu lado suando muito e se balançando para frente e para trás na poltrona, como se tivesse algum problema mental. Dava para perceber quanto ele queria aquilo.

Indomável 323

Quando eu estava prestes a lhe desejar boa sorte, as pessoas que estavam algumas filas à nossa frente chamaram minha atenção. Dei uma cotovelada em Liam.

– Veja quem está aqui – apontei, com um sorriso.

Liam olhou para onde eu apontava e os viu na mesma hora. A nossa família em peso estava ali. Chelsey ria ao apontar Kellan para mamãe. Dustin parecia fascinado com a elaborada produção do evento. Para minha surpresa, foi papai que se virou e me viu ao lado de Liam, nas últimas poltronas. Acenou energicamente e espetou o polegar no ar para nos dar força. Eu não sabia o que fazer, dizer ou pensar. Meus pais sempre tinham me dado apoio, claro, mas normalmente ficavam no banco de trás, por assim dizer. Acho que nunca tinham ido assistir a um show dos D-Bags ao vivo. Fiquei comovido ao vê-los ali, e tanta emotividade me provocou alguma irritação. Eu estava rapidamente me tornando uma manteiga derretida, tão fresco quanto Kellan. Droga!

Quando meu número foi chamado, desci para a sala de espera. Era o próximo a me apresentar. Meus nervos ficaram à flor da pele quando eu percebi o estado do cara que ia se apresentar antes de mim. Ele me pareceu esquisito quando pisou no palco, como se estivesse prestes a cagar nas calças ou vomitar no balde ao lado da câmera. Eu me vi solidário com ele; estava me sentindo do mesmo jeito. Depois de sua performance sem brilho, todos os três juízes disseram "não". A mim, pareceu falta de sorte eu ver uma avaliação tão ruim imediatamente antes da minha entrada. O locutor anunciou minha entrada – pelo apelido, no caso, já que todos os concorrentes podiam escolher um "nome artístico".

– Agora teremos… G-Dog.

Houve algumas risadas na multidão, e muitos gritos. Minha família sabia que eu ia me apresentar disfarçado, mas a discrição não era lá o forte deles. Ergui a mão em agradecimento e fui até uma das guitarras no palco. Mantive a cabeça baixa e o boné arriado. Queria que os rapazes ouvissem a minha música antes de qualquer coisa, antes mesmo de perceberem quem eu era. Só que não consegui seguir o meu próprio plano. Precisava empolgar a multidão. O espetáculo em si era tão importante quanto minha capacidade de artista. Eu tinha insistido nesse ponto com Liam a semana toda. Tocar bem era só metade da batalha. Só que depois das brincadeiras iniciais o embuste seria descoberto – os caras iriam me reconhecer na mesma hora, mas nada poderia ser feito para evitar isso.

Eu tinha escolhido uma música dos D-Bags, já que as conhecia melhor que qualquer outro concorrente. Mas peguei uma antiga, que nunca tinha sido lançada oficialmente. Achei que isso pudesse me ajudar a ter mais destaque, já que *todo mundo* ali ia tocar músicas dos D-Bags.

Como era um concurso de música, não havia acompanhamento nem ritmos de fundo. Nada de bateria ou vocais. Ali era somente eu e os sons que eu conseguisse arrancar da guitarra. Uma situação de deixar os nervos em frangalhos. Teria de ser, basicamente, um solo infernal.

Escolhi um tema para a guitarra principal, para o ritmo poder brilhar por si mesmo. E ao contrário daquele dia terrível em que eu estragara uma música excelente dos D-Bags durante o ensaio para meus pais ouvirem, sabia que não podia falhar ali. Contei as batidas em silêncio, antes do primeiro acorde, e comecei. A introdução foi mais tranquila que o refrão e mantive a cabeça baixa enquanto tocava, esticando ao máximo o tempo do meu anonimato. Assim que cheguei ao refrão, porém, soltei meus demônios e arrebentei.

Deixando para trás as dúvidas e os medos, imaginei que estava de volta em um show dos D-Bags, agitando no palco, diante de cinquenta mil dos meus amigos mais próximos. A música me eletrificou quando fiz contato visual com a multidão. Comecei a cantar junto com a música que tocava, fazendo caretas brincalhonas para a multidão. Todos batiam palmas, dançavam nas poltronas e gritavam o meu nome. Bem, o meu nome artístico, pelo menos. Por alguns minutos gloriosos, eu me esqueci completamente de que lutava pela minha vida; simplesmente resolvi me divertir. Caralho, como eu sentia falta de tudo aquilo! Mas logo tomei consciência do júri diante de mim e fui puxado de volta à realidade tão rápido que senti quase uma chicotada.

Sabia que em menos de cinco segundos os caras já tinham me reconhecido. Matt exibia uma cara amarrada. Evan pareceu chocado, e Kellan… bem, ele sorria abertamente. Matt ergueu a mão para eu parar. Fui em frente por mais alguns acordes antes de aceitar e afastar meus dedos do instrumento; eles ainda vibravam depois da última nota, e a multidão gritou e aplaudiu muito. Eu tinha explodido o nível de energia do lugar com aquela minha apresentação.

Pelo olhar de Matt, porém, ninguém concordaria com isso.

— Que diabos você está fazendo aqui, Griffin?

Ouvi murmúrios no meio da multidão quando as pessoas tentaram descobrir o que estava rolando. Sabendo que a farsa fora descoberta, tirei o boné, a peruca e o cavanhaque habilmente colado; meu queixo doeu um pouco ao arrancá-lo. Sem o disfarce, as pessoas começaram a me reconhecer e eu ouvi exclamações de surpresa e alguns gritos de alegria. Misturados com os gritos, porém, também ouvi uma terrível quantidade de vaias. Eu não era amado por unanimidade ali.

Matt se virou na cadeira e ergueu o braço para silenciar a multidão. Quando teve tudo sob controle, se virou novamente para mim. Seu rosto era firme; ele queria uma explicação para tudo aquilo. Para um monte de coisas, provavelmente.

— Vim me submeter a um teste — expliquei. — Assim como todos os outros.

Suas sobrancelhas se uniram em sinal de estranheza e ele trocou olhares com Evan e Kellan.

— Você veio fazer um teste… para conseguir o lugar que já foi seu?

Por que todo mundo continua me pedindo para confirmar isso? Eu estava consciente de que isso era uma espécie de ironia, mas essa era a única forma de eu conseguir voltar.

— Isso mesmo — confirmei, com o tom mais neutro possível.

Evan se inclinou um pouco antes de falar.

— Você sabe que o vencedor será escolhido pelos fãs, certo? Não teremos o poder de decisão final.

Fiz que sim com a cabeça.

— Sim, eu sei. Mas vocês três vão determinar quem vai prosseguir na disputa... e tudo que eu peço é uma chance. Quero mostrar o que sei fazer, como qualquer outro concorrente. Deixem que eu prove para vocês e para todo mundo que eu sou bom o bastante para fazer parte dessa banda. Deixem-me reconquistar o direito de tocar com vocês de novo... porque acho que não mereci isso da primeira vez, e certamente não valorizei o que tinha nas mãos. Mas agora eu valorizo e quero voltar. Quero tocar com vocês novamente. Quero voltar a ser um D-Bag.

A plateia estava tão calada que eu conseguia me ouvir respirar; eu estava muito mais ofegante do que de costume. Sentia como se tivesse acabado de disputar uma corrida e estava à espera de que o juiz decidisse se eu tinha vencido ou não o desafio. Pelos olhares impassíveis em torno de mim não dava para saber. As coisas poderiam pender para um lado ou para outro.

Kellan foi o primeiro a quebrar o silêncio.

— Eu voto "sim". Ele deve ir para a próxima etapa.

A multidão aplaudiu com muito entusiasmo quando os olhos de Kellan se moveram para Matt e Evan. *Um voto, eu já tinha conseguido.* Os lábios de Matt estavam pressionados um contra o outro, numa linha fina. De todos os três, era ele que eu tinha machucado mais, tanto física como emocionalmente. Eu tinha jogado para o alto o nosso velho vínculo familiar; isso ele não iria me perdoar tão cedo.

Como Matt ainda não tinha se manifestado, Evan tomou a frente.

— Eu também voto "sim" — disse, com um aceno na minha direção. Dois já tinham ido. A multidão gritou novamente e todos os olhos se voltaram para o último jurado. Para eu continuar na disputa a decisão teria de ser unânime, e eu silenciosamente implorei a Matt para que ele me desse uma chance. Cheguei a baixar a cabeça enquanto esperava sua decisão.

Você tem todo o poder agora. Sei disso e aceito o que vier. Mas, por favor, não vote "não". Eu já perdi tudo na vida.

Como se ele pudesse me ouvir, Matt disse, baixinho:

— Voto "sim". — Quando os gritos dos outros concorrentes diminuíram ele completou: — Você está dentro, Griffin... mas vou logo avisando que isso não vai ser fácil.

Senti como se meu rosto fosse se partir em dois pela ação do sorriso tão forte que eu abri, e assenti com a cabeça.

— Não quero que seja fácil. — Eu queria provar a eles, ao mundo e a mim mesmo que ali era o meu lugar.

Liam se apresentou logo depois de mim. Fiquei nervoso pra cacete quando assisti à sua performance, junto da minha família; aquilo foi ainda pior do que quando eu tinha estado em cima do palco. As pessoas em pé junto à parede do auditório olhavam mais para mim do que para Liam. Eu as ignorei deliberadamente e direcionei toda a atenção para a apresentação do meu irmão. Tinha esperança de que, se eu não respondesse aos seus olhares, eles prestariam mais atenção à apresentação. Liam merecia isso porque estava tocando muito bem!

Quando sua música acabou, eu me levantei, assobiei e gritei a plenos pulmões. Os três jurados aprovaram a ida de Liam para a próxima etapa e eu quase despenquei nas pessoas à minha frente, de tanto pular. Matt subiu ao palco e deu no primo um abraço de congratulações; a multidão aplaudiu a demonstração de afeto. Liam parecia que ia chorar a qualquer momento. Era um fresquinho também. Eu não poderia estar mais feliz por ele.

Quando ele se juntou a nós na plateia, eu o agarrei em um abraço de urso, bem apertado. Apesar de ele ser meu irmão mais velho, dei um cascudo nele, como se ele fosse o caçula. Depois de todos do nosso grupo terem se apresentado, fomos levados para permitir a entrada do grupo seguinte. Mamãe e papai queriam levar a mim e a Liam para jantar fora e celebrar, mas havia algo que eu precisava fazer antes disso. Na verdade havia várias coisas que eu precisava fazer, mas uma delas, em particular, não poderia esperar.

— Vão na frente, vocês. Eu preciso falar com a galera da banda.

Liam olhou pelo saguão lotado, onde algumas pessoas tinham acabado de fazer seu teste e outras esperavam a sua vez. Agora que eu não usava mais disfarce, as pessoas começavam a reparar em mim. Recebi olhares significativos, sussurros e vi expressões de curiosidade.

Você é quem nós pensamos?

— Apesar de ter feito parte da banda, meu chapa, a segurança não vai deixar você falar com eles. Agora é apenas um bundão como todos nós — avisou um cara.

Balançando a cabeça, retruquei:

— Mas eu preciso tentar. Tenho de esclarecer as coisas antes que o caos comece.

Balançando a cabeça, ele bateu no meu ombro.

— Tomara que eles deixem você entrar lá.

Quando eu reparei que mais ninguém saiu, comecei a ficar nervoso. E se os caras tivessem sido levados dali pela segurança usando a porta dos fundos para que ninguém os incomodasse, agora que os testes tinham acabado? Era estranho não fazer mais parte disso. Olhar para a fama deles pelo lado de fora os fazia parecer maiores do que a vida, até mesmo inacessíveis. Só que eles não eram nada disso. Eram meus amigos. Ou tinham sido, há muito tempo.

Torcendo para eles ainda estarem ali, tornei a entrar no auditório. Felizmente, eles ainda não tinham ido embora. Os três continuavam agrupados em torno da mesa do júri, discutindo as apresentações. Matt dizia:

— Eu *sabia* que iríamos encontrar bons talentos em Los Angeles. — Torci para ele estar se referindo a mim.

Quando eu comecei a me aproximar, uma mão apertou meu ombro.

— As apresentações acabaram, você precisa ir embora.

Olhei para o "armário" que bloqueava minha passagem e já me preparava para explicar quem eu era quando percebi que ele já sabia.

— Sam? Porra, que legal rever você! — Dei-lhe um tapa carinhoso no ombro e me perguntei se ele sentia o mesmo.

Ele esboçou um pequeno sorriso.

— E aí, Griffin?... Há um tempão que a gente não se via.

Tomando esse pequeno gesto como positivo, tentei desviar dele.

— Preciso falar com os caras antes de saírem.

Ele se mexeu e bloqueou minha passagem.

— Os testes acabaram. A banda não vai receber ninguém agora.

Minha expressão foi de total incredulidade.

— Mas, cara... Sou eu!

Sam deu de ombros.

— Devo cumprir as ordens. Ninguém pode incomodar a banda depois dos testes. Odeio ter de lhe dizer isso, Griff, porque gosto de você, só que... você não faz mais parte da banda, entende? Sinto muito, mas precisa ir embora.

Ele começou a me empurrar em direção às portas. *Inacreditável*. Eu conhecia aquele cara desde o tempo em que ele era apenas um segurança no Pete's. Mas não poderia culpá-lo por querer manter seu emprego. Talvez, se eu tivesse sido igualmente dedicado, ainda tivesse o meu. Mas não estava disposto a desistir tão fácil.

— Kellan! — gritei.

Kellan se virou na minha direção ao ouvir minha voz. Um largo sorriso se abriu em seus lábios quando ele acenou para mim.

— Deixe-o passar, Sam, está tudo bem.

Ajeitei as roupas com ar digno quando Sam se afastou um pouco para eu poder passar.

— Viu só? — reagi, mas ele simplesmente encolheu os ombros e eu percebi nessa hora que ele iria me barrar novamente se achasse que era isso que os caras queriam.

Quando passei diante dele, vi que Matt deu um tapa no ombro de Kellan em um gesto tipo *Por que você o deixou passar?* Kellan o ignorou e manteve os olhos em mim. Quando eu cheguei perto ele ergueu a mão em saudação.

— Griff, é muito bom rever você. Estou feliz por ter vindo. — Pelo jeito descontraído com que ele torceu os lábios, vi que Kellan realmente queria dizer: *Fico feliz por você ter ouvido o conselho da minha mulher.*

Sentindo-me um pouco desconfortável agora que eu estava na frente deles, cocei a cabeça.

— Pois é… Bem… Eu não poderia deixar passar essa oportunidade sem tentar, sabe como é?

O rosto de Matt ficou sombrio.

— Oportunidade? Você faz ideia de como as coisas ficaram uma merda de um ano para cá? Ao menos se importa com isso?

Engolindo em seco, debati comigo mesmo sobre quanto eu deveria ser honesto. Então percebi que a única coisa que me restava era a honestidade.

— Não, eu realmente não sabia do quanto as coisas estavam difíceis para vocês… Para ser franco eu não quis saber. Tudo o que importava era conseguir o que eu achava que merecia… Acabei afastando todas as pessoas que significavam algo na minha vida. Eu era um cara autocentrado, egocêntrico, egoísta, uma diva, um babaca, um imbecil… e sinto muito por tudo isso.

Os caras ficaram me olhando em estado de choque. Normalmente eu nunca admitia quando me comportava como um idiota. Geralmente eu me envolvia com o mantra *Eu sou impressionante* como se aquilo fosse uma armadura. E sabia o motivo disso. Admitir meus defeitos era uma merda. Era preferível eu falar sobre qualquer outra coisa a dizer aquilo aos rapazes, mas isso só serviria para me deixar no fundo do mesmo poço escuro onde eu tinha estado nas últimas semanas. Na realidade, eu me colocaria num poço ainda pior, já que tinha acabado de abandonar de vez meu emprego para poder me dedicar à competição. Eu não tinha nada para onde voltar.

Matt recuperou o ar de durão antes dos outros dois.

— Você acha que vai conseguir ir adiante na disputa se vier puxar nosso saco? — perguntou, com a expressão desconfiada.

Balançando a cabeça para os lados, eu disse:

— Não. Eu não espero nada de qualquer um de vocês. Simplesmente sei que… fodi com tudo e quis vir pedir desculpas por isso… mesmo que seja tarde demais para mudar qualquer coisa.

Nesse momento, eu me virei e me preparei para ir embora, mas Kellan colocou a mão no meu ombro.

— Eu aceito suas desculpas — afirmou. — Boa sorte na competição.

— Obrigado — disse, segurando com força o braço dele. Eu já sabia que Kellan era quem estava com menos raiva de mim, mas eu me senti um pouco melhor depois de ele aceitar as minhas desculpas.

Evan suspirou e estendeu a mão.

— O que você fez deu um novo significado à palavra "idiota"... mas eu perdoo você também. Boa sorte, cara.

Apertei sua mão e me senti ainda melhor. Matt continuava olhando fixamente para mim, e eu percebi que não iria muito longe com ele. Mas eu já esperava por isso, então simplesmente dei-lhe um aceno de cabeça para ele saber que eu entendia o motivo de ele não conseguir dizer as mesmas palavras.

Já estava na metade do corredor que levava para fora do auditório quando o ouvi xingar alto e chamar pelo meu nome.

— Griffin, espera!

Eu parei e vi, surpreso, que ele corria na minha direção. Ao chegar diante de mim, ele enfiou as mãos nos bolsos da frente e me encarou por alguns segundos. Para mim, uma eternidade.

— Olha, eu não posso perdoar tudo como os outros, mas... Sinto muito pela forma como tratei você.

Meu queixo caiu. A última coisa que eu esperava dele era um pedido de desculpas. Ele torceu os lábios ao ver a minha expressão.

— Admito que eu me comportei como um babaca quando você caiu fora. Só que eu fiquei muito... revoltado e magoado. Eu me senti traído. A forma como você nos deixou... você pode não ter precisado de nós naquela hora, mas nós precisávamos muito de você, Griffin. Você fodeu com a gente, fodeu bonito, e nem se importou com isso. Uma coisa dessas machuca pra caralho.

Balançando a cabeça, fiquei com os olhos colados nos pés.

— Eu... Eu sei disso e sinto muito, de verdade. — Erguendo os olhos novamente, completei: — Eu estava errado sobre tantas coisas!... Preciso muito de vocês, meus camaradas. Mesmo que eu não consiga mais entrar na banda, eu... preciso demais de vocês. Vocês são a minha família... Todos vocês.

Matt permaneceu calado olhando para mim por um momento, mas logo em seguida bateu no meu ombro.

— Boa sorte na competição, Griffin.

Exibi um sorriso enorme e fiz que sim com a cabeça.

— Obrigado. — Ele se virou para se juntar aos rapazes, mas eu o segurei pelo cotovelo. Matt estremeceu um pouco e eu o libertei. Talvez estivéssemos em um processo lento de consertar as coisas, mas ainda não estávamos numa boa.

— Você esteve com a Anna? Ela está... ela está bem?

Matt abriu a boca, mas tornou a fechá-la ao olhar para Kellan. Com o cenho franzido, voltou os olhos para mim.

— Você deve ligar para ela — foi tudo que eu disse. Eu não fazia ideia do que isso poderia significar, e uma fisgada de medo me percorreu a espinha.

— Tudo bem, tá legal... Obrigado.

Ele bateu no meu ombro e em seguida se afastou. Fui embora do auditório meio atordoado, e as palavras de Matt não saíam da minha cabeça.

Você deve ligar para ela.

Assim que eu me vi de volta ao santuário do meu quarto, foi exatamente o que fiz.

Bem, pelo menos depois de olhar para o telefone durante quarenta minutos enquanto todos da família batiam à minha porta para me dar os parabéns. A casa toda estava em modo de festa, com música alta, muita vibração e comida suficiente para estufar a barriga de um cavalo. Havia tanto barulho que, mesmo com a porta fechada, eu mal conseguia me ouvir pensar. Não era exatamente a situação ideal para eu tentar me reconectar com minha esposa, mas se eu esperasse pelo momento perfeito ele poderia nunca mais acontecer.

Sabendo que eu tinha de me comportar como um homem e resolver logo aquilo, teclei o número dela. Anna nem sempre tinha atendido ao celular quando eu tentara ligar para ela no início. Dessa vez, porém, caso ela não atendesse, eu iria lhe deixar uma mensagem. De agora em diante, eu sempre deixaria um recado. Ela era a garota dos meus sonhos, e eu não iria desistir dela sem luta.

Para a minha surpresa, ela atendeu no terceiro toque.

— Alô? — Ela fungou um pouco, como se estivesse chorando. Porra! Será que era por minha causa?

— Oi... Sou eu... Griffin.

Uma pequena risada escapou dela.

— Eu sei que é você. Conheço o seu número.

Dããã... Certo.

— Só liguei para saber se você está bem. Estive com Matt hoje e ele disse... — sem saber como continuar a partir daí, minha voz se apagou.

Anna ficou em silêncio por alguns segundos, mas logo continuou.

— Você esteve com Matt? Onde?

Sorrindo, eu lhe contei tudo sobre os testes, contei sobre a vinda de Kiera para me contar sobre a competição, descrevi o disfarce que Liam tinha inventado e confessei o quanto eu quase tinha me cagado de medo.

— Eu tinha certeza de que os caras iam dizer "não", mas eles me aceitaram para continuar a competição na próxima rodada. Acho que tenho uma boa chance de ganhar e... conseguir meu emprego de volta.

Ela deixou escapar um pequeno suspiro.

— Isso é ótimo, Griffin. Estou muito feliz por você.

A distância pareceu um bloqueio entre nós quando o outro lado da linha ficou em silêncio.

— Anna… Eu não consigo levar isso em frente sem você. Mesmo que você esteja em Seattle e eu aqui, preciso muito da sua ajuda e do seu apoio. Você é a minha melhor amiga… Eu preciso de você.

Ela fungou novamente.

— Você também é o meu melhor amigo, Griffin. Acho que é isso que torna tudo tão difícil…

Eu não quis saber o que ela queria dizer com "tudo". A separação?… ou o divórcio? Em vez de pedir que ela me esclarecesse, perguntei:

— Você recebeu a minha carta?

Houve uma longa pausa, então ela disse com toda a calma do mundo.

— Recebi… Você me ama? Você realmente me ama, pura e simplesmente?

Eu sorri, lembrando a sua velha reclamação de que eu nunca lhe dizia que a amava. Nossa, que grande idiota eu era.

— Sim eu te amo. Muito. Acho que sempre te amei, mesmo quando constatar isso me apavorava terrivelmente.

Ela riu.

— Pois é. — Depois de outra pausa, ela disse: — Tudo bem, Griffin. Servirei de apoio para você e vou ser sua amiga. Mas isso não significa que voltamos a ficar numa boa de uma hora pra outra. Você me magoou muito. Você me *traiu*. Isso não é algo que eu possa simplesmente passar por cima e esquecer. Você compreende?

— Sim… eu entendo.

Você precisa de tempo. Vou lhe dar todo o tempo de que você precisa, porque tudo que eu preciso na vida é de você.

UMA OPORTUNIDADE

As duas semanas que se seguiram foram de arrasar, e eu ligava para Anna tantas vezes que ela já atendia o telefone dizendo:

— Respire fundo. Você está indo muito bem, vai conseguir vencer essa crise de ansiedade. Um passo de cada vez.

Isso ajudava, mas só até o próximo ataque de pânico. A competição era na base da eliminação direta, sem volta. Cortes maciços aconteciam a cada teste, e as centenas de pessoas de todo o país que tinham sido aceitas para os testes finais em Los Angeles ficariam reduzidas aos vinte últimos que participariam da escolha final, transmitida ao vivo. Esses vinte sortudos seriam aqueles que receberiam os votos dos fãs para ser o próximo… bem… eu mesmo. A cada dia eu não tinha certeza se conseguiria avançar para a próxima etapa ou se voltaria para casa.

Nunca tinha experimentado ansiedade nesse nível antes, e receava desmontar de vez por causa da tensão. Acho que essa parte do processo era cem vezes mais difícil do que a disputa final. Isso, de certo modo, me fortalecia. Se eu conseguisse ir em frente e superar todos os obstáculos, o próximo passo seria fácil. Pelo menos um pouco mais fácil. Nada daquilo é moleza, na verdade.

A tensão começava a corroer Liam também. Todas as noites, quando voltávamos para o nosso quarto de hotel, ele estava com os nervos à flor da pele.

— Eles vão me cortar, eu sei disso. Não sou bom o bastante para encarar essa parada, eles vão me cortar.

Eu acabava usando as palavras de Anna para o meu irmão, a cada noite.

— Simplesmente respire fundo. Você está indo muito bem, vai conseguir chegar à final. Nós dois vamos. — Assim como eu, ele parecia se acalmar um pouco com essas palavras. Mas só por algum tempo.

Enquanto isso, o meu cérebro derretia e o meu espírito parecia ir pelo mesmo caminho. Na véspera da final, à noite, momento em que aconteceria a última rodada de cortes, eu me senti estremecer um pouco, como se estivesse delirando.

— Acho que superestimei minhas habilidades, Anna. Costumo fazer isso o tempo todo...

Ela soltou uma gargalhada de deboche.

— Eu não teria me casado com você se percebesse que superestimava suas habilidades. Você é tão bom quanto acha que é, falando sério, Griffin. Você precisa apenas acreditar nisso.

Isso me fez sorrir e, por um segundo, me senti tão incrível quanto ela me garantia que eu era. Mas logo depois eu me lembrei da distância que havia entre nós e minha autoconfiança despencou novamente.

— Sei que as coisas ainda não estão legais entre nós, mas estou contente de verdade por podermos conversar assim, numa boa. Acho que nunca conversamos tanto desde que nos vimos pela primeira vez.

Nosso relacionamento até a separação não tinha sido *apenas* físico, mas a intimidade física certamente tinha representado grande parte dele. Estarmos separados geograficamente agora, mas continuarmos conectados daquele jeito fazia, na verdade, com que nos sentíssemos mais próximos do que nunca. Pelo menos na minha cabeça. Torci para ela sentir o mesmo e cheguei a dizer isso.

— Mesmo que você esteja tão longe com as meninas, eu me sinto ainda mais ligado a você. Dá para entender?

Anna riu, e o som da sua risada me relaxou mais do que as palavras.

— Sim, eu entendo. Acho que a distância está nos ajudando, nesse momento. Você consegue se concentrar em si mesmo enquanto eu me concentro em mim. Acho que isso está sendo uma boa.

— Pode ser, mas estou com um tesão acumulado dos infernos – disse, colocando a mão entre as pernas e dando um bom aperto em mim mesmo.

Um som gutural escapou de Anna. Isso me levou de imediato de volta ao meu lugar de felicidade extrema: enterrado bem no fundo dela, com seus braços e pernas me enlaçando com força.

— Eu também, amor... eu também.

Como eu precisava tirar da cabeça o quanto queria beijá-la da cabeça aos pés, o quanto sua pele era suave e o quanto ela era toda saborosa, eu disse:

— Nós só conversamos sobre a minha vida e os meus sufocos. Conte-me o que você anda fazendo. Quero saber todos os detalhes.

— Sério? Quer mesmo? – Ela pareceu genuinamente surpresa por eu querer saber sobre a sua vida. Será que eu era assim tão autocentrado que era um choque ver que eu me preocupava com qualquer outra pessoa? Com uma onda de vergonha, percebi que devia ser um choque, mesmo... Acho que eu nunca tinha perguntado a ela como fora o seu dia.

Eu me recostei na poltrona e me acomodei melhor.

— Isso mesmo, quero saber tudo sobre você. Depois vou querer saber tudo sobre as meninas também. E se eu de repente a interromper para começar a falar sobre mim, quero que você me mande calar a porra da boca para poder terminar de contar.

Anna ficou em silêncio por um momento, mas logo concordou.

— Tudo bem, então. Bem, logo que nós chegamos aqui viemos morar com Kiera e Kellan, só que... eles moram tããão longe da cidade que eu não consegui mais aguentar. — Sua descrição me fez rir; muitas vezes eu me sentia da mesma forma sobre a casa de Kellan. Com uma risadinha, ela continuou. — Acabamos deixando a casa deles e arrumando um apartamento para mim e para as meninas perto do meu trabalho... Ah, eu consegui de volta o meu antigo emprego no Hooters. Na verdade, estou até com um cargo melhor. Sou assistente da gerência, agora.

Senti o orgulho me inflar o peito.

— Isso é incrível, amor. Conte mais.

Ela contou. Ao longo da conversa daquela noite, ela me contou tudo sobre sua vida sem mim, mas, em vez de aquilo me deixar triste ou revoltado como eu imaginava, fiquei empolgado. Senti que estava conhecendo melhor minha mulher agora, já que estava dando uma espiada nas esperanças e nos sonhos *dela*. Sonhos que tinham ficado em modo de espera para ela poder ser mãe e esposa de um rock star. Ouvi-la falar tanto só serviu para eu me lembrar de quanto a amava, e eu terminei a ligação daquela noite com um sentimento que era uma novidade total para mim.

— Tenha um bom dia amanhã, Anna. E lembre-se... Eu te amo.

Quando ela falou, sua voz tremeu.

— Eu também te amo.

Havia um poço profundo de medo no meu estômago quando acordei na manhã seguinte. Empurrando a sensação para o lado, enviei uma mensagem para a minha mulher.

Obrigado por ontem à noite. Foi fantástico.

Era estranho estar mandando um texto com essas palavras quando, na verdade, não tínhamos feito nada de conotação sexual, nem de longe, mas era a pura verdade. Nós já tínhamos comido um ao outro de todas as formas possíveis, mas eu nunca me sentira mais perto dela do que quando a ouvi falar de si mesma na noite anterior. Sua voz ainda ecoava na minha cabeça de um jeito bom. Sabia que isso me fazia parecer uma porra de um babaca fresquinho e apaixonado, mas não me importava. Eu estava realmente apaixonado pela minha melhor amiga e, quando a competição terminasse, ganhando ou perdendo, eu iria me mudar para o norte, para Seattle, para ficar com ela. Nada mais importava.

Anna me mandou uma mensagem de volta, enquanto eu me vestia.

Sim, foi um espetáculo! Assisti ontem à noite, na TV, ao depoimento que você deu no início dos testes. O que você disse foi muito comovente.

Sorri ao ver que ela assistira à mensagem que eu tinha gravado para ela. Claro que eu tinha ficado muito emocionado para conseguir terminar de falar, mas tive a sensação de que aquilo tornara tudo ainda mais poderoso.

Fiquei feliz por você ter visto. Foi difícil completar a mensagem.

Eu sei, disse ela, no texto de volta. *Boa sorte hoje. Eu te amo.*

Uma sensação estranha circulou por dentro de mim, mas eu a afastei na mesma hora e digitei sem refletir: *Eu também te amo.* Para mim, ainda era esquisito transmitir esse sentimento, mas eu sabia que a Anna precisava saber disso e... puxa, na boa... o que eu pudesse fazer para deixá-la feliz agora valeria a pena.

Coloquei o celular de volta no bolso, saí do meu quarto e desci a escada até onde o resto dos competidores estavam reunidos.

Para onde quer que eu me virasse, recebia palmadinhas, batidas de mão com os braços erguidos e a palma aberta, abraços curtos e votos de boa sorte. Mesmo que todos nós estivéssemos em uma competição, apoiávamos uns aos outros. Tínhamos nos tornado uma estranha espécie de família, todos unidos em torno de um objetivo comum: sobreviver até a próxima rodada. Só que naquele dia ia ser mais tenso, e enquanto eu abraçava de volta as pessoas e retribuía com as minhas próprias palavras de incentivo, sabia que quase todo mundo ali voltaria para casa naquela noite. Torci para não ser um deles.

Houve uma última rodada de cortes durante a tarde, e a multidão foi sendo dispensada até chegar a menos da metade do que era de manhã. A grande final com os vinte classificados iria rolar naquela noite. Dizer que eu estava nervoso seria tentar atenuar o que rolava.

Quando Liam desceu para se juntar ao grupo, parecia tão ansioso quanto eu. Depois de lhe dar um abraço, eu o olhei fixamente.

– Você está bem?

Ele estava com a cara meio esverdeada, mas disse:

– Acabei de vomitar dentro de um vaso de planta no corredor. E acho que ainda não coloquei tudo para fora... – Ele massageou o estômago.

Rindo, eu lhe disse:

– Tudo bem ficar nervoso, só não permita que isso deixe você travado. Faça de tudo para se manter descontraído e solto em cima do palco, e você vai se sair bem.

Um grupo próximo de nós me ouviu falar isso e se aproximou.

– Você sabe o que eles estão procurando, já que foi um dos membros da banda durante muito tempo... Tem alguma dica extra para nós?

O porta-voz desse grupo era um cara chamado Cruz. Ele estava indo muito bem até então, por tudo que eu tinha acompanhado; costumava arrasar na execução de todas as músicas que lhe davam para mostrar o seu talento.

– Basta continuar do jeito que está indo. Você tá *arrebentando*! – Dei um tapinha de incentivo no seu ombro e me senti surpreso comigo mesmo ao perceber que torcia de verdade por ele. E por Liam também. Se ao menos pudéssemos todos ser D-Bags...

Pensando em algo além disso, acrescentei:

– Talvez fosse uma boa você tentar envolver mais o público, sabe como é? Claro que eu sei que é importante executar a música de forma perfeita, mas estar no palco é uma performance de aceitação... você tem que convencer os espectadores a embarcar na emoção com você; senão, eles vão se sentir deixados de fora.

Isso era algo que eu tinha aprendido com Kellan. Nunca tinha visto alguém brincar com a emoção da plateia como ele sempre fazia. E maluco!... A coisa funcionava! A energia de uma multidão de fãs dos D-Bags era cinco vezes maior do que a de qualquer outra banda que eu já assistira ao vivo, e isso não era só por causa do rosto de Kellan. O motivo era todos nós interagirmos com os fãs. Bem... Todos nós com exceção de Matt. Mesmo no ponto alto da emoção, ele mantinha a cabeça baixa e continuava a tocar, mas seu talento compensava isso com folga. Sim, agora eu conseguia admitir isso... meu primo era um gênio na guitarra. Tinha conquistado seu lugar na banda pelo próprio mérito, e agora era a minha vez de reconquistar a mesma coisa.

Deixei que esse pensamento se repetisse na minha cabeça o dia inteiro. No fim do dia eu me senti chocado ao perceber que ainda estava vivo. Tinha conseguido escapar da última rodada de cortes. Agora, tudo que eu precisava era ser incluído na grande final da competição.

Quando os últimos cem competidores se reuniram em uma sala para receber a decisão individualmente, Cruz e dois de seus amigos vieram até onde eu estava. Estendendo a mão, ele disse:

– Obrigado, cara. Acho que a sua dica ajudou a me salvar.

Balancei a cabeça para os lados.

– Foi o seu talento que salvou você.

Ele sorriu com o meu elogio, depois esfregou as mãos na calça; elas estavam meio pegajosas, mas eu não tinha dito nada porque as minhas também estavam.

– Imagino que você não esteja nem um pouco nervoso, né? Já que seu lugar na banda está praticamente garantido.

Despenquei em uma poltrona ao lado de Liam, que parecia um pouco melhor do que de manhã, e soltei um longo suspiro.

Indomável 337

— Para ser franco, não creio que eles me deixem ir em frente até a final. Os caras e eu enfrentamos problemas... temos muita bagagem. Todos vocês têm uma chance muito melhor que a minha. — Doía admitir aquilo, mas era a verdade. E, a julgar por algumas das duras críticas que os caras tinham feito ao meu trabalho nas últimas semanas, estava bem claro que eu não ia ter moleza.

Liam deu um tapinha no meu joelho.

— Que nada, eu tenho observado quando você e eles estão juntos. Claro que você não vai receber nenhum tratamento especial, mas também não vai ser descartado. Para eles, você é apenas mais um concorrente, nem melhor, nem pior. Portanto, tem tanta chance quanto qualquer um de nós.

Esse pensamento me animou; envolvi Liam com o braço e dei um cascudo nele. Se minhas chances fossem tão boas quanto as de todos, eu ia vencer.

— Obrigado, caçulinha.

Ele me empurrou para trás, tentando escapar.

— Sou mais velho que você, babaca.

— Ah, é mesmo – disse eu, rindo. – É que eu sempre esqueço.

À medida que o tempo passava, eu ficava cada vez mais ansioso. Se Liam estivesse certo sobre as minhas chances, então talvez eu realmente pudesse chegar às finais. Mesmo assim, só vinte daquelas cem pessoas ali iriam seguir em frente. Isso significava que oitenta de nós voltariam para casa. Eu não tinha certeza de que porcentagem era essa, mas sabia que não era muito boa. Minha única esperança era que os rapazes achassem que eu era digno de receber uma segunda chance.

Liguei para a minha mulher quando achei que o número dos que iam ser eliminados pareceu crescer diante dos meus olhos. Cheguei a achar que ia imitar Liam, pois senti vontade de vomitar as tripas bem ali na poltrona. Meus dedos tremiam muito quando coloquei o celular junto do ouvido. Eu precisava *muito* daquela ligação.

— Até que enfim! Eu já me perguntava quando é que eu iria receber uma ligação sua hoje. Como você foi? – A voz de Anna transmitia leveza e despreocupação, tudo que eu não estava sentindo.

— Consegui passar pelos últimos cortes, mas estou sentado em uma sala com uma centena de pessoas, e só vinte de nós vão se classificar para as finais. Acho que vou vomitar.

— Simplesmente respire fundo... Você vai ficar bem.

Fiz uma inspiração longa e lenta; isso me acalmou um pouco, mas não o suficiente.

— Vou precisar de um pouco de apoio extra hoje. Você poderia colocar Gibby na linha? – Ouvir a risada da minha garotinha aliviava até mesmo o meu pior astral.

Anna esperou um instante e respondeu:

– Não dá para fazer isso agora… mas eu posso fazer algo melhor.

Perguntando a mim mesmo se já estávamos prontos para fazer sexo por telefone, abri um sorriso torto.

– Ah, é?… O quê?

– Vá até a porta no fundo da sala.

Olhei para trás, intrigado. A sala em que eu esperava tinha duas portas. Uma delas conduzia ao salão principal, onde os juízes estavam à espera para nos comunicar nossas avaliações finais; o outro conjunto de portas dava para fora, para o saguão do hotel. Eu me levantei da poltrona e segui na direção das portas duplas. Talvez Anna tivesse mandado alguém me entregar uma encomenda na recepção. Torci para ser um sedativo. Ou algo com álcool. De preferência, ambos.

Havia sujeitos com câmera gravando cada movimento nosso dentro da sala de espera. O apresentador oficial também estava lá, entrevistando concorrentes e registrando suas esperanças e sonhos, no caso de algum deles estar entre os vinte sortudos que seriam escolhidos para a última fase. Uma câmera me filmou quando liguei para a minha mulher, e o sujeito que a operava continuou gravando todos os meus passos. Eu já estava tão acostumado a ter aquelas câmeras à minha volta que nem reparei quando ele me seguiu até a porta.

– Você me enviou algum presente? – perguntei a Anna.

– Mais ou menos – disse ela, com uma risadinha.

Dois assistentes da equipe me observaram quando eu abri a porta, mas não disseram nada. Até a rodada final começar para valer, nós éramos livres para sair dali quando quiséssemos. Se não voltássemos a tempo, seríamos automaticamente desclassificados, e era por isso que ninguém mais, além de mim, estava saindo.

Abri a porta e olhei para fora. Estava à espera de um entregador com balões coloridos, flores ou talvez até uma pizza, mas o que encontrei me esperando lá fora foi muito melhor.

Anna estava de pé no saguão, segurando nossas filhas e sorrindo para mim como se tivesse esperado por aquele momento durante toda a sua vida.

Minha respiração travou, meu coração parou, meu celular escorregou para fora da minha mão e caiu no chão.

Eu devia estar sonhando, não havia jeito de aquela visão diante de mim ser real.

Mas, quando a Anna desligou seu celular e o guardou de volta na bolsa, eu entendi que estava acordado e ela realmente estava ali comigo. Precisei reunir toda a minha força de vontade para não puxá-la para dentro dos meus braços ali mesmo, mas não sabia se deveria fazê-lo, e não saber se eu poderia ou não tocar Anna era uma sensação estranha e inquietante. Eu só queria a minha mulher de volta.

Anna segurava Onnika apoiada no quadril, e Gibson estava ao seu lado. Gibson correu, pegou meu telefone do chão e depois abraçou minhas pernas exclamando:

— Papai!

Meus olhos estavam ardendo quando caí de joelhos para dar à minha filha um abraço apertado. Seu cheiro familiar me inundou a alma com a mistura estranhamente atraente de xampu de melancia com biscoitos de canela, e de repente eu me senti completamente em paz.

Puxa, como eu tinha sentido falta daquilo!

Enquanto esfregava suas costas, olhei para Anna. Uma lágrima imensa lhe escorreu pelo rosto enquanto ela nos observava.

— O que vocês estão fazendo aqui? — finalmente consegui perguntar. — Pensei que íamos nos reconciliar à distância!

Enxugando a lágrima, ela me lançou um sorriso de tirar o fôlego.

— Nós vamos fazer isso... mas elas não. Suas filhas precisam de você, e você precisa delas.

Ela sacudiu Onnika em seu quadril, fazendo-a rir. Ela mordia um anel de borracha e babava pelo queixo e pela blusa; era a coisa mais linda que eu já tinha visto. Quando fui pegar Onnika do colo da mãe, Anna me avisou:

— Vamos ficar em um hotel diferente, mas as crianças querem torcer por você na plateia. *Eu* quero torcer por você no meio do público — acrescentou, num sussurro.

Parado perto da Anna enquanto envolvia Onnika com os braços, balancei a cabeça para os lados.

— Talvez eu não chegue tão longe.

Os olhos de Anna pareceram assumir um tom de verde profundo e calmo quando ela me olhou fixamente. Seus lábios estavam tão cheios e deliciosos que foi fisicamente difícil para mim não me inclinar e chupá-los.

— Você vai vencer, Griffin. *Sei* que vai.

Onnika agarrou a minha camisa; beijei sua cabeça e a apertei com mais força. Ela tinha um cheiro delicioso, como a sua mãe, só que ainda mais doce. Gibson continuava agarrada à minha perna, recusando-se a soltá-la, enquanto Anna olhava para mim com um anseio impassível nos olhos. Eu não aguentava mais. Precisava da minha família, precisava da minha mulher.

Soltando a mão de Onnika, envolvi Anna.

— Venha aqui — murmurei, puxando-a para junto de mim. Nossos lábios instintivamente se encontraram e ela deu um suspiro de alívio quando nos conectamos. Eu sabia que isso não iria resolver tudo, mas senti como se fosse um começo; enquanto nossas bocas se moviam suavemente e em sincronia, senti que o enorme buraco no meu corpo, aquele buraco que vinha crescendo cada dia mais, começava a se encher lentamente de esperança.

Quando nos separamos, acariciei a bochecha de Anna.

— Eu te amo tanto, *tanto*! — disse a ela, surpreso com a facilidade que foi admitir isso. O sorriso de Anna se abriu, glorioso. Isso me fez desejar que eu tivesse lhe dito quanto a amava desde o começo. — Você é tudo para mim — acrescentei, e fui sincero. Senti como se tivesse aprendido isso do jeito mais difícil, e também senti que a experiência tornara as palavras muito mais poderosas para mim. Eu tinha merecido aquilo.

— Eu também te amo — murmurou ela, e seus olhos se encheram d'água novamente. — Boa sorte lá dentro. Nós estaremos aqui fora quando você sair. — Pela forma como disse isso, tive a sensação que ela quis dizer: *Não importa o resultado, estaremos à sua espera.* Eu ainda queria ganhar, para provar isso a mim mesmo, aos caras e ao mundo, mas se eu perdesse... Estaria bem com o resultado, porque teria reconquistado *Anna*, e isso valia mais do que todas as bandas de rock do mundo.

Quando voltei para a sala de espera, eu me senti invencível. As melhores pessoas do mundo me amavam por eu ser como era e estavam me apoiando, não importa o que acontecesse. Havia poder nesse conhecimento, e eu mantive a cabeça erguida quando fui para o meu lugar.

Liam não se sentia tão confiante. Balançando a cadeira, olhou para mim com os olhos arregalados.

— Cara, eu achei que você tinha ido embora. Pensei que você tivesse desistido e caído fora.

Por um segundo, perguntei-me se ele torcia por isso. Empurrei o sentimento de lado na mesma hora. Liam jamais pensaria assim. Éramos irmãos, apoiávamos um ao outro. Sentindo-me completamente à vontade, dei-lhe um tapinha no ombro.

— Liam, sabe o que você está precisando? Sabe qual é o ingrediente final para um cara ser um dos maiores rock stars do mundo?

Liam inclinou a cabeça enquanto pensava.

— Uma tatuagem? — murmurou, olhando para algumas das minhas que eram visíveis.

Fiz que não com a cabeça.

— Nada disso. Bem... na verdade sim, eu não consigo acreditar que você ainda é virgem de tatuagens na sua idade... isso chega a ser embaraçoso. — Ele franziu a testa e eu rapidamente trouxe o discurso motivacional de volta aos trilhos. — A única coisa que está te faltando é autoconfiança. Você precisa entender que tem talento e o mundo é o seu playground. Precisa ser o dono do palco. Afinal de contas, está prestes a se tornar um tremendo rock star.

Liam me exibiu um sorriso lento e eu senti minha própria confiança se reforçar. Como eu poderia ter me esquecido de como era impressionante? Eu estava tão

Indomável 341

preocupado em fazer bonito para os caras e recuperar meu emprego, mas na verdade o lugar foi meu o tempo todo. Eu só precisava chegar e pegar o prêmio... era exatamente isso que eu ia fazer.

Liam assentiu com a cabeça, como se estivesse tendo os mesmos pensamentos. Depois franziu o cenho.

– Mas... e se eu não passar por essa eliminatória?

Dei um tapa na parte de trás da cabeça dele.

– Rock stars não se preocupam com eliminatórias. Rock stars não se preocupam com nada. Quando você está no palco, é um deus e nada pode te tocar. Está sacando?

Mantive o olhar fixo no dele até ele concordar com a cabeça e me dar um sorriso digno do nome Hancock. Ah, sim, isso também estava na nossa carga genética.

O sorriso arrebatador de corações que continuava no rosto de Liam vacilou quando seu nome foi chamado. Mas o meu sorriso não sumiu, porque eu sabia que ele iria conseguir. Ergui os dois polegares e ajudei a arrancá-lo da poltrona antes de seus nervos o pregassem permanentemente no estofado. Ele parecia prestes a vomitar quando passou pelas portas. Eu não conheceria o seu destino até depois da minha vez. A sala de espera era separada daquela e não nos permitiam saber quem tinha conseguido ir em frente ou não. Os vencedores saíam por outra porta e os perdedores por uma terceira. Portanto, quando eu vi que era o último concorrente na sala de espera, estava totalmente sem noção se os vinte finalistas já tinham sido escolhidos, e o meu sorriso confiante vacilou um pouco.

Quando flexionei os joelhos como aquecimento e esfreguei o dedo sobre o calo da minha mão, ignorei meu próprio conselho e comecei a me preocupar. E se os caras ainda estivessem revoltados comigo por eu ter largado a banda e me deixassem de fora por puro despeito? Não, Matt me garantira que eles seriam justos. Isso significava que não haveria vantagem sobre qualquer outra pessoa, mas nenhuma desvantagem também. E eu era bom no meu trabalho. Disso eu nunca duvidara.

Pensei em Anna e nas meninas, as minhas rochas de apoio. Eu ainda não conseguia acreditar que elas estavam ali. Parecia um sonho saber que elas estavam bem na sala ao lado. Uma parte de mim queria abrir a porta e beijar Anna novamente, talvez puxá-la ali para dentro, a fim de que ela pudesse esperar comigo; mas não queria fazer nada que pudesse me desclassificar. Em vez disso, resolvi lhe enviar uma mensagem de texto. Tentei pensar em algo doce e afrescalhado, algo que Kellan enviaria para Kiera. Só que pensar nessas merdas não era fácil para mim. Basicamente, porque eu achava esses troços melosos muito ridículos. Mas sabia que Anna iria gostar e queria agradá-la, então fiz o melhor que pude.

Oi, amor. Obrigado por estar aqui. Ver você e as meninas foi algo que fez a minha noite valer a pena. Sinto que posso perder agora, pois mesmo assim vou sair ganhando.

Estava orgulhoso de mim mesmo quando apertei a tecla de envio.

Viu só? Eu também sei ser sentimental, pensei.

Pelo jeito, Anna também sabia. Sua resposta foi:

Você é um astro. Sempre foi, sempre será.

Sem conseguir me segurar, teclei de volta:

Seus peitos estão lindos dentro desse top.

Provando que era a mulher certa para mim, ela me mandou uma mensagem de volta.

Você devia ver como eles estão fora dele.

Caralho! Fiquei de pau duro só de pensar nisso. Eu não tinha um orgasmo fazia tanto tempo que quase me esqueci como era. Torci para isso ser algo que pudéssemos corrigir em breve. Só que antes desse momento...

— Griffin Hancock? — Olhei e vi um assistente de pé na porta que dava para a sala dos juízes. — Eles estão prontos para você.

As palmas das minhas mãos ficaram úmidas e pegajosas na mesma hora, como se tivesse entrado em uma sauna. O resto do meu corpo parecia pegajoso e suado também, e eu tive uma vontade quase incontrolável de tomar uma ducha antes de passar por aquelas portas. Só que não havia tempo para isso. Chegara o meu momento "é agora ou nunca".

Meu coração parecia batucar em meus ouvidos quando eu me levantei, e eu me esqueci de todos os meus conselhos sábios para Liam.

E se eles me dispensarem?

Essas palavras vibravam em meu cérebro.

E se eu não conseguir chegar às finais?

Uma voz profunda gritava dentro de mim, pedindo para ser ouvida, mas minhas dúvidas rugiam mais alto, e as palavras estridentes se multiplicavam. Foi preciso muito autocontrole, mas eu silenciei o medo para poder ouvir a centelha de esperança que tentava se manifestar. E quando o estrondo opressor virou um distante gargarejo eu ouvi a esperança.

Você é um tremendo rock star, cacete! Vá lá dentro e vença essa merda!

Segui o assistente e irrompi pelas portas duplas como se estivesse cumprimentando os fãs que nos adoravam na época do Pete's.

Sou o fodão do pedaço.

O corredor até o salão dos juízes estava dramaticamente iluminado com luzes brilhantes projetadas no chão, e uma câmera na outra ponta gravava cada passo da minha caminhada em direção à vitória. Mantendo o queixo erguido, ignorei o sujeito atrás da câmera, que provavelmente torcia para me ver desmontar ali. Só que eu não ia desmontar.

A porta do salão dos juízes foi aberta para mim e eu fui direto até a mesa. Quando cheguei diante de Matt, Evan e Kellan, eu me coloquei com os pés ligeiramente afastados e as mãos cruzadas atrás das costas, uma posição de confiança, mas também de respeito. Queria que eles notassem que eu tinha mudado.

Kellan sorria para mim. Evan também. O rosto de Matt estava impassível; por algum motivo, eu me incomodei por vê-lo daquele jeito. Estava cansado da guerra entre nós. Sempre tínhamos conseguido consertar as coisas entre nós, mas agora...

Kellan se inclinou sobre a mesa e me examinou.

— E aí... Griffin Hancock. Você acha que tem o que é preciso para ser um D-Bag? Acha que pode aguentar toda a carga de trabalho? Nem tudo é divertimento e lazer nessa vida, sabia?

Sorri para ele. Eu sabia melhor do que ninguém o que aquele trabalho impunha. Também sabia o quanto eu tinha sido indolente antes. Como um idiota preguiçoso, eu tinha cavalgado na garupa da fama deles até alcançar o topo. Só que dessa vez seria diferente. Devolvendo para eles uma expressão neutra, garanti:

— Vou trabalhar pra caramba para esta competição e, depois, pela banda. Sei que esse é um trabalho de grupo e... Quero fazer parte da equipe. Quero fazer a minha parte. *Vou fazer* a minha parte... Prometo!

Ergui uma sobrancelha, para que eles realmente me entendessem. Eu não fazia promessas... *Nunca*, e eles sabiam disso. Mas estava fazendo uma agora. Eu a cumpriria e gostaria de fazer isso com o máximo da minha competência e capacidade. Não podia mais me dar ao luxo de ser indolente.

Os três homens trocaram longos olhares uns com os outros e eu engoli em seco, de nervoso, quando a dúvida ameaçou ressurgir.

Por favor, digam "sim". Por favor, me deem uma chance.

Matt foi quem finalmente se virou de costas para os outros e olhou para mim.

— Griffin... eu não sei como lhe dizer isso, mas... — Meu coração se encheu de medo e senti um som de gongo aumentar em meu ouvido. Matt exibiu um sorriso torto. — Você está dentro. Parabéns.

Meu alívio saiu de mim levado por uma bufada trêmula.

— Vocês são uns idiotas, caralho! — exclamei, com uma risada.

Matt riu, juntamente com Evan e Kellan, e ver o bom humor deles iluminou meu espírito mais do que ter sido aprovado para as finais. Poderíamos acertar as coisas. Poderíamos consertar o passado. Tudo o que eu tinha que fazer agora era vencer a competição.

NÃO PODEMOS TODOS GANHAR

O assistente me levou do salão dos juízes para a sala dos vencedores. Colocou a mão na maçaneta para abrir a porta e eu prendi a respiração.

Por favor, Senhor, faça com que Liam esteja aí dentro.

A porta se abriu e uma rodada de aplausos me invadiu os ouvidos quando entrei. As pessoas me davam tapinhas nas costas e me desejavam felicidades; alguém colocou um drinque na minha mão e eu examinei a multidão. Quando vi Liam caminhando na minha direção soltei outro suspiro de alívio. Ele também tinha conseguido. Beleza!

Liam me imobilizou com um abraço de urso quando se juntou a mim e quase derramou minha cerveja.

— Dá para acreditar, Griff? Nós dois conseguimos!

Embora eu estivesse zonzo de energia e empolgação, encolhi os ombros com ar de indiferença quando ele me largou.

— Isso não deveria surpreender você. Eu disse que conseguiríamos e, como você sabe, estou sempre com a razão.

Ele me deu um tapa forte no ombro e nós dois começamos a rir.

Enquanto os dedicados membros da equipe do programa gravavam todas as reações para fazer um clipe com os "finalistas", notei algo estranho na porta. Sam tinha acabado de entrar. Parecia uma imponente fortaleza de músculos esmagadores e olhou em torno, procurando alguém. Quando seus olhos pararam em mim e ele começou a vir na minha direção, meu estômago deu um pulo e foi parar na minha garganta. Será que eram os caras? Será que tinham mudado de ideia a meu respeito?

Apertei os dedos com força e fiz um punho para impedi-los de tremer. Sem emoção aparente, Sam chegou até onde eu estava e disse:

— Alguém quer ver você ali fora.

Meu coração afundou.

– É Matt, não é? Ele continua puto comigo e mudou de ideia, acertei? – Sam não disse que sim nem que não; suspirei de desânimo. Era isso. Matt tinha mudado de ideia. Eu me virei para Liam e avisei: – Estou com um mau pressentimento a respeito disso... Se tudo der errado e os caras me eliminarem das finais, estará nas suas mãos representar o nome dos Hancock, ok?

O queixo de Liam caiu. Sem palavras, ele olhou, atônito, para mim e para Sam. Virei a cerveja entreguei a Liam meu copo vazio e segui o segurança corpulento de Kellan até lá fora. Enquanto caminhávamos, eu disse a Sam:

– Quer saber?... Acho que eu gostava mais de você quando distribuía porradas nos arruaceiros do Pete's. Pelo menos você sorria de volta, naquela época. E falava com a gente. De vez em quando, até bebia com a gente. Agora está todo profissional, só pensa em negócios o tempo todo. Que diabos aconteceu com você? Será que o Kellan comprou os seus colhões junto com os músculos?

Quando a porta da sala se fechou depois de sairmos, Sam se virou para mim com um sorriso forçado na cara.

– Cala essa boca, Griffin! – disse ele, então me ergueu no ar e me abraçou com força. Fiquei tão chocado que nem consegui me mover. Meio que não consegui respirar também. Sam era forte pra cacete. – Parabéns, cara! – disse ele, colocando-me de volta no chão. – Os D-Bags nunca mais foram os D-Bags sem você.

Engoli em seco e tentei sugar um pouco de ar, agora que conseguia respirar de novo.

– Eu ainda não ganhei, sabia?

Sam balançou a mão no ar como se o resto do concurso fosse apenas uma formalidade, porque eu já venci com facilidade. Inclinando a cabeça, perguntei:

– Quer dizer que não é Matt que quer me ver? Ele não vai me dar um chute na bunda?

Sorrindo, Sam sacudiu a cabeça para os lados. Apontou para o corredor adiante e meus olhos o seguiram. Lá no fundo, parecendo uma deusa sob a iluminação fluorescente, estava a minha mulher. Tinha a cabeça meio inclinada, olhava para mim e mordia o lábio inferior. Pela segunda vez no mesmo dia, fiquei chocado ao ver o quanto ela era linda. Bati no peito de Sam com a palma da mão e avisei:

– Vou levar uns minutinhos aqui.

Uma risada baixa que parecia um trovão escapou do seu peito.

– Sim, eu sei.

Comecei a andar na direção de Anna e meus olhos percorreram todo o seu corpo a cada passo que eu dava. Estava quente lá fora e ela vestia um short indecente, quase ilegal de tão curto. Suas coxas tinham um tom de mel dourado, e eu sabia que eram suaves como seda ao toque da minha mão. Meu pau se manifestou só de pensar nisso. Então meus olhos passearam de volta até os seus seios. Ela vestia um top apertado com alças finas e... porra!... um sutiã embutido. Seus mamilos espetavam o tecido fino de um jeito que fez minhas pernas tremerem. Caminhei mais depressa.

Quando estava quase lá, ela começou a vir na minha direção. Parecemos nos derreter nos braços um do outro ao nos encontramos. Seus braços me envolveram, os meus a apertaram, e nossos lábios se uniram. Porra!... o sabor dela era delicioso.

— Parabéns — murmurou ela, entre beijos famintos. — Eu sempre soube que você ia conseguir.

Minha mão correu pelas suas costas e gemi quando lhe agarrei a bunda com força. Porra, eu a desejava muito!

— Estou contente demais por você estar aqui, Anna. — Quis transmitir que estava feliz em todos os sentidos possíveis... fisicamente, emocionalmente, tudo isso. Eu não sabia o que faria da vida sem ela. Bem, na verdade eu sabia sim... seria infeliz para sempre, como fora nas últimas semanas.

Apesar de a minha vontade ser encostá-la contra a parede e mergulhar dentro dela várias vezes sem parar, eu me obriguei a dar um passo para trás. Ela ficou surpresa e sem fôlego quando nos separamos. Eu também lutava para respirar normalmente e tinha certeza de que meu pau estava ficando roxo, esmagado dentro da calça. Ele parecia gritar para que eu fosse em frente. Só que eu o ignorei e a segurei a um braço de distância.

— Sei que nem tudo está de volta ao normal só porque você voltou para me ver e coisa e tal. Sei que fodi com o nosso lance quando eu perdi tudo... quando menti para você. Sei que arruinei o que tínhamos. E sei que vai levar algum tempo para consertar as coisas. Estou disposto a esperar o tempo que for preciso.

Com um suspiro, sorri.

Deus, quero me enfiar dentro dela agora mesmo.

Anna sorriu enquanto analisava o meu rosto.

— Não foi você perder tudo que estragou as coisas entre nós, Griffin, e não foram só as mentiras. Foi você querer... decidir tudo sozinho. Foi você me afastar. Foi você me manter no escuro e me tratar como se eu não tivesse importância, como se a minha opinião não valesse.

Inclinei a cabeça, confuso. Eu nunca a tratei como se ela não tivesse importância. Pelo menos, não intencionalmente. Vendo que eu não estava ligando os pontinhos, Anna se aproximou mais de mim. Colocou os braços em volta do meu pescoço novamente e eu a enlacei pela cintura.

— Sei que você não gosta de demonstrar suas emoções; sei que isso faz você se sentir desconfortável e tudo o mais... entendo isso numa boa. — Ela balançou a cabeça. — É difícil para mim também, e olha que eu não sou o tipo de garota que precisa de flores e poemas... Só que nas últimas semanas, quando você se abriu e estendeu a mão para mim... na carta e nos papos pelo celular... isso significou tudo para mim, e de repente eu percebi o que tinha dado errado comigo mesma. – Sorrindo, descansou a mão no meu rosto. – Acho que era isso que faltava entre nós. Eu nunca me senti como se você precisasse de mim. Sim, é claro que você gostava de me ver ao seu redor, e obviamente gostava de transar comigo... só que você nunca precisava *realmente* de mim, e isso me deixava muito... solitária. – Ela franziu a testa e tirou a mão da minha bochecha.

Agarrei a mão dela com força.

– Isso não é verdade. Eu preciso de você... Você é tudo que eu preciso na vida. Tudo que eu sempre precisei. Eu fiquei... perdido sem você.

Anna sorriu e eu senti o calor dela nas minhas partes mais íntimas. Ela *era* tudo que eu precisava.

– Eu só agora entendi que isso é verdade – ela me garantiu.

Foi então que ela se inclinou para um beijo suave que me deixou energizado e, ao mesmo tempo, comovido. Cheguei a ficar tonto quando nos afastamos.

– Você é minha melhor amiga – eu disse a ela. – A única que me entende e me ama de verdade. Vou fazer qualquer coisa para manter isso tudo e você. *Qualquer coisa!* – repeti, mantendo o olhar firme.

Anna fechou os olhos para absorver melhor minhas palavras, mas logo um sorriso se espalhou no seu rosto, de um jeito brincalhão e diabólico.

– Existe uma coisa que você pode fazer por mim – disse ela. Abrindo os olhos disse, timidamente: – Pode me mostrar o palco.

Eu pisquei, surpreso. Pela sua expressão, imaginei que ela fosse pedir algo mais.

Seu sorriso ficou ainda mais brincalhão; peguei a mão dela e levei-a um pouco além. Ela riu, como se estivéssemos em uma espécie de aventura. Isso me fez lembrar todos os momentos de diversão que tivemos ao longo do nosso relacionamento. Antes de Anna, eu nunca tinha conhecido uma garota que se divertisse tanto quanto eu. Ela realmente topava qualquer coisa. Eu adorava essa característica dela.

Quando chegamos à porta do palco, achei que ela pudesse estar trancada, mas não estava. Grato por não ter de ceder à tentação de arrombar a porta, olhei para ver se a barra estava limpa à nossa volta e empurrei Anna ali para dentro. Ela soltou um assobio baixo enquanto passava ao longo das fileiras de assentos vazios.

– É maior do que eu imaginei que seria. – Quando chegou ao palco, subiu nele e olhou em volta com espanto no rosto.

O lugar estava às escuras, só com as luzes de emergência acesas. Dei um pulo para me juntar a ela no palco, e em seguida fui atrás dos bastidores ligar algumas luzes. Encontrei um botão que imaginei que fosse um foco de luz. Felizmente, era mesmo, e um círculo de luz se formou em torno de Anna. Ela riu ao se ver no centro do holofote e eu balancei a cabeça ao notar seu ar divertido. Quando voltei para a parte principal do palco, para junto dela, dei uma boa olhada em volta. Não era tão grande quanto os lugares que eu estava acostumado a tocar com os D-Bags, mas tinha um espaço decente.

– É… Até que o tamanho é legal.

– Quer dizer que este é o lugar onde você vai mostrar ao mundo o quanto é magnífico ao longo das próximas seis semanas?

Olhei por cima do ombro para ela.

– Isso mesmo. Este aqui será o meu novo lar longe de casa. – Voltei o olhar para as filas e filas de cadeiras vazias. – É aqui que o meu futuro será decidido…

– Bem, então eu sugiro espalharmos alguma magia sobre ele.

Não sabendo o que ela queria dizer, virei o corpo para encará-la. Ela agarrou a barra do seu top e o ergueu sobre a cabeça. Quando se viu livre dele tirou os sapatos, desabotoou o short minúsculo e o fez deslizar lentamente, junto com a calcinha, pela perna abaixo. Puta merda! Vendo sua perfeição exposta diante de mim foi mais do que eu conseguiria aguentar. Já estávamos prontos para entrar direto nessa fase? Eu seria capaz de recusá-la? Não. Eu me sentia tão incapaz de rejeitá-la quanto indigno da sua devoção. Por alguma razão, porém, eu a tinha diante de mim, e nunca mais a deixaria ir embora novamente.

Completamente nua sob o holofote solitário no meio do palco, ela curvou o indicador para me chamar.

– Venha cá!

Minha respiração se acelerava a cada passo que eu dava na direção dela. Será que ela sabia que fazer sexo em cima de um palco era a minha fantasia número um? Sim, provavelmente sabia, e era por isso que estava fazendo aquilo. Eu era o mais sortudo filho da puta em todo o planeta por poder chamá-la de minha. Como eu tinha sido idiota e como era abençoado agora, por receber mais uma chance. Eu não a merecia, mas precisava transformar na missão de minha vida a busca por ser um homem melhor. E com ela firme do meu lado, talvez um dia eu conseguisse.

Quando cheguei perto o suficiente, segurei um daqueles seios incríveis na mão. O peso familiar fez meu pau adquirir vida própria.

– Você é tão linda! – exclamei, acariciando o mamilo com o polegar.

Ela mordeu o lábio inferior com um gemido de prazer e se deixou levar.

– Senti sua falta, Griffin… Senti muito. Faça amor comigo, aqui, onde todo mundo vai assistir seu show na segunda-feira…

Inclinando-me um pouco, chupei seu mamilo bem devagar. Ela segurou minha cabeça no lugar e quase se engasgou ao gemer. Minhas mãos deslizaram para baixo, pela sua cintura até os quadris, então meu dedo seguiu em frente até o espaço entre as pernas.

Porra, ela estava excitada; gritou quando arqueou o corpo contra mim e eu não aguentei mais. Já fazia muito tempo. Eu precisava sentir novamente o sabor dela...

Resolvi me agachar, me coloquei de joelhos e substituí meus dedos pela minha boca. Anna gemeu meu nome e seus dedos me agarraram o cabelo, avisando que era melhor eu não sair dali. Aquilo me deixou alucinado. *Porra...* o gostinho dela era delicioso.

Deitei-me no chão e, quando ela fez uma careta, fiz sinal para que ela se juntasse a mim. Ela se abaixou para eu poder prová-la novamente. Apreciei seu corpo em destaque no holofote e observei seus dedos massageando os seios e esfregando os mamilos. Aquilo foi demais para mim, e foi demais para ela também.

Ela se afastou de mim e na mesma hora começou a trabalhar na minha braguilha. Depois de tirar a minha calça, ela me tomou por inteiro na boca. Percebi que estávamos no centro de um palco iluminado e isso quase me fez gozar. Eu gentilmente a afastei de mim e tirei o resto das minhas roupas. Não queria que houvesse nada entre nós.

Deitei-a de costas, de modo que a sua cabeça ficou virada para a plateia, e a penetrei com vontade. Porra... ela me pareceu incrível. Nossas mãos percorriam o corpo um do outro enquanto nos movíamos juntos, e a cada segundo que passava eu ficava mais consciente de quanto estávamos expostos. Éramos a única coisa no ambiente sob um foco de luz, e aquilo me pareceu tão correto que, de certo modo, tornou o momento muito mais doce. Foi exatamente como eu esperava que seria.

A empolgação nos levou à beira do orgasmo muito depressa. Eu sabia que estava quase lá, e pelos gritos de Anna, percebi que ela também chegava ao clímax. Queria lhe dar um pouco mais e nos reposicionei para ficarmos mais na beira do palco. Quando Anna percebeu que eu a estava exibindo para o nosso público imaginário, gemeu mais forte e deixou cair a cabeça para trás, meio de lado. Nós não estávamos escondendo nada.

Agarrando a ponta do palco com força, usei isso como alavanca para poder mergulhar ainda mais fundo dentro dela, cada vez mais fundo. Os gritos guturais de êxtase que Anna emitia aumentaram de intensidade a cada nova estocada. Olhando para frente, vi o mar de poltronas à espera dos fãs que iriam torcer por mim. Porra, isso mesmo!... Com Anna ao meu lado eu iria dominar aquela porra de espaço na segunda-feira à noite.

Nós dois continuávamos ofegantes, tremendo de carências e cada vez mais perto. Porra, ela era deliciosa. Parecia que tinham se passado anos desde a última vez que estivéramos juntos e, mesmo assim, nossa transa nunca tinha sido tão fantástica quanto naquele momento. Foi como se tivéssemos nos tornado totalmente um só corpo e uma só alma, unidos e completos em todos os sentidos.

Cativado, assisti ao êxtase que se construía nas feições de Anna enquanto me movia contra ela e junto com seu corpo. Ela estava maravilhosa debaixo de mim, ainda mais por se manter posicionada bem debaixo do holofote. Estar com ela ali e agora era a coisa mais erótica que eu já tinha experimentado na vida, e eu me senti como um trem desgovernado quando meu orgasmo começou a chegar.

— Ó Deus, sim, Griffin… sim, sim… Isso… Aí mesmo! Mais, mais… Ó Deus…

As palavras de Anna se tornaram confusas quando ela gozou, e eu não consegui tirar os olhos daquele espetáculo. Observá-la desmoronar, saber que ela me deixava fazer aquilo e me permitia levá-la até o prazer supremo significou mais para mim do que eu conseguiria expressar naquele momento.

Tudo que eu quero é que ela seja feliz.

Anna se apertou com mais força em torno do meu pau enquanto cavalgava a sua libertação; depois, puxou minha cabeça para me dar um beijo ardente. Eu comecei a ejacular quando nossas bocas colidiram. Consegui gemer nos seus lábios quando as rajadas de prazer pulsante tomaram conta de mim. Porra… Sim… Deus, eu realmente estava com muita saudade dela!

Quando a intensidade diminuiu e cessou, desabei em cima de Anna. Os braços dela me embalaram e eu me senti mais completo do que em toda a minha vida. Teríamos de fazer o show engatados daquele jeito, porque eu nunca mais queria sair dali. Sem querer esconder mais nada dela, nem ignorar o caos emocional que girava dentro de mim, eu me obriguei a descrever para ela como estava me sentindo.

— Você é a única coisa que importa para mim, Anna. Claro, há outras coisas que eu quero, como conquistar meu emprego de volta, por exemplo, só que… você é a única coisa de que eu *preciso*. Você e as meninas. – Saí de dentro dela e me coloquei de lado para poder olhá-la com mais facilidade. – Fiquei tão trancado dentro de mim mesmo que perdi você. Perdi nós dois. Acho que perdi até a *mim mesmo*. Porque sem você eu não sou porra nenhuma. Nada tem valor na minha vida. Você é a melhor parte de mim. A *melhor*. Você é a minha melhor amiga e eu deveria ter colocado você sempre em primeiro lugar… você e as meninas. Sinto muito por não ter feito isso. – Com um suspiro, balancei a cabeça para os lados. Anna abriu a boca para falar, mas eu a interrompi com um beijo. Ainda não tinha acabado. – Eu te amo, e vou para onde você quiser que eu vá. Vou morar onde você quiser que eu more, vou fazer o que você quiser que eu faça… Simplesmente me aceite de volta. Eu não aguento mais ficar sem você. Isso está me matando.

Seus olhos lacrimejaram quando ela olhou para mim.

— Griff… Eu te amo muito e uma grande parte de mim quer dizer "claro, volte para casa comigo e vamos encerrar essa separação". Só que, pelo bem da nossa família e para o bem das nossas meninas, preciso que você saiba que o que você fez… as mentiras, as coisas por trás das minhas costas para você conseguir o que queria, nada disso poderá acontecer novamente. *Nunca mais*. Esta é, na boa, a sua última chance

comigo... por isso não estrague tudo. – Ela me deu um sorriso doce no fim disso, como se estivesse apenas me pedindo para levar um litro de leite na volta para casa.

Rindo, tornei a beijá-la.

– Confie em mim, amor. Eu preferia me apunhalar nos testículos a voltar a magoar você. Eu só quero a minha melhor amiga de volta – disse, com um suspiro. – Quero a minha mulher de volta.

Anna segurou meu rosto com as duas mãos.

– Ela está bem aqui. Agora fique quieto e faça amor com ela sob os holofotes mais uma vez, antes que apareça alguém aqui e expulse tanto você como seus testículos para fora do hotel.

Isso me provocou uma ereção instantânea.

– Você é a coisa mais sexy do mundo e eu sou o filho da puta mais sortudo que existe. – Apertei sua bochecha novamente. – Eu nunca mais vou me esquecer disso.

Ela fez que sim com a cabeça e surgiram novas lágrimas em seus olhos quando eu deslizei para dentro dela de novo...

★ ★ ★

Segunda-feira à noite aconteceria o primeiro show ao vivo, no qual iríamos mostrar nosso talento direto para o público, e não apenas para os juízes. Eu estava muito animado e sentia enjoos ao mesmo tempo, conforme foi chegando o momento da apresentação. Claro que já tinha feito aquilo um milhão de vezes, mas nunca debaixo de tanta pressão. Toda a minha carreira dependia de eu fazer com que os fãs gostassem de mim novamente – uma batalha difícil, considerando o quanto eu tinha estragado as coisas quando abandonei a banda daquele jeito. Torci para eles conseguirem ver meu arrependimento no palco, e também a minha determinação e a minha motivação. Eu queria isso.

O programa seria composto de apresentações curtas, ao longo de seis semanas; várias pessoas deixariam a competição depois dos resultados de cada dia. Eu não queria ser dispensado logo no primeiro dia. Nem no segundo. Nem no terceiro. Queria percorrer o caminho completo até a finalíssima. Mesmo assim eu não deixei que esse desejo me virasse contra os meus rivais e os ajudava sempre que podia.

Quando não estava dando dicas para os competidores nem levantando o ânimo de Liam, ajudava o pessoal de palco. Havia equipes em todos os lugares, e eles sempre pareciam precisar de uma mãozinha extra para resolver algum problema. Essa determinação de me manter sempre ocupado ajudava a deixar longe da mente o nervoso que eu sentia, então eu me oferecia para realizar tantas tarefas quanto eles me deixassem. Todos ali pareciam apreciar isso; alguns até me desejavam sorte nas apresentações e me convidavam para jogar pôquer com eles depois. Tudo isso me parecia fantástico.

Como gostava de me sentir parte de algo maior do que eu mesmo, oferecia meus serviços a qualquer um que precisasse. Ajudava Anna com as meninas, ajudava o apresentador a levar recados para outros membros da equipe, ajudava os rapazes das câmeras com o seu equipamento; ajudava até mesmo os produtores a planejar os melhores ângulos para as tomadas de câmera. Durante o dia inteiro eu estava em qualquer lugar e em todos os lugares. Onde quer que eu fosse necessário, era lá que eu queria estar.

Quando finalmente chegou o momento de o programa começar eu me senti energizado e pronto para entrar em cena. Os vinte finalistas se juntaram nos bastidores e fizeram uma oração curta uns pelos outros. Um grupo da equipe de técnicos também se juntou a nós; eu coloquei um dos braços em torno de Liam e o outro sobre os ombros do cara que iria controlar a iluminação. Nunca na vida eu tinha me sentido tão visceralmente ligado a alguma coisa. Depois disso nos separamos e cada um seguiu seu ritual pessoal para fazer os preparativos finais antes de começar o programa.

Encontrei um canto sossegado, fechei os olhos, inspirei e expirei profundamente várias vezes.

Eu consigo fazer isso.

Foi quando ouvi uma voz cheia de empolgação.

— Achei você, papai!

Abri os olhos e vi Gibson correndo em minha direção; suas longas tranças louras balançavam sobre seus ombros enquanto ela chegava, aos pulos. Anna já tinha se instalado no meio da multidão com Onnika, mas Gibson se recusara a sair do meu lado. Estava correndo pelos bastidores e espalhava o seu charme para todos com quem entrava em contato. Era muito parecida com a mãe dela, nesse ponto. Eu me coloquei de joelhos e a envolvi em um abraço gigantesco.

— Aí está você! Para onde foi? Pensei que eu tivesse me perdido da minha garotinha mais querida. — Atrás dela vinham Sam e um dos operadores de câmera. Gibson tinha se transformado numa espécie de mascote dos bastidores; batia papo com todos os concorrentes com seu jeitinho especial que parecia proclamar "Já tenho quase quatro anos e sei tudo sobre a vida".

— Ajudei o tio Kellan. — Ela se virou e exibiu para a câmera um sorriso dengoso. — Ele me ama "muito que mais". E disse que eu vou ganhar.

Com uma risada, beijei seu cabelo.

— Acho que ele tem razão.

O adorável rostinho de Gibson se transformou numa carranca quando ela voltou sua atenção para mim.

— Mas eu quero que *você* ganhe. — Olhou para mim como se estivesse me dando superpoderes e então sorriu. — Pronto! Passei minha vitória para você.

Ela era tão doce que eu senti um nó na garganta e engoli em seco. A música-tema começou a tocar, e eu lhe dei mais um abraço, pois teria de ir embora dali logo em seguida. Ela não queria me largar de jeito nenhum.

— Gibby, eu preciso ir, gatinha. Você ficará com Sam, ok?

Ela franziu a testa quando eu a afastei de mim.

— Quando você vai voltar para casa? — ela me perguntou.

Senti como se ela tivesse me enfiado um estilete no peito.

— Ah, gatinha… Em breve, ok? Prometo.

Ela assentiu com a cabeça e então, como só poderia acontecer com uma criança, seu astral mudou subitamente e ela me lançou um sorriso gigantesco.

— Você volta para o meu aniversário?

Com uma risada, concordei.

— Sim, prometo que no seu aniversário estarei lá.

Ela bateu palmas e me apertou em mais um abraço. Quando se afastou, balançou o dedo na minha cara com uma expressão tão séria que foi difícil não rir.

— No meu aniversário, sim… Mas no de Onnika, não. — Onnika ia fazer dois anos dali a poucas semanas, e o quarto aniversário de Gibson iria acontecer dois meses depois. — Só no meu — insistiu ela, com a expressão firme.

Com um suspiro, agarrei os ombros de minha filha e a obriguei a olhar para mim.

— Gatinha, você precisa parar de sentir esses ciúmes da sua irmã. Só porque eu a amo não significa que amo você menos. Eu amo vocês duas muito, muito mesmo… Vocês são maravilhosas, bonitas, talentosas, pessoinhas muito especiais… — Minha voz sumiu enquanto eu analisava meus próprios ciúmes recorrentes. Será que Gibson tinha percebido minha maneira de ser e se sentia inferior a Onnika por perceber minha insegurança? Puxa, torci para isso não acontecer. Não queria que ela fosse desse jeito. Apertei suas bochechas. — Você é a *menina* mais surpreendente que eu conheço e não precisa se comparar a ninguém. Nunca haverá outra menina como você. *Nunca.*

Ela olhou para mim um segundo e então sorriu.

— Ok.

Beijei seu nariz e me levantei. Era hora de eu também ser o cara mais incrível que *conseguisse* ser. Entreguei Gibson para Sam e lhe agradeci por tomar conta dela; em seguida, eu me dirigi para o palco disposto a pilotar o meu destino. Estava na hora de eu me tornar o dono do pedaço.

E foi o que eu fiz. Quando meu nome foi chamado para as apresentações, saí para o palco como se estivesse recebendo aplausos trovejantes e ensurdecedores; na minha mente eu recebia mesmo. Quando pisei no ponto onde tinha feito amor com a minha mulher, a lembrança empolgante de me jogar dentro dela bem ali naquele lugar me preencheu e me animou. Iria visualizar esse momento toda a vez que eu subisse ali. Isso iria me ajudar a ir em frente.

Com um sorriso nos lábios, eu beijei os dedos, procurei minha mulher no meio da multidão e joguei o beijo para ela.

Você é tudo para mim.

Anna gritava para mim e segurava Onnika no colo. Onnika batia palmas, e apesar de eu não conseguir ouvi-la por causa do barulho, dava para perceber que ela gritava *"Papai!"*. Droga. Eu tinha a melhor família do mundo. Como é que eu pude quase desistir disso? Matt estava certo. Eu era um tremendo idiota.

Liam foi anunciado logo depois de mim e eu o agarrei num abraço amigável com o braço em torno do seu pescoço quando o seu momento sob os holofotes terminou. Ele era todo sorrisos quando passou o braço em volta de mim. De certo modo era uma surpresa, para mim, eu me sentir tão próximo de *toda* a minha família agora. Eu sempre tivera vínculos fortes com eles; agora, porém, depois de tudo que enfrentara recentemente, era mais que isso. Eu lutaria com unhas e dentes para defender qualquer um deles.

Descobri minha família no meio da multidão e acenei para todos eles enquanto os outros concorrentes eram anunciados. Mamãe gritava pelos seus dois filhos; papai ria de orelha a orelha, e Chelsey tinha lágrimas nos olhos. Aquilo me comoveu e me fez querer ganhar por causa deles, para que todos se orgulhassem de mim, embora eu tivesse certeza de que esse orgulho já existia. Mamãe me dissera exatamente isso naquela manhã, quando me ligou.

Depois das apresentações, nós fomos separados em grupos para tocar como uma formação de "bandas" de verdade. Fui escolhido para ser o vocalista do meu grupo, o que me deixou meio desconfortável, considerando as críticas péssimas sobre a minha tentativa desastrosa de gravar um álbum solo. Mesmo assim, eu coloquei as dúvidas de lado e refiz uma canção dos D-Bags, acrescentando o meu toque pessoal. Em vez de simplesmente cantar as letras, fiz uma parte delas em ritmo de rap... uma batida lenta e constante que combinava muito bem com a famosa canção que eu interpretava. A multidão foi à loucura com isso, o que me deixou chocado e feliz. Nosso grupo foi aplaudido de pé pela plateia... incluindo os juízes. Até mesmo Matt parecia radiante quando nos aplaudiu.

No final do show, eu me senti estimulado e energizado, e estava mais animado a respeito das minhas chances de sobreviver àquele massacre.

Os resultados iriam ser divulgados na noite seguinte. Meu estômago se torcia em nós enquanto eu esperava para saber se iria seguir em frente ou não, mas eu tinha arrebentado na minha apresentação da véspera, e me agarrei a isso o máximo que consegui. Eles gostaram de mim. Uma banda foi convidada para entreter a multidão e eu fiquei surpreso ao ver quem eram eles... Avoiding Redemption. A banda de Justin.

Procurei por ele nos bastidores, mas foi Gibson quem o encontrou.

— Papai! Tio Justin está aqui!

Lembrando as últimas palavras que tinha trocado com ele, me senti meio idiota quando nos vimos frente a frente.

— Ahn… E aí!?… É bom ver você, cara. Como vão as coisas?

Justin exibiu um sorriso curto ao me ver. Gibson apertava a mão dele com tanta força que seus dedinhos estavam brancos; ela já mostrava uma quedinha por rock stars. Eu não iria aguentar a barra quando ela ficasse adolescente.

— Está tudo numa boa — ele me respondeu.

Passando a mão pelo cabelo, que finalmente voltara a cobrir meus olhos, deixei escapar um suspiro.

— Escute… Sinto muito sobre aquilo que eu disse para você naquele lance do meu álbum. Fui um idiota. Não foi culpa sua a gravadora não aceitá-lo. E para ser franco, era uma bosta mesmo.

As sobrancelhas de Justin se ergueram de espanto.

— Uau! Pensei que você fosse minimizar esse lance e fingir que nunca tinha acontecido.

Quando eu ouvi a música-tema, começar a tocar, sorri.

— Meu velho, eu teria agido desse jeito. Mas sabe como é… Estou tentando ser mais maduro e todas essas merdas…

Gibson concordou com a cabeça.

— Merdas.

Justin riu quando olhou para ela.

— Dá para ver. — Voltou os olhos para mim e me estendeu a mão. — Boa sorte esta noite. — Quando eu o cumprimentei, ele confessou: — A propósito, votei em você.

Fiquei surpreso e comovido com essas palavras.

— Votou? Obrigado, cara. Isso significa muito para mim. — Depois que nos separamos, Justin se inclinou e beijou a mão de Gibson; em seguida, entregou-a de volta para mim. Pela primeira vez na vida, ela não quis vir para o meu colo. Enquanto eu lutava para arrancá-la dele, perguntei: — E aí, como está a Kate?

Justin abriu um sorriso luminoso que fez Gibson suspirar. Fiz uma careta para ela enquanto ouvia Justin contar:

— Estamos numa boa. Eu pedi a ela para vir morar comigo e ela topou. Vai se mudar para Los Angeles até o fim do mês. — Ele pareceu realmente satisfeito por eu ter perguntado, pela primeira vez, sobre Kate e não sobre Brooklyn. Eu provavelmente deveria ter incentivado mais o relacionamento dele com Kate.

Dando um tapa amigável no ombro dele, tentei compensar todos os meus comentários impróprios do passado.

— Isso é ótimo! Fico feliz por vocês decidirem foder sob o mesmo teto. Já não era sem tempo!

Justin franziu a testa, estranhando minhas palavras, mas logo riu e balançou a cabeça.

— É bom ver que você ainda não está totalmente maduro. Não sei o que eu faria se você crescesse por completo.

Eu não tinha certeza do que ele quis dizer com isso, mas sorri, encolhi os ombros e deixei para lá.

Depois das apresentações para o público e da performance da banda de Justin, chegou o momento de saber os resultados da votação da véspera. Eu me sentia um desastre ambulante, parado ali no palco à espera da decisão que decidiria o meu destino. Eles faziam os anúncios em grupos de três nomes. O nome de Liam foi chamado no grupo antes do meu, e ele ouviu as palavras de ouro de aprovação que eu também esperava ouvir.

Você escapou, está seguro.

Eu era o último no meu grupo de três participantes. Os dois caras antes de mim também tinham sido salvos. Fiquei feliz por eles, mas ao mesmo tempo sabia que o sucesso deles diminuía um pouco as minhas chances.

Com uma cara séria, olhei para Matt, Evan e Kellan. Todos os três pareciam nervosos quando o apresentador se aproximou de mim. Eu sabia que eles não tinham mais poder de decisão sobre eu ficar ou partir, mas tinha a esperança de que eles torcessem para eu continuar na disputa. Rompi o contato visual com eles e me virei quando o apresentador me chamou pelo nome.

— Griffin Hancock… Você fez uma apresentação e tanto na noite passada, mas… será que isso foi o suficiente? — Ele me olhou longamente e de forma dura antes de abrir, lentamente, o envelope que tinha nas mãos. Demorou um tempão remexendo no papel. Eu senti vontade de pegar aquela porra das mãos dele e ver por mim mesmo se iria seguir em frente ou não; em vez disso, porém, me forcei a permanecer calmo e firme. Foram os dez segundos mais longos de toda a minha vida até que, por fim, o cara me deu um sorriso digno de um Oscar. — Foi suficiente, sim. Parabéns, você continua entre os participantes.

A multidão irrompeu em gritos e meus joelhos quase cederam. Graças a Deus… Por enquanto, eu estava a salvo.

Capítulo 27
REFAZENDO LAÇOS

Para dar aos potenciais parceiros de banda uma noção de como seria sair pela estrada durante meses, todos os concorrentes ficariam isolados dentro do hotel... sem receber visitas. Isso me fez sentir loucamente a falta de Anna e das meninas, mas ofereceu a nós dois ainda mais tempo extra para nos reconectarmos a distância, pelo telefone, o que foi surpreendentemente maravilhoso. Geralmente, o papo não era de cunho sexual, e isso era meio estranho para nós.

— O que você fez ao saber disso? — perguntei. — Deu umas porradas nela? Porque era isso que eu faria se ouvisse uma garota falando essas merdas sobre você.

— Pois é, mas... — Ela hesitou. — Tecnicamente, eu sou a chefe dela, então não posso partir para a agressão física... mas eu a obriguei a se fantasiar de coxa de frango e ficar andando para cima e para baixo pelo quarteirão durante a tarde toda. Foi divertido.

Ri dessa história ali deitado de costas na cama. Eu conseguia imaginar numa boa Anna se vingando desse jeito de uma funcionária linguaruda. Ninguém sacaneava Anna e escapava ileso.

— Eu também abri uma queixa contra ela e ameacei demiti-la se ela me chamasse novamente de vaca siliconada. — E completou com voz de deboche: — Até parece que eu preciso de silicone. Essa dupla é real!

Gemi quando uma visão dos seus peitos cintilou em meu cérebro.

— Sim, sim, eu sei que eles são reais. E perfeitos... tal como você.

Ela soltou um suspiro feliz.

— Estou longe da perfeição, Griffin.

— Você é meu tipo de perfeição; além do mais, a minha é a única opinião que conta. — Eu ri e suspirei. — Bem, a minha e a de toda a nação...

Compreendendo a minha referência ao programa, Anna murmurou:

— Você está nervoso por causa de amanhã? O público vai escolher os quatro finalistas… Vai ser uma grande noite.

Suas palavras me provocaram ansiedade.

— Eles são todos excelentes… e sim, estou meio estressado.

— Bem, você foi incrível hoje à noite — disse Anna, para me incentivar. — Estou certa de que vai conseguir passar por todos os obstáculos.

Eu não tinha tanta certeza. Todos que já tinham saído eram excepcionais. Muito bons mesmo. Ao longo das últimas semanas, os vinte concorrentes originais tinham sido testados, forçados ao limite e depois, de forma quase cruel, eliminados. Já que havia poucas semanas para as finais, os cortes tinham sido drásticos. Eu estivera perto da guilhotina uma vez ou duas, e tive certeza de que seria cortado em mais de uma ocasião. Por algum motivo, porém, eu continuava ali. Só oito de nós tinham sobrado, mas depois de amanhã ficariam só… quatro. Em seguida, na semana seguinte, só dois. Uma semana depois seria a finalíssima, e só uma pessoa restaria da disputa e viraria o novo integrante dos D-Bags.

Senhor, permita que seja eu.

Mudando o foco, eu disse a ela:

— Obrigado por ter me acompanhado nessa viagem louca. Eu te amo com cada parte do meu corpo. Você é a minha melhor amiga, a minha alma gêmea, eu tenho uma sorte do cacete por ter você na minha vida. — Eu recitava um discurso semelhante a esse a cada vez que nos falávamos, mas agora as palavras fluíam de mim com mais facilidade. Era quase ridículo que um dia tudo aquilo tinha sido tão difícil de dizer.

Anna ficou em silêncio um segundo, mas logo disse:

— Você não precisa repetir isso o tempo todo, sabia? Eu sei que você me ama, Griff.

— Não, eu preciso dizer sempre. Não quero mais ser o bundão que deixava as pessoas de fora da minha vida. Quero que todos com quem eu me preocupo saibam que eu me preocupo com eles. Você e as meninas… Bem, nada é mais importante no mundo, para mim, do que vocês três.

Uma risada curta e grave escapou dela.

— Gosto desse seu novo lado sensível, amor. Confesso que me dá tesão.

Sorri na escuridão.

— Se você pensa que isso lhe dá tesão, espera até tudo acabar por aqui. Você vai constatar que eu me tornei tão sensível que não vai mais saber o que fazer comigo.

— Tenho certeza que vou pensar em alguma coisa… Boa noite, amor. Boa sorte amanhã.

— Obrigado. Boa noite.

Desligamos e eu fiquei olhando para o teto por uns trinta minutos antes de finalmente desmaiar de sono.

Na manhã seguinte, acordei com uma dor muito familiar no estômago. Era como se eu tivesse comido uma pilha de pedras na noite anterior, e todas elas tinham se fundido numa superpedra que meu corpo nunca iria conseguir eliminar sem que eu me machucasse. Mas sabia que essa sensação sumiria assim que os resultados fossem divulgados. Eu iria em frente ou seria eliminado. Simples assim.

Enquanto circulava pelos bastidores com Gibson sobre os ombros, porque nem mesmo a regra sobre o isolamento conseguia manter minha filha longe do palco, murmurei queixas sobre como os produtores deveriam oferecer aos participantes pelos menos uma dica sutil sobre os resultados. Cara, o encerramento dos votos foi à meia-noite, eles já conheciam os resultados havia horas. Porque era tão difícil enfiar bilhetes debaixo de nossas portas para nos informar se deveríamos ou não fazer as malas?

— Bem, acho que isso deve ser surpresa, sim... caso contrário, as pessoas que não foram aprovadas simplesmente iriam embora. Isso seria uma espécie de anticlímax para o momento da transmissão.

Olhei para Liam com as sobrancelhas unidas.

— Eu sei que fiz uma pergunta, mas não queria uma resposta de verdade. Especialmente uma tão lógica.

Ele me olhou fixamente por um minuto, depois assentiu.

— Sim, você tem razão. Estamos todos no mesmo hotel. Eles só gastariam cinco segundos para nos avisar.

Um enorme sorriso irrompeu no meu rosto.

— Exatamente!

Ouvi o tema meloso do início do programa e vi Sam vindo pelo corredor e virando a curva para recolher minha filha. Ele sempre a vigiava para mim quando era a minha vez de entrar no palco.

— Acabou o seu tempo, gatinha — avisei a ela.

Ela reclamou quando eu a descolei dos meus ombros.

— Quero ir com você!

Eu já tinha ouvido isso inúmeras vezes antes, mas os produtores tinham deixado bem claro que ela não poderia entrar no palco comigo, nem mesmo para as apresentações iniciais. Argumentaram que isso me daria uma vantagem injusta. Tive que concordar com a avaliação deles. Qualquer pessoa que colocasse os olhos sobre aqueles cachos louros do meu anjo e visse seus olhinhos azuis tom de céu votaria em mim sem pensar duas vezes. As cenas dos bastidores de nós dois juntos eram, provavelmente, a verdadeira razão de eu ter chegado até ali sem ter sido cortado. Por Deus, eu esperava passar por mais essa eliminação.

Liam se agachou até o nível de Gibby quando ela fez beicinho.

— Gibby, você precisa ficar aqui atrás para cuidar de Crock para mim, lembra? — Ele lhe entregou o crocodilo de pelúcia que havia comprado no início, como uma espécie de suborno. — Gibson o pegou da mão dele e abraçou o bicho bem apertado. Liam estendeu os braços abertos. — Agora eu preciso do meu abraço de sorte. — Ela atendeu e ele riu com vontade enquanto a segurava.

Ver o quanto eles tinham se tornado próximos um do outro me fez sorrir, mas a alegria desapareceu da minha cara no instante em que ouvi nossa chamada.

— Hora de entrar, mano.

O sorriso de Liam também sumiu quando ele olhou para mim.

— Certo...

Na hora da apresentação dos resultados, Liam e eu estávamos no mesmo grupo. Eu odiava quando isso acontecia porque tornava tudo ainda mais estressante. O apresentador aumentava o clima de ansiedade e sempre lia os nossos nomes juntos. Apertei a mão de Liam com força enquanto analisava a multidão em busca de Anna. Encontrei-a, junto com Onnika, no momento em que o apresentador selava o nosso destino.

— Vocês dois vão seguir em frente! Parabéns!

Levei um minuto para registrar o que ele tinha dito. Anna entendeu logo de cara. Começou a pular e gritar para mim. Berrou tanto que assustou Onnika, e ela começou a chorar. Foi nesse ponto que minha ficha caiu... eu estava entre os *quatro finalistas*. Tinha conseguido. Eu iria em frente.

Os resultados da semana seguinte também foram de virar o estômago do avesso. Eu sabia que, no final de tudo aquilo, iria ganhar uma úlcera. Eles juntaram os quatro finalistas no palco quando anunciaram os dois últimos sobreviventes. Eu odiava estarmos todos juntos para esse momento, porque isso significava que eu tinha de ver a reação dos perdedores; se eu perdesse teria de aturar os vencedores me consolando enquanto, por dentro, eles pulavam de empolgação. Eu preferia que a notícia fosse dada para cada um em separado, para eu ter um minuto antes de enfrentar o mundo. Todos os meus sonhos estavam em jogo ali.

Éramos os quatro últimos sobreviventes e demos as mãos uns aos outros quando o apresentador surgiu para dizer nossos nomes e nos lançou olhares significativos. Meu coração disparou no peito.

Leia logo essa porra de cartão, caralho!

— Vocês estão prontos para saber quem serão os dois últimos finalistas? — Nós quatro nos entreolhamos, fizemos que sim com a cabeça e nos apertamos as mãos com mais força. Aquilo ia ser foda!

— Muito bem, então... — disse o apresentador. — Nossa dupla para a disputa final é... — Fechei os olhos e me preparei para o pior. — Liam e Griffin!

Meus olhos se abriram quando a surpresa inundou o meu corpo. Ca-ra-lho! Não era possível! Liam e eu íamos para a final? Eu sempre torci para que isso acontecesse, mas houve instantes em que a minha dúvida tinha sido muito grande, e a esperança parecia estar a um milhão de quilômetros de distância.

Para obter os votos na apresentação final, teríamos que tocar *junto* com os D-Bags. Liam foi primeiro, enquanto eu assistia à sua apresentação dos bastidores. A primeira coisa que me surpreendeu foi notar como Liam parecia estar à vontade com os caras em cima do palco. Matt e Liam brincaram um com o outro antes de começarem a tocar. Evan lhe deu um tapinha amigável nas costas, e Kellan o ajudou a respirar fundo. Todos eles pareciam já estar se apresentando juntos há vários anos. E então, quando a câmera foi acionada e eles começaram a tocar, o som me surpreendeu. Eles eram muito bons juntos. Sem entradas erradas, nem falhas. A música que escolheram tinha um solo de baixo muito complicado, mas Liam arrebentava, de tão bem que tocava. Cantou todos os seus vocais de apoio no tempo certo, e pelo que pude reparar, sem sair do tom. Foi um pouco doloroso constatar como outra pessoa conseguia se entrosar com os D-Bags de uma forma tão perfeita, e isso me fez lembrar de algo em que eu deveria ter pensado quando os dispensei: eu precisava deles muito mais do que eles precisavam de mim. Eu recebera um presente ao ser convidado para fazer parte daquela banda, e não tinha reconhecido essa bênção. Reconheci só agora.

Depois de Liam, era a minha vez. Bati os punhos erguidos contra os dele quando ele saiu do palco; dei-lhe um abraço e elogiei o grande trabalho que ele fizera. O rosto de Liam quase cintilava de alegria, pois ele sabia que tinha ido bem.

Kellan foi o primeiro que se aproximou de mim quando eu subi no palco. Ele me deu um abraço e disse no meu ouvido:

— Está pronto para agitar essa plateia? — Eu concordei e ele bateu no meu ombro. —Vai ser como nos velhos tempos, certo?

Balancei a cabeça.

— Não, vai ser *melhor* que nos velhos tempos.

Kellan me examinou por um momento e depois assentiu. Quando eu prendia o baixo no ombro, Evan me estendeu a mão.

— Boa sorte, cara. — Sorrindo, apertei sua mão e agradeci.

Quando ele se afastou, Matt se aproximou de mim. Não disse nada num primeiro momento, simplesmente olhou para mim. Fiz menção de pedir desculpas, já que achava que ele talvez ainda estivesse puto da vida comigo, mas ele ergueu a mão para me impedir.

— Nós não podemos votar esta noite, mas se eu pudesse… votaria em você. Sério, você tem feito um trabalho incrível, cara.

Isso me comoveu mais do que qualquer coisa que eu tinha ouvido de qualquer outra pessoa. Tive de engolir o nó na garganta antes de conseguir falar.

– Obrigado... primo.

Matt sorriu e me deu um tapa nas costas com tanta força que senti a pele formigar debaixo da camisa.

– Agora não estrague tudo diante das câmeras – completou ele. – Você precisa de todos os votos que puder conseguir. – Bati no ar como quem mata uma mosca e ele riu. Aquela troca de zoações me era muito familiar, e isso me fez sentir melhor do que em muitos meses. Eu finalmente me sentia como se pertencesse novamente àquele lugar.

Naquela música em particular dos D-Bags, o baixo começava. Mesmo que meu coração estivesse acelerado, eu agi como se estivesse calmo e frio, o máximo que pude.

Isso é só um show como outro qualquer... não é o fator decisivo de todo o meu futuro.

Fiquei um pouco surpreso quando acertei a introdução e a fiz de forma perfeita; costumava estragar tudo quando tocávamos ao vivo. É claro que, naquela época eu ficava distraído o tempo todo com... bem, com qualquer coisa. Só que agora eu estava mais focado e me apresentei de forma fantástica. Dei meu sangue e minha emoção, e o resultado foi forte e marcante. Fantástico, mesmo.

Quando a música acabou, ergui o punho no ar em sinal de vitória. A multidão foi à loucura. Claro, talvez eu ainda não tivesse vencido, mas um pouco de confiança era sempre bom, desde que eu não exagerasse. E eu não faria isso. Nunca mais.

Na noite seguinte, quando Liam e eu estávamos nos bastidores aguardando o resultado das performances da noite anterior, o surrealismo do momento me atingiu em cheio. Ou conseguiria o meu lugar de volta com os D-Bags ou Liam iria assumir o meu posto. Basicamente era isso... Seria definitivamente um de nós.

Vendo o suor brotar na testa de Liam, estendi a mão para ele.

– Escute, quero que você saiba que, se você ganhar... eu vou ficar numa boa com o resultado. Acho que você vai se ajustar muito bem aos D-Bags... talvez até melhor do que eu.

Liam apertou minha mão, mas me olhou como se eu estivesse brincando ou algo assim.

– Quem é você dentro do corpo do meu irmão, e o que fez com ele?

Ri da pergunta. Acho que eu realmente parecia outra pessoa... talvez fosse. Um monte de merdas tinham me acontecido e eu via as coisas de um jeito diferente agora. Mas não completamente diferente.

– Olha, eu ainda estou aqui, bundão, e, se você roubar o meu trabalho, eu vou enfiar sua cueca tão fundo no seu rabo que você vai precisar de um médico para remo-vê-la cirurgicamente.

Um sorriso lento se espalhou pelo rosto de Liam.

— Ah, aí está você!

Foi então que alguém que eu não via há muito tempo se aproximou de nós. Levantei-me para cumprimentá-lo.

— E aí, Denny! É bom ver você, cara.

Denny aceitou minha mão e a apertou. Em seguida estendeu a mão para Liam.

— Muito prazer — disse ele para o meu irmão. — Meu nome é Denny Harris. Minha esposa e eu somos os agentes da banda. — Liam assentiu com a cabeça e os olhos escuros de Denny pularam entre mim e ele. — Eu só queria parabenizá-los por vocês terem chegado tão longe na competição, e desejo a ambos toda a sorte do mundo esta noite.

Liam parecia tonto de euforia quando agradeceu.

Eu fui mais reservado. A última vez em que Denny e eu tínhamos conversado eu me comportara como um babaca. Isso parecia ser um padrão comigo.

— Escute, Denny... Posso falar com você em particular por um instante?

Ele concordou e se afastou de Liam. Olhei para os meus pés enquanto preparava o meu pedido de desculpas. Estava virando um especialista nisso.

— Eu só queria pedir... desculpas por ter sido um babacão na última vez que conversamos. — Pensei em continuar falando, mas não havia mais nada a acrescentar. Aquilo resumia tudo.

Denny colocou a mão no meu ombro.

— Não esquenta, companheiro. Eu já deixei isso para trás. — Quando ergui a cabeça ele sorriu. — Você parece muito diferente. De um jeito bom. Acho que o público percebe isso também. — Ele olhou para Liam mais uma vez antes de se virar novamente para mim. — Eu não queria dizer isso na frente dele, mas... você foi fantástico, arrebentou de verdade a cada vez que subiu no palco. E arrebatou o país, arrastando uma torcida imensa atrás de você. Isso não é pouca coisa, se considerarmos a destruição que causou quando saiu da banda. — Deu um soco leve no meu braço. — Só que você voltou, trabalhou duro; os rapazes e eu notamos isso. Estamos todos muito orgulhosos de você.

Meu nervoso sumiu diante dos elogios dele.

— Obrigado. Acho que eu precisava ouvir isso.

Ele bateu no meu ombro novamente.

— Boa sorte esta noite.

Depois que ele saiu, meus nervos começaram a rastejar de volta e se manifestar. Chegava a hora... O momento da verdade.

Quando fomos chamados, Liam e eu entramos juntos no palco. O apresentador deu a cada um dos juízes alguns minutos para elogiar Liam e a mim pela façanha de termos chegado até ali. Kellan foi o último a se manifestar. Precisou esperar quase três minutos para os gritos da plateia diminuírem o bastante para ele poder falar.

— Eu só quero que vocês dois saibam que, não importa o resultado desta noite, vocês dois já são vencedores de hoje para mim. Todos dois trabalharam muito duro para conquistar o direito de estar na banda. Parabéns.

A multidão começou a gritar de novo, então eu inclinei a cabeça e agradeci a Kellan por suas palavras. Eu sempre tinha sentido um caminhão de inveja de Kellan, e o tempo todo ele nunca deixou de ser generoso e cordial comigo. Eu era um tremendo babaca.

Depois de cada um dos juízes oferecer suas palavras de incentivo, o apresentador se virou para Liam e para mim. Sorriu e perguntou como nós estávamos. Lutei para manter minha expressão serena. Se ele levasse o mesmo tempão da outra vez para abrir a porra do envelope naquela noite, uma artéria iria estourar no meu cérebro. Acabe logo com essa tortura.

— Vocês dois fizeram coisas surpreendentes neste programa... Vamos esperar mais alguns minutinhos para rever vários desses momentos?

Eu quis gemer, quis gritar. Em vez disso, meus olhos percorreram a multidão lentamente. Havia vários rostos que reconheci. Toda a minha família estava ali presente, além de alguns dos meus ex-colegas de trabalho; Justin e a namorada, Kate; Denny e a esposa, Abby. Mas o rosto mais importante no meio da multidão era o da minha gata. Enquanto Anna observava os telões que exibiam uma montagem com os meus melhores momentos no programa, eu a observei. Quando o vídeo chegou à gravação do meu primeiro teste, quando eu pedi desculpas à minha mulher, uma lágrima escorreu pelo rosto de Anna. Ela encontrou os meus olhos, sorriu, e fez mímica com a boca para dizer "Eu te amo".

Eu sorri e voltei os olhos para os pés. Ganhando ou perdendo estava tudo bem, porque Anna e eu tínhamos consertado algo que tinha quebrado entre nós, e isso era mais importante do que qualquer trabalho jamais seria. Depois que a montagem dos vídeos de Liam terminou, o apresentador voltou os olhos para nós.

— Não vamos fazê-los sofrer mais, garotos. O vencedor do concurso *Você pode ser um D-Bag* foi... — Fechei os olhos e apertei a mão de Liam. De um jeito ou de outro eu aceitaria numa boa o resultado. A voz de trovão do apresentador ecoou pela plateia ao anunciar o grande vencedor. — Liam Hancock! Parabéns, Liam!

Houve uma explosão de luz e barulho, confete metálico foi derramado sobre o palco como se fosse chuva. Abrindo os olhos, me virei para Liam. Várias coisas aconteceram no meu corpo ao mesmo tempo: alegria, dor, júbilo, alívio, tristeza. Meu irmão tinha vencido! E eu perdi...

Senti como se não conseguisse respirar. Eu queria muito aquilo e simplesmente tinha perdido a disputa. Em definitivo! Senti a visão embaçar, meus joelhos viraram geleia. De algum modo, porém, empurrei de lado aquele sentimento doloroso. Eu não merecia a vitória, mesmo. Tivera minha chance com os D-Bags e estragara tudo.

Meu tempo acabou e agora era hora de Liam brilhar. Deixando de lado a agonia prolongada, apertei Liam em um abraço de urso gigante. Aquilo era justo. Liam tinha *merecido* a vitória. Os outros dezoito participantes das fases finais inundaram o palco quando o apresentador agradeceu ao público, aos espectadores e aos muitos patrocinadores. As câmeras finalmente foram desligadas, o confete metálico parou de cair sobre o palco e as pessoas começaram a sair do local. Eu fiquei no palco, sem conseguir me mover. Tudo terminara... Depois de tanta luta, eu tinha perdido.

Os caras vieram parabenizar Liam. Todos foram imediatamente cercados pelos fãs que tinham permanecido por perto para pedir autógrafos. Alguns até pediram autógrafos a Liam; pela expressão do seu rosto, ele pareceu surpreso com isso. Evan, Matt, e Kellan me lançaram expressões de choque, mas também de solidariedade. Fiquei um pouco melhor ao notar que eles também estavam surpresos; todos acharam que eu iria ganhar. Denny e Abby se juntaram ao círculo fechado e eu assisti, do lado de fora, quando os *novos* D-Bags começaram a se juntar em grupo, oficialmente, pela primeira vez.

Enquanto eu olhava para eles, Anna e as meninas se aproximaram de mim. Gibson colocou os braços em volta da minha cintura, enquanto Onnika estendeu as mãos e pediu para vir para o meu colo. Peguei a versão em miniatura da minha mulher e a apertei com força. Isso era o que importava. Anna colocou seus dedos no meu ombro com muita ternura.

— Sinto muito, Griffin. Sei o quanto você queria isso.

Abrindo os olhos, balancei a cabeça.

— Eu queria muito mais *isso aqui*. — Apertei Onnika e envolvi Gibson com o braço para fortalecer a mensagem. Anna me exibiu um sorriso torto. Perguntando a mim mesmo o que ela achava do nosso futuro agora, coloquei Onnika no chão; na mesma hora ela começou a brincar com o monte de confetes espalhados pelo palco. De frente para Anna, segurei as duas mãos dela. — Eu não ganhei; não sou mais um D-Bag.

Ela encolheu os ombros.

— Para mim você *sempre* será um D-Bag.

Com um suspiro, olhei para baixo.

— Você ainda vai querer ficar comigo mesmo que eu não toque mais numa banda famosa e tenha um emprego comum com um salário de merda?

Anna tirou a mão que eu segurava e ergueu meu queixo para me obrigar a olhar para ela.

— Griffin, eu nunca estive com você pela banda, nem pelo dinheiro. O que me fez ficar foi saber que éramos uma equipe, éramos honestos um com o outro... era isso que importava para mim. Sentir o quanto eu era importante para você era o que valia a pena. Agora, finalmente, eu me sinto assim. Então, respondendo à sua pergunta... sim, eu ainda quero ficar com você. – Ela entrelaçou os dedos com os meus e deu um passo à frente até ficarmos colados um ao outro. – Sempre.

Sorrindo, eu lhe dei um beijo suave.

– Pelo menos a parte de eu ficar isolado do mundo acabou. Agora podemos fazer muito mais do que simplesmente conversar.

Ela riu e correspondeu aos meus beijos.

– Mas acontece que eu gosto da conversa – avisou, com voz rouca.

– Eu também, mas estou pronto para voltar para casa. – Meu tom começou brincalhão, mas acabou sério. Eu tinha saudades dela. Muitas saudades.

– Voltar para casa?... Onde? – perguntou ela, com ar tímido.

Recuando um pouco, fitei-a longamente.

– Onde quer que você esteja, lá será a minha casa.

Sorrindo, ela se inclinou para me beijar outra vez. Depois de um longo momento, nossas filhas queriam a nossa atenção novamente. Gibson praticamente escalava a perna da minha calça e eu a peguei; em seguida, com habilidade, peguei Onnika também. Receava que elas fossem começar a brigar em meus braços, mas Gibson percebeu no ar a minha mensagem de "seja boazinha" e entregou a Onnika alguns confetes. Onnika sorriu e balbuciou:

– *Bigada!*

Quando nós quatro começamos a caminhar para fora do palco, Anna suspirou.

– Quer saber de uma coisa?... Eu meio que vou sentir falta desse palco. Foi muito... divertido. – Ela olhou para mim com um brilho travesso e eu entendi que ela não falava do show.

Meu sorriso se tornou diabólico.

– Foi, sim. Seria uma boa invadirmos o teatro antes de cada show dos D-Bags para espalharmos um pouco de "sorte" em cima do palco.

Anna riu. Ah, seria ótimo. Iríamos "batizar" os palcos da turnê inteira. Eu não tinha dúvida disso. Coloquei as meninas no chão quando nos aproximamos dos degraus. Elas estavam mais pesadas do que eu me lembrava. Anna segurou a mão de Gibson e eu segurei a de Onnika. Enquanto eu ajudava Onnie a descer a escada, Anna comentou, com um ar casual:

– Ah, antes que eu esqueça... Aconteceu algo legal naquele palco que eu ainda não tive a chance de contar.

Olhei para ela com curiosidade.

– Ah, foi? O quê? Nós fomos filmados? – Sorri, esperando que ela dissesse que sim, porque isso daria um vídeo pornô superexcitante.

Anna sorriu, mas balançou a cabeça para os lados.

– Não... só que... Você me engravidou naquele dia. Vou ter um novo bebê em maio.

Eu tropecei no último degrau e quase nocauteei Onnika.

– Você... Nós... O quê?

Rindo, Anna soltou a mão de Gibson e atirou os braços em volta do meu pescoço.

– Nós vamos ter outro bebê – confirmou. A felicidade brilhava em seus olhos quando disse isso.

Ainda abalado pelos muitos choques recentes, percebi que não estava entendendo suas palavras.

– Nós fizemos um bebê nesse palco? – Quando ela riu e fez que sim com a cabeça, olhei em volta e gritei: – Fizemos um bebê nesse palco!

Fãs e alguns membros da equipe ainda circulavam por ali, junto com Liam e os caras da banda; o resto da minha família se encontrava na plateia, esperando ansiosamente para me consolar e felicitar Liam. Todos olharam para mim depois de ouvir meus gritos. Alguns exibiram expressões de perplexidade, mas foi minha mãe que gritou:

– Vou ser vovó de novo! – E eu vi que eles tinham entendido.

A alegria me invadiu. Eu não sabia o que Anna e eu iríamos fazer, e ainda tinha muitos problemas de dinheiro com os quais lidar, mas me senti mais esperançoso do que em muito tempo. Tinha Anna, ela me tinha, nossa família estava prestes a ficar maior e melhor. Eu mal conseguia esperar para saber o que nos aconteceria em seguida.

★ ★ ★

Liam deixou L.A. no mesmo dia que eu, quase uma semana depois do fim do programa. Eu quis ir embora antes para ficar com Anna, pois ela precisava voltar para o trabalho o mais depressa possível, mas eu também queria dizer adeus à minha família com calma. Eu não iria mais voltar. Não de vez, pelo menos. Minha casa estava em Seattle, com minha esposa e meus filhos.

Mamãe e papai levaram Liam e a mim até o aeroporto. Mamãe não parava de dizer quanto estava orgulhosa de nós dois. Começava quase todas as frases com "Bem, eu sei que você não venceu, Griffin, mas...". Eu queria que ela parasse de iniciar cada conversa com essa frase. Eu aceitava numa boa a forma como tudo se resolvera. Liam estava energizado com tudo aquilo. Parecia quicar de alegria pelas paredes do carro.

– Vamos começar a trabalhar em um novo álbum de imediato. Os caras querem me levar para todo lado, querem que eu seja aceito. Depois sairemos em turnês, entrevistas promocionais, programas de TV... Uau! Isso tudo é incrível!

Sua empolgação me fez rir. E me fez lembrar de como eu me sentira quando os D-Bags tinham saído em turnê pela primeira vez com a banda de Justin. Que momento! Sem dúvida algo inesquecível em minha vida... mas não era nada comparado a saber que Anna estaria em casa me esperando quando eu chegasse lá. Só de pensar na próxima oportunidade a sós com minha mulher já me deixava com tesão. Quanto tempo aquela porra de voo iria durar?

Quando chegamos ao aeroporto, mamãe e papai nos deram abraços de despedida, nos desejaram tudo de bom e pediram notícias regulares. Liam e eu atraíamos a atenção das pessoas quando caminhávamos pelos corredores, e várias delas nos paravam para nos dar os parabéns. Pela forma como agiam, até parecia que nós dois tínhamos vencido a disputa. Liam era gentil e parecia à vontade com seus fãs recém-adquiridos. Era um rock star nato, mas eu já sabia que seria. Isso era característica de família.

Quando fomos instalados e descansávamos na primeira classe do voo – uma cortesia dos patrocinadores da competição –, Liam fechou os olhos.

– Já estou exausto – confessou.

Balançando a cabeça, respondi:

– É melhor se acostumar com isso, porque a partir de agora só vai piorar.

Mandei uma mensagem para Anna, avisando que estava a caminho. Ela me mandou uma mensagem de volta com uma nude. Caralho! Aquele voo seria comprido pra cacete! Enquanto refletia sobre se seria ou não uma boa lhe enviar uma foto do meu pau, recebi um recado de Chelsey. Ler a mensagem me fez sorrir.

Nunca esqueça... o cão pode ter perdido tudo, mas isso não significa que não possa recuperar as coisas que tinha. E lembrar sua perda tornou o próximo bife dez vezes mais saboroso. Essa é a beleza de recebermos uma segunda chance.

Eu sabia bem disso!

Três horas mais tarde, eu entrei no meu novo apartamento. Um dois-quartos modesto que dava vista para os fundos de outro prédio. Era pequeno. Lamentavelmente minúsculo. Mas pensei nas palavras de Chelsey e ele me pareceu enorme. Na verdade, me pareceu o lugar mais espaçoso, mais aconchegante e mais maravilhoso na terra... porque a minha família estava ali dentro.

Anna tinha me dado a chave antes de voltar então entrei sem bater. Na esperança de surpreendê-la, tentei ser o mais silencioso possível. Ser discreto nunca foi uma das minhas especialidades; dei algumas topadas e derrubei objetos enquanto caminhava. Anna não apareceu para me receber, então eu continuei na ponta dos pés pelo corredor. Ao passar pelo quarto das meninas, eu parei e fui ver como elas estavam. Ambas dormiam profundamente em suas camas. Onnika segurava uma boneca e chupava o polegar; Gibson tinha Crock apertado contra o peito e ressonava baixinho. Como uma trilha de miolos de pão, todos os brinquedos usados ao longo do dia cobriam o chão; havia bonecas, xícaras de chá, livros, bichos de pelúcia e Legos em toda parte. Uma fisgada de emoção me atravessou quando eu olhei para o caos. Eu tinha perdido um pedaço da infância delas. Um pedaço pequeno, talvez, mas perdera. Nunca mais isso iria acontecer. Eu não perderia nem um segundo sequer da vida do meu novo bebê.

— Imaginei que fosse você quando ouvi os barulhos.

Vendo que minha surpresa fora para o espaço, olhei para minha mulher quando fechei a porta do quarto das minhas filhas. Ela acabara de sair do nosso quarto e vestia seu uniforme de trabalho. Meu queixo caiu quando eu vi o short curtíssimo laranja e a camiseta fina que dava para ver o sutiã por baixo... se ela estivesse usando um.

— Ai... Puta merda — murmurei, extasiado.

Anna sorriu e brincou com uma longa mecha de seu cabelo.

— Pois é, eu sabia que você sentia saudade dessa roupa. — Ela colocou as mãos nos quadris, se virou para me exibir a bunda e então se inclinou de leve numa posição convidativa do tipo "venha me comer". Puta que pariu!...

Apontei para o quarto de onde ela acabara de sair.

— Preciso entrar em você agora mesmo. — Abrindo o zíper da calça, fui na direção dela. Anna riu e entrou no quarto. Eu já tinha chutado meus sapatos para longe e a calça estava arriada até os tornozelos quando cheguei à porta. Entrei, fechei a porta, joguei o jeans longe e arranquei a camisa.

Anna já estava deitada na cama, com o cabelo aberto em leque em torno dela. Suas costas estavam arqueadas, seus mamilos ficaram duros e suas pernas se esfregavam uma na outra sem parar. Estava com tanto tesão quanto eu.

Massageando meu pau com vontade para fazê-lo ficar enorme na minha mão, me aproximei dela e anunciei:

— O poderoso Hulk vai atender você agora...

Capítulo 28
VENCEDORES E PERDEDORES

De manhã cedo, alguns dias depois, fui atacado por duas meninas muito agitadas. Felizmente, eu tinha vestido uma cueca antes de dormir. Anna e eu vínhamos aproveitando muito o fato de as meninas dormirem cedo para nos reencontrar debaixo dos lençóis. Eu tinha quase me esquecido como minha mulher tinha mais tesão quando ficava grávida.

Deixei escapar uma risada misturada com um gemido quando Gibson pulou em cima de mim, e Onnika escalou minhas pernas. A gata de Gibson, Sol, se arrastou até junto da minha cabeça e sentou com o traseiro quase na minha cara.

— Bom dia, papai! — gritou Gibson, animada demais para aquela hora da madrugada. O sol já tinha nascido?

— Bom dia, gatinha — resmunguei. Esticando o braço, comecei a fazer cócegas nela. Sua risada me acordou mais que um bom café. Eu tinha sentido muita saudade daquilo. Apertei Gibson com os braços, e em seguida trouxe Onnika para junto de mim. Girando a cabeça de um lado para outro, dei em cada uma um beijo carinhoso.

Anna estava encostada no portal e nos observava. Vestia uma calça de algodão e a camiseta dos Douchebags que eu lhe dera no dia em que tínhamos nos conhecido. Naquela noite ela tinha me surpreendido com sua beleza, seu jeito de se divertir, sua natureza sedutora… e seus seios maravilhosos. Havia tantas coisas que eu amava nela que era quase estranho eu não ter conseguido expressá-las corretamente. Até agora.

Olhando para ela enquanto segurava as meninas junto de mim, eu disse:

— Amo essas meninas com todo o meu coração, mas você é a melhor coisa que existe na minha vida. A melhor. Eu estaria perdido sem você. — Pensando nas semanas em que ficamos separados, fiz uma careta. — Eu *estava* perdido sem você. Nunca mais vamos fazer isso de novo, ok? Afundando ou nadando, vamos seguir nosso destino juntos.

O sorriso que Anna me lançou foi tão quente que eu senti o seu calor da cabeça aos pés.

— Gosto desse plano — afirmou ela. — Estarmos juntos e sermos uma equipe é tudo que eu sempre quis. — Caminhando até nós, ela se sentou na cama e colocou a mão no meu peito. — Você é meu melhor amigo.

Gostei de ouvir essas palavras quase tanto quanto as frases sujas que ela gemera no meu ouvido na noite anterior, e sorri abertamente.

— Você é minha melhor amiga também. — Meu sorriso sumiu quando eu me lembrei de algo importante que precisava falar com ela. Sentei-me na cama e encostei as costas na parede. Gibson me imitou e Onnika rastejou até o meu colo. — Tem uma coisa sobre a qual devemos conversar...

Percebendo a seriedade no meu tom, Anna fez uma careta.

— O que é?

Com um suspiro, coloquei tudo para fora.

— Estou no vermelho, enterrado até o pescoço em dívidas, e agora também fiquei desempregado. Financeiramente, estou f... — Olhando para Gibson e Onnika, troquei a palavra. — Estou ferrado.

Minha resolução de não falar mais palavrões na frente das meninas fez Anna sorrir.

— Você quer dizer que *nós* estamos ferrados. Fazemos parte do mesmo time, lembra? — Com um sorriso, balancei a cabeça, mas Anna franziu a testa. — O que vamos fazer? — ela quis saber.

Dei de ombros.

— Eu não sei. Estou superatrasado em todas as contas... Não sei como colocar tudo em dia, mesmo que eu consiga outro emprego bem remunerado; e isso parece difícil, já que o último quem conseguiu foi meu pai. Vou ter de começar do zero...

Anna assentiu; seu rosto era uma mistura de irritação e resignação. Houve consequências de longo prazo para meus atos e iríamos todos ter de lidar com isso. Quando o momento de silêncio se estendeu por tempo suficiente, Gibson preencheu a calma com histórias sobre a vida das suas bonecas. Depois de ouvir nossa filha por algum tempo, Anna suspirou.

— Bem, Griff, só vejo uma solução. Você não vai gostar, mas não consigo enxergar outro jeito.

Com apenas uma pequena ideia do que ela iria me dizer, estremeci. Quis rebater antes mesmo que ela continuasse, mas, em vez disso, me obriguei a perguntar:

— Qual é a sua ideia?

— Vamos procurar os rapazes e implorar por um empréstimo. — Um gemido involuntário me escapou. Não havia uma única palavra naquela frase que eu gostava, e várias delas eu odiava... "implorar", por exemplo. Talvez esperando uma negativa minha, Anna ergueu um dedo no ar. Quando viu que eu permaneci calado, acrescentou: – Acho justo que paguemos a eles pelo menos o dobro do que eles nos emprestarem.

Eu sabia que Anna, de certo modo, queria lhes pagar de forma tão generosa para me ensinar uma lição, então calei a boca e concordei. Ela estava certa, afinal de contas. Eu me sentiria muito melhor se pegasse um empréstimo da banda e eles tivessem um bom lucro com isso. Claro que iria levar uns seiscentos anos para lhes pagar tudo de volta.

– Tudo bem. Vou pedir isso a eles hoje mesmo. Liam me chamou para assistir ao seu primeiro ensaio de verdade com a banda. Apoio moral. – Dei de ombros e agi como se aquilo não me incomodasse, mas incomodava. Ver Liam assumir o meu lugar ia me ferir em muitos níveis, mas ele era meu irmão, tinha me pedido para estar lá e eu não podia dizer não.

Concordando, Anna segurou meu rosto em sinal de solidariedade. Ela sabia que aquilo estava me corroendo por dentro, mas também sabia que eu iria superar tudo. Não estar mais em uma banda não iria me matar. Los Angeles tinha me ensinado isso. Eu era mais resistente do que imaginava, e com Anna ao meu lado não havia nada que eu não pudesse fazer.

★ ★ ★

Os caras iam se reunir no fim da tarde. Anna tinha tirado o dia de folga para poder me acompanhar e levar as meninas. Fomos no carro de Anna, um Ford Escort velhíssimo, de traseira hatch, que uma colega do trabalho lhe vendera por novecentos dólares. Costumávamos gastar mais que isso por mês só de café, mas agora Anna Tinha que rebolar para pagar as prestações. Eu não tinha certeza de qual das duas realidades me parecia mais surreal, a de antes ou a de agora.

Estar de volta a Seattle, no estado de Washington, foi tão revigorante que eu até gostei do passeio até a casa de Kellan. Estávamos em mudança de estação; fez frio, choveu, ventou e depois escureceu, mas eu adorei. Apesar de ter passado a maior parte da minha vida na Califórnia, me sentia à vontade em Washington. Provavelmente por causa das pessoas. Anna e os rapazes faziam com que o lugar parecesse completo.

Quando chegamos ao portão de Kellan, abaixei o vidro da janela e apertei o interfone. Kellan tinha uma câmera no portão, então ele sabia que era eu quando me saudou:

– E aí, Griff, como vão as coisas? O que o traz ao meu esconderijo no bosque?

Só então eu percebi que devia ter combinado minha visita com os outros caras, antes de aparecer sem avisar.

— Oh, ahn… Liam me pediu para vir. Tudo bem pra você?

A voz metálica de Kellan riu. Acho que me ouvir pedir permissão para qualquer coisa não era algo a que estivesse acostumado.

— Claro! Você é sempre bem-vindo, Griffin.

Antes de completar a frase o portão começou a se abrir. Eu simplesmente agradeci, mas na minha cabeça duvidei das suas palavras. Há pouco tempo, logo depois de eu ter largado a banda, eles não queriam me ver nem pintado, muito menos dentro de suas casas.

Quando cheguei ao estacionamento na base da colina onde a casa de Kellan fora construída, comecei a rir. Kellan tinha ouvido minhas muitas queixas sobre o número de degraus que levavam à porta da casa. Havia um teleférico como os de estações de esqui acima de uma trilha que acompanhava os vários lances de escada. Doido para testá-lo, peguei Onnika enquanto Anna tirava Gibson do carro. Nós quatro coubemos com facilidade dentro da cabine. Gibson viu o botão de subida e o apertou antes de mim. Algo clicou no mecanismo e a cabine começou a subir lentamente.

— Agora, sim! — disse a Anna. Relaxei contra a grade e deixei a máquina fazer todo o trabalho pesado.

A cabine parou direto na varanda da frente, nós nem tivemos de subir os últimos degraus. Kellan nos esperava na porta com uma cara divertida. Dei a ele o meu selo de aprovação.

— Isso ficou impressionante. O máximo, mesmo!

Ele riu e deu palmadas em minhas costas.

— Eu sabia que você ia gostar.

Eu ri e disse:

— Mas quero usar o buggy para descer.

Gibson me ouviu e lançou a mão para o ar.

— Eu também, eu também!

Kellan sorriu para ela e fez sinal com a cabeça para a casa.

— Vamos entrar, a galera está à nossa espera.

Meu coração começou a martelar enquanto caminhávamos pela casa de Kellan. Eu precisava pedir aos caras um favor enorme, mas achava que não merecia que eles dissessem "sim". Afinal, eu os deixara na mão; por que deveriam fazer algo por mim? Mesmo assim, eu tentara consertar as coisas e ajudara a fazer da disputa pela minha substituição um sucesso nacional… embora tivesse feito isso mais por mim do que por eles. Portanto, pesando tudo, eu não merecia a sua ajuda.

Quando entramos na sala, Anna perguntou a Kellan onde Kiera e Ryder estavam.

— As meninas e eu vamos ficar com eles para que vocês, garotos, tenham a chance de cuidar das suas coisas.

Kellan deu um sorriso leve.

– Não é preciso. Na verdade, eles estão no estúdio para o ensaio.

Isso me surpreendeu um pouco, mas logo percebi que eles deviam ter preparado uma festa de boas-vindas para Liam. Engoli a dor súbita da perda e foquei a atenção na tarefa que tinha diante de mim.

Esteja presente por Liam, peça ajuda aos rapazes e depois vá procurar um emprego.

Essa era a minha lista de tarefas para aquele dia.

Saímos da sala de estar e seguimos até o estúdio para ensaios, do outro lado da piscina. Quando chegamos lá, vimos dezenas de balões coloridos em torno do portal. Gibson foi direto até eles e Onnika se remexeu no meu colo. Segurei sua mão com firmeza. Sobre o portal havia uma faixa onde se lia "Parabéns!", e a porta estava coberta de faixas multicoloridas.

Olhando para além de onde Kellan estava, eu perguntei, com calma:

– Abby está aqui, não está? – A esposa de Denny adorava planejar festas, e não importava se elas eram grandes ou pequenas.

Com uma risada, Kellan confirmou e avisou:

– Está sim, e Denny também.

Maravilha!, pensei. Ficar de joelhos e implorar por algumas migalhas financeiras ia ser ainda mais humilhante. Refleti que isso era muito adequado.

Foi preciso um esforço grande com as meninas, mas finalmente conseguimos entrar no estúdio com Gibson e Onnika. Gibson ficou revoltada por ter de desistir dos balões coloridos da porta, mas só até perceber que havia dezenas mais no interior. Coloquei Onnika no chão e vi com admiração quando Gibson lhe entregou uma bola meio murcha que estava no chão. Levara algum tempo, mas Gibson finalmente começava a aceitar a irmã.

Olhando em volta, eu vi mais faixas e mais balões; confetes cobriam tudo, inclusive os instrumentos; um bolo gigantesco na forma de uma guitarra estava sobre a mesa na qual Kellan geralmente subia para ensaiar. Merda! Acho que o ensaio iria ficar só para mais tarde.

Denny e Abby conversavam com Kiera, Rachel e Jenny. Kiera chegara ao último mês de gravidez, e sua barriga estava enorme. É claro que eu não lhe diria isso. Estava sentada numa cadeira dobrável, mas acenou quando nos viu. Ryder corria com um caminhão de brinquedo pelos confetes em torno de Kiera, e Gibson imediatamente foi se juntar a ele. Mais que depressa roubou o caminhão de sua mão e o entregou a Onnika, mas eu não ralhei com a minha filha. Afinal, ela estava se comportando como Robin Hood... roubava dos ricos para dar aos pobres.

Liam falava com Matt e Evan, e eu fui até eles. Liam estava hospedado ali no Chateau Kyle, pelo menos por enquanto, já que Kellan tinha uma casa muito maior que a minha; isso tornaria os ensaios mais convenientes para Liam, que ainda não tinha carro. Ao ver a minha chegada, Liam parou de falar e me puxou para um abraço assim que eu me coloquei ao seu alcance.

— Isso não é incrível? – perguntou quando nos separamos. – Abby preparou essa surpresa. Eu pensei que íamos começar os ensaios hoje. – Ele franziu a testa. – Talvez eu devesse ter ligado para você vir só amanhã... – Ele parecia realmente culpado, como se de repente tivesse sacado que aquilo poderia ser meio estranho para mim.

Eu lhe dei um tapinha no ombro.

— Não esquenta, mano. Estou feliz por estar aqui e você merece tudo isso. – Liam passou o braço em volta dos meus ombros, e eu não pude deixar de sorrir ao notar a alegria em seu rosto. Ele tinha finalmente conseguido o trabalho dos seus sonhos; apesar de aquele também ser o trabalho dos *meus* sonhos, eu me sentia feliz por ele.

— Vocês chegaram a tempo para o brinde – anunciou Kellan, indicando uma bandeja com taças e uma garrafa de champanhe. Curiosamente, havia taças para mim e para Anna também. Apesar de ter parecido surpreso, Liam devia ter avisado Kellan que estávamos indo para lá.

Evan fez espocar a rolha do champanhe, felizmente sem atingir ninguém, e em seguida, começou a derramar o champanhe nas taças. Matt começou a distribuí-las e eu agradeci quando ele entregou a minha. Com um sorriso, concordou com a cabeça. Enquanto todos se aglomeraram ao redor de Liam, ergui a taça para brindar em homenagem ao meu irmão.

— Para o mais novo D-Bag. Que a música seja poderosa, e as mulheres, abundantes!

As bochechas de Liam ficaram muito vermelhas e isso me fez rir. Liam e eu éramos muito parecidos em alguns aspectos; em outros, porém, éramos completamente diferentes.

— Saúde – gritaram todos, em uníssono, batendo as taças na minha e depois na de Liam.

Anna brindou com todos mas fez como Kiera e deixou a taça de lado sem nem mesmo provar. Kiera viu nisso uma pista de que algo diferente acontecera com a sua irmã.

— Ó meu Deus, você está grávida, Anna?

Anna riu e deu de ombros.

— Acho que os rapazes não lhe contaram, não é? É verdade, estou grávida de novo.

Kiera olhou para Kellan e lhe deu um soco leve na coxa. Ele riu.

— Eu não queria estragar a surpresa – defendeu-se ele. – Achamos que Anna devia lhe contar pessoalmente. Além do mais, pela forma como Griffin deu a notícia a todos... não tínhamos certeza se era verdade. – Ele riu de novo e eu ri com ele.

Passada a breve irritação, Kiera gritou junto com Jenny e Rachel; as três envolveram Anna em um abraço enorme. Quando terminaram, Denny e Abby se revezaram para apertar a mão da minha mulher. Quando Abby a abraçou, reclamou:

— Eu gostaria que eles tivessem me contado, porque assim eu teria acrescentado alguns chocalhos e enfeites em tons mais claros à decoração.

Enquanto Anna era atacada por mais pessoas e minhas costas recebiam tapinhas de congratulações, achei que aquele era um momento tão bom quanto qualquer outro para fazer o meu pedido. Virei-me para Matt, Evan, Kellan, e pigarreei para limpar a garganta.

— Escutem… Sei que esse momento não é apropriado para isso e provavelmente vou reabrir uma ferida, mas… Tenho um favor para pedir a todos vocês. — Suspirei longamente e bebi minha taça de champanhe de uma vez só.

Matt e Evan trocaram olhares com Kellan, e em seguida Matt perguntou:

— Que favor? — Olhou por cima do ombro para Liam, como se tivesse certeza de que eu iria pedir para que eles o expulsassem e me aceitassem de volta. Só que eu não iria fazer isso. Liam tinha vencido a competição. Conquistara o direito de tocar com eles e eu respeitava isso.

Tentei ignorar o silêncio que subitamente cobriu a sala quando todos pararam para me ouvir; concentrei toda a energia nos meus ex-companheiros de banda.

— Bem, Anna e eu estamos esperando um bebê, como vocês sabem… Vou começar a procurar trabalho, mas nesse meio-tempo… Estou com um problemão para resolver. Estourei meu cartão de crédito e estou tão no fundo do buraco que nem consigo enxergar o céu. — Ergui as mãos para impedir as objeções que poderiam surgir. — Não estou pedindo esmolas, mas agradeceria muito um empréstimo. Vou pagar a vocês tudo que eu pegar emprestado; em dobro. Pago até o triplo, se for necessário. Eu… Só quero uma chance de recomeçar.

Pelo calor no meu rosto deu para perceber que minhas bochechas estavam mais vermelhas que as de Liam. Pedir ajuda daquele jeito, na frente de todo mundo que eu prejudicara, era muito difícil. Quis rastejar até o fundo de um buraco imenso e escuro; quis abaixar a cabeça de vergonha; quis cortar meu saco e entregá-lo numa bandeja para a banda. Mas não fiz isso. Eu me mantive firme e aguentei o constrangimento com o máximo de coragem que consegui reunir. Eu tinha feito as merdas. Tinha fodido tudo. Era o único que poderia reparar os danos.

Os três homens olharam um para o outro sem falar nada. Liam colocou a mão nas minhas costas e seus olhos se desviaram para o chão. Eu tinha certeza de que ele queria ajudar, mas ainda não tinha ganhado grana alguma. Isso só aconteceria depois de o álbum ser produzido.

O silêncio foi tão grande que eu ouvi claramente Onnika fazendo barulho de motor de caminhão, Ryder lhe pedindo para dar uma volta e Gibson respondendo com um "Ainda não". Matt foi o primeiro adulto no ambiente a quebrar o silêncio.

— De quanto você precisa? — perguntou.

Cruzando os dedos, soltei a bomba.

— Sessenta mil dólares… para começar. — Com os juros e as multas, minha dívida aumentava todos os dias.

Evan suspirou e Kellan franziu a testa. Matt balançou a cabeça e olhou para os rapazes. Suspirou quando tornou a olhar para mim.

— Escute, Griff, nós gostaríamos de lhe emprestar essa grana, só que… essa é uma dívida que você deveria saldar com seu próprio trabalho.

Engoli em seco e olhei longamente para os meus sapatos. O desapontamento me inundou tão rápido que meus olhos arderam. Eu tinha esperança de que eles me ajudassem. A mão de Kellan tocou meu ombro e eu olhei para ele.

— Não esquenta… Você conseguirá pagar tudo numa boa depois do lançamento do nosso próximo álbum. Dá para aguentar mais alguns meses, não dá?

Franzi as sobrancelhas, sem entender.

— Por que eu receberia parte do lucro do novo álbum de vocês?

Evan olhou para Matt e Kellan, e depois sorriu.

— Porque você merece receber alguma coisa por todo o trabalho que colocou nele.

— Mas… Eu não vou participar desse trabalho, por que receberia… — Eu não fazia ideia do que eles diziam. Matt riu da minha expressão confusa.

— Griff, esta festa é para você, cara. Você trabalhou muito para vencer a competição. Foi humilde e ajudou todos os concorrentes ao longo do caminho. Assistimos a todas as gravações dos bastidores e isso nos surpreendeu e impressionou. Queremos que você volte para casa. — Colocou a mão no meu ombro. — Queremos que você volte para a banda.

Ouvi Anna soltar uma exclamação de surpresa e depois fungar de emoção.

Eles me queriam de volta?

Minha confusão virou surpresa, depois emoção, em seguida preocupação… e por fim, raiva.

— Não, vocês não podem fazer isso! — Todo mundo ficou chocado com a minha recusa. Olhei para o meu irmão antes de completar: — Liam venceu de forma justa e merecida. Vocês não podem expulsá-lo desse jeito.

O rosto de Liam estava branco de susto enquanto olhava em volta, horrorizado. Eu me senti muito mal por ele. Por mais que desejasse o que eles me ofereciam, não poderia puxar o seu tapete, *não iria* roubar seu sonho. Preferia ir embora. Mais uma vez.

Matt fez que não com a cabeça.

— Não é isso que estamos dizendo. — Desviando o olhar para Liam, ele bateu no seu braço. — Você venceu porque tem muito talento e os fãs adoraram seu trabalho. Você está dentro. — Seu olhar voltou para mim. — Por outro lado, Griffin, você provou que sempre pertenceu aos D-Bags e sempre pertencerá; é por isso que também está dentro.

Os D-Bags vão ter uma nova formação, com cinco membros. – Seus olhos se deslocaram entre o rosto de Liam e o meu, enquanto um sorriso lento se espalhava em sua boca.

Levei quase trinta segundos para entender o que ele disse. Nem preciso explicar que foi Liam quem sacou antes.

– Nós dois estamos dentro? Nós dois vamos fazer parte da banda? – Quando Matt assentiu, Liam se virou para mim e exclamou: – Nós dois somos D-Bags, mano!

Eu estava tão atordoado que minha reação foi:

– Bem, isso eu já sabia.

Anna foi por trás até onde eu estava e me envolveu a barriga com os braços. Ela ria, chorava e gritava, tudo ao mesmo tempo. Eu continuava em estado de choque, mas quando finalmente me convenci de que era verdade, me virei para abraçá-la.

– Anna, eu consegui! Estou dentro! – Rindo, Anna concordou. Um pensamento me passou pela cabeça e eu me virei para Matt. – Vou tocar o baixo? Ou Liam vai ser o baixista?

Liam parou de pular feito coelho ao ouvir minha pergunta. Com os olhos curiosos, se virou para ouvir a resposta de Matt, que apontou para ele e sentenciou:

– Liam vai ficar no baixo. – Um sorriso torto se formou no canto da boca de Matt. – Resolvemos acrescentar uma segunda guitarra à banda.

Com um riso largo, Evan completou:

– E vocais extras.

Ainda atordoado pela reviravolta nos acontecimentos, eu não consegui acreditar no que ouvia. Eu ia ter mais importância? Ia tocar uma segunda guitarra? Puta merda! Mas... vocais? Eu não tinha certeza do que ele queria dizer com isso.

– Como assim, vocais extras? O que isso significa?

Kellan terminou o champanhe e colocou a taça na bandeja.

– Aquela novidade que você acrescentou às nossas canções... os pequenos segmentos de rap. Foi incrível, de verdade. Estamos pensando em incorporar esse estilo ao nosso som.

Será que eu estava sonhando? Só podia estar, porque a vida real não planejava tudo aquilo com tamanha perfeição. Só para o caso de não ser sonho, pedi mais alguns esclarecimentos.

– Vocês querem que eu cante faça um rap? No palco? Nas canções dos D-Bags? E toque uma segunda guitarra?

Todos três assentiram com a cabeça depois de cada uma dessas perguntas. Fiquei sem palavras. Estava engasgado de emoção. Também me senti despretensioso e grato. Fiquei em êxtase. Fiquei... aliviado. Por fim, quando consegui articular alguma coisa, balbuciei:

– Obrigado. – Mesmo sabendo que aquilo estava longe de ser o suficiente, foi a única coisa que consegui pensar em dizer.

Kellan me apertou num abraço forte, e depois Evan e Matt. Em seguida, Liam, Jenny e até mesmo Rachel. Eu me senti entorpecido quando dei tapinhas de volta nas costas de cada um. Eu tinha subido muito alto e depois despencado muito fundo... Nunca imaginei que pudesse conseguir minha vida de volta e acompanhada de tudo que sempre tinha desejado. E a forma como conseguira parecia mais limpa do que o jeito que eu tentara antes. Naquela época eu era um pirralho egoísta e mimado que exigira um monte de merdas que não tinha feito por merecer. E agora... Bem, eu não tinha certeza se merecia, mas tudo me estava sendo oferecido e eu ia aceitar com gratidão e humildade.

Eles me encaminharam de volta para a minha mulher depois que todos me deram os parabéns e congratulações. Eu a segurei com força como se ela fosse uma lufada de ar fresco que eu mal conseguia respirar.

— Dá para acreditar nisso, Anna? Nós vamos ficar bem!

Ela correu os dedos pelo meu cabelo enquanto me segurava. Isso me acalmou.

— Eu *sabia* que nós ficaríamos bem, amor. Sempre soube disso. — Eu não entendia como Anna tinha conseguido se agarrar a essa certeza durante tanto tempo, mas não disse nada. Recuando um pouco, ela me olhou com intensidade. Eu poderia me perder no verde-jade brilhante dos olhos dela. — Eu disse que você conseguiria, Griff. Sabia que eles iriam reconhecer o seu talento e lhe dariam uma nova chance. Você só precisava ser paciente.

Deixei escapar um suspiro que me acalmou. Ela estava certa o tempo todo.

— Eu já disse hoje que você é uma mulher incrível? Já disse quanto me acho sortudo por ter você na minha vida?

Mordendo o lábio, ela confirmou.

— Disse, sim, hoje de manhã. E novamente quando vínhamos para cá.

— Ótimo. — Eu sorri. — Não quero que você esqueça o quanto significa para mim.

Anna ficou em silêncio, nos olhamos por mais alguns segundos e ela se inclinou para me beijar. Assim que nossos lábios se encontraram, senti um puxão na perna da calça. Olhei para baixo e vi Gibson em pé, com Onnika ao seu lado. Onnika irradiava alegria, com uma bola colorida em cada mão, mas Gibson parecia confusa.

— Para quem é esta festa, papai? — Sua expressão se iluminou. — É o meu aniversário?

Como o aniversário dela ainda estava longe, fiz que não com a cabeça.

— Nada disso. Estamos comemorando o novo emprego do tio Liam... e o meu também. — Eu me agachei para ficar com os olhos na altura dos dela. — Papai conseguiu seu velho emprego de volta. Vou tocar em uma banda novamente e viajar pelo mundo com o tio Liam, o tio Matt, o tio Evan e o tio Kellan. Você não acha isso legal?

Os lábios de Gibson se apertaram, com um jeito reflexivo, até que finalmente ela concordou com a cabeça.

– Sim, isso é legal. Onnie e eu podemos viajar também? – Ela olhou para mim e para Anna com ares de esperança.

Olhei para Anna antes de tornar a olhar para Gibson.

– Vamos ver, gatinha. Depende de como mamãe se sentir. Ela vai ter outro bebê em breve. Você já sabia disso?

Seu rostinho pareceu despencar de decepção.

– *Outro* bebê? Mas você acabou de ganhar um. – Seu tom era de reclamação e incredulidade. Eu ri da sua declaração. Onnika não era mais um bebezinho.

Anna riu ao olhar para nós.

– Pois é, temos outro bebê a caminho, então é melhor você começar a se preparar.

Gibson gemeu quando ela se sentou no chão coberto de confetes.

– Merda! – murmurou.

Coloquei meus dedos no seu queixo e a obriguei a olhar para mim.

– Você é muito criança para falar essas coisas. Não quero mais ouvir você falar nomes feios, entendeu?

Ela apertou os lábios com ar de aborrecimento, mas concordou com a cabeça. Anna sorriu para mim, e de repente eu percebi quanto o excesso de palavrões em nossa casa a incomodava. Decidi ter mais cuidado dali em diante, na hora de xingar perto das crianças. Faria qualquer coisa para deixar Anna feliz. Ela merecia isso… e muito mais.

RECOMPENSAS IMPRESSIONANTES

A primeira coisa que os rapazes e eu fizemos foi decidir a melhor maneira de incorporar o novo som à banda. Matt e Evan queriam se concentrar em algum material novo, mas Kellan e eu preferíamos remixar alguns dos maiores sucessos dos D-Bags. O voto de Liam foi decisivo, e isso me fez gostar de ter um número ímpar de componentes na banda; não haveria mais impasses.

Depois de decidir qual caminho seguir, começamos os ensaios. Nós nos encontrávamos todos os dias e, pela primeira vez, isso não me incomodava. Na verdade, eu teria topado dois encontros por dia se os caras me pedissem isso. Estava louco para ver o novo álbum ser lançado — as pessoas iriam à loucura quando o ouvissem! Além disso, quanto mais cedo ele fosse lançado, mais rápido eu conseguiria pagar as minhas dívidas. Então, talvez Anna e eu pudéssemos comer algo além de macarrão com queijo no almoço e miojo no jantar. Eu já estava ficando de saco cheio de comer massa.

Talvez por reparar que eu perdia peso a olhos vistos, já que geralmente só comia uma vez por dia, Kellan me chamou num canto uma tarde, quando ensaiávamos.

— Posso falar com você um instantinho?

— Claro — disse eu, colocando a minha nova guitarra sobre o apoio, com todo o cuidado. — É sobre o presente de Bella? Sei que eu prometi dar algo especial quando ela nascesse e vou fazer isso, só que as coisas ainda estão muito apertadas para nós. Gastamos o último salário da Anna inteirinho no aniversário de Gibson... mas ficamos muito felizes por você e Kiera. — Eu lhe dei uma cotovelada nas costas. — Meninas são fantásticas. Você vai adorar ter uma em casa.

Kellan me exibiu um daqueles sorrisos que só pais recentes sabiam criar. Uma mistura de orgulho e exaustão. Kiera tinha dado à luz a filhinha deles na semana anterior, e a casa toda ainda estava em processo de adaptação à recém-chegada, embora isso fosse um ajuste feliz.

Kellan balançou a cabeça e bateu no meu braço.

– Não, não se preocupe com isso. Kiera e eu não queremos que vocês deem coisa alguma para ela. Sério mesmo… Bella já tem mais coisas do que cinco recém-nascidos poderiam precisar. – Ele franziu os lábios quando eu ri.

– Acostume-se a isso – repliquei. – Pela minha experiência, as meninas conseguem acumular um monte de merdas.

Ele sorriu e depois olhou em volta para ver se estávamos sozinhos.

– Sei que as coisas estão apertadas para vocês e quero ajudar, Griff.

Rejeitei sua oferta na mesma hora.

– Não. As coisas estão desse jeito porque eu fui um idiota. Não devo ser resgatado da minha própria estupidez. – Pelo menos não agora, que a esperança surgia no horizonte. Eu só precisaria aguentar um pouco mais.

Kellan não recuou.

– Você consertou as coisas e merece um novo começo. – Deu para ver pelo olhar de Kellan e pela forma como estudava a minha aparência terrível que haveria algum dinheiro extra na minha conta no dia seguinte, quer eu aceitasse ou não.

Apesar de me sentir culpado por Kellan gastar seu dinheiro comigo, fiquei comovido pelo seu oferecimento e senti que o vínculo entre nós se fortaleceu. Era uma ligação fraternal e forte, como se fôssemos uma família. Colocando a mão em seu ombro, engoli o orgulho e lhe disse:

– Obrigado. Confesso que a barra anda meio… pesada. Mas vou lhe pagar tudo com juros. O dobro, o triplo, o que você quiser.

O sorriso de Kellan era suave quando eu afastei a mão dele.

– Você só precisa me pagar o que pegar emprestado, Griffin. Quem é da família não cobra juros.

Senti como se pudesse respirar mais livremente depois disso. Claro que, mesmo com aquele peso fora das minhas costas as coisas continuavam apertadas, pois tínhamos só um salário para as despesas; mas era bom saber que estávamos progredindo. Melhor ainda era sentir que havia uma luz no fim do túnel. O fato de que nossa vida iria mudar quando o álbum fosse lançado ajudou tremendamente. Apesar disso, eu não me importava com nosso padrão de vida modesto. Muito pelo contrário… adorava cada minuto.

O álbum foi lançado em abril. Houve muito interesse e agitação graças à competição pelo novo membro e ao anúncio de que a banda tinha reunido os quatro membros originais, mais o vencedor do concurso. Íamos crescer em todos os sentidos possíveis. Isso fez com que todo mundo falasse sobre nós e sobre o novo álbum. Era, de longe, o álbum mais esperado do ano. Por ser um trabalho tão diferente do que fazíamos antes, eu estava uma pilha de nervos. Por mais estranho que possa parecer, eu era o único que estava nervoso.

Matt, Evan e Kellan pareciam tão calmos que isso me espantou. Liam estava tonto de euforia. Queria começar a tocar ao vivo. Queria sair em turnê. Queria que sua vida de rock star começasse logo. E quatro semanas antes de o álbum sair oficialmente, conseguiu o que queria. Nós cinco saímos por todo o país em uma turnê de divulgação do novo trabalho.

A primeira parada foi em Los Angeles. Mamãe e papai foram até a estação de rádio com os pais de Matt para ver a apresentação dos filhos. Como eu sabia que seria divertido, para eles, conhecer os bastidores de uma estação de rádio, consegui passes para se juntarem a nós no estúdio onde iríamos tocar.

Mandei uma mensagem para Anna pedindo torcida e apoio, pouco antes de tocarmos a primeira música do novo álbum. Anna ficara em casa com as meninas. As turnês de divulgação eram ainda mais caóticas que as apresentações regulares, e como ela estava para dar à luz dali a dois meses, achamos melhor ela ficar em casa. Anna aceitou isso numa boa, pois tinha um emprego do qual gostava e que a mantinha ocupada. Mas Gibson ficou chateada. Eu nunca vira um verdadeiro acesso de raiva dela até o dia em que a avisei de que ela não poderia sair em turnê comigo. Nem preciso dizer que tive de lhe dar minha palavra de que ela participaria da turnê regular, com shows de verdade, quando o verão começasse.

Anna me mandou uma mensagem de volta com o incentivo que eu precisava ouvir; só de ler suas palavras eu me senti mais calmo.

Você não tem nada para se preocupar. Essa música é sensacional! É a melhor que a banda já fez... e tudo isso graças a você.

Eu não tinha certeza sobre essa última parte, mas era bom ouvir aquilo.

Antes de tocarmos o novo single, os DJs pediram para nos fazer algumas perguntas. Para minha surpresa, quase todas elas foram dirigidas a mim.

— E então... Por que você saiu da banda e o que fez você voltar?

Essa parecia uma pergunta fácil, mas não era. Havia muitos fatores envolvidos. Decidi simplificar a resposta.

— Saí porque fui um tremendo idiota. Voltei porque... bem, acho que cresci.

Os DJs riram e Matt acenou com a cabeça como se concordasse comigo. Então, um dos DJs disse:

— Tecnicamente você não conquistou o direito de voltar à banda. Como se sentiu ao perder a disputa para o seu irmão?

Mais uma vez, uma pergunta complicada. Mais uma vez, respondi de forma tão simples quanto consegui.

– Eu nunca esperei ganhar e meu irmão arrebentou durante a competição. Portanto, não lamentei a sua vitória. Ele mereceu.

Liam sorriu para mim e eu dei um toca aqui com ele. Os DJs direcionaram as perguntas para os rapazes depois disso.

– O que fez vocês decidirem convidá-lo de volta e expandir a banda?

Matt, Evan e Kellan olharam uns para os outros, e Kellan apontou para Matt.

– Vá em frente. Responda a essa.

Matt olhou para baixo e depois para mim.

– Percebemos o crescimento de Griffin e o seu potencial. – Ele sorriu para mim e depois olhou para todos os DJs reunidos. – Poderíamos ter continuado sem ele, mas ficaríamos incompletos. – Sorrindo, acrescentou: – Os D-Bags simplesmente não são os mesmos sem o seu maior D.

Os DJs riram de novo enquanto nos preparávamos para tocar nossa nova música. Eu estava tão nervoso que tremia por dentro. Assim que a introdução começou, porém, a familiaridade do ato de tocar baixou em mim e todo o meu nervosismo acabou como que por encanto. Era exatamente como se estivéssemos no ensaio – sem pressões e mais ninguém ouvindo; nada além de bons momentos e boa música.

Nossa nova música era mais que especial para mim; eu tinha ajudado Kellan a compô-la. Em uma noite em que nós dois conversávamos sobre tudo que eu tinha passado, todos os altos e baixos, ele comentou que a minha história e as minhas lutas dariam uma música incrível. Ela falaria de ter tudo, depois perder e tentar encontrar o caminho de volta. Foi provavelmente a primeira canção dos D-Bags que de fato significava algo para mim diretamente... Além do mais, eu teria a chance de usar um pouco de rap na letra, e isso era de verdade incrível.

Evan e Liam começaram com a introdução suave, e em seguida Kellan entrou com a voz mais tranquila que de costume. Mas só por um verso. Depois eu entrei com o ritmo do meu rap. Os DJs claramente não esperavam por aquilo, e ver que eu os tinha pego desprevenidos quase me fez sorrir. Teria sorrido de verdade se não estivesse tão concentrado. Essa parte do começo era toda minha; em essência, Kellan fazia apenas o vocal de fundo. Quando a música começou a se agigantar em energia até alcançar o primeiro refrão, juro que eu pude sentir o mundo inteiro ouvindo. Foi um momento intenso. Kellan arrebentou no refrão e todos nós tocamos com a alma exposta. Em seguida ele se acalmou para a outra seção de rap mais lento, onde eu derramava meu coração, expunha meus medos e meus pecados. Era estranho cantar sobre algo tão pessoal, mas isso me fez sentir purificado, e de repente comecei a me perguntar se todas as músicas que os D-Bags cantavam eram pessoais para alguém da banda. Provavelmente sim.

Após o segundo refrão, os instrumentos se acalmavam novamente, mas, em vez de eu voltar com o rap, Kellan entrava com um solo suave. Ouvi-lo me fez apreciar o seu talento. Ele realmente era incrivelmente bom naquilo, bom pra caralho! Os instrumentos entraram mais uma vez e Kellan elevou sua voz uma oitava – isso me provocou arrepios. Os instrumentos voltaram a crescer e quando tudo acabou, eu queria tocar novamente.

Todos na sala aplaudiram quando acabamos, e minha mãe enxugou algumas lágrimas dos olhos. Os posts e mensagens que a estação recebeu foram todos positivos, mas eu realmente não percebi a intensidade do que os fãs acharam até sair do estúdio. A multidão tinha ouvido a apresentação pelos alto-falantes ao ar livre que a estação de rádio espalhara. Os gritos e aplausos que explodiram quando eles nos viram foram quase ensurdecedores. Na mesma hora enviei uma mensagem para Anna.

Eles adoraram!

Sua resposta foi imediata.

Claro que sim! Estou muito orgulhosa de você, amor. Ela incluiu um emoticon de beijo e na mesma hora eu senti vontade de estar em casa com ela e com as meninas. Tudo aquilo não significava nada sem elas.

Voltamos para casa logo após a turnê de divulgação. A viagem foi um sucesso gigantesco e o álbum estreou em número um. Fiquei empolgado ao constatar que os fãs estavam ansiosos para conhecer o nosso novo som, maior e melhor, mas fiquei ainda mais feliz por me ver de volta em casa, nos braços de Anna.

Denny e Abby ofereceram uma festa privada para a banda no Pete's na semana seguinte ao lançamento. Foi um grande evento, e todos os que tinham apoiado a banda em algum momento estavam lá – a galera da Holeshot, do Avoiding Redemption, da Poetic Bliss, a minha família, a família de Matt, de Evan e até mesmo a de Kellan. Além disso, todos os nossos amigos, e os funcionários atuais e os antigos do Pete's estavam lá.

Foi uma festa que poderia concorrer ao livro dos recordes. Embora fosse bom saber que a ordem para me expulsarem do meu bar favorito tinha sido revogada, passei a maior parte da noite colado em Anna, acariciando a parte de baixo das suas costas. Quando ela murmurou que estava pronta para eu começar a esfregar outras partes do seu corpo, Denny se aproximou de nós. Com um sorriso largo, estendeu a mão para mim.

– Parabéns, Griffin. O álbum está a caminho de se tornar o de maior sucesso dos D-Bags em todos os tempos. As resenhas e avaliações têm sido excelentes em toda parte. Fãs e críticos concordam entre si, e isso é raro. E todos dizem a mesma coisa: você é um artista incrível.

Apertei sua mão, mas o elogio me deixou desconfortável. Aquilo era um esforço do grupo. Eu era apenas uma parte do trabalho, uma pequena parte, na verdade.

Denny piscou para mim e riu.

– Eu ainda fico atônito de ver que você é capaz de ser modesto.

Com um sorriso torto, dei de ombros. Se havia uma coisa que eu tinha aprendido ao longo de todo aquele processo era que eu não poderia fazer sucesso sozinho. Meu sucesso dependia dos outros e vice-versa. Éramos uma equipe, e eu estava aprendendo a ser um membro útil e de apoio total a essa equipe. Eu não era perfeito e ainda cometia deslizes ocasionais, mas melhorava a cada dia.

Anna passou um braço em volta de mim, me apertando com força.

– Ele é capaz de muitas coisas. – De um jeito sugestivo ergueu e baixou as sobrancelhas e era óbvio o que quis dizer com isso. Eu ri e a apertei com força. Era impossível não amar aquela garota cheia de tesão.

Minha família se aproximou de mim depois que Denny saiu para dançar com Abby. Liam estava fora de si com a empolgação.

– Número um… O álbum está em primeiro lugar!

Com um aceno de cabeça, confirmei:

– Eu sei. Também me avisaram.

Atônito, ele sacudiu a cabeça.

– É o álbum mais vendido… *em todo o mundo*!

– Exato… É isso que significa "número um".

Girando o corpo, ele se virou para mamãe e papai.

– O álbum é o número um…

Balancei a cabeça quando ele continuou a falar disso com eles. Liam simplesmente não conseguia entender o sucesso repentino. Bem, repentino para ele. Sua reação me fez lembrar de quando os D-Bags alcançaram o primeiro sucesso mundial com Sienna Sexton. Eu provavelmente tinha reagido do mesmo jeito. Não… Provavelmente agi como se não esperasse menos que isso, mas por dentro eu dei cambalhotas.

Chelsey e Dustin dançaram a noite toda no centro da pista; foi bom e surpreendente ver minha irmã dançar novamente. Torci para que Dustin a levasse para sair com frequência, mas conhecia meu cunhado e o seu jeito; tinha certeza de que ele fazia isso. Quando a música acabou, Chelsey se virou e veio na minha direção.

– Ei, caçulinha, que tal dançar com sua irmã mais velha?

Com um enorme sorriso, aceitei.

– Claro.

Apesar de ser uma música lenta, eu a girei duas vezes e a mergulhei para trás segurando-a pela cintura como um maluco. Ela acompanhou na boa as minhas manobras. Chelsey estava em seu ambiente natural quando dançava. Mais ou menos na metade da música, parei de fazer palhaçadas e dancei com ela normalmente. Com os braços ao redor do meu pescoço, ela exibiu um sorriso cheio de orgulho fraternal.

– Estou tão feliz por você, Griffin. Sabia que você iria conseguir.

Indomável 387

Meus olhos se voltaram para o chão antes de fitar seu rosto.

– Você sabia que eu conseguiria impressionar os caras o suficiente para eles me aceitarem de volta?

Chelsey sacudiu a cabeça.

– A banda nunca foi o bife, Griffin. – Olhou com determinação para trás por sobre o ombro e eu segui o seu olhar. Anna conversava com Dustin e me acenou com alegria ao notar que olhávamos para ela.

Assenti com a cabeça quando tornei a olhar para Chelsey.

– Sim, você tem razão. *Sempre* tem razão. Isso é foda, de tão irritante. – Chelsey riu e eu a acompanhei. Era muito bom ter finalmente ultrapassado a nossa dor.

Quando Anna e eu levamos as meninas de volta para o nosso apartamento minúsculo no fim da noite eu me sentia completo. Nada na minha vida poderia ficar melhor.

Mas estava errado.

Três semanas mais tarde a minha mulher deu à luz o nosso mais novo bebê e minha vida se tornou ainda mais perfeita. Quisemos que o sexo da criança fosse uma surpresa, mas acabei ficando mais surpreso do que imaginava. Eu jurava que iríamos trazer mais uma menina para a família; em vez disso, porém, minha mulher me deu um menino. Um menino bonito, com o cabelo louro-claro e olhos que já tinham um leve toque de verde.

Quando eu o segurei nos braços pela primeira vez, perguntei a Anna:

– Você ainda quer o nome que decidimos dar a ele?

Com um sorriso cansado, ela concordou com a cabeça.

– Parece apropriado, já que ele foi concebido em cima de um palco. Mas quero que seja escrito com E... pelo menos para ficar, nem que seja um pouco, diferente do nome da banda que serviu de inspiração para o seu nome.

Achei essa uma ótima ideia, e quando os rapazes e minha família vieram conhecê--lo, eu orgulhosamente os apresentei ao mais novo Hancock da cidade.

– Pessoal, quero que vocês conheçam meu filho... Linken. Linken, quero apresentar a você... todo mundo.

Era difícil desistir dele para passá-lo de braço em braço, e me senti mais protetor dele do que das meninas. Talvez porque ele fosse tão pequeno em comparação a elas, que já estavam enormes. Acho que cheguei a dizer a Kellan para ele tomar cuidado com a cabeça dele, o que foi ridículo, considerando que ele tinha acabado de passar pela fase de ter um recém-nascido em casa, com Bella. Não tenho culpa, eu era um pai ansioso. Além da minha mulher, nada significava mais para mim no mundo que os meus filhos.

Matt pareceu nervoso quando foi sua vez de segurar Linken. Seu olhar fez com que eu pensasse duas vezes antes de lhe entregar o bebê. Matt parecia estar com "dedos de manteiga" por causa da emoção.

— Cara, olha, você não precisa segurá-lo no colo se não quiser... se estiver com medo.

Matt riu.

— Não tenho medo de bebê. Estou mais com medo de ver você se multiplicando por aí. Já são dois Griffs no mundo. Não sei se o planeta está pronto para esse trauma. — Balançou a cabeça lentamente, como se ele já antevisse o apocalipse. Ou, devo dizer, o Griffinocalipse.

Abrindo um sorriso, eu lhe garanti:

— Você está brincando? O mundo tem estado à espera de uma miniatura minha há muito tempo. E Link será o primeiro de muitos. Estou pensando em espalhar vários machinhos pelo planeta.

Pelo menos, tantos quanto a minha mulher deixasse.

Matt balançou a cabeça novamente.

— É assim que começa...

Franzindo a testa, eu me virei para Evan e Jenny.

— Ele acabou de perder sua vez. Qual de vocês quer segurar o bebê?

Estendi Linken para todos e Jenny imediatamente o pegou.

— Meu Deus, ele é tão fofo! Evan, veja o quanto ele é lindo!

Ela murmurou junto do rosto de Linken. Evan sorriu para ela e afirmou:

— Sim, considerando que parte dele *é Hancock*, ele é realmente lindo.

Liam, Matt e eu protestamos ao mesmo tempo:

— Ei! — Balançando a cabeça, acrescentei: — Não é gentil dizer isso, cara. Hancocks são sempre impressionantes. — Liam, Matt, e eu erguemos os punhos juntos em uma demonstração de unidade familiar. Antes a banda era composta só por metade de Hancocks, mas isso mudara; agora eram três contra dois, como deveria ser.

— Isso mesmo — reforçou Liam.

Apontei para Jenny, que acariciava meu filho.

— Evan acabou de perder a vez. Entregue-o a Liam depois, Jenny. — Dei um tapinha nas costas de Liam. — Você é o próximo, mano.

Os olhos de Liam se arregalaram, como se eu tivesse acabado de lhe dizer que sua namorada inexistente estava grávida. Matt riu quando eu balancei a cabeça. Eu estava cercado por um bando de fresquinhos com medo de bebês. Uns fracotes.

Quando Linken foi liberado para ir para casa, nós o levamos para o nosso novo lar. Havíamos nos mudado recentemente do minúsculo apartamento de Anna. Agora que o dinheiro voltara a fluir e tínhamos devolvido a grana que Kellan nos emprestara, podíamos comprar qualquer mansão que quiséssemos, mas acabamos optando por uma casa modesta de quatro quartos em um bairro tranquilo e perto de boas escolas. Anna e eu queríamos uma vida mais simples, menos opulência, menos extravagância.

Preferimos nos concentrar em nós mesmos e nas crianças, e queríamos ser mais sábios com o nosso dinheiro. Planejar melhor, para que o fluxo nunca mais voltasse a secar. E também queríamos ajudar os outros.

Uma coisa que eu tinha aprendido ao longo de toda aquela confusão foi que eu tinha recebido uma nova chance; a maioria das pessoas não tinha tanta sorte. Ouvir os outros concorrentes na disputa e vê-los lutar para fazer algo de si mesmos tinha me comovido e eu queria ajudá-los. Queria manter o sonho vivo, dar às pessoas uma razão para continuar, mesmo quando os obstáculos pareciam imensos e as chances pequenas. Queria dar às pessoas esperança no seu futuro.

No início, eu não tinha ideia de como fazer isso. A tarefa parecia muito grande, as formas de conseguir eram inúmeras, a ideia geral muito vaga. Anna sugeriu que eu focasse em um aspecto da minha visão, e quando eu fiz isso resolvi começar com algo pequeno. Fazia mais sentido para mim, então decidi começar com os mais jovens que curtiam minha atividade favorita. Anna e eu entramos nos estágios iniciais de criação de um projeto chamado Força através da Música. O objetivo era estimular, incentivar e capacitar crianças através da música. Nossa esperança era formar bandas e corais nas escolas, e também oferecer centros de atividades onde as crianças pudessem se expressar de forma saudável. *Até eu* podia ver que nosso plano era ambicioso, mas aquilo significava muito para mim e eu senti que valia a pena. Não... Na verdade senti como se fosse o *meu destino* criar esse projeto.

Quando Kellan ouviu sobre nossos planos, embarcou na mesma hora. A música havia moldado sua infância, como acontecera comigo. Os outros membros da banda logo pediram para entrar no projeto e, em breve, a Força através da Música iria ser oficialmente patrocinada pelos D-Bags. O nosso primeiro centro ia ser inaugurado no ano seguinte.

Eu poderia ter ficado em casa numa boa, planejando meu novo projeto humanitário, cuidando do meu bebê e brincando com minhas filhas, mas os D-Bags tinham muito trabalho pela frente, e antes que eu me desse conta a nossa turnê de verão ia começar. Quando perguntei a Anna o que ela queria fazer, imaginei que ela fosse me responder que queria ficar em casa com Linken. Foi uma surpresa quando ela me disse que queria viajar conosco.

— Você tem certeza? Sei que já fizemos isso com um recém-nascido antes, mas só tínhamos uma filha na época.

Anna abriu um sorriso despreocupado.

— Vai dar tudo certo. Linken é o bebê que toda mãe sonha ter. Já está dormindo a noite inteira. E como eu ainda estou em licença-maternidade no trabalho, é o momento perfeito para eu ir.

Sorrindo, eu lhe dei um beijo rápido.

– Estou feliz com isso, porque já estava ansioso por ficar três meses sem ver vocês. – Com um suspiro, dei um beijo na testa de Linken. – Não quero mais ficar muito tempo longe deles. Não quero ficar *tempo algum* longe deles.

Anna segurou meu rosto pelo queixo.

– Você não vai precisar fazer isso. Vamos encontrar um jeito de fazer as coisas funcionarem, assim como fazemos com todo o resto. E vamos fazer isso juntos.

Concordei com a cabeça.

– Porque somos uma equipe.

– Exato! – Ela me deu um beijo longo e profundo; depois, colocamos Linken para dar um cochilo no seu quarto, a fim de podermos nos beneficiar de uma das muitas vantagens de sermos parceiros.

Kiera e seus filhos acabaram se juntando à turnê também; Jenny e Rachel fizeram a mesma coisa, por isso não houve falta de gente para ajudar com as crianças. Talvez fosse pela minha mudança de atitude, pela minha nova postura com a banda ou, possivelmente, pelo excesso de empolgação do meu irmão, mas aquela turnê foi a melhor que fizemos em toda a carreira até então. Adaptamos algumas das canções clássicas dos D-Bags para mim, acrescentando segundos solos para a minha guitarra; às vezes eu e Matt tocávamos juntos. Havia rampas em forma de X montadas no palco, e nós corríamos para cima, para baixo e por trás, gastando adrenalina e envolvendo a multidão. Tivemos até efeitos pirotécnicos em uma das nossas músicas. Foi do caralho, incrível mesmo! Quando a turnê finalmente se encerrou no fim do verão, fiquei triste por ter acabado.

E no fim da turnê, quando o álbum era um sucesso estrondoso e todos os bebês encomendados tinham nascido, os D-Bags tiveram uma rodada de casamentos... um após o outro, após o outro. Ok, não foram tantos assim, mas pareceu.

Matt e Rachel foram os primeiros, pois resolveram renovar seus votos. Aquilo me pareceu desnecessário, já que eles não tinham se casado há tanto tempo assim. Depois de conversar com cada um deles, porém, tive a sensação de que estavam fazendo isso só para que Anna e eu pudéssemos assistir à cerimônia. Isso me emocionou tanto que eu nem zoei Matt por causa do seu smoking, que tinha caudas compridas. Quem usa caudas como aquelas hoje em dia? Que mané! Fiz uma anotação mental para lhe dar de Natal uma bengala e um monóculo. Eu não podia zoá-lo no seu "dia especial", mas nos outros trezentos e sessenta e quatro dias do ano a zoeira estava liberada.

Matt e Rachel fizeram a sua cerimônia no restaurante que fica dentro da Space Needle e isso foi fantástico. Fecharam o lugar por uma noite e, depois de sua breve troca de votos – palavras sussurradas, ambos embaraçados e com as bochechas vermelhas de vergonha –, passamos a noite comendo, bebendo e olhando para a cidade abaixo de nós, que parecia girar lentamente.

Indomável 391

Foi uma grande noite, e quando eu dancei uma música lenta com Anna, perguntei se ela gostaria de fazer algo semelhante.

– Acha que devemos renovar nossos votos e todas essas merdas? Nós nunca tivemos uma festa de casamento de verdade. – Na verdade, tínhamos dado esse salto e continuado com a nossa vida; tivemos nosso primeiro bebê e terminamos a turnê dos D-Bags.

Anna mordeu o lábio enquanto pensava.

– Não faço questão da parte da cerimônia, mas poderíamos oferecer um churrasco para comemorar, que tal? Preparar uns hambúrgueres, beber um pouco de cerveja. Isso seria bom!

Passei os dois braços em torno dela e lhe dei um abraço apertado.

– Porra, eu te amo.

Ela riu quando me apertou de volta.

– Porra, eu também te amo.

Enquanto fazíamos planos para a nossa festa, Evan e Jenny finalmente se "enforcaram". Eles se casaram na sua casa mesmo – a antiga loja de autopeças com o apartamento no segundo andar. Marcaram o casamento para uma semana antes do Natal… e deixaram que Abby decorasse o ambiente. Seu projeto extravagante deixou comendo poeira qualquer maquete de aldeia do Papai Noel. Ela deu um novo significado à expressão "Terra das Maravilhas do Natal". Cintilantes flocos de neve caíam do teto e neve falsa foi espalhada por cada espaço vazio em torno das pessoas; rosas vermelhas foram misturadas com ramos de azevinho e visco para criar arranjos de flores que fez todo mundo se beijar de emoção. Quando a sessão-melação começou, embarquei nela e mergulhei de cabeça.

Kellan foi o principal padrinho de Evan, enquanto Matt, Liam e eu completamos o grupo de padrinhos. Jenny teve Kiera como sua dama de honra; Anna, Rachel e Kate também foram madrinhas. Matt me pareceu meio desorientado na manhã do evento, como se estivesse de ressaca ou algo assim. Tive que estalar os dedos na frente do seu rosto três vezes para chamar sua atenção.

– Cara, o que há com você? Parece que você vai vomitar.

Matt passou a mão pelo rosto.

– Acho que vou mesmo. – Com o rosto sombrio, ele olhou para mim, para Evan, Kellan e Liam. – Rachel está grávida! Ela acabou de me contar antes de virmos para cá. Vou ter um filho. Estou em pânico. – Seu rosto ficou tão pálido que eu tive certeza de que ele ia desmaiar a qualquer momento.

Coloquei a mão dentro do meu paletó e lhe entreguei um frasco de uísque. Ele tomou um gole interminável e nem reclamou por eu ter levado bebida para a cerimônia. Kellan deu um tapa nas suas costas quando ele engoliu em seco.

— Isso é incrível, cara. Parabéns!

— Incrível? — sussurrou Matt, tomando mais um gole.

— Claro! — confirmou Liam. — Crianças são… legais. — Sua expressão era tão estranha quanto as suas palavras. Tirando as visitas que fazia a vários sobrinhos e sobrinhas, ele tinha zero de experiência com crianças. Dei um tapa no peito dele.

— Crianças são impressionantes, e vai dar tudo certo, primo. É só não esquentar demais. — Matt ergueu as sobrancelhas e eu entendi o motivo. Ele esquentava com tudo. Sorri e dei de ombros. Para lidar bem com crianças era só entrar no clima delas, e eu era ótimo nisso. Matt… nem tanto.

Evan riu quando Matt tomou mais um gole.

— Não se preocupe com isso, Matt. Vamos descobrir como ser pais ao mesmo tempo.

Todos nós viramos a cabeça para Evan.

— Jenny está… grávida? — perguntou Kellan.

Evan deu de ombros, como se Kellan tivesse simplesmente lhe perguntado se ele cortara o cabelo.

— Pois é, nós descobrimos ontem à noite. — Não pareceu nem um pouco preocupado, mas isso não me surpreendeu. Era preciso muita coisa para deixar Evan abalado.

Matt ofereceu-lhe a garrafa de uísque.

— Quer um trago?

Sorrindo, Evan sacudiu a cabeça.

— Não, eu estou na boa, pode ficar. Acho que você precisa mais disso do que eu.

Matt levantou a garrafa, fez um brinde e tomou outro gole.

Ele pareceu mais calmo durante a cerimônia, acho que estava meio apagadão. Na hora da festa ele pareceu anestesiado, sem dor e numa boa. Finalmente pareceu mais animado com o filho que ia chegar. De repente, no meio da pista de dança, ele gritou mais alto que a música:

— Eu vou ser pai!

Obviamente, todos começaram a aplaudir. Eu vaiei, só para sacanear Matt, mas ele não me ouviu porque estava muito ocupado sugando o rosto de Rachel. Anna me deu um tapa no peito e me perguntou se eu já sabia sobre a boa notícia de Evan e Jenny.

— Já, ele abriu o bico pouco antes da cerimônia.

Anna assentiu, sem surpresa. Estava com o cabelo preso, longe da nuca, e tudo que eu queria fazer era lamber sua pele exposta. E porque podia, fiz exatamente isso. Anna ronronou quando minha língua roçou a veia em seu pescoço. Com a voz meio rouca, murmurou:

— Será que Evan contou que na família de Jenny acontecem muitos casos de gêmeos?

Indomável 393

Eu me afastei e olhei para ela; seus olhos verdes estavam apaixonados e divertidos. Sorrindo, me virei para olhar para Evan e Jenny, que dançavam uma música lenta bem no meio da pista.

— Bem, isso poderá finalmente deixá-lo abalado. — Comecei a rir, e estava tendo um dia tão bom que não consegui parar.

Quando finalmente Anna e eu marcamos nossa festa de confirmação dos votos para o mês de maio, os resultados tinham sido confirmados: Jenny estava grávida de gêmeos. Matt quase infartou enquanto esperava o mesmo destino de Evan; infelizmente, porém, não foi o caso. Rachel ia ter só um. Uma pena, se vocês querem saber. Eu teria dado qualquer coisa para ver Matt todo atrapalhado ao lidar com dois bebês chorando ao mesmo tempo. Porra, isso teria sido incrível.

Evan estava um pouco pálido na festa, mas vivia assim, agora. Quanto mais perto ficava o parto de Jenny, mais nervoso e agitado ele ficava. Uma das minhas zoações favoritas nessa época era me aproximar dele por trás sem fazer barulho e lhe dar um susto que o deixava quase cagado. Ele sempre dava um pulo e gritava como uma menina. Eu nunca enjoava disso.

Dei a ele uma cerveja para relaxar, e depois outra. Tive a sensação de que era melhor ele beber de duas garrafas a noite toda. Ter alguém mais nervoso que ele deixou Matt de bom humor a noite toda. Quando não estávamos zoando Liam, que tinha transado com uma fã pela primeira vez no dia de São Patrício, ficávamos planejando nossa próxima turnê.

— Vamos começar um pouco mais cedo esse ano, certo? Por causa dos bebês e de outras coisas. — Matt olhou para Evan. — Fim de agosto, cara. Você vai estar pronto? Carrinhos de bebê duplos, cadeirinhas duplas para o carro, berços, balanços, moisés em duplicidade, cercadinhos, baby slings, toda essa merda? — Evan se encolheu e tomou um gole das duas garrafas de cerveja ao mesmo tempo. Matt riu e completou: — Pelo menos com cerveja ele consegue lidar em dobro e ao mesmo tempo.

Com uma risada de deboche, imitei um par de seios.

— Tenho certeza de que há mais uma coisa com a qual ele pode lidar em duplicado. — Quando os caras riram, segurei meu saco e balancei com força. — Todo esse papo de peitos e bebês está me dando tesão. Preciso ir encontrar minha mulher para espalhar minha semente de novo.

Kellan fez uma careta.

— Vou lhe dar minha parte da banda do ano que vem se você prometer nunca mais usar a frase "espalhar a minha semente".

Abri um sorriso.

— Ah, Kell, eu não preciso do seu dinheiro. E não só vou dizer isso de novo como vou colocar a frase numa letra de música em nosso próximo álbum. Na verdade, que tal colocar isso como título do álbum? – Ergui as sobrancelhas e Kellan jogou uma tampinha de cerveja em mim.

Rindo, me desviei dela e deixei os caras para ir procurar Anna. Ela estava tendo uma conversa profunda com Jenny quando me aproximei. Ao contrário de Evan, Jenny parecia muito animada para ter gêmeos. Acho que estava subestimando a quantidade de trabalho que os recém-nascidos davam. Pelo menos era o que diziam. Eu não podia reclamar porque meus filhos eram nada menos que impressionantes.

Fui até Anna e a segurei pelo cotovelo. Quando ela olhou para mim e sorriu, eu lhe disse:

– Kumquat.

Ela me olhou fixamente por um segundo e em seguida se virou para Jenny.

– Precisamos… vamos voltar daqui a pouquinho.

Jenny revirou os olhos.

– Se vocês resolveram inventar uma palavra de código para sexo deviam ter escolhido algo menos óbvio.

Dando para Jenny um sorriso maroto, eu disse:

– Mas, assim, onde ficaria a diversão?

Anna e eu ainda estávamos rindo quando saímos correndo para a noite.

– Aonde você quer ir? – ela me perguntou.

Olhei para cima. Havia um cantinho do nosso telhado que ficava escondido dos olhos das pessoas pela grande árvore do jardim da frente. Teríamos uma vista fantástica das estrelas lá de cima, e se nos posicionássemos perto da ponta do telhado também teríamos uma visão dos nossos convidados lá embaixo. Isso me dava uma espécie de tesão extra.

– Venha por aqui – eu disse a ela, puxando-a na direção da garagem.

Levou algum tempo para colocarmos a escada no lugar, mas finalmente subimos e conseguimos espalhar um cobertor sobre as telhas. Deitamos nele e demos início ao processo de despir nossas roupas.

– Graças a Deus todas as crianças estão dormindo – sussurrou ela enquanto se livrava da blusa.

Seus seios estavam me chamando e eu respondi só com um grunhido. Abrindo seu sutiã, tomei um dos mamilos na boca. Porra. Aquilo era o céu! Ela soltou um gemido trêmulo que pareceu alto, para mim, mas ninguém lá embaixo pareceu notar.

Tirar todas as nossas roupas sem cair do telhado foi um desafio, e eu agradeci silenciosamente por ter bebido pouca cerveja; tinha certeza de que não conseguiria fazer aquilo se estivesse bêbado. Quando ficamos nus, o vento leve nos provocou arrepios e eu apoiei os pés nas telhas. Anna se agarrou ao meu corpo quando eu me pressionei contra ela. Do meu ângulo, perto do topo do telhado, dava para ver os convidados conversando e bebendo no quintal. Saber que nenhum deles podia me ver, mas eu podia vê-los, me deixou com mais tesão ainda.

Anna se contorcia embaixo de mim, enquanto suas mãos percorriam meu corpo de cima a baixo.

— Quero você — murmurou ela, com voz ofegante.

Olhei para ela e minha respiração ficou presa. Ela era linda ao luar, como uma deusa mítica. E por algum motivo era minha. Toda minha.

— Você é incrível! — disse eu. Meus dedos lhe acariciaram o rosto. — Tão incrível!...

Quando me inclinei para beijá-la, ajustei nossos corpos para poder me lançar suavemente dentro dela. Nós dois soltamos exclamações de prazer quando finalmente nos tornamos um. Não importava quantas vezes eu fizesse isso com ela, a maravilha que era quando estávamos juntos sempre me surpreendia. E foi ainda melhor quando começamos a nos movimentar.

— Ó Deus, Griffin — murmurou ela. — Sim...

Eu concordei por completo e um gemido baixo me escapou quando eu descansei minha cabeça contra o seu pescoço. Nada no mundo era tão gostoso. Quando nossos corpos subiram e desceram juntos, a euforia aumentou. Anna se tornou um animal selvagem preso sob o meu peso, ofegante, gemendo, se contorcendo e grunhindo. Cada movimento que ela fazia me eletrificava e me levava cada vez mais perto do orgasmo.

— Você é tão tesuda! — gemi em seu ouvido.

Ela correu as unhas pelas minhas costas, agarrou meus quadris com força e implorou:

— Mais!

Eu sabia que ela precisava de uma estocada final para empurrá-la além dos limites do prazer. Foda-se, eu também precisava disso. Agarrei a borda do telhado e o usei como alavanca quando mudei de ângulo, para poder esfregar meu pau no ponto certo dela. Os olhos de Anna se reviraram nas órbitas e ela se engasgou. Então começou a ofegar, murmurando:

— Isso, bem aí... Não pare... Sim!...

Eu não ia parar porque também estava quase gozando. Anna explodiu um pouco antes e soltou um grito que eu tive certeza de que alguém ouviu. Ergui os olhos para o pessoal da festa e quando fiz isso senti o latejar do orgasmo iminente. A glória de ejacular com força e me livrar de toda aquela tensão acumulada enviou ondas de choque e prazer através de mim enquanto meus olhos passeavam sobre as pessoas alheias a tudo que acontecia ali. Foi impressionante.

Quando meu olhar voltou para a minha mulher, ela sorria para mim com ternura. Cobrindo meu rosto, ela me disse:

— Sempre é absurdamente incrível com você. Toda vez isso me deixa perplexa.

Ela se moveu de lado e eu agradeci pelo frio leve no ar, pois ele refrescava a minha pele aquecida.

– Toda vez acontece isso comigo também – concordei, fechando os olhos. Foi nesse momento que eu ouvi um som estranho, como se fossem passos chegando através do cascalho.

Abri os olhos bem a tempo de ver minha calça escorregar da ponta do telhado. Sentando-me, eu me inclinei sobre a borda e tentei pegá-la, mas não consegui. Muito pesada por causa do cinto e das tralhas que eu sempre levava nos bolsos, minha calça passou por entre os galhos com facilidade e caiu no chão bem atrás de Kellan.

– Oi, Kell – sussurrei.

Olhando em volta, Kellan pareceu confuso sobre o ponto de onde vinha minha voz.

– Griff? Onde é que você está?

– Atrás de você, cara. Aqui em cima.

Voltando-se, ele olhou para mim, que o observava sobre a borda, na ponta do telhado.

– Que diabos você está fazendo…? Ah, deixe pra lá. Oi, Anna!

Virando-se de bruços, Anna se inclinou sobre a borda e acenou para ele.

– Oi, Kellan.

Apontei para a minha calça caída no chão.

– Por favor, dá para você atirá-la de volta aqui para cima?

Kellan me olhou de um jeito diabólico.

– E se eu disser que não?

Tentando me equilibrar no telhado inclinado, dei de ombros e me coloquei de pé.

– Nesse caso eu vou pular aí embaixo para pegá-la eu mesmo.

Kellan protegeu os olhos com as duas mãos. Precisava de ambas, mesmo. Eu era um tremendo garanhão.

– Que porra, Griff! Tudo bem, segure aí. – Ele atirou a calça para mim; eu me inclinei um pouco para fora e a peguei no ar.

Ri ao ver Kellan se afastar com cara de nojo e ergui um pé para vestir a calça; sabendo que poderia voltar a ter sorte mais tarde, decidi dispensar a cueca pelo resto da noite. Antes de conseguir enfiar a calça, porém, Anna a puxou da minha mão.

– Não tão depressa. Primeiro você precisa me beijar e me dizer que me amará para sempre.

Sorrindo, eu me ajoelhei no cobertor sobre o qual ela estava deitada.

– Sra. Anna Hancock… Você é a minha melhor amiga, a minha cúmplice de crimes indecentes, a minha razão de viver e a única coisa que realmente importa para mim. A eternidade não chega nem perto de descrever o tempo em que eu vou te amar.

Quis me apunhalar na garganta por ser tão sentimental, mas fui sincero em cada palavra e queria que Anna entendesse isso. Seus olhos se encheram de lágrimas quando ela sussurrou:

– Eu também te amo. Demais!... Nunca pensei que pudesse amar alguém tanto assim.

Eu me inclinei para beijá-la. Nossos lábios se moveram juntos suavemente, mas a intensidade daquele momento começou a aumentar e minha ereção cresceu junto, saltando para a vida mais uma vez. Agarrando minha calça das mãos de Anna, eu a joguei para fora do telhado de novo. Não íamos precisar dela.

Ouvi três pessoas me chamando pelo nome, mas ignorei todas elas. Anna era a única coisa que importava para mim. Ela *sempre* tinha sido a única coisa que realmente importava, e eu nunca mais a deixaria ir embora.

Fim

Papel: Offset 75g
Tipo: Bembo
www.editoravalentina.com.br